Von Lee Winter außerdem lieferbar

Nichts als die ungeschminkte Wahrheit
Aus der Rolle gefallen
Requiem mit tödlicher Partitur

Aus dem Englischen
von Melanie Czarnik

Happy End am Ende der Welt

Lee Winter

Widmung

Für meine Liebste. Danke für alles, was du für dieses Buch getan hast. Sogar für deine zahlreichen liebevoll-sarkastischen Kommentare. (Die Zeichnungen dazu haben geholfen.)

Wir haben es geschafft!

Kapitel 1

Schlechtester. Film. Aller. Zeiten.

Alex Levitin hatte soeben die wichtigste Regel Hollywoods gebrochen. Sie war zu spät. Und das nicht nur ein bisschen.

Ihr verbeulter, elegant vor sich hin rostender 97er Prius hatte natürlich ausgerechnet heute beschlossen, den Geist aufzugeben. Dann hatte ihr Taxifahrer darauf bestanden, eine »Abkürzung« zu nehmen und Alex' präzise Wegbeschreibung zu ignorieren.

Sie stürmte durch die Türen des *Lemontree Lounge and Grill* und schaute sich suchend nach der Person um, die wahrscheinlich schon lange nicht mehr da war.

Die vergangene Woche hatte Alex damit verbracht, alles Erdenkliche über Starproduzentin Caroline Bassett in Erfahrung zu bringen. Sie wusste von ihrer Nussallergie, kannte ihre Schuhgröße und hatte gelesen, dass sie vor zwei Monaten die von ihr produzierte TV-Soap verlassen und stattdessen einen Job bei einem Filmstudio angetreten hatte, das gerade viele seiner Produzenten vor die Tür gesetzt hatte. Und jede Quelle sprach davon, dass Caroline Bassett selbst nach den Maßstäben von Hollywood ausgesprochen ehrgeizig war.

Alex' Blick blieb schließlich an einer Frau hängen, die an einem Ecktisch saß. Sie war elegant gekleidet, hatte eine offensichtlich künstliche Bräune und sah aus, als würde sie sich ausschließlich von Luft ernähren.

Sie hat gewartet? Das war … überraschend.

Der teure Anzug stand Caroline Bassett gut. Zusammen mit dem perfekt frisierten, blonden Haar ließ er sie wie eine Hommage an konservative Nachrichtensprecherinnen mit ihren von Haarspray verklebten Frisuren wirken. Sie saß auf einem weiß getünchten Holzstuhl, in der einen Hand einen Cocktail, in der anderen ein iPhone.

Alex verlangsamte ihren eiligen Schritt. Mit den Händen strich sie über ihre schwarze Hose, als könnte sie damit den ersten Eindruck wegwischen, den ihre hoffnungslose und unprofessionelle Verspätung hinterlassen musste.

Ms. Bassett sah auf und ihre Lippen formten ein Lächeln, das so falsch war, als wäre es aufgemalt. Sie legte ihr iPhone auf der weißen Tischdecke ab.

»Alexandra.« Sie erhob sich und küsste die Luft neben Alex' Wangen.

»Ms. Bassett, guten Tag.«

»Bitte, nennen Sie mich Caroline. Es ist mir eine Freude, Sie kennenzulernen.«

Ist es das? Alex konnte sich nicht vorstellen, dass irgendjemand von einem großen Studio ehrlich begeistert wäre, einen Termin mit einer relativ unbekannten Regisseurin wie ihr zu haben. »Es tut mir so leid, dass ich zu spät bin. Mein Auto –«

»Schon gut.« Caroline winkte ab. »Meine Zeit ist allerdings knapp bemessen. Ich fürchte, wir werden die Formalitäten überspringen müssen.« Sie hielt inne und sah zu den Personen am gegenüberliegenden Ecktisch. »Ich hatte ja *keine* Ahnung, dass Cade und Byron ein Paar sind.« Sie klang fröhlich empört.

Alex drehte sich um und folgte ihrem Blick. Die besagten B-Promis küssten sich gerade stürmisch. »Oh …«

»Haben Sie unser Drehbuch erhalten?«, fragte Caroline, ihr Ton war scharf und ihr Blick plötzlich vollkommen auf Alex fokussiert. »*Shezan – Herrin des Waldes*«? Sie betonte das Wort »Herrin« dabei, als würde sie über einen Erotik-Thriller sprechen und nicht über einen geschmacklosen, zweitklassigen Streifen mit Hinterhof-Atmosphäre.

»Das habe ich. Ich muss gestehen, dass ich sehr überrascht war, Ihre Nachricht zu erhalten.« Alex hatte keine Ahnung, was genau an ihrem Portfolio aus liberalen, philosophischen Indie-Filmen irgendjemanden aus Hollywood auf die Idee hatte bringen können, dass *sie* die geeignete Regisseurin für dieses Projekt war.

Alex hatte noch nie ein schlechteres Drehbuch gesehen. Das lag nicht nur an der schmierigen männlichen Hauptfigur, der sinnlosen Gewalt oder den stumpfsinnigen Dialogen. Auch nicht daran, dass es vor dunkelhäutigen Amazonen im Lendenschurz nur so wimmelte, was dem Ganzen als reizenden Bonus noch einen rassistischen Beigeschmack verpasste. Das größte Problem hatte sie mit dem Ende. Der reuelose, abscheuliche

Wilderer sollte mit der süßen Nymphe, die die Tiere des Waldes beschützt, gen Sonnenuntergang reiten?

Was. Zur. Hölle? Wie wurde dieser Film überhaupt finanziert? Und warum von einem so bedeutenden Studio?

Eine Kellnerin, Mitte zwanzig mit üppiger Oberweite, die den obersten Knopf ihrer Bluse gefährlich spannte, unterbrach sie. Auf ihrem Namensschild stand »Desire«, was darauf hindeutete, dass sie eine weitere arbeitsuchende Schauspielerin war. Es sei denn, das Restaurant hatte den Namen »Desiree« falsch geschrieben.

»Darf ich Ihnen etwas zu trinken bringen?« Desires Augen hafteten auf Alex, als wäre sie das schmackhafteste Häppchen auf der Speisekarte. »Oder etwas zu essen?« Sie deutete auf die Karte, die vor Alex auf dem Tisch lag.

Alex warf einen Blick auf die Liste an exotischen Gerichten, inklusive roher Rüben für achtzehn Dollar und Vorspeisen aus Tofu mit unaussprechlichen Beilagen.

Caroline verzog das Gesicht.

Oh, richtig. Hatte sie nicht gesagt, sie hätte es eilig? »Kein Essen, danke.«

Carolines Gesicht entspannte sich wieder.

»Haben Sie äthiopischen *Orgánico*-Kaffee?«, fragte Alex.

Desire strahlte sie an. »Wir haben siebenundvierzig Kaffeesorten, darunter auch diese.«

»Gut. Dann nehme ich eine Tasse. Schwarz, bitte.«

Der Blick der Kellnerin verweilte einen Moment zu lang auf Alex, bevor sie sich Caroline zuwandte. »Für Sie noch etwas, Ma'am?«

Caroline winkte wortlos ab.

Die Kellnerin nickte und verschwand.

Ein Schmunzeln umspielte Carolines Lippen. »Sie haben da einen Fan.«

»Oder sie hat ein Drehbuch, das ich lesen soll. Und einen festen Freund.«

»Zweifelsohne.« Carolines Lächeln erreichte diesmal sogar ihre Augen. »Ich dachte, dass Engländer nur Tee trinken?«

»Ich bin jetzt seit fünfzehn Jahren in Los Angeles. Ich habe mich angepasst.« Alex räusperte sich. »Genau wie Sie. Von TV-Soaps zu einem großen Filmstudio in nur fünf Jahren. Beeindruckend.«

»Ja«, stimmte Caroline zu. Ihr Lächeln wurde haifischartig und zeigte ihre Zähne. »Das bin ich.«

Alex musste über diesen Mangel an Bescheidenheit fast laut lachen. »Also, zurück zu *Shezan* … Meine erste Frage ist: warum ich?«

»Wir haben Ihre Arbeiten gesehen. Einfach wundervoll.« Carolines Miene wurde wieder so unecht freundlich wie zuvor. »Besonders dieser Klimawandel-Film. Mutig. Einfach brillant, Liebes. Hohe Kunst! Sie haben ganz schön für Aufsehen gesorgt.«

Kunst? Sicher doch. Sollten falsche Schmeicheleien nicht etwas subtiler sein?

Desire servierte den Kaffee verführerisch lächelnd, bevor sie mit einem koketten Hüftschwung wieder verschwand.

Eindeutig eine Schauspielerin.

Alex griff nach ihrer Tasse. »Verhandeln Sie noch mit anderen Regisseuren, oder nur mit mir?« Sie würgte einen Schluck des heißen Gebräus hinunter und wünschte, sie könnte sich davon überzeugen, den leicht angebrannten, bitteren Geschmack zu mögen. Sie hatte gelesen, dass der Export dieser Kaffeebohnen einem ganzen Dorf in Äthiopien aus der Armut herausgeholfen hatte. Deshalb weigerte sie sich aus Prinzip, diesen Kaffee zu hassen.

»Sie sind unsere erste Wahl.« Carolines Worte hätten wahrscheinlich bedeutend glaubhafter geklungen, wenn ihr Blick nicht die ganze Zeit unruhig durch den Raum gewandert wäre.

Sicher bin ich das. Alex fragte sich, wie viele andere dieses Angebot vor ihr abgelehnt hatten. Die *Variety*, für gewöhnlich die unparteiische Bibel der Branche, hatte *Shezan – Herrin des Waldes* schon aufgrund der ersten Presseankündigungen als den »schlechtesten Film aller Zeiten« bezeichnet. Und hilfreicherweise wurden in dem Artikel auch die vielen Regisseure und Drehbuchschreiber aufgelistet, die zunächst daran gearbeitet hatten und dann doch vom Set geflüchtet waren. Niemand bei klarem Verstand würde diesen Mist jetzt noch anrühren.

Alex war nur wegen des kostenlosen Mittagessens und des Networkings hier. Und bekam jetzt nicht einmal das Mittagessen. Aber es wäre kein kluger Schachzug gewesen, einem so bedeutenden Studio noch vor einem Treffen abzusagen. Sie hörte nur halb zu, als Caroline begann, ein Loblied auf *Shezan* zu singen.

Die Produzentin brachte sorgfältig platzierte Schlüsselwörter in ihrer Rede unter, wobei jedes mit einem Haken versehen war. Autonomie, aber *in angemessenem Rahmen.* Drehbuchumschreibungen erlaubt, aber nur *nach Absprache mit dem Studio.* Die Sets waren bereits gebaut und bereit zum Dreh, *unter Verwendung der Visionen der vorherigen Regisseure.* Und sie würde ein Mitspracherecht bei den Ausgaben bekommen, solange sie sich *an das begrenzte Budget hielt.*

»Wie begrenzt?«, fragte Alex neugierig.

Caroline murmelte eine Zahl, bevor sie sich einen Schluck ihres neonfarbenen Cocktails genehmigte.

Sicherlich hatte Alex sich verhört. »Ernsthaft?«

»Sie müssen verstehen, es ist keines unserer top-gelisteten Projekte.« Caroline tupfte ihre Lippen mit einer Papierserviette ab. Der Abdruck, den sie hinterließen, war rot wie Blut. »Sie würden natürlich trotzdem großzügig bezahlt werden. Aber aufgrund der Situation, dass die kreativen Köpfe, die dem Projekt vorher verschrieben waren, uns so unerwartet verlassen mussten ... Na ja, wir haben bereits eine beträchtliche Summe in die Produktion gesteckt, die wir nicht mehr zurückbekommen werden.«

»Warum sind die anderen Beteiligten gegangen?«

»Das hat verschiedene Gründe.« Caroline zuckte mit den Schultern. »Wen interessiert das? Sie sind weg, und wir wollen *Sie.* Wir brauchen jemanden, der talentiert ist. Eine Person mit Engagement, die mit einem knappen Budget etwas Großartiges vollbringen kann. Jemand, dem es nichts ausmacht, an einem entfernten Ort wie Neuseeland zu drehen. Darum haben wir nach einem erfahrenen Indie-Regisseur gesucht.«

Es war offensichtlich, dass Caroline ihr nur Honig um den Mund schmieren wollte. »Es gibt viele Indie-Regisseure.«

»Ja, aber wir brauchen jemanden wie Sie, die ein frauenorientiertes Projekt mit Leben füllen kann.« Caroline sah aus, als würde sie darüber nachdenken, ob sie eine geballte Faust als Zeichen feministischer Solidarität in die Höhe strecken sollte, um ihr Argument besser zu verkaufen. »Und wir brauchen jemanden, der nicht nur den Film, sondern auch das kleine Imageproblem bewältigen kann, das *Shezan* im Moment hat.« Caroline rührte mit dem Strohhalm in ihrem Cocktail.

Kleines Imageproblem? Der »schlechteste Film aller Zeiten« hatte ganz sicher mehr als nur ein *kleines* Imageproblem.

»Ich will ganz ehrlich sein: Wir brauchen Ihr Talent und Ihr Auge fürs Detail. Sie sind die perfekte Person für uns.« Nackter Ehrgeiz brannte in Carolines Blick.

Obwohl Alex schon seit Jahren in L.A. war, hatte sie sich nie an diesen Anblick gewöhnt. Es war beunruhigend, wie ungeniert die Leute hier zeigten, dass sie nach ganz oben wollten. Alex hoffte, dass Caroline bei ihrem Aufstieg der Sonne nicht zu nahekam.

»Gemeinsam können wir das Unmögliche erreichen«, schloss Caroline und strich mit ihren kühlen, spindeldürren Fingern über Alex' Hand. »Und ich will diesen Deal.« Ihr Haifischgrinsen blitzte erneut auf. »Sehr sogar.«

Alex nahm einen weiteren Schluck Kaffee und überlegte, wie ehrlich sie antworten sollte. Ehrlichkeit wurde in L.A. definitiv nicht sehr geschätzt. »Ich glaube Ihnen«, sagte sie schließlich. »Gehe ich recht in der Annahme, dass Sie diesen Deal so sehr wollen, weil Sie neu in diesem Studio sind? Weil Sie ein paar schnelle Erfolge brauchen? Weil die Rettung des »schlechtesten Films aller Zeiten« vielleicht Ihr Durchbruch sein könnte? Das ist ein ehrgeiziges Unterfangen«, sagte Alex. »Und ich bin neugierig ... War es als einzige weibliche Führungskraft des Studios auch Ihre Idee, eine lesbische, feministische Regisseurin mit ins Boot zu holen?«

»Hm.« Carolines Gesichtsausdruck verhärtete sich, aber ihre Lippen zuckten, als hätte sie Mühe, ein Lächeln zu unterdrücken. »Wissen Sie, Alexandra, ich mag Sie. Sie sind clever. Clevere Frauen können es in dieser Stadt weit bringen. Natürlich bringen sie es noch viel weiter, wenn sie nicht offen zeigen, wie clever sie sind.«

»Ah. Habe ich gerade die vierte Wand durchbrochen, weil ich auf Ihr Spiel im Spiel hingewiesen habe?« Alex lächelte unwillkürlich.

Caroline lachte und hob eine makellose Augenbraue. »Ich sehe, Sie haben sich Ihre britische Art doch bewahrt.« Ihr Lachen war gezielt eingesetzt. »Sie kommen lieber gleich zum Punkt? Na gut: Also, wollen wir die Sache gemeinsam angehen? Wollen Sie auch einen ›schnellen Erfolg‹? Einen, den die Welt wahrnehmen wird? Großes Risiko, aber ein ebenso großer Gewinn möglich.«

Das Risiko war viel zu groß. Auch wenn Alex gerade ohne Projekt war und niemand aus der Indie-Filmszene ihr in letzter Zeit ein aufregendes Drehbuch geschickt hatte: Ihr Ruf war alles, was sie hatte. Nichts von dem, was sie heute gehört hatte, hatte sie davon überzeugen können, ihren guten Namen dafür aufs Spiel zu setzen. Trotz all der Erfahrung, die sie bei der Zusammenarbeit mit einem Hollywood-Studio sammeln könnte, mit diesem Film in Verbindung gebracht zu werden bedeutete augenblicklichen Rufmord.

Es gab keine nette Art und Weise, das auszusprechen. »Hören Sie, Caroline, ich weiß das Angebot sehr zu schätzen und auch, dass Sie an mich gedacht haben. Aber ich glaube nicht –«

Carolines Telefon klingelte schrill. Sie warf einen Blick auf den Bildschirm und erhob sich. »Entschuldigen Sie mich, ich muss diesen Anruf annehmen.« Sie ging, ohne auf eine Antwort zu warten, zur nahe gelegenen Theke.

Alex sah sich um. Die Gäste an den benachbarten Tischen waren zweifelsohne ausschließlich hier, um Geschäftsbeziehungen zu knüpfen und in Hollywood Karriere zu machen. Sie griff nach ihrem eigenen Handy und öffnete ihre E-Mails.

Eine neue Nachricht ihrer Ex-Freundin vermieste ihr augenblicklich die Laune. Sie las die E-Mail und ihr drehte sich der Magen um.

Verdammte …

Sie wählte die Nummer, die sie auswendig kannte. »Bettina!«

»Alex?« Die klare professionelle Stimme der Steuerberaterin hatte sie einst dahinschmelzen lassen. Diese Zeiten waren lange vorbei.

»Du … ich …« Alex fehlten für einen Moment die Worte. »Du hast doch immer behauptet, meine Finanzen seien ›fabelhaft‹. Und dass du alles für mich geregelt hast!«

»Was ist los?«, fragte Bettina mit ruhiger Stimme. »Atme erst mal tief durch und sag mir, was das Problem ist.«

Atmen? Ich geb dir gleich »atmen«!, dachte Alex zornig. »Du hast mir eine Forderung vom Finanzamt über 45.000 Dollar weitergeleitet!«

»Ach, das. Ja. Offenbar hat die Finanzbehörde ein paar Paragrafen im Steuergesetz geändert und das war mir vorher nicht bewusst.«

»Was? Ist das nicht dein Job?«

»Nicht ganz«, sagte Bettina in abschätzigem Tonfall. »Einige Richtlinien für individuelle Absetzungen im Zusammenhang mit unabhängigen Filmgesellschaften wie deiner wurden verschärft. Bestimmte Abschreibungen sind außerdem in eine neue Kategorie verschoben worden – und die Kriterien dafür erfüllst du nicht. Niemand hätte das vorhersehen können.«

»Vorhersehen? Bettina, es geht um *45.000 Dollar*! So viel Geld habe ich nicht einfach herumliegen.«

»Kein Grund, hysterisch zu werden.«

»*Hysterisch*?«

»Außerdem ist dein Glas noch halb voll. Es hätte viel mehr sein können, wenn ich nicht noch ein paar Schlupflöcher für deine Ausgaben gefunden hätte. Einige meiner anderen Filmkunden hat es viel schlimmer getroffen.«

»Das ist so verdammt typisch. Weißt du überhaupt, was du tust?«

»Wenn das hier nur in Beleidigungen ausartet, lege ich auf. Darf ich dich daran erinnern, dass ich deine Steuern umsonst gemacht habe? Ich denke, jetzt, da wir nicht mehr zusammen sind, schicke ich dir die Rechnung.«

»Die ich zusammen mit deiner Telefonnummer schreddern werde.«

»Ach, wie dramatisch. Du arbeitest offensichtlich in der richtigen Branche. Und ich muss mir deine Beleidigungen nicht gefallen lassen.« Die Verbindung brach ab.

Alex legte ihr Handy zurück auf den Tisch und starrte es finster an. Sie ging im Kopf ihre Möglichkeiten durch. Sie besaß nichts, was sie zu Geld machen konnte. Angesichts ihres nomadischen Lebensstils hatte Alex keinen Sinn darin gesehen, teuren Besitz anzuhäufen. Sie wohnte zur Miete. Ihre Bankkonten waren nicht gerade prall gefüllt. Auch wenn die Filme ihrer kleinen Produktionsfirma mittlerweile etwas mehr einbrachten, als sie gekostet hatten, wurden die Gewinne immer gleich in ihr nächstes Projekt investiert. Ihre Eltern kamen in London mit ihrer Rente selbst gerade so hin. Abgesehen davon, dass Alex sie oder irgendjemand anderen, den sie kannte, nie um Geld bitten würde.

In diesem Moment sah sie nur eine einzige Möglichkeit: Sie war gezwungen, einen Film zu drehen, der so unter ihrer Würde lag, dass ihr Ego und ihr Ruf sich davon vielleicht nie wieder erholen würden. *O Gott.*

So hatte sie sich das nicht vorgestellt. Sie war mit dem Traum nach Hollywood gekommen, Filme zu drehen, die etwas *bedeuteten*. Was war die Botschaft von *Shezan*? Wie man halb nackte Frauen durch Ausdruckstanz demütigen konnte? Wie man auch heute noch mit unbewegter Miene Sätze sagte wie »Horch, Waldherrin, hüte dich vor dem Feuerstab des weißen Mannes«? Oder war der Film einfach eine wohlüberlegte Metapher dafür, dass weiße, machtvolle Männer immer gewinnen und es die Mühe daher gar nicht wert war, das System zu bekämpfen?

Alex rieb sich mit der Hand über die Stirn.

Aber was, wenn … sie das Unmögliche schaffen würde? Was, wenn Caroline recht hatte? *Großes Risiko, aber ein ebenso großer Gewinn.* Zumindest *wenn* sie damit Erfolg hatte.

Der Hauch einer Herausforderung regte sich in ihrem Innern. Was, wenn sie das schlechteste Drehbuch Hollywoods in einen herausragenden Film verwandeln konnte? Was würde *das* für ihren Ruf bedeuten? Dieses Projekt könnte das Aus, oder aber der Durchbruch ihrer Karriere sein. Außerdem war sie noch nie in Neuseeland gewesen. Vielleicht wäre es also ganz nett, etwas Neues zu versuchen.

Und hatte Caroline in ihrer E-Mail nicht geschrieben, dass Chloe Martin die Hauptdarstellerin des Films war? Wie es die bizarren Zufälle des Lebens so wollten, waren Alex' beste Freundin Bess und Chloes beste Freundin Summer ein Paar. Alex hatte *Shezans* Star also schon hin und wieder getroffen.

Die Neuseeländerin war sympathisch, gelassen, amüsant und hatte einen trockenen Sinn für Humor. Das war schon mal eine Erleichterung. Auf Diven konnte Alex leicht verzichten – vor allem angesichts des Albtraums, den sie bei einem so minderwertigen Drehbuch sowieso schon vor sich hatte. Ein Drehbuch, das sie drastisch würde verbessern müssen, wenn sie das Projekt übernahm.

Also … eigentlich würde sie ihren Freundinnen einen Gefallen tun, wenn sie das Angebot annahm, oder nicht? Chloes Rolle könnte massiv aufgewertet werden, ganz zu schweigen von den armen Amazonen. Zum Teufel, Alex würde der gesamten Menschheit praktisch einen Dienst erweisen.

O Mann. Was redete sie sich da ein? Alex tippte mit einem Finger gegen ihre Tasse … Vielleicht könnte sie eine Liste erstellen. Es half ihr immer, mit Listen zu arbeiten. Sie begann, auf eine Serviette zu kritzeln.

Kontra:

Wenn ich es nicht schaffe, ist das mein Ende. Jeder würde es mitbekommen. Ganz Hollywood schaut zu. Und ich bekomme danach vielleicht keine zweite Chance.

Pro:

Chloe ist cool – kein Diven-Drama.

Wenn ich Erfolg habe, wird man mich als Genie bezeichnen.

Steuerschuld bezahlen … selbst, wenn der Film floppt.

Amazonen! (Nein, streich das. Du bist keine fünfzehn mehr.)

Beim letzten Punkt rollte Alex die Augen. Aber er erinnerte sie an etwas. Sie griff wieder nach ihrem Handy, um nachzusehen, wer die Kostüme für *Shezan* machte. Wen musste sie bestechen, um eine etwas weniger lüsterne Variante auf die Leinwand zu bekommen? Als sie den Namen las, musste sie zweimal hinschauen.

Erst kürzlich hatte das Studio Skye Storm an Bord holen können – die brillante Kostümbildnerin, mit der Alex bei einem ihrer ersten Filme, *Göttliches Blut,* zusammengearbeitet hatte. Nie zuvor war ihr eine begabtere, liebenswürdigere und auch exzentrischere Seele begegnet. Es war seltsam, dass Skye bei *Shezan* mitmachte, da sie sich mittlerweile ihre Projekte aussuchen konnte.

Aber dass Chloe und Skye an diesem Projekt beteiligt sein würden, beruhigte Alex etwas. Wenn bereits zwei so kreative, nicht dem Mainstream verfallene Köpfe involviert waren, konnten sie vielleicht tatsächlich etwas Originelles schaffen.

Alex schrieb Skyes Namen auf die Pro-Seite ihrer Liste. Dann betrachtete sie das Ergebnis für einen Moment.

Denke ich ernsthaft darüber nach, zuzusagen?

Caroline setzte sich wieder zu ihr und sah angemessen reumütig aus. »Entschuldigen Sie bitte. Studio-Bosse sind wie Kleinkinder. Sie wollen immer sofort deine gesamte Aufmerksamkeit.« Sie neigte ihren Kopf. »Also, Sie wollten gerade sagen, dass dieser Film nicht das Richtige für Sie ist?«

Alex schüttelte den Kopf. »Ich wollte eigentlich sagen, dass ich nicht glaube, dass ich mir eine passendere Herausforderung vorstellen kann als *Shezan.*« Sie lächelte. »Ich bin dabei. Keine Zweifel.«

Carolines Blick fiel auf die Serviette, auf die Alex ihre Liste gekritzelt hatte, und ihre Lippen zuckten.

»Nun ja, *jetzt* habe ich zumindest keine Zweifel mehr«, korrigierte sich Alex mit einem Grinsen.

»Ausgezeichnet.« Caroline gab der Kellnerin zu verstehen, dass sie die Rechnung haben wollte. Sie sah das Gespräch eindeutig als erfolgreich beendet an. »Ich lasse Ihnen innerhalb der nächsten Stunde den Vertrag schicken. Sie müssen so schnell wie möglich nach Neuseeland fliegen. *Shezans* Executive Producer, Quincy Blackman, ist schon seit einigen Monaten dort. Er wird da unten verrückt ohne einen neuen Regisseur, der die Dinge vorantreibt. Seien Sie ein Schatz und skypen Sie ihn an, um ihm die gute Nachricht zu überbringen und ihn von seinem Elend zu erlösen. Ich schicke Ihnen seine Kontaktdaten.« Caroline nahm die Rechnung entgegen und erhob sich. »Willkommen an Bord. Das Studio wird sich freuen.«

Alex nickte mit einem flauen Gefühl im Magen. Ihr Schicksal war besiegelt. Dann besann sie sich wieder auf ihre guten Manieren. Sie bedankte sich bei Caroline für die Tasse geschmacklich schlechten, aber moralisch guten Kaffees. Wie betäubt beobachtete sie Caroline, die zum Bezahlen an die Bar schritt. Es gab keinen Weg zurück mehr.

Ihr Handy erinnerte sie mit einem Piepen an ihren nächsten Termin. *Schon so spät?*

Die Zeit verfliegt, wenn man seine Seele verkauft.

~ ~ ~

Am nächsten Morgen war Alex unverschämt früh auf und gerade dabei, ihre Sachen in einen Koffer zu werfen, als ihr Handy klingelte. Sie wusste, ohne hinzusehen, wer am anderen Ende war. Elizabeth »Bess« Thornton – Alex' beste Freundin, Britin und Amerikas ehemals meistgehasster Fernseh-Bösewicht – war die Einzige, die es wagte, zu dieser Tageszeit anzurufen. Bess liebte Multitasking am Morgen.

»Hallo, Bess.« Alex warf ihre robusten, braunen Stiefel in die Tasche. »Das ist sogar für dich eine unchristliche Uhrzeit.«

»Habe ich dich etwa geweckt? Das tut mir schrecklich leid.« Bess' Stimme ertönte zwischen scharfen Atemzügen durch das Telefon. Im Hintergrund waren rhythmische Schritte auf einem Laufband zu hören.

»Diesmal nicht.« Alex hielt zwei Jacken vor sich. Die Dickere der beiden beförderte sie zu den Stiefeln in die Tasche. »Wo brennt es denn? Es ist nicht mal sechs Uhr.«

»Ich habe die Neuigkeiten von Skye gehört.«

Jetzt schon? Alex hätte es eigentlich wissen müssen. »Natürlich hast du es schon gehört.« Skye Storm war nicht nur eine exzellente Kostümdesignerin, sondern auch die Netzwerkkönigin von L.A. Eine der Nebenwirkungen der Beziehung zwischen Bess und Skyes Tochter Summer war es, dass Bess jetzt den ganzen Branchentratsch immer als Erste erfuhr.

»Und du hast nicht einmal darüber nachgedacht, zuerst mit mir zu reden?«, fragte Bess. »Warum nicht? Wir sind doch Freundinnen?«

»Langsam, Liebes. Ich habe den Vertrag doch erst gestern Abend unterschrieben!«

»Vertrag?« Das rhythmische Laufen hörte abrupt auf. »Alex? Drehst du etwa einen neuen Film?«

»Warte, rufst du nicht wegen *Shezan* an?«

Das erschrockene Geräusch bei der Erwähnung dieses Namens war wahrscheinlich kein gutes Zeichen. »Nein! Ich rufe an, weil Skye erzählt hat, dass viele Leute aus der Branche wütend auf Bettina sind, weil sie ihre Steuern vermasselt hat. Da habe ich angenommen, dass du auch betroffen bist. Was hat das mit *Shezan* zu bedeuten? Ist das nicht dieses fürchterliche *Tarzan-Sheena*-Plagiat, das alle zerreißen? Das Ding, in dem Chloe die Hauptrolle spielt?«

Alex zuckte zusammen. »Na ja, man könnte es auch als ›Neuinterpretation‹ betrachten.«

»Oh, ja, sie *interpretieren* die Ideen eines anderen Menschen *neu* und machen es viel schlimmer.«

»So schlimm ist es nicht.«

»Nicht so schlimm …« Bess atmete tief ein. »Du behauptest also, dass es nicht nur um hübsche Mädchen geht, die in Lederbikinis herumhüpfen?«

»Eigentlich sind es keine Bikinis. Es sind eher knappe, dünne Leder-Lendenschürze …«

»Und bei *so was* hast du unterschrieben? Wirklich?«

»Was soll ich dazu sagen?« *Scheiße*. Alex seufzte. »Ja?«

Ein tiefer Atemzug war die Antwort. Dann vernichtendes Schweigen. Und schließlich: »Mein Gott, Alex, wieso?«

»Es ist eine Herausforderung.« Sie hoffte, dass sie in Bess' Ohren überzeugender klang als in ihren eigenen. »Ich will herausfinden, ob ich einen Film, den alle schon abgeschrieben haben, in etwas Sehenswertes verwandeln kann. Wenn mir das gelingt, wird jeder darüber sprechen. Außerdem mache ich das ja nicht im Alleingang. Skye wird die Amazonenkostüme in beeindruckende, würdevolle Symbole verwandeln. Und es könnte sogar Spaß machen, eine etwas andere Art Film auszuprobieren.« Das klang doch plausibel, oder?

»Alexandra, du drehst Indie-Meisterwerke über intensive, emotionale Erfahrungen unter Verwendung esoterischer Gesellschaftsmetaphern. *Spaß* ist es nicht, was dich inspiriert.«

Das Gute *und* das Schlechte an besten Freundinnen war, dass sie einen so gut kannten. »Okay! Das ist nicht der einzige Grund, warum ich das mache.«

»Also hat Bettina doch deine Finanzen vermasselt?«

»Ja. Und jetzt habe ich eine Steuernachzahlung am Hals, die nur *Shezan* retten kann.«

»Aber deshalb habe ich angerufen. Warum bist du nicht zu mir gekommen?« Bess klang verletzt.

Damals, als sie zusammen gewesen waren, hatte Bess auch manchmal diesen bestimmten Tonfall angestimmt, wenn sie Alex unterschwellig finanzielle Hilfe anbieten wollte.

Alex' Bauchgefühl sagte ihr das Gleiche wie damals. »Sieh mal, du bist meine beste Freundin. Und genau *deshalb* bin ich nicht zu dir gekommen.« Alex wollte, dass Bess ihre Abneigung gegenüber Almosen verstand. »Geldangelegenheiten sind kompliziert und sie schaffen eine unschöne Dynamik. Menschen verhalten sich anders, wenn es um Geld geht. Ich will so was nicht zwischen uns.«

»Das muss nicht sein. Geld ist einfach …« Bess schien nach der richtigen Wortwahl zu suchen. »…ein Werkzeug, das Probleme verschwinden lassen kann. Und ich habe mehr als genug davon. Ich würde dir gern helfen, wenn du mich nur lässt.«

»Nein, Bess. Es ist nicht so, dass ich dein Angebot nicht zu schätzen weiß, aber es wäre seltsam. Für mich. Ich würde jedes Mal daran denken, dass ich dir etwas schuldig bin, wenn ich dich sehe. Auch wenn es nur ein Darlehen ist, ich müsste trotzdem immer wieder daran denken. Das will ich nicht. Ich liebe unsere Freundschaft so, wie sie ist – auf Augenhöhe. Ich würde lieber hundert Filme wie *Shezan* drehen, bevor ich auch nur einen Cent von dir annehme.«

»Ich wünschte wirklich, du würdest mich helfen lassen.« Bess seufzte. »Aber ich verstehe dich.«

»Danke. Und es ist besser so, vertrau mir. Außerdem, wenn mein wagemutiger Plan aufgeht und ich aus diesem Müll am Ende etwas Gutes mache, könnte es sogar die beste Entscheidung meines Lebens gewesen sein.« Alex bemühte sich, besonders selbstbewusst zu klingen.

»In Ordnung. Wenn du dir wirklich sicher bist?«

Sicher? Nicht mal annähernd. »Ja. Absolut. Aber danke für dein Angebot, Liebes.«

»Okay.« Bess klang besänftigt. »Falls du deine Meinung änderst, brauchst du nur Bescheid zu sagen.«

»Ich weiß. Aber es wird schon werden. Ein einziger Film und alle meine Probleme sind gelöst.« Wie einfach das klang. Dabei war das Leben nie so einfach.

»Na schön. Behalte Chloe und Skye da draußen in der Wildnis im Auge. Du weißt, wie nahe sich die beiden Chaoten stehen.«

»O Mann.« Alex lachte bei der Vorstellung, dass sie zusammen für Aufruhr sorgen würden. Skye hatte Chloe praktisch adoptiert und sie bereits für allerlei Trubel eingespannt. »Wahrscheinlich komme ich ergraut und um zwanzig Jahre gealtert nach L.A. zurück.« Alex fuhr sich mit der Hand durch ihre kurzen, roten Haare.

»Wenn jemand damit gut aussehen könnte, dann du.« Bess' Stimme klang liebevoll. »Ich lasse dich jetzt in Ruhe.« Sie verabschiedeten sich.

Es war schön, zu wissen, dass Bess an sie glaubte. *Sie* hatte keine Zweifel daran, dass Alex es schaffen würde, diesen unmöglichen Plan in die Tat umzusetzen. Wenn Alex selbst nur genauso davon überzeugt wäre.

Kapitel 2

Verloren am Ende der Welt

Dreizehn anstrengende Stunden war Alex in einem Flugzeug eingepfercht gewesen, dessen Unterhaltungsprogramm nur aus zuckersüßen Familienfilmen bestand. Und gleich darauf durfte sie einige Stunden hinter dem Steuer eines Mietwagens verbringen. Keine idealen Voraussetzungen, wenn man bedachte, dass sie eine unsichere Fahrerin war – vor allem auf fremden Straßen. Wenigstens gab es in Neuseeland nicht so viele Menschen, die sie gefährden konnte.

Wird schon schiefgehen.

Am Wegesrand sah sie dicke Gräser, riesige, zackige Farne und massive, hoch aufragende Bäume mit moosbedeckten Stämmen vorbeiziehen. Die Vegetation umschloss die Straße so dicht, dass sie wie ein leuchtend grüner Tunnel wirkte. Nur kurviger, als es erlaubt sein sollte.

Und es war kalt. Alex hatte nicht damit gerechnet, dass Neuseelands überraschend eisiges Klima durch ihre Jacke und ihr Flanell-Hemd dringen könnte. Es fühlte sich an, als läge eine kalte Hand flach auf ihrem Brustkorb. Sie fror trotz eingeschalteter Heizung. Nicht zum ersten Mal überlegte sie, ob sie den Umweg zur nächstgelegenen Stadt in Kauf nehmen sollte, um sich Thermokleidung zu besorgen. Wenn sie nur den Hauch einer Ahnung hätte, wo die nächstgelegene Stadt war. Leider war sie gerade ein wenig desorientiert. Um ehrlich zu sein, sie hatte sich komplett verfahren.

Irgendwo auf dem Weg vom Auckland International Airport war sie falsch abgebogen. Sie hatte es schon nach zwei Minuten aufgegeben, das verwirrende GPS verstehen zu wollen, und lieber beim Tanken nach dem Weg gefragt. Man hatte ihr gesagt, sie solle einfach an der Kreuzung nahe der Molkerei rechts abzubiegen.

Mysteriöserweise war sie nie an einer Molkerei vorbeigekommen. Das einzige Geschäft, das sie auf der ganzen Strecke gesehen hatte, war ein winziger Lebensmittelladen. Mit der Landkarte im Handschuhfach hatte sie es schließlich bis hierher geschafft, aber jetzt wusste sie nicht mehr weiter.

Alex schaute sich noch einmal um, sicher, dass sie all das schon einmal gesehen hatte. Die Wegweiser sahen verdächtig nach denen aus, die sie bereits vor einer halben Stunde passiert hatte. Wie konnte das sein? Alex war ein Fan von Logik. Listen und Problemlösungsstrategien waren ihre Spezialität. Normalerweise.

Ihr Blick fiel auf einen riesigen, knorrigen Baum, der unheilvoll in den Himmel ragte. Okay, diesen Baum erkannte sie definitiv wieder. Verdammt! Sie war im Kreis gefahren.

An jedem anderen Tag würde Alex das nicht so viel ausmachen und sie würde einfach die wunderschöne Landschaft bewundern. Aber ein Filmset wartete auf sie. Irgendwo im Nirgendwo. Auf dem angemieteten Ackerland eines Farmers am Rande des kleinen Dorfes Ika Whenu, in der Nähe der nur unwesentlich größeren Stadt Te Aroha. Das war ihr Ziel. Falls sie jemals aus dem Mangatarata-Wald herausfinden würde. Und es sah aus, als wäre es ein großes *Falls*. Sie würde anhalten und noch mal auf die Karte schauen müssen.

Alex erinnerte sich daran, dass es in etwa einer Meile eine kleine Einbuchtung gab. Dort könnte sie anhalten, um sich neu zu orientieren und –

Oh, Scheiße. Da! Genau da! Alex stieg auf die Bremse. Sie war geradewegs an der Haltebucht vorbeigefahren.

Fluchend legte sie den Rückwärtsgang ein und rangierte hinein. Dann schaltete sie den Motor ab und atmete tief durch. Als sie sich umschaute, bemerkte sie, dass es sich eigentlich nicht um eine Einbuchtung handelte, sondern um die Abzweigung zu einem kleinen Pfad, der in den dichteren Wald hineinführte.

Plötzlich erklang lautes Geräusch und etwas Schwarzes schoss aus dem Gestrüpp hervor. Ein Motorrad hielt direkt auf die Seite ihres Autos zu.

Nein! Alex riss die Augen auf. Ihre Hände umklammerten das Lenkrad. Eine halbe Sekunde vielleicht, keine Zeit, einen Zusammenstoß zu verhindern.

Sie zog die Schultern hoch und bereitete sich auf den Aufprall vor.

Im letzten Moment wich das Motorrad scharf aus. Der Fahrer riss es in die Seitenlage und verfehlte knapp die Motorhaube ihres Autos. Die

Maschine rutschte durch Dreck und Gestrüpp, bis sie mit einem lauten Schleifen von Metall auf Asphalt mitten auf der Straße liegen blieb.

Ach du Scheiße!

Alex riss ihre Tür auf und rannte auf die in schwarzes Leder gekleidete Person zu, die unter dem Motorrad eingeklemmt lag. »Es tut mir so leid!«, rief sie. »Ich wusste nicht, dass das hier eine richtige Straße ist.« *Was für eine blöde Ausrede.*

»Jetzt weißt du es.« Die Stimme war tief, klang verärgert, aber eindeutig weiblich. Die Antwort deutete auf Unmut und Schmerz hin. »Das hier ist die Forestry Road, von der aus Wege für Motorräder durch den Maramarua-Wald führen.« Sie sah an Alex vorbei zum Auto. »Du hast die Ausfahrt blockiert, durch die man wieder auf die Hauptstraße gelangt.«

»Entschuldigung, ich kenne mich hier nicht aus.« Alex musterte das liegende Motorrad und seine Fahrerin. »Bist du verletzt?«

»Das weiß ich, sobald ich wieder aufrecht stehe.« Die Frau versuchte, sich unter dem Motorrad herauszuwinden. Ihr Gesicht verzerrte sich unter dem offenen, schwarzen Retro-Helm und sie keuchte leise. »Mein Bein klemmt fest. Kannst du die Maschine vorn etwas anheben, während ich ...« Sie hielt mitten im Satz inne und sah Alex zum ersten Mal richtig an. »Ach, vergiss es.«

»Was?«

»Du bist so groß wie ein Spatz. Die Maschine würde dich wahrscheinlich erschlagen. So wie mich gerade fast.«

Alex sah an sich hinab. Ihre dünne, schwarze, maßgeschneiderte Hose und das weiße Hemd ließen sie tatsächlich etwas fragil wirken. Und okay, sie hatte von Natur aus eine eher schmale Statur. Auch ihr streberhaftes, schwarzes Brillengestell half vermutlich nicht dabei, sie kräftiger wirken zu lassen. Aber wenn man genau hinsah, konnte man Muskeln entdecken und ... *Wem mache ich eigentlich etwas vor?* Ein Kameramann hatte Alex mal gebeten, seine Ausrüstung zu halten, während er ein Kabel wechselte. Selbst die hatte sie fast zu Boden gerissen.

Aber Adrenalin war doch sicher ein Faktor? Konnten Menschen in einer Krisensituation nicht erstaunliche Kräfte entwickeln? Das hatte sie irgendwo gelesen. Wildentschlossen griff Alex nach dem Lenker, sah die Frau an und sagte: »Täusch dich nicht in mir. Ich bin immer für eine Überraschung gut. Bereit?«

Mit einem skeptischen Blick entgegnete die Frau: »Ich habe wohl keine Wahl.« Sie biss sich auf die Lippe, stützte ihre Arme gegen das Motorrad und nickte.

Alex konnte das schaffen. Sie würde es schaffen! Sie zog mit aller Kraft an der Maschine.

Erstaunlicherweise setzte sich das Motorrad in Bewegung. Es hob sich fast zehn ganze Zentimeter.

Ha! Von wegen Spatz!

Zu ihrem Entsetzen gaben dann leider ihre Muskeln nach. Der Lenker begann, zu rutschen. Ihre Kraft verließ sie wie die Luft einen angestochenen Ballon. »Nein … neinneinnein … Scheiße! Achtung!«

Der Metallkoloss fiel zurück auf die Hüfte und die Oberschenkel der Frau. Der Schmerz stand ihr ins Gesicht geschrieben und sie stöhnte laut auf.

So viel zum Thema Adrenalin.

Sprachlos sahen sie sich gegenseitig an.

»Du hast recht«, sagte die Frau schließlich. »Das war *in der Tat* eine Überraschung.«

»Es tut mir wirklich leid!«

»Alles muss man selbst machen.« Ruckhaft drückte sie ihre Arme durch und biss vor Anstrengung die Zähne zusammen. Dieses Mal hob sich die Maschine fast dreißig Zentimeter vom Boden ab.

Mein Gott. Trotz des eisigen Blicks sprang Alex wieder zum Lenker, um zu helfen. Gemeinsam hoben sie das Motorrad so weit an, dass die Frau sich befreien konnte.

Einen Moment lang lag sie benommen neben ihrem Motorrad und atmete erst einmal tief durch. Dann fiel ihr Blick auf die verbeulte Maschine. Sie stand auf.

»Was machst du da?«, fragte Alex alarmiert und hob die Hände zu einer »Stopp«-Geste.

»Ich muss mein Bike von der Straße holen, bevor es einen Unfall gibt.« Und sie fügte trocken hinzu: »*Noch* einen.« Ihr Gesichtsausdruck wurde hart. »Ist es eigentlich eine Angewohnheit von dir, aus dem Nichts auf Kreuzungen aufzutauchen? Ich habe dich vorbeifahren sehen und dachte, der Weg sei frei, aber in der nächsten Sekunde warst du wieder da und ich konnte nicht mehr rechtzeitig bremsen.« Sie kniete sich hin und verzog für einen Augenblick noch einmal leidend das Gesicht.

»Bist du sicher, dass du dich überhaupt bewegen solltest?« Alex durchforstete ihre Tasche nach ihrem Handy. »Ich rufe die 911 an.«

»911? Das wird in Neuseeland sicher viel bringen.« Die Frau stützte sich auf dem Boden ab. »Also bist du Amerikanerin? Du klingst britisch.«

»Geboren in London, aber ich lebe in L.A.«

Ihr Gegenüber antwortete nicht. Sie beugte sich ein Stück nach vorn und holte tief Luft. Dann übergab sie sich.

»O Gott! Du hast innere Blutungen!«, schrie Alex. *Sagen sie das nicht im Fernsehen immer?* »Wie lautet denn die verdammte Notrufnummer hier? Oder die der Polizei? Die wissen sicher, was zu tun ist.«

»Es nützt nichts, bei der Polizei anzurufen.« Die Frau richtete sich etwas unbeholfen auf und wischte sich mit der Rückseite ihres Handschuhs über den Mund. »Die arbeiten heute nicht.« Vorsichtig verlagerte sie ihr Gewicht auf das verletzte Bein und zog eine Grimasse.

»Was?« Alex sah an ihr hoch. Gott, war die Frau groß. Sicher um die ein Meter achtzig. Breite Schultern, eine aufrechte, militärisch stramme Haltung und kein Kilogramm zu viel.

Die Frau nahm ihren Helm ab und fuhr mit einer Hand durch ihr kinnlanges, dunkelblondes Haar. Der schlichte Schnitt passte zu ihrem Gesicht mit der starken Kieferpartie und den hohen Wangenknochen. Sie war ungefähr so alt wie Alex, Ende dreißig. Dann schob sie ihre Sonnenbrille nach oben in ihre Haare und sah Alex durch stahlblauen Augen an. Der intensive Blick schien Alex bis ins kleinste Detail zu durchdringen.

Alex wusste nicht genau, wie eingeschüchtert sie sein sollte.

Die Frau machte – offensichtlich unter Schmerzen – einen Schritt auf sie zu.

Alex sprang ihr sofort zur Seite und legte einen Arm stützend um ihre Taille. »Hey, lass mich helfen. Und warum arbeitet die Polizei heute nicht?«

»Das nächstgelegene Revier ist geschlossen.« Sie warf Alex einen entnervten Blick zu und schob ihren Arm beiseite. »Nicht anfassen. Es geht mir gut. Ich muss nur eine Sekunde durchatmen.«

»Du hattest einen Unfall. Und du hast dich übergeben!«

»Na und?« Sie atmete tief durch und rieb sich mit einer Hand über den Oberschenkel. Nach einem Moment sah sie tatsächlich etwas besser aus.

Okay, vielleicht ging es ihr wirklich gut. Zumindest wenn die Definition von »gut« war, dass man aufrecht stehen konnte.

»Erbrechen ist ein schlechtes Zeichen«, beharrte Alex.

»Mein Magen hat einfach gekrampft. Ich habe bei der letzten Pause zu viel Wasser getrunken. Das ist alles. Du schaust zu viel Fernsehen.«

Das stimmte. Summer und Bess' ehemaliges Krankenhaus-Drama *Choosing Hope* war ihr heimliches Vergnügen. Trotz des hohen Suchtfaktors war die Serie aber so miserabel, dass sie definitiv nicht die Basis für Alex' medizinische Schlussfolgerungen sein sollte. Ein Themenwechsel war vielleicht angebracht. »Es ist ein Unding, dass die örtliche Polizei einfach so geschlossen ist.«

»Ist es das?«

»Natürlich!« War diese Frau verrückt? »Wie inkompetent sind die hier bitte?«

»Lass mich raten: Wo du herkommst, sind die Polizeireviere rund um die Uhr besetzt?« Sie zog eine Augenbraue nach oben.

»Natürlich.« Dachte die Frau, dass Kriminelle sich den freien Tag der Polizei über zurückhalten würden?

»Da hast du aber Glück, dass sich jederzeit jemand um alle deine kleinen Probleme kümmern kann.«

Kleine Probleme? Alex starrte sie wütend an. »Kriminalität ist jawohl kaum ein *kleines* Problem.«

»Ich schätze, das hängt vom Verbrechen ab.« Die Frau legte ihren Helm vorsichtig auf den Boden und klopfte den Staub von ihrer Lederhose ab.

»Wenn das Polizeirevier geschlossen hat, soll ich dann einen Krankenwagen rufen?«

»Nein. Es geht mir gut.«

Alex sah zurück zur Straße und auf das umgestürzte Motorrad. »Geht es der Maschine auch gut?«

»Ich weiß es nicht.« Das Gesicht der Fremden zeigte Sorge. Sie ging vorsichtig zu ihrem Motorrad und besah sich den Schaden. Verärgerung löste den sorgenvollen Gesichtsausdruck ab, als sie es behutsam aufrichtete und an den Straßenrand schob. »Weißt du, wie lange ich gespart habe, um mir die hier leisten zu können?« Sie schüttelte den Kopf. »Drei Jahre. Das ist eine Triumph Tiger XCX. Sie ist mein …« Sie hielt inne und setzte eine neutrale Miene auf. »Sie ist mir wichtig.«

»Es tut mir so leid«, sagte Alex. »Wirklich.«

»Du wiederholst dich.«

»Ich kann nicht anders. Sich zu entschuldigen ist ein beliebter Zeitvertreib von uns Briten.« Sie grinste die Frau an, begegnete allerdings nur einem gleichmütigen Blick. Alex betrachtete das Motorrad. Es hingen keine Teile daran hinunter und auch die Räder schienen noch an der richtigen Stelle. Die Kratzer und Beulen auf dem schwarzen Lack waren allerdings ein unschöner Anblick. »Ich komme natürlich für den Schaden auf. Ich hätte besser aufpassen müssen, wo ich stehen bleibe.«

»Und ob du dafür aufkommen wirst.« Die Finger der Frau fuhren unruhig über die Maschine, strichen über jede Unebenheit, hielten bei jedem Kratzer und jeder Beule inne. »Du hast großes Glück, dass das Revier heute geschlossen hat. Das ist rücksichtsloses Fahrverhalten wie aus dem Lehrbuch. Das würde dir eine Geldstrafe in den Tausendern oder bis zu drei Monate Haft einbringen.«

Wie bitte? »Woher sollte ich wissen, dass aus einer winzigen Seitenstraße mitten im Nirgendwo plötzlich Motorräder aus dem Gebüsch geschossen kommen?«

»Unwissen schützt vor Strafe nicht.« Die Frau ging zur Vorderseite von Alex' Auto und warf einen Blick auf das Nummernschild. »Ein Mietwagen. Also, wer bist du und wohin schicke ich die Rechnung, Ms. …?«

»Levitin. Alex Levitin.« Alex kramte ihren Ausweis hervor.

Die Frau musterte ihn, als ob sie sich alle Details einprägen wollte, und nickte dann.

»Und du bist?«

Sie legte den Kopf schief. »Sam Keegan.«

»Okay, Sam Keegan, du kannst die Rechnung oder deine Versicherungsdaten zu meinem Filmset schicken. Es besteht aus einem Haufen Wohnwagen, die auf dem Grundstück eines Bauernhofs stehen. Das ist in der Nähe von …« Alex zog ihr Notizbuch aus der Tasche und zeigte auf den Ortsnamen Ika Whenu. »*Eik-a Wen-uu.*«

»Man spricht es *I-ka Fe-nuu* aus.« Sam warf ihr einen abschätzigen Blick zu. »Es ist respektlos, wenn du nicht einmal den Namen richtig aussprechen kannst. Die Einheimischen werden kein gutes Haar an dir lassen, wenn sie das mitbekommen.«

Alex knirschte mit den Zähnen. *Wunderbar.* »Brauchst du die genaue Adresse?«

»Nein, ich weiß, wo das Set ist. Jeder weiß das. Ihr Filmleute seid nicht gerade unauffällig. Und viele Einheimische sind begeistert, dass Hollywood hier an unserem Ende der Welt seine Zelte aufgeschlagen hat.« Ihre Stimme triefte vor Verachtung.

»Du aber nicht? Was hast du gegen Filme?«

»Nichts, normalerweise. Aber bei dem hier? Was könnte ich wohl gegen so einen ausbeuterischen Film haben, der unsere einheimischen Frauen in Kostüme steckt, die sie billig aussehen lassen und für die sie von jungen und dummen Männern beleidigt werden? In den letzten drei Monaten gab es wegen dieses frauenverachtenden Films mehr Kneipenschlägereien als je zuvor.«

Oh, Mist. Alex hob den Kopf. »Soweit ich weiß, bringt die Produktion der Stadt auch eine Menge Geld. Es kann also nicht nur schlecht sein.«

»Geld ist nicht alles. Obwohl ich mir sicher bin, dass der selbstgefällige Bastard, der für diesen Film verantwortlich ist, glaubt, dass es so ist. Das würde eine Menge erklären.«

Alles klar. Jetzt war wohl kaum der richtige Zeitpunkt, zu erwähnen, dass Alex der nächste selbstgefällige Bastard sein würde, der *Shezan* verantwortete. »Kannst du mir sagen, wie ich von hier zum Set komme? Deshalb habe ich angehalten. Ich wollte einen Blick auf die Karte werfen, weil ich mich total verfahren habe. Ich suche den Weg schon seit einer halben Ewigkeit.«

»Wie lange bist du denn schon unterwegs?« Sam lief steif zu Alex' Mietwagen und schaute in den Innenraum.

»Zwei Stunden. Oder vielleicht drei.«

Sam drehte sich mit einem ungläubigen Blick zu ihr um. »Das ist lächerlich. Man braucht nur anderthalb Stunden vom Flughafen zum Set. Und da drin ist ein Navi.« Sie klopfte an die Scheibe der Fahrertür. »Komm schon.« Sie musterte Alex misstrauisch. »Niemand ist so desorientiert.«

Im Ernst? »Tja, ich bin anscheinend die Ausnahme, die die Regel bestätigt. Ich wollte zuerst nach Mangatarata fahren, einen Wald, den grünen Flecken auf der Karte nach zu urteilen, und von dort aus die Straße nach Ika Whenu nehmen. Ich bin allen Schildern gefolgt, komme aber immer wieder hier raus.«

»Touristen.« Sam lachte ungeniert.

Alex schaute sie finster an und wartete.

»Du wolltest also nach Mangatarata. Aber du bist wahrscheinlich am Schild nach Maramarua links abgebogen. Das ist nicht dasselbe. Bieg bei der nächsten Kreuzung rechts statt links ab. Links gelangt man nur auf einen langen Rundweg.«

Soviel zu ihrem Auge fürs Detail. »Die Namen sind schon eine Herausforderung«, verteidigte sich Alex. »Danke. Wenn ich dich nicht getroffen hätte, würde ich wahrscheinlich für immer hier am Arsch der Welt festsitzen.«

Sams Gesichtsausdruck wurde eisig. »Weißt du, für manche Leute ist ›der Arsch der Welt‹ ihr Zuhause. Für mich zum Beispiel.«

»So habe ich es nicht gemeint.«

»*Natürlich* nicht. Hier draußen ist nicht Mittelerde. Wenn du das sehen willst, musst du die Hobbiton-Tour in Matamata mitmachen. Ja, noch ein langer Name mit ›M‹. Wie sollst du das bloß finden?« Sie lachte über ihren Scherz. Sam zuckte plötzlich zusammen und legte ihre Hand auf ihre Hüfte.

»Du *bist* verletzt! Lass mich dich ins Krankenhaus bringen.«

»Ich komme schon zurecht. Es ist nichts weiter. Ich mache mir mehr Sorgen um Tiger.«

Alex runzelte die Stirn. »Was?«

»Mein Motorrad.« Sam hob ihren Helm vom Boden auf und setzte sich auf die Maschine.

»Oh. Natürlich «, entgegnete Alex. »Hier gibt es nirgendwo Tiger. Das weiß ich doch. Man müsste sie schon wie im Film mit dem Computer einfügen.« *Oh, Scheiße. Ich rede Blödsinn.*

Sam setzte sich ihren Helm auf. »Viel Glück für deinen Film.« Sie schloss den Kinnriemen. »Noch eine letzte Warnung? Dieser Artikel aus der *Variety* ist in aller Munde. Und um dir die Frage zu ersparen, ja, wir haben hier draußen sogar Internet.«

Das klang gar nicht gut.

»Die nennen deinen Film ›toxisch‹.« Sam musterte sie neugierig. »Du scheinst das Honorar wirklich zu brauchen. Ist es das wert?«

Alex bedachte sie mit ihrem unheilvollsten Blick, der Statisten in der Vergangenheit das Fürchten gelehrt hatte. »Vielleicht bin ich ja davon überzeugt, dass man aus dem Film etwas Gutes machen kann. Wenn die richtigen Leute sich dafür einsetzen.«

»Mit Sicherheit.« Sam lachte. »Weißt du was? Ich wette, das Ergebnis wird so beeindruckend sein wie deine Fahrkünste.«

»Zum letzten Mal, das war ein verdammter Unfall!« Alex stemmte die Hände in die Hüften.

»Genau wie dein Film.« Sam startete ihre Maschine. Tiger stotterte kurz und sprang dann an. Sam gab testweise Gas. Für das, was das Motorrad durchgemacht hatte, klang es halb so schlimm. Die Erleichterung war ihr anzusehen. »Wenn du augenblicklich umkehren und zum Flughafen zurückfahren würdest, statt bei diesem stinkenden Haufen *Pekapeka*-Scheiße mitzumachen, könnte ich dich wahrscheinlich respektieren.« In einem übertrieben freundlichen Tonfall fügte sie hinzu: »Das ist übrigens eine lokale Fledermausart. Nur zur Info für die Leute, die sich nicht die Mühe machen, lokale Namen zu lernen.«

Richtig, das war also das Problem. »Es tut mir leid, dass du und deine Maschine etwas abbekommen habt, aber jetzt kannst du gern einfach abhauen!« Alex schnaubte wütend.

Sam lachte trocken. »Weißt du, das ist bislang das Einzige, bei dem wir einer Meinung sind.« Sie musterte Alex ein letztes Mal, rückte ihre Sonnenbrille zurecht und grinste sie an. »Du siehst so empört aus. Richte deinem Chef aus, dass er sich um meine Rechnung kümmern soll. Ich bin sicher, er wird begeistert sein. Wie lange bist du jetzt in Neuseeland? Ein ziemlicher Rekord, innerhalb der ersten drei Stunden einen Unfall zu verursachen.« Sie ließ den Motor kurz aufheulen, winkte dann hochnäsig wie die Queen und dröhnte davon.

Alex schluckte buchstäblich ihren Staub.

Wie gern hätte sie sich ihrer Wut voll und ganz hingeben. Das hätte die Situation so viel einfacher gemacht. Wenn sie nur nicht so fasziniert vom Anblick des davonbrausenden Batgirls gewesen wäre.

Verdammt sexy, dachte sie grimmig.

Kapitel 3

Noch mal auf Anfang

Shezans Executive Producer, Quincy Blackman, empfing Alex wie eine verloren geglaubte Tochter. Er war über fünfzig und sein zurückweichender Haaransatz und die kahle Stelle an seinem Hinterkopf zeigten, dass er seine Blütezeit schon überschritten hatte. Seine rötliche Haut war von zu viel Sonneneinstrahlung faltig geworden, obwohl Alex bezweifelte, dass Neuseeland schuld an diesem Umstand war, so kalt, wie es hier draußen war. Bevor er sie zur Begrüßung umarmte, konnte sie die Verzweiflung in seinen Augen sehen. Ja, er wurde hier draußen definitiv verrückt.

Das Set war einen kurzen, aber matschigen Spaziergang vom Parkplatz entfernt, vorbei an einem riesigen Maori-Sicherheitsmann.

»Der erste Regisseur, Mitchell Finch, war zehn Wochen hier, bevor er wegen Drehbuchproblemen das Handtuch geworfen hat«, sagte Quincy. »Der zweite, Bud Mackay, hat nur einen Monat durchgehalten und ist dann mitten in der Nacht heimlich auf und davon. Seine Kündigungs-E-Mail hat er von einem Zwischenstopp in Denpasar aus geschrieben. Das war ein wunderbarer Start in den Tag für mich. Ich hoffe, die Last-Minute-Fluggebühren haben ihn ruiniert.« Er schüttelte resigniert den Kopf. »Und hier sind wir auch schon.«

Ein Dutzend Wohnwagen für Mitarbeiter, Besetzung und Produktion standen auf dem Grundstück eines Farmers, nur wenige Kilometer von den prächtigen Wairere Falls Wasserfällen entfernt, die die Hauptkulisse ihres Films waren. Alex hatte sie recherchiert, als sie auf ihren Flug nach Neuseeland gewartet hatte. Zumindest die Szenerie des Films war schlicht atemberaubend.

»Die ehemaligen Regisseure haben am Set ihren Stempel hinterlassen. Wir haben drei permanente Drehorte: das Zelt des Wilderers, das Amazonen-Dorf und Shezans Baumhaus. Mitchell bestand darauf, das Set der Heldin direkt neben den Wasserfällen zu bauen, was nicht ganz einfach ist wegen den Touristen auf Wanderungen und der launischen Natur. Ganz zu schweigen davon, dass es bis dahin eine zwanzigminütige Wanderung ist, die wir bei schlechtem Wetter durch den Schlamm schaffen müssen. Mit der gesamten Ausrüstung. Frag mich lieber nicht, wie oft es hier unten regnet. Wir mussten ein Vermögen in wetterfeste Ausrüstung und Regenschirme investieren.«

»Das ist ein Scherz, oder?« Alex sah ihn entsetzt an. »Sie haben kein Duplikat in einem schönen trockenen Studio in Auckland bauen lassen, um die Nahaufnahmen in einer kontrollierbaren Umgebung drehen zu können?«

»Der Schnitt wird zwar in Auckland gemacht, aber Mitchell war der Auffassung, dass seine Kunst nur durch Realismus lebt.« Quincy zuckte mit den Schultern. »Wir sind hier am Set übrigens alle per Du. Stecken immerhin schon seit Wochen gemeinsam im Schlamm fest.«

Alex nickte. »Realismus in allen Ehren, aber wie hat er die Umgebungsgeräusche ausgeblendet? Die Wildtiere? Den Wasserfall? Nieselregen? Ganz zu schweigen von der Schwierigkeit, mit Schauspielerinnen in durchnässten Kostümen zu drehen?«

»Na ja, wir haben diese Probleme nicht wirklich gelöst, bevor Mitchell oder Bud abgehauen sind. Wie auch immer, morgen zeige ich dir unsere weiter entfernt liegenden Sets. Heute ist es dafür zu spät. Hier draußen wird es früh dunkel.«

Alex sah sich um. Die Weide, auf der das Produktionsteam seine Zelte – oder vielmehr das Zelt des Wilderers – aufgeschlagen hatte, war zuvor offensichtlich für Nutztiere gedacht gewesen. Zumindest wenn die Misthaufen, denen sie konstant ausweichen musste, irgendein Indiz waren.

»Es tut mir leid, dass dich niemand vom Flughafen abholen konnte«, sagte Quincy, als er sie zu dem riesigen Zelt mitten auf der Wiese führte. »Ich musste ein paar Einheimische interviewen. Und die Produktionsassistenten sind unterwegs und kaufen sämtliches Sperrholz, das sie finden können. Frag lieber nicht. Ein Windstoß und schon war das Büro der Wildhüter auf halbem Weg nach Hawaii. Ich konnte also niemanden entbehren.«

»Ja, das war wirklich Pech für mich. Ich hatte auf dem Weg hierher einen Unfall mit einem Motorrad.« Sie musste unwillkürlich an das Feuer in den Augen der Blondine denken. »Meine Schuld.«

Quincy blieb wie angewurzelt stehen. »Bitte sag mir, dass du nicht in der ersten Stunde deines Aufenthalts hier einen Einheimischen plattgemacht hast.«

»Ganz so schlimm ist es nicht. Sie atmet und fährt noch. Sie weiß, wo ich arbeite, und sagte, sie würde meinem Chef ihre Rechnung schicken. Damit bist du also informiert.«

»Wie schlimm war es?« Er klang besorgt.

»Motorrad und Fahrerin haben ein paar Kratzer abbekommen, und sie hat es nur um Haaresbreite verhindern können, mein Auto anzufahren. Musste sich mit ihrem Bike hinwerfen, um den Aufprall zu vermeiden. Ich habe versprochen, dass wir für jedweden Schaden aufkommen werden. Ich wollte noch vor Ort einen Krankenwagen rufen, aber sie hat sich geweigert.«

»Ich … verstehe.« Quincy seufzte erschöpft. »Es läuft also schon alles aus dem Ruder, noch bevor meine dritte Regisseurin einen Fuß ans Set gesetzt hat. Gott, womit habe ich das verdient?«

»Deckt die Versicherung nicht alles ab?«

»Überlass das mir. Ich werde dafür sorgen, dass der Mist erledigt wird. Konzentrier dich einfach auf die Fertigstellung dieses gottverdammten Films, damit ich endlich nach Hause gehen kann, um in Frieden, auf trockenem Boden und im Sonnenschein einen Nervenzusammenbruch zu erleiden.«

»War das deine offizielle Begrüßungsansprache?«

»Kommt hin.«

»Du bist wirklich schlecht in so was«, kommentierte Alex trocken.

Quincy sah aus, als müsste er doch beinahe lachen.

Sie erreichten das Zelt. Die rustikale Konstruktion sah aus, als sei sie aus Leder. Schon mal nicht schlecht. Solide. Allerdings sah alles etwas zu neu aus.

»Das Zelt des Wilderers«, sagte Quincy. »Bühnenbild und Requisite sind gerade damit fertig geworden. Sie sind ziemlich stolz darauf.«

Alex warf einen kritischen Blick auf das Zelt. »Wie lange lebt der Wilderer schon hier?«

»Sechs Monate oder so. Vielleicht etwas länger.«

»Scheint mir ein langer Aufenthalt für einen Wilderer oder irgendeine Art von Jäger zu sein. Läuft es nicht normalerweise so, dass sie töten und dann weiterziehen?«

»Liebe widersetzt sich jeder Logik?«, schlug Quincy als Erklärung vor. »Zum Teufel, woher soll ich das wissen? Ich habe das Drehbuch nicht geschrieben.«

Richtig. »Also, sechs Monate ... dann sollten wir es vielleicht noch etwas bewohnter wirken lassen. Vor allem die Befestigungsheringe und die Eingangs-Klappe. Sie müssten von Schlamm und Staub bedeckt sein.«

»Okay.« Quincy winkte eine junge Frau heran, die ihnen gefolgt war. »Das ist deine Produktionsassistentin, Alice. Lass sie einfach wissen, wenn du etwas brauchst.« Er lachte. »Ich werde eure Namen sicher ständig durcheinanderbringen.«

»Hallo«, sagte Alex und musterte die zierliche Frau. Sie wirkte wie eine blonde Maus in Turnschuhen. »Ich glaube, wir sind uns schon mal begegnet.«

»Ja«, bestätigte Alice. »Ich war bei einem deiner früheren Filme dabei. *Sonnenflecken.* Ich freue mich, wieder mit dir zu arbeiten.«

»Danke, ebenso.«

»Also dann.« Quincy warf den beiden Frauen einen ungeduldigen Blick zu und öffnete die Zeltklappe. »Wollen wir?«

Alex sah sich langsam im Zelt um. Sie wollte alles ausgiebig auf sich wirken lassen. Alles war in neutrales Blau gehalten. Ein paar Gewehre waren gegen Holzkisten gelehnt. Sie ging an einem alten, braunen Lederstuhl am Eingang vorbei. Er war auf die Zeltwand ausgerichtet, an der Fotos vergangener Jagden hingen. An der gegenüberliegenden Seite des Zelts standen zwei Betten; eines für den Wilderer, eines für seine neunzehnjährige Tochter. Daneben eine verblasste Sichtschutzwand.

»Und?« Quincy warf ihr einen hoffnungsvollen Blick zu.

»Nein.« Alex atmete tief durch. »Die Farben müssen tiefrot oder braun sein, um Kraft und Blut zu symbolisieren. Das ist sein Lebensinhalt. Und der Stuhl darf nicht in diese Richtung zeigen. Er ist Wilderer. Er würde nie mit dem Rücken zum Eingang sitzen, weil er dann angreifbar wäre. Und diese Fotos?« Sie zeigte auf ein Bild des Schauspielers, der den Wilderer spielte, den Arm um die Schultern seiner Tochter gelegt, einer blonden Frau mit strahlenden Augen. Beide lächelten sich liebevoll an. »Auf keinen Fall«, sagte Alex. »In seinem Leben dreht sich alles um Trophäen. Er hat seine Tochter hierhin mitgeschleift, damit sie ihm dabei zusieht, wie er Tiere abschlachtet, um sich mächtig zu fühlen. Ihr habt das Drehbuch gelesen; Ihr wisst, wie er mit ihr spricht. Für ihn ist die Tochter auch nur eine Trophäe. Das Foto müsste ihn in dominanter Position zeigen und sie als Untergebene.«

Alice schrieb alles in Windeseile mit.

Quincy betrachtete Alex nachdenklich. »Sonst noch etwas?«

»Das Offensichtlichste ist die Zeltgröße. Wie sollen wir hier drei Schauspieler, zwei Kameramänner, eine Person fürs Make-up, eine für die Frisur, einen Tonassistenten, einen Kabelhelfer und mich unterbringen? Warum ist die Seitenwand nicht abnehmbar, damit wir die Krankamera einsetzen können? Ist das nicht Standard?«

»Na ja, Mitchell wollte –«

»Realismus.« Alex seufzte.

»Genau.« Quincy nickte.

»Ich hätte lieber einen leichteren Zugang. Können wir das bitte ändern? Und können wir das Zelt angesichts der Wetterbedingungen so wasserdicht wie möglich machen?«

Quincy nickte. »Natürlich.«

Alice machte sich eine weitere Notiz.

Alex' Blick blieb an etwas unter dem Bett hängen. »Der Schraubenzieher ist kein Requisit, nehme ich an?«

Alice lief schnell hin und steckte ihn ein. »Entschuldigung.«

»Reden wir über die Tierköpfe«, sagte Alex mit Blick auf die Jagdtrophäen an der Wand.

»Du musst doch zugeben, dass er solche Trophäen sammeln würde«, warf Quincy ein.

»Eine Giraffe, ein Zebra und ein … Schneeleopard. Was stimmt da nicht?«

Quincy blinzelte sie an.

»Wo leben diese Tiere? Nicht am selben Ort, so viel ist sicher.«

»Er reist eben«, sagte Quincy. »Die sind von früheren Jagden.«

»Er würde aber nie alle seine Trophäen mit sich herumschleppen. Er würde sie bei sich zu Hause aufbewahren. Das hier ist einfach nicht praktisch für einen Mann, der viel unterwegs ist. Alice, könntest du ein paar glaubwürdigere Raubtiere auftreiben?«

»Ähm, was für welche denn?«

»Je furchterregender, desto besser.«

»Aber …« Alice hielt kurz inne, schüttelte dann aber den Kopf. »Ach, egal.«

Alex schaute sie an. »Nein, sag es ruhig.«

»Wo genau soll der Film denn spielen? Darüber stand nichts im Infoblatt, das wir alle bekommen haben.«

»Wartet, das wissen wir nicht?« Alex starrte den Produzenten fassungslos an. »Das wurde nicht schon zwei Regisseure zuvor erörtert?«

Alice und Quincy tauschten unsichere Blicke aus.

»Ja, darüber ist man sich nicht ganz einig geworden.« Quincy kratzte sich am Nacken »Also halten wir es so vage wie möglich … irgendein Fantasieort zu irgendeiner Fantasiezeit.«

»Das funktioniert so nicht. Wir müssen es dringend ›unvage‹ werden lassen. Und wir müssen in allem regional-kohärent sein, sonst werden wir zum Gespött der Leute. Noch mehr als ohnehin schon. Das wird auch für unsere Kostümbildnerin eine große Hilfe sein. Und kulturelle Authentizität kann dazu beitragen, dass wir den Ruf als schlechtesten Film aller Zeiten loswerden.«

Alice nickte, den Stift im Anschlag.

»Beginnen wir vielleicht zuerst mit einem Land«, sagte Alex. »Wenn es Amazonen gibt, grenzt das die Möglichkeiten ja ein.«

»Die Sache mit den Amazonen ist nur ein Hintergrunddetail«, warf Quincy ein. »Es könnte irgendein beliebiger Stamm sein.«

Alex blickte von Alice zu Quincy. »Im Ernst?«

Quincy zuckte mit den Schultern. »Ist doch im Grunde egal, oder nicht? Irgendwelche Bewohner des tiefsten und dunkelsten Dschungels eben.«

Das war sicher nicht egal, wenn der Film nicht länger ein völlig unglaubwürdiges, künstliches Gebilde sein sollte. »Also schön, neuer Plan. Alice, ich möchte, dass du ein paar Nachforschungen anstellst und einen Wald oder Dschungel findest, der der Flora hier am ehesten entspricht. Ähnliche Bäume, Sträucher und so weiter. Verstanden? Und wenn du den gefunden hast, wird *das* unser Schauplatz sein. Dann suchst du nach einem Raubtier aus diesem Wald, besorgst eine künstliche Trophäe davon und wirfst den Rest hier weg.« Alex deutete an die Wand mit den Tierköpfen. »Und außerdem … eine Giraffe? Wie kann irgendein Möchtegern-Macho stolz darauf sein, eine schreckhafte, vegetarische Bohnenstange zu erlegen, die keiner Fliege etwas zuleide tun würde?«

»Er ist aus gutem Grund unser Bösewicht«, begründete Quincy. »Er ist einfach ein Arschloch.«

Alex lachte kurz auf. »Netter Versuch. Alice, würdest du bitte die Giraffe entsorgen?«

»Okay, was noch?«, fragte Quincy.

»Hunde. Irgendwo muss ein Bild von seinem Hund hängen. Irgendeine große, kräftige Rasse. Er liebt seinen Hund.«

»Tut er das?«

»Ja.« Alex grinste. »Mehr als seine Tochter.«

»*Bastard*«, sagte Quincy.

Diesmal kicherte sogar die mausartige Assistentin.

»Und präpariert auch die Gewehre mehr, okay?«, fuhr Alex fort. »Sie sehen aus wie Requisiten, die letzte Woche erst ausgepackt wurden. Sie müssen gebraucht, aber gut gepflegt wirken. Das Einzige, was der Mann mehr liebt als seinen Hund, sind seine Waffen.« Alex klatschte in die Hände. »Gut, das war's fürs Erste.«

Sie verließen das Zelt und Alex gab Alice mit einer Handbewegung zu verstehen, dass sie mit dem Abarbeiten der Liste anfangen konnte.

»Du hast ein gutes Auge fürs Detail«, sagte Quincy, als Alice gegangen war.

»Zumindest meistens.« *Wenn ich nicht gerade Motorradfahrerinnen im Weg stehe.* »Was gibt es noch für fertige Sets?«

»Hier in der Gegend? Das einzige, was wir noch hatten, war das Wildhüter-Büro. Aber wie gesagt …«

»Auf halbem Weg nach Hawaii.« Alex seufzte.

»Genau.« Quincy deutete auf den grün bewachsenen Berg hinter ihnen, der bis in die tief stehenden Wolken hineinragte. »Dort oben ist unsere schönste Szenerie. Man muss die Wasserfälle mit eigenem Auge gesehen haben, um sich ein Bild zu machen. Ich habe einen der besten Kinematografen für das Projekt gewinnen können. Er ist perfekt. Weiß, wie man das schwache, durch das dichte Laub dringende Licht hier im Regenwald am besten in Szene setzt.«

»Und er hat für *Shezan* unterschrieben? Wenn er so gut ist, warum macht er dann nicht etwas …« *Lohnenswertes? Exzellentes?* » … anderes?«

»Er ist seit Kurzem im Ruhestand. Ich habe ihn überzeugt, noch einen letzten Streifen zu drehen. Ich hatte einfach Glück. Der Mann war nach zwei Monaten zu Hause schon zu Tode gelangweilt.«

»Ah.«

»Eine Sache noch: Wir haben gelegentlich ein Problem mit Touristen, weil wir in einem öffentlichen Nationalpark drehen. Unsere Genehmigung erlaubt es uns aber, sie zu verscheuchen. Sie gehen auch meistens, widerwillig. Und für den Fall, dass sie es nicht tun, haben wir Sid.«

»Sid?«

»Der Muskelberg, an dem wir auf dem Weg hierher vorbeigekommen sind.«

»Okay. Wie liegen wir im Zeitplan? Wie weit sind wir im Rückstand?«

»Es ist schlimm, aber nicht aussichtslos. Ich schicke dir ein paar meiner Notizen. Ich hoffe, dass wir jetzt, wo du da bist, etwas Zeit gutmachen können.«

»Wie ist der Stand des Drehbuchs?«

»Noch nicht fertig. Unser neuer Autor arbeitet zu Hause daran. Hört auf den Namen ›Max K‹.«

Das klang wie ein Energydrink. Außerdem traute Alex niemandem ohne Nachnamen. Sie hatte auch Cher jahrelang misstrauisch beäugt. »Wie weit ist er?«

»Das ist … eine schwierige Frage.«

Plötzlich tauchte Alice wieder neben ihnen auf. »Ich habe deine Anmerkungen an die Requisite und das Bühnenbild weitergegeben. Oh, und der neue Assistent vom Beleuchtungsteam hat eine Glühbirne geschrottet.«

»Verdammt!« Quincys Gesicht verfinsterte sich. »Feuer ihn.«

»Wegen einer Glühbirne?« Alex schüttelte den Kopf. »Wie neu ist er?«

»Es ist Kevins erste Woche«, sagte Alice. »Er hat noch nie an einem Film mitgearbeitet. Er war gerade dabei, zu lernen, wie man die Lampen anschließt, und dabei ist die Birne aus der Halterung gerutscht.«

»Natürlich«, murmelte Quincy. »Es ist so: Die guten Film-Crews in Neuseeland hatten entweder keine Lust auf dieses Projekt oder arbeiten bereits drüben in Wellington an dem neuen Peter Jackson-Streifen. Wir haben die bekommen, die übrig geblieben sind. Das C-Team sozusagen. Um ehrlich zu sein, habe ich Kevin nur eingestellt, weil er als Einziger einen Gabelstaplerschein hat.«

Alex konnte den Kiwi-Spitzenleuten kaum vorwerfen, dass sie *Shezan* gemieden hatten. Die lasen die *Variety* schließlich auch. »Hör mal, Quincy, feuer den Jungen nicht wegen dieses einen Fehlers. Sein Chef soll ihm klarmachen, wie teuer diese Lampen sind, und dass wir ihn achtkantig rauswerfen, wenn es noch mal vorkommt. Okay?«

Alice betrachtete Quincy gebannt, der schließlich seufzte und zustimmend nickte. Sie lief sofort los, um die gute Nachricht zu überbringen.

»Du bist zu nett«, sagte Quincy. »Wobei wir ohne einen Gabelstaplerfahrer vermutlich ein Problem hätten. Nun gut, komm, setzen wir uns hin und reden vernünftig. Das Drehbuch verursacht mir nämlich auch noch Magenschmerzen.«

Dir, mir und dem Universum.

Quincy führte Alex zum Kantinen-Bereich, der aus einem glänzenden Wohnwagen und einer Reihe überdachter Tische und Stühle bestand. Er bedeutete ihr, Platz zu nehmen. »Kaffee? Tee? Irgendetwas anderes?«

Mit einem Blick auf ihre Uhr – es war gerade kurz nach fünf – scherzte sie: »Für ein Bier würde ich töten.«

»Dito. Aber wir haben keinen Alkohol am Set. Später gehen wir alle in den Pub, dann bekommst du eins.«

»Ein Pub? Ist der gut?« Sie hatte in L.A. bis dato keine einzige anständige Kneipe gefunden. Eine Sache aus ihrer britischen Heimat, die sie schmerzlich vermisste.

»An den Pub im *Te Wharariki Hotel* muss man sich gewöhnen. Er ist ein wenig in der Zeit stehen geblieben und das einzige Lokal in der Stadt. Aber das Essen ist sehr gut. Und billig. Sogar so billig, dass wir die nicht-ortsansässige Besetzung und die Crew abends dort essen lassen, anstatt eine Catering-Firma zu beauftragen.« Quincy machte eine Pause und zog dann etwas aus einem Ordner, den er bei sich trug. »Hier ist das vorläufige Drehbuch. Es muss noch ein wenig überarbeitet werden.«

Ach wirklich?

Er schob ihr ein Exemplar zu. »Ich habe das Hauptproblem, das alle damit hatten, markiert. Und leider gibt es einen Grund, warum wir das nicht so einfach in Ordnung bringen können.«

Alex blätterte zu einem gelben Klebezettel vor und las, was auf der markierten Seite stand.

Es war genau das, was ihr von Anfang an ein Dorn im Auge gewesen war. Warum sollte die Heldin sich in den widerwärtigen Wilderer verlieben und ihren geliebten Wald verlassen, um den Rest ihres Lebens mit ihm zu verbringen? »Ich hasse es.« Alex ließ das Drehbuch wieder auf den

Tisch fallen. »Sowohl ihr romantisches Interesse an ihm als auch die Entscheidung, ihre Heimat und die Tiere zurückzulassen.«

»Sehe ich auch so. Max K. steht kurz vor einem Nervenzusammenbruch deswegen.«

»Ich habe auch ein Problem damit, dass sie im ganzen Wald Fallen für den Wilderer aufstellt. Nicht nur, weil das nach *Shezan allein zu Haus* aussieht.«

»Das könnte ein besserer Titel sein«, murmelte Quincy.

»Würde sie damit nicht auch die Tiere fangen, die sie beschützen will?«

»Solche Logik hat in einem Film nichts verloren, also nein, das passiert auf wundersame Weise nicht.«

»Aha. Also fängt Shezan den Wilderer, schleift seinen Hintern zurück in sein eigenes Zelt, um ihm eine Moralpredigt zu halten, und verfällt dann seinem antiquierten Charme und seinen machohaften Verführungskünsten … Und am Ende wird sie die Stiefmutter seiner verzogenen Göre, die fast genauso alt ist wie sie selbst.«

»Ja.« Quincy fuhr sich mit den Fingern durch sein lichtes Haar. »Im Grunde genommen ist das die Handlung.«

»Und die Moral von der Geschichte? Wilderer gewinnen am Ende? Wer die Macht hat, hat das Recht?«

»Ich glaube, es soll eher in Richtung von ›Die Liebe überwindet alles‹ gehen. Aber ja, es ist problematisch.«

»Und die Amazonen, ihre entfernten Verwandten, schmeißen ihr eine Abschiedsparty. Wie wundervoll.« Alex tippte verärgert mit dem Finger auf das Drehbuch.

Quincy räusperte sich.

»Also sagst du mir jetzt, warum wir nicht einfach das ganze verdammte Ende ändern können?«

»Einer der Studiobosse, Richard Howard, besteht darauf, dass es so bleibt, wie es ist. Davon wird er sich auch nicht abbringen lassen. Nur wegen ihm gibt es diesen ganzen Film überhaupt. Er ist der Einzige, der dahintersteht.«

»Er weiß aber schon, in welchem Jahrhundert wir leben, oder? Die Kritiker werden uns in der Luft zerreißen.«

»Seine Tochter Melody ist angehende Schauspielerin und *Shezan* ihr erster Film. Aber sie hat zu wenig Talent, um der Star des Films zu sein –

selbst wenn sie das richtige Aussehen dafür hätte, das sie aber auch nicht hat. Also spielt sie die Tochter des Wilderers.«

Alex rief sich das Foto der engelsgleichen Blondine im Zelt wieder in Erinnerung.

»Wenn man also an der Wilderer-Storyline dreht – vor allem an dem schlechten Ende – nimmt das Richards Tochter ihre Zeit im Rampenlicht«, sagte Quincy. »Den meisten Text hat sie, wenn sie *Shezan* im Leben ihres Vaters willkommen heißt. Das können wir also nicht ändern, ohne dass Richard sich quer stellt. Gott bewahre.«

»Dann besetzen wir sie um. Vielleicht als Amazone?«

»Geht nicht. Melody weigert sich strikt, eine Amazone zu spielen. Hat irgendwas mit der ›Objektifizierung von Frauen‹ zu tun. Es führt also kein Weg vorbei an unserem grauenhaften Schluss.«

»Und trotz dieser Wertvorstellungen macht sie bei *Shezan* mit?«

»Ich nehme an, dass es die einzige Rolle ist, die sie bekommen hat.« Quincy senkte seine Stimme. »In den Notizen des Casting-Direktors stand: *hölzerner als ein Pier.*«

»Ich möchte sie kennenlernen und sehen, was sie zu bieten hat. Vielleicht fällt mir dann ja etwas ein.«

»Leg die Messlatte niedrig an. Und vergiss nicht: Melody und ihr Vater machen neunzig Prozent des Grunds aus, warum dieses Drehbuch nicht geändert werden kann – aber sie sind auch der Grund, warum es diesen Film überhaupt gibt.«

» Das Ende so zu lassen, wird seiner Tochter doch nur schaden. Dieser Film ist – so wie er ist – ein Witz.«

»Ich weiß. Alle wissen das.« Quincy atmet seufzend aus. »Aber jetzt verstehst du vielleicht, warum der Film so genehmigt wurde und warum alle die Flinte ins Korn werfen. Regisseure und Autoren schneien hier herein und denken, sie müssten nur das Ende neu schreiben und dann würde daraus schon etwas werden. Wenn sie dann herausfinden, dass das nicht möglich ist, hauen sie schnellstmöglich wieder ab.«

»Warum bist du dann nicht auch abgehauen?«

»Unterhaltszahlungen. Ich habe drei Ex-Frauen. Teures Vergnügen, das Heiraten. Mein Rat an dich: Bleib Single.« Er warf ihr einen reumütigen Blick zu. »Es macht keinen Spaß, Mitglied im Klub der Geschiedenen zu sein, glaub mir.«

Sein leidender Gesichtsausdruck brachte Alex zum Lachen. »Ich habe nicht vor, mir einen Ehemann anzulachen.«.

»Für Ehefrauen gilt dasselbe.«

Ah, er hatte also Nachforschungen über sie angestellt.

»Also, raus mit der Sprache«, wechselte Quincy das Thema. »Wieso hast du für diesen *Shezan*-Mist unterschrieben? Dein Ruf ist ausgezeichnet. Du bist doch viel zu begabt für diesen Mist.«

»Danke«, murmelte Alex und bekam plötzlich wieder Zweifel an ihrem waghalsigen Vorhaben. »Ich habe vor, mir einen Namen damit zu machen, diesen völlig verschrienen Film in etwas Anständiges zu verwandeln. Eine Menge Augen sind auf dieses Projekt gerichtet. Stell dir vor, es gelingt mir, das Undenkbare durchzuziehen.«

Quincy blinzelte überrascht.

Oh. Vielleicht klang das etwas zu optimistisch. »Außerdem habe ich Schulden beim Finanzamt«, gab sie zu.

»Ach, Gott sei Dank.« Er lächelte und prostete ihr mit seiner Kaffeetasse zu. »Jetzt wird mir alles klar. Einen Moment lang dachte ich, du wärst verrückt.« Er lachte. »Ganz schön ehrgeizig. Die meisten Leute aus L.A. sind wegen der Kohle hier und scheren sich einen Dreck ums Endergebnis. Und die Einheimischen sind zwar mit viel Enthusiasmus bei der Sache, haben aber nicht viel Filmerfahrung, mal abgesehen vom Kinematografen. Zusammengefasst können wir also festhalten: Wir haben ein niedriges Budget, ein schlechtes Drehbuch und können das Ende nicht umschreiben. Gott sei Dank haben wir eine Shezan, die schauspielern kann.«

»Chloe ist gut?« Das war eine Erleichterung. Alex war auf dem Flug ein erschreckender Gedanke gekommen: Was, wenn Chloe furchtbar war und sie eine Frau feuern musste, die allen ihren Freunden so nahestand?

»Sie spielt solide. Sie ist nicht großartig, noch nicht, aber es ist auch ihre erste große Rolle. Für ein ehemaliges Modell ist sie ziemlich gut. Die Kamera liebt sie. Aus ihr könnte eine anständige Schauspielerin werden, wenn dieser Film ihre angehende Karriere nicht für immer zerstört.«

»Ist Chloe schon am Set?«

»Das war sie, aber ich habe ihr erlaubt, ihre Familie in Auckland zu besuchen, solange wir noch alles vorbereiten. Sie kommt morgen zurück. Du kennst sie bereits, oder? Hattest du das nicht bei unserem *Skype*-Gespräch gesagt?«

»Ich bin ihr ein paar Mal begegnet. Chloe ist cool. Es sollte kein Problem sein, mit ihr zu arbeiten.«

»Das sind gute Nachrichten. Wir werden wohl alle Hände voll zu tun haben, uns um die zimperliche Melody Howard zu kümmern.«

»Richtig.« Alex konnte ein Gähnen nicht unterdrücken und versteckte es hinter vorgehaltener Hand.

»Entschuldigung. Ich habe vergessen, dass du einen langen Tag hattest.« Quincy stand auf. »Ich zeige dir den Weg zu deinem Wohnwagen. Vielleicht möchtest du dich ja noch ein wenig aufs Ohr hauen, vor dem Abendessen und deinem wohlverdienten Bier.«

»Gute Idee.« Jetzt, wo er es erwähnt hatte, konnte Alex spüren, wie sich die Müdigkeit schwer über ihre Augenlider legte.

Er führte sie zu einer Reihe silbern glänzender Wohnwagen. »Der da gehört dir. Und der da drüben ist meiner. Produktion ist dort, Kostüm und Garderobe dort drüben.«

»Ist Skye am Set?«

»Ja. Sie ist dabei, die Outfits für die Amazonen umzuarbeiten. Die jetzigen Kostüme sind ihrer Meinung nach schließlich, ich zitiere: *Absurde Schandflecken, die sich nicht mal für einen Pornofilm eignen würden.*« Er lächelte. »Es war der zweite Regisseur, Bud, der die Idee hatte, die Kostüme so knapp ausfallen zu lassen. Er meinte, wenn wir das Drehbuch schon nicht in Ordnung bringen können, sollten wir den Leuten wenigstens etwas fürs Auge bieten.«

»Das ist ja mal fortschrittlich gedacht.«

Quincy zuckte mit den Schultern. »Jetzt ist er weg und hat seinen Designer mitgenommen. Skye wird es richten, also sind wir zumindest damit wieder auf dem richtigen Weg, oder?«

Da hatte er recht. Die ersten Pressebilder der Amazonen hatten dem Film mehr geschadet als alles andere. Die Öffentlichkeit kannte allerdings den geplanten Handlungsablauf der Geschichte noch nicht.

»Da sind wir.« Quincy machte vor ihrem Wohnwagen Halt und reichte ihr einen kleinen Notizzettel. »Das ist der Code.« Er tippte die Zahlen für sie ein und öffnete die Tür.

»Es ist nur ein Standard-Filmtrailer«, sagte er und ließ Alex den Vortritt. »Großes Bett, winziges Bad, kleine Küchenzeile mit Mikrowelle, Mini-Kühlschrank dort unten. Tee- und Kaffeevorräte sind in den Schränken da oben.« Er deutete über das Spülbecken. »Außerdem gibt es einen Fernseher, ein Sofa, einen ausklappbaren Tisch und nicht zu vergessen, den anhaltenden Duft eines *Eau-de-Luxe-Wohnwagens.*« Er lachte über seinen Witz. »Ich bitte Sid, die Taschen aus deinem Auto zu bringen, damit du dich ein wenig entspannen kannst.«

»Okay.« Alex kramte den Autoschlüssel aus ihrer Jackentasche und warf ihn Quincy zu.

Sie schaute sich um. Es war eine schönere Unterkunft, als sie es von ihren eigenen Filmen gewohnt war. Was für ein Unterschied ein Studiobudget machte, selbst wenn es ein kleines war.

»Bring deinen Appetit mit ins *Te Wharariki Hotel*«, sagte Quincy. »Die Portionen sind riesig, sogar für amerikanische Verhältnisse.« Er musterte ihre zierliche Statur. »Ich melde mich freiwillig für das, was du übrig lassen wirst«, scherzte er und klopfte sich auf seinen Wohlstandbauch. »Die gehen dort in der Küche wohl davon aus, dass alle ihre Gäste Rugbyspieler sind. Fairerweise trifft das auf die Hälfte der Ansässigen wahrscheinlich auch zu: Riesige Typen ohne Hälse, und wenn man neben ihnen geht, bekommt man keinen Sonnenstrahl mehr ab.«

Alex fragte sich, was dieser Film für ihr Gewicht bedeuten würde. »Gut zu wissen«, sagte sie. Mittlerweile fühlte sie ihre Erschöpfung im ganzen Körper.

Er winkte zum Abschied. »Ich kümmere mich darum, dass du morgen mit Melody arbeiten kannst.«

»Großartig.« Alex blieb einen Moment in der Tür des Wohnwagens stehen und sah Quincy nach, wie er über die Wiese davonging. Ihr Blick schweifte über das chaotische Set, das teilweise bereit zum Dreh war, an anderen Stellen aber eher weniger.

Noch mal auf Anfang. Los geht's.

Kapitel 4

Höllenhunde

Senior Constable Samantha Keegan warf ihren Rucksack in den Kofferraum ihres Streifenwagens und zog den Reißverschluss ihrer gefütterten, schwarzen Jacke etwas höher. Es war gerade mal fünf Uhr morgens und bitterkalt. Da sie gestern so enge Bekanntschaft mit dem Asphalt gemacht hatte, schmerzte ihre linke Seite heute. Und die eisigen Temperaturen machten es nicht gerade besser. Trotzdem war sie sich sicher, dass ihre Verletzungen weder wirklich ernst noch von permanenter Natur waren – anders als der Schaden an Tiger.

Sie ließ sich in den Fahrersitz ihres Streifenwagens fallen und zuckte vor Schmerz zusammen. Nachdem sie den Wagen gestartet hatte, drehte sie die Heizung bis zum Anschlag auf. Als sie nach dem Anschnallgurt griff, erschien kurz ein weiß-brauner Hundekopf am Fenster.

Und verschwand wieder.

Gleich darauf ertönte ein lang gezogenes Jaulen.

Bruce, der alte Jack-Russell-Terrier ihrer Nachbarin, liebte es, mit ihr mitzufahren. Er genoss die Szenerie, während Sam ihre Runden drehte. Oder, was wahrscheinlicher war, er liebte den Geruch ihres Rucksackinhalts.

Na schön. Sie öffnete die Beifahrertür und wartete. Eine Sekunde später tauchte auch schon der pelzige, kleine Körper neben ihr auf. Er sprang auf ihren Schoß, ein Energiebündel aus freudig wedelnder Rute und nasser Nase.

»Ja, ja. Ich rieche heute genauso interessant wie gestern. Jetzt ab auf deinen Platz, Mister. Wir sind spät dran.«

Sie schob Bruce zurück auf den Beifahrersitz, wo er sich ein paar Mal um sich selbst drehte, bevor er sich niederließ.

»Es ist noch viel zu früh für dieses Maß an Enthusiasmus.« Sam lehnte sich über ihn und zog die Tür zu. »Zu früh für irgendein Maß an Enthusiasmus.«

Die Sonne würde erst in einer Stunde aufgehen. Bruce jammerte und schaute ungeduldig aus dem Fenster.

»Schon gut, lass uns unsere Runde drehen, damit ich mich mit einer schönen, heißen Dusche belohnen kann. Und du kannst durchs Fenster zurück ins Haus schleichen und so tun, als hättest du dein Frauchen nie betrogen.« Sams ältere Nachbarin stand nie vor acht auf, sie hatten also genügend Zeit.

Außerdem war sich Mrs. Fenley wahrscheinlich nur allzu bewusst, was ihr Hund jeden Morgen im Schilde führte. Bruce war nicht gut darin, seine Begeisterung zu verbergen, wenn es um Sam ging. Außerdem war er schon immer bei der allmorgendlichen Runde dabei gewesen – früher allerdings mit Sams mittlerweile verstorbenem Vorgänger, Mr. Fenley.

Sams erste Station war am weitesten von der Stadt entfernt und musste vor Morgengrauen erledigt werden. Ihr Streifenwagen kroch immer höher und höher in die abgelegenen Gebirgsausläufer, bevor sie hinter ein paar Weidenbäumen parkte. Außer Sichtweite. Es war wunderschön hier draußen, grün und ruhig, aber abgelegen.

»Du weißt, wie es läuft«, sagte sie zu Bruce, als sie sich ihren Rucksack schnappte. »Ich bin in zehn Minuten wieder da. In der Zwischenzeit will ich keinen Ton von dir hören. Und wehe du läufst wieder irgendeiner Hündin hinterher, ganz egal, wie toll sie riecht. Verstanden? Ich lasse das Fenster ein wenig auf.« Sie kraulte ihn unter dem Kinn. »Ich bin gleich zurück.«

Bruce rollte sich zu einem Knäuel zusammen und legte seinen Kopf auf den Pfoten ab.

Sam setzte den Rucksack auf und zog die Riemen fest. Sie schlich die Mauer entlang, die das Gelände der örtlichen Biker-Gang, den Wild Boars, umzäunte, bis sie einen alten Puriri-Baum erreichte. Dino Taumata, der Kopf der Bande, war zu faul, die Äste des grünen Riesens zu schneiden, sodass sie ein ganzes Stück über die Ziegelmauer hingen.

Sam kletterte den Baum hoch, wobei ihr geschundener Körper protestierte. Dann sprang sie von einem Ast auf die drei Meter hohe Mauer. Bei der Landung fuhr stechender Schmerz durch ihre Hüfte. *Verdammt.* Vielleicht hätte sie diesen speziellen Stopp heute lieber auslassen sollen.

Aber jetzt war es zu spät.

Sam besah sich das vertraute Gelände unter ihr. Ein einzelner Scheinwerfer an der gegenüberliegenden Wand beleuchtete den Platz,

Autokarosserien warfen ihre Schatten auf Motorradmotoren und leere, braune Bierflaschen.

Ein Wellblechschuppen mit einer verblassten Motorradreklame am Rand des Geländes beherbergte eine Werkstatt. Das größere Gebäude daneben war der Ort, an dem ein Dutzend Bandenmitglieder schliefen, feierten und ihren kriminellen Machenschaften nachgingen. Auf einem großen Schild über dem Eingang stand: *Eindringlinge werden erschossen. Überlebende werden noch mal erschossen.*

Seit etwa einem Jahr hegte Sam den starken Verdacht, dass die ansteigende Drogenkriminalität in ihrer Stadt und den Nachbarstädten auf das Konto der Wild Boars ging. Ob Dino Taumata seine Drogen selbst herstellte oder von anderen Biker-Gangs importierte und in seinem dreifach verschlossenen Schuppen hier lagerte, wusste sie allerdings bisher nicht. Und ohne Beweise konnte sie auch kein Sondereinsatzkommando herbestellen, um das herauszufinden. Also konnte sie nur abwarten, Dino und seine Gang beobachten und hoffen, dass sie früher oder später einen Fehler machen würden.

Aber deshalb war sie heute Morgen nicht hier. Der Tag heute diente bloß der Vorbereitung.

Sam schlich auf der Mauer entlang. Ihre schwarzen Leggings, das dunkle T-Shirt und die schwarze Jacke ließen sie im fahlen Licht der Morgendämmerung wie einen Schatten erscheinen. Eine anthrazitfarbene Mütze verhinderte zudem, dass ihr blondes Haar zu sehen war. Im Moment konnte sie nur am Geruch erkannt werden, und genau hier hatten die Boars eine starke und potenziell tödliche Waffe.

Genauer gesagt vier davon.

Hinter der Werkstatt ertönte plötzlich Gebell und das Scharren von Krallen auf Stein. Die vier riesigen Bestien hatten ihre Fährte aufgenommen und stürmten auf Sams Versteck auf der Mauer zu. Sie erkannte jeden der sogenannten »Höllenhunde« sofort: Killer, Hellbeast, Demon und Brute.

Das Rottweiler-Quartett wirkte abgemagert und verwahrlost, und es gab reichlich Gerüchte darüber, was sie so bösartig machte – aber ohne konkrete Beweise für die Tierquälerei konnte Sam die Hunde nicht beschlagnahmen lassen.

Sie hielt sich an der Mauer fest und ließ ihren Körper langsam daran hinab. Ihre Füße baumelten über einem Manuka-Busch, der ihren Fall abfedern sollte.

Die Höllenhunde sprangen bellend auf sie zu, als sie sich weiter hinabließ, bis sie nur noch an den Fingerspitzen hing.

Sie ließ los.

Der Manuka-Busch dämpfte ihren Sturz zwar ab, aber ihr verletzter Körper spürte die Landung trotzdem überdeutlich. Sie rollte sich auf die Knie und kroch dann langsam vorwärts, bis sie im Schatten eines durchgerosteten Autowracks ein neues Versteck fand. Erst dann erhob sie sich.

Sofort stürmten die Rottweiler auf sie zu und rissen sie mit ihren schweren Körpern wieder zu Boden.

»Hey, ihr Süßen.« Sam lachte leise, als Killer auf ihre Oberschenkel kletterte und freudig bellte, während Hellbeast interessiert an ihren Schuhen schnüffelte. »Schon gut, schon gut. Ich habe euch Frühstück mitgebracht. Eine Sekunde.« Sie setzte ihren Rucksack ab und wühlte darin, während die vier aufgeregt versuchten, ihre Nasen in die Tasche zu schieben.

Sie zog das frische Fleisch – Reste aus der örtlichen Pub-Küche – aus dem Rucksack, packte es aus und legte es schnell auf den Boden, damit die vier sich darüber hermachen konnten. Im Nu fraßen die abgemagerten Hunde alles auf.

Sam nahm sich eine alte Toyota-Radkappe, die sie beim letzten Besuch unter das Autowrack gelegt hatte, und füllte sie randvoll mit Wasser aus einer Flasche aus ihrem Rucksack.

Schon drängte Killer sich an ihre Seite und fing an, gierig zu schlabbern. Sam tätschelte sie liebevoll.

»Tut mir leid, dass euer Besitzer so ein Arschloch ist«, sagte sie leise. »Ich arbeite dran. Gut, dass wir alle Freunde sind, richtig?« Sie kraulte Killer hinter ihren schlaffen, schwarzen Ohren.

Sam warf einen Blick über das Wrack, um sicherzustellen, dass sie noch immer allein war. Sie rümpfte die Nase. Diese stinkende, heruntergekommene Müllhalde sah noch genauso verkommen aus wie vor vier Monaten, als sie diesen Ort zum ersten Mal in der Morgendämmerung besucht hatte. Damals hatte sie das Fleisch aus sicherer Entfernung von der Mauer fallen lassen. Mittlerweile bekamen die Tiere das Rundum-sorglos-Paket mit Futter, Wasser und Streicheleinheiten von ihr. Das gehörte zu ihrem Plan.

Und vielleicht schlug Sams Herz auch heimlich für Hunde jeglicher Art höher. Sie waren wunderschöne, intelligente Geschöpfe, die die Menschheit höchstwahrscheinlich nicht verdient hatte – insbesondere Menschen wie die Wild Boars nicht.

Diese spezielle Bande ging ihr schwer auf die Nerven. Schon seit Jahren hatten die Boars Sam auf dem Kieker. Sie liebten es, ihr Haus mit obszönem Graffiti zu verunstalten, die Reifen ihres Streifenwagens aufzuschlitzen, und auf die Blumen in ihrem Vorgarten zu pinkeln. Mittlerweile machte sie sich nicht mal mehr die Mühe, sie zu ersetzen.

Im Gegenzug verteilte sie Bußgeldbescheide wie Konfetti, sobald die Gangmitglieder auch nur einen Hauch zu schnell unterwegs waren. Diese Art von Kleinkrieg war noch leicht zu bewältigen. Bis letztes Jahr plötzlich Crystal Meth auf den Straßen ihrer Stadt aufgetaucht war, zusammen mit Gerüchten, dass Dinos Männer dahintersteckten.

Mit dem Meth stieg die Kriminalitätsrate rapide an – hauptsächlich, weil Leute Geld für das Zeug brauchten. Der lokale Pub hatte oft mit Einbrüchen zu kämpfen, weil die Diebe dort leichte Beute vermuteten.

Sam seufzte. Sie sollte weiterfahren und ihre Runde beenden. Gina würde bald aufwachen und Sam im Pub erwarten.

Sie kehrte zur Mauer zurück. Ihre Hände suchten nach den unregelmäßigen Ziegelsteinen, die stellenweise herausragten und eine natürliche Kletterwand bildeten. Sam hatte ihren Abgang in den letzten vier Monaten zu einer Kunstform perfektioniert. Sie platzierte ihren Fuß auf der ersten »Stufe« und streckte sich an der Wand, um den Ziegel für ihre Hand zu erwischen. Dann folgte der nächste Ziegelstein weiter oben für ihren anderen Fuß. Sie hatte die Mauer schon etwa zu zwei Dritteln erklommen, als die schwerfällige Gestalt von Dino Taumata das Klubhaus verließ.

Verflucht! Warum ist der um diese Zeit schon wach?

Sam drückte sich so flach es ging gegen die Mauer. Ihr Blick suchte die Stelle, an der sie das Futter für die Hunde ausgelegt hatte. Alles weg. *Gott sei Dank.*

Sie hielt ihren Atem an, als der Blick des Bandenchefs über das Gelände wanderte. Dino wusste genau, wer sie war, aber da Sam weder in Uniform noch in offizieller Angelegenheit auf dem Gelände war, zählte das definitiv als unbefugtes Betreten. Seine Schlägertypen könnten sie übel zurichten und behaupteten, sie hätten sich nur gegen einen Eindringling zu Wehr gesetzt, den sie nicht erkannt hätten.

Sams Gliedmaßen begannen, unter der Anstrengung der unnatürlichen Position zu zittern.

Dino blieb mit den Rücken zu ihr auf dem Hof stehen. Er starrte auf den Boden. Hatte er das Wasser in der Radkappe entdeckt? Tranken die Hunde noch daraus? Moment mal, wo waren eigentlich die Hunde?

Killer lief gerade fröhlich tapsend schnurstracks auf sie zu. *Bitte nicht bellen, Mädchen.*

Was machte Dino da überhaupt? *Beeil dich, Arschloch. Schaff deinen hässlichen Hintern wieder rein.*

Sams Arme verkrampften sich. Sie würde jeden Moment loslassen müssen. Und sie würde erst recht auffliegen, wenn Dino sich umdrehen und nachsehen würde, woran Killer so interessiert war.

Der Hund sprang gegen das freie Stück Mauer unter ihr, als sei es ein neues Spiel.

Dino stand immer noch immer mit dem Rücken zu ihnen. Er fummelte an seiner Hose herum, und ein paar Sekunden später schoss vor ihm ein Strahl durch die Luft.

Sam nutzte die Ablenkung, um schnell weiterzuklettern. Sie hatte endlich die obere Kante der Mauer erreicht, als Killer noch etwas höher sprang. Hellbeast trabte jetzt auch zu ihnen herüber, um sich an dem Spiel zu beteiligen.

Nicht bellen. Bitte nicht bellen.

Killer bellte.

Scheiße!

Dino drehte den Kopf in Zeitlupentempo. Der Pinkelbogen versiegte. Er verlagerte das Gewicht, um sich umzudrehen.

Sie hatte keine Zeit, ihre Landung auf der anderen Seite zu planen. Sam kniff die Augen zusammen und ließ sich fallen. Die Luft sauste im Fall an ihren Ohren vorbei und sie betete, dass es wenigstens ein paar Büsche dort unten gab, die ihren Sturz abbremsen konnten.

BAMM!

Die Luft wurde schmerzhaft aus ihren Lungen gedrückt, als sie auf dem Rücken landete. Keine Büsche. Wenigstens war der Boden relativ weich – bis auf einen kleinen, spitzen Stein, der sich in ihren Hintern bohrte. Das Geräusch ihres Aufpralls wurde glücklicherweise von den Höllenhunden übertönt, die in diesem Augenblick beschlossen hatten, wütend durcheinanderzubellen.

Sam lag wie erstarrt da und wartete auf irgendein Geräusch von Dino auf der anderen Seite.

Nichts. Nur Stille.

Ein paar quälende Minuten lang lag sie nur da, lauschte ihrem rasenden Herzen und dem abebbenden Bellen, während sie darum kämpfte, wieder genügend Sauerstoff in ihre Lungen zu bekommen.

Der Gestank von Zigarettenrauch wehte durch die Luft.

Behutsam drehte sie sich um, unterdrückte einen Schmerzschrei und hockte sich langsam hin. Sie nutzte die Mauer als Stütze, um sich auf wackeligen Knien aufzurichten, und ging dann das kurze Stück zurück zur Straße. Das war gerade noch mal gut gegangen, obwohl irgendwas in ihr bei der Aktion wahrscheinlich zu Bruch gegangen war. So fühlte es sich zumindest an.

Müde schlurfte sie den Hügel hinab zu ihrem Streifenwagen und ließ sich erleichtert auf den Fahrersitz fallen. Ihr ganzer Körper schmerzte. Bruce warf ihr nur einen empörten Blick zu, da er zweifellos den fremden Hundegeruch an ihr riechen konnte.

»Ja, Junge, ich weiß, ich weiß. Wie kann ich es nur wagen. Aber es ist für einen guten Zweck. Könntest du mich jetzt nach Hause fahren? Ich glaube nämlich nicht, dass ich das noch schaffe.« Mit diesen Worten sackte sie im Sitz in sich zusammen.

Ich muss nur mal kurz meine Augen schließen …

~ ~ ~

Eine Stunde später wurde Sam von Sonnenstrahlen auf ihrem Gesicht geweckt. Bruce schnarchte gemütlich auf ihrem Schoß und ihr ganzer Körper fühlte sich an wie ein riesiger blauer Fleck. Sie musste so schnell wie möglich ins Krankenhaus. Außerdem konnte sie so unmöglich arbeiten. Sie schnappte sich ihr Handy und rief ihren Chef an.

Nur Sergeant Vaughan Petersons Anrufbeantworter nahm den Anruf entgegen. Es war kurz nach sechs. Sie hinterließ eine Nachricht und war etwas überrascht, dass er nicht mittendrin den Hörer abnahm. Nicht, dass Sam ihren Sergeant oft angerufen hätte. Um ehrlich zu sein, es war bisher noch nie vorgekommen.

Dennoch vertraute sie darauf, dass er die Nachricht zumindest abhören würde. Als leitender Sergeant für ihr Revier in Ika Whenu und zwei weitere kleine, lokale Polizeireviere wäre es auch möglich, dass er später für eine Stunde oder so vorbeikommen und für sie einspringen würde. Natürlich würde sie verschweigen, wie genau sie sich verletzt hatte. Alles, was mit den Biker-Gangs zu tun hatte, machte ihren Chef nervös.

Bruce wachte auf, gähnte, streckte sich, drehte eine Ehren-Runde auf ihrem Schoß und sprang dann auf seinen eigenen Sitz zurück. Er schaute erst aus dem Fenster dann wieder zu Sam. Subtil. Es war fast Frühstückszeit und er wollte pünktlich zu Hause sein.

Erst die Arbeit, dann das Vergnügen. »Ich muss die Runde noch beenden«, erklärte sie ihm und ließ den Wagen an. »Gina wird sich fragen, wo ihre Lieferung geblieben ist, und wir wollen ja nicht, dass sie sie selbst holen geht, richtig? Du weißt doch, wie sie ist. Und ihr Herz macht nicht mehr so mit.«

Bruce gähnte wieder.

»Erst die Arbeit, dann das Futter, okay?«

Seine Ohren spitzten sich bei dem Zauberwort.

Sam musste lachen – was sie unmittelbar danach bereute. *Au, verdammt.*

~ ~ ~

Gina, alias *Mama G*, wie sie von allen in Ika Whenu genannt wurde, war eine siebenundsechzigjährige, warmherzige, rundliche Maori-Frau mit einem freundlichen Gesicht. Sie eilte zur Seitentür des *Te Wharariki Hotel*-Pubs, als sie Sam mit einem Tablett voller Brot durch das Fenster entdeckte.

Die höchst unabhängige Gina konnte zu ihrer Frustration kein Auto mehr fahren, also hatte Sam es seit ein paar Jahren auf sich genommen, alle Botengänge für sie zu erledigen. Wie zum Beispiel früh am Morgen die Bestellungen bei der Bäckerei abzuholen.

»Du bist spät dran, Fräulein«, sagte Gina und ihre Augen verrieten Besorgnis. »Ich würde eine warnende Bemerkung machen, wenn einer meiner Jungs zu spät wäre, aber du? Du stellst keinen Unfug an, nicht wahr, Schatz?« Sie trat zur Seite und ließ Sam in die Küche eintreten.

»Nein, keinen Unfug«, beruhigte Sam sie mit zusammengebissenen Zähnen und den Armen voller Backwaren.

»Was ist los?«, fragte Gina. »Du gehst komisch.«

»Komisch?«

»Humpelst du?«

»Ach das, ja, es ist nichts. Bisschen steif heute.« Gina behandelte Sam wie die Tochter, die sie nie gehabt hatte. Ihr zu erklären, dass sie sich beim Füttern der Hunde der Wild Boars verletzt hatte, war keine gute Idee.

»Und warum bist du so spät dran? Mason hat mich schon angerufen und gesagt, dass du noch nicht bei ihm warst. Er hat gefragt, ob es dir gut geht.«

»Das ist mein nächster Stopp.« Die Arthritis in den Händen des alten Bauern war so schlimm, dass er das schwere Tor seines Schuppens zum Melken der Kühe nicht mehr ohne Weiteres aufbekam. Was für ihn ein großes Problem war, war für sie keines – deshalb öffnete sie jeden Morgen das Tor und schloss es abends wieder. Der arme Mann saß wahrscheinlich gerade vor der Scheune und hörte sich das Klagen der Kühe an, die gemolken werden wollten. »Ich fahre besser sofort rüber.«

»Ist gut«, antwortete Gina, aber ihr fragender Blick war noch nicht verschwunden.

Sam spannte sich an und wartete auf mehr unangenehme Fragen zu ihrer Gesundheit.

Stattdessen änderte Gina ihre Strategie. »Hast du von den Problemen hier gestern Abend gehört?« Sie nickte in Richtung Bar, die sie schon jahrzehntelang mit ihrem Mann zusammen geleitet hatte, bevor er gestorben war. Jetzt kümmerte sie sich allein um alles.

Sam musterte den Raum, um zu sehen, ob alles noch ganz war. Ihr Blick wanderte über den abgenutzten, dunklen Holzfußboden, streifte die alten, roten Backsteinwände und blieb an den verblassenden, gerahmten Fotos hängen – darunter das Rugby-Team aus Ika Whenu von 1973, das die Bezirksmeisterschaft gewonnen hatte, und eine preisgekrönte Kuh, die mit einem blauen Band drapiert war. »Was ist passiert? Warum hast du mich nicht angerufen?«

»Sid war hier. Kev auch.« Gina lächelte, wie sie es immer tat bei der Erwähnung ihrer beiden Söhne. »Sie haben es für mich geregelt. Außerdem war es eher ein Handgemenge, nicht wirklich schlimm.«

»Was ist passiert?«

»Kennst du Christine und Kelly? Die Duncan-Zwillinge?«

»Diese liebenswerten Mädchen?« Sam verschränkte ihre Arme.

»Du weißt doch, dass beide Rollen in diesem *Shezan*-Film bekommen haben? Das ist der Film, der in der Nähe der Wairere Falls gedreht wird.«

Als ob in ihrem Bezirk mehr als eine Hollywood-Produktion liefe. Sam nickte ungeduldig. Natürlich hatten die Probleme mit diesem verfluchten Film zu tun.

Gina stützte sich am Tresen ab. »Und du weißt doch, dass sie als Amazonen diese knappen Kleidchen tragen müssen, oder?«

Alle wussten das. Die Duncan-Schwestern hatten allen die Fotos von sich in den Kostümen gezeigt. Sie sahen darin unheimlich unbeholfen und gedemütigt aus. Ein winziger Fetzen braunes Leder zwischen ihren Beinen und noch weniger Stoff, um ihre Brüste zu bedecken. Sam hatte sich schrecklich für sie gefühlt. Sie waren zwar knapp über achtzehn, aber trotzdem war das einfach nicht in Ordnung.

»Also, kurz vor Ladenschluss ...«, fuhr Gina fort, »... hat sich dieser Hitzkopf Fletcher gestern Kellys Handy geschnappt. Er hat die Kostüm-Fotos auf *Twitter* gepostet und es gab ein paar sehr unschöne Kommentare.« Sie schüttelte missmutig den Kopf. »Kellys Freund sieht diese Posts und stürmt hier rein, um herauszufinden, was vor sich geht. Und schon flogen die Fäuste. Fletcher ist unter den Tisch gekrochen, um abzuhauen, die Duncan-Schwestern haben geschrien und die Betrunkenen haben angefangen, Wetten abzuschließen.«

Sam atmete langsam durch. »Und warum hat mich niemand informiert?«

»Na, Sid und Kev sind nicht gerade klein und wissen sich zu helfen, oder? Sie haben den Kampf beendet und Fletcher rausgeschmissen. Ich habe ihm für einen Monat Hausverbot erteilt. Der Post wurde gelöscht, die Ordnung war wiederhergestellt und ich musste dich nicht stören. Ich hasse es, dich nach Feierabend für so etwas anzurufen.«

»Ich wäre aber gekommen.« Sam knabberte an ihrer Unterlippe. »Ich will nicht, dass du jemals deine Sicherheit gefährdest, weil du glaubst, ich brauche eine Pause von den Einheimischen, die nach ein paar Bier ihre Probleme bei mir abladen. Das ist mein Job.«

»Du brauchst auch mal eine richtige Auszeit. Das sage ich dir immer wieder.« Gina wedelte mit dem erhobenen Zeigefinger vor Sams Gesicht herum. »Wann hattest du das letzte Mal Urlaub?«

»Du weißt doch, dass das keinen Sinn macht.«

Sie brauchte nicht zu erklären, warum. Diese Stadt hatte nur einen Polizisten. Ika Whenu war mit seiner Bevölkerung von 2.735 Personen zu klein, um einen Vollzeit-Ersatz zu rechtfertigen. Jedes Mal, wenn Sam ein paar Wochen Urlaub nehmen wollte, hatte sie ein Schild mit der Ankündigung ihrer Abwesenheit an die Tür des Reviers geklebt. Ihr einziger Plan war es gewesen, zu Hause zu entspannen, an ihrem Motorrad zu schrauben oder einen Serienmarathon einzulegen. Und jedes Mal war das Gleiche passiert: Innerhalb eines halben Tages hatte die erste Person das Schild an der Tür des Polizeireviers gesehen, war zwanzig Schritte nach rechts gegangen und hatte an ihre Haustür geklopft.

Es tat den Leuten zwar immer leid, sie zu stören – aber nicht genug, um es nicht zu tun. Und jedes Mal war es irgendein angeblicher Notfall, der eigentlich keiner war. Sie wussten einfach, dass Sam nicht »Nein« sagen konnte. Außerdem war das ihr Job, oder nicht?

»Wieso verlässt du nicht einfach mal die Stadt? Wolltest du nicht verreisen?«, bohrte Gina weiter. »Ich bin sicher, du hattest Reisepläne, damals mit …«

Sam funkelte Gina böse an.

»Na schön. Arbeite dich in einen Burn-out und werde zum unnahbaren Miesepeter.« Gina schniefte dramatisch.

Sam grinste. »Du meinst, das bin ich nicht schon längst?«

»Ich weiß, dass du denkst, es gehört zum Job, dass du niemanden an dich heranlässt. Damit bestätigst du nur die Gerüche, die Dino über dich verbreitet.«

»Was sagt er denn über mich?«

»Das willst du nicht wissen.«

»Sag es mir.«

»Sagen wir einfach, falls dich jemand *Hukapapa* nennt, weißt du jetzt, von wem es kommt.«

Großartig. Auf Maori bedeutete *Hukapapa* Eis, Schnee und Frost. Aber als Ausdruck bedeutete das Wort im übertragenen Sinne so etwas wie »frigide Schlampe«. Wahrscheinlich meinte er damit auch »frigide Lesben-Schlampe«.

»Ich hoffe, dass du Dino eines Tages einen Dämpfer verpassen wirst. Der Junge hat nur Mist im Kopf«, sagte Gina. »Das war früher schon so, als ihr noch zusammen zur Schule gegangen seid.«

»Darauf hoffe ich auch.« Wie konnte Sam das Arschloch Nummer eins vergessen, das ihr die gesamte Schulzeit vermiest hatte? »Und ich arbeite daran. Ich lege gerade das Fundament, um ihm den Garaus zu machen.«

»Sei bitte vorsichtig dabei. Ich mache mir Sorgen um dich, Fräulein.«

»Ich weiß das. Danke. Ich pass schon auf mich auf.«

»Ich würde dich ja umarmen, aber ich weiß, wie sehr du das hasst.« Gina kicherte.

Gott sei Dank war die Frau gelegentlich zu Zurückhaltung im Stande. Sams Rippen würden sich nie mehr erholen, wenn Gina sie in eine ihrer patentierten Klammergriff-Umarmungen zog.

Gina seufzte tief. »Du bist so ein gutes Mädchen. So treu und engagiert.« Sie legte ihre Hand auf Sams Wange. »Es tut mir leid, dass die Leute dich nicht als das sehen, was du bist. Du bist immer so allein.«

Sam zuckte mit den Schultern. »Die Leute haben von Natur aus Vorbehalte gegenüber Polizisten. So ist das Leben.«

»Aber –«

»Nein. Ich habe kein Problem damit.« Sie wollte dieses Gespräch nicht länger führen. »Wie dem auch sei, ich fahre jetzt besser zu Mason und seinen Kühen und bringe Bruce zurück zu Mrs. Fenley und seinem Frühstück, bevor er noch mein Funkgerät frisst.«

Gina lachte. »In Ordnung, ich lass dich ja schon in Ruhe damit.«

Ein Tablett mit Aprikosenplunderstückchen rutschte auf die Theke, mit freundlicher Empfehlung des Kochs, der sich sofort wieder in die Küche verzog. »Die sehen großartig aus, Dutch«, rief Sam ihm hinterher.

Er murrte seine Zustimmung. Ein Mann weniger Worte.

Sam wollte sich ein Stück stibitzen, aber Gina war schneller und schlug ihre Hand weg. »Nein. Die sind für die Filmleute. Die sind vorbestellt.«

Sam zog einen Schmollmund.

»Oh, schau nicht so enttäuscht«, kicherte Gina. »Komm heute Abend wieder vorbei. Ich koche dir etwas Leckeres. Keine Widerrede. Du musst auch mal aus deinem deprimierenden Haus raus.«

»Ich komme genug raus. Wenn ich mit Tiger losziehe.« Und sie spionierte auch regelmäßig der örtlichen Biker-Gang nach. »Und ich besuche dich.«

»Ich meinte, du musst auch mal Leute treffen, die nicht zur Familie gehören«, tadelte Gina sie. »Es ist eine Weile her, dass du ... eine engere Freundin hattest.«

»Gina ...«, warnte Sam.

»Schon gut. Ich höre auf, dich zu bedrängen. Ab mit dir. Bis heute Abend.« Mit diesen Worten verschwand Gina in die Küche und rief Dutch zu, dass das Brot geliefert worden sei.

»Wurde auch Zeit«, kam seine griesgrämige Antwort.

Nichts zu danken.

Mit einem letzten sehnsüchtigen Blick auf Dutchs köstliche Plunderstückchen schleppte Sam ihren schmerzenden Körper nach draußen zum Streifenwagen.

Kapitel 5

Dorn im Auge

Alex wurde von lauten Klopfgeräuschen und ihrem wackelnden Wohnwagen aus dem Schlaf gerissen. Sie zog die Jalousie hoch, die ihr Schlafzimmerfenster verdunkelte und sah nach draußen. Grelles Sonnenlicht blendete sie. Entfernte Vogelstimmen und *Mäh*-Geräusche von Schafen erinnerten sie daran, wo sie sich befand. Aber nicht, warum sie so unsanft wachgerüttelt wurde oder wer dafür verantwortlich war.

Ein wettergegerbter, bärtiger Männerkopf schlurfte an ihrem Fenster vorbei, blieb stehen und drehte sich dann zu ihr um. »Oh, guten Morgen«, sagte er viel zu vergnügt. »Ich bin Frank. Frank Buddins von *You Dump, We Pump.*«

»Was?« Alex blinzelte verschlafen.

»Wir sind die Nummer drei der Abwasserbeseitigungsunternehmen in der Region Waikato.«

»Nummer drei?« Sie versuchte, sich die Müdigkeit aus den Augen zu reiben.

»Es wäre sicher lustiger, wenn es Nummer eins oder zwei wäre.« Er lachte. »Ich weiß, was Sie denken.«

Alex war sich sicher, dass er das nicht wusste.

»Was genau machen wir eigentlich? Also, *You Dump, We Pump* ist spezialisiert auf das Ausleeren von Toiletten-Tanks von Wohnwagen, Wohnmobilen und dergleichen. Deshalb bin ich hier. Ich säubere Ihr System.«

»Aha …«

»Gehen Sie also erst mal nicht aufs Klo, okay? Ich muss Ihren Schwarzwassertank öffnen. Außerdem könnte es ein bisschen riechen. Am besten atmen Sie während des *Prozesses* nicht ein.« Er untermauerte das Wort »Prozess« mit Gänsefüßchen-Gesten, als wäre es ein hochgeheimer Militärcode. »Na ja, zumindest nicht durch die Nase«, fuhr er fort. »Außerdem, bevor ich es vergesse, wenn Sie mit unserer Ausleerung heute zufrieden sind, bewerten Sie uns gern auf *Google*. Bis dann.« Er verschwand aus ihrem Blickfeld.

Alex starrte ihm nach.

Ein paar Augenblicke später vibrierte der gesamte Wohnwagen und die Pumpgeräusche bereiteten ihr Kopfschmerzen. Und jetzt, wo sie gerade nicht durfte, musste sie umso dringender auf die Toilette. *Was auch sonst.*

Alex stellte sich eine Tasse Tee in die Mikrowelle und hasste sich ein bisschen dafür – ihre britische DNA sträubte sich gegen diese eklatante Teemisshandlung. Sie schnappte sich ihr Handy und schaute auf die Uhrzeit. 6:47 Uhr. Für Bess in L.A. war es also gegen Mittag des Vortages.

Alex schickte Bess eine Flutwelle an Textnachrichten, in denen sie schilderte, wie es ihr erging. Sie musste einfach wissen, für wie verrückt ihre beste Freundin sie hielt, diesen gottverdammten Film mitten im Nirgendwo zu drehen.

Bess antwortete fast umgehend.

Du bist genauso durchgeknallt, wie du es schon immer warst. Ungefähr 73 %.

Eine Pause. Dann …

Okay, Summer meinte, das sei vielleicht nicht ganz fair. Also bist du nur zu 71 % durchgeknallt. Aber denk daran, um das zu schaffen, was du dir vorgenommen hast, braucht es ein gewisses Level an Wahnsinn. Deshalb bist du genau die richtige Person für diesen Job. Du KANNST das. Und wenn alle Stricke reißen, wird Skye wenigstens dafür sorgen, dass es ein schrecklicher Film mit fantastischen Kostümen wird. Oh, übrigens hat Rowan gefragt, ob du dir viele Notizen machen könntest. Er braucht neues Material für seine Comedy-Show.

Alex rollte mit den Augen und tippte eine Antwort.

Ha ha. Schön, dass mein Albtraum unseren Freunden von Nutzen sein kann.

So läuft das nun mal. Ich mache die Regeln nicht.

Alex musste lächeln.

Bess' nächste Nachricht kam eine Sekunde später.

Willst du telefonieren?

Nein, danke, ich komme schon klar.

Das ist die richtige Einstellung.

Sie konnte fast Bess' typisch schiefes Lächeln vor sich sehen, als sie sich verabschiedeten.

Als Nächstes schrieb sie ihrem alten Freund aus Cambridge, Rowan, dessen Comedy-Routinen in den Clubs von L.A. vor allem wegen seiner Ich-bin-mitleiderregend-schlecht-darin-erwachsen-zu-sein-Witze gut ankamen. Es war ein beunruhigendes Zeichen, dass er sich plötzlich an Material aus ihrem Leben bedienen wollte.

Nein, Mr. Blagge, du kannst mein trauriges Leben nicht für deine nächste Stand-up-Show verwenden. Netter Versuch.

»Nicht wundern«, rief Frank von draußen. »Ich muss Sie noch ein bisschen schütteln, um sicherzugehen, dass keine Reste kleben bleiben.«

Lecker. Sie schrieb weiter, während der Wohnwagen hin und her schaukelte.

Ist das Geheimnis deines Erfolgs nicht, dass DEIN Leben mitleiderregend ist? :-)

Ihr Handy piepte.

Wie bitte?

Die Mikrowelle meldete sich. Ihre Blase ebenso Und … Alex bemerkte, dass sie die letzte Nachricht aus Versehen an Alice, ihre Produktionsassistentin, geschickt hatte.

Na wunderbar.

Das war der Start in einen äußerst hektischen Tag. Sie mussten dringend verlorene Zeit wiedergutmachen. Der Papierkram stapelte sich, sie telefonierte permanent mit dem Studio und wälzte ihre Notizen, um einen Überblick darüber zu bekommen, was alles getan werden musste.

Am Vormittag schneite Alice aufgeregt herein, um zu verkünden, dass sie einen Regenwald gefunden hatte, der die Heimat für einen indigenen Stamm von Kriegerinnen sein könnte und darüber hinaus eine ähnliche Flora wie die neuseeländische aufwies.

»Der Valdivianische Regenwald«, sagte Alice mit strahlenden Augen. »Er liegt in Südamerika, teils in Chile und teils in Argentinien. Die ganzen Moose, Farne und Bäume sehen genauso aus wie die in Neuseeland. Es ist fast schon unheimlich.«

»Ausgezeichnet.«

»Es ist dort viel kühler als in den meisten anderen Regenwäldern. Tatsächlich ist es der einzige Regenwald der Welt, in dem es Gletscher gibt. Aber es gibt auch ein Problem.« Alice streckte Alex ihr iPad entgegen. »Das hier sind die einheimischen Tierarten.«

Alex klickte sich durch die Bilder. Ihre Augen weiteten sich beim Anblick von niedlichen Rehkitzen, Fröschen, Ottern und Eulen. »Wo sind meine verdammten Raubtiere?«

»Das ist das Problem. Alle Tiere dort sind winzig. Kleinste bekannte Hirschart. Kleinste Katzenart. Sogar die Frösche sind süß.«

»Mein Gott, lebt dort Bambi? Wieso sollten unsere Amazonen überhaupt Waffen haben, wenn das ihre Gegner sind? Unsere Kriegerinnen würden ihnen nur ihre pelzigen Bäuche kraulen und sie wieder in die Wildnis entlassen.«

»Vielleicht könnten wir ein bisschen schummeln?«, schlug Alice vor. »In einigen Nachbarwäldern gibt es Pumas und Wölfe. Vielleicht haben sich ein paar davon ... verlaufen?«

Alex lachte. »Wir wissen ja, dass die an Menschen gewöhnten Arten gern wandern. Na schön, da wir ohnehin einen fiktiven Namen für unseren Film-Urwald erfinden werden, können wir auch ein paar Raubtiere dazudichten. Such mir also einfach einen verlaufenen Puma für die Trophäen-Sammlung des Wilderers.«

Alice warf ihr ein strahlendes Lächeln zu und verschwand.

Ein Problem gelöst – blieben nur noch etwa tausend weitere. Alex machte sich auf den Weg zum Wohnwagen der Produktion, um zu sehen, welche Hölle sie dort erwartete.

~ ~ ~

Quincy erwies sich zwar im Laufe des Morgens als hilfreich, aber Alex konnte die Wahrheit in seinen Augen sehen: Der Berg an Arbeit würde nicht schrumpfen.

Kurz nach dem Mittagessen führten sie ihr Executive Producer, ihre Regieassistentin und ein halbes Dutzend Crewmitglieder zu den beiden Wald-Sets. Die Bilder, die sie gesehen hatte, wurden ihnen nicht annähernd gerecht. Die Kulissen waren einfach atemberaubend. Wild, schön und wie aus einer anderen Welt.

Shezans Baumhaus war ein kleines, technisches Wunderwerk. Seine Stahlkonstruktion wurde komplett von Bambus verdeckt und ein System aus Flaschenzügen und Seilen an einer Wand ermöglichte es, die Kameras so zu befestigen, dass sie den Star des Films beim Schlafen, Essen und Tierestreicheln filmen konnten. Oder bei dem, was Herrinnen des Waldes sonst noch so trieben.

Und im Hintergrund war der atemberaubende Wasserfall zu sehen. Es sah wunderschön und authentisch aus. Damit hatte der erste Regisseur zumindest recht gehabt. Es wäre eine Schande, diese herrliche Naturkulisse nicht zu verwenden. Und die Sets *waren* immerhin bereits gebaut.

Aber … hier zu drehen war ein technischer Albtraum. Sie konnten wohl kaum die Lautstärke des Wasserfalls ausblenden. Die Tontechnik würde später im Studio unglaublich viel Arbeit damit haben. Und dann waren da noch der anhaltende Regen, der Schlamm und die Blutegel.

Ab diesem Nachmittag ging es für Alex nur noch bergab. Und der Tiefpunkt war erreicht, als sie auf Melody Howard, alias die Tochter des Wilderers traf.

Die Frau war der Inbegriff einer verwöhnten, selbstgefälligen Göre, deren Mittelmäßigkeit das Einzige war, was größer war als ihr übertriebenes Selbstbild. Eigentlich gehörte sie ins mittlere Management.

Alex und Melody saßen sich im fast verlassenen Kantinen-Bereich gegenüber. Melody war gerade vierundzwanzig, hatte prachtvolles, blondes Haar und Augenbrauen, die so perfekt waren, dass sie wahrscheinlich ihren eigenen *Instagram*-Account hatten. Alles und jeder war unter ihrer Würde.

Das schloss offenbar Alex mit ein, die versucht hatte, Melody zu einer Probe ihres schauspielerischen Könnens zu überreden. Sie wollte herausfinden, was sie zu erwarten hatte oder hoffte zumindest, im besten Fall eine Inspiration zu bekommen, was sie mit ihrer Rolle würde anfangen können.

»Nein.« Melody musterte sie abschätzig. »Auf keinen Fall.«

»Nein?«

»Ich bin nicht hier, um noch mal vorzusprechen. Es ist nicht mein Problem, dass ein früherer Regisseur mich eingestellt hat. Damit musst du jetzt klarkommen.«

Damit klarkommen?

»Und ich lasse mich auch nicht diskriminieren. Du hast niemand anderen zu diesem …«, sie deutete mit dem Finger zwischen ihnen hin und her, »… ungewöhnlichen Prozedere aufgefordert.«

Alex sah sie überrascht an. Sie hatte noch keine Schauspielerin getroffen, die es nicht liebte, mit ihrem Können zu prahlen. Und was zum Teufel meinte Melody mit Diskriminierung? Fehlten reichen, weißen, selbstgefälligen Diven plötzlich irgendwelche Privilegien im Leben und Alex wusste noch nichts davon? »Das hier sollte auch kein Casting sein.«

Melody bedachte sie mit einem vernichtenden Blick.

»Ich wollte nur sehen, wo deine Stärken liegen, damit ich dich von deiner besten Seite zeigen kann.«

»Sicher.« Melody verschränkte ihre Arme vor der Brust. »Und die Antwort ist immer noch ›Nein‹.«

So eine Haltung konnte einer Schauspielerin unter anderen Umständen bereits eine Kündigung einbringen – aber Melody wusste genau, dass sie unantastbar war. Alex' Kopfschmerzen meldeten sich zurück, die sie seit dem Morgen gequält hatten. »Wie wäre es, wenn wir dann nur ein wenig deinen Text üben?«

Melody legte den Kopf schief. »Das wäre in Ordnung.«

Gott sei Dank.

»Unter der Bedingung, dass du meine Figur von ›Anna‹ in ›Jennifer‹ umbenennst.«

»Warum?« Nicht, dass es Alex wirklich interessieren würde. Anna oder Jennifer, beide Namen waren nichtssagend.

»Zu Ehren meiner guten Freundin Jennifer Aniston.« Melody warf ihre Haare zurück. »Sie wird *völlig* unterschätzt.«

»Unterschätzt …«, murmelte Alex.

»Und sie ist eine gute Freundin.« Melody lächelte glückselig. »Wenn du das machst, twittere ich sogar über meine Rolle in diesem Film. Ich bin Influencerin, weißt du? Ich habe siebenundachtzigtausend Follower.«

Trotz des Einflusses ihres Vaters bezweifelte Alex stark, dass Melody mit einem echten Star befreundet war. Ihrer Erfahrung nach waren Leute, die mit berühmten Namen angaben, diesen Leuten höchstens einmal flüchtig begegnet.

Widerwillig sagte Alex: »Dann heißt deine Rolle jetzt ›Jennifer‹.« Sie schob Melody das Drehbuch über den Tisch zu. »Beginn mit *Vater, ich weiß nicht, wieso wir so lange hier draußen bleiben müssen. Alles ist dreckig und seltsam und ich möchte einfach nur nach Hause.*«

Leider stellte sich heraus, dass Quincy es mit der Beschreibung von Melodys Talent noch gut gemeint hatte.

Melody präsentierte ihren Text, als würde sie ihn zum ersten Mal lesen. Sie betonte die falschen Worte, fügte mitten im Satz unerwartete Sprechpausen ein und ihr Blick wanderte so willkürlich umher, dass Alex sich fragte, ob sie vielleicht ein Augenleiden hatte.

Nach dem vierten Versuch legte Alex resigniert ihr Exemplar des Drehbuchs auf den Tisch: »Wieso machst du das hier? Ich meine, wieso spielst du bei *Shezan* mit?«

»Mein Vater denkt, es wäre gut für meine Karriere.«

»Dein Vater? Du nicht?«

Sie zuckte mit den Schultern. »Mein Freund denkt das auch. Und wie schwer kann es schon sein?« Melody griff nach ihrem Handy und begann zu tippen. »Schauspielerei ist kein Hexenwerk, oder?«

Einfach perfekt.

Der Rest des Tages bestand aus Papierkram, Set-Inspektionen und dem Trösten von tränenreichen Zwillingsschwestern.

Offenbar waren die Mädchen am Abend zuvor von ein paar Einheimischen wegen ihrer Amazonen-Kostüme aufgezogen worden. Sie zu beruhigen hatte einige Zeit in Anspruch genommen. Alex hatte sich mit ihnen hingesetzt, Taschentücher verteilt und versprochen, dass sich die Kostüme bald ändern würden. Zwischen dem Händetätscheln hatte sie ihnen außerdem gesagt, dass solche unausstehlichen Kerle einfach Abschaum waren und sie deren Meinungen auf keinen Fall persönlich nehmen sollten. Diese Männer waren das Problem, nicht sie.

»Nicht *alle* Männer«, fügte die eine zwischen zwei herzzerreißenden Schluchzern an.

»Ach ja«, antwortete Alex trocken. »Danke für diese Richtigstellung, die ich zum allerersten Mal höre.«

Und nachdem Alex Skye rekrutiert hatte, um den beiden Schwestern ihre ersten Änderungen an den Kostümen zu zeigen, sahen sie gleich viel glücklicher aus.

Als sie gegangen waren, sackte Alex in ihrem Stuhl zusammen. Es war unglaublich belastend, für das Wohlergehen so vieler Menschen verantwortlich zu sein. Normalerweise wurde diese Art von Problemen von Assistenten gehandhabt, aber Alex fühlte sich nicht wohl damit, aufgebrachte Crewmitglieder an andere weiterzureichen.

Sie ging in ihren Wohnwagen, um noch ein paar technische Probleme zu lösen, ohne dass ständig irgendwer etwas von ihr wollte. Sie hatte bereits jegliches Zeitgefühl verloren, als es an ihrer Tür klopfte.

»Es ist sieben Uhr, Alex«, ertönte Alices Stimme von draußen. »Wir machen uns jetzt alle auf den Weg in den Pub. Kommst du mit?«

Alex schob ihre Notizen beiseite. Die Worte fingen ohnehin schon an, vor ihren Augen zu verschwimmen. Essen klang nach einer wunderbaren Idee. Gestern Abend hatte sie sich wegen des Jetlags letztlich doch dagegen entschieden, aber heute war sie gespannt darauf, das Herz der Gemeinschaft von Ika Whenu mit eigenen Augen zu sehen.

Kapitel 6

Bier, Bestechungen, und Barstreits

Der Pub des *Te Whararíki Hotel* war laut, alt, zugig und roch, was nicht sonderlich überraschend war, nach abgestandenem Bier. Die Atmosphäre war jedoch heiter. Dutzende Besucher saßen an niedrigen Holztischen zusammen und lachten ausgelassen, während eingängige Rock-Musik durch den Raum schallte.

Alex grüßte Sid, den Sicherheitsmann des Sets.

Er deutete auf die Bar, auf der eine Kasse stand. »Dort drüben kannst du das Essen bestellen. Die coole Braut in der grünen Strickjacke hinter der Theke ist Mama G. Der Pub gehört ihr. Eigentlich heißt sie Gina Mahuta, aber alle nennen sie *Mama G.*«

»Okay.« Alex musterte die freundlich lächelnde Frau, die sich gerade zu einem der Gäste über die Theke beugte. Mama G war eine große Maori-Frau Ende sechzig, mit buschigem, graugesträhntem, schwarzem Haar und einem sehr eigenen Modegeschmack, wenn man sich die grüne Strickjacke in Kombination mit dem orangenen Sommerkleid ansah. »Alles klar. Kannst du etwas empfehlen?«, fragte Alex und folgte Sid zur Bar.

»Alles ist gut, aber das Schnitzel ist ein echtes Highlight. Auch die Forelle ist eine gute Wahl. Sie werden täglich frisch am Tarawera-See gefangen.«

»Hey.«

Jemand klopfte Alex auf die Schulter und als sie sich umdrehte, stand Chloe vor ihr.

»Schön, dich hier zu sehen.«

Alex freute sich, *Shezans* Star nach dem Heimurlaub erfrischt und entspannt vorzufinden.

»Übrigens kann ich auch den Salat empfehlen«, fügte Chloe hinzu. »Falls du keine Lust auf ein halbes Rind hast.«

»Das ist eher nach meinem Geschmack. Bestellst du mir einen? Ich muss noch mal eben ins Bad.«

Alex fand die Damentoilette und hoffte darauf, dass sie leer war. Der Trubel draußen war ihr fast zu viel.

Sie hatte kein Glück. Die Kabinen waren zwar leer, aber jemand stand am Waschbecken. Die Frau war gerade dabei, ihr Shirt hochzuziehen und sich einen dunkelblauen Fleck auf ihrem Rücken anzusehen. Ihrem muskulösen Rücken.

Heiß.

Moment mal … »Mein Gott! Woher haben Sie denn den blauen Fleck?«, entfuhr es Alex. »Der ist ja riesig.«

Die Frau zog ihr Shirt zurecht, fuhr herum und funkelte sie böse an.

Alex fand sich mit der Frau konfrontiert, die sie nach ihrer Ankunft vom Motorrad befördert hatte. Sam. »Oh.«

Immer noch finster dreinblickend, glättete Sam ihr Shirt und griff nach dem Reißverschluss ihrer Jacke.

»Hast du das von einem Arzt untersuchen lassen?«, fragte Alex.

»Es ist nichts. Keine Sorge, dein Geld ist sicher, falls du Angst hast, dass ich klage.«

»Deshalb habe ich nicht …«, protestierte Alex. »Warte mal, du hast darüber nachgedacht, mich zu verklagen?« Sie stellte sich die Schlagzeile »*Shezan*-Regisseurin tötet um ein Haar Einheimische« zusätzlich zu der ganzen schlechten Presse vor, die sie ohnehin schon hatten.

»Ich wusste es.« Sam drehte den Wasserhahn auf, um sich die Hände zu waschen, und lehnte sich vorsichtig vor. Zu vorsichtig.

»Hast du noch andere Verletzungen?«

»Nein.« Sam begegnete Alex' Blick im Spiegel. Ihre Worte klangen kühl.

»Gut. Sag Bescheid, wenn ich irgendetwas tun kann.«

Sam drehte den Hahn ab und ging einen Schritt auf sie zu.

Ein unbehagliches Schweigen stand zwischen ihnen. Und Sams Wärme, die Alex nur zu deutlich spüren konnte. Warum stand sie so nah vor ihr?

»Du könntest mir aus dem Weg gehen.« Sam warf einen ungeduldigen Blick über Alex' Schulter zur Tür, die Alex blockierte.

Oh! Scheiße.

»Richtig, ja.« Alex nickte. »Alles klar. Ich werde einfach … du weißt schon …«, sie deutete auf eine der Kabinen, »… verschwinden. Dann kannst du in Ruhe deine Kriegsverletzungen begutachten, oder was auch immer.« Sie schloss die Toilettentür hinter sich. Als sie gerade dabei war, ihren

Gürtel zu öffnen, konnte sie nicht widerstehen, zu rufen: »Aber du musst das wirklich untersuchen lassen, okay?«

Keine Antwort. Einen Moment später öffnete und schloss sich die Eingangstür des Badezimmers geräuschvoll.

»Auf Wiedersehen«, sagte Alex zu sich selbst. »Fröhliche Leute wie die sind es, die meinen Glauben an die Menschheit aufrechterhalten.« Sam dachte wahrscheinlich, dass Alex die seltsamste und penetranteste Frau auf der Welt war. Und sie konnte ihr deshalb nicht mal einen Vorwurf machen.

Unter dem Türspalt konnte Alex plötzlich zwei schwarze Stiefel sehen.

Ach du Scheiße … ist sie doch noch nicht gegangen?

Vielleicht war bloß jemand anderes hereingekommen. Als sich die Badezimmertür erneut öffnete und schloss, machte Alex keinen Mucks.

»Ich mag fröhliche Menschen auch sehr, Liebes«, ertönte Skyes amüsierte Stimme aus Richtung des Waschbeckens. »Wer war denn diese große, verschlossene Dame, die gerade rausgegangen ist? Und wie viele ihrer Katzen hast du überfahren?«

Alex seufzte. »Ich bin mir nicht sicher, aber ich glaube, es waren eine Menge.«

Als sie sich einige Minuten später die Hände wusch, beschloss sie, nicht weiter darüber nachzudenken, weshalb ihr Sams Meinung überhaupt wichtig war. Oder warum sie die Situation plötzlich in Ordnung bringen wollte. So oder so, wenn sie sich von nun an öfter begegnen würden, konnte es ja nicht schaden, die Wogen zu glätten.

~ ~ ~

Sam machte sich bereit zur Flucht. Es war ohnehin eine blöde Idee gewesen, herzukommen. Aber Gina hatte heute Morgen so hartnäckig darauf bestanden. Und wenn sie sich geweigert hätte, hätte sie erklären müssen, warum es ihr gerade nicht in den Kram passte.

Sie hatte den Mittag über geschlafen, war am späten Nachmittag aufgewacht und hatte sich mit einigen Schmerztabletten intus auf den Weg ins *Te Wharariki Hotel* gemacht. Während sie die Forelle im Knoblauch-Beet gegessen hatte, hatte sie sich auch noch ganz gut gefühlt. Sie hatte sich um Höflichkeit gegenüber den Einheimischen bemüht und die gesamten *Shezan*-Truppe, die gerade zur Tür hereingekommen war, ignoriert.

Aber dann war der Schmerz in ihrer Seite zurückgekehrt. Schlimmer als zuvor. Also hatte sie sich auf die Toilette zurückgezogen, um in Ruhe einen Blick auf ihre Verletzungen zu werfen. Und wen musste sie dort ausgerechnet treffen? Alex Levitin. Und deren Sorge über Sams Verletzung rührte *offensichtlich* nur von ihrer Angst vor einer hohen Versicherungsrechnung.

Seltsame Frau.

Sam verließ das Badezimmer, bereit, nach Hause zu gehen. Sie hatte ihre Pflicht getan und sich lange genug blicken lassen, um Gina zufriedenzustellen.

»So früh schon weg?« Sid blockierte den Hinterausgang des Pubs. »Es ist nicht mal halb acht durch.«

»Du klingst viel zu munter. Und ich bin müde.«

»Schade. Ich wollte dir *Shezans* Neuzugang vorstellen. Sie haben sich endlich jemand Coolen für die Regie besorgt. Verdammt, wer weiß, vielleicht wird *Shezan* jetzt gar nicht mehr so schlimm.«

»Ich würde nicht drauf wetten. Ist mir auch egal. Ich gehe jetzt.«

»Nein, bleib noch ein bisschen! Komm schon, Sam. Vielleicht hole ich heute Abend sogar die Gitarre raus! Könnte ein bisschen für Stimmung sorgen?«

»Wenn das dein Plan ist, haue ich auf jeden Fall ab«, sagte sie trocken.

»Du liebst meinen Gesang.« Er täuschte einen verletzten Blick vor.

»Ich liebe mein Bett mehr.«

»Kev meinte, du hättest mal gesagt, meine Stimme sei zarter als geschmolzener Karamell.« Er grinste charmant bis über beide Ohren.

»Ich wusste gar nicht, dass unser kleiner Bruder an Wahnvorstellungen leidet. Sag ihm, er sollte das mal untersuchen lassen. Apropos Kevin, wo steckt er überhaupt? Ich habe ihn noch gar nicht gesehen.«

»Er hat einen neuen Job.« Sid wand sich unter ihrem Blick.

»Na wunderbar.« Sie atmete aus. »Einen *Job*?«

»Nein, nicht so etwas. Es ist was Legales.« Sid wich ihrem Blick aus.

»Wenn es so legal ist, warum habe ich dann noch nichts von Gina darüber gehört?« Gina war schließlich der Dreh und Angelpunkt von Ika Whenus Gerüchteküche.

Sid schmunzelte. »Weil er es Mama G noch nicht erzählt hat. Er wollte es noch nicht beschreien.«

»Sicher ist das der Grund.« Sam schlug ihm auf seine riesigen Brustmuskeln. »Komm schon. Der Junge hat schmutzigere Griffel als eine

Eidechse. Ich habe mein halbes Leben damit verbracht, seinen Arsch aus der Scheiße zu ziehen, und das weißt du genau.«

»Aber –«

»Mac's Three Wolves Pale Ale«, sagte jemand neben Sam. Gleich darauf erschien besagtes Bier vor ihr. »Das trinkst du gern, oder?« Alex Levitins hoffnungsvolles Gesicht begegnete Sams.

Sid nutzte die Gunst der Stunde. »Ich lasse euch beide mal allein. Prost!« Er flüchtete, bevor Sam noch etwas sagen konnte.

»Ich habe Gina gefragt, was du gewöhnlich bestellst«, sagte Alex. »Wusstest du, dass sie jedes deiner Lieblingsgetränke kennt? Wirklich erstaunlich.«

»Meinst du?«

»Ja, sicher. So ein Level an Kundenservice habe ich noch nie erlebt.«

Sam musterte sie misstrauisch und fragte sich, wo der Haken war.

»Und?« Alex hielt Sam immer noch das volle Glas hin. Mittlerweile etwas wackeliger als zuvor. »Ich glaube, wir haben bereits festgestellt, dass ich ein Schwächling bin und keine Jungfrauen in Not vor umgestürzten Motorrädern retten kann. Und dieses Glas ist riesig. Und schwer.« Sie verzog das Gesicht. »Also …«

»Ich kann mich nicht daran erinnern, jemals eine Jungfrau in Not gewesen zu sein. Um genau zu sein, erinnere ich mich daran, mich selbst gerettet zu haben.« Sam nahm widerwillig das Bier entgegen. Mit einem Seufzer sagte sie: »Können wir uns einfach darauf einigen, dass ich deine Entschuldigung für alles, was du mir je angetan hast, annehme und wir es dabei belassen? Du musst mich nicht bestechen.«

»Es ist keine Bestechung. Es ist mehr ein *Hey, schau mal einer an, ich bringe dieses Bier besser seiner rechtmäßigen Besitzerin.*« Alex grinste.

»Aha.« Sam wurde sich plötzlich bewusst, dass viele neugierige Augenpaare auf sie gerichtet waren. Sie ließ ihren Blick durch den Pub schweifen. Ein Tisch in der hinteren Ecke zwischen dem Notausgang und der Dartscheibe schien frei zu sein. Vielleicht könnte sie diese hartnäckige Frau außerhalb der Sichtweite der anderen Gäste loswerden.

»Tolle Idee«, sagte Alex, obwohl Sam keinen Ton gesagt hatte, und marschierte zum freien Ecktisch.

»Nein, ist es nicht! Ich meinte nicht, dass wir …« Sam merkte plötzlich, dass sie Alex unbewusst bereits gefolgt war.

»Komm schon, nur einen Drink.« Alex ließ sich in einen Stuhl fallen und deutete auf den freien Platz. »Setz dich.« Sie lächelte.

Sam ließ sich langsam auf dem ihr gegenüberliegenden Platz nieder. Ein Drink würde sie schon nicht umbringen, beschloss sie.

»Warum dieser Tisch?«, fragte Alex neugierig. »Stehst du nicht gerne im Mittelpunkt?«

Bin ich so durchschaubar? Sam nahm einen Schluck von ihrem Bier, bevor sie antwortete. »Kann schon sein.«

»In meiner Welt macht dich das zur Rarität.«

»Tut es das?«

»Jeder, den ich in L.A. treffe, will unbedingt auffallen. Das macht es manchmal ganz schön anstrengend.«

Sams Gesicht verfinsterte sich bei der Erinnerung daran, dass Alex für *Shezan* arbeitete. »Was machst du eigentlich bei diesem Film? Was genau ist dein Job?«

»Ah, da bist du ja!« Gina stürmte zu ihnen hinüber und wandte sich an Alex. »Ich dachte, ich hätte dich verloren.« Sie stellte eine kleine Flasche Bier vor ihr ab, zusammen mit einem Glas und einer Schüssel Salat.

»Das habe ich nicht bestellt.« Alex deutete auf das Bier.

»Geht aufs Haus. Deine Freundin Skye – wunderbare Frau übrigens – meinte, dass das dein zweitliebstes Bier ist. Dein Lieblingsbier haben wir leider nicht da. Wenn du noch ein bisschen in der Gegend bleibst, könnte ich es aber bestellen.« Sie strahlte Alex an und goss ihr die bernsteinfarbene Flüssigkeit ins Glas. Mit perfekter Schaumkrone. »Na dann, guten Appetit.« Sie zog bestimmt von dannen.

»Ich traue mich nicht, zu fragen, was ich getan habe, um von der Kneipenbesitzerin ein Getränk aufs Haus zu bekommen.« Alex nahm einen Schluck.

»Du hast mich daran gehindert, nach Hause zu gehen. Gina ist dir sicher sehr dankbar«, kommentierte Sam trocken.

»Warum interessiert es sie so, was du tust?«

»Sie wird nicht ohne Grund ›Mama G‹ genannt. Sie kümmert sich um jeden.«

»Aber sie kümmert sich besonders um dich. Sie spricht voller Zuneigung von dir.«

Wie … scharfsinnig. Aber sie würde Alex bestimmt nicht offenbaren, dass Gina sie sechs Jahre lang bei ihrer eigenen Familie aufgenommen hatte. »So ist Gina einfach. Diesen Monat hat sie beschlossen, dass ich mehr ausgehen sollte. Na und?«

»Ach so.« Alex grinste und hob ihr Glas. »Na dann, Prost.«

Sam konnte sich nicht einmal aus Höflichkeit dazu durchringen, anzustoßen. Sie war zu erschöpft. Warum war sie überhaupt noch hier und ließ sich von einer Fremden verhören?

»Also …« Alex nahm noch einen Schluck von ihrem Bier und beobachtete sie. »Sie denkt, dass du nicht genug rauskommst?«

»Natürlich komme ich raus!«

»Keine Widerrede meinerseits. Wir haben uns schließlich nur getroffen, weil du draußen unterwegs warst.«

»Genau.« Sam unterdrückte einen Kommentar bei der Erinnerung an den Unfall.

Roger, der Mechaniker, hatte ihr bisher nicht sagen können, wann er mit der Reparatur fertig sein würde. Er hatte ihr aber schon einen Kostenvoranschlag ausgehändigt. Sie wäre fast an ihrer eigenen Spucke erstickt, als sie die Summe gesehen hatte. »Wir mussten den Lack in einer Sonderfarbe bestellen«, hatte er ihr erklärt. Nur gut, dass sie das nicht bezahlen musste.

»Erzähl mir von deiner geliebten Tiger. Hast du sie schon lange?«

»Drei Jahre.«

»Und Motocross ist deine Leidenschaft?«

»Ja.«

»Fährst du oft raus? Und sind es immer die gleichen Wege?«

»Das variiert.«

»Welcher ist dein Lieblingsweg?«

»Wieso? Hast du etwa vor, hier Motocross zu fahren?«

»Meine Güte, nein. Das ist nicht mein Ding«, sagte Alex. »Außerdem, wenn ich so einen Unfall gehabt hätte, würde ich jetzt noch unter dem Motorrad liegen.« Sie lächelte.

Sam war geneigt, ihr da zuzustimmen. An Alex war nicht viel dran. Ein Spatz eben. Sie betrachtete ihr Glas. Noch drei Schlucke, dann könnte sie Alex für das Bier danken und gehen.

»Hast du schon immer in Ika Whenu gelebt?«

Sam zuckte als Antwort nur mit den Schultern und leerte das Bierglas dann fast in einem Zug. Je früher das hier vorbei war, desto besser.

»Okay, versuchen wir etwas Einfacheres. Was machst du beruflich?«, fragte Alex.

Sam trank den letzten Schluck Bier. »Ich bin überrascht, dass dir das noch keiner verraten hat.« Das war wirklich ungewöhnlich. Sam knallte das leere Glas auf den Tisch.

»Ich habe nicht gefragt. Hätte ich das tun sollen?«

Sam musterte wieder ihr Glas. Weiße Schaumreste rutschten an der Innenseite hinab. Die Leute fanden die Antwort auf diese Frage nie interessant. Sie wurden gewöhnlich nur plötzlich verschlossen, achteten auf das, was sie sagten, oder machten unbeholfene Witze. *Du wirst mich aber nicht gleich verhaften, oder?* Ihr Kiefer verspannte sich.

»Kein Kommentar?« Alex beobachtete sie. »Na schön, dann lass mich raten.« Ihr Blick glitt anerkennend über Sams Figur. »Personal Trainer?«

»Hier draußen? Die Leute kämen aus dem Lachen nicht mehr raus, wenn hier ein Fitnessstudio aufmachen würde.«

»Drill-Sergeant in der Armee?« Alex' Augen glitzerten vor Freude. »Du weißt schon, die, die Neuzugänge anschreien und rumkommandieren.«

»Menschen, die schreien müssen, um Respekt zu bekommen, haben ihn bereits verloren.«

»Tiefsinnig.« Alex grinste. »Holzfällerin, Feuerwehrfrau, Bauarbeiterin oder Bergsteigerin?«

»Langsam erkenne ich ein Muster.« Sam lächelte fast. »Und nein.«

»Dann bleibt nur noch Amazone.«

»Wie bitte?«

»Du siehst aus wie eine Amazone. Also … welche andere Schlussfolgerung bleibt mir?« Sie warf Sam einen unschuldigen Blick zu. »Willst du vielleicht für eine Rolle als Amazone vorsprechen?«

Sam konnte ihren Ekel fast schon schmecken. »Zur Hölle, nein.«

Alex brach in schallendes Gelächter aus. »Woher wusste ich nur, dass du das sagen würdest?«

»Dabei zeige ich doch so offen, wie sehr ich deinen Film liebe.« Sam unterdrückte ihr Lächeln. Sie war absolut nicht von Alex amüsiert. Ganz und gar nicht.

»Raus damit, was machst du beruflich? Und wenn du dich wieder weigerst, zu antworten, werde ich ziemlich enttäuscht sein.« Alex' Lächeln war breit und ein wenig ansteckend.

Sam widerstand ihrem Charme. Zweifellos typisches Hollywood-Gehabe. Aber ein süßes Gesicht und ein freches Lächeln konnten sie nicht so leicht einwickeln ... Sie blinzelte irritiert. *Nicht, dass Alex Levitin süß wäre.* Alex war eine Meisterin der Manipulation, und Sam war niemandem Erklärungen schuldig. »Du kannst ruhig gehen, wenn dir die Gesellschaft nicht gefällt. Ich bin auch nicht beleidigt«, sagte Sam gleichgültig und deutete auf den Ausgang neben ihnen.

Alex stützte ihre Ellbogen auf den Tisch, bildete mit einer Hand eine Faust, legte ihr Kinn darauf ab und musterte Sam. »Nein, danke. Ich mag Herausforderungen.«

»Oder du belästigst gern fremde Leute.«

»Das auch.« Alex' Blick fiel auf die Dartscheibe. »Spielst du Dart?«

Sam blinzelte.

Sie hatte hier drin viele Stunden vor der Dartscheibe verbracht. Als Kind und Jugendliche hatte es in Ika Whenu nicht viel für sie zu tun gegeben, also war sie mit fünfzehn bereits die beste Spielerin in der Stadt gewesen. »Ein bisschen.«

»Dann fordere ich dich heraus: drei Runden Dart. Wenn ich gewinne, beantwortest du meine Frage in nicht weniger als fünfzig Worten. Schluss mit diesem einsilbigen Zu-cool-für-dieses-Gespräch-Kram.«

»Und was bekomme ich, wenn ich gewinne?«

»Such dir was aus.« Alex grinste.

Verlockend. »Wenn ich gewinne, hörst du auf.« Sam deutete mit der Hand zwischen ihnen hin und her.

»Womit?«

»Mich zu bedrängen.«

»Niemand hat dich dazu gezwungen, dich mit mir hierhin zu setzen.« Alex' Schultern verspannten sich und ihre Augenbrauen zogen sich zusammen. »Siehst du das wirklich so?«

Sehe ich das so? Sam war sich nicht mehr sicher. Sie hatte sich aus freien Stücken hingesetzt. Aber wahrscheinlich hatte sie nur eine Pause gebraucht, nachdem ihre Rippen wieder angefangen hatten zu schmerzen. Das war alles. Und es bedeutete sicherlich nicht, dass sie sich mit dieser ... seltsamen, hartnäckigen Frau auseinandersetzen wollte. »Ich meinte, hör damit auf, mich *kennenlernen* zu wollen. Ich mag es nicht, wenn Leute das tun.«

»Du magst es nicht, wenn jemand versucht, sich mit dir anzufreunden?« Alex' Augen weiteten sich überrascht.

Sam schüttelte den Kopf. »Ich mag es nicht, mit Fragen gelöchert zu werden, als wäre ich ein wissenschaftliches Projekt. Menschen wollen einen nur kennenlernen, weil sie neugierig sind. Wenn sie dann ihre Antworten bekommen haben, wenden sie sich dem Nächsten zu. So ist das Leben in einer Kleinstadt. Das brauche ich nicht auch noch von Fremden.« Sie zuckte mit den Schultern, als wollte sie hinzufügen *und es ist mir egal, dass es so ist.*

Aber das war es nicht. Das war es noch nie gewesen. Sie war immer nur solange interessant, bis die Leute sie kannten. Dann langweilten sie sich, weil sie nicht so war, wie sie es sich vorgestellt hatten. Sie war zum Beispiel keine gute Gesprächspartnerin. Sie war ihnen immer zu introvertiert, zu grüblerisch, zu hart, zu verschlossen. Sie wollte nie irgendwo im Mittelpunkt stehen. Aber wenn ein halbes Dutzend ungehobelter Typen vor die Tür gesetzt werden mussten, war sie dafür genau die Richtige.

»Ich bin keine *Fremde*«, protestierte Alex. »Ich möchte dich einfach nur besser kennenlernen. Ich finde dich interessant.«

»Oder, was wahrscheinlicher ist, du willst einfach deine Neugierde befriedigen.« Sam verdrehte die Augen. »Ich nehme die Herausforderung an. Aber nur für eine Runde.«

»Zwei Runden«, konterte Alex. »Und ich interessiere mich aufrichtig für Menschen.«

»Na, wenn das kein deprimierendes Hobby ist, weiß ich es auch nicht. Meiner Erfahrung nach neigen Menschen dazu, zu enttäuschen.« Sam schob ihr leeres Glas in die Mitte des Tischs. »Und nur eine Runde.«

»Ich denke nicht, dass du enttäuschen würdest«, sagte Alex mit einem Lächeln.

Flirtet sie etwa? Sam sah sie einen Augenblick überrascht an. *Nein. Sicher nicht.*

»Zwei Runden«, entgegnete Alex. »Nicht verhandelbar. Und bevor du wieder ›Nein‹ sagst, denk an deinen Gewinn: Du wärst mich endlich los.«

»Gutes Argument.« Sam stand auf.

»Wow, jetzt hast du ziemlich schnell zugestimmt. Sollte ich beleidigt sein?« Alex' Gesichtsausdruck war verspielt.

»Wahrscheinlich.« Dieses Mal erlaubte sich Sam ein kleines Lächeln. »Ich hole die Pfeile.«

Einige Minuten später kehrte sie zurück, legte drei Pfeile auf den Tisch und deutete hinter sich. »Siehst du, wo der Teppich endet? Das ist die Abwurflinie. Willst du anfangen?«

»Es ist Jahre her, seit ich das letzte Mal einen Pfeil geworfen habe. Ich treffe wahrscheinlich nicht mal die Scheibe. Wieso fängst du nicht an?« Alex schob die Pfeile in Sams Richtung. »Zeig mir, was du draufhast.«

»Ich habe auch schon seit Jahren nicht mehr gespielt.« *Aber es ist wie Fahrradfahren.* Sam schnappte sich die Pfeile und fühlte die vertraute Struktur der Halterung zwischen den Fingern. Zu ihrer Überraschung war sie ein bisschen aufgeregt, als sie sich der Abwurflinie näherte.

Sie zielte und warf den ersten Pfeil. Er verfehlte das anvisierte Ziel nur knapp und landete im Dreieck mit dem Wert Zwanzig. Der Wurf versetzte ihr einen Stich in die Seite. *Verdammt!*

Sie rieb sich heimlich die schmerzende Stelle und warf dann den zweiten Pfeil. Er fiel nach links ab und traf die Fünf. *Eingerostet.* Auch diesen Wurf spürte sie deutlich. Sie biss sich auf die Lippe und warf ihren letzten Pfeil.

Er grub sich in den äußeren Ring der Zielscheibenmitte. Nicht ganz das anvisierte Bullseye, aber nahe dran. Sie zog die Pfeile aus der Dartscheibe und sah zurück zu Alex, die sie mit einem unergründlichen Gesichtsausdruck beobachtete.

»Ziemlich gut für jemanden, der seit Jahren nicht mehr gespielt hat.« Alex klang amüsiert. »Du willst mich doch wohl nicht reinlegen, oder?«

»Betrügen ist nicht so mein Ding.«

»Gut zu wissen.« Alex deutete auf die Dartscheibe. »Wirf ruhig schon mal deine zweite Runde. Ich möchte zuerst diesen Salat probieren.« Sie schnappte sich die Gabel und spießte ein grünes Blatt mit einem Stück Tomate auf.

Sam richtete ihre Aufmerksamkeit wieder auf das Ziel. Sie rieb sich ihre schmerzende Seite und warf dann ihren ersten Pfeil. Sie landete einen Volltreffer. *Viel besser.*

»Gut gemacht«, sagte Alex und deutete dann mit ihrer Gabel auf das Essen. »Hey, der Salat ist wirklich lecker.«

»Natürlich ist er das. Er wird direkt hier angebaut. Keine Pestizide, kein langer Lieferwagentransport.«

Alex lachte.

»Was?«

»Ich bewundere, wie stolz du auf deine Heimat bist. Wirf noch mal. Aber streng dich nicht zu sehr an. Für mich steht viel auf dem Spiel.«

»Meinen Beruf zu erfahren, kann kaum so unglaublich wichtig sein.«

Alex' Lächeln war geheimnisvoll.

Sam warf den zweiten Pfeil. *Ja!* Wie in alten Zeiten.

»Volltreffer«, murmelte Alex anerkennend. »Kannst du das noch mal machen? Noch mehr in die Mitte?«

Mehr in die Mitte? Sam warf ihren letzten Pfeil. Er landete wieder auf dem äußeren Rand. *Verdammt!*

»Nah dran.« Alex legte ihre Gabel hin. Sie betrachtete Sam mit Bewunderung.

Sam sammelte die Darts ein und legte sie vor Alex auf den Tisch. »Du bist dran.«

Alex hob sie auf, schlenderte zur Abwurflinie und positionierte sich. Sie wirkte völlig entspannt.

Der erste Pfeil landete rechts von der Mitte im Feld der Eins. Alex schien unbekümmert. »Na schön.« Ihre Augen funkelten.

Sie hat schöne Augen. Schockiert über ihren eigenen Gedanken erstarrte Sam. *Bitte was?*

Alex warf den zweiten Pfeil und versenkte ihn genau neben dem ersten. Ohne Kommentar ließ Alex sofort ihren dritten Pfeil folgen. Auch dieser reihte sich exakt neben seinen zwei Brüdern ein. Der Abstand zwischen den Pfeilen war genau gleich.

»Oh, sieh mal«, sagte sie. »Drei Einer. Oder ein ›Eric Bristow‹, wenn du technisch werden willst.«

Sie kannte den Jargon? Sam stellte sich neben Alex und musterte das perfekt positionierte Trio aus Pfeilen. Keine zufällige Platzierung. »Vielleicht ist Betrügen ja *dein* Ding«, murmelte sie. »Was ist dein nächster Trick?«

Alex ging zur Dartscheibe, um die Pfeile zurückzuholen, antwortete aber nicht. Nachdem sie zur Abwurflinie zurückgekehrt war, hielt sie inne und sagte: »Vielleicht sollte ich diesen Wettbewerb fairer gestalten?« Sie schenkte Sam ein freches Grinsen und trat noch weitere fünf Schritte zurück. Dann drehte sie sich um und warf die Darts in drei schnellen aufeinanderfolgenden Würfen. Sie landete drei saubere Volltreffer.

Heilige … Sam starrte Alex an und konnte ihr Erstaunen dabei nicht verbergen. »Wie hast du das gemacht?«

»Mein Vater hat es mir beigebracht.« Alex schlenderte zurück zur Dartscheibe, um die Pfeile zu holen. »Er liebte es, Dart zu spielen. Vielleicht ein wenig zu sehr.«

»Zu sehr?«

»Du weißt doch, was ein Taschenspielertrick ist, oder?«

Sam nickte. Sie setzten sich wieder an den Tisch.

»Mein alter Herr ist so etwas wie ein Dart-Taschenspieler. Von Zeit zu Zeit, wenn jemand Fremdes in seine Lieblingskneipe kommt und sich wie ein echter Trottel aufführt, freundet sich mein Dad mit ihm an, kauft ihm ein paar Bier und zieht ihn dann beim Dartspielen über den Tisch. Aber er ist kein Gauner, oder so was«, fügte Alex schnell hinzu. »Er hat einen strengen Ehren-Kodex: Er verarscht nur Arschlöcher. Und er würde es nie bei jemanden machen, der es sich nicht leisten kann, zu verlieren.«

Sam war baff. Alex konnte es doch nicht gutheißen, dass ihr Vater Menschen betrog, oder? War sie *stolz* auf ihren Vater und sein illegales Treiben? Es gab viele Leute, die Kriminalität von Familienmitgliedern entschuldigten und damit unterstützten.

Sam seufzte. Sie war doch selbst keinen Deut besser. Sie hatte Jahre damit verbracht, Kevin aus einem Schlamassel nach dem anderen zu retten. Wie die anderen hatte sie sich an die Hoffnung geklammert, er würde endlich anfangen, das Richtige zu tun, bevor er zu weit ging und etwas tat, wofür sie ihn hinter Gitter bringen musste. Hatte Sam ihn damit in seinem Fehlverhalten unterstützt oder ihn vor sich selbst beschützt? Sie war sich nicht mehr sicher.

Alex lächelte. »Also, was meinen Gewinn angeht …«

»Ich glaube kaum, dass es die Mühe eines so kunstvollen Betrugs wert war, zu erfahren, was ich beruflich mache.«

»Ich habe nie gesagt, welche Frage ich dir stellen würde«, korrigierte Alex. »Warum sollte ich meinen Gewinn für eine Frage verschwenden, die mir wahrscheinlich jeder hier drin beantworten könnte?«

Sam spürte, wie ihr Herz begann, lauter in ihrer Brust zu hämmern. »Was?«

»Schau mich nicht mit so großen Augen an. Ich habe nicht vor, dich etwas Peinliches zu fragen. Versprochen.«

»Was möchtest du wissen?« Sam presste die Worte heraus, während sie sich bereits die schlimmsten, persönlichen Fragen ausmalte. Sie stählte sich innerlich.

Alex betrachtete sie erstaunt. »Was denkst du bloß, was ich fragen könnte?«

»Frag einfach.« Sam biss die Zähne zusammen. Sie war eine ehrenhafte Frau, also würde sie ehrlich antworten. Und dann würde sie Alex einfach für den Rest ihres Aufenthalts hier aus dem Weg gehen.

»Warum Ika Whenu? Nach allem, was ich gesehen habe, bist du klug, stark und talentiert. Du könntest überall hingehen und alles tun. Aber du bleibst hier.«

Sam zögerte. »Es ist … kompliziert.«

»Das sind meine Steuern auch. Vertrau mir.« Alex' Lächeln war sanft. »Und das kannst du besser. Denk dran, in nicht weniger als fünfzig Worten.«

Die Tür zum Notausgang neben ihnen flog lautstark auf. Sam und Alex drehten sich um und sahen, wie ein junger Mann mit gesenktem Kopf und tief ins Gesicht gezogener Mütze den Pub betrat.

Sam kam er vertraut vor. Sie beobachtete ihn, um herauszufinden, woher sie ihn kannte.

Als er die Schlange für die Getränke an der Bar erreichte, legte er der jungen Frau vor sich seine Hände um die Taille, und schob sie dann einfach zur Seite, um vorbeizukommen.

Das ist dieser verdammte Fletcher Norton.

»Arsch«, sagte Alex angewidert. »Ich hasse es, wenn Männer das machen. Und sie machen es mit Vorliebe bei Frauen meiner Größe.« Sie sah entrüstet aus.

Sam sagte grimmig: »Er sollte nicht einmal hier sein. Er hat Hausverbot.«

Fletcher stellte sich neben eine hell gekleidete, ältere Frau mit graublondem Haar. Eine von den *Shezan*-Leuten. Er zog dasselbe Manöver noch einmal durch, nur diesmal landete seine Hand auf ihrem Hintern. Der Kopf der Frau fuhr herum. Sie bedachte ihn mit einem bösen Blick und trat dann einen Schritt zur Seite.

»Was zur Hölle soll das?«, sagte Alex mit wütender Stimme. »Hast du gesehen, was er da mit Skye gemacht hat? Das ist sexuelle Belästigung.«

»Ich kümmere mich darum«, sagte Sam und erhob sich. »Er hat gestern Abend schon Unruhe gestiftet, hat zwei einheimische Mädchen beleidigt und steht jetzt auf Ginas schwarzer Liste.«

»Meinst du etwa die Duncan-Zwillinge?«

Sam hielt verblüfft inne. »Ja?«

»Ist das etwa der Arsch, der die beiden ins Internet gestellt und dort terrorisiert hat?«

»Genau, das ist er.« Sam ging auf den Tresen zu. »Fletcher Norton!«, rief sie mit fester Stimme.

Fletcher drehte sich um und zuckte bei ihrem Anblick zusammen.

»Auf ein ernstes Wort, wenn ich bitten darf.« Sam krümmte ihren Zeigefinger und deutete mit dem Kopf zur Tür.

»Oder auch fünf«, warf Alex hinter ihr ein. »Zum Beispiel: *Behalt deine Griffel bei dir.*«

Sam schnappte sich Fletcher am Revers seines Rugby-Trikots und zog ihn aus der Menge vor der Bar. »Hier entlang, Mr. Norton.«

»Hey, ich hab nichts gemacht! Ich bin nur hergekommen, um mich bei Christine und Kelly zu entschuldigen«, jammerte er.

»Dann hättest du dir eine Zeit aussuchen sollen, zu der sie auch tatsächlich da sind. Und einen Ort, an dem du kein Hausverbot hast«, sagte Sam scharf. »Beweg dich.« Sie zog ihn weiter in Richtung des Ausgangs. »Wir werden ein Gespräch unter vier Augen darüber führen, wie man Frauen behandelt.«

Alex kniff missmutig die Augen zusammen. »Ein Gespräch? Wegen dieses Arschlochs waren zwei unserer *Shezan*-Leute heute fix und fertig! Und er hat Skye begrapscht! Er braucht kein Gespräch unter vier Augen. Er braucht einen Tritt in die Weichteile!«

Fletchers schockiertes Gesicht angesichts der Maßregelung einer Frau, die nur halb so groß war wie er, ließ die Umstehenden in Gelächter ausbrechen.

Sam drehte sich zu Alex um. »Das ist nicht deine Angelegenheit. Ich kümmere mich darum.«

»Ich habe eine viel bessere Idee: *Ich* kümmere mich darum. Es ging gegen meine Leute, also ist es sehr wohl meine Angelegenheit und nicht deine.«

»Ich hab doch nur Spaß gemacht«, beklagte sich Fletcher. »Und plötzlich waren alle beleidigt.«

So viel zu seiner Aussage, er wäre nur hier, um sich zu entschuldigen. Dem Idioten tat es nur leid, dass er jetzt kein Bier mit seinen Kumpels hier trinken konnte.

»Kleiner Tipp«, stachelte Alex weiter, »Spaß bringt Leute zum Lachen.«

Sams Tonfall wurde hart. »Alex, ich möchte, dass du dich raushältst und mich meine Arbeit machen lässt.«

Alex runzelte die Stirn und öffnete den Mund, um etwas zu erwidern.

»Alex«, schaltete sich Sid ein. »Respekt. Wirklich, aber ich glaube Bulle schlägt Regisseurin in so einem Fall.«

Alex starrte Sam an. »Bulle?«

Regisseurin? Sam schnappte überrascht nach Luft. *Alex ist verantwortlich für diesen bescheuerten Film?*

Der Raum explodierte vor Lachen.

»Oh, wusstest du das nicht, Liebes?«, ertönte Ginas fröhliche Stimme. »Senior Constable Keegan ist die Polizistin unserer Stadt. Und eine verdammt Gute noch dazu.«

Sam sah Alex an. »Du bist die Regisseurin von diesem Mist? Das ist doch wohl ein Scherz.«

»Warum?« Alex verschränkte die Arme vor der Brust.

»Da fragst du noch?« War das ihr Ernst? »Weil *Shezan* ein frauenfeindlicher Haufen Müll ist.«

Alex' Gesichtsausdruck verhärtete sich.

Sam war das völlig egal. Sie wollte, dass Alex verstand, was sie ihrer Gemeinschaft antat. »Unsere einheimischen Frauen sollten nicht dazu gezwungen werden, in knappen Kostümen rumzulaufen, um von Idioten wie Fletcher bloßgestellt zu werden.«

»Hey!«, protestierte Fletcher.

»Halt die Klappe!«, schnauzten ihn Sam und Alex gleichzeitig an.

Er trat einen Schritt zurück. »Okay, wenn ihr zwei mich nicht mehr braucht, werde ich einfach ...« Er deutete mit dem Daumen zum Ausgang.

»Oh, nein. Du bleibst, wo du bist. Ich bin noch nicht fertig mit dir«, befahl Sam. Sie wandte sich wieder an Alex: »Tatsache ist, du und dieser verdammte Film, ihr seid der Grund dafür, dass die Duncan-Schwestern sich mit so etwas rumschlagen müssen. Diese obszönen Kostüme –«

»Ist das dein Ernst? *Ich* bin schuld an *seinem* schlechten Verhalten? Meine Leute verdienen Respekt, keine Belästigungen, verdammt!«

Ein paar Leute aus der Filmcrew klatschten Beifall.

»Da bin ich ganz deiner Meinung!« Sam warf frustriert die Hände in die Luft. »*Ich* bin schließlich diejenige, die sie verteidigt hat.«

»Eigentlich wirfst du nur beschissene Anschuldigungen in den Raum. Wir arbeiten hart daran, die Probleme des Films – wie zum Beispiel die

Kostüme – zu berichtigen. Das wüsstest du, wenn du auch nur irgendwen meiner Leute danach gefragt hättest. Weißt du, was das eigentliche Problem ist? Dass du die Botschaft aussendest, dass so bescheuerte Ärsche wie Fletcher nicht für ihr eigenes Handeln verantwortlich sind, sondern ein Film ihn dazu gebracht hat.«

»Ich …« *Verdammt noch mal!* Sams Gehirn pochte. War das wirklich die Aussage, die sie vermittelte? Nein! Sie beschützte nur ihre Stadt! Dachten die anderen wirklich alle, sie würde Fletcher einen Freifahrtschein geben? Sam wurde heiß vor Scham und Wut, während Alex sie musterte und auf eine Antwort wartete.

Fletcher nutzte seine Chance. »Verrückte Schlampen«, murmelte er, bevor er Sam aus dem Weg schubste, um wieder aus dem Notausgang zu verschwinden.

Sein harter Schlag traf Sam genau auf die empfindlichste Stelle ihrer Rippenverletzung. Der Schmerz fühlte sich an, als hätte ihr jemand ein Messer in die Seite gerammt. »Scheiße«, keuchte sie. Ihre Hand schoss an ihre Seite. Sie ging in die Knie.

»Nein!« Gina schob ein paar ihrer Gäste zur Seite und eilte zu ihr.

»Sam!«, rief Alex zur gleichen Zeit.

Sid rannte Fletcher hinterher und rief: »Den Bastard schnappe ich mir! Niemand legt sich mit meiner Schwester an!«

»*Schwester?*« Alex sah ihm verwirrt nach.

Sam konnte sich nur auf den Schmerz konzentrieren. *Scheiße.*

»Ich bringe dich zu einem Arzt«, entschied Alex. »Wo ist der Nächste?«

»Ich bin okay. Ich brauche nur eine Minute«, keuchte Sam. *Verdammt, verdammt, verdammt.* Jetzt würde Dinos Gang innerhalb einer Stunde mitbekommen, dass Ika Whenus Polizistin außer Gefecht gesetzt war. Sie würden wahrscheinlich schon ab Morgen ihr Meth direkt vor der Schule verkaufen. Gut, wahrscheinlich würden sie das nicht, aber sie könnten es. Wer sollte sie schon daran hindern?

»Du bist nicht okay!«, rief Alex. »Hör auf, zu behaupten, dass du okay bist.«

»Was ist passiert?« Gina kniete sich neben sie. »Wusste ich es doch, Fräulein. Heute Morgen warst du schon nicht ganz bei dir. Was hast du jetzt wieder angestellt?«

»Es ist nichts«, zischte Sam. »Ich gehe nach Hause und ruhe mich ein bisschen aus. Ich brauche einfach … eine Minute.«

»Ich werde dafür sorgen, dass du dort ankommst«, sagte Alex entschlossen. »Wo ist dein Zuhause?«

»Neben dem Polizeirevier.« Gina warf ihr einen dankbaren Blick zu. »An der Hauptstraße.«

»Richtig.« Alex nickte. »Dann weiß ich, wo.«

»Nein!«, rief Sam. »Hört auf, ihr beiden! Ich brauche keine Hilfe.« Sie wandte sich an Alex. »Das wäre alles nicht passiert, wenn du mich einfach meine Arbeit hättest machen lassen. Und jetzt lass mich in Ruhe. Ich. Bin. Okay.«

Mit diesen Worten stand Sam auf, unterdrückte einen Schmerzensschrei und stemmte die Ausgangstür auf. Sie hoffte, dass ihre aufsteigende Wut ihr die nötige Kraft verlieh und sie nicht so schwach aussah, wie sie sich fühlte. Sie bereute die Aktion sofort. Schmerz zuckte durch ihren ganzen Körper.

Sie warf einen Blick zurück und sah Ginas besorgtes Gesicht in einem Meer aus neugierigen Blicken. Und Alex.

Alex' Gesicht sah finster aus. In ihrem Blick mischten sich Besorgnis und Verärgerung. Und plötzlich wünschte sich Sam mehr als alles andere, dass sie ihr nie begegnet wäre.

Alex war nervig, neugierig, rechthaberisch und, was am schlimmsten war: Sie war verantwortlich für diesen *schrecklichen* Film.

Sam versuchte, ihre ganze Wut und Frustration in ihren Blick zu legen.

Alex' Blick wurde gleichmütig. Und dann, ohne auch nur ein bisschen eingeschüchtert zu wirken, deutete sie auf Sams Seite und sagte knapp: »Geh zum Arzt.«

Kapitel 7

Loyalität und Lügen

Was Sam am Te Aroha & District Krankenhaus am meisten schätzte, war, dass es weit genug von Ika Whenu entfernt lag, um ihr Anonymität zu garantieren. Trotzdem konnte sie sich in dieser Umgebung nicht wirklich entspannen. Krankenhäuser – oder vielmehr ihr typischer Geruch – erinnerten sie zu sehr daran, wie es gewesen war, ihre Mutter zu besuchen. Bis zum heutigen Tag wurde ihr beim Geruch von Desinfektionsmitteln schlecht.

»Nichts gebrochen«, sagte Dr. Sue-Yin Linn, als sie die Scans der Röntgenaufnahme betrachtete. »Trotz der ausgeprägten Blutergüsse. Allerdings gibt es einen Haarriss an einer Rippe auf der linken Seite.«

Das erklärte den Schmerz.

»Warum sind Sie erst jetzt gekommen? Gehirnerschütterungen können tödlich enden, junge Dame. Zumindest subdurale Hämatome können es, wenn man genau sein will.«

Junge Dame? Sam war sechsunddreißig und hatte schon seit dem zwölften Lebensjahr mehr Verantwortung übernommen als die meisten Menschen in ihrem ganzen Leben.

»Ich kann an Ihrem Gesichtsausdruck sehen, dass Sie mir Ihre Meinung sagen wollen.« Dr. Linn lächelte. »Nur zu. Immer raus damit.«

»Nein, danke.« Sam setzte eine finstere Miene auf und schloss ihre Hoodie-Jacke. »Das überlasse ich ganz Ihrer Vorstellungskraft.«

»Clever.« Dr. Linn seufzte. »Hören Sie, Senior Constable, es geht mich ja eigentlich nichts an, aber sie brauchen wirklich ein Vertretungssystem. Ich beschwere mich schon seit Jahren über diese Solo-Polizeireviere. Es ist eine Art Forschungsprojekt von mir. Ich schreibe auch oft Leserbriefe an den *Herald*, um auf diesen Missstand hinzuweisen. Aber hört irgendjemand auf mich? Nein.«

Sam wusste von der Recherche der Ärztin. Es war einer der Gründe, weshalb sie sie schätzte. Nicht, dass sie ihr das jemals sagen würde.

»Wenn die neuseeländische Polizei Ihnen keine angemessene Vertretung bieten kann, könnten Sie dann wenigsten beim nächsten Mal einem Freund oder einem Familienmitglied Bescheid geben, wenn Sie wieder vorhaben, etwas …« Dr. Linn machte eine Pause, » monumental Riskantes durchzuziehen.«

Riskant? *Nicht dumm*? Sam bewunderte ihre Zurückhaltung. »Ich werde es in Betracht ziehen.«

»Das heißt dann wohl, dass sie meinen Rat bis zum nächsten Mal wieder einfach ignorieren werden. Hören Sie, es ist Ihr Leben, aber Sie sind zu jung zum Sterben.«

Sterben? Sams Kopf fuhr hoch. »Ich bin von einer drei Meter hohen Mauer gefallen. Das ist wohl kaum lebensbedrohlich.«

»Dieses Mal. Und was ist beim nächsten Mal?« Dr. Linn verstummte und seufzte, als sie Sams düsteren Gesichtsausdruck sah. »In Ordnung, schön. Dann seien Sie weiter wagemutig. Und wenn Sie das nächste Mal kein Glück haben, bin ich weiter hier, um zu helfen. In der Zwischenzeit schreibe ich vielleicht noch einen bösen Leserbrief an den *Herald*.«

»Tun Sie das.« Sam stand auf. »War das alles?«

Dr. Linn atmete tief ein und aus. »Offensichtlich.« Sie schob Sam ein paar Papiere über den Schreibtisch zu. »Ihre Schmerzmittel. Ibuprofen, achthundert Milligramm, dreimal täglich. Kann ich Sie davon überzeugen, Sie für ein paar Tage krankzuschreiben?« Ihre Stimme klang resigniert.

»Ich glaube, Sie kennen die Antwort. Ika Whenu verlässt sich auf mich. Ich kann nicht einfach tagelang krank feiern. So wie es aussieht, war ich jetzt schon zu lange außer Dienst.«

»So läuft das mit Verletzungen nicht. Aber ich habe erwartet, dass Sie das sagen würden. Dann bitte für die nächsten vierzehn Tage überwiegend Schreibtischarbeit. Einverstanden? Und bitte auch außerhalb der Arbeit keine körperlich anstrengenden Tätigkeiten.«

Sam öffnete ihren Mund, um zu protestieren.

»Nein, ich meine es ernst. Parken Sie Ihren hübschen Hintern für die nächste zwei Wochen an Ihrem Schreibtisch. Kein …«, sie warf einen Blick auf ihre Notizen, »tägliches Joggen oder Klettern. Wenn Sie sich nicht schonen, verzögert das den Genesungsprozess. Und das bedeutet, dass sie noch länger auf Ihr Motorrad verzichten müssen.«

Sam zog eine Augenbraue hoch. »Ich habe mein Motorrad nie erwähnt.«

»Das war nicht nötig. Glauben Sie, ich bekomme nicht mit, dass Sie einmal pro Woche auf dem Weg zu den Motocross-Strecken mit Ihrer Maschine durch die Stadt fahren? Sie sind schwer zu übersehen.« Dr. Linn legte ihren Kopf schief. »Erinnern Sie sich noch, als Sie vor zwei Monaten in der Zeitung standen, weil sie eine Marihuana-Höhle ausgehoben haben? Sie haben die Brady-Brüder verhaftet ... alle vier. Erstaunlich. Immerhin sind die alle größer als mein Auto.«

»Was für ein Auto haben Sie denn?«, fragte Sam.

»Egal, jedenfalls hat es meine Assistenzkraft schwer beeindruckt, was Sie da geleistet haben. Seitdem bekomme ich regelmäßig ein Statusupdate, wenn Sie mal wieder auf ihrem schwarzen Blitz durch die Wälder fliegen.«

»Großartig.« Sam vergrub die Hände in den Taschen ihres Hoodies. »Richten Sie ihm mein Bedauern aus.«

»Ihr.«

Sam hielt inne. Eine halbe Sekunde lang gab sie sich dem Gedanken daran hin, darauf einzugehen, ließ es aber bleiben. »Dann ihr.«

Dr. Linns Lächeln wurde wehmütig. »Gott weiß, dass ich es versucht habe.« Sie tippte auf den Papierkram. »Jetzt gehen Sie schon. Nehmen Sie Ihre Medikamente ein und tun Sie nichts, was ich nicht auch tun würde. Und halten Sie sich um Gottes Willen von hohen Mauern fern.«

»Ja, Doktor.«

~ ~ ~

Eine Stunde später parkte Sam ihren Streifenwagen auf dem Gelände von Joes Schaf-Farm, wo *Shezan – Herrin der Ausbeutung*, wie sie den Streifen nannte, gedreht wurde. Sie trug Jeans, ein weißes T-Shirt und ihre Lederjacke und hatte den Kostenvoranschlag von Rogers Werkstatt in der Tasche.

Sie fragte sich, ob sie der rechthaberischen Regisseurin begegnen würde. Und was sie empfinden würde, wenn sie es täte.

Sam war immer noch hin- und hergerissen beim Gedanken an die Ereignisse der letzten Nacht. Einerseits hatte sie mit Alex Levitin ... na ja ... irgendwie Spaß gehabt. Alex war gesprächig, umgänglich und hatte keine Scheu, ihre ehrliche Meinung zu sagen. Und etwas an ihrer nerdigen Art war süß. Auf jeden Fall war sie anders. Hier draußen gab es nicht viele Leute wie sie.

Aber so interessant Alex auch war, sie hatte Sam in der Öffentlichkeit gedemütigt und sie schwach und unfähig aussehen lassen.

Dass Alex ein paar Dinge gesagt hatte, die vielleicht *nicht ganz* falsch gewesen waren, machte die Sache nicht besser. Sams Ärger über diesen beschissenen, frauenfeindlichen Film hatte die Art und Weise beeinflusst, wie sie Fletcher behandelt hatte. Sie hatte ihn halb dafür entschuldigt, ein Arschloch zu sein. Das war inakzeptabel. Sie würde das klarstellen, wenn er wieder auftauchen würde. Sid hatte ihn gestern Abend nicht mehr erwischt. Aber das spielte keine Rolle. Der kleine Idiot würde sich früher oder später schon wiedersehen lassen.

Sam schloss ihren Streifenwagen ab und warf dem Sicherheitsmann am Tor einen Blick zu.

Das gibt's doch nicht.

»Im Ernst, Sid? Das hier ist der Sicherheitsjob, den du bekommen hast? Warum hast du mir das nicht gesagt?«

»Ich weiß ja, was du von dem Film hältst«, sagte er kleinlaut. »Du warst nicht gerade subtil.«

»Na ja, geh einfach auf Nummer sicher, dass sie dich ordentlich bezahlen. Keine krummen Dinger.«

»So sind sie nicht. Der Lohn geht klar.«

»Schön, zu hören, dass die Filmleute auch mal für was gut sind.« Sam deutete auf den Eingang. »Lässt du mich jetzt rein? Ich muss mit demjenigen sprechen, der sich hier um die Rechnungen kümmert.«

»Quincy Blackman, der Executive Producer, regelt den Geld-Kram. Er ist im Produktions-Trailer.« Sid zeigte auf ein Meer von silbernen Wohnmobilen hinter ihm. »Es ist der Letzte in der Reihe. Es hängt auch ein Schild an der Tür. Ich rufe einen Assistenten, der dich hinbringt.« Er griff nach dem Walkie-Talkie an seiner Hüfte.

»Nicht nötig.«

»Schwesterchen, du kannst nicht einfach am Set herumlaufen. Das ist gegen die Regeln.«

»Wer soll mich aufhalten?« Sie stemmte die Hände in die Seiten. »Ich bin wieder weg, bevor sie etwas merken.«

Sid runzelte die Stirn. »Wenn du irgendjemand anders wärst …« Er seufzte und machte Sam den Weg frei. »Hey, warst du im Krankenhaus? Wie lautet das Urteil?«

»Geht dich nichts an, Bruderherz.« Sam lächelte.

Er lachte. »Kein Problem. Ich frage einfach Mama G.«

»Natürlich wirst du das.« Sie verdrehte die Augen. »Aber Gina ist nur eine zuverlässige Quelle, wenn ich ihr auch etwas erzähle.« Sam grinste und machte sich auf den Weg zum Wohnwagen der Produktion.

Plötzlich krachten ein paar Maori-Stuntleute durch ein Gewirr falscher Bäume und Büsche zu ihrer Rechten, taumelten und landeten genau vor ihr. Sam konnte gerade noch zur Seite ausweichen.

»Verdammt, tut mir leid, Lady.« Der Erste stand auf und staubte sich ab. »Die verdammte Stuntprobe ist ein bisschen aus dem Ruder gelaufen.«

»He, das ist die örtliche Polizistin«, sagte der Zweite und schlug ihm auf den Hinterkopf. »Ein wenig mehr Respekt, ja?«

»Scheiße, ohne die Uniform habe ich Sie nicht erkannt«, erklärte der Erste mit frechem Grinsen. »Entschuldigung.«

Sie trotteten zurück zu der Stelle, von der sie gekommen waren.

Sam schaute ihnen nach und bemerkte die Takelmasten, an denen Lichter befestigt waren, einen Kran mit einer unbemannten Kamera, Turnmatten und mehrere Stuntleute, die mit einer Frau im Trainingsanzug eine Szene einübten.

»Nein!«, rief ein stämmiger Mann, dem Akzent nach aus L.A. »Noch mal. Und versuch dieses Mal bitte, Kiris Schulter dabei *nicht* auszukugeln.«

Hinter ihm stand eine Gruppe von sechs Frauen, die eine Art Tanz oder Kampf probten. Ein männlicher Choreograf demonstrierte mit katzenhafter Anmut eine rhythmische Bewegung und die Frauen versuchten, sie nachzumachen.

»Weg da!« Ein Mann, der eine Leiter geschultert hatte, tauchte vor Sam auf. Er trug eine Schirmmütze mit dem Logo von *Budweiser*, ein schwarzes T-Shirt mit der Aufschrift »Shezan Rulez« und eine verwaschene Baseballjacke mit einem *Dodgers*-Logo. »Und du bist zu spät.« Er zeigte auf die probenden Frauen. »Das Amazonen-Training hat vor einer halben Stunde angefangen. Zieh dich besser schnell um. So geht das nicht.« Er schüttelte den Kopf. »Hast du etwa beim Meeting gepennt? Wie auch immer. Hopp hopp!«

»Ich bin keine …«

Er war weg, bevor sie protestieren konnte.

Sam schüttelte den Kopf und ging weiter auf die Wohnwagen zu. Unterwegs traf sie auf ein weiteres bekanntes Gesicht.

Kev. Sids schmaler, jüngerer Langfinger von einem Bruder zuckte zusammen, als er sie sah. Er trug eine rote Schirmmütze mit der Aufschrift »Shezan Rulez«.

Mein Gott, er arbeitet auch hier? Sid hatte ihr wohl noch ein paar Dinge mehr verschwiegen.

»Ich behalte dich im Auge, Kev«, grüßte sie ihn ernst. Sam war sich nicht zu fein, ein wenig zu bluffen, um zu sehen, wie er reagieren würde. Auf die Art war sie schon an so manches Geständnis gekommen.

Kev schluckte hörbar. »Ich arbeite im Beleuchtungsteam. Ich schwöre, ich habe nichts Krummes vor. Sid hat mir den Job besorgt. Du kannst ihn ruhig fragen.«

»Aha. Dann scheinen deren Einstellungskriterien ja nicht allzu hoch zu sein«, neckte sie. »Du hast es früher ja nicht mal geschafft, das Licht im Haus auszuschalten.«

Kev musste lachen und seine Schultern entspannten sich. »Joa. So ungefähr.«

Sam lächelte. Die Mahutas waren gute Menschen und es war schön gewesen, bei ihnen aufzuwachsen. Sogar mit Kev, wenn er nicht gerade dabei gewesen war, alles zu klauen, was nicht niet- und nagelfest war. Obwohl sie sich wirklich wünschte, er würde endlich damit aufhören.

Alex tauchte in Sams Blickfeld auf, tief in ein Gespräch mit einem Mann vertieft, der einen ramponierten Werkzeuggürtel um die Hüfte geschnallt hatte.

Kev nutzte die Chance, zu verschwinden.

»Weil die Plattform so breit sein muss«, sagte Alex gerade. »Sonst wird sie das Gewicht von Kameramann und Beleuchter nicht tragen können. Das ist simple Physik. So, wie sie jetzt ist, reicht sie nicht aus.«

»Aber der Boden dort ist noch so schlammig vom Regen, die Streben rutschen uns weg«, sagte der Bauleiter. »Können wir die Plattform nicht einfach ein paar Meter verschieben, auf festeren Boden? Man könnte sie leicht an den Felsen –«

»Auf keinen Fall. Die Szenerie ist dort, wo sie jetzt steht, perfekt. Der Wasserfall ist genau rechts über Shezans Schulter, der Kauri-Baum bildet den Rahmen. Und dann ist da noch dieses seltsame Moos, das dort wächst. So etwas habe ich noch nie gesehen.«

»*Pahau-kakapo*? Das ist Riesenmoos«, ergänzte der Bauherr.

»Was auch immer es ist, ich will es auf jeden Fall in der Aufnahme haben. Und das wäre es nicht, wenn wir die Plattform auch nur um einen Meter verschieben. Wenn der Boden zu instabil ist, könnte man dann nicht zunächst ein Fundament bauen? Und danach erst die Streben draufsetzen? Komm schon, hast du nicht früher Häuser gebaut? Du hast noch nie ein Haus wegen schlammigen Bodens versetzt, oder?« Alex untermauerte ihre Aussage mit einem durchdringenden Blick.

Oh, gutes Argument. Sam hatte fast Mitleid mit dem Mann.

»Ähm, nein.«

»Schön. Schau, was du machen kannst. Ich muss …« Sie sah auf und ihr Blick fiel auf Sam. Die Überraschung stand ihr ins Gesicht geschrieben. »… los.« Alex ließ den Bauleiter stehen und ging zu Sam hinüber. »Senior Constable Keegan. Ich hatte nicht erwartet, dich hier zu treffen. Was bringt dich in meine Welt?« Ihr Lächeln war verhalten.

»Scheinbar bin ich zum Casting als Amazone hier«, entgegnete Sam.

»Du hast die Rolle.« Alex' Lächeln wurde breiter.

»Ich bin mir da nicht so sicher.« Sam berührte ihre verletzte Seite. »Meine Ärztin hat mir eine Auszeit verpasst.«

»Wir könnten dich gegen einen Baum lehnen.« Alex hielt inne. »Geht's dir ein bisschen besser?«

»Meine Röntgenbilder sagen, dass alles in Ordnung ist. Mehr oder weniger.«

»Gott sei Dank.« Alex' Gesichtsausdruck wurde wieder verhaltener. »Hör zu, ich würde gern noch mit dir wegen gestern Abend reden, aber ich kann gerade nicht. Ich glaube … vielleicht habe ich ein paar Dinge gesagt, die …« Sie atmete langsam ein und aus. »… die ich besser auf andere Art und Weise hätte sagen sollen.«

Sie entschuldigt sich nicht wegen dem, was sie gesagt hatte, sondern nur wegen ihrer Wortwahl?

Bevor Sam antworten konnte, ertönte eine Frauenstimme aus der Ferne: »Alex! Anruf aus L.A.! Mr. Howard ist auf Leitung zwei. Dringend!«

»Verdammt.« Alex sprintete los und rief Sam über die Schulter zu: »Entschuldigung. Später! Hier ist wahnsinnig viel los.«

Sam sah ihr einen Moment lang nach, dann ging sie den Rest des Weges zu dem silbernen Wohnwagen mit der Aufschrift »Produktion«.

Als sie gerade anklopfen wollte, wurde die Tür von innen aufgerissen und ein verärgert aussehender Mann um die fünfzig stürmte heraus. Auf seinem Shirt stand »*You Dump, We Pump*«.

»Vorsicht. Da drin ist es wie in einer Schlangengrube, Lady«, brummte er. »Sie haben gerade meinen Vertrag gekündigt. Mein Schwager wird echt angepisst sein.« Er blinzelte. »Angepisst? Ha. Das ist lustig.« Er grinste und ging.

Na, wenn er das sagt. Sam klopfte an die Tür.

»Nein, Frank, gekündigt ist gekündigt«, ertönte eine Männerstimme. »Du hättest meine Leute fast aus ihren Betten geschüttelt. Belästige bitte jemand anderen.«

Sam öffnete die Tür. »Ich bin nicht Frank.«

Ein kahlköpfiger Mann in dicker Cordjacke, einem burgunderfarbenen Rollkragenpulli und einer schwarzen Jeans schaute erstaunt von seinem Papierkram hoch. »Nein, das sind Sie in der Tat nicht.« Er musterte sie. »Ah, ja, die Polizistin. Ich habe Sie gestern im Pub gesehen. Setzen Sie sich.« Mit wachsamem Gesichtsausdruck deutete er auf einen Plastikstuhl ihm gegenüber.

Sam ignorierte den angebotenen Stuhl und blieb stehen. »Ich bin Sam Keegan«, sagte sie. »Sind Sie der Produzent von *Shezan*? Quincy Blackman?«

»Executive Producer, ja. Was kann ich für Sie tun? Wenn Sie sich bei meiner Regisseurin für Ihr Verhalten gestern Abend entschuldigen wollen, kann ich das gern arrangieren.« Sein Blick wurde härter.

Mich entschuldigen? Im Leben nicht! »Das war eine Privatangelegenheit. Also, nein.«

»Schien mir nicht sehr privat zu sein. Sie haben dem ganzen Pub gesagt, dass wir hier einen *frauenfeindlichen Haufen Müll* produzieren. Habe ich Sie das richtig zitiert?«

Das konnte sie nicht leugnen. Sam räusperte sich. »Hat Alex … Ms. Levitin … etwas von einem Vorfall erwähnt, bei dem sie durch ihr Fahrzeug einen erheblichen Schaden an meinem Motorrad verursacht hat? Ich habe die Rechnung der Werkstatt mitgebracht. Sie meinte, das Studio würde für den Schaden aufkommen. Also ist das hier für Sie.« Sie legte den Umschlag auf den Schreibtisch.

Mr. Blackman warf nicht einmal einen Blick darauf, sondern fixierte Sam scharf. »Hören Sie, nachdem meine Regisseurin mir von dem Vorfall erzählt hat, habe ich bei unserer Versicherung angefragt. Sie werden nicht zahlen, weil Alex' Wagen weder Sie noch Ihr Motorrad berührt hat. Wenn Sie nicht rechtzeitig bremsen konnten, um einem parkenden Fahrzeug auszuweichen, tragen Sie die Schuld selbst.«

»Sie hat plötzlich den Rückwärtsgang eingelegt. Ich hatte keine Zeit, zu bremsen!«

»Sie hat Sie aber nicht angefahren. Unsere Versicherung wird keinen Cent bezahlen. Und bevor Sie fragen, nein, auch das Studio wird für den entstandenen Schaden nicht haften.«

Sam verschränkte die Arme vor der Brust. »Das Studio könnte den Schaden wahrscheinlich aus der Portokasse zahlen.«

Mr. Blackman stupste den Umschlag an. »Gibt es irgendeinen besonderen Grund, warum Sie Ihre Versicherung nicht zahlen lassen?«

Ja, sie könnte ihre Versicherung zahlen lassen. Das Problem war nur, dass Tiger umgebaut war und ihr Eigenanteil bei einem Schaden fast sechshundert Dollar betrug. So viel Geld hatte sie nicht einfach so herumliegen. Außerdem ging es auch ums Prinzip. Warum sollte sie bezahlen?

Sam richtete sich zu ihrer vollen Größe auf: »Hier draußen regeln wir solche Sachen informell. Handschlag-Vereinbarungen zählen ohne Wenn und Aber. Weniger Papierkram und die Versicherungsbeiträge steigen nicht. Deshalb habe ich meine Versicherung nicht in Anspruch genommen. Es war nicht meine Schuld. *Außerdem* hat Ms. Levitin ihr eigenes Verschulden zugegeben und versprochen, den Schaden zu zahlen.«

»Alex' Schuld ist keinesfalls eindeutig. Ich bin davon überzeugt, dass Sie einfach nur das reiche Filmstudio Ihre Rechnung bezahlen lassen wollen, weil Sie etwas gegen unsere Arbeit haben. Vergessen Sie es.«

Sam starrte ihn an. »Wenn ich wirklich nur versuchen wollte, das ›reiche Filmstudio‹ über den Tisch zu ziehen, würde ich Sie dann nicht auch auf Schmerzensgeld verklagen? Stünde dann nicht mein Anwalt hier? Verdammt, das könnte ich immer noch alles machen.«

Ihr Gegenüber sah nicht im Geringsten beunruhigt aus. »Wissen Sie, was ich an Kleinstädten liebe? Man hört eine Menge Dinge in den örtlichen Pubs. Und hier lieben sie es einfach, über ihre distanzierte Polizistin zu reden.«

Sams Kiefer verspannten sich.

»Ich habe zum Beispiel gehört, Senior Constable Keegan, dass Sie öfter waghalsige Dinge tun. Motocross. Stunt-Sprünge über Buchten. Einen Kleinkrieg gegen eine Biker-Gang führen. Das klingt alles sehr gefährlich. Wer weiß schon, woher diese angeblichen Verletzungen tatsächlich stammen? Hinzu kommt, dass ich einen Pub voller Zeugen habe, die gesehen haben, wie Sie gestern Abend attackiert und verletzt worden sind.«

»Das hat nur die bereits bestehenden Verletzungen verschlimmert, die ich mir bei dem Unfall mit Ihrer Regisseurin zugezogen habe.«

»Das sagen *Sie*.« Mr. Blackman sah sie lange an. »Zusammenfassend kann man sagen: Das Einzige, was ich mit Sicherheit weiß, ist, dass *Sie* Ihr Motorrad beschädigt haben. Und dass *Sie* sich irgendwie verletzt haben. Vermutlich mehr als einmal, gestern Abend eingeschlossen. Das ist bedauerlich, aber nicht unsere Schuld. Wenn Sie eine Zivilklage anstreben wollen, ist das natürlich Ihre Entscheidung. Sie sollten nur vorher wissen, dass das Studio gute Anwälte und tiefe Taschen hat, um diesen Fall monatelang hinauszuzögern, bevor wir ihn gewinnen. Was wir auch tun würden.«

Sam blieb die Spucke weg. »Und Ihre Regisseurin ist damit einverstanden, wie Sie den Vorfall handhaben?«

»Alex weiß genau, wie es in unserem Geschäft läuft. Sie hat es mir überlassen, mich darum zu kümmern. Ziehen Sie Ihre eigenen Schlüsse daraus.«

Sie weiß es? Wie konnte Alex ihr noch vor zehn Minuten in die Augen schauen und Witze machen, wenn sie wusste, dass ihr Chef Sam über den Tisch ziehen würde? Wie konnte sie nur so falsch sein?

»Ach, und falls Sie beim Rausgehen an der Kantine vorbeikommen: Heute Morgen hat Ihr örtlicher Pub frische Himbeermuffins geliefert. Bedienen Sie sich ruhig.« Mit diesen Worten richtete Mr. Blackman seine Aufmerksamkeit wieder auf die Papiere auf seinem Tisch.

Sam schnappte sich ihren Umschlag und knallte auf dem Weg nach draußen die Tür zu.

Drei Meter entfernt entdeckte sie Alex, die wieder mit dem Bauleiter sprach. Sam marschierte schnurstracks auf sie zu.

Als der Bauleiter sie auf sich zukommen sah, krallte er sich an seinem Werkzeuggürtel fest und murmelte: »Ich muss weg.« Er machte sich schnellstmöglich aus dem Staub.

Alex drehte sich um, um zu sehen, was den Mann so verschreckt hatte. »Sam? Geht es dir gut? Du siehst –«

»Ich habe gerade mit deinem Chef gesprochen.«

Alex sah sie arglos an. »Quincy? Ging es um dein Motorrad? Ich bin froh, dass er das geklärt hat.«

Geklärt hat? »Du bist also *damit* einverstanden?«

»Sicher«, sagte Alex mit einem verdutzten Lächeln.

»Also bist du doch genau wie dein Vater«, erwiderte Sam zischend. »Und du hast dich wirklich an seine Strategie gehalten. Kauf ihnen Getränke, freunde dich mit ihnen an und verkauf sie dann für dumm.«

Das Lächeln auf Alex' Gesicht verschwand. »Wie bitte? Wie kannst du es wagen, mein–«

»Vergiss es. Ich habe genug.« Sie ließ Alex stehen. *Shezan* und Alex Levitin konnten zur Hölle fahren.

~ ~ ~

Zu Hause angekommen zog Sam ihre Polizeiuniform an. Es fiel ihr schwer, sich an den Gedanken zu gewöhnen, dass es ewig dauern würde, bis sie ihr geliebtes Motorrad wiederhaben würde. Sie knallte die Haustür zu und ging zum nebenan gelegenen Revier. Dort stellte sie fest, dass die Eingangstür bereits aufgeschlossen worden war.

»Schau an, wen der Pekapeka angeschleppt hat«, ertönte eine tiefe Männerstimme.

»Ich glaube, in dem Sprichwort schleppt die Katze Dinge an, nicht die Fledermaus«, sagte Sam. »Und was machen Sie hier?«

»Warum so überrascht?«, fragte Sergeant Vaughan Peterson. »Ich bin schließlich für Ihr kleines Möchtegern-Polizeirevier hier verantwortlich.« Sein Tonfall war scherzend, aber sie wusste, dass er es ernst meinte.

»Sie hätten nicht herkommen müssen.«

»Es kommt nicht jeden Tag vor, dass ich erfahre, dass meine engagierteste Polizistin fast von einem Auto überfahren wurde und es versäumt hat, einen offiziellen Bericht einzureichen. Warum ist das so?«

»Ich kann keinen Bericht einreichen. Ich habe nicht gesehen, wer verantwortlich war.« Natürlich war es verlockend, Alex Levitin wegen rücksichtslosen Fahrens anzuzeigen. Verdammt, es wäre bloß gerechtes Karma. Aber Sam war weder unehrlich noch rachsüchtig. »Es ging zu schnell. Das Auto war weg, bevor ich wusste, was passiert war.«

»Das klingt nicht nach Ihnen. Sie sind doch normalerweise so detailversessen.« Peterson musterte sie mit strengem Blick. »Also, was ist passiert?«

»Ein unbedeutender Unfall. Der Schaden war auf meiner Seite.«

»Hm.« Er schien über ihre Worte nachzudenken. »Geht es Ihnen denn jetzt besser? Und wehe, Sie sagen, es ginge Ihnen besser, wenn dem nicht so ist. Wenn Sie zusammenbrechen, verschafft mir das nur noch mehr Papierkram.«

Wie fürsorglich. »Ich soll in ein paar Wochen noch mal zur Untersuchung ins Krankenhaus, um sicherzugehen, dass sich nichts verschlechtert hat. Aber im Moment kann ich trotzdem Schreibtischarbeit machen.«

»Okay. Irgendwelche Probleme mit den Boars?«

»Nichts Neues, außer, dass ihre Drogenkuriere überall in der Stadt auftauchen. Vor einigen Tagen habe ich Don Mathers verhaftet, als er dabei war, neue Kunden zu gewinnen. Das steht auch so in meinem täglichen Bericht. Er hatte kein Meth bei sich, aber ich habe ihn wegen Besitzes eines Instruments zum Zwecke der Einnahme von Drogen verhaftet. In der Zwischenzeit habe ich weiter ein Auge auf die Boars, um Beweise gegen sie zu sammeln.«

»Ein Auge auf jemanden zu haben ist eine Sache, aber wenn Sie ohne meine Zustimmung direkt gegen die Gang vorgehen, sorge ich dafür, dass Sie für Ihr leichtfertiges Verhalten gefeuert werden. Verstanden?«

Typisch. War Ihr Chef in seinem Leben jemals ein Risiko eingegangen? Sam verschränkte die Arme vor der Brust. »Ja. War das alles?«

Peterson räusperte sich.

Sam wartete.

»Was Mr. Mathers angeht …« Er schaute zur Seite. »Ich lasse die Anklage fallen.«

»Was?« Sam blinzelte irritiert. »Er hat versucht, neue Kunden für sein Meth zu finden.«

»Alles nur Spekulation. Keine Beweise. Hatte er irgendwelche anderen Drogen bei sich?«

»Nur eine alte Bong mit Marihuana-Rückständen. Aber ich habe Zeugen verhört, die gesagt haben –«

»Also keine *handfesten* Beweise, dass er gedealt hat. Vielleicht wollte er nur angeben? Vielleicht war er selbst zugedröhnt und wusste nicht, wovon er geredet hat? Wer weiß das schon? Deshalb habe ich beschlossen, die Angelegenheit nicht weiter zu verfolgen.«

»Warum?«

Er richtete sich auf. »Mathers ist ein kleiner Fisch. Ich habe bedeutendere Ermittlungen an anderer Stelle eingeleitet.«

»Was bedeutet das?«

»Liegt über Ihrer Gehaltsklasse.«

Oh, verdammt noch mal … »Hören Sie, ich kenne Mathers. Er hat nur zwei Gehirnzellen und eine davon ist damit beschäftigt, sich Geld für sein Gras zu beschaffen. Als Informant ist er völlig nutzlos. Er hat ein Gedächtnis wie ein Sieb und das Hirn eines Glühwürmchens.«

»Das ist Ihre Meinung. Es war meine Pflicht, Ihnen mitzuteilen, dass ich die Anklage fallen lasse. Und das habe ich hiermit getan. Also … betrachten Sie sich als informiert. In Ordnung, Senior *Constable*?«

Wieso machte sie sich die Mühe, diese kleinen Bastarde überhaupt zu verhaften, wenn die nie das innere eines Gerichtsgebäudes zu sehen bekamen? »Verstanden. *Sergeant*.«

Peterson nickte. »Übrigens habe ich gehört, dass Sie gestern Nacht in der Stadt für Aufregung gesorgt haben. Hatten Sie einen Streit mit diesen Filmleuten?«

»So hat es sich nicht zugetragen.«

»Und Sie haben der Regisseurin die Meinung gesagt?«

Er klang fast hoffnungsvoll. Hatte Alex in seinen Frühstückskaffee gepisst oder was war sein Problem? »Kennen Sie … Ms. Levitin?«

»Sie war heute Morgen hier und hat nach Ihnen gesucht.«

Sie hat nach mir gesucht? »Warum?«

»Irgendwas wegen Ihrer Verletzung? Ich habe ihr gesagt, dass es eine Polizeiangelegenheit sei und sie nichts anginge. Wer weiß, warum manche Leute wissen wollen, ob ein Polizist außer Gefecht gesetzt ist. Es ist ja nicht so, als ob sie Sie kennen würde; sie ist eine Fremde hier. Und Sie schließen ja gewöhnlich auch keine Freundschaften.« Er lächelte.

Und du kannst mich auch mal.

Peterson beugte sich vor und seine Stimme wurde verschwörerisch. »Ich habe ihr gesagt, wenn sie wissen will, wann Sie weg sind, um dann irgendwelche krummen Dinger auf ihrem Filmset zu drehen, wäre ich schneller an ihr dran als Fliegen auf Scheiße.«

Oje. »Und was hat sie dazu gesagt?«

»Sie hat mich ein Arschloch genannt.« Er schnaubte. »Als ich widersprach, meinte sie nur: *Oh, Entschuldigung, ich dachte, Sie wüssten das bereits.*«

Sam brauchte jedes Quäntchen Willenskraft, um nicht laut loszulachen. Ihre Augen fingen vor Anstrengung an zu tränen. »Oh. Sonst noch etwas?«

»Nicht viel.« Ihr Chef begann, seinen Papierkram zusammenzupacken. »Nichts, das Sie interessieren müsste. Behalten Sie ein Auge auf Ihre kleinen Fische hier und lassen Sie mich in Ruhe die Großen verfolgen, okay?«

Wie wunderbar herablassend. Es wäre den Schmerz in ihrer Seite fast wert, ihm auf dem Weg nach draußen einen Tritt in den Hintern zu verpassen. Aber dann müsste sie ihre Stiefel verbrennen. Und das waren ihre Lieblingsstiefel.

Er klemmte sich seine Mappe unter den Arm und griff nach seinen Autoschlüsseln. »Übrigens, was ist das für ein neuer Spitzname, den Sie da bekommen haben? *Hukapapa?*«

»Die Wild Boars finden sich einfach nur lustig. Dino glaubt, er sei geschickt in psychologischer Kriegsführung.«

»*Hukapapa* … das bedeutet Eis und Frost, richtig? Wieso dieser Name? Ist es nicht mehr gut, cool zu sein?« Er runzelte die Stirn.

Wenn Peterson den beleidigenden Subtext dieses Wortes nicht kannte, war es sicher nicht ihre Aufgabe, ihn aufzuklären. »Keinen blassen Schimmer.« Sie öffnete ihm die Tür. »Vielleicht bewundert Dino mich einfach.«

»*Sie*? Ja, das wird es sicher sein.«

Sam warf ihm einen bösen Blick nach. Alex hatte wirklich recht. *Was für ein Arschloch.*

Kapitel 8

Anstand stinkt

Alex fragte sich, warum zwischen ihr und Sam eigentlich immer alles schief ging. Sie hatte am Morgen extra beim Polizeirevier vorbeigeschaut. Nachdem Sam gestern den Pub so offensichtlich verletzt verlassen hatte, wollte sie sehen, wie es ihr ging. Und vielleicht … nur vielleicht, fühlte sie sich ein wenig schuldig.

Alex stand zu ihrem Wort. Niemand hatte das Recht, sie oder *Shezan* zu verurteilen, ohne alle Fakten zu kennen. Aber vielleicht hätte sie sich für ihre Ansage einen weniger öffentlichen Ort aussuchen sollen. Sam war immerhin die örtliche Polizistin. Zu Beginn ihrer Karriere waren Alex' Entscheidungen auch des Öfteren in aller Öffentlichkeit infrage gestellt worden. Und das, obwohl sie ihre eigene Indie-Produktionsfirma leitete.

Also hatte Alex beschlossen, gleich zu Beginn des Tages alles wieder ins Lot zu bringen. Es war eine kluge Strategie, es sich nicht mit den örtlichen Behörden zu verscherzen. Das hatte sie sich zumindest auf dem Weg zum Revier gesagt. Das Problem war nur, dass sie nicht Sam, sondern einen diensthabenden Sergeant angetroffen hatte, der so tat, als wäre Alex hinter den Staatsgeheimnissen von Neuseeland her. Und dann hatte sie ein paar Dinge gesagt. Vielleicht auch ein paar Dinge zu viel. Gott, sie musste wirklich an ihrer Impulskontrolle arbeiten.

»Soll es zweieinhalb oder drei Meter hoch sein?«

»Hm?« Alex versuchte, ihre Aufmerksamkeit wieder dem Bauleiter zu widmen. Ihr Blick huschte zwischendurch aber immer wieder zum Tor, als ob sie befürchtete, dass Sam plötzlich wiederauftauchen würde. Sie versuchte, ihre Gedanken zu ordnen. »Hören Sie, ich gebe Ihnen Bescheid. Ich muss nur erst noch etwas überprüfen.« Mit diesen Worten machte sich Alex auf den Weg zum Produktionswohnwagen.

»Quincy, was zum Teufel hast du mit Sam Keegan gemacht?«, sagte sie anstelle einer Begrüßung.

»Ah, das.« Er zuckte mit den Schultern. »Ich habe ihr den Kopf gewaschen und ihr gesagt, dass wir keinen Cent bezahlen. Die Versicherung wird auch nichts zahlen, weil du sie mit deinem Wagen nicht einmal berührt haben.«

Verdammter Mist. »Ich bin wie eine Verrückte im Rückwärtsgang abgebogen und habe plötzlich angehalten. Ich habe ihr keine andere Wahl gelassen, als auszuweichen.«

»Und dennoch hast du sie *nicht* berührt. Es ist erledigt. Wir sind aus dem Schneider.«

»Aber –«

»Nein. Es ist erledigt. Das fällt in meinen Aufgabenbereich.« Sein Tonfall wurde ernst. »Ich sage dir auch nicht, wie du Regie führen sollst, oder?«

Alex sah ihn fassungslos an. »Könntest du diese Sache mal nicht angehen, wie in Hollywood üblich, und stattdessen das tun, was anständig ist?«

»Definitiv nicht. ›Anständig‹ sendet nur das Signal, dass wir leichte Beute sind. Dann haben wir im Nu Dutzende Einheimische, die Unfälle inszenieren und dann die Hand aufhalten.«

»Findest du nicht, dass du ein wenig übertreibst? Die Kiwis sind nicht gerade für Gier bekannt.«

»Ich habe nicht vor, es herauszufinden.« Quincy zuckte mit den Schultern. »Ich bin ja schon froh, dass sie daraus keine große Sache gemacht hat. Eine Regisseurin, die Polizisten umbringt, hätte nicht gerade für gute Schlagzeilen gesorgt.«

»Aber ich habe sie doch nicht annähernd ermordet!«

»Als ob das einen Unterschied machen würde.« Er lachte.

»Warum hat sie keine Anzeige erstattet?«, fragte Alex neugierig.

»Weil sie nach Aufrichtigkeit stinkt.« Quincys Augen leuchteten, als sei Aufrichtigkeit eine für ihn unerwartete, aber nützliche Schwäche.

»Und als Belohnung bescheißen wir sie. Das ist nicht richtig.«

Er zuckte wieder mit den Schultern. »Moralisch gesehen, vielleicht. Ich mache nur meinen Job. Ich bin eingestellt worden, um die Kosten gering zu halten. Und keinen Cent an Rogers Werkstatt zu zahlen, ist ein guter Start.«

»Gott, manchmal hasse ich Geld. Es sorgt nur für Unmut und Probleme.«

»Ich habe dafür gesorgt, dass dieses Problem verschwindet. Gern geschehen.«

Alex atmete tief ein. Sie warf einen Blick auf den Zeitplan hinter Quincy und sagte: »Ich muss wieder los. Shezan trifft heute auf die Tochter des Wilderers und ich komme zu spät zur Probe.«

»Das darfst du auf gar keinen Fall verpassen«, sagte Quincy trocken. »Es wird so unangenehm werden wie ein Besuch beim Zahnarzt. Und das, noch bevor der miese Dialog beginnt.«

Dem konnte sie nicht widersprechen. »Ich bin versucht, den Schauspielerinnen zu sagen, dass sie den Text gar nicht erst auswendig lernen sollen. Der Dialog bleibt nur über meine Leiche so, wie er ist.«

»Vorsicht, Levitin. Regisseure, die für zweitklassige Filmen zu große Visionen haben, werden gern abgesägt.«

»Was ist so schlimm daran, ehrgeizig zu sein?«

»Nichts. Normalerweise. Ich will nur nicht, dass du zu großen Erwartungen hast. Ja, du kannst diesen Film möglicherweise *ein wenig* besser machen. Ich hoffe sogar, dass du das tust. Aber denk immer daran, dass wir hier nicht *Schindlers Liste* produzieren.«

So viel dazu, dass er ihr nicht sagte, wie sie Regie zu führen hatte. Zum Teufel damit. Sie würde ihre Ansprüche erst herunterschrauben, wenn sie tot war. Alex stand auf. »Erstklassige Motivationsrede. Schon wieder.«

»Gern geschehen.« Quincy lachte und widmete sich wieder seinen Unterlagen.

~ ~ ~

Alex tigerte vor dem Zelt des Wilderers auf und ab und wartete darauf, dass Melody sich dazu herabließ, bei der Probe zu erscheinen. Tochter eines Studiobosses hin oder her, dieses Verhalten war inakzeptabel. Alice war schon vor fünf Minuten losgezogen, um die bockige Blondine ans Set zu schleifen. Offensichtlich kein leichtes Unterfangen.

Chloe hatte sich auf einen Liegestuhl in der Nähe gelegt und las die Textnachrichten auf ihrem Handy. »Hey, wusstest du, dass Summer Ziegen für Dörfer in Afrika kauft?«

»Natürlich tut sie das.« Alex blieb stehen. »Was sagt Bess dazu?«

»Das Übliche, begleitet von einem liebevollen Augenrollen. Und eine Ziege soll nach ihrem ehemaligen Showrunner benannt werden.« Chloe steckte ihr Handy ein. »Bess ist ihr völlig verfallen.«

»Oh, die Wunder der Liebe«, murmelte Alex.

»Ja.« Chloe kicherte. »Verdammt, um so glücklich verliebt zu sein, würde ich es auch ertragen, rund um die Uhr von meinen Freunden aufgezogen zu werden.«

»Wer nicht?« Die Worte klangen viel zu wehmütig in Alex' Ohren.

Ihre Blicke trafen sich. Ihre besten Freunde waren in einer intensiven Beziehung, aber Alex und Chloe kannten sich kaum. Das war ein seltsames Gefühl. Eine Art von künstlicher Vertrautheit – irgendwie da, aber irgendwie auch nicht echt. Wenn man dann noch bedachte, dass Alex Chloes Chefin war, wurde es nur noch merkwürdiger.

»Vielleicht bin ich eines Tages Teil einer Romanze, die so kitschig ist, dass mir auch die abwegigsten Launen meines Liebsten nichts ausmachen«, sagte Chloe. »Vielleicht, wenn ich vor dem Altar der richtigen Gottheit bete.«

»Ach ja? An welche Gottheit hattest du gedacht?«

»Die Schokoladengöttin«, sagte Chloe. »Mir gefallen die täglichen Opfergaben.«

Alex lachte. »Klingt logisch. Aber bitte konvertier erst *nach* meinem Film. Ich will nicht, dass Skye alle Kostüme neu nähen muss.«

»Einverstanden. Apropos, wann bekommen wir die neuen Kostüme zu sehen?«

»Bald.« Alex ließ sich neben Chloe in einen Liegestuhl fallen und trommelte mit den Fingern auf der Holzlehne herum. »Diese Verzögerung ist unmöglich«, murmelte sie. »Melody hat im ganzen Film nur zwei Dutzend Sätze.« Sie schaute zur Regieassistentin. »Leslie? Kannst du es noch einmal bei Melody versuchen?«

Leslie griff nach ihrem Walkie-Talkie. »Alice, wie ist der Status von Ms. Howard?«

»Ich kann sie nicht finden!«, ertönte Alices Stimme.

Alex seufzte und wandte sich wieder Chloe zu. »Freust du dich über deine erste Hauptrolle?«

»Ich weiß, dass der Film einen schlechten Ruf hat und so, aber ich bin wirklich begeistert. Ich werde die erste Maori sein, die eine Hauptrolle in einem Fantasy-Film für ein großes Filmstudio spielt.«

Das ergab Sinn. Für Chloe und ihre Heimat war es eine große Sache. Umso wichtiger, dass Alex aus dem Film etwas Gutes machte. Und so sehr die andere Frau auch versuchte, es zu verbergen, konnte Alex die Sorge hinter der entspannten Antwort hören. Sie sah Chloe ernst an, als sie sagte:

»Ich verspreche, ich werde das wieder hinbiegen, Chloe. Du wirst dich am Ende nicht hierfür schämen müssen.«

Chloe sah fasziniert aus. »Cool. Und ehrlich gesagt hat mich motiviert, dass, selbst wenn der Film totaler Schrott wird, ich wenigstens einen bezahlten Besuch bei meiner Familie rausschlagen kann.« Dann schien Chloes Blick auf etwas hinter ihnen zu fallen.

Alex drehte sich um.

Melody stolzierte in hohen Absätzen langsam über die Weide auf sie zu. Irgendwie schaffte sie es trotz aller Unebenheiten und Dunghaufen, dabei majestätisch auszusehen.

Leslie gab Alice über das Walkie-Talkie Bescheid.

»Unser Megastar ist eingetroffen«, kommentierte Chloe.

Mega-irgendwas zumindest. »Du bist zu nett«, erwiderte Alex.

»Wenn du ihren Vater kennen würdest, würdest du sagen, es ist ein Wunder, dass sie so normal geworden ist.«

»Wirklich?«

»Ich habe ihn mal auf einer von Skyes legendären Partys getroffen. Er hat jedem auf die Nase gebunden, wie wichtig er ist. Hat die ganze Zeit passiv-aggressive Witze darüber gemacht, wie viel einflussreicher er noch werden könnte, wenn seine Familie ihn nicht ständig nerven würde. Skye hat ihn nie wieder eingeladen.«

»Hm.« Alex neigte den Kopf und dachte über die Parallelen nach. »Interessant, dass sie diese Rolle spielt. Wütende Tochter rechnet mit misshandelndem Vater ab.«

»Glaubst du, es soll auch eine Botschaft an Daddy sein, dass sie gerade diese Rolle angenommen hat?«

»Keine Ahnung.« Es war genauso wahrscheinlich, dass Melody keinen Schimmer hatte, dass diese Rolle wie für sie gemacht war. Das erforderte schließlich ein gewisses Maß an Selbstreflexion.

Chloe tippte auf das Drehbuch. »In der Szene treffen also Shezan und die Tochter des Wilderers das erste Mal aufeinander? Wie interpretierst du ihre Haltung hier?«

»Shezan fällt die schicke Frisur und das unpraktische Outfit der Tochter auf. Sie hält sie für eine Kuriosität, etwas Exotisches, und ist von ihr fasziniert. Sie hat vorher noch nie eine weiße Frau gesehen.« Alex atmete ein. Wie klischeehaft war dieser verdammte Film bitte?

Chloe musterte sie. »Das passt dir nicht, oder? Der ganze Scheiß von sozialer Abstufung und rassistischen Nuancen? Also so ungefähr alles im Drehbuch?«

»Nicht so, wie es im Moment ist, das gebe ich zu. Ich tendiere dazu, Filme mit Botschaft zu schaffen. Aber keine Sorge, ich werde daraus noch etwas machen.« Sie schenkte Chloe ein beruhigendes Lächeln.

»Wie lautet die Botschaft von *Shezan*?«, fragte Chloe neugierig. »Hat der Film eine?«

Die Tochter des Studiobosses berühmt zu machen? Alex hoffte, dass ihre tatsächliche Antwort zuversichtlich klang. »Ich arbeite noch an einem passenden Ansatz. Es soll etwas Neues sein.«

»Cool.« Chloe gähnte, stand auf und streckte sich. Sie fuhr sich mit der Hand durch ihr schwarzes Haar. »Natürlich wird es für manche Leute etwas schwierig, wenn die Handlung am Ende zu viele progressive Ecken und Kanten hat.« Sie lachte.

»Wie meinst du das?«

Chloe richtete ihren Blick demonstrativ auf die sich langsam nähernde Melody. »Ist dir nicht aufgefallen, wie superreligiös mein Co-Star ist? Sie trägt dieses riesige Kruzifix und zitiert die ganze Zeit aus der Bibel. Heute Morgen hat der Caterer eine Moralpredigt gehalten bekommen. Irgendwas über ein durch Hass plattgemachtes Kalb.«

Alex betrachtete Melodys Cheerleader-Kleidungsstil und ihren gleichgültigen Gesichtsausdruck und versuchte, diesen Eindruck mit Chloes Worten zu einem Gesamtbild zu vereinen.

Chloe fügte leiser hinzu: »Hör zu, sie hat bislang noch nichts Levitikus-Mäßiges von sich gegeben. Ich glaube, sie weiß noch nicht, dass du lesbisch bist. Und ich werde auch nichts verraten.«

»Ich verstehe.« *Na wunderbar. Eine Diva auf religiösem Kreuzzug? Ich Glückspilz.* Alex schätzte Chloes Loyalität, auch wenn ihre Sexualität kein Geheimnis war. Melody brauchte ihren Namen bloß bei Google einzugeben. »Wollen wir dann loslegen?«

»Klar.« Chloe grinste. »Ich bin jetzt schon schockiert und überwältigt vom Anblick einer weißen Tussi in Safarihosen.«

Gott. Dieses Drehbuch.

~ ~ ~

Die Probe verbesserte Alex' Eindruck von Melodys schauspielerische Fähigkeiten kein bisschen. Es war sogar schlimmer als befürchtet. Sie spielte ausdruckslos, verpatzte den Text und ihr Blick blieb nie auf Chloe gerichtet, sondern wanderte durch die Gegend.

Vielleicht hatte Quincy recht: Es war lächerlich, aus diesem Film etwas Brauchbares machen zu wollen, wenn alle wichtigen Aspekte des Projekts unterdurchschnittlich waren und kaum verändert werden konnten.

Aber Alex versuchte, sich in Erinnerung zu rufen, dass das nicht ganz der Wahrheit entsprach. Sie hatten einen Top-Kinematografen, eine erstklassige Kostümbildnerin, die atemberaubende Kulisse und eine anständige Hauptdarstellerin. Chloes Können überzeugte trotz Melody als Störfaktor. Außerdem war ihr Wilderer wirklich unheimlich inszeniert, und alle seine Szenen würden gewaltigen Hass bei den Zuschauern auslösen. Sie musste folglich nur den Rest in Ordnung bringen Im Moment sah sie sich allerdings mit der größten Herausforderung konfrontiert.

»Okay«, rief sie Melody zu, »können wir es noch einmal mit *Gefühl* versuchen? Tun wir so, als sei es real.«

»Was glaubst du, was ich gerade gemacht habe?« Melody verzog schmollend den Mund.

Das war schon das Beste, was sie zu bieten hatte? Aus den Augenwinkeln sah Alex, wie Chloe grinste. »In Ordnung, ihr zwei, könnt ihr etwas näher zusammenrücken? Versuchen wir einen anderen Blickwinkel. Was wäre, wenn die jeweils andere für euch der faszinierendste Mensch ist, den ihr je gesehen habt? Können wir es so versuchen? Melody, dreh die Intensität einfach auf hundert Prozent, okay?«

Melody warf ihre blonden Haare zurück und trat zwei Schritte näher an Chloe heran. »Wo um alles in der Welt bist du hergekommen? Was bist du überhaupt?«, fragte sie fordernd.

Chloe antwortete nicht, sondern musterte sie einen Moment lang und ging dann noch einen Schritt auf Melody zu. Ihre Körper berührten sich beinahe. Amüsiert fragte sie: »Was bist *du*?«

Alex blieb die Spucke weg. Eigentlich sollte der Satz eine Herausforderung sein, eine verärgerte Reaktion auf den Eindringling. Aber das hatte jetzt fast geklungen wie … flirten.

Verblüffung stand Melody ins Gesicht geschrieben und sie vergaß kurz ihren Text. »I-Ich bin Jennifer«, sagte sie schließlich. »Ich bin mit meinem Vater hier.« Ihre Stimme klang ein wenig tiefer als zuvor.

Was zum Teufel passiert hier?

Die beiden Schauspielerinnen starrten sich gegenseitig an. Chloes Blick fiel langsam auf Melodys Lippen.

Melodys Wangen färbten sich rot. »Du darfst nicht hier sein! Du stellst meinem Vater all diese Fallen und er ist wütend.« Ihre Stimme klang atemlos.

Chloe lächelte schief. »Was kümmert es dich, ob er wütend ist?«

»Das tut es nicht!« Melody bedachte sie mit einem ungeahnt eisigen Blick. »Ich bin eine erwachsene Frau.«

Chloe lachte. Es klang sanft und ein wenig spöttisch und, bei Gott, es war perfekt. »Natürlich bist du das.«

Sie spielten die restliche Szene. Alex vergaß beinahe, »Schnitt« zu rufen. Und auch nachdem das Wort über ihre Lippen gekommen war, saß sie regungslos da und starrte die beiden Schauspielerinnen an. Auf dem ganzen Set herrschte gespenstisches Schweigen.

Melody wandte sich Alex zu. Sie hatte wieder ihren gewohnt ausdruckslosen und dennoch überheblichen Gesichtsausdruck aufgelegt. »Und?«, fragte sie. »War das besser? Intensiver? Genug *Gefühl*?« Es sollte wohl höhnisch klingen, aber ihre immer noch roten Wangen verrieten sie. Ihre Finger spielten an dem Saum ihres T-Shirts.

»Sehr viel besser.« Alex bemühte sich, nicht zu begeistert zu klingen. »Gute Arbeit, ihr zwei«, sagte sie fröhlich. »Fünf Minuten Pause. Chloe, kann ich dich kurz sprechen?«

Sie entfernte sich mit Chloe vom Set, während Melody sich auf den Liegestuhl fallen ließ und anfing, auf ihrem Handy zu tippen.

»O mein Gott«, sagte Alex leise zu Chloe.

»Ja, oder?« Chloe lachte. »Ich glaube, ich habe die Tote zum Leben erweckt. Heilige Scheiße!«

»Sie reagiert auf dein Flirten. Du hast einen Nerv getroffen.«

»Ich wollte überhaupt nicht flirten. Ich war einfach sauer nach unserem Gespräch, musste an die Levitikus-Sache denken und wollte sie ärgern. Ich hatte keine Ahnung, dass sie …«, Chloe schüttelte leicht den Kopf, »… so komisch reagieren würde.«

Alex' Gedanken wirbelten durcheinander. »Ihr habt Chemie. Mach genauso weiter und wir schauen, was passiert. Aber übertreib es nicht. Und es wäre das Beste, wenn wir Melody nichts davon sagen.«

»Sicher.« Chloe hielt inne. »Glaubst du, dass sie heimlich lesbisch ist? Oder dass sie vielleicht nicht einmal weiß, dass sie nicht-heterosexuelle Signale sendet?«

»Keine Ahnung. Der Grund ist egal. Nutzen wir es einfach für unsere Zwecke.« Sie gingen zurück ans Set. »Alles klar, Leute, weiter geht's …«

~ ~ ~

Chloe ging bei den nächsten Takes aufs Ganze. Sie stand immer skandalös dicht an Melody, berührte ihren Arm oder hielt ihren Blick einen Moment zu lange.

Falls Melody ahnte, was ihr Co-Star vorhatte, ließ sie sich nichts anmerken. Jedenfalls nicht … bewusst. Doch mit jedem Take begann sie mehr und mehr, Chloes Verhalten zu spiegeln. In einem Take hielt Melody ihren Atem an und sah in Chloes Augen, als ob ihr Co-Star die personifizierte Perfektion wäre.

Es war … Gott, es war einfach wunderbar. Funken sprühten. So real, so … verdammt brillant. Selbst Chloe schnappte überrascht nach Luft.

Das war für Alex der Moment der Erkenntnis. Jetzt wusste sie, wie sie den Film umschreiben und drehen musste. Jetzt hatte sie eine Vision dafür. Shezan würde sich in die Tochter verlieben, nicht in den Vater. Nicht offen. Subtil, im Subtext. Und Alex würde dafür sorgen, dass es wirklich schön werden würde.

In der letzten Szene hatte Melody Chloe mit einer makellosen Mischung aus Schüchternheit und Selbstvertrauen angelächelt. Wer hätte gedacht, dass sie mit dem richtigen Anstoß *so* schauspielern konnte? Welche Emotion dachte Melody wohl, spielte sie da gerade?

Ihr Plan würde funktionieren. Alex erhob sich von ihrem Stuhl. »Melody, *genau so* will ich es sehen. Du warst perfekt.«

Melody strahlte.

»Und Chloe? Genau, was ich brauchte.«

Chloes Augen glänzten verschwörerisch.

»Zehn Minuten Pause.« Alex kehrte auf ihren Stuhl zurück und machte sich Notizen.

Ein paar Minuten später ließ sich Skye Storm auf den Stuhl neben ihr fallen. »So, so«, sagte sie, »da führt jemand etwas im Schilde.«

»Hm?«, fragte Alex, ohne von ihrem Notizblock aufzuschauen. »Bezüglich?«

»Chloe und Melody. Tu nicht so, als würde es nicht stimmen.« Skye zog die Augenbrauen hoch. »Du weißt genau, was ich meine.«

Alex sah auf und schaute in das amüsierte Gesicht der Kostümbildnerin. »Ist es so offensichtlich?«

»Für mich.« Skye beobachtete Melody, die abseits stand und telefonierte. »Aber ich vermute, dass eine bestimmte Person ziemlich ahnungslos ist, nicht wahr? Also muss ich nachfragen.« Skye senkte ihre Stimme. »Ziehst du bei der gottesfürchtigen Ms. Howard gerade einen *Ben Hur* ab?«

Alex warf ihr einen unschuldigen Blick zu. »Wenn du damit meinst, ob ich es zulasse, dass eine möglicherweise homophobe Schauspielerin denkt, dass sie lediglich eine enge Freundschaft spielt, während ich der anderen gesagt habe, sie solle auf eine unterschwellige Romanze hin spielen, dann ja. Dann ziehe ich absolut einen *Ben Hur* ab.«

Skye nickte. »Genau, wie ich vermutet habe. Was glaubst du, wird Melody machen, wenn sie das herausfindet?«

»Ich baue darauf, dass der Film bis dahin fertig ist und es für sie zu spät sein wird, sich zu beschweren. Außerdem werde ich dafür sorgen, dass die Presseleute sagen werden, dass es nicht so geschrieben wurde, wir die freie Interpretation durch die Zuschauer aber natürlich begrüßen.«

»Was ist mit dem Studio? Die lassen sich nicht so leicht hinters Licht führen wie eine einzelne Schauspielerin.«

»Ich weiß. Ich hoffe, dass der Film mittlerweile soweit am Boden ist, dass sie an diesem Punkt nichts mehr zu verlieren haben. Ich werde es erst erfahren, wenn ich ihnen die Änderungen zuschicke, aber ich habe das Gefühl, dass sie so verzweifelt sind, dass sie alles versuchen würden.« *Gott, ich hoffe es.* »Wie kommst du mit den neuen Kostümen voran?«

Skye schlug ihren großen Notizblock auf. »Deshalb bin ich zu dir gekommen. Die Amazonen sind Kriegerinnen, richtig? Sie hätten Zugang zu Leder, Federn, Holz und geflochtenen Gräsern. Sie hätten keinen Zugang zu Metall, also können wir alles in diese Richtung vergessen. Hier ist mein Konzept.« Sie reichte Alex ihren Notizblock und deutete auf eine Skizze. »Ich weiß, es ist ungewöhnlich, aber bevor du Nein sagst –«

Alex hielt die Hand hoch und Skye verstummte. Sie wollte die Entwürfe erst vollständig auf sich wirken lassen.

Das Kostüm war zweiteilig: enge Hosen aus Wildleder in dunklen Brauntönen, darüber ein einfaches Tunika-Top aus hellbraunem Leder.

Ein geflochtener, cremefarbener Ledergürtel war mehrmals um die Taille gewickelt. Über der linken Schulter war ein rötlich geflecktes Fell angebracht. Es schützte die Brust und das Zwerchfell. Ein Lederriemen lief zwischen den Brüsten entlang – es war die Halterung für den Köcher, der über der rechten Schulter hing.

Die Stiefel waren aus dunkelbraunem Leder und reichten bis zur Hälfte der Wade. Die Unterarme wurden von dicken, pelzgefütterten Armschienen aus Leder geschützt. Dünneres, aufwendig dekoriertes Leder war um den Bizeps gewickelt. Es wirkte geschmeidig, aber doch funktional. Sowohl der Busen als auch die Muskeln der Kriegerinnen wurden subtil betont. »Was ist das für ein Leder?«

»Hauptsächlich Hirschleder. Jede Amazone könnte dieses Outfit selbst herstellen, es mit Beeren einfärben und das Material zusätzlich dekorieren. Die halbe Weste ist zum Schutz und zum Wärmen.«

»Warum ist nur eine Schulter bedeckt?«

»Eine Seite muss frei sein, damit sie den Bogen voll spannen kann.«

Das machte Sinn. »Woraus ist die Weste gemacht? Ich habe noch nie ein geflecktes Fell in dieser Farbe gesehen.«

Skyes Augen leuchteten auf. »Ich habe Nachforschungen über den Valdivianischen Regenwald angestellt. Wusstest du, dass er für seine Miniatur-Tiere berühmt ist?«

»Das ist mir schmerzlich bewusst«, murmelte Alex. »Es ist schwer, ein bedrohliches Raubtier zu finden, wenn in dem Wald nur die kleinsten Fleischfresser und niedlichsten Beuteltiere der Welt leben.«

»Wie schrecklich!« Skye lachte leise. »Für mich ist es herrlich, weil sie diese schönen Miniaturhirsche haben, die *Pudú* genannt werden. Daraus ist der Pelz gemacht.« Sie deutete auf die Skizze. »Wir werden natürlich Kunstpelz verwenden.«

»Ich liebe den Gürtel«, sagte Alex. »Und ist das ein Beutel an der Seite?« Sie sah genauer hin. »Skye Storm, hast du meinen Amazonen Hosentaschen verpasst?«

»Das habe ich, Liebes. Jede Frau braucht Taschen.« Sie nickte ernst.

Alex lachte. »Das ist mutig, Skye. Aber ich glaube nicht, dass sexy Film-Amazonen Hosen tragen sollen.«

»Diejenigen, die in einem Regenwald wie diesem leben, würden es tun. Nachts wird es kühl.«

»Du weißt, was ich meine. Nackte Haut und ein bisschen Dekolleté zu zeigen ist ein ungeschriebenes Gesetz in Hollywood. Und wir brauchen gar nicht erst über trainierte Bauchmuskeln zu reden. Das wird vorausgesetzt.«

»Da hat jemand *Wonder Woman* gesehen.« Skye klang amüsiert. »Hängt dein Herz an einer Trainingsmontage, Liebes? Ich fürchte, Themysciras' Amazonen brauchten sich keine Gedanken über frostige Morgenstunden und eiskalten Regen zu machen.«

»Und Alex Levitins Amazonen haben nicht annähernd ein millionenschweres Budget. Deine Kostüme sind wunderschön, aber es ist eine ziemliche Abweichung von dem, was das Studio erwarten wird. Ich mache mir ein wenig Sorgen über die Kosten dieser Generalüberholung.«

»Die Kosten werden kein Problem sein. Ich kann eine Menge Material aus den früheren Kostümen verwenden – die ersten, meine ich, bevor sich der zweite Regisseur dazu entschieden hat, seine Amazonen halb nackt rumlaufen zu lassen. Außerdem machen meine Lieferanten mir ausgezeichnete Preise.« Skyes Gesichtsausdruck wurde nachdenklich. »Es hängt natürlich davon ab, ob du Authentizität willst oder nicht. Soll ich den Stil der Substanz vorziehen?«

Alex betrachtete die Entwürfe noch einmal. Skyes Arbeit war umwerfend. Raffiniert. Scharfsinnig. »Du hast aus unseren Amazonen Jägerinnen gemacht«, sagte sie anerkennend. »Kriegerinnen, nicht bloß Augenschmaus. Kannst du mir einen Prototyp entwerfen?«, fragte Alex. »Ich will sehen, wie es getragen aussieht.«

»Natürlich.«

»Wie steht es um das Kostüm unserer Heldin? Bist du damit auch fertig?«

Skye lächelte geheimnisvoll. »Das kommt darauf an.«

»Worauf?«

»Ihre Vergangenheit. Ich habe viel darüber nachgedacht.« Skye zögerte. »Wenn sie von Wölfen aufgezogen wurde, wie es im Drehbuch steht, würde sie sich auf eine bestimmte Art kleiden. Viel Pelz. Sie würde benutzen, was um sie herum ist.«

»Okay.« Alex wartete.

»Aber was, wenn sie ursprünglich selbst eine Amazone war?« Skye blätterte eine Seite um und tippte auf einen weiteren Entwurf. »Dann würde das hier zu ihr passen. Eine Variation dessen, was die Amazonen tragen.

Auch wenn sie als Kind von ihrem Stamm getrennt wurde, hat sie vielleicht noch vage Erinnerungen daran.«

Alex stockte der Atem. »Oh.« Was für eine faszinierende Idee. Ihre Gedanken überschlugen sich. »Die Amazonen sind also die Familie, die sie einst verloren hat?« Sie hielt inne. »Und weder den Amazonen noch Shezan ist es bewusst.«

Skye strahlte über das ganze Gesicht und blätterte noch eine Seite um. »Ich wusste, das würde dir gefallen. Die Geschichte würde viel Substanz gewinnen, wenn es diesen roten Faden gäbe.«

Alex musterte die Zeichnung. Das Kostüm wirkte selbst genäht. Es sollte offensichtlich so aussehen, als wäre es von jemanden gemacht worden, der in diesen Dingen weniger geschickt war als eine Amazone – als hätte jemand versucht, das Outfit der Amazonen aus trüben Erinnerungen nachzustellen. Die Nähte waren nicht präzise, der Gürtel dicker, und die Stiefel waren anders – dünner und leichter, um sie agiler zu machen. Sie trug auch ein Stirnband aus gewebten Gräsern, um ihre Haare im Zaum zu halten.

Während sie den Entwurf betrachtete, begann sich eine Geschichte in Alex' Kopf zu entwickeln. Eine junges Amazonenmädchen, das von ihrem Stamm getrennt wurde. Vielleicht wegen eines Rituals, bei dem ein Mädchen eine Nacht allein im Wald verbringen muss. Aber aus irgendeinem Grund fand sie den Weg nach Hause nicht mehr.

»Sie hat sich verirrt«, sagte Alex langsam. »Ein verirrtes Mädchen auf der Suche nach ihrem Zuhause. Ihr ganzes Leben dreht sich darum, diese verlorene Heimat wiederzufinden.«

»Und vergiss nicht die Familie, die das Mädchen verloren hat«, sagte Skye. »Die Amazonen haben seitdem immer das Gefühl, einen Teil von sich verloren zu haben. Sehr berührend.«

»Das ändert alles.« Alex umklammerte Skyes Unterarm. »Die Suche nach Heimat ist das Leitmotiv. Was wäre, wenn Shezan sowohl ihre alte Heimat – den Amazonen-Stamm – als auch eine neue Heimat findet? Ein Gefühl von Zugehörigkeit, endlich, durch die Liebe?«

»Heimat sowohl als Ort und auch als Person? Das ist gut.«

»Es ist auf jeden Fall besser als das, was wir hatten.« Alex lachte. »Es hat wenigstens Substanz.«

»Ich wusste ja, dass du die Richtige für diesen Film bist.« Skye lächelte.

Die Art und Weise, wie sie es sagte, ließ Alex aufhorchen. »Wie meinst du das?«

»Du weißt doch, wie wichtig mir Chloe ist? Als ich sie durch Summer kennengelernt habe, habe ich sie sofort ins Herz geschlossen. Ich konnte nicht anders, als sie unter meine Fittiche zu nehmen. Sie ist wie eine dritte Tochter für mich.«

Alex nickte.

»Also musste ich dafür sorgen, dass Chloes erste Hauptrolle besser wird, als es das Drehbuch vorgab. Und dazu brauchte ich Verbündete. Talentierte Verbündete, die über den Tellerrand schauen können.«

Warte, was?

»Also ...« Skye warf ihr einen vielsagenden Blick zu. »... habe ich deinen Namen bei den richtigen Leuten fallen lassen. Ich habe von dieser wunderbaren Indie-Regisseurin geschwärmt, mit der ich vor Jahren zusammengearbeitet habe und die diesen Film glänzen lassen könnte.«

Alex starrte sie mit weit aufgerissenen Augen an. »*Du* warst das?«

»Ja, Liebes. Ich wollte, dass Chloes Filmkarriere einen guten Start hat. Und ich wusste, dass du Arbeit brauchtest, aus ... gewissen Gründen.«

Bettina. »Danke«, sagte Alex grimmig. Also konnte sie nicht einmal aus eigenem Verdienst den schlechtesten Film aller Zeiten angeboten bekommen? Wie deprimierend.

»Gern geschehen!« Skye strahlte sie an. »Ich kümmere mich gern um meine Freunde. Außerdem wollte ich wieder mit dir zusammenarbeiten.«

»Du hast mir also diesen Job besorgt«, wiederholte Alex wie betäubt.

»Nein, das warst du. Die Leute, denen ich deinen Namen genannt habe, kannten dich bereits. Ich wusste lediglich, dass du perfekt dafür wärst, diesen Film zu retten. Wenn du erst mal mit dem Drehbuch fertig bist, wird es fabelhaft sein.«

»Ich bewundere deinen Optimismus.«

»Was für einen Optimismus?« Skye hob eine Augenbraue. »Ich bin ein eiskalter, harter Realist.«

Alex konnte nicht anders, als laut zu lachen. »Ja. Genau.«

~ ~ ~

Alex sackte nach dem Essen im Pub auf ihrem Stuhl zusammen. Nach dem langen Tag schmerzte ihr Rücken, aber sie musste an einer E-Mail ans Studio arbeiten.

Liebe Studioleute, lasst mich euren Mainstream-Film bitte super lesbisch machen. Keine Sorge, alles nur unterschwellig. Außerdem habe ich die Titten von allen Amazonen wieder einpacken lassen. Beste Grüße, Alex.

Irgendwie bezweifelte sie, dass das gut ankommen würde. Sie trank einen Schluck Bier, öffnete das Mailprogramm auf ihrem iPad und adressierte alle Studiobosse, die mit *Shezan* zu tun hatten.

Sehr geehrte Frau Bassett, sehr geehrte Herren,

ich arbeite gerade an Ideen zur Verbesserung Ihres Films Shezan – Herrin des Waldes, *bei dem ich zurzeit in Neuseeland Regie führe.*

Zur Qualitätsverbesserung wird eine Kostümüberholung benötigt (bereits abgeschlossen), ebenso eine andere Hintergrundgeschichte für Shezan, ein Leitmotiv und ein neues Ende. Als Leitmotiv habe ich das Thema »Heimat finden« vorgesehen. Ein universelles Motiv, und insbesondere ansprechend für unser jüngeres, weibliches Zielpublikum. Um dieses Thema zu verwirklichen, schlage ich folgende Änderungen am Drehbuch vor:

Sie hielt inne und suchte nach den richtigen Worten.

»Jetzt nicht aufgeben.« Skyes Kopf tauchte neben Alex' Schulter auf. In ihrer Hand hielt sie Stricknadeln und Wolle. »Ich bin schon ganz gespannt.«

»Hat dir noch nie jemand gesagt, dass es unhöflich ist, E-Mails von fremden Leuten zu lesen?«

»Du bist keine Fremde, Liebes. Außerdem bin ich sehr für eine lesbische Shezan.«

Alex lachte.

Skye ließ sich auf den Stuhl neben Alex fallen und fing an, zu stricken.

»Was strickst du denn?«

»Socken.« Skye hielt die magentafarbene Wolle hoch.

»Warum?«, fragte Alex.

»Es ist entspannend. Und sie passen zu den Hosenträgern.«

Das ergab in Skyes Kopf vermutlich Sinn.

Skye beäugte das iPad. »Also, in welche Richtung geht diese E-Mail?«

»Zwei Frauen, die gemeinsam gen Sonnenuntergang reiten, sind besser als eine klischeebehaftete Hetero-Romanze.«

»Klingt nach einer ziemlichen Herausforderung. Los, schreib weiter. Ich störe dich nicht weiter. Ich bin ja nicht der Typ dafür, mich in alles einzumischen.« Skye widmete sich wieder ihrer Socke.

Alex schrieb weiter.

1. Der moralisch zweifelhafte Wilderer soll nicht länger Shezans Verehrer werden, sondern ein waschechter Bösewicht. So wie er ist, ist er eine problematische Figur, da er keinerlei Reue zeigt und nur zu töten aufhört, um Shezan für sich zu gewinnen. Dann nimmt er sie mit in sein städtisches Zuhause und trennt sie von ihrer wahren Heimat – und das ist ihm bewusst. Er übt Kontrolle über sie aus und beraubt sie ihrer Identität. Sie ist ein Geschöpf des Waldes. Das ist kein Happy End.

2. Der Schurke soll getötet werden. Der Zuschauer soll bekommen, was er sich wünschen wird. Der gruselige Bösewicht wird von dem Tier getötet, das er jagt. Das Publikum liebt Karma.

3. Shezan braucht eine Hintergrundgeschichte als verlorenes Mitglied des Amazonen-Stammes. Diese Verbindung wieder aufleben zu lassen, sendet eine kraftvolle Botschaft von Zugehörigkeit. Dass verlorene Familien am Ende wieder zueinanderfinden, ist ein sehr beliebtes Motiv.

4. Shezan soll auch ein persönliches Gefühl von »Heimat« finden. Um dies zu erreichen, muss die Rolle der Tochter des Wilderers, gespielt von Melody Howard, vergrößert werden. Sie und Shezan sollen eine enge Freundschaft entwickeln – so eng, dass Melodys Charakter am Ende bei Shezan im Wald bleibt. Das ist das Happy End. Unsere Heldin ist nicht länger allein, fühlt sich endlich sicher und geliebt und zu Hause.

Enge Freundschaften und/oder schwesterliche Beziehungen zwischen zwei Frauen kommen bei dem Zielpublikum sehr gut an. Das ist einer der Gründe, warum Disneys Die Eiskönigin *so beliebt ist. Diese oft vernachlässigte Dynamik ist sehr gefragt. Das können wir für uns nutzen. Praktischerweise haben Ms. Howard und unser Star, Chloe Martin, eine hervorragende Chemie. Sie werden diese enge Freundschaft überzeugend spielen können.*

»Oh, sehr gut.« Skye sah auf den Bildschirm und lachte. »Melodys Vater wird die E-Mail also auch bekommen. Ich kenne Richard. Das Ego dieses Mannes wird sich aufblähen wie ein Ballon, wenn er liest, dass seine Tochter in irgendetwas großartig ist.«

»Was du nicht sagst.« Alex war sich der Macht von Schmeicheleien in Hollywood sehr wohl bewusst.

Skye winkte plötzlich jemandem an der Bar zu. »So ein netter Junge.«

»Wer?«, fragte Alex.

»Sid. Unser Wachmann.« Skyes Augen funkelten. »Weißt du, wer seine Stiefschwester ist? Diese Polizistin. Die, mit der du dich neulich Abend gestritten hast.«

Alex musste sich anstrengen, die Zähne nicht zu fest zusammenzubeißen. »Lass uns nicht über sie reden. Sie ist voreingenommen, arrogant, unfreundlich … einfach *Nein.* Sam Keegan kann meinetwegen vom Erdboden verschluckt werden.« Sie ignorierte Skyes Blick und tippte weiter.

Die Wirkung dieser einfachen Umschreibungen des Drehbuchs sollte nicht unterschätzt werden. Zum einen wenden wir uns ab von der zweifelhaften Botschaft einer dunkelhäutigen Frau, die ihre Eigenständigkeit für einen grausamen und manipulativen weißen Mann aufgibt. Stattdessen würde sich die Botschaft darum drehen, eine Familie zu finden, als das akzeptiert zu werden, was man ist, und seine innere Stärke zu entdecken.

Die Tochter des Wilderers wiederum findet den Mut, sie selbst zu sein und ihren eigenen Weg zu gehen. Das hat das Potenzial zum Kassenschlager. Man bedenke etwa die Leitmotive von Findet Nemo.

»*Die Eiskönigin* und *Findet Nemo*? Du schätzt wohl die animierten Klassiker.« Skye lächelte.

»Ja, na ja.« Alex musterte Skye nachdenklich. »Ich habe Recherchen über die Studiobosse angestellt. Mit Ausnahme von Caroline haben alle Kinder – sie sollten also aus erster Hand wissen, welche Wirkung diese Filme haben können. Zu viel?«

»Überhaupt nicht. Weitermachen.«

Vor allem in den letzten Jahren waren Sci-Fi/Fantasy-Filme, bei denen die Heldinnenreise des weiblichen Stars in den Vordergrund tritt und die Romantik nebensächlich ist, beeindruckende Kassenschlager. Mit anderen Worten, die Fans von Shezans Genre wollen nicht primär eine Romanze sehen, sondern fiebern der erfolgreichen charakterlichen Entwicklung der Heldin entgegen. Beispiele, die dies beweisen, sind Wonder Woman *und* Die Tribute von Panem.

»Eine gute Wahl.« Skye nickte.

Alex musste lachen. So viel dazu, dass Skye sich niemals einmischen würde.

»Entschuldigung. Ich bin jetzt still. Genug eingemischt!«, gelobte Skye. »Schreib ruhig weiter.«

Alex atmete tief durch und machte einen Absatz.

Ich bin mir bewusst, dass das Streichen der Romanze Sie beunruhigen könnte. Aber rufen Sie sich in Erinnerung, dass der Star Wars-*Film mit dem höchsten Gewinn aller Zeiten* Das Erwachen der Macht *ist. Der Film zeigte die Heldenreise einer weiblichen Protagonistin, funktionierte ohne romantische Handlung und spielte eine Milliarde Dollar ein. Und noch mehr Geld brachte* Captain Marvel, *eine weitere Geschichte voller Abenteuer, mit weiblicher Hauptrolle, aber ohne Romantik.*

»Ich habe Rey geliebt«, kommentierte Skye fröhlich. »Auch die Kostüme waren göttlich. Eines Tages würde ich gern …«

Alex warf ihr einen vielsagenden Blick zu.

Skye hob ihre Hand zum Mund und mimte einen Reißverschluss, der ihre Lippen verschloss.

Das ist der Puls der Zeit: Das Publikum verlangt nach Filmen mit starken weiblichen Hauptrollen, deren Handlung nicht nur vom Liebesleben der Figur bestimmt wird. Der beste Weg, die negative Presse von Shezan *umzukehren, ist die Bekanntmachung, dass wir einen Film drehen, der feministische Selbstbestimmung feiert. Danach sehnt sich das Publikum inzwischen und nicht mehr nach veralteten Klischees über Frauen, die all ihre Kraft und ihre Brillanz an den Wunsch verschwenden, fehlgeleitete Jungs zu besseren Menschen zu machen.*

In der Zwischenzeit haben wir große Fortschritte damit gemacht, den größten Kritikpunkt des Films auszumerzen.

Alex wandte sich an Skye. »Könntest du mir die Skizzen der Kostüme schicken? Du hast doch Fotos gemacht, oder? Ich würde sie gern hier anhängen.«

Skye legte ihre Stricknadeln auf den Tisch und zog ihr Handy aus der Tasche.

Wir haben die Kostüme überarbeitet, um das Feminismus-Konzept widerzuspiegeln – und den Film, der als frauenfeindlich und demütigend abgestempelt wurde, in einem besseren Licht darzustellen.

Siehe Anhang.

Die Amazonen werden nun als mächtige Kriegerinnen dargestellt. Wir werden bald einen Prototyp zur Verfügung haben, der fotografiert werden kann. Darf ich vorschlagen, dass Sie die Presseabteilung bitten, diese im Internet zu verbreiten? Das wird Shezans *Social-Media-Resonanz über Nacht verändern.*

Alex warf einen Blick auf Skye, die zufrieden nickte und sich dann wieder ihrem Strickzeug zuwandte.

Dann sah sie sich im Pub um. »Mir fällt nichts mehr ein, was ich noch schreiben könnte. Habe ich an alles gedacht?«

»Erwähn den Skandal rund um Harvey Weinstein«, sagte Skye und rollte mehr Wolle vom Knäuel ab. »Aber subtil. Das wird die da drüben aufmischen. Vertrau mir.«

»Weinstein? Ist sexuelle Belästigung nicht ein Thema, dass in den Studios totgeschwiegen wird?«

Skye lächelte geheimnisvoll.

»Was verheimlichst du mir?«

»Wenn ich dir das sage, wäre es kein Geheimnis mehr, oder?«

In Zeiten der #MeToo-Bewegung ist es besonders wichtig, dass das Studio offen zeigt, dass unsere Filme Frauen feiern und sie nicht erniedrigen. Indem wir starke Vorbilder bieten – starke Heldinnen, die ihre »Heimat« finden, ohne einen Mann dafür zu brauchen –, machen wir Shezan zu einer wichtigen Geschichte unserer realen Gegenwart.

Sobald Sie meinen Vorschlägen zustimmen, lasse ich ein neues Drehbuch schreiben.

In diesem Zusammenhang wird es Sie freuen, zu hören, dass ich in mehreren Bereichen Kosten einsparen konnte, um die oben genannten Änderungen innerhalb des Budgets durchzuführen.

Siehe Anhang 2 für Details.

Ich freue mich darauf, bald von Ihnen zu hören.

Mit freundlichen Grüßen,

Alex Levitin
Regisseurin, Shezan

Alex hängte die Übersicht der Budgetkürzungen an, die sie zuvor mit Quincy durgegangen war. Dann fügte sie die Fotos von Skye ebenfalls an.

Sie hielt einen Moment inne und tippte dann noch eine letzte Zeile.

PS: Können wir bitte den Titel ändern?

Sie lehnte sich zurück und griff nach ihrem Bier.

»Sehr schön«, sagte Skye. »Du machst deine Sache gut.«

»Manchmal frage ich mich, wie einflussreich du wirklich bist.« Alex musterte sie eingehend.

»Ich habe keine Ahnung, wovon du da redest, Liebes.« Skye warf ihr einen unschuldigen Blick zu. Sie hörte auf zu stricken und hielt das Ergebnis vor sich hoch. »Wie findest du sie?« Auf der violetten Socke prangte auf Knöchelhöhe das Wort »Hollywood« in goldener Schrift.

»Sehr … ähm … fröhlich.«

»Genau!« Skye lachte.

»Was glaubst du, wie sie auf meine E-Mail reagieren werden?«, fragte Alex und warf ihr einen besorgten Blick zu. »War das zu feministisch geschrieben für diese Dinosaurier?«

»Oh, die alten Jungs werden sich mit Sicherheit ein bisschen winden. Aber am Ende wird das Geld ausschlaggebend sein. Und du hast gute Argumente angeführt. Nolans Töchter sind zum Beispiel von Elsa und der *Eiskönigin* besessenen. Er beschwert sich ständig darüber. Adam hatte vergeblich versucht, die Rechte an *Wonder Woman* zu bekommen, daher ist ihm schmerzlich bewusst, wie erfolgreich ein Heldinnen-Film sein kann. Es ist sein wunder Punkt. Und Richard hat ein persönliches Interesse daran, dass Melodys Rolle ausgebaut wird. Caroline will nur bemerkt werden. All das, zusammengenommen mit ein paar anderen Faktoren, könnte den Ausschlag geben, dir zuzustimmen.«

»Ich hoffe es.« Alex ließ ihren Finger über der »Senden«-Schaltfläche schweben. »Jetzt oder nie.« Sie drückte. *Erledigt.* Dann schaute sie auf. »Also, wo ist Chloe gerade? Esst ihr nicht normalerweise abends zusammen?«

»Ich glaube, sie mag mein Glucken-Gehabe nicht, während sie versucht, einen gewissen Einheimischen für sich zu gewinnen.« Skye lächelte.

»Immer noch bis über beide Ohren in Sid verknallt, was?«

»Du hast es auch bemerkt?«

»Sagen wir so: Chloe ist in seiner Gegenwart etwas abgelenkt. Ich glaube aber nicht, dass ihm sein Glück bewusst ist.«

»Nein. Sie meinte, er scheint ihre Signale nicht zu bemerken.«

»Tragisch. Da ist man schon ein umwerfender Filmstar und wird trotzdem nicht bemerkt.« Alex lachte.

»Das passiert öfter, als man denkt. Schöne Frauen schüchtern Männer oft ein.«

»Sie schüchtern auch Frauen ein. Gott, du hättest mich sehen sollen, als ich das erste Mal …« Sie wurde blass, als ihr bewusst wurde, dass Skye ihr Geheimnis nicht kannte. Und es war wahrscheinlich nicht die beste Idee, der Mutter von Bess' Freundin zu erzählen, wie vernarrt sie mal in Bess gewesen war. »Oh … ähm …«

»Elizabeth Thornton«, warf Skye ein.

»Woher weißt du das?« Alex warf ihr einen misstrauischen Blick zu.

»Damals am Set von *Göttliches Blut* habe ich eins und eins zusammengezählt.«

Sie weiß es schon seit damals? »Du solltest dann aber auch wissen, dass Bess und ich uns schon vor Jahren getrennt haben«, fügte Alex schnell hinzu. »Und meine beste Freundin ist jetzt wahnsinnig glücklich, auf ihre eigene reservierte Art und Weise. Summer scheint auch glücklich zu sein.«

»Ja, das ist wahr. Sie scheinen einfach perfekt zusammenzupassen, nicht wahr? Aber das macht es denen, die nicht ganz so viel Glück hatten, nicht weniger schwer, oder?« Sie warf Alex einen wissenden Blick zu.

Alex weigerte sich, dem Neid in ihr Raum zu geben. Und sie weigerte sich doppelt, nein, dreifach, näher über Skyes Worte nachzudenken. »Lange vorbei«, sagte sie entschieden.

»Oh, ich weiß, Liebes. Wie dem auch sei, ich hoffe nur, du findest eines Tages jemanden, den du für den wunderbarsten Menschen hältst, den du je getroffen hast. So wie mein Brock es für mich ist.« Ihre Augen strahlten. »Und vielleicht wird es beim nächsten Mal jemand, der dir keine Steuerschulden einbrockt.«

»Ich habe immer noch keine Ahnung, wie du das herausgefunden hast.«

»Ich kenne viele Menschen und weiß viele Dinge.« Skye lächelte schelmisch.

»In der Tat«, stimmte Alex zu und blickte noch einmal auf ihren Bildschirm mit der gesendeten E-Mail. »Das tust du wirklich. Danke übrigens für deine Hilfe bei dieser Sache.«

»Unsinn. Das ist doch keine wirkliche Hilfestellung.« Skye schnappte sich mit gelassenem Gesichtsausdruck wieder ihre Stricknadeln. »Ich bin nicht der Typ dafür, mich einzumischen.«

Kapitel 9

Reflexionen

Nach zwei Wochen Schreibtischarbeit hatte Sam wirklich das Gefühl, verrückt zu werden. Sie würde lieber wieder von Mauern fallen und Drogendealer jagen, als hier über einem Haufen Papierkram zu versauern. Außerdem vermisste sie Dinos Hunde. Wenigstens leistete Bruce ihr weiter morgens Gesellschaft, wenn sie die Papiermauern erklimmen musste. Natürlich nur metaphorisch gesprochen. Sie hatte sich noch nie so nutzlos gefühlt. Aber zumindest ging es ihren Rippen besser.

Ihr Zustand hatte allerdings wohl schon die Runde gemacht. Heute Morgen hatte sie ein »*Hukapapa*«-Graffiti auf ihrer Hauswand vorgefunden. In Rot und Schwarz – die Klubfarben der Wild Boars. Unverschämt, dreist und wagemutig. Einfach großartig. Der Tag, an dem sie endlich handfeste Beweise gegen die Gang haben würde, würde der beste Tag ihrer Karriere werden.

»Aufwachen.« Dr. Linn schnippte mit den Fingern vor ihrem Gesicht. »Keine Ahnung, wo Sie in Gedanken gerade waren, aber ich hatte Sie gefragt, ob Sie in den letzten zwei Wochen Ihre Medikamente regelmäßig eingenommen haben.« Sie drückte gegen Sams Rippen.

»Scheiße«, entfuhr es Sam vor Schmerz. »Und: ja.«

»Ich weiß, es tut noch weh, aber es sieht schon viel besser aus. Die Röntgenaufnahmen bestätigen das.«

»Es fühlte sich auch besser an, bevor sie darauf rumgedrückt haben.«

»Ihr stoisch tapferes Benehmen beim letzten Mal und in den vergangenen zehn Jahren hat mir den Eindruck vermittelt, Sie wären so eine große, starke Polizistin, die nichts umhaut.« Dr. Linn lächelte. »Was hat sich geändert?«

Sam setzte eine möglichst neutrale Miene auf. »Nichts.«

Dr. Linns Lächeln verschwand. »Geht es Ihnen gut? Wenn sie ganz allein das Revier leiten, haben Sie sicher viel zu tun. Ich betreibe dazu Recherche – hatte ich das schon mal erwähnt?«

»Ja.« Ungefähr jedes Mal, wenn sie da gewesen war.

»Abgesehen von der körperlichen Anstrengung sind da noch der Stress, emotional belastende Entscheidungen und …« Dr. Linn hielt inne und betonte ihr nächstes Wort: »Depression.«

»Sind wir fertig?« Sam hatte nicht vor, das Versuchskaninchen der Ärztin zu werden, ganz gleich wie gut sie es meinte.

»Ja. Sie können sich wieder anziehen. Ich lasse Ihnen etwas Privatsphäre.« Dr. Linn trat zurück und schloss den Vorhang hinter sich.

Ein wenig albern, wenn man bedachte, dass Sam hier schon seit zehn Minuten in Arbeitshose und BH gesessen hatte. Sie zog ihr Uniformhemd wieder an und knöpfte es gerade zu, als Dr. Linns Stimme durch den Vorhang erklang.

»Hier im Krankenhaus gibt es Menschen, mit denen Sie sprechen könnten, wenn Sie wollen. Kostenlos und diskret. Niemand würde es erfahren.«

»Es geht mir gut. Ich bin nur …« Sam suchte nach den richtigen Worten. »Irgendwie ein wenig angespannt?«

»Also wenn Sie sich entspannen wollen, habe ich da noch die süße Praktikantin.« Dr. Linn klang amüsiert. »Laut meiner Kollegen ist sie wohl attraktiv. Ich kann das nicht beurteilen, weil ich mich weigere, solche Dinge zur Kenntnis zu nehmen.«

»Ich bin mir sicher, dass Sie Ihre Angestellten nicht einfach so verleihen können, Doktor.« Sam steckte sich das Hemd in die Hose. »Dagegen gibt es wahrscheinlich irgendeine Regel.« Sie zog den Vorhang mit einem Ruck auf.

»Wahrscheinlich«, räumte Dr. Linn ein. Sie musterte Sam aufmerksam. »Warum sind Sie denn so angespannt?«

»Mein Motorrad ist noch in der Werkstatt.«

»Ah. Stimmt, es ist eine Weile her, seit Sie unsere Hauptstraße langgejagt sind.«

Sam atmete durch. Es fühlte sich … kindisch an, zuzugeben, wie sehr sie ihr Bike vermisste. Eine erwachsene Frau, die ihr glänzendes Spielzeug wiederhaben wollte.

»Ich liebe es, zu tanzen«, sagte Dr. Linn plötzlich, und ihre braunen Augen nahmen einen verträumten Ausdruck an. »Mein Mann und ich nutzen jede Gelegenheit, um in den örtlichen Clubs zusammen die Nächte durchzutanzen.«

»Okay?«

»Aber vor drei Wochen hat sich Eric den Knöchel gebrochen. Und dadurch sind wir im Moment mürrisch wie zwei Tiger im Käfig.« Sie machte eine Pause. »Wir brauchen das Tanzen als Ventil. Jeder braucht eine Möglichkeit, Dampf abzulassen. Sie sind da also keine Ausnahme, und es macht Sie auch nicht schwach, wenn Sie ein Ventil brauchen.« Sie beugte sich vor. »Mir wäre es zwar lieber, wenn Sie ein sichereres Ventil hätten …«

Sam verdrehte die Augen. Auch diese Ansprache war ihr nicht neu. Letztes Mal gab es sogar Unfallstatistiken dazu.

»… aber ich weiß, dass man sich nicht aussucht, was man liebt. Möchten Sie, dass ich Ihren Mechaniker anrufe und ihm sage, dass Ihr Motorrad oberste Priorität hat? Zum Wohle von Ika Whenu?« Dr. Linns Augen funkelten belustigt. »Wenn es Ihnen helfen würde, mache ich das sofort.«

»Es würde keine Rolle spielen. Der Mechaniker hat schon angerufen, dass die Maschine fertig ist, aber mir fehlt …« *Das Geld.* Sam seufzte. Es war gerade ein schlechter Zeitpunkt. Sie hatte einen Großteil ihrer Ersparnisse dafür verwendet, Gina beim Umbau ihrer Kneipenküche unter die Arme zu greifen. Gina hatte große Pläne, den Pub des *Te Wharariki Hotel* in eine Gastrokneipe zu verwandeln, um noch mehr Touristen anzulocken.

»Die Zeit?«, fragte Dr. Linn. »Nehmen Sie sich Zeit dafür.« Sie wedelte wieder mit ihrem Zeigefinger vor Sams Nase. »Als Ihre Ärztin sage ich Ihnen, dass das ab jetzt Ihre oberste Priorität ist, verstanden? Bevor Sie noch in die Bredouille kommen.« Sie hielt kurz inne. »Waren Sie schon so launisch, als Sie zum ersten Mal hier waren, oder habe ich das nur verdrängt?«

Sam lachte.

»Wie dem auch sei, tun wir einfach so, als hätte ich Ihnen auch einen Vortrag zu einer sicheren Fahrweise und Ihren berühmt berüchtigten Stunts gehalten.«

Sam verdreht die Augen. »Ich bin schon seit Jahren nicht mehr über den Dry Creek gesprungen. Ich kann nichts dafür, dass alle immer noch darüber reden.«

»Sie kennen ja inzwischen meine Meinung dazu. Aber offenbar ist es nur ein weiterer Grund, weshalb meine Praktikantin Sie so verehrt. Sie sind eine Legende.«

»Ja, genau.« Sams Gedanken schweiften ab. Die Ärztin hatte recht: Sie brauchte Tiger. Ohne ihr Ventil geriet sie aus dem Gleichgewicht. Vielleicht könnte sie Roger um eine Ratenzahlung bitten? »Danke. Ich werde mein Motorrad zur Priorität machen.«

»Und Sie sind sich sicher, dass ich Ihnen meine Praktikantin nicht einmal vorstellen soll? Cathy ist klug, lustig, süß und – ich bin sicher, dass Sie das zu schätzen wissen würden – absolut gesetzeskonform.« Dr. Linn zwinkerte.

»Heute nicht«, erwiderte Sam diplomatisch. Und auch sonst nie. Sie klang jung und verknallt; eine tragische Mischung. »Vielleicht, wenn ich wieder bei besserer Laune bin.«

»Ja, das wäre wohl besser. Heute würden Sie Cathy wahrscheinlich verschrecken. Sie haben ganz schön viele schwarze Wolken reingetragen, als Sie heute hier aufgetaucht sind.«

Hatte sie das?

»Dann verschwinden Sie schon.« Dr. Linn reichte Sam das Schmerzmittelrezept. »Ich erwarte, Sie bald wieder am Te Aroha vorbeifahren zu sehen.«

Der Gedanke brachte Sam zum Lächeln, als ihr Handy plötzlich klingelte. Es war ein Anruf, der aus dem Polizeirevier weitergeleitet wurde. »Entschuldigung, da muss ich rangehen. Die Arbeit ruft.«

~ ~ ~

Alex saß nach dem Frühstück im Kantinenbereich, nippte an ihrem Kaffee und ging ihre Notizen durch. Sie hing gerade etwas in der Luft, weil sie auf die Genehmigung des Studios zur Überarbeitung des Drehbuchs warten musste. Sie nutzte die Zeit für technische Vorbereitungen und Dreharbeiten an ihrem zweiten Standort, die von keiner der Änderungen betroffen waren. Die nicht benötigten Schauspielerinnen und Schauspieler verbrachten ihren Tag mit Stuntproben.

Skye hatte in der Zwischenzeit ihre Prototypen fertiggestellt und war gerade dabei, letzte Maßanfertigungen vorzunehmen. Die Kostüme sahen unglaublich gut aus – sogar besser als ihre Skizzen.

Als ihr Kaffee leer war, ging Alex ihren Tagesablauf noch einmal durch. Das Wetter war gut, also würden sie heute an den Wairere Falls drehen können. Ihr Plan sah vor, zu Beginn des Films ein paar generelle atmosphärische Szenen einzustreuen. Shezan beim Schwimmen im Teich unterhalb des Wasserfalls etwa. Das Wasser würde eiskalt sein. Alex zitterte aus Mitgefühl für Chloe und ihr Stunt-Double.

Für diesen Morgen war eine Szene am sogenannten »Reflexionsteich« vorgesehen. Shezan sollte einen Blick auf ihr Spiegelbild erhaschen. Später würde eine Spezialeffekt-Sequenz hinzugefügt werden, die sie in der Reflexion des Wassers als Mädchen, das sie einmal war, darstellte. Ursprünglich war es so gedacht gewesen, dass sie beim Aufwachsen in einem Wolfsrudel gezeigt werden sollte. Aber wenn ihre Drehbuchänderungen genehmigt würden, würden sie diese Szene durch eine Montage von Shezan als Kind der Amazonen ersetzen.

Alex seufzte ungeduldig. Wie lange brauchten die Studiobosse bitte, um sich für eine neue Richtung eines mittelmäßigen Filmprojekts mit begrenztem Budget zu entscheiden?

Plötzlich tauchte Sids massiger Körper neben ihr auf. »Boss, du musst mit mir mitkommen.« Er schnappte nach Luft und fügte dann hinzu: »Entschuldige die Störung, aber es gibt ein Problem.«

Alex sprang auf. »Was für ein Problem?«

»Wolltest du nicht heute am Teich drehen? Die Szene mit der Spiegelung?«

»Ja.«

Sid nickte. »Das Problem ist, dass der Teich trockengelegt wurde.«

»Trockengelegt?« Alex' Magen zog sich zusammen. »Wie?«

»Das wirst du gleich sehen.« Sie folgte ihm zum Teich, der etwa fünf Gehminuten entfernt lag.

Als sie sich näherten, konnte Alex eine schlanke, weibliche Figur ausmachen, die an einen Baum gelehnt dastand und unruhig wirkte. Es war Kiri Cooper, Chloes Stunt-Double.

Alex' Blick fiel auf das leere Schlammloch, wo einst der spiegelglatte Teich gewesen war, und fluchte.

Sie hatten das Becken extra zwischen ein paar Trauerweiden anlegen lassen. Das Team der Requisite hatte das Loch vor einem Monat gegraben, mit Gummi ausgekleidet und es mit Schlamm und Wasser gefüllt. Mit der Zeit war Moos an den Rändern des Teichs gewachsen und Insekten hatten ihn bevölkert, was dem Ganzen Authentizität verlieh. Aber jetzt waren davon nur noch schlammige Spuren übrig. Selbst wenn sie sofort wieder Wasser in das Schlammloch pumpen würden, würden sie damit in nächster Zeit nichts anfangen können.

»Was ist passiert?«

»Ich habe gerade meine Morgenrunde gedreht«, berichtete Kiri, »da habe ich es entdeckt. Ich habe sofort Sid gerufen.«

Alex blickte von Kiri zu Sid und zurück zum Schlammloch. »Warum hast du ausgerechnet Sid gerufen? Warum brauchtest du den Wachmann?«

Sid hockte sich an den Rand des Teichs und wischte etwas Schlamm vom Gummi. »Hier sind überall Einstichlöcher. Jemand hat das mit Absicht gemacht.« Er warf Alex einen grimmigen Blick zu.

Alex schnappte erschrocken nach Luft. »Warum sollte jemand so etwas tun?«

Sid zuckte mit seinen breiten Schultern. »Keine Ahnung. Vielleicht wollte Fletcher sich rächen? Du hast ihm in der Kneipe ganz schön die Meinung gegeigt.«

Kiri räusperte sich. »Oder es könnte sein, dass jemand die Filmaufnahmen stoppen wollte. Viele der Einheimischen haben eben etwas gegen *Shezan*. Sie glauben, dass der Film Ika Whenu zum Gespött der Leute machen wird.«

»Aber wir ändern das doch gerade! Mein Gott, wir warten doch nur noch darauf, dass die Änderungen genehmigt werden. Die Kostüme sind jetzt atemberaubend.«

»Aber Boss …«, sagte Sid, »… das ist noch nicht allgemein bekannt.«

Er hatte recht. Alex musterte die beiden. »Ihr seid beide Einheimische. Könntet ihr die geplanten Änderungen publik machen?«

»Sicher.« Kiri vergrub die Hände in den Hosentaschen ihres Trainingsanzugs und hüpfte von einem Bein aufs andere, um wenigstens ein bisschen warm zu bleiben. »Aber die Leute glauben sowieso, was sie wollen. Wenn sie einmal von etwas überzeugt sind, ist es schwer, ihnen das Gegenteil zu beweisen.«

»Dann gebt euer Bestes.« Alex warf Sid einen Blick zu. »Ruf die Polizei. Oder … die Polizistin. Wir müssen der Sache auf den Grund gehen. Mir egal, ob es Fletcher war oder einer der Einheimischen, das ist inakzeptabel, egal aus welchen Beweggründen.«

Er nickte. »Ja, klar. Ich bin gleich wieder da.« Sid eilte davon.

Alex starrte auf das leere Schlammloch und seufzte. *Großartig.* Das konnte sie gerade absolut nicht gebrauchen.

Diese Tat würde weitreichende Konsequenzen für die Produktion haben. Terminverzögerungen, Reparaturkosten, über die Quincy sich bei ihr beschweren würde, und außerdem musste sie sich mit Einheimischen auseinandersetzen, die sich kaum von ihrer Meinung zu *Shezan* abbringen lassen würden.

Alex wischte sich die Hände an ihrer Jeans ab und hoffte, dass ihr nächstes Zusammentreffen mit Senior Constable Keegan besser laufen würde als das letzte. Die Messlatte hing zumindest nicht hoch.

~ ~ ~

Eine Stunde später erschien Sam am Ort des Geschehens.

Alex war nicht lebensmüde genug, um nachzufragen, wieso sie so lange gebraucht hatte.

Sams finsterer Gesichtsausdruck war ohnehin noch beeindruckender als sonst. Die Uniform, die ihren gut trainierten Körper bedeckte, bestand aus einem himmelblauen, kurzärmeligen Hemd und einer dunkelblauen Weste mit mehreren Taschen. Ihre Taille wurde von einem breiten Dienstkoppel umspannt – einem schwarzen Allzweckgürtel, an dem ein gelber Taser und Pfefferspray befestigt waren. Die blaue Polizeimütze hielt Sams kurzes blondes Haar im Zaum.

Und Alex bemerkte absolut nicht, wie fantastisch Sams Hintern in der Uniformhose aussah.

Sam schritt mit großen, selbstsicheren Schritten auf die versammelte Gruppe zu. »Sid, Kiri, Guten Morgen.« Sams Blick landete auf Alex. »Und Ms. Levitin. So wie ich es verstanden habe, hast du hier einen Fall von geringfügiger Sabotage.«

»Für mich ist nichts daran geringfügig, denn die Reparatur wird uns eine Menge Zeit und Geld kosten. Wir brauchen mindestens einen Monat, um den Teich wiederherzustellen.« Alex deutete auf die Überreste des Reflexionsteichs. »Was uns bleibt, ist ein mit durchlöchertem Gummi ausgekleidetes Schlammloch, wo es vorher klares Wasser und eine gesunde Flora und Fauna gab.«

»Ich habe das Loch beim Joggen entdeckt«, sagte Kiri. »Da sind Einstichlöcher im Gummi. Die Steine wurden auch zur Seite getreten und das Moos zerstört.«

Sam hockte sich hin und inspizierte den Schaden.

»Laut Zeugenaussagen war gestern Abend noch alles in Ordnung«, fügte Alex hinzu. »Es muss also heute Morgen passiert sein.«

Sam zog ein Taschenmesser hervor und schnitt ein kleines Quadrat aus der Gummi-Auskleidung.

»Was machst du da?«, fragte Alex.

»Beweismittel sichern.« Sam hielt das Gummi gegen das Licht. »Vielleicht eine Mistgabel? Wo ist Joe eigentlich?« Sie sah zum Bauernhof hinüber, auf dessen Grundstück sie sich befanden. »Ich werde später nachsehen, ob ihm Werkzeug fehlt.«

Alex nickte.

»Macht es dir etwas aus, wenn ich meine Joggingrunde beende?«, fragte Kiri. »Meine Muskeln werden sonst steif und ich bin nicht richtig dafür angezogen, in der Kälte herumzustehen.«

Alex' Augen fielen auf ihr Outfit. Eleganter, blauer Trainingsanzug, weiße Turnschuhe und eine dünne Mütze. Es grenzte an ein Wunder, dass sie noch nicht zu einem Eiszapfen erstarrt war.

Mit einem knappen Nicken entließ Sam sie vom Tatort.

Kiri sprintete über Wiese, flink wie ein Hase.

Sam wischte das Gummiquadrat auf dem taufeuchten Gras ab und steckte es in die Brusttasche ihrer Weste, zusammen mit ihrem Taschenmesser. »Also, irgendwelche Verdächtigen? Ist irgendjemand am Set ein bekannter Unruhestifter?«

»Das war niemand von meinem Set. Es war bestimmt ein Einheimischer, der hasst, was wir hier machen. Vielleicht sogar ein bestimmter Idiot, den ich in der Kneipe blamiert habe. Fletcher?«

»Das sind schwere Vorwürfe.« Sams Tonfall war kalt. »Verärgerte Mitarbeiter sind bei Sabotage-Fällen naheliegend. Weitaus wahrscheinlicher, als dass Einheimische es für eine geniale Idee halten würden, bei eisigen Temperaturen aus dem Bett zu steigen, um Löcher in einen kleinen Teich zu stechen. Sie müssten auch erst einmal wissen, dass er existiert, richtig? Er ist nicht ausgeschildert oder gut bekannt, oder? Denkst du, Fletcher oder seinesgleichen kennen diesen Ort?«

Oh. Stimmt. »Nein.«

Sam wandte sich an Sid. »Gab es Gerede über diesen Teich in der Stadt? Ist er jemals erwähnt worden?«

»Ne, Schwesterherz.«

Sam warf Alex einen Blick zu, der zu sagen schien: *Siehst du?*

»Das beweist gar nichts«, sagte Alex verärgert. »Und das bedeutet absolut nicht, dass es jemand aus meiner Crew war. Warum sollte einer von denen so etwas tun?«

»Das kann alle möglichen Gründe haben«, sagte Sam. »Unzufriedenheit staut sich an. Ist es möglich, dass jemand glaubt, dass du ihm zum Beispiel Geld schuldest?«

Ach, du meine Güte. »Hey, ich wusste nicht, dass Quincy –«

»Sicher wusstest du das nicht«, fiel Sam ihr ins Wort. »Die Frage bleibt also bestehen, ob der Täter ein Einheimischer oder jemand aus der Crew ist. Ich weiß es nicht; ich werde mich umhören. Mehr kann ich im Moment nicht tun.« Sie richtete sich auf.

»Ich mag es wirklich nicht, als Lügnerin hingestellt zu werden.« Alex trat einen Schritt auf Sam zu. »Ich habe versucht, mit Quincy zu reden. Er wollte nicht nachgeben, also habe ich es selbst in Ordnung gebracht. Was soll ich noch tun? Mir zur Läuterung meine Kleider vom Leib reißen und nackt durchs Dorf laufen?«

»Ha, nackt.« Sid lachte.

»Was hast du in Ordnung gebracht?« Sam schlug ihr Notizbuch zu. »Ich habe eine hohe Reparaturrechnung auf meinem Tisch liegen und jetzt muss ich Arbeitszeit von schweren Straftaten abziehen, um ein paar Nadelstiche in deinem Planschbecken zu untersuchen.«

Was ich in Ordnung gebracht habe? Unglaublich. Von allen unerträglichen, idiotischen, selbstgerechten, nervenden Frauen … Alex durchwühlte ihre Brieftasche und fand die Quittung des Mechanikers im hinteren Fach. »Ich habe Roger ausfindig gemacht und letzte Woche deine verdammte Reparaturrechnung bezahlt.« Sie warf Sam die Quittung entgegen. »Aus eigener Tasche. Wie ich versprochen habe.«

Sid kicherte leise amüsiert.

Sam starrte die Quittung an und fühlte, wie ihr Hitze in die Wangen stieg. »Oh. Ach so. Warum hast du das nicht gleich gesagt?«

»Ich dachte, man hätte dir Bescheid gegeben. Roger meinte, er würde es dir sagen, wenn du vorbeikommst, um das Motorrad abzuholen.« Alex starrte erst Sam an und dann das leere Schlammloch, das sie mit jeder Minute Geld kostete. »Sabotage ist kein Kavaliersdelikt. Selbst eine kleine Sache wie Nadelstiche in einem Planschbecken können unseren gesamten

Zeitplan durcheinanderbringen. Das hier ist weder trivial noch ein Witz. Wenn es dir also nichts ausmacht, deiner Arbeit nachzukommen, werde ich mich um meine kümmern und wir können uns die restliche Zeit, die ich hier bin, aus dem Weg gehen. Okay?« Alex stapfte an Senior Constable Keegan vorbei, kochend vor Wut.

~ ~ ~

Quincy wartete bereits auf Alex, als sie mit knirschenden Zähnen in den Wohnwagen der Produktion stürmte.

»Was?«, fragte sie, als er sie an der Tür empfing. »Noch eine Krise?«

»Mehr ein Sieg. Die mächtigen Bosse haben auf deine Drehbuchänderungen reagiert. Wirf mal einen Blick in deine E-Mails.«

Sie konnte seinen Gesichtsausdruck nicht deuten. »Was ist los?«

»Raus mit der Sprache, wer hat es dir verraten?«, fragte Quincy neugierig.

»Ich kann dir nicht ganz folgen.«

»Spiel nicht das Unschuldslamm, Levitin. Ich weiß, dass du clever bist. Woher wusstest du, dass der Hinweis auf die #MeToo-Debatte ausschlaggebend sein würde? Die Studiobosse haben mir unter vier Augen gesagt, dass sie sich deshalb für die Änderungen entschieden haben.«

Gott, wo war sie hier rein geraten? Es erklärte jedenfalls die vielen Entlassungen im Studio, etwa zu der Zeit, als Caroline Bassett eingestellt worden war. Skye musste etwas gewusst haben. Ihre unschuldigen Behauptungen von »Ich mische mich nie ein« waren Schwachsinn.

Alex lächelte Quincy bloß an.

»Wie auch immer«, fuhr Quincy fort. »Ich nehme an, du weißt auch, dass du deshalb eingestellt worden bist? Sie wollten gleich mehrere Häkchen setzten – weiblich, feministisch, lesbisch. Sie brauchten jemanden, den sie den Kritikern unter die Nase reiben können.«

Soviel zu ihrem beeindruckenden Lebenslauf, mit dem sie sich diese Position erarbeitet hatte. »Richtig.« Alex' Kiefer verspannte sich. »Dann haben sie also meine Änderungen genehmigt?«

»Unter einer Bedingung.« Er zögerte. »Sie verlangen, dass du einen männlichen Charakter einbaust; jemand, der hübsch anzuschauen ist. Ein netter Kerl.« Er hielt kurz inne. »Weiß. Amerikaner. Ansprechend.« Dann fügte er schnell hinzu: » Nicht zum Zweck einer Romanze. Mehr so was wie eine Projektionsfläche. Nur Show, keine großen Handlungen. Na ja, zumindest keine romantischen Handlungen. Einverstanden?«

Das war alles? Damit konnte Alex leben. »Ich bin sicher, dass wir den bereits existierenden Ranger so hinbiegen können, dass er diesen Anforderungen gerecht wird.«

»Ein weißer Ranger hier draußen? Wo immer ›hier‹ ist?«

»Vielleicht ist er für ein Projekt hier? Oder hat eine Einheimische geheiratet?« Alex biss sich in Gedanken versunken auf die Lippe.

Quincy lachte. »Ja, okay, was auch immer. Sie wollen, dass der nette, weiße Typ immer wieder mal auftaucht, um mit seinem perfekt gemeißelten Kiefer ein Gegengewicht zu deiner …«, er wedelte mit der Hand in der Luft, »Frauenpower zu bilden.«

»Gott bewahre, dass sich Männer für drei Sekunden unbeachtet fühlen könnten«, kommentierte Alex leise.

»Das habe ich jetzt nicht gehört.« Quincy schmunzelte. »Ach, und sie haben die Titeländerung abgelehnt. Einer der Vizepräsidenten liebt den Namen. Und über Geschmack lässt sich bekanntlich nicht streiten. Die Hauptsache ist, dass deine anderen Ideen genehmigt worden sind. Du kannst deine Änderungen also an den Autor schicken.«

»Großartig.« *Endlich!*

»Eine kleine Vorwarnung: Heute Nachmittag schnappe ich mir Chloe und Melody für ein Werbe-Shooting. Das Studio war begeistert von den neuen Kostümen. Sie wollen das Internet schnellstmöglich mit den neuen Outfits überschwemmen.« Er atmete aus. »Oh, und Levitin?« Quincy senkte seine Stimme. »Gute Strategie, nichts von dem lesbischen Subtext zu erwähnen. Sie hätten die Änderungen definitiv abgesägt, wenn du das reingeschrieben hättest.«

Woher wusste er das? Ihre E-Mail war nicht so offensichtlich gewesen. Oder doch?

Quincy verdrehte die Augen. »Komm schon, ich habe unsere Stars bei der Probe gesehen. Diese Spannung ist nicht gerade subtil. Ich habe einfach eins und eins zusammengezählt.«

»Die Menschen können sich aussuchen, ob sie diese Chemie entweder freundschaftlich oder partnerschaftlich sehen wollen«, erwiderte Alex in möglichst neutralem Tonfall.

»Natürlich. Glaub aber nicht, dass die im Studio so dumm sind, wie du denkst. Sie werden es auch noch bemerken. Erwähne das besser nicht weiter, dann wird jeder damit leben können. Sie haben im Moment weitaus größere Probleme als ein bisschen homosexueller Einfluss auf einen zweitklassigen Fantasy-Film, den ohnehin schon alle abgeschrieben haben. Okay?«

»Okay.«

»Verdammt, ich kann nicht glauben, dass ich das jetzt sage, aber die Sache entwickelt sich langsam so subversiv, dass ich *Shezan* jetzt beinahe *selbst* anschauen möchte. Selbst wenn es nur darum ginge, zu sehen, ob du dieses Flugzeug im Sinkflug noch vor der Bruchlandung bewahren kannst.« Quincy sah von seiner eigenen Aussage überrascht aus.

Alex konnte es ihm nicht verdenken.

Kapitel 10

Subtile Fragen

Sams Blick wanderte wieder von ihrer Uhr zur Eingangstür. Bald würde es neunzehn Uhr schlagen und die hungrigen Massen würden zum Abendessen in den Pub einkehren.

Sie betrachtete das bernsteinfarbene Bier vor sich und seufzte. Es fiel ihr schwer, sich nicht wie das schlimmste Stück Pekapeka-Scheiße zu fühlen, seit sie vor zwei Tagen erfahren hatte, dass Tigers Reparaturen, wie versprochen, bereits bezahlt worden waren und ihr Motorrad nur auf die Abholung wartete. Sie hatte Roger angerufen und gefragt, warum er das nicht für erwähnenswert gehalten hatte, und der betagte Mechaniker hatte sie bloß mit der Erklärung abgespeist, dass er schließlich ein altes Gehirn habe und sich am Tag schon an genügend Dinge erinnern müsse. So oder so, sie konnte es kaum abwarten, an ihrem freien Tag ihre Maschine auszulösen und draufloszufahren.

Leider war vorher eine Entschuldigung fällig.

»Alles in Ordnung, Mädchen?«, fragte Gina, die hinter der Theke stand. »Soll ich dir nachschenken?«

»Nein, danke. Es ist nichts.«

»Du warst in letzter Zeit nicht mehr oft hier – und gar nicht mehr seit deinem Streit mit diesen Filmleuten. Ich habe mich schon gefragt, ob du extra einen Bogen um die Kneipe machst, bis sie mit ihrem Film fertig sind. Und jetzt bist du pünktlich zu ihrer gewohnten Ankunftszeit hier. Das ist eine interessante Wendung.« Gina beugte sich vor, als erwartete sie eine delikate Beichte.

»Kann eine Frau nicht einfach nur ihr Bier genießen?«

Gina hob beschwichtigend die Hände. »Sicher. Aber geht es dir wirklich gut? Fletcher hat dich ganz schön erwischt.«

»Ich habe ihn schon aufgespürt und angezeigt. Das hat meine Laune verbessert.«

»Dein Gesicht sieht aber nicht nach guter Laune aus. Was ist los, Schatz?«

»Hast du nicht jemand anderen, aus dem du deine tägliche Dosis Klatsch und Tratsch herauspressen kannst?«

»Wieso sollte ich das tun, wenn *du* hier bist?« Gina kicherte und blickte auf, als die Eingangstür geöffnet wurde. »Ah, meine besten Kunden sind hier.« Sie eilte davon, und rief Dutch zu, dass er sich auf eingehende Bestellungen vorzubereiten habe.

Über ihr Bier hinweg beobachtete Sam die bunt zusammengewürfelte Gruppe von Amerikanern und Kiwis. Einige pilgerten zusammen zum Bestellen an die Bar, andere steuerten ohne Umweg ihre Lieblingstische an. Alex war Teil der Nachhut und mit einem Crew-Mitglied ins Gespräch vertieft.

»Hey.« Sid tauchte neben Sam auf. »Hätte nicht gedacht, dich hier zu treffen.«

Wieso waren alle so überrascht, wenn sie mal sozial war? »Ich genieße nur meine Freizeit.«

»Was du nicht sagst.« Er grinste. »Wie viele Einheimische haben dich heute schon mit ihrem Kram belästigt?«

»Nur drei. Der Fall einer verlorenen Bauernhof-Ente, Graffiti auf einem Garagentor in der Handschrift eines Ex-Freundes und ein Radkappendieb auf dem Parkplatz von *Buy-Lo's Supermarkt*.«

»Wir haben hier die hinterhältigsten Kriminellen, was?« Sids unbeschwertes Lächeln lockerte ihre Anspannung.

»In der Tat.« Sam nippte an ihrem Bier.

»Warum sitzt du also hier, wenn du genau weißt, dass jetzt die Crew eines gewissen *ach so schlechten* Films auch hier sein wird?«

Sie machte sich gar nicht erst die Mühe, Argumente zu finden. Er würde ihr genauso wenig wie Gina abkaufen, dass sie zufällig hier war. »Ich ermittle im Sabotage-Fall.« Sam hoffte, dass das plausibel klang. »Vielleicht kannst du mir mit deinem Insiderwissen behilflich sein?«

»Klar.« Er schwang sich auf den Barhocker neben ihr. »Ich helfe gern. Ich war schließlich der erste Ermittler am Tatort.«

Ermittler am Tatort? Manchmal fragte sich Sam, ob Sid immer noch gern Polizist werden wollte. Er hatte sich vor ein paar Jahren beworben, aber hatte den Test knapp nicht bestanden. Bücher waren nicht seine Stärke.

Es war eine Schande. Sid war klug, grundehrlich, und viel zu groß, um herumgeschubst zu werden. Sie bedachte ihn mit einem nachdenklichen Blick. »Die Mistgabeln auf Joes Farm passen nicht zu den Einstichlöchern in der Teichauskleidung. Ich bin also mit der Hilfe eines Assistenten auch die Werkzeuge am Set durchgegangen. Auch hier nichts Passendes.«

»Gründlich«, sagte Sid anerkennend.

»Hm. Vielleicht kann ich eines Tages einen richtigen Fall lösen. Du weißt schon, welchen.«

»Die Meth-Geschichte? Ich habe gehört, dass George aus dem Eisenwarenladen jetzt süchtig ist. Warum macht er das bloß? Seine Frau hat gerade erst sein Kind bekommen!«

Verdammt! Sie würde Dino seinen widerwärtigen Hals dafür umdrehen, dass er Ika Whenu in eine Drogenstadt verwandelt hatte. »Scheiße.« Sam nippte wieder an ihrem Bier und stellte schließlich die Frage, deren Antwort sie am brennendsten interessierte. »Zurück zum Sabotage-Fall. Gibt es irgendwelche Gerüchte über die Chefin?«

»Du glaubst, dass Alex das getan hat? Ihren eigenen Film torpediert? Auf keinen Fall, Schwesterherz. Nein, niemals. Sie ist bei *Shezan* mit Herzblut dabei. Und sie ist scheinbar verdammt klug. Ich habe gehört, dass sie am ersten Tag einen Blick aufs Set geworfen und gleich mit dem ganzen Scheiß aufgeräumt hat. Die ganzen Requisiten mussten neu gemacht werden.«

»Sie ist also pedantisch? Kleinlich?« Sam rümpfte ihre Nase. »Damit macht sie sich vielleicht unbeliebt.«

Sid schnaubte. »Du musst gerade den Mund aufmachen. Du bist die detailversessenste Person, die es gibt. Meinst du, ich weiß nicht, dass du schon seit Monaten Dinos Hunde trainierst, für den Fall, dass er sie irgendwann auf dich hetzen will?«

»Das ist nur praktische Vorausplanung. Und es sind sehr liebe Hunde, wenn man sie erst mal kennt.« Sie hielt inne. »Woher weißt du das überhaupt?«

»Dutch. Okay, weißt du noch, als wir Kinder waren und du einen Rüpel in der Schule dabei erwischt hast, wie er Kiri ihr Essensgeld abgenommen hat? Du hast alles zurückverlangt. Und nicht nur das Geld von diesem Tag. Du hast ihm sogar die Zinsen ausgerechnet, die er dann zahlen musste.«

Wenn er es so formulierte, klang es schon ein wenig verrückt. »Er musste es zurückzahlen. Das war nur fair.«

»Du hast ihm so viel Angst gemacht, dass er sich fast in die Hosen gepinkelt hätte.«

Sie zuckte mit den Schultern. »Ich verstehe nicht, was das alles mit Alex zu tun hat.«

»Hier sind ein paar Hinweise: detailorientiert, engagiert, zielorientiert, klug, risikofreudig, gemeinschaftsorientiert.«

»Wow«, sagte Sam trocken. »Sie ist eine verdammte Heilige.«

»Das war die Beschreibung für dich.« Sid sah sie an. »*Und* sie passt ebenso zu Alex. Ist dir schon mal der Gedanke gekommen, dass ihr deshalb immer wieder aneinandergeratet?« Sid schlug seine Fäuste gegeneinander. »Ihr seid zwei Seiten derselben Medaille.«

Sam starrte ihn mit offenem Mund an. »Ich bin nicht wie sie!«

»Ach nein? Sag mir, inwiefern du anders bist.«

»Ich respektiere die Einheimischen.«

Sid schüttelte den Kopf. »Sie auch. Die neuen Kostüme? Die sind großartig! Sie respektiert unsere Kultur wie keiner von denen vorher.«

»Ich leiste durch meine Arbeit Gutes für die Gemeinschaft. Nicht wie dieser oberflächliche … Schwachsinn.«

»Alex und ihr Film geben einer Menge Leute die Chance auf Arbeit«, entgegnete er fröhlich. »Viele von uns am Set sind Einheimische.«

»Ich habe keinen Schwerverbrecher als Vater.«

Jeglicher Humor entwich schlagartig aus Sids Miene.

Oh. Warum hatte sie ausgerechnet das gesagt? Sam versuchte verzweifelt, das Gesagte mit Humor zu überspielen. »Komm schon, ich bin Polizistin, ich darf keine Kriminellen mögen, richtig?«

»*Sam.*«

Es war nur ein Wort, aber die Enttäuschung, die darin mitschwang, erfüllte sie mit tiefer Scham. Ja, es war wirklich beschissen und unfair von ihr gewesen, so etwas zu sagen.

Sids Stimme wurde kühl. »Ich glaube nicht, dass gerade du jemanden für seine Eltern verurteilen solltest, oder? Dein Vater ist abgehauen, bevor du sprechen konntest, und deine Mutter war nicht in der Lage, sich um dich zu kümmern.

Scham brachte ihre Wangen zum Glühen. »Ich bin mir dessen schmerzlich bewusst.«

»Unterm Strich: Alex ist großartig. Und ich denke, du solltest versuchen, die Leute erst kennenzulernen, bevor du sie abschreibst.«

»Wenn man Menschen eine Chance gibt, kann man nur enttäuscht werden.« Sam zog eine Augenbraue hoch.

Sid seufzte. »Das Traurige ist, dass du so tust, als würdest du nur Spaß machen, aber ich weiß, dass du es ernst meinst.« Er bedachte sie mit einem langen Blick. »Weißt du, ich werde jetzt mal ein wenig mit Menschen abhängen, die ihr Leben nicht so sehr hassen.« Er stand auf und schloss sich seinen Arbeitskollegen an der Bar an.

Das war unfair. Sie hasste ihr Leben nicht. Es war nur ... schwer zu erklären, worin ihr Problem bestand. Sams Laune war im Keller.

Vielleicht sollte ich mich für heute einfach geschlagen geben und gehen.

Sie stand auf, wischte sich die Hände an ihrer Jeans ab und wog ihre Optionen ab. Sie konnte jetzt gehen und ihre Würde bewahren. Sam warf einen Blick auf Alex, die inzwischen mit zwei anderen Frauen an einem Tisch saß.

Die Regisseurin trug ein weißes Hemd mit gestärktem Kragen. Die ersten drei Knöpfe waren offen und die Linien ihres zarten, braun gebrannten Halses wurden durch den hellen Stoff betont. Alex fuhr sich mit der Hand durch ihr rotes Haar und ließ sie dann offensichtlich amüsiert auf den Tisch zurückfallen, um einen Punkt im Gespräch zu unterstreichen. Ihr sanftes, dunkles Lachen steckte ihre Tischnachbarn an. Dann lächelte Alex – ein leichtes, neckendes Lächeln – und ihre weißen Zähne blitzten hervor.

Andererseits hatte Gina sie nicht zum Aufgeben erzogen.

Nein, das hatte sie verdammt noch mal nicht.

~ ~ ~

Mit der Zeit hatte Alex begonnen, sich auf das allabendliche Zusammensein in der örtlichen Kneipe zu freuen. Sie nahm keine Notiz mehr vom abgenutzten Holzboden oder den verblichenen Erinnerungsfotos von siegreichen Rugbymannschaften an den Wänden, die ihre ruhmreichen Tage schon längst hinter sich hatten. Auch erkannte sie jetzt einige der Gesichter auf diesen vergilbten Fotos in den einheimischen Gästen des *Te Wharariki Hotels* wieder.

Heute Abend wollten sie alle die Genehmigung der Drehbuchänderungen feiern. Ihre Freude über den Sieg war groß, selbst während sie erneut in einer typisch sinnlosen Diskussion mit Skye und Chloe festsaß.

»Warum«, fragte Skye mit unglaublich ernster Miene, »geht jeder davon aus, dass Pumas schwarz sind? Sie sind honigbraun.«

»Wegen der Panther«, sagte Chloe nach einem Moment. »Die *sind* schwarz.«

»Das macht keinen Sinn«, warf Alex ein. »Aber ja, das ist wahrscheinlich der Grund.«

»Also denkt einfach jeder fälschlicherweise, dass sie schwarz sind?«, sponn Skye weiter. »Wie es sich wohl anfühlt, ein so missverstandenes Tier zu sein?«

»Es könnte daran liegen, dass das *Puma*-Sportlogo schwarz ist?«, mischte sich eine vertraute Stimme ein.

Alex blickte auf und sah Sam neben ihrem Tisch stehen. Irritation machte sich in ihr breit.

»Können wir reden?« Sams Gesicht wirkte ernst.

»Nein, ich …«, begann Alex, aber Skye brachte sie mit einem festen Griff um ihr Handgelenk zum Schweigen.

»Hallo, Liebes, du musst Sam sein«, mischte Skye sich ein. »Ich habe schon so viel von dir gehört. Hauptsächlich von unserem Sicherheitsmann. Ein so lieber Mann, dieser Sid. Und ja, ich bin mir sicher, dass du recht hast mit den Pumas. Vielleicht steckt doch der Einfluss von Marken und Werbung dahinter.«

Sam vergrub die Hände in den Taschen ihrer Jeans.

Skye redete munter weiter. »Ich bin Skye Storm.«

»Im Ernst?« Sam blinzelte.

»Ich weiß, Liebes, ich habe schon alle Witze gehört. Jedenfalls bin ich für die Kostüme bei *Shezan* verantwortlich. Das heißt, für die *neuen* Kostüme selbstverständlich.« Sie lachte. »Das möchte ich betonen! Und das hier ist Chloe Martin, der talentierte Star unseres Films.«

Sam nickte zum Gruß.

Chloe winkte leicht. »Dein Bruder ist total nett. Ist er zufällig Single? Er ist … ahh … einfach traumhaft.« Sie fächerte sich theatralisch Luft zu.

»Ähm …« Sam schaute sie schief von der Seite an. »Wer, Kev?«

»Nein, Sid. Der Sicherheitstyp mit der Stimme, für die es sich zu sterben lohnen würde.«

Sam warf einen Blick zur Bar, als versuchte sie, sich dieses merkwürdige Paar zusammen vorzustellen: ein raubeiniger, stark tätowierter Riese von Mann und ein so überirdisch schönes, schlankes Model aus Hollywood. »Im Ernst?«

Chloe zuckte mit den Schultern. »Sid hat auf meine Annäherungen überhaupt nicht reagiert, also dachte ich, ich frage mal nach.«

»Nein, er ist Single, nur leider völlig ahnungslos. Du musst viel weniger subtil an die Sache rangehen.«

»Halt vielleicht ein Schild hoch«, schlug Alex amüsiert vor.

»Oder wink ihm mit deinem Höschen zu«, sagte Skye. »Ich habe gehört, das war in den Siebzigerjahren beliebt.«

»Das waren Dauerwellen auch«, murmelte Alex wenig begeistert.

»Gutes Argument«, sagte Skye. »Und erinnere mich bloß nicht an die extrem leicht entflammbaren Trainingsanzüge.«

Sam verlagerte ihr Gewicht von einem Bein auf das andere, als würde sie sich fragen, ob sie noch Teil dieses Gesprächs war.

»Richtig.« Chloe strahlte. »Ich werde mich also noch mehr anstrengen. Prost darauf! Hey, Sam, wie ich gehört habe, bist du mit meinem Stunt-Double zur Schule gegangen?«

»Also kennen sich doch alle in Neuseeland«, neckte Skye.

»Das ist lange her«, sagte Sam. »Aber ja.«

»Kiri meinte, du wärst damals mit dem Motorrad über irgendeinen Fluss gesprungen und deshalb bist du hier bekannter als Whitebait Fritters. Stimmt das?«

»Oh, ich habe schon von Whitebait Fritters gehört«, rief Skye begeistert. »Das ist etwas ganz typisch Neuseeländisches, richtig? Wo bekommt man die denn?«

»Na hier.« Sam zeigte auf den Namen des Gerichts auf der großen Menütafel.

»Also, ich bin heute bereit für ein Abenteuer. Chloe«, sagte Skye offensichtlich scheinheilig. »Sei so lieb und komm mit. Hilf mir, herauszufinden, was das Menü noch so bereithält. Vielleicht treffen wir dabei auch zufällig auf Sid.«

Die beiden Frauen standen auf und schlenderten zur Bar, tief verstrickt in ein Gespräch über absurde Taktiken der Liebesbekundung. Sam blieb unbeholfen vor Alex stehen.

»Also …« Sams Blick wanderte umher.

»Also«, sagte Alex und musterte Sam, die plötzlich so liebenswert unbeholfen schien. »Da Skye es so gedreht hat, dass wir allein miteinander sprechen können, kannst du dich genauso gut zu mir setzen.«

»Hat sie das extra gemacht?«, fragte Sam, bevor sie sich auf einen freien Stuhl fallen ließ.

»Höchstwahrscheinlich«, sagte Alex trocken. »Wolltest du wegen des Falls mit mir sprechen? Gibt es Neuigkeiten zur Sabotage?«

»Nein. Meine Ermittlungen sind noch ergebnislos.«

»Verstehe.«

Sam atmete tief ein. »Ich bin gekommen, um mich bei dir zu bedanken.«

»Okay?«

»Für mein Motorrad.«

»Ach so.« Alex nippte von ihrem Weinglas und ließ Sam dabei nicht aus den Augen. »Das ist angemessen höflich von dir.«

»Genau.« Sam senkte ihren Blick. »Und ich glaube, ich habe einige Dinge gesagt, die ein bisschen deplatziert waren.«

»Du glaubst? Du bist dir also nicht sicher?«, fragte Alex.

»Doch, ich bin mir sicher. Ich habe mich danebenbenommen.«

»Und?«

Sam sah sie verständnislos an.

»Normalerweise entschuldigt man sich an dieser Stelle.«

Sam presste die Lippen zusammen. »Ich dachte, das sei offensichtlich. Es tut mir leid.«

»Hm.« Alex sah sie an. »Okay, soweit dazu.«

Sams Schultern sanken, als ob sie zurückgewiesen worden wäre. Sie stand auf, um zu gehen, blieb dann aber doch unsicher stehen.

Alex sah genauer hin. Schmal geschnittene, helle Jeans. Ein schwarzes T-Shirt und darüber eine Lederjacke. Eine silberne Kette um ihren Hals. Ein dicker, schwarzer Ledergürtel, der die Taille betonte. Sam sah verdammt sexy aus.

Vielleicht wäre es besser, wenn sie Sam gehen lassen würde. Bei diesem verrückten Job hatte Alex keine Zeit für zusätzliche Komplikationen oder komplizierte Partnerinnen. »Erzähl mir mehr über die Ermittlungen.« *Oje.*

Sam ließ ihren hübschen Hintern wieder auf den Stuhl fallen. »Da gibt es nicht viel zu erzählen. Die Tatwaffe passt nicht zu den verfügbaren Werkzeugen. Die Einheimischen in der Stadt hatten keine Ahnung, dass es den künstlichen Teich gab. Und die gesamte *Shezan*-Crew ist empört darüber, dass jemand die Produktion des Films gefährdet.«

Alex sah sie eindringlich an. »Siehst du? Ich kenne meine Leute. Außerdem, welche Motivation hätten sie, ihre eigenen Gehaltsschecks zu sabotieren? Es kann niemand von uns gewesen sein.«

Sam rutschte auf ihrem Sitz hin und her. »Ich bin mir da nicht so sicher.«

Alex wurde missmutig. »Denkst du nicht, ich sollte wissen, wie Leute an Filmsets ticken? Schließlich habe ich mehr Zeit auf welchen verbracht als du.«

»Das ist es nicht.« Sam zögerte. »Ich bin wirklich nicht sicher, was hier vor sich geht. Ich kann niemanden von vornherein ausschließen. Aber ich stelle nicht gern Mutmaßungen an.«

»Das wäre mir neu.«

»Wie meinst du das?«

»Du hast schließlich auch Mutmaßungen über den Film angestellt. Mehrere Male.«

»Nicht ohne Beweise. Komm schon, diese Kostüme –«

»Sind Geschichte. Die Neuen sind phänomenal.« Alex zog ihr Handy aus der Tasche. Sie rief ihre Fotos auf und legte das Handy vor Sam auf den Tisch. »Sieh es dir selbst an.«

Es waren die Bilder, die sie nach L.A. geschickt hatte und die zur Öffentlichkeitsarbeit verwendet werden sollten, nachdem das Studio sie noch weiter digital bearbeitet hatte. Das erste Foto zeigte die Duncan-Schwestern in Amazonen-Outfits – strahlend, die Hände auf den Bögen und bereit, wahnsinnig niedliche Beutetiere zu jagen.

»Die beiden sehen viel glücklicher aus«, sagte Sam nach einer Weile. »Skye hat Talent.«

»Sie ist eine der Besten.« Alex ging zum nächsten Foto über. »Das ist Chloe, die du gerade kennengelernt hast, als Shezan. Die junge Frau in der Safarihose ist Melody. Sie spielt Jennifer, die Tochter des Wilderers.«

Die Arme beider Frauen waren ineinander verschränkt und ihre Oberkörper dem Betrachter zugewandt. Chloes Kopf lehnte leicht an Melodys und obwohl der Star des Films körperlich der Kamera zugewandt war, glitt Chloes verspielter Blick zu Melody, deren Lippen ein leichtes Lächeln formten.

Für sich genommen wirkte Melodys Gesichtsausdruck unschuldig. In Kombination mit Chloes frechem Blick schien es jedoch, als würden die beiden ein Geheimnis teilen.

»Was für eine Art Film wird das?«, fragte Sam.

»Eine Heldinnen-Saga mit Action, Abenteuer und Fantasy-Elementen.«

»Wissen *sie* das?«

»Was?«

»Sie sehen wie ein verliebtes Paar aus.«

Um Gottes Willen. Es sollte doch nicht so offensichtlich sein. Alex betrachtete Sam nachdenklich. »Okay. Du liegst richtig. Aber es wird im Film nur als Subtext dargestellt. Es wird nicht explizit gesagt, dass sie ein Paar sind; das Studio würde da nicht mitspielen. Also bitte verrat es nicht. Und sag auch bitte nichts darüber, wenn du mit *ihr* …«, sie zeigte auf Melodys Gesicht, »… sprechen solltest. Kein Wort von dem, was wir hier gesagt haben.«

»Sie weiß nicht, dass sie Teil einer Liebesgeschichte ist?«

»Um ehrlich zu sein, nein.«

»Du meinst es wirklich ernst.« Sam sah erschrocken aus. »Das ist … überraschend.«

»Menschen sind sich ihrer selbst nicht immer bewusst. Und manche lassen sich auch nicht in irgendwelche Schubladen stecken.«

»Das ist wahr.«

»Obwohl du dir vieler Dinge bewusst zu sein scheinst, die nicht für alle offensichtlich sind.« Alex lehnte sich in ihren Stuhl zurück und musterte Sam. Sie deutete auf das das Foto der beiden Frauen. »Also … ist das so ein Talent als Polizistin? Zwischen den Zeilen zu lesen?«

Sam lachte. »Weißt du, mich hat noch nie jemand so subtil gefragt, ob ich lesbisch bin.«

»Das beantwortet die Frage nicht.« Alex lächelte.

»Ich bin überrascht, dass die Tratschtanten dieser Stadt dich noch nicht informiert haben.«

»Haben sie nicht. Du bist für mich noch genau so geheimnisvoll wie an dem Tag, als ich dich fast plattgefahren habe und du meine Existenz verflucht hast.«

»Ich bin schockiert.« Sam beugte sich vor und fragte leise: »Also, diese Liebesgeschichte … Ist das dein großer Plan, um den Film zu retten?«

Sam hatte ihre Frage immer noch nicht beantwortet. Sie hatte es aber auch nicht abgestritten. *Interessant.* »Na ja … ja, es ist ein Teil der Lösung.« Alex betrachtete sie neugierig. »Warum? Jetzt erzähl mir nicht, du hast ein Problem mit lesbischen Filmen?«

»Jeder braucht Heldinnen und Helden, mit denen er oder sie sich identifizieren kann. Besonders homosexuelle Kinder und Jugendliche. Das heißt, *wenn* die Filme gut gemacht sind.«

»Und glaubst du, dass ich es gut machen werde?«, gab Alex zurück.

»Das kommt darauf an.« Sams Augenbrauen hoben sich. »Natürlich würde es vermutlich helfen, wenn *du* ein besonderes Interesse an dem Thema hättest.«

»Dem Schutz tropischer Wälder?«

»Das andere Thema.«

»Und das muss eine der subtilsten Arten sein, auf die mich jemals jemand gefragt hat, ob ich lesbisch bin.« Alex schmunzelte.

Sams Lippen zuckten amüsiert.

»Aber da du fragst, bedeutet das wohl, dass du mich nie gegoogelt hast«, fuhr Alex fort.

»Warum sollte ich jemanden googlen, der mich fast auf dem Gewissen hätte?« Sams Augen funkelten.

»Kenne deinen Feind?«, schlug Alex vor. »Wenn du es getan hättest, wüsstest du nicht nur, dass ich lesbischer bin als Melissa Etheridge. Ich bin beispielsweise auch ein totaler Shakespeare-Nerd. Das heißt, meine Freunde und ich. Wir feiern, als wäre es 1590.«

»Das ist ein ganz schönes Geständnis.«

»Bin ich jetzt zu peinlich, um mich kennenlernen zu wollen? Besonders wo du schließlich eine coole Legende bist, weil du mit dem Motorrad über irgendwelche Flüsse gesprungen bist?«

»Eigentlich arbeitet die einzige tatsächliche Legende auf deinem Set.«

»Wirklich? Wer?«

»Brecher-Bob.«

Alex runzelte die Stirn. Diesen Namen kannte sie noch nicht. »Entschuldige, ich glaube nicht –«

»Er ist dein Motorrad-Stuntman. Er ist soweit ich weiß für Kamera-Fahrten durch Bäume zuständig, die später wie waghalsiges Rennen durchs Gestrüpp aussehen. Er hat mir im Laufe der Jahre ein paar Stunts beigebracht. Es macht Spaß, mit ihm ein Bier zu trinken.« Sam verstummte, als hätte sie zu viel gesagt und würde es nun bedauern. *Jeder braucht seine Helden, nicht wahr*? Es sah so aus, als hätte Sam gerade ihren offenbart.

Alex lächelte. »Also sind Motorrad-Stunts deine Art der Party?«

Sam schüttelte den Kopf. »Vor ein paar Jahren vielleicht. Aber jetzt nicht mehr.«

»Ich kann nicht einmal ein Fahrrad fahren, ohne im Gebüsch zu landen, also ist das beeindruckend. Du steckst wirklich voller Überraschungen.«

»Ich? Ich bin nicht diejenige, die eine lesbische Romanze in einen Mainstream-Dschungel-Film einschleust.« Sam warf ihr einen vielsagenden Blick zu. »Ich hätte im Leben nicht gedacht, dass *Shezan* in diese Richtung gehen würde.«

»Das geht uns allen so.« Alex hielt inne. »Du hast noch nicht auf die Frage geantwortet, ob du denkst, dass ich es gut machen werde. Und jetzt weißt du ja, dass ich ein persönliches Interesse an dem Thema habe.«

Sams Blick fiel auf die Fotos auf Alex' Handy und eine feine Linie bildete sich zwischen ihren Augenbrauen.

»Du brauchst ganz schön lange, um zu antworten.« Alex seufzte, und es sorgte sie ein wenig, dass ihr die Antwort so viel bedeutete. »Egal. Es sieht so aus, als ob deine Meinung über meinen Film wirklich feststeht. Ich wollte dich nicht in Verlegenheit bringen.«

»Nein.« Sam schien erschrocken. »Ich wäge die Dinge nur gern ab. Ich bin … na ja, ich beziehe mich immer auf handfeste Beweise. So funktioniere ich. Ja, du könntest dem Thema gerecht werden. Ich dachte nur gerade daran, dass es zumindest besser als einige der Lesbenfilme da draußen werden könnte. Ich mochte nur ein paar wenige von denen.«

Sie hatte sich Lesbenfilme angesehen? Im Plural? *Sieh an, sieh an. Also doch nicht hetero.* »Welche mochtest du am meisten?«

»*Women Love Women.* Ein Episodenfilm, der zu drei verschiedenen Jahrzehnten spielt. Ich habe ihn vielleicht dreißig Mal gesehen.«

Dreißig? »Wow, ein Lieblingsfilm also.« Alex fragte sich, was Sam daran am meisten gefallen hatte. »Der Film hat eine großartige Tiefe. Die Butch mit dem sensiblen Herzen, die sich in die hübsche Studentin verliebt und mit der Erwartung konfrontiert wird, weniger ›maskulin‹ zu sein.« Alex fragte sich, ob Sam in ihrer Jugend ebenso irgendeiner Art von Mobbing ausgesetzt gewesen war. »Die ganze Frage nach dem Anders-Sein … Liebst du den Film deshalb so sehr? Weil seine Botschaft ist, sich selbst treu zu bleiben?«

Sams Augen funkelten. »Nein. Ihr Motorrad. Es ist wunderschön.« Ihre Stimme klang wehmütig. »Eine Harley Sportster, Modell K. Ich versuche immer mal wieder, das genaue Baujahr herauszufinden. Ich habe es bislang auf die Jahre 1952 bis 1956 eingegrenzt.«

Alex lachte. »Und du verspottest meine nerdige Shakespeare-Verehrung?«

»Ich habe sie nicht verspottet. Ich konnte mich nur nicht damit identifizieren.«

»Sagst du mir gleich auch, dass du Shakespeare hasst? Dass er ein langweiliger, alter, toter, weißer Kerl ist?« Alex hielt den Atem an.

Sam betrachtete sie neugierig und die Luft schien wie elektrisch aufgeladen.

»Würde dich das verletzen?«

Um ehrlich zu sein, ja. Sehr sogar. Tausendmal, ja.

»Jetzt brauchst du zu lange, um zu antworten«, sagte Sam und beobachtete sie mit Argusaugen.

»Ich weiß. Tut mir leid, vergiss es.« Alex starrte mürrisch in ihr Weinglas.

»Hey, ich gebe zu, dass ich in der Schule nie etwas anderes als *Macbeth* gelesen habe, aber ich bin unvoreingenommen. Jeder, der nach vierhundert Jahren immer noch geliebt wird, muss etwas Besonderes an sich haben.«

Gott sei Dank. Alex schnappte sich ihr Glas, schockiert über das Ausmaß ihrer Erleichterung. Es war nicht schwer, zu erkennen, warum: Shakespeare war ihr zu wichtig, um jemanden in ihrem Leben zu haben, der ihn nicht mochte oder sich wegen ihrer Vorliebe über sie lustig machte. So jemand würde nicht zu Alex passen.

Und sie wollte wirklich, dass Sam zu ihr passte.

Ihr Herz zog sich bei der Erkenntnis zusammen. *Oh. Bitte nicht.* »Übrigens schulde ich dir ein Dankeschön«, sagte Alex. »Das hätte ich schon früher sagen sollen.«

»Wofür?« Sam zog ihre Augenbrauen hoch.

»Dafür, dass du mich nicht wegen rücksichtslosen Fahrens verhaftet hast. Es muss verlockend für dich gewesen sein, als Quincy es abgelehnt hat, für die Reparaturen aufzukommen.«

»Es wäre den Papierkram nicht wert gewesen.« Sam lächelte. Ein paar Grübchen erschienen auf ihren Wangen.

Verdammte süße Grübchen.

Sams Handy klingelte, und sie wühlte in ihrer Jackentasche danach. »Tut mir leid, es ist die Arbeit.«

»Es ist ganz schön spät. Hast du um diese Zeit nicht dienstfrei?«

»Ich bin immer in Bereitschaft. Unbezahlte Überstunden sind ein typischer Nebeneffekt meiner Arbeit. Und aus irgendeinem Grund ist es dienstagabends gewöhnlich am schlimmsten.« Sam nahm mit einem scharfen »Senior Constable Keegan hier« das Gespräch an und legte dann einen Finger gegen ihr anderes Ohr, um die Hintergrundgeräusche auszublenden. »Wie viele Autos haben sie in Brand gesteckt?« Sie runzelte die Stirn. »Ja, ich verstehe. Okay, ich bin auf dem Weg.«

Sam stand auf.

»Die Pflicht ruft«, sagte Sam. »Es hat … na ja, Spaß gemacht.« Sie grinste, als ob sie das selbst nicht erwartet hätte. Sie richtete sich auf und ihre langen Beine trugen sie mit effizienten und zielgerichteten Schritten zum Ausgang der Kneipe.

Alex starrte Sam nach. Sie fühlte sich plötzlich, als sei ihr etwas entrissen worden.

Kapitel 11

Es werde Licht

Sam gähnte. Ein Blick auf ihre Uhr – 16:03 – offenbarte, dass sie heute auch nicht näher an einen frühen Feierabend und ihrem Zuhause dran war als am Vortag. In der vorherigen Nacht hatte sie die Brandstiftung an mehreren Fahrzeugen auf Trab gehalten. Heute hatte sie Stunden mit dem Papierkram dazu verbracht sowie dem Versuch, die Beschreibung jedes Täters mit einer Liste Verdächtiger abzugleichen. Leider ohne viel Erfolg. Sie fuhr sich mit der Hand durch die Haare und versuchte, sich weiter zu konzentrieren.

Ihre Müdigkeit war nicht ausschließlich auf die Arbeit zurückzuführen. Sie war dank eines Traums heute Morgen bereits erschöpft und frustriert aufgewacht. Ein Traum, in dem Alex ihr sagte, dass sie lesbisch sei. Immer und immer wieder. Wieso hatte sich ihr Unterbewusstsein an diesem irrelevanten Detail festgebissen? Was kümmerte sie Alex überhaupt? Eine Hollywood-Schnepfe, die Neuseeland bald wieder verlassen würde. Selbst wenn sie irgendwie interessant war. Irgendwie amüsant. Und niedlich. Irgendwie.

Sam nahm den letzten Schluck ihres Kaffees – es war bereits ihre sechste Tasse dieses geschmacklosen Gebräus. Mehr als Supermarktkaffee war in dieser Gegend nicht zu bekommen. Alex trank wahrscheinlich ausschließlich ethisch einwandfreien Bio-Tee von sonnendurchfluteten Feldern in den Ruinen irgendeiner alten Zivilisation Vermutlich fuhr sie auch einen Prius.

Das Festnetztelefon des Reviers klingelte

»Oh, Gott sei Dank sind Sie da!«, ertönte eine Frauenstimme. »Sie ist weg! Gerade eben! Die M90-Lampe! Entschuldigung, ich meine, hallo, hier ist Alice Benson.«

Bei dem Namen klingelte irgendetwas in Sams Gehirn. Oh, richtig – die Assistentin von Alex. Die junge Frau hatte Sam bei ihrer ergebnislosen

Mistgabel-Jagd geholfen. Amerikanerin. Zurückhaltend. Klug. Neben ihr wirkte sogar Alex Levitin groß.

Sam warf noch einen Blick auf die Uhr, während die Frau ihr panisch die ganze Geschichte erzählte. 16:07 Uhr. Wir konnte bitte ein essenzieller Teil der Beleuchtung am helllichten Tag verschwinden? Noch dazu mit Sid im Dienst? »Alice?«, unterbrach Sam die Assistentin. »Wieso rufen Sie mich an und nicht Sid?«

Alice schwieg einen Moment. »Oh, er ist gegangen, um mit seinem Bruder zu reden.«

»Er ...« Arbeitete Kev nicht im Beleuchtungsteam? Oh, verdammt. *Er würde doch nicht ... oder doch?* »Ich bin schon auf dem Weg.« Sam legte ohne ein weiteres Wort auf. *Verdammt!* Wenn Kev sich in seinem Alter immer noch nicht zusammenreißen konnte, würde es je schaffen?

~ ~ ~

Sam knallte die Tür des Streifenwagens zu und stapfte mit eiligen Schritten aufs Set. Erst Sabotage und jetzt Diebstahl? Zwei Verbrechen an einem Ort waren definitiv kein Zufall. Alex würde das gar nicht gefallen.

Und wieso interessiert mich das überhaupt?

Sid traf sie am Tor. Seine schwarzen, buschigen Augenbrauen waren zusammengezogen. Er wirkte wirklich aufgebracht.

»Also, was ist hier los? «, fragte Sam. »Haben wir jetzt eine ganze Verbrecherserie am Hals?«

Sid wirkte überrascht. »Keine Ahnung. Aber alle warten bereits darauf, von dir verhört zu werden. Und es war *nicht* Kev.«

»Das will ich schwer für ihn hoffen, verdammt noch mal.«

»Ja, ich weiß, wie es aussieht.« Sid deutete in die Richtung, die sie einschlagen mussten, und Sam passte sich seinem Schritt an. »Die Lampe, die geklaut wurde, wiegt etwa eine Tonne. Es ist nichts, was man sich heimlich in die Tasche stecken kann. Außerdem liebt Kev seinen neuen Job. Er war es nicht.«

»Wir werden sehen.« Sam ging auf ein olivgrünes Zelt zu, vor dessen Eingang sich mehrere Dutzend Menschen versammelt hatten. Sie verlangsamte ihr Tempo, als sie Alex in der Menge entdeckte.

Der Regisseurin war genauso gekleidet wie am Tag ihrer ersten Begegnung; maßgeschneiderte, enge, schwarze Hose, schwarze Stiefel, weißes Baumwollhemd mit Knöpfen und einer taillierten schwarze Leinenjacken, die einen »männlichen« Schnitt hatte. Der Stil stand ihr außerordentlich gut. Süß-nerdig-schick. Sams Gehirn reagierte mit einem anerkennenden *Oh*.

Als sie sich das erste Mal getroffen hatten, waren Alex' rote Haare noch sehr kurz gewesen. Mittlerweile berührten sie fast die Oberseite ihrer schwarz gerahmten Brille.

»Durchkämmt das ganze Gelände«, befahl Alex gerade. »Dave und John, schnappt euch ein paar Leute und sucht überall. Ohne diese Lampe können wir nachts nicht mehr drehen.

»Kurze Frage«, meldete sich ein mürrisch wirkender Mann mit zerzausten grauen Haaren zu Wort. Er trug abgewetzte Motorradstiefel und ein blutrotes Hemd mit der Aufschrift »Ich mache alle meine Stunts selbst.«

Sam konnte ihr Lächeln nicht unterdrücken. Brecher-Bob. Wie oft hatten sie in der Kneipe über Motorräder und die verrücktesten Stunts philosophiert? Der legendäre Stuntman hatte ihr eine persönliche Gratulations-Karte geschrieben, als sie Dry Creek übersprungen hatte. Sie hielt die Karte noch immer in Ehren.

»Glaubst du nicht, dass die Lampe schon längst über alle Berge ist?«, fragte Bob. »Es ist über eine Stunde her. Wer immer das getan hat, wusste offensichtlich, was er da tut.«

»Bitte sucht trotzdem überall«, sagte Alex. »Wir müssen einfach auf Nummer sicher gehen.«

Quincy räusperte sich. »Und Leute, für den Fall, dass einer von euch das Ding gestohlen hat: Das ist nicht nur ein Kündigungsgrund, derjenige würde auch auf Schadenersatz wegen der verlorenen Drehzeit verklagt werden. Verstanden?«

Sam versuchte, das Gesicht ihres jüngeren Bruders in der Menge zu entdecken. *Kevin Mahuta, wehe, du bist dieses Mal nicht unschuldig.*

»Wo ist Steven?«, fragte Alex. Sie blickte sich suchend um und sprach dann jemandem in dem Gedränge an. »Kannst du mir das Foto bringen?«

»Sicher, Boss«, antwortete eine Stimme mit amerikanischem Akzent. Ein großer Mann mit Schnurrbart und besorgtem Blick überreichte ihr ein iPad.

Alex hielt das Tablet hoch, damit alle es sehen konnten. Auf dem Bildschirm war ein blau verchromter Zylinder mit schwarzen Klappen an der Vorderseite zu seinen.

»Hiernach suchen wir. Die ARRI M90 EB MAX. Prägt euch die bitte ein. Sie kostet ein Vermögen, wiegt eine Tonne und wir haben nur drei davon am Set. Aber wir brauchen leider alle drei, um zu drehen. Mit nur einer oder zwei allein können wir nichts anfangen.« Sie reichte das iPad zurück.

»Die Betonung liegt auf *kostet ein Vermögen*«, sagte Quincy und verschränkte die Arme vor der Brust.

»Alice?«, rief Alex.

Die Produktionsassistentin trat nach vorn. Nervös umklammerten ihre Hände ein Handy. »Ja?«

»Du hast jetzt genau *eine* Aufgabe.« Alex hielt Alice an beiden Schultern und ging ein wenig in die Knie, um ihrer Assistentin auf Augenhöhe zu begegnen. »Du musst einen Ersatz für uns finden. Steven gibt dir alle Infos, die du brauchst. Ich möchte, dass du überall nach diesem Modell Ausschau hältst. Es ist mir egal, ob du das Ding leihen, kaufen oder den ganzen Weg nach Auckland fahren musst, um es gegen eine Kuh einzutauschen. Wir brauchen diese Lampe. Am besten innerhalb der nächsten Stunden. Okay?«

Alice nickte heftig.

»Krisenfest, was?«, murmelte Sid und stieß Sam leicht an.

Sie verschränkte die Arme und weigerte sich, zu antworten. *Beeindruckend. Zumindest ein bisschen.*

Nachdem Alice weggesprintet war, sah Alex sich um. »Wo ist die erste Regieassistentin?«, murmelte sie. »Leslie!«

Eine mollige, streng aussehende Frau mit roter Brille trat aus der Menge und Alex sprach sie in sachlichem Ton an. »Für den Fall, dass wir heute Abend nicht drehen können, brauche ich Alternativen. Bitte gestalte den morgigen Zeitplan neu, damit die Wilderer-Jagd von heute Abend auch noch reinpasst.«

Alex' Blick fiel schließlich auf Sam und sie winkte sie ungeduldig zu sich herüber. »Senior Constable Keegan, Gott sei Dank. Das ist ein verdammter Albtraum.«

»Ich bin hier, um das aufzuklären«, sagte Sam, plötzlich von dem Wunsch überkommen, Alex zu beruhigen.

»Das Beleuchtungsteam ist da drin versammelt.« Alex zeigte auf das Zelt. »Sie sind die Letzten, die die M90 gesehen haben. Wir können nur mit Sicherheit sagen, dass sie zwischen fünfzehn und fünfzehn Uhr dreißig verschwunden ist. Bitte geh der Sache auf den Grund.«

»Ich werde mein Bestes geben.«

»Ich kann gar nicht genug betonen, was für eine Katastrophe das für unseren Film ist.« Alex sah sie mit flehendem Blick an.

Sam atmete tief ein. *Nur kein Druck.*

Kevs Kopf lugte plötzlich hinter ein paar Kisten hervor. »Aber wir geben den Dreh für heute Abend noch nicht vollständig auf, oder? Wir machen erst mal mit den restlichen Vorbereitungen weiter, ja?«

Sam warf ihrem Bruder einen überraschten Blick zu. Er klang tatsächlich ehrlich engagiert.

»Korrekt. So schnell geben wir nicht auf.« Alex sah zurück zu Sam. »Die vermisste Lampe ist außergewöhnlich stark. Wenn man sie zusammen mit den beiden anderen M90ern einsetzt, macht man buchstäblich die Nacht zum Tag. Ohne die sind wir am Arsch, aber ich möchte den Zeitplan für heute Abend noch nicht ganz aufgeben. Die Hoffnung stirbt zuletzt.« Sie deutete auf das Zelt. »Hier entlang. Ich habe den Bereich für dich räumen lassen, damit du dort die Crew befragen kannst. Und danke, dass du so schnell kommen konntest, Senior Constable. Ich weiß das sehr zu schätzen.«

Alex' Gesichtsausdruck zeigte so viel ehrliche Dankbarkeit, dass Sam heilfroh war, ihren Hintern unverzüglich ans Set geschleppt zu haben, statt vorher den Bericht über die Brandstiftungen zu beenden.

Sam besah sich das Zelt, während Alex von Quincy zur Seite gezogen wurde. Plötzlich legte sich eine Hand auf ihren Arm.

Kev sah sie flehend an. »Ich war es nicht. Das verspreche ich dir, Sam. Ich liebe diese Arbeit. Ich lerne so viel. Bis vor einer Woche wusste ich nicht einmal, dass man die Nacht zum Tag machen kann. Und Scheiße, ich will das Ding endlich in Aktion sehen! Warum sollte ich es klauen?«

»Warum siehst du dann so aus, als hättest du es getan?«, fragte Sam, um ihn zu testen.

»Das ist mein normales Gesicht, okay?«

Alex fuhr herum. »Warte mal, glaubst du, es war der Beleuchtungsassistent?«

Sams Blick blieb auf Kev gerichtet, der mit großen Augen vor ihr stand und hastig den Kopf schüttelte. Sie horchte auf ihr Bauchgefühl. »Nein, ich glaube nicht, dass es mein Bruder war.«

Kevs Schultern und sein Gesichtsausdruck entspannten sich.

»Kev ist dein Bruder?«, fragte Alex überrascht.

»Ich habe gleich zwei von der Sorte«, sagte Sam trocken und deutete in Richtung Sid. »Okay, dann mache ich mich jetzt daran, die Leute zu befragen, wenn es dir nichts ausmacht.«

Alex nickte. »Sie sind da drin.« Sie zeigte auf das Zelt. »Viel Glück.«

~ ~ ~

Alex blieb kurz vor dem Zelt stehen und hörte zu, wie Sam die Befragung mit dem Oberbeleuchter Steven begann.

»Wie viel wiegt die Lampe?«, war die erste Frage.

»Etwa hundertsiebzig Pfund.«

Ein kurzes Schweigen folgte.

»Das sind etwa achtzig Kilo«, fügte Steven hinzu. »Als ich sie das letzte Mal gesehen habe, war sie natürlich fertig montiert. Zusammengepackt in ihrer Box wäre sie noch um einiges schwerer.«

»Danke für die Übersetzung«, sagte Sam. »Ich bin nicht gut darin, Maßeinheiten umzurechnen. Das ist also kein Gerät, das man allein durch die Gegend tragen kann.«

Auch als die Befragung bereits weiterging, blieb Alex' Gehirn noch auf diesen Fakt fixiert. Nur jemand, der unglaublich stark war, hätte die Lampe überhaupt tragen können. Und es war ja nicht so, als könnte jemand einfach unbemerkt mit einem Lastwagen hier auftauchen und das Ding wegfahren. Das hätte Sid sofort bemerkt.

Alex versuchte, ihrer Arbeit nachzugehen und nicht ständig daran zu denken, dass ihr Zeitplan am seidenen Faden hing.

Sam gesellte sich eine Stunde später im Wohnwagen der Produktion zu ihr.

»Möchtest du etwas trinken?«, fragte Alex mit müden Augen.

»Nein, danke. Ich brauche nichts.« Sam blätterte ihren Notizblock durch, runzelte die Stirn und setzte sich auf den Plastikstuhl, der dem Schreibtisch gegenüberstand.

»Ich könnte heute sogar heiße Schokolade mit Marshmallows anbieten«, grinste Alex. »Passend zum Wetter.«

»Ich hätte ehrlich gesagt gedacht, dass du eher der Typ für biologisch, ethisch-angebauten, ausgefallenen Tee bist.«

Alex schnalzte tadelnd mit der Zunge. »Furchtbares Klischee. Du solltest wissen, dass ich eher der Typ für biologisch, ethisch-angebauten, ausgefallenen *Kaffee* bin. Aber wenigstens habe ich die Originalität, ihn dann wegen seines Geschmacks zu hassen.«

Sam lächelte.

»Also bleibt es beim Nein zur heißen Schokolade?«, hakte Alex nach.

»Geht nicht. Das Zeug macht mich müde.«

»Zu schade. Wie ist die Befragung gelaufen?«

»Ich habe jeden befragt, der am Set war, als die M90 verschwand. Zwei Dinge sind klar: Diese Lampe lässt sich nicht leicht tragen, und man findet auch nicht leicht einen Abnehmer dafür.«

»Sieht so aus.«

»Steven hat mir erzählt, dass sie ungefähr dreißigtausend US-Dollar wert ist.« Sam schüttelte den Kopf bei dem Gedanken.

»Klingt ungefähr richtig.« Alex verlagerte ihr Gewicht im Stuhl. »Gibt es Verdächtige?«

»Wenn ich die Arbeitspläne und die Alibis vergleiche, kann ich die gesamte Beleuchtungscrew ausschließen. Das gilt auch für Kevin. Das einzige Mal, als er ohne einen Kollegen des Beleuchtungsteams unterwegs war, war Sid bei ihm. Außerdem ist er vielleicht groß, aber er ein echtes Leichtgewicht. Ich bezweifle, dass er die Lampe überhaupt ziehen, geschweige denn tragen könnte.«

»Wieso dachtest du dann überhaupt, dass er infrage kommt?«

»Das habe ich nicht wirklich. Es ist nur so, dass er in der Vergangenheit ein paar Probleme hatte, also behalte ich ihn lieber im Auge. Technisches Equipment zu stehlen, ist aber nicht Teil seines Modus Operandi.«

»Okay, aber wenn es niemand aus der Beleuchtungs-Crew war, wer dann?«, fragte Alex.

»Wenn wir nach jemanden suchen, der körperlich infrage kommt, bleiben nur der Koch des Caterings und drei Stuntmen. Der Koch stemmt regelmäßig Gewichte, scheint sich aber nur für Essen zu interessieren. Und die anderen drei wussten nicht einmal, dass es am Set solche Lampen gibt, geschweige denn, wie viel sie wert sind. Insofern …« Sams Lippen zuckten ganz leicht, als sie nach einer kurzen Pause hinzufügte: »Sie haben gefragt, ob sie zusehen dürfen, wenn du eine neue M90 gefunden hast und damit drehst. Sie klangen ziemlich beeindruckt.«

»Um Gottes willen, ich leite hier keinen Zirkus«, knurrte Alex. »Sag ihnen, sie können sich in ihrer Freizeit amüsieren.«

»Ich habe mir die Freiheit genommen, schon etwas in dieser Richtung vorzuschlagen. Allerdings nicht so nett formuliert.« In Sams Augen funkelte es amüsiert.

Alex musste lachen. »Gut.«

Plötzlich flog die Tür auf.

»Alex?« Alices Kopf ragte vorsichtig hinein. »Ich habe Neuigkeiten.«

~ ~ ~

Alice Benson war ein verdammtes Genie. Während Alex dabei zusah, wie die Ersatz-Lampe an den Drehort im Wald gebracht wurde, entschied sie, dass Alice eine Gehaltserhöhung verdient hatte.

Die brillante Produktionsassistentin hatte in Matamata angerufen – der Stadt, die durch ein paar Hobbits weltberühmt geworden war. Und irgendjemand dort kannte einige Leute, die wiederum ein paar Leute aus der Peter Jackson-Crew kannten, die durch eine göttliche Fügung diesen Monat ihre M90er nicht mehr brauchten. Ihre Assistentin hatte den Tag gerettet. Na ja, die Nacht. Sie waren vielleicht noch etwas hinter dem Zeitplan, aber sie würden bald wieder drehen können.

Einige Mitglieder der Crew hatten sich versammelt und applaudierten bei der Ankunft der neuen Lampe. Zwischen ihnen stand Sam, die noch ein paar Zeilen in ihren Notizblock kritzelte.

»Hey«, sagte Alex und zog Sam von der Gruppe und eventuell neugierigen Ohren weg. »Ich hätte nicht gedacht, dass du noch hier bist.«

»Das war ich auch nicht. Ich bin zurückgekommen, als ich gehört habe, dass eine Lampe aufgetaucht ist. Es war nicht ganz eindeutig, ob es sich um die fehlende Lampe oder um einen Ersatz handelte, und ich brauche diese Info für meinen Bericht, also…« Sie warf einen Blick auf die M90. »Du hast nicht übertrieben, was die Größe angeht.«

»Ja.« Alex schüttelte den Kopf. »Macht irgendetwas davon Sinn für dich? Wieso etwas stehlen, wenn man es nicht so einfach verkaufen kann?«

»Und wieso mitten in der Nacht in einem kleinen Teich stochern?«, erwiderte Sam leise. »Es ist dieses Mal weniger offensichtlich, aber ich glaube, dass das hier auch zur Sabotage gehört.«

Alex fühlte die Worte wie einen Schlag in die Magengrube. »Aber das würde bedeuten, dass es definitiv ein Insider-Job war.« *Hasst uns – mich – jemand wirklich so sehr?*

»Es tut mir leid. Aber danach sieht es aus.«

»Aber ich leite ein gutes Set«, flüsterte Alex. »Ich bin eine faire Chefin. Verdammt.«

»Ich bin davon überzeugt, dass das wahr ist«, sagte Sam mitfühlend. »Und vielleicht hat auch niemand ein Problem mit *dir*. Du bist hier nicht die einzige Person in einer Führungsposition, oder?«

»Quincy?«

»Ich meine nicht nur ihn, aber ja, bei ihm ist die Wahrscheinlichkeit hoch, dass er sich mit dem Falschen angelegt hat. Aus einer Vielzahl von Gründen.« Lachfalten tauchten um Sams Augen herum auf. »Du denkst wie ein Regisseur. Das ist *dein* Set, *du* stehst an der Spitze und jeder arbeitet für dich oder Quincy. Aber jede Abteilung hat ihre eigenen Vorgesetzten, nicht wahr? Es gibt mehrere Chefs, von denen jeder oder jede irgendeinen Konflikt verursacht haben könnte.«

Es gab also eigentlich Dutzende Verdächtige? Das war … furchtbar.

Sam atmete tief durch. »Es tut mir leid, dass ich das fragen muss, aber hast du irgendwelche Drohungen erhalten?«

»Natürlich nicht.«

»Hast du irgendwelche Feinde?«

Alex musterte sie. »Ich gehe davon aus, dass es jetzt weniger sind? Nachdem wir einige Probleme des Films beseitigt haben, meine ich. Ich habe den Duncan-Schwestern zu Beispiel die Erlaubnis gegeben, die neuen Kostüm-Bilder zu posten. Die Menschen in der Stadt begegnen uns schon freundlicher.«

Sam nickte. »Das tun sie. Aber ich habe nicht nur an Ika Whenu gedacht. Gibt es generell Personen, die dich scheitern sehen wollen?«

Die mich scheitern sehen wollen? Was für ein beunruhigender Gedanke. »Nicht, dass ich wüsste.«

»Gut. Ich musste fragen, nur zur Sicherheit. Ich gehe meine Liste an Leuten durch, die durch *Shezan* potenziell verärgert wurden und sehe, was dabei herauskommt.«

»Du hast eine ganze Liste?« Alex' Mund wurde trocken.

»Ja, habe ich.«

»Wer steht drauf?«

»Frank Buddins – der Mann, der sich um die Wohnwagenreinigung gekümmert hat und den Quincy gefeuert hat. Fletcher und ein paar seiner

Kumpel, die aus Langeweile gern mal für Ärger sorgen. Das ist beides natürlich etwas weit hergeholt. Ich melde mich, sobald sich etwas ergibt. Ich kümmere mich darum.«

»Da bin ich mir sicher. Ich vertraue dir.« Alex hielt inne. Komisch, wie wahr diese Aussage war, obwohl sie Sam kaum kannte.

»Danke.« Sams Gesichtsausdruck hellte sich deutlich auf. »Das weiß ich sehr zu schätzen.«

»Okay. Ich muss jetzt los«, sagte Alex mit einem Lächeln. »Mein böser Wilderer wird sich nicht von selbst in Shezans Fallen verheddern. Obwohl, eigentlich schon.« Sie lachte.

Ein plötzlicher Windstoß erfasste die beiden und drang durch Alex' Kleidung. Sie zitterte. Neuseeland wurde einfach nicht wärmer. Sie griff nach dem Reißverschluss ihrer Jacke und zog daran, klemmte in der Eile aber ihr Hemd darin ein.

Weiße Baumwollstückchen ragten durch die Zähne des Reißverschlusses. *Oh, fantastisch.* Sie zog ein paar Mal am Verschluss, aber es brachte nichts.

Schließlich hatte Sam Erbarmen, klemmte ihr Notizbuch unter den Arm und trat einen Schritt näher an Alex heran. »Ich kann das nicht mit ansehen«, murmelte sie. Mit einem schnellen Ruck zog sie den Reißverschluss nach unten und befreite das Hemd aus seiner misslichen Lage.

Alex' Wangen glühten trotz des kalten Windes.

Sam zog den Reißverschluss an Alex' Jacke wieder zu. Dieses Mal ordentlich. »Das war's«, sagte sie. »Hätte jedem passieren können.«

Alex war sich nicht sicher, was sie davon halten sollte, dass Sam plötzlich so nah an sie herangetreten war. Und sie konnte gerade auch nicht darüber nachdenken, da Sam auch noch keinen Schritt zurückgetreten war. »Nochmals vielen Dank, Senior Constable«, stieß sie bloß hervor.

»Kein Problem, *Ms. Levitin.*« Sams Blick wirkte amüsiert.

Alex atmete tief ein. *Gott, hab Erbarmen.*

Kapitel 12

Die Leiche

Gemütlich in ihre Flanellpyjamahose mit Schottenkaro und ein blaues Tanktop gekleidet warf Sam etwas Brot in den Toaster in ihrer Küche. Der Raum hatte eindeutig schon bessere Tage gesehen. Höchstwahrscheinlich in den Fünfzigerjahren. Ihr Blick fiel auf die abgegriffene Arbeitsfläche und die braunen Linoleumfliesen auf dem Boden, der nahtlos in den schokoladenbraunen Teppich des Wohnzimmers überging. Ihr Röhrenfernseher thronte auf sechs aufgestapelten Telefonbüchern, weil sie nie dazu gekommen war, einen Fernsehtisch zu kaufen. Wieso eigentlich nicht?

Sams abgenutzte Einzimmerwohnung neben der Polizeiwache war schon so lange ihr Zuhause, dass sie es nicht mehr als das sah, was es war. Zum ersten Mal seit langer Zeit konnte sie den morbiden Verfall durch die Augen eines möglichen Besuchers sehen. Ein Besucher, der an einem regnerischen Tag vielleicht auf eine Tasse heiße Schokolade mit Marshmallows vorbeikommen würde. Nur so als Beispiel. Ein Besucher, den sie seit sechs Tagen nicht mehr gesehen hatte.

Natürlich war alles sauber. Sam führte einen ordentlichen Haushalt. Sie hatte ihr Schlafzimmer mit schönen Vorhängen aus diesem Jahrtausend etwas aufgewertet und die Küche dekorierte eine Orchidee, ein Geschenk von Gina.

Und was ihrer bescheidenen Wohnung an Charme fehlte, fehlte ihr doppelt an allem anderen. Man konnte schlicht nicht verstecken, wie alt alles war.

Ihr Blick wanderte hinüber zu der riesigen Korkplatte an der Wohnzimmerwand, die mit Dutzenden bunten Postkarten aus der ganzen Welt geschmückt war. Ursprünglich hatte sie sich die Platte angeschafft, um in ihrer Freizeit an laufenden Polizeifällen zu arbeiten. Aber dazu war es dann nie gekommen. Die meisten Fälle in ihren ersten fünf Jahren im

Dienst waren von geringfügigem Ausmaß und leicht zu lösen gewesen. Nichts, was eine Auseinandersetzung auf Korkplatten-Ebene erforderte.

Sam musterte die glänzenden Oberflächen der Postkarten. Paris, London, Rom, Barcelona, Singapur und Sydney wetteiferten um ihre Aufmerksamkeit. Ihr Blick blieb schließlich auf der vom Pfeiffer Beach in Kalifornien haften. Seitdem die Karte ihrer Ex auf dem Brett gelandet war, hatte sich nur sehr wenig getan. Sam vertrat die Ansicht, dass ihr minimalistisches Leben bedeutete, dass es ihr jederzeit möglich war, alles hinter sich zu lassen und ihrem Reisefieber nachzugehen.

Nur war »jederzeit« noch nie gekommen.

In all den Jahren, die sie hier bereits lebte, hatte sie kein einziges größeres Möbelstück gekauft, weil das darauf hindeuten würde, dass sie für immer bleiben würde. Es war tausendfach angenehmer, das zu verleugnen, als sich einzugestehen, dass sie höchstwahrscheinlich tatsächlich für immer hierbleiben würde.

Und jetzt war sie hier. Sechsunddreißig und zu Hause in einer – wenn auch sauberen – Absteige, mit einem frustrierenden Job und umgeben von Menschen, mit denen sie zwar aufgewachsen war, die sie jedoch weitgehend mieden. Sie hatte nicht ein einziges Mal die neuseeländische Küste verlassen.

Das Brot sprang aus dem Toaster. Sam ging in die Küche zurück, strich Butter und Marmite auf ein Toast und begann, Kaffee zu kochen. »Reisen wird sowieso überbewertet«, sagte sie leise zum Wasserkessel. »Viel zu viele aufdringliche und nervige Touristen.«

Das erinnerte sie an Alex, die zugegebenermaßen nicht mehr so nervig erschien. Mittlerweile betrachtete sie Alex' »Aufdringlichkeit« eher als beeindruckendes Durchsetzungsvermögen. Sie musste eine Frau einfach respektieren, wenn sie bereit war, für ihre Überzeugungen einzustehen. Das konnte in ihrer Branche nicht einfach sein. Sam schätzte durchsetzungsfähige Frauen – insbesondere Frauen, die sich mit weitaus stärkeren Gegnern anlegten.

Ihre Gedanken schweiften zum *Shezan*-Fall. Keine von Sams Spuren hatte zu einem Ergebnis geführt. Frank, der gefeuerte Abfallentsorger, arbeitete jetzt glücklich als Bauarbeiter in Matamata. Wie es der Zufall so wollte, war er ein ehemaliger Arbeitskollege von Sid, der sein Alibi bestätigen konnte. So lief das hier, wo jeder jeden kannte. Auch Fletcher und seine Chaos-Kollegen hatten felsenfeste Alibis.

Sam war ratlos. Wie gern hätte sie den Täter geschnappt und die Sache feierlich abgehakt.

Das war natürlich der einzige Grund. Sam ging es ausschließlich um Gerechtigkeit.

Ihr Handy piepte einmal kurz.

Hey, Officer K.! War die ganze Woche mit Nachtaufnahmen beschäftigt. Schon weitergekommen mit dem Lampendiebstahl? – Alex

Sam antwortete.

Keine Hinweise. Das Licht am Ende des Tunnels ist, dass ich noch nicht aufgegeben habe.

Das LICHT am Ende des Tunnels? Senior Constable Keegan, war das etwa ein Wortspiel?

Sam lächelte.

Nicht mein Ding.

Nein? Gib ruhig zu, dass du ein heimliches Leben als Stand-up-Comedian lebst? Hey … Ich könnte meine Crew zwingen, Hunderte von begeisterten Fünf-Sterne-Rezensionen für dich zu schreiben!

Ihr Handy piepte eine Minute später wieder.

Das war übrigens ein Scherz. Das würde nicht nur viel zu verdächtig aussehen, ich habe auch ein paar ethische Bedenken, obwohl ich in L.A. lebe. Außerdem hast du gesagt, dass du Tricks hasst, richtig?

Sam lachte.

Zur Bestätigung: keine Tricks, keine Wortspiele, kein heimliches Comedy-Leben. Ich blute reinstes Polizistenblut.

Das ist kein schöner Gedanke. Mir gefällt die Vorstellung, dass du blutest, kein bisschen.

Sam erstarrte beim Kauen. Flirtete Alex mit ihr? Nein, natürlich nicht. Sie war wahrscheinlich sowieso vergeben. Sam konnte nicht anders, als ihre Wohnung weiter durch die Augen einer künstlerisch begabten Hollywood-Regisseurin zu sehen, selbst, wenn Alex mit einem heißen Filmstar verheiratet wäre und zehn adoptierte Kinder hätte.

Komisch, dass ich unterbewusst beschlossen habe, dass sie mit Angelina Jolie verheiratet ist.

Sam schnappte sich ihr Handy und tippte Alex' Namen bei Google ein. Im Nu erschienen unzählige Artikel über die Filme, die Alex gedreht hatte. Einige Filmtitel klangen ein wenig … exzentrisch. *Heaven's Blood*? Was zum Henker? Über einen Engel in Dämonengestalt? Sie warf einen Blick darauf, was der Film eingespielt hatte. *Autsch.* Nicht gerade ein Kassenschlager.

Sie ging die Liste durch und ihr fiel auf, dass Alex' Arbeiten mit der Zeit sowohl an Budget als auch an positiver Resonanz gewonnen hatten. Der über den Klimawandel, *A Quiver in Time*, klang gut. Vielleicht würde sie ihn sich ansehen, wenn es ihn irgendwann auf *Netflix* gab.

Sie fand ein Video von Alex bei einer queeren Preisverleihung. Ihre Rede hatte für einige Lacher gesorgt, als sie sich als eine der »furchterregendsten Kreaturen in Hollywood« bezeichnet hatte, weil sie »feministisch, lesbisch und wahnsinnig unabhängig vom Mainstream« war.

Wahnsinnig unabhängig vom Mainstream? Das würde wohl mit *Shezan* enden.

Google zeigte Sam außerdem ein paar Fotos von Alex bei verschiedenen Veranstaltungen in Hollywood. Alex' Freunde waren alle durchweg gut aussehend. Sam blinzelte. Nein, nicht nur das. Sie waren alle wunderschön. Surreal schön. Summer Hayes? Elizabeth Thornton? Grace Christie-Oberon? Amrit Patel? Jeder von ihnen könnte auf einem Magazin-Cover abgebildet werden. Diese Leute sahen nicht einmal echt aus. Sie waren so weit von Sams Lebenswelt entfernt, wie man nur sein konnte.

Das vereinfachte die Dinge natürlich. Selbst wenn Alex Single wäre, würde sie nicht mit Sam in ihrer Absteige sitzen wollen. Zudem hätten sie keine Zukunft. Was sollte schon passieren, wenn der Film fertig war? Dachte sie, Alex würde einfach ihre Stiefel unter Sams Bett parken und in Ika Whenu bleiben, Bevölkerung 2.735 Personen? Das hatte mit ihrer Ex auch schon nicht geklappt. Und einfach ihren Job hinschmeißen konnte Sam auch nicht. Die Menschen verließen sich immerhin auf sie.

Wahrscheinlich war es besser, dass Sam schnell darauf gekommen war, dass sie gänzlich inkompatibel waren. Sonst hätte sie sich noch zum Narren gemacht, indem sie Alex um ein Date oder so gebeten hätte. Auch wenn sie das definitiv noch nicht in Erwägung gezogen hatte.

Aber ich mag sie wirklich.

Sam stopfte sich den letzten Rest ihres Toasts in den Mund. Solche Gedanken waren nutzlos. Die Sache war abgehakt. Es war einfacher, die Dinge so zu belassen, wie sie waren. Freundlich, aber distanziert.

Ein orangefarbener Streifen tauchte auf ihren Küchenvorhängen auf. Die aufgehende Sonne schlich über das weit entfernten Kaimai-Gebirge. Zeit, Bruce einzusammeln und sich auf den Weg zu machen.

Heute war der erste Tag nach dem Unfall, an dem sie sich gut genug fühlte, wieder die Mauer der Wild Boars zu erklimmen. Was, wenn die Hunde nicht mehr freundlich zu ihr waren? Vielleicht müsste sie wieder bei Null anfangen und das Fleisch von der Mauer aus zu ihnen werfen.

Sam grübelte noch, als ihr Telefon plötzlich klingelte.

Arbeit? Zu dieser unheiligen Stunde?

~ ~ ~

»ALEX!«

Alex wurde aus einem tiefen Schlaf gerissen.

»Wach auf!«

»Sid?« Alex öffnete ein Auge. »Was zum Teufel ist los?«

»Mach auf!«

»Stimmt was nicht?«, rief sie und griff nach ihrer Brille.

»Eine Leiche! Da liegt eine Leiche im Staudamm!«

»Was?« Sie sprang aus dem Bett und riss die Eingangstür ihres Wohnwagens auf. Dort standen Sid und ein zusammengewürfelter Haufen aus Schauspielern und Crew.

»Ich habe gerade eine Runde über das Gelände gedreht.« Sid wedelte mit seinem riesigen Arm. »Und da habe ich sie entdeckt und ...«, er hielt sein Handy hoch, »... ein Foto gemacht.«

Alex sah nur widerwillig hin. Ein großer, mutmaßlich männlicher Körper in dunkler Kleidung trieb mit dem Gesicht nach unten im Wasser.

»Es ist Joes Damm. Der Farmer, auf dessen Besitz wir uns befinden. Er tränkt sein Vieh dort. Wir müssen die Leiche rausholen, bevor das Wasser verseucht wird.«

War ihr Set verflucht?

Alex kam plötzlich ein schrecklicher Gedanke. »Sid, hast du schon durchzählen lassen? Vermissen wir jemanden? Alice, kannst du –«

»Ich bin schon dabei.« Alice nickte und klang nach vorbildlicher Effizienz, obwohl ihr die Haare zu Berge standen und sie kaum mehr als zehn Prozent wach sein konnte.

»Wo ist Quincy?« Alex' Blick überflog die Menschenmenge. Verdammt, wenn Quincy seinen nervtötenden, aber nützlichen Hintern ertränkt hatte, würde sie ihm persönlich noch mal den Hals umdrehen. »Weck ihn als Erstes.« Ihr Blick fiel zurück auf den atemlosen Sid. »Hast du die Polizei schon angerufen?«

»Ja, Sam ist auf dem Weg. Und sie klingt nicht gerade begeistert.«

Kann ich ihr nicht verdenken. Ihr Job war es schließlich manchmal, sich Leichen in Staudämmen anzusehen.

~ ~ ~

Die Panik in Sids Stimme hallte auf dem Weg zum Set in Sams Kopf wider.

Da ist eine Leiche.

Schock und Übelkeit hatten sie in dem Moment übermannt, als er die Worte aussprach. Der Set-Saboteur war nun ohne Frage zu weit gegangen.

Ihr erster Gedanke hatte ihr den Atem geraubt. »Geht es Alex gut?«, hatte sie noch herausgebracht. Die Erleichterung, als sie hörte, dass die Leiche männlich war, war fast beunruhigend gewesen.

Sam hatte den Gerichtsmediziner in Hamilton angerufen, damit er jemanden vorbeischickte, um sich um die sterblichen Überreste zu kümmern. Allerdings hatte der nur betont, dass sie sich zu hundert Prozent sicher sein musste, dass es sich um eine Leiche handelte, bevor er jemanden entsenden würde. Es war schließlich eine lange Fahrt und die Sonne war kaum aufgegangen. Bis zu Sams telefonischer Bestätigung würden sie sich jedoch in Bereitschaft halten.

Eine halbe Stunde später parkte Sam ihren Streifenwagen in Joes Einfahrt. Sie stieg aus und entdeckte Sid, der am Tor auf sie wartete.

Ihre Stimmung verfinsterte sich mit jedem Schritt. Das lag nicht nur daran, dass sie eine verstorbene Person aus einem Tümpel würde fischen müssen und nicht wusste, in welchem Zustand sie sich befand. Die niedrigen Temperaturen ließen zumindest hoffen. Hauptsächlich graute es ihr davor, herauszufinden, ob sie die Person kannte oder nicht.

Sie war schon nach Verkehrsunfällen am Unfallort gewesen und hatte verstümmelte, blutverschmierte und gebrochene Körper und Körperteile von Menschen gesehen, mit denen sie zusammen zur Schule gegangen war, oder die sie aus dem Supermarkt kannte. Ihr war jedes Mal schlecht geworden.

Sid bedeutete ihr, ihm zu folgen. »Hier entlang.« Er sah grimmig aus. »Dort drüben.«

Sie gingen gemeinsam über das Feld und wichen hier und dort Schafdung aus, bis sie den Damm erreicht hatten. Joe hockte am Ufer und blickte auf den im Wasser treibenden Körper. Neben ihm stand jemand.

Sam wurde fast schwindelig vor Erleichterung, als sie Alex dort stehen sah. Sie war gesund und unversehrt, auch wenn der Blick, den sie Sam zuwarf, voller Sorge war.

Verdammt! Sie musste professionell und stoisch wirken. Also bemühte sie sich, ihre unnahbarste Maske aufzulegen. »Guten Morgen. Ich sehe, wir haben ein ernstes Problem.«

Alex nickte und sah äußerst aufgelöst aus. »Danke, dass du gekommen bist.«

»Geht es dir gut?« Sam fragte sich, ob Alex in ihrem Leben schon einmal eine Leiche gesehen hatte. Da sie aus L.A. kam, konnte das doch sein, oder? Schossen die Leute in Kalifornien nicht die ganze Zeit aufeinander? Hatte sie das nicht irgendwo mal gelesen?

»Nicht wirklich.« Alex fummelte an ihrem Jackenärmel herum. »Es ist niemand von der *Shezan*-Crew. Und niemand hat die Leiche berührt. Wir wissen nicht, wer es ist. Das fühlt sich alles so unwirklich an.«

»Mach dir keine Sorgen, ich kümmere mich darum.« Sam ließ ihren Blick über das Wasser wandern. *Scheiße.* Der Körper trieb genau in der Mitte.

»Wie tief ist das Wasser?« Sie wandte sich an Joe, dessen Stirn von tiefen Falten durchzogen war. »Kann ich meine Watthosen anziehen und …?« Ihre wasserfeste Hose mit Stiefeln reichte ihr ungefähr bis zum Brustkorb und sie tippte auf die ungefähre Höhe, um Joe begreiflich zu machen, was sie meinte.

»Nein.« Joe schüttelte seinen Kopf. »Das Wasser ist in der Mitte etwa kinnhoch.«

Na wunderbar. Sie konnte Verstärkung durch Polizeitaucher anfordern, aber das würde ewig dauern. Mit einem Seufzer begann Sam, sich zu entkleiden.

»Was zum Teufel machst du da?« Alex starrte sie an. »Es ist eiskalt hier draußen!« Ihr Atem entwich ihr in Wölkchen. »Die Sonne ist kaum aufgegangen.«

»Was sollte ich deiner Meinung nach stattdessen tun?« Sie zog ihre Stiefel aus und befreite sich dann von ihren Socken.

»Auf den Gerichtsmediziner warten? Sollen die das doch machen! Oder du könntest warten, bis es wärmer ist? Ich könnte meine Crew dazu bringen, uns eine lange Stange mit einem Haken an einem Ende zu basteln und –«

»Geht nicht«, brummte Joe. »Die Leiche muss so schnell wie möglich aus dem Wasser, sonst werden meine Schafe krank. Sie hat recht. Je länger wir warten, desto wärmer wird es – und wenn die Temperatur steigt, wird die Verschmutzung nur schlimmer.«

»Und der Gerichtsmediziner kommt nicht.« Sam nahm ihren Dienstkoppel ab. »Zumindest noch nicht. Der wartet auf meinen Anruf mit der Bestätigung, dass es sich ganz sicher um eine Leiche handelt.«

»Vielleicht kann Sid es dann machen?« Alex sah hoffnungsvoll zu Sid und seinem großgewachsenen Körper hinüber.

»Ich bin die diensthabende Polizistin«, sagte Sam. »Außerdem kann dein Wachmann nicht schwimmen.«

Alex blinzelte überrascht.

»Ich habe es nie gelernt.« Sid zuckte mit den Schultern. »Entschuldigung.«

Sam schob ihre Hose hinunter und stand nur noch in ihrer Boxershorts und ihrem Hemd da. Gänsehaut überzog ihren Körper, als sie ein kalter Windstoß traf.

Sie bereitete sich mental auf das eisige Wasser vor und begann dann, ihr Hemd aufzuknöpfen.

»Du bist verrückt«, murmelte Alex und zog ihr Handy aus der Tasche. »Alice? Ich brauche dich am Damm. Bring bitte ein dickes Handtuch und einen knöchellangen Mantel mit. Den mit dem extra Innenfutter.«

»Danke.« Sam zog ihr Hemd aus.

»Solange du bei uns am Set bist, bin ich für dich mitverantwortlich.«

Joe schaute mit distanziertem Blick in die Ferne, als Sam sich aufrichtete, jetzt nur noch in Unterwäsche. *Wahrscheinlich denkt er an seine Schafe.*

Alex starrte Sam an, als hätte sie sie noch nie zuvor gesehen.

»Was?«, fragte Sam schroff, nicht ganz sicher, was sie von diesem prüfenden Blick zu halten hatte. Ihr war eiskalt, sie war wie ein Lammkotelett im Schaufenster ausgestellt und im Begriff, in ein schlammiges Gewässer zu waten, um eine Leiche ans Ufer zu ziehen.

»Nichts. Nur …« Alex' Hand legte sich auf Sams Arm und drückte ihn. »Du bist so mutig.« Sie sah Sam eindringlich an, bevor sie abrupt wegschaute.

Mutig? »Ich tue nur das, wofür ich das große Geld bekomme.« Aber das Kompliment erwärmte ihr Innerstes weit mehr als die schwachen Sonnenstrahlen, die durch die Bäume spähten.

Sam watete langsam ins Wasser, bis sie keinen Boden mehr unter den Füßen hatte. Im Bruststil schwamm sie weiter zur Mitte, wobei sie darauf achtete, dass kein Wasser in ihren Mund oder ihre Ohren drang. Sie zitterte und ihre Zähne klapperten, aber sie schwamm weiter. Als sie sich dem Körper näherte, verlangsamte sie das Tempo.

Einen Moment mal. Irgendwas stimmte nicht mit der »Leiche«. Sie schwamm zu weit oben auf der Wasseroberfläche und …

Als Sam klar wurde, was sie vor sich hatte, verfinsterte sich ihr Gemüt weiter. Wut durchfuhr sie, gefolgt von Erleichterung. Sie packte den Körper an seinem starren Arm und zog ihn ans Ufer. Ihre Verärgerung verlieh ihren gelähmten Gliedern einen neuen Energieschub.

»Wer ist es?«, fragte Alex, ohne die »Leiche« direkt anzuschauen.

»Vielleicht sollten wir lieber fragen, ›was‹ es ist.« Sam drehte ihren Fund auf den Rücken. Das Wasser hatte die Kleidung durchtränkt und das Gewicht der Figur erhöht, sodass beim Aufprall eiskalter Schlamm über Sam und zu Alex hinauf spritzte.

»Scheiße«, murmelte Alex und starrte auf ihre beschmutzte Kleidung. Ihr Gesichtsausdruck verfinsterte sich, als sie registrierte, was Sam ihnen da vor die Füße geworfen hatte.

»Das gibt's doch nicht, ey!«, brummte Sid. »Es ist nur eine Schaufensterpuppe!«

Die »Leiche« trug einen Anzug. Ihr Gummigesicht war überraschend realistisch modelliert. So etwas hatte Sam noch nie gesehen, nicht einmal in Aucklands schicksten, erstklassigen Bekleidungsgeschäften.

Alex starrte sie an. »Was macht dieses Ding im Damm?«

Joes Schultern entspannten sich und er grinste zahnlos. »Wen kümmert das? Ich brauche mir um meine Schafe keine Sorgen mehr machen.« Er stand auf und klopfte Schmutz von seinen zerschlissenen Jeans. »Den Rest überlasse ich euch. Ich muss zu meinen Tieren.« Er stapfte zurück zu seinem Bauernhaus.

Sam wandte sich an Sid und Alex. »Sieht aus, als wäre ich grundlos aus dem Bett geklingelt worden.«

Alex runzelte die Stirn. »Ja. Aber meine Leute waren das nicht.«

»Bist du sicher?« Sam berührte den schicken Stoff des Anzugs. »Kannst du deine Kostümfrau bitten, hierher zu kommen?« Sie zitterte und rieb sich über die nackten Arme. »Skye, nicht wahr?«

Die Assistentin – Alice – tauchte neben ihr auf und hielt ihr ein Handtuch und einen bauschigen Mantel hin, der größer war als sie selbst.

»Ach du meine Güte«, sagte sie, die Augen so weit aufgerissen wie Scheinwerfer. »Sie erfrieren ja gleich!«

Sam trocknete sich dankbar ab und gab das Handtuch zurück. Als sie sich ihre Hose wieder anzog, schaute Alice dezent weg. Alex war schon am Handy, um Skye zu bitten, zu ihnen zu kommen. Sam war nicht sicher, ob es Alex bewusst war, aber ihr Blick schweifte eindeutig anerkennend über Sams Körper.

Nachdem sie ihre Uniform wieder angezogen hatte, in der sie immer noch fror, zog Sam den dicken Mantel über, den man ihr gereicht hatte. Sie stampfte mit ihren bestiefelten Füßen auf den Boden, um sich wieder etwas aufzuwärmen, während sie auf Skye warteten.

Als sie ankam, warf Skye einen Blick auf die Puppe und sagte sofort: »Oh, na so was. Wie interessant. Wusstet ihr, dass man diese Schaufensterpuppen hier nicht einmal kaufen kann? Und den Anzug kenne ich irgendwoher.«

»Woher?«, fragten Sam und Alex gleichzeitig.

»Ach ja, jetzt fällt es mir ein. Es ist einer der frühen Entwürfe für den Wilderer. Nicht von mir. Ich habe beschlossen, in eine andere Richtung zu gehen. Diese Farben Rot und Schwarz sind ein wenig zu stark. Außerdem könnte er jetzt eh kein Rot mehr tragen, nachdem sein Zeltinneres mit Rottönen gestaltet ist.«

»Wo ist denn das Rot?«, fragte Sam verwirrt und schaute auf das dunkle, aufgeweichte Material.

Skye klappte die Jacke auf und zum Vorschein kam ein rotes Innenfutter. Sie betrachtete es genau. Für einen Moment runzelte sie die Stirn und es sah aus, als wollte sie etwas sagen.

Sam und Alex hielten erwartungsvoll den Atem an.

»*Definitiv* die richtige Entscheidung«, verkündete Skye schließlich. »Unser Wilderer braucht einen rustikalen und praktischen Stil, keinen maßgeschneiderten Anzug.«

Oh, um Himmels willen … »Können wir uns auf das Wesentliche konzentrieren?«, warf Sam ein. »Dieser Anzug wurde also von eurem Set gestohlen?«

»Ja, Liebes.« Skye nickte. »Nicht nur der Anzug. Auch die Schaufensterpuppe.«

»Warum?«, fragte Alex, ihr bestürzter Blick blieb auf die Puppe gerichtet. »Was sollte so eine Aktion bringen?«

»Das ist die richtige Frage.« Skye klang beinahe philosophisch. »Alles eine Frage des Motivs. Egal, ob es um Wilderer oder Saboteure geht.« Sie warf einen Blick auf Sam. »Was denkst du?«

»Ich glaube, ich bin zu erfroren, um hier draußen darüber zu philosophieren.« Sie rieb sich die Arme. »Sid, könntest du das Ding zurück ans Set bringen? Ich rufe mal beim Gerichtsmediziner an und gebe Entwarnung.«

Sid hob die mit Wasser gefüllte Puppe an und ein ächzte leise. »Mist. Das Wasser macht das Ding wirklich schwer.«

Skye schnappte sich die Füße des Mannequins, um Sid zu helfen.

»Danke.« Er grinste. »Komischer Start in den Tag, was? Wie geht es dir überhaupt?«

Sam schüttelte den Kopf. An manchen Tagen war ihr Bruder bereits vor dem Frühstück einfach viel zu fröhlich.

Die beiden trugen die Puppe unbeholfen zurück zum Set und plauderten dabei lebhaft miteinander. Sam hörte noch, wie Skye im Weggehen begann, von Chloe Martin zu sprechen. »Meine Güte, dieses Mädchen! Als ich sie das erste Mal gesehen habe, wusste ich gleich, dass ich sie unter meine Fittiche nehmen würde. Sie war so süß und so weit weg von zu Hause! Oh, es ist wirklich eine wahre Freude, sie um sich zu haben. Sie ist auch so witzig. Es ist mir ein völliges Rätsel, warum sie Single ist.«

Sehr subtil.

Sid nickte und stimmte zu, dass es in der Tat ein Rätsel sei.

Sein Ernst? Sie wollte ihn ohrfeigen. *Mein ahnungsloser Bruder.*

Ein Kälteschauer durchfuhr sie.

»Du brauchst eine heiße Dusche«, merkte Alex an. »Du kannst bei mir im Wohnwagen duschen.«

»Danke. Das hört sich gut an.«

»Und dann ist es wohl an der Zeit, dass wir darüber reden, was hier wirklich vor sich geht.« Alex atmete tief durch. »Ist dir schon mal der Gedanke gekommen, dass *Shezan* gar nicht das Ziel ist?«

»Was?« Sam blieb stehen. »Was denn dann?«

»Du.«

~ ~ ~

»Noch drei«, sagte Alex in den Telefonhörer, während sie in ihrem Wohnwagen auf und ab ging. Vor ein paar Minuten hatte sie einen dringenden Geschäftsanruf aus L.A. entgegengenommen. »Und nicht ein Einziger mehr.« Sie warf Sam ein flauschiges Handtuch zu und deutete auf eine Tür am Ende des Wohnwagens. Ihre Stimme wurde schärfer, als sie sagte: »Dabei bleibe ich.«

Sam konnte Alex' Stimme nur noch als dumpfes Murmeln hören, als sie unter die Dusche stieg. Während das heiße Wasser über ihren Körper lief, dachte sie über Alex' Theorie nach. Konnte *sie selbst* das Ziel sein? Alle Sabotageaktionen hatten an *Alex'* Set stattgefunden. Und ... okay, sicher, sie hatten Sam auch Unannehmlichkeiten bereitet. Aber *Shezan* war eindeutig der Leidträger. Wenn die Leute unzufrieden mit ihrer örtlichen Polizistin waren, hinterließen sie ihre Beschwerden gewöhnlich auf Sams Fußmatte, in ihrem Briefkasten oder als Graffiti an ihrer Hauswand.

Allerdings hatte der heutige Fehlalarm scheinbar tatsächlich überhaupt nichts mit dem Set zu tun. Es konnte also durchaus eine Nachricht an Sam sein. Hatte jemand seinen Spaß daran, sie alle fünf Minuten zum *Shezan*-

Set am Stadtrand zu jagen? Das warf die offensichtliche Frage auf, wem daran gelegen wäre, die Polizei loszuwerden oder zu bestrafen?

Die meisten ihrer Feinde waren zu faul, um sich überhaupt die Mühe zu machen, vor dem Morgengrauen aufzustehen. Und das schloss ihren Chef mit ein. Obwohl Sam daran zweifelte, dass Sergeant Peterson so niederträchtig sein konnte. Außerdem war er diese Woche auf einer Konferenz in Tauranga zur Organisation von Kriminalitätsbekämpfung und Justiz. Das schloss ihn also als Täter aus.

Was sie zu dem offensichtlichsten Verdächtigen führte. Wer würde eine Schaufensterpuppe ausgerechnet in einen rot-schwarzen Anzug stecken, wo rot und schwarz zufällig auch die Farben der Wild Boars waren? Je mehr sie darüber nachdachte, desto mehr passte es zu dem unausstehlichen Arschloch von Gang-Anführer Dino und dessen schrägen Sinn für Humor.

Sam drehte das Wasser in der Dusche ab. Durch die Tür konnte sie Alex hören, die immer noch dabei war, über ihr Handy Befehle zu erteilen. Sie trocknete sich ab und beugte sich ein wenig vor, um Alex in diesem vollen Boss-Modus besser hören zu können. Die Schritte hinter der Tür ließen vermuten, dass Alex im Wohnwagen auf und ab ging.

Zeig ihnen, wer das Sagen hat!

Sie steckte ihr Hemd in die Hose, kämmte sich provisorisch mit den Fingern die Haare und schaute in den kleinen Spiegel über dem Waschbecken. Das musste reichen. Das Gespräch vor der Tür war verstummt. Sam öffnete die Tür und erstarrte.

Alex' nackter, blasser Rücken war Sam zugewandt. Sie beugte sich gerade vor und zog eine enge Jeans über einen blauen Slip. Für einen Augenblick konnte Sam die Seitenansicht einer perfekten Brust genießen.

Gott, war Alex schön. So zart, schlank, wunderschön. Sams gesamtes Gesicht fühlte sich heiß an. Sie trat einen Schritt zurück ins Badezimmer und schloss die Tür so leise, wie sie konnte.

Eine Minute später ertönte ein Klopfen. »Es ist jetzt sicher. Du kannst herauskommen.« Alex' Tonfall klang amüsiert.

Sam öffnete zögerlich die Tür und trat aus dem Bad. Sie betete, dass ihre Schamesröte nicht mehr offensichtlich war. »Danke für die Dusche.« Sie schob sich an Alex vorbei, zur Tür des Wohnwagens.

»Wo willst du hin?«, fragte Alex. »Wir haben noch nicht darüber gesprochen.«

»Worüber?« Sams Magen kribbelte unangenehm.

»Die Täter. Die Motive. Warum, was dachtest du, was ich meine?« Alex zog eine Augenbraue nach oben.

»Das. Ja.« Sam drehte sich um, um sich zu setzen, gerade als Alex einen Schritt nach vorn machte.

Plötzlich waren sie im Durchgang zwischen Küche und Sitzgelegenheiten Brust an Brust eng aneinandergepresst. Sie schossen auseinander wie gleichgepolte Magnete.

»Das war nicht im Geringsten unangenehm«, murmelte Alex und ließ sich auf die nächstgelegene Sitzbank fallen. Ihre Wangen sahen definitiv rosiger aus als noch eine Minute zuvor.

»Nein.« Sam seufzte. Sie setzte sich auf die gegenüberliegende Bank und wünschte sich, sie könnte die Erinnerung an Alex' weichen, warmen Körper aus ihrem Gedächtnis löschen. »Also, ich glaube, du könntest mit dem Motiv recht haben.«

»Ach ja?« Alex war sofort wieder aufmerksam und ernst.

»Ja. Es ist mit ziemlicher Sicherheit Dino Taumata. Er versucht ständig, mich zu provozieren. Ich würde es ihm zutrauen, jemanden am Set zu bestechen, um mich mit der Sabotage abzulenken, zu verarschen, oder beides. Die Puppe trug rot-schwarze Kleidung. Das sind die Farben seiner Motorradgang. Er hätte genauso gut ein Schild mit seinem Namen drauftackern können.

»Ich verstehe.« Alex nickte langsam. »Wie kann ich helfen?«

»Das kannst du nicht. Ich denke, ein persönliches Gespräch mit Dino zu führen ist der schnellste Weg, die Sache zu klären.«

»Ist das sicher?« Alex legte eine Hand auf Sams Arm, als ob diese jede Sekunde davonlaufen könnte. »Solltest du das wirklich allein machen?«

»Sicher. Es ist nur ein Gespräch. Und ich kenne diesen Typen schon mein ganzes Leben lang. Ich komme schon klar.«

Sam war mit Dino zur Schule gegangen, wo er sich dadurch hervorgetan hatte, ein Tyrann zu sein. Jeder, der ihn schief ansah, bekam seinen Zorn zu spüren. Aber sie kannte ihn. Er war harmlos, wenn man sich ihm auf die richtige Art und Weise näherte. Also würde sie nur mit ihm plaudern. Vielleicht würde er sie aus seinem Lager vertreiben; vielleicht würde er sie auch hereinbitten und mit seinen Taten prahlen. So oder so, es konnte nicht schaden, ihm direkt zu begegnen.

»Sam?« Alex' Hand drückte Sams Arm. Die Berührung war selbst durch Sams Uniform warm. »Bitte sei vorsichtig, okay?« Sie beugte sich vor, um ihre Wange zu küssen, gerade als Sam sich leicht abwandte.

Statt ihrer Wange traf Alex Sams Ohr, was sich noch viel intimer anfühlte.

Erregung flackerte in Sam auf, scharf und stark, und beides überraschte sie. *Was zum Henker?* »Ich sollte gehen.« Sams Blick fiel auf die Tür und sie stand auf.

»Sam? Vergisst du nicht etwas?«

»Hm?« Sam schaute zu ihr zurück.

Alex zeigte auf ihren Koppel, der immer noch über der Stuhllehne hing, über die Sam ihn beim Reingehen gehängt hatte. Ein essenzieller Teil ihrer Ausrüstung. *O Mann, wo bin ich nur mit meinen Gedanken?*

»Ach ja, richtig.« Sam schnallte sich routiniert den Dienstkoppel um. Was beeindruckend war, wenn man all die Taschen und Fächer und Schnallen bedachte. »Danke.«

»Nichts zu danken.« Alex stand auf und beugte sich zu Sam.

Sam glaubte, dabei einen besonderen Glanz in Alex' Augen zu sehen. Dieses Mal landete der Abschiedskuss wie geplant auf Sams Wange.

Alex' Lippen waren so zart wie der Rest von ihr.

Kapitel 13

Der Junge, den ich kannte

Sam parkte ihren Streifenwagen vor dem Klubgelände der Wild Boars. Dieses Mal war ihr »Besuch« offiziell. Damit es dabei auch keine Missverständnisse gab, trug sie Uniform, Polizeimarke und Mütze. Ihre Hand griff an ihren Koppel und berührte nacheinander den Taser, den Schlagstock und das Tränengas. Sie war auf alles vorbereitet. Es gab keinen Grund, ihre Dienstwaffe, eine Glock 17, oder das Bushmaster XM15 Patrolman-Gewehr aus der verschlossenen Kiste im Kofferraum ihres Autos zu nehmen. Das würde nur eine falsche Botschaft senden. Sam war ausschließlich zum Reden gekommen.

Sie hatte Sergeant Peterson eine Nachricht hinterlassen, dass sie den Wild Boars Chef »nur mal schnell« befragen wollte. Natürlich hätte Peterson eigentlich als Unterstützung mit ihr hier sein sollen, aber er war immer noch auf seiner Konferenz, es hatte also nicht einmal Sinn, danach zu fragen. Er konnte ihr später die Leviten lesen, wenn sie sowieso genügend Beweise in der Hand hatte, dass der Besuch nötig gewesen war.

Sam betätigte die Klingel an der Metallschiebetür, die den Eingang zu dem Gelände darstellte, und wartete.

»Was?«, drang es aus der Sprechanlage.

»Senior Constable Keegan. Ich möchte kurz mit Dino sprechen. Es geht um etwas Geschäftliches.«

»Verpiss dich. Er ist beschäftigt.«

»Das kann Dino mir auch selbst sagen.« Sam fragte sich, ob Dino eine Ahnung hatte, wie viel die Filmlampe, die er gestohlen hatte, wert war. Er könnte dafür bis zu sieben Jahre bekommen. Das fände sie fantastisch. »Ich glaube, ihn wird interessieren, was ich zu sagen habe. Es ist nur in seinem Sinne. Das kannst du mir ruhig glauben.«

Sam hörte ein Fluchen, kurz bevor das metallene Kratzen des Tors ertönte und es sich öffnete. »Komm rein, rede schnell und dann verpiss dich«, sagte die Stimme durch die Anlage. Dann folgte über Lautsprecher ein Warnruf an die Gangmitglieder: »Schwein an Deck!«

Sam betrat das Gelände und sah die mittlerweile vertrauten Schrottautos und Metallreste. Sie musterte den Mann, der ihr das Tor geöffnet hatte. *Fleabite*. Eigentlich hieß er Aaron Wells, zweiundzwanzig Jahre alt. Seine Eltern verdienten ihren Lebensunterhalt in Matamata mit Reparaturschwindeln an Häusern.

Sie hörte Schritte und sah, wie andere Bandenmitglieder den Hof betraten. Die Wild Boars traten trotz ihres Namens nicht »wild« und unbeherrscht auf, wie es einige Schlägertypen tun würden. Nein, sie brauchten gewöhnlich eine gewisse Zeit, ihre großen Ärsche in Bewegung zu setzen. Und ihre schweren, abgewetzten Motorradstiefel schleiften immer träge über den Boden, damit ihr Gegenüber ausreichend Zeit hatte, von ihren grimmigen, tätowierten Gesichtern und massigen Körpern eingeschüchtert zu sein.

Sam und Fleabite gingen auf das Klubhausgebäude zu, wobei Sams Blick an dem ihr wohlbekannten Schild über der Tür hängen blieb: *Eindringlinge werden erschossen. Überlebende werden noch mal erschossen.*

Sie zählte die Männer im Vorbeigehen schnell. Es waren mehr als die zehn, die sie heute hier erwartet hatte.

Hat Dino neue Mitglieder rekrutiert?

Ein Funken Zweifel keimte in ihr auf. Sie sollte die Anzahl der Mitglieder kennen, verdammt. Unsicherheit machte sich in ihr breit. Seit wann plante sie nicht alles sorgfältig vorher? Sie versuchte, ruhig zu bleiben. Es ging hier um *Dino*, um Himmels Willen. Und der war keine Leuchte.

Sie kamen zwischen den Autowracks zum Stehen und innerhalb von wenigen Augenblicken war Sam von Dinos schwarz-rot gekleideter Armee umzingelt.

Sam richtete sich zu ihrer vollen Größe auf und schaute Dinos Stellvertreter *Dogsbreath* mit festem Blick in die Augen. »Ist dein Boss jetzt da, oder nicht?«, fragte sie. »Ich muss ihn sprechen.«

Dogsbreath verschwand mit einem Grunzen.

Während sie auf Dino wartete, ging Sam ihre Fluchtmöglichkeiten durch. Es sah schlecht aus. Mindestens zwei Männer standen als riesige menschliche Säulen hinter ihr. Wenn es hart auf hart käme, hätte sie nur die Möglichkeit, auf eines der rostigen Autos zu springen. Hochklettern, über die Mauer und raus. Wenigstens hatte sie diese Option noch. Es könnte klappen. Ihr Fitnesslevel war definitiv höher als das der Männer um sie herum, die so aussahen, als würden sich ihre körperlichen Aktivitäten vor allem auf das Anheben von Bierdosen beschränken.

Dino stolzierte wie ein dicker Pfau aus dem Klubhaus. Er trug ein schwarzes T-Shirt mit dem roten Logo der Wild Boars, schwarze Jeans und einen schweren, mit Nieten besetzten Gürtel. Seine fettigen, kinnlangen Haare hingen an seinem Gesicht hinab und verdeckten teilweise die hässliche Narbe, die eine seiner Augenbrauen durchzog. Dinos Bierbauch hing etwas über dem Gürtel und wurde von spindeldürren Beinen getragen. Es grenzte an ein Wunder, dass er überhaupt aufrecht gehen konnte.

Er baute sich vor Sam auf und rieb sich provokativ über seinen Dreitagebart. »Das hier ist Hausfriedensbruch. Es sei denn, du hast einen Durchsuchungsbeschluss dabei, *Hukapapa.*«

»Um genau zu sein, hat Fleabite mich reingelassen, als ich am Tor geklingelt habe.«

Dino warf Fleabite einen verärgerten Blick zu, wandte sich dann aber gleich wieder Sam zu. »Dann kennst du ja den Weg und kannst gleich wieder verschwinden.«

»Nein, Dino, wir müssen reden …«

»Nein?« Seine Augen verengten sich zu Schlitzen. Er nickte jemandem hinter ihr zu.

Sams Beine wurden weggetreten und sie landete hart mit den Knien auf dem Schotterboden. Sie spürte einen Fußtritt in ihrer Nierengegend und schon rissen ein paar Hände das Tränengas und den Taser von ihrem Koppel ab. Sams Blick fiel auf einen Stiefel, der mit besorgniserregender Geschwindigkeit näherkam – und schon explodierte Schmerz in ihrem Schädel.

Dino stellte sich über sie. »Du hältst dich wohl für verdammt clever, hier reinzustürmen und meine Aufmerksamkeit zu verlangen, als hättest du ein verdammtes Recht darauf.«

»Um Himmels willen, Dino, ich wollte nur reden. Aber okay.« Sie sah ihn grimmig an. »Ich habe versucht, das hier auf die nette Art zu tun. Ich lasse die Verstärkung das gesamte Gelände auseinandernehmen, wenn du mich nicht *sofort* aufstehen lässt!«

Dinos Gesichtsausdruck wurde hart. Er griff nach Sams Weste und zog sie mit einem Ruck auf die Füße. Dann drehte er sie um und hielt sie von hinten fest. Nach einem Nicken von Dino riss Dogsbreath Sams Weste auf und fing an, ihre Taschen zu durchsuchen. Als er ihr das Hemd aus der Hose zog, protestierte Sam.

»Was soll das?!«, zischte sie. Angst stieg in ihr auf. »Lass deine verdammten Finger von mir.«

Sam fühlte, wie Dogsbreaths Hände ihren Bauch und unteren Rücken abtasteten. »Kein Draht. Nicht einmal ein Handy«, sagte er zu seinem Boss.

»Ich dachte, wir hätten einen Deal«, sagte Dino zu Sam, als ob gerade nichts passiert wäre. Er drehte sie wieder um und riss sie an ihrer Weste näher an sich heran. »Klar, in der Stadt können wir uns gegenseitig auf den Sack gehen, aber du hältst dich von meinem Gebiet fern. Dein kleiner Besuch verstößt gegen unsere Regeln.«

»Welcher Deal?«

»Wir haben uns schon *verstanden.* Nennst du mich einen Lügner? Vor all meinen Jungs? Willst du draufgehen?«

Das war nicht der Dino, den sie kannte. Andererseits hatte sie normalerweise nicht vor »seinen Jungs« mit ihm zu tun. Das war heute eindeutig ihr Fehler gewesen. *Ist es zu spät, abzuhauen?* Die Muskeln in ihren Beinen zuckten, bereit zum Kampf oder zur Flucht, aber zuerst musste sie ihrer Ausbildung folgen. *Erster Schritt: Deeskalation.* »Ich würde dich nie einen Lügner nennen, Dino. Aber ich glaube, es gab da ein Missverständnis.«

»Ich könnte dir alles antun«, murmelte Dino und sah sie aus blutunterlaufenen Augen wütend an. »Alles.«

Sams Angst wuchs. »Ich bin *Polizistin*«, erinnerte Sam ihn. Sie hielt seinem starren Blick stand. »Mein Chef weiß, wo ich bin. Wenn mir *irgendetwas* passiert, bist du erledigt. Ihr alle seid erledigt.« Ihr Blick richtete sich auf die schadenfrohen Männer um sie herum.

»Dein ... *Chef.* Du bist echt ein Witzbold!« Er ließ ihre Weste mit einer dramatischen Geste los und grinste. »Ich habe gehört, er ist jetzt gerade auf einer Konferenz, richtig? In Tauranga?«

Woher zur Hölle weiß er das?

»Hey, Axel?«, rief Dino. »Wie viel schuldet Peterson noch mal dieser kleinen Organisation, die dein Schwager betreibt?«

»Zwölf Riesen.«

»Dogsbreath? Wie viel schuldet er unserem Klub?«

»Neunzehn Riesen.«

Dino pfiff übertrieben theatralisch durch die Zähne. »Weißt du, dein Boss hat ein klitzekleines Glücksspielproblem. Ist sehr bekannt bei einigen privaten Klubs der Waikato-Region, einschließlich unserem. Dort ist er gerade und versucht, seinen jämmerlichen Arsch durch Wetten zu retten. Er hat sich für sein Hobby überall Geld geliehen. Jedes Mal, wenn du einen meiner Kuriere einkassierst, rufe ich einfach deinen Chef an, damit er sie wieder gehen lässt. Er gibt nicht einmal mehr Widerworte.«

»Das glaube ich dir nicht.« Außer, dass es leider klang, als könnte es die Wahrheit sein. Die Unstimmigkeiten, die sie in der letzten Zeit beobachtet hatte, kamen ihr in den Sinn. In ihr wuchsen Zweifel. Nichts passte so ganz zusammen. Sergeant Petersons »Spezial«-Fälle führten nie zu Verurteilungen. Sie würde allerdings nichts davon beweisen können. All seine Erklärungen waren immer vage genug gewesen, ihn nicht festnageln zu können.

»Du weißt, dass es wahr ist. Er würde einer Razzia auf meinem Gelände niemals zustimmen, also bist du am Arsch.«

Dann würde sie eben zur nächsthöheren Behörde gehen.

»Außerdem hast du keine Grundlage für eine Razzia. Du hast nichts gegen mich in der Hand. Und selbst wenn du etwas hättest, würde Peterson alles verschwinden lassen. Was soll ich also jetzt mit der nervigsten Polizistin der Welt anstellen?« Dino tippte Sam auf die Nasenspitze.

»Mach das noch mal und ich beiße dir den Finger ab.«

»Hm. Ich könnte dich laufen lassen.« Er lächelte. »Für einen Preis.«

»Ich bin nicht bestechlich.«

»Nein, du Idiot. Du bezahlst uns. Ich will eine offizielle Entschuldigung an mich und die Jungs für dein unbefugtes Betreten. Nur zu unserem Vergnügen natürlich. Außerdem ein kleines Geständnis, dass du Bestechungsgelder angenommen hast. Vor laufender Kamera. Eine kleine Absicherung für uns, wenn du so willst.«

»Nein. Ich bin nicht bestechlich.«

»Nein? Du tauchst hier auf und behandelst mich vor meinen Männern respektlos. Wenn du diesen Deal nicht annimmst, werden die Jungs Rache nehmen wollen. Dir ein bisschen in den Arsch treten.«

Bei diesen Affen, die Dino unterstanden, würde es auf keinen Fall bei ein paar Arschtritten bleiben, wenn sie erst mal Blut geleckt hatten. Die ganze Sache war verrückt, sogar für ihn. Illegale Glücksspiele, Drogenhandel, sogar einen Polizisten zu erpressen … das war eine Sache. So ernst das alles auch sein mochte, es war nichts im Vergleich dazu, einen Polizisten ins Koma oder ins Grab zu prügeln. Das würde die Art von Aufmerksamkeit erregen, von der Sam dachte, dass selbst er klug genug sei, sie zu vermeiden.

»Dino, du musst das nicht tun. Du hast deinen Standpunkt klar gemacht. Solche Dinge geraten schnell außer Kontrolle. Wenn du das hier durchziehst, werden du und deine Jungs hinter Gitter kommen. Die Bullen werden euch nicht mehr in Ruhe lassen. Tu das nicht. Du bist kein hirnloser Krimineller und du bist ganz sicher kein Mörder.«

Dino griff wieder nach Sams Weste. »Du hast schon immer so getan, als würdest du mich kennen. Du kennst mich absolut nicht.«

~ ~ ~

Alex ging die Stufen ihres Wohnwagens hinab und ihre Gedanken schweiften zurück zu Sam. Sie hoffte, dass sie wirklich wusste, was sie da tat. Einen offensichtlich aggressiven Mann allein zu konfrontieren, klang eigentlich sehr nach Wahnsinn. Aber vielleicht war das auch der ganz normale Alltag einer Kleinstadtpolizistin. Sam war der Profi hier. Und vermutlich kannte sie die Einheimischen gut genug, um zu wissen, wie weit sie gehen konnte. Und der Typ war irgendein alter Bekannter, also …

Ich hätte sie küssen sollen, als ich die Gelegenheit dazu hatte.

Im Wohnwagen der Produktion holte Alex ihre neu eingegangenen Nachrichten und Briefe ab und besprach mit ihrer Regieassistentin kurz den aktualisierten Zeitplan.

»Gut«, sagte sie, erfreut über Leslies Arbeit. »Sieht aus, als hätten wir endlich wieder einen funktionierenden Zeitplan.«

Leslie nickte. »Das haben wir Alice zu verdanken. Ohne eine funktionierende M90er-Lampe wären wir geliefert gewesen. Hier draußen wird es viel zu früh dunkel.«

»Ich weiß. Dann werde ich mal mit dem Requisiteur sprechen. Ich schwöre, jedes Mal, wenn ich mich umdrehe, steckt er ein Dutzend extra Farne ins Amazonenquartier. Wenn es so weitergeht, verlieren wir die Statisten bald im Gebüsch. Und könntest du, wenn ich weg bin, mit Max K.

über Szene zweiunddreißig sprechen? Die ist immer noch nicht richtig. Du weißt, was ich meine.«

»Sicher.« Leslie nickte. »Wir sehen uns später.«

Alex ging in Richtung des Wilderer-Drehorts und versuchte, nach diesem chaotischen Start in den Tag, ihre Nerven zu beruhigen. Die »Leiche«, die keine war. Und Sams wunderbarer Körper in sehr wenig Kleidung. All diese herrlichen Muskeln. Gott, sie war auch nur ein Mensch. Dann Sams rote Wangen, als sie sie beim Umziehen überrascht hatte. Das Knistern zwischen ihnen danach. Es war so verlockend gewesen, sie einfach ...

Ich hätte sie auf jeden Fall küssen sollen.

Als Alex sich dem Zelt des Wilderers näherte, fand sie dort Chloe in ein Gespräch mit ihrem Stunt-Double vertieft.

»Er ist süß. *Wirklich*«, sagte sie gerade. »Aber alles, alles worüber Sid redet, ist seine Schwester.«

Anscheinend versuchte Chloe immer noch, Sid für sich zu gewinnen. Der Mann war völlig ahnungslos. Er hatte nicht einmal etwas von Chloes Interesse an ihm bemerkt, als sie ihm in der Kneipe ein signiertes Rugby-Shirt der All Blacks gegeben und gesagt hat: »Hey, Sid, ich habe das gesehen und dachte, es könnte dir gefallen.« Er trug es voller Stolz bei jeder Gelegenheit und erzählte jedem, wie cool die *Shezan*-Leute seien, doch er blieb komplett ahnungslos.

»Das ist seltsam. Warum ist Sid so auf Sam fixiert?«, fragte Kiri.

»Er macht sich Sorgen, dass sie von dem Gedanken besessen ist, irgendeinen Biker-Boss zu stürzen. Aber während er über ihre Besessenheit von diesem Dino redet, merkt er gar nicht, dass er wiederum davon besessen ist, sich um sie zu sorgen. Er sieht nicht, was direkt vor seinen Augen vor sich geht.«

Alex fühlte sich, als würde ihr das Blut in den Adern gefrieren. »Dino ist der *Chef* einer Biker-Gang?«

Chloe fuhr herum. »Alex? Was ist los?«

»Erzähl mir alles, was du über diesen Dino weißt«, verlangte Alex.

»Ich weiß nur das, was mir Sid erzählt hat«, sagte Chloe und runzelte die Stirn. »Dass er ein Tyrann und ein gemeiner Bastard ist, der den Meth-Handel in der Region betreibt. Warum?«

»Ist er ... gefährlich?« *Blöde Frage.*

»Alex?« Chloe runzelte die Stirn. »Geht es dir gut? Du bist so blass geworden.«

Angst durchflutete Alex' Körper. »Sam«, flüsterte Alex. »Sam ist zu Dino gefahren. Und zwar jetzt. Allein. Sie glaubt, er steckt hinter der Sabotage.«

Kiri keuchte. »Ach du Scheiße.« Sie zog eine Grimasse. »Mit Dino ist nicht zu spaßen. Er ist mir unheimlich.«

Alex kramte ihr Handy aus der Tasche und rief Sam an. Es klingelte und klingelte. Dann sprang die Mailbox an und Sams Stimme ertönte.

Sie haben das Polizeirevier Ika Whenu erreicht. Senior Constable Keegan ist derzeit leider nicht verfügbar, um Ihren Anruf entgegenzunehmen. Das nächstgelegene Revier ist Te Aroha mit der Nummer 884 8999. Wenn es sich um einen Notfall handelt, wählen Sie bitte den Notruf unter 111. Wenn die Angelegenheit etwas warten kann, können Sie nach dem Signalton eine Nachricht hinterlassen.

»Sie geht nicht ran.« Alex legte auf und trat unruhig von einem Fuß auf den anderen.

Chloe stand auf. »Sid. Er wird wissen, was zu tun ist. Ich hole ihn.« Und schon rannte sie los.

Alex rief die Nummer des Polizeireviers von Te Aroha an. Sie landete wieder auf einer Mailbox. Die Stimme eines Mannes ertönte.

Sie haben das Polizeirevier Te Aroha erreicht. Sergeant Peterson ist derzeit leider auf einer Konferenz und nicht verfügbar, um Ihren Anruf entgegenzunehmen. Das nächstgelegene Revier ist Ika Whenu mit der Nummer 884 –

»Scheiße! Sergeant Arschloch geht auch nicht dran.« Alex wartete verärgert die Voicemail-Nachricht ab, um eine Nachricht zu hinterlassen.

»Meinst du Sergeant Peterson?«, fragte Kiri. »Hätte auch nichts gebracht, wenn er da gewesen wäre. Der Mann ist nutzlos. Große Klappe und nichts dahinter.«

Alex biss sich frustriert auf die Lippe. »Wen sollen wir dann anrufen? Die Hauptverwaltung der Polizei?«

»Hat nicht viel Sinn. Die Polizisten aus den äußeren Bezirken würden zu lange brauchen, bevor sie hier ankommen.«

»Scheiße«, murmelte Alex. *Verdammt, Sam. Welchen Teil von »pass auf dich auf« hast du nicht verstanden?*

~ ~ ~

Blut tropfte aus Sams Nase. Ein weiterer Schlag kam wie aus dem Nichts. Ihr Kopf flog zur Seite. Sie wischte das Blut langsam mit einer Hand weg und versuchte, in der Dunkelheit einen Blick in Dinos Augen zu erhaschen. Er hatte sie für ein »privates Gespräch« in seinen Schuppen geschleppt, in dem sie das Meth-Labor vermutete, begleitet von den ekelerregenden Zurufen seiner Männer.

Mein Gott, wie konnte es so weit kommen? Sam schloss einen Moment lang die Augen und ein verschwommenes Gesicht erschien vor ihrem geistigen Auge. Süß. Nerd-Brille. Anziehendes Lächeln. *Oh. Richtig.* Sie war hierhergekommen, weil sie wollte, dass dieses Arschloch Alex in Ruhe ließ. Das wurde ihr jetzt bewusst. Sie wollte, dass Alex eine Chance auf Erfolg mit diesem Film hatte. Wollte, dass sie sich sicher fühlte.

Wollte *sie.*

Und genau diese Situation, in die sie hier geraten war, war der Grund, wieso man bei der Polizeiarbeit seine Gefühle außen vorlassen sollte. Fehler konnten schnell dazu führen, dass man seinen Kopf verlor. Sam seufzte.

Hatte Dino vor, sie zu töten? Hier? Wie konnte sie sich so in einer Person täuschen?

Dino schaltete das Licht an.

Sam blinzelte und versuchte, ihre Augen an die neuen Lichtverhältnisse zu gewöhnen.

Moment mal. Wo war das Meth-Labor? Wo waren die Drogen? Der staubige Raum war nichts weiter als eine schäbige Männerhöhle. Alles war voll mit leeren Bierflaschen und Postern von halb nackten Frauen. Sie musterte die zerrissenen Sessel, die aussahen, als hätten sie einen Streit mit Killer und ihren Brüdern verloren. Dann den mit Vogelscheiße bedeckten Billardtisch und das gerahmte Poster einer roten Ducati 1299 Superleggera. In der Ecke stand ein Zehn-Kilo-Sack … Sie blinzelte und sah genauer hin … *Backpulver? Bitte was?*

Plötzlich tauchte Dinos Gesicht neben ihrem auf. »Du dummes, verdammtes Miststück!«, knurrte er und funkelte sie wütend an. »Verdammt noch mal! Fick dich!« Er schlug mit der Faust gegen die Schuppenwand. »Fuck, fuck, fuck!« Mit jedem Wort schlug er beide Hände gegen die Wand und blieb dann mit bebenden Schultern davor stehen. Der ganze Schuppen schien zu wackeln.

»Wo ist das Meth?«, fragte Sam und versuchte verzweifelt, ihn von dem, was da gerade in ihm vor ging, abzulenken.

»Du stehst davor!« Er warf ihr einen vernichtenden Blick zu. »Ich habe verdammt noch mal keins.«

»Wer's glaubt, wird selig. Ika Whenu wird damit überschwemmt.«

»Ich weiß. Aber es kommt nicht von uns.«

Sam starrte Dino an.

»Mein Gott! Mach deine verdammten Augen auf, Weib. Siehst du hier *irgendwelche* Drogen?«

»Hast du ... es drüben im Haus?« Das ergab alles keinen Sinn. Meth herzustellen war eine explosive Angelegenheit. Ganz zu schweigen von den giftigen Dämpfen, die dabei entstanden.

»Fick dich! Mein Cousin ist an diesem Zeug verreckt. Warum sollte ich damit dealen? Das wäre so, als würde ich auf sein Grab pissen.«

Sam blinzelte verblüfft. Sie erinnerte sich vage an einen Vorfall mit Dinos Cousin ein paar Jahre zuvor. »Aber ... deine Kuriere sind davon überzeugt, dass sie mit Meth dealen.« Sie hatte schließlich genug dieser Idioten verhört, um genau zu wissen, was es war, das sie nicht verraten sollten.

»Diese Schwachköpfe glauben einfach alles, was ich ihnen sage. Ich gebe ihnen Gras dafür, dass sie die Pakete austragen – unter der Bedingung, dass sie sie nicht öffnen dürfen. Aber wenn sie doch mal hineinschauen oder geschnappt werden würden ... Weißt du, was man in den Paketen finden würde? Backpulver. Weil sie glauben, sie tragen Meth umher, verhalten sie sich auch wie Gangster.« Er lachte. »Der beste Schauspieler ist der, der sein Spiel für die Wahrheit hält. Wenn sie die Pakete ausgeliefert haben, sammelt Dogsbreath sie wieder ein und das Spiel geht von vorn los.«

»Du willst mich verarschen.«

»Bist du dir da sicher?« Er deutete auf den Sack Backpulver in der Ecke. »Denkst du, ich backe Kuchen?«

Er hatte recht. »Warum die Scharade?«

»Es geht nur um Respekt. Ein paar Gangs haben versucht, uns zu verarschen. Wollten sich unser Gebiet unter den Nagel reißen und unsere Glücksspielbuden kontrollieren. Als sie gehört haben, dass wir jetzt in der großen Liga bei den Drogendealern mitspielen, haben sie uns plötzlich in Ruhe gelassen. Es war fast schon komisch.«

Das klang genau nach dem Dino, den sie aus der Schule kannte. Große Klappe, nichts dahinter.

»Und den Hornets ist es egal, dass du ihre Lorbeeren erntest?« Dass die Hornets die eigentlich schuldige Bande sein musste, war zwar geraten, aber immerhin fundiert geraten. Vor etwa zwei Monaten hatte sie auf Dinos Gelände ein Hornet-Motorrad parken sehen. Es gab überhaupt keinen Grund für Mitglieder einer rivalisierenden Bande aus Tauranga, sich irgendwo in der Nähe von Dinos Gelände aufzuhalten. Geschweige denn, dass ihm erlaubt werden würde, hier zu übernachten.

»Wir haben einen Deal gemacht«, erklärte Dino bereitwillig und bemerkte ihre kleine Falle scheinbar gar nicht. »Wir müssen nur die Polizei an bestimmten Nächten für sie beschäftigen, dann lassen sie uns in Ruhe.«

Moment, deshalb hatte sie jeden zweiten Dienstag so viel zu tun? »Diese Brandstiftungen? Das wart ihr?«

Er zuckte mit den Schultern. »Kein Kommentar. Aber ich habe gehört, dass du meilenweit vom Ort der Übergabe entfernt warst.«

Meilenweit entfernt. Wo auch immer die Übergabe stattfand, sie war wahrscheinlich in die entgegengesetzte Richtung geschickt worden. Sam zeichnete im Geiste eine Linie, die von den brennenden Autos in Ika Whenu wegführte. Da war nichts … außer …

»Der stillgelegte Rangierbahnhof«, murmelte sie. Der wäre auf jeden Fall in jeder Nacht verlassen.

Dinos Augen weiteten sich. »Woher zum Teufel weißt du das?«

»Ein guter Deal für die Hornets. Kein Risiko. Der Ort liegt in deinem Territorium, nicht in ihrem.«

»Als ob mich das einen Scheiß interessiert. Mit uns legt sich jetzt keiner mehr an. Ein Mann ist nur so gut wie sein Ruf. Du weißt, wo ich herkomme und wie mein Zuhause war. Gott, jeder in der Schule wusste es. Aus demselben Grund wusste ich ja auch alles über dein beschissenes Leben.«

Angst durchfuhr Sam. »Wage es ja nicht.« Ihr Gesichtsausdruck wurde finster. »Ich meine es ernst, Dino.«

»Oder was?«, fragte er spöttisch. »Hm, ja. Ich erinnere mich gut daran. Dein Vater haut ab. Deine Mutter dreht durch. Läuft nackt durch die Stadt und unterhält sich mit Leuten, die nicht da sind. Du hast sie jedes Mal gesucht und versucht, ihren verrückten Arsch nach Hause zu schleppen. Wie alt warst du? Elf?«

Neun. Und zehn. Und elf. Und fick dich, Dino, für die Erinnerung daran.

»Weißt du, woran ich mich am besten erinnere? Wie sehr du jeden gehasst hast, der dich so gesehen hat. Manchmal denke ich, dass du uns immer noch übel nimmst, dass wir wissen, wie du an deinem schwächsten Punkt aussiehst. Du tust so gottverdammt stark, aber wir haben dich alle hilflos und nutzlos erlebt.« Er seufzte. »Und so schräg es auch klingt, ich kann dich verstehen.« Er ging zum Billardtisch und schnappte sich einen Queue. Seine Knöchel wurden weiß, als er das Holz fest umgriff. »Mein alter Herr war ein verdammtes Tier. Hat mich immer mit so einem Ding hier verprügelt.«

Jeder in der Stadt wusste das. Dinos Vater hatte für seine Brutalität gegenüber den Menschen um ihn herum mehr Zeit im Gefängnis als draußen verbracht.

Dino tippte auf die Narbe über seinem Auge. »Jedes Mal, wenn ich mit einem blauen Fleck zur Schule kam, wussten alle, woher ich ihn hatte. Und ich *hasste* sie dafür. Irgendwann, als ich groß genug war, wartete ich, bis er schlief, und verprügelte ihn nach Strich und Faden. Mit einem von diesen.« Er klopfte mit dem Queue gegen die Tischkante. Ein hölzerner Ton drang durch die Stille.

Sein Lachen war freudlos. »Ich habe allen erzählt, es wäre ein fairer Kampf gewesen, aber das war gelogen. Danach hat er mich in Ruhe gelassen und ich habe meine eigene Familie gegründet. So muss man es machen.« Er warf Sam einen intensiven Blick zu. »So muss man es machen. Es bringt nichts, darauf zu warten, dass sich unsere beschissenen Eltern einen Dreck um uns scheren.«

Dino hatte noch nie so viel preisgegeben. »Warum erzählst du mir das alles?«

»Wem sollte ich das sonst erzählen? Dogsbreath?« Sein Gesichtsausdruck wirkte gequält. »Ich habe einen Ruf zu verlieren, nicht nur in der Stadt, sondern auch *hier*. Außerdem ist dein Arsch in ungefähr drei Minuten Geschichte. Ist ja nicht so, als könntest du es noch irgendwem verraten.« Seine Stimme brach und er drehte sich weg, damit Sam sein Gesicht nicht länger sehen konnte.

Sie sah es trotzdem. *Angst.*

Plötzlich verstand sie sein Verhalten. »Mein Gott, Dino … du willst das nicht wirklich tun, oder? Du hast nur Angst, dein Gesicht zu verlieren. Du versuchst, dir hier drin Mut zuzureden oder Zeit zu schinden.«

Dinos Zorn kehrte schlagartig zurück. »Verdammt, Sam! Warum musstest du mich auch provozieren? Ich habe dir einen Ausweg gelassen! Du hättest den verdammten Deal annehmen sollen!« Der Ausdruck in seinen Augen wirkte verzweifelt, selbst wenn seine Worte vor Wut bebten. Er sagte ihren Namen so, wie er es in der Schule getan hatte. Halb entnervt, halb spöttisch.

Das war der Junge, den sie kannte. An *diesen* Dino konnte sie sich erinnern. Vielleicht veränderten sich Menschen doch nicht grundlegend.

»Dino«, sagte sie leise, »du hast mir keinen Ausweg gelassen. Ich hatte keine Wahl. Wie du gesagt hast, man hat nur seinen Ruf.«

»Du hättest hier rauskommen können.«

»Um welchen Preis? Dass ich jeden Tag mit dem Wissen leben muss, dass du mich in der Hand hast?«

»Zwing mich nicht dazu«, flehte er sie an. »Nimm den verdammten Deal an.«

»Schlag mir einen besseren vor – besser für uns beide. Einen, der die Wild Boars nicht für Jahre hinter Gitter bringt.«

»Es gibt nur diesen einen. Meine Jungs würden nichts anderes akzeptieren.«

»Zwanzig gegen eine? Und einige von denen sind so groß, dass sie für zwei gelten. Was kann da schon schiefgehen? Du bist doch kein Mörder, Dino!«

»Nimm meinen Deal an und du musst nie herausfinden, ob du damit recht hast.«

»Ich lasse mich nicht erpressen und ich bin nicht käuflich, also, nein. Aber ich kenne dich. So schlimm dein alter Herr auch war und so sehr du die Schule tyrannisiert hast, ich habe dich nie jemanden verprügeln sehen.«

»Weil ich die anderen dazu gebracht habe, es für mich zu tun«, sagte er kalt.

»Trotzdem. *Du* hast es nicht getan.« Sam klammerte sich an diesen Strohhalm. Es war ein schwaches Argument und zu jeder anderen Zeit hätte sie sich darüber lustig gemacht. »So bist du nicht. *Du* tötest keine Menschen und du prügelst sie auch nicht ins Koma.«

Er warf den Billardqueue zurück auf den Tisch und drehte sich zu ihr um. »Zum letzten Mal: Du kennst mich nicht! Den Jungen, den du in der

Schule kanntest, gibt es nicht mehr. Ich war jemand anderes.« Er musterte sie für einen Moment. »Genauso wie du.«

Sie wich seinem Blick nicht aus und biss die Zähne zusammen.

»Damals hattest du noch Schneid«, sagte Dino. »Sieh dich jetzt an. Du bist nur noch zu hundert Prozent ein stinkender Bulle. Kein Leben. Nichts. *Hukapapa* passt zu dir, was? Nur Eis, kein Herz. Weißt du was? Als du nach der Schule abgehauen bist, dachte ich, *zum Teufel, gut für sie*. Jeder, der aus diesem Dreckloch rauskommt, hat es in meinen Augen weit gebracht.« Neid klang in seiner Stimme mit. Dann schüttelte er den Kopf. »Und dann kamst du zurückgekrochen. Erbärmlich.«

Die Erinnerung fühlte sich an wie ein Schlag. Sam warf ihm einen finsteren Blick zu.

»Ika Whenu ist so ein Dreckloch«, fuhr Dino fort. »Und überall erinnern sich die Menschen an einen. Wer du warst. All deine Geheimnisse. Und sie wissen, wie du aussiehst, wenn du am Boden liegst.«. Er atmete tief durch und sagte völlig ernst: »Was zum Teufel stimmt mit dir nicht Sam? Warum bist du zurückgekommen? Du hättest weit wegbleiben sollen. Wenn du das getan hättest …« Er drehte sich von ihr weg.

»Warum bist *du* dann nicht gegangen?«

»Ich habe jetzt Familie.« Dino deutete mit seinem Daumen über seine Schulter zur Tür. »Ich kann sie jetzt nicht mehr zurücklassen. Wir stärken uns gegenseitig den Rücken, loyal bis zum Ende.«

Und da war er: Dinos Beweggrund. Schwer und dunkel hing die unausgesprochene Wahrheit zwischen ihnen. Er würde sie und ihr Leben nie über seine *Familie* stellen. Es spielte keine Rolle, wie schlecht er sich dabei fühlte, es würde immer gleich enden.

»Du musst verstehen, dass ich hier keine Wahl habe«, sagte er mit Nachdruck. »Keine.«

Es blieb einen Moment still, dann sagte Sam: »Ich verstehe, dass du das glaubst.«

Er schaute zu Boden, die Hände zu Fäusten geballt. »Pass auf, ich pfeife meine Jungs zurück, wenn sie sich ein bisschen ausgetobt haben. Ich würde nicht zulassen, dass sie … dich einfach …« Sein Gesicht verzog sich zu einer unglücklichen Fratze.

Was für eine verzwickte Situation. Er wollte das wirklich nicht tun. Sam seufzte. Das war es also. Angst und Adrenalin stiegen in ihr auf. Sie versuchte, ruhig zu atmen und gedanklich ihre Flucht zu planen. Sie fragte sich, wie weit sie sprinten konnte, bevor sie eingeholt wurde. Jetzt hatte sie nichts mehr zu verlieren. »Da unsere Karten jetzt alle auf dem Tisch liegen, könntest du mir noch eine Sache verraten? Was hatte es mit diesem Filmset-Scheiß auf sich? Die Sabotage? Wen hast du dafür bezahlt?«

Dino schaute sie verständnislos an. »Wovon sprichst du? Ich würde mich dem Hollywood-Pack nicht mal nähern, wenn mein Leben davon abhängen würde.«

»Du steckst gar nicht dahinter?«

»Warum sollte ich mit diesem Mist meine Zeit verschwenden? Hört sich dieser Scheiß nach mir an?«

Jetzt, wo er das so sagte, tat es das wirklich nicht.

Er fuhr sich mit der Hand durchs Haar. »Wir sind schon seit fünf Minuten hier drin.« Dino sah aus, als sei ihm schlecht. »Ich kann das nicht länger hinauszögern.«

Sam richtete sich zu ihrer vollen Größe auf und starrte ihn kühl an. »Du wirst also ein Mädchen totprügeln lassen, mit dem du zur Schule gegangen bist? Das wird dich für immer verfolgen. Das wirst du nie wieder los.«

»Denkst du, ich weiß das nicht?« Er knurrte beinahe. »Aber du kennst die Antwort. Ich habe keine andere Wahl.«

»Dann bist du schwach und lässt dir von anderen vorschreiben, wer du bist, auch wenn du genau weißt, dass es falsch ist.«

Er funkelte sie wütend an. »Willst du ein blaues Auge, passend zu deiner Tracht Prügel?«

»Gut. Bringen wir es einfach hinter uns.« Sam wandte sich zur Tür. »Ich habe es satt, mich mit einem Feigling zu befassen.«

Dino sah aus, als wäre er kurz davor, sie zu schlagen. Mental bereitete sie sich darauf vor.

Stattdessen fluchte er. »Verdammte Samantha Keegan. Scheiße, ich verstehe dich *wirklich* nicht.«

»Ich weiß«, sagte Sam. Und während sie die Tür aufzog, fügte sie leise hinzu: »Ich glaube nicht, dass das irgendjemand wirklich tut.«

Kapitel 14

Fäuste fliegen und alle sehen zu

Alex sprang auf den Vordersitz von Sids riesigem Pick-up-Truck.

Er war genau der richtige Mann für diese Krise. Er wusste nicht nur, wo die Wild Boars lebten, sondern auch, was und wen man mitbringen musste. Deshalb wurde die Ladefläche von einem halben Dutzend muskelbepackter Männer besetzt, mit denen er mal als Straßenbauer zusammengearbeitet hatte. Die Helfer klammerten sich fest und bangten bei seinem rasanten Fahrstil zwar um ihr Leben, hatten der Unterbrechung ihrer Asphaltarbeiten aber sofort freudig zugestimmt.

Und so begaben sie sich alle zusammen auf dem Weg zu Sams Rettung. Und vielleicht auch zu einer ausgewachsenen Schlägerei.

Schuldgefühle drohten, Alex zu zerfressen. Ständig sah sie den Ausdruck in Sams Blick vor sich, als sie das Set verlassen hatte. Sie war so entschlossen gewesen, den Saboteur zu finden – *für mich*. Und jetzt könnte ihr hübscher Hintern in Lebensgefahr sein, für etwas, das am Ende keine große Rolle spielte.

Aber Sam war gut ausgebildet, oder? Stark. Klug. Gerissen. Sie konnte doch sicher mit einem Haufen Biker umgehen, die wahrscheinlich den ganzen Tag nur herumsaßen und Bier tranken. Oder?

Sie fuhren über ein Schlagloch, was ein paar gutmütige Rufe von hinten und ein Rasseln von den Ketten, Schaufeln, Rohren und einem Stopp-Schild nach sich zog, das einer der Bauarbeiter aus irgendeinem Grund mitgenommen hatte.

»Ich hätte dich am Set zurücklassen sollen«, sagte Sid zu Alex, während er noch kräftiger aufs Gaspedal trat. »Wie konntest du mich nur dazu überreden? Sam wird mich dafür umbringen, dass ich dich da mit reingezogen habe.«

Alex bezweifelte das zwar, aber der Gedanke ließ ihr Herz ein wenig höherschlagen. »Weil ich dir keine andere Wahl gelassen habe. Und außerdem bin ich dein Boss.«

»Oh, richtig. Egal, wenn wir dort ankommen, bleibst du im Truck. Außer Sichtweite. Wenn es so aussieht, als würden wir verlieren, rufst du bitte die 111 an.« Er seufzte. »Obwohl alles wahrscheinlich schon lange vorbei sein wird, bevor die Polizei auftaucht. Aber am wichtigsten ist, dass du deinen Arsch in Sicherheit bringst.«

»Okay, kleines Problem …« Alex deutete auf den Schaltknüppel. »Ich kann nur Automatik fahren.«

»Ach du Scheiße.« Sid bremste leicht ab. »Gut, dann setze ich dich hier ab.«

»Auf keinen Fall!«, sagte Alex bestimmt. »Ich werde dir auch nicht im Weg sein.«

Sid gab zur Antwort nur ein unverständliches Grummeln von sich.

Schließlich erreichten sie ihr Ziel. Beide starrten auf Sams geparkten Streifenwagen. *Immer noch hier.*

Das schwere Knirschen der Arbeitsstiefel der Männer ertönte auf dem Feldweg, als diese von der Ladefläche sprangen.

»Also«, sagte Sid nach dem Aussteigen zu den Männern, »wir gehen rein und fragen ganz höflich nach Sam. Wenn alles in Ordnung ist, werden sie sie aushändigen. Wenn sie Nein sagen, machen wir Folgendes …«

Alex blendete seine Worte aus und betrachtete stattdessen die imposante Mauer mit dem schweren Eisentor vor ihnen.

Plötzlich ertönte von drinnen ein wildes Zusammenspiel aus Bellen und Rufen. Und inmitten der ganzen Geräusche, eine Stimme – definitiv weiblich, klar und wütend.

»Oder wir stürmen einfach rein«, rief Sid. »Los geht's.« Er drehte sich zu Alex um. »Und du rührst dich nicht von der Stelle, sonst häutet mich Sam bei lebendigem Leib … ähm, Boss.« Er verschwand hinter seinem Truck und tauchte kurz darauf mit einem betonbedeckten Rechen in der einen und einer schweren Schaufel in der anderen Hand wieder auf.

Sid und seine riesigen Freunde eilten zum Tor. Nachdem sie das schwere Eisenschloss mit ihren Werkzeugen aufgebrochen hatten, konnte Alex einen ersten Blick ins Innere werfen.

Etwa zwei Dutzend Männer in schwarz-roten Jacken standen um etwas herum, das auf dem Boden lag … nein, *jemand* … als plötzlich ein furchterregendes Knurren ertönte.

Sid und seine Mannschaft stürmten das Gelände. Die Biker drehten sich um … und die Hölle brach los. Fäuste flogen und Fußtritte wurden verteilt.

Wo war Sam? Alex hatte sich in ihrem Leben noch nie so hilflos gefühlt. Filme zu drehen war ihr einziges Talent, ihr einziger Nutzen. Und welche Hilfe war das jetzt?

Für einen Moment teilte sich die Menge aus fliegenden Füßen und Fäusten und Alex konnte etwas Marinefarbenes zwischen ihnen auf dem Boden liegen sehen.

Sam!

Riesige Hunde umzingelten sie. Alex konnte nicht einmal sagen, wie viele es waren. Sie schnappten und bellten. Speichelfäden flogen von ihren Lefzen. Sam, die unter den bösartigen Tieren lag, kämpfte darum, auf die Füße zu kommen.

Mit zittrigen Händen wählte Alex die 111 und versuchte, der Notrufzentrale das Durcheinander vor ihr zu erklären.

»Wo sind Sie, Ma'am? Wo genau?«

»I-ich habe keine Ahnung. Wild Boars? Das Klubhaus? Es ist eine Biker-Gang.«

»Eine Biker-Gang?« Die Stimme am anderen Ende klang verwirrt.

»Motorräder, Biker! Wir sind irgendwo in der Region Waikato.«

»Ma'am, das ist ein sehr großes Gebiet und ich fürchte, dieser Klub ist nicht in unserem Verzeichnis.« Die Stimme blieb freundlich, wenn auch leicht ungeduldig.

»In der Nähe von Ika Whenu?«

Alex hörte Geräusche einer Tastatur durch die Leitung. Dann sagte die Person der Notrufzentrale: »Ich habe eine Anfrage an die Polizeidienststelle von Ika Whenu gesendet. Sie werden dort sicher die Biker-Gang kennen, die Sie erwähnt haben.«

»Das ist theoretisch großartig, außer dass die einzige Polizistin von Ika Whenu gerade von Hunden und Bikern angegriffen wird. Können Sie nicht mein Handy orten oder so etwas?«

»Wenn Sie ein Android-Telefon benutzen würden, ja. Ihr Modell kommt dafür allerdings nicht infrage.«

»Dann den Mobilfunkmast?«, bohrte Alex weiter. Sie hatte das in Filmen gesehen. Sie war sich sicher, dass das möglich sein musste.

»Nur, wenn Sie sich im *Spark*-Netzwerk befinden würden«, entschuldigte sich die Stimme. »Das tun sie nicht.«

Verdammt noch mal …

Wieder Geräusche der Tastatur. »Die Verstärkung weiter außerhalb liegender Polizeireviere wird etwa fünfundvierzig Minuten brauchen.«

»Fünfundvierzig Minuten!« Völlig sinnlos. »Das ist zu lang. Ich muss weg.«

»Ma'am, Sie müssen in der Leitung bleiben, damit wir –«

»Es wird dann keine Rolle mehr spielen. Sie werden zu spät kommen.« *Mist.* »Schicken Sie bitte einen Krankenwagen. Der wird am Ende wahrscheinlich nützlicher sein.«

»Ma'am …«

»Sagen Sie denen, sie sollen sich beeilen.« Falls sie überhaupt herausfinden würden, wo sie hin mussten.

»Natürlich, aber Sie müssen auf Abstand bleiben.«

Auf Abstand? Während Sam umgebracht wurde? Das war wohl ein Scherz. Nein, jemand musste festhalten, was dort passierte. Sie brauchten Beweise. Alex legte auf, gerade als ein riesiger Biker Sid mit einer Eisenstange am Kopf traf und er mit einem dumpfen Geräusch zu Boden ging. Sie scrollte verzweifelt auf ihrem Handy und schaute zwischendurch immer wieder hoch.

Sid hatte sich schon wieder halb aufgerichtet und wich gerade einem Stiefel aus.

Alex sprang aus dem Truck. Sie wusste vielleicht *nur*, wie man Filme machte, aber sie sollte verdammt sein, wenn diese Schläger ungeschoren davonkommen würden. Sie würde ihr einziges Talent nutzen.

Alex öffnete eine ihrer Social-Media-Plattformen und drückte den Aufnahmeknopf für ein Live-Video. Sie begann, in die Kamera zu sprechen, während sie sich auf den Weg auf das Gelände machte.

»Die mutigste Person, die ich kenne, ist eine Polizistin aus Ika Whenu in Neuseeland. Senior Constable Sam Keegan. Jetzt gerade ist sie auf dem Gelände einer Biker-Gang, den Wild Boars, gefangen. Sie wollte die Gang wegen ihrer kriminellen Taten zur Rede stellen. Und sie haben ihre Hunde auf sie gehetzt.«

Das Heulen und Knurren der Hunde war in der Ferne zu hören. Alex wechselte die Kameraperspektive und zeigte die Szene vor ihr. Die Massenschlägerei. Die Hunde.

»Senior Constable Keegans Bruder und seine Freunde versuchen gerade, sie zu retten, aber sie brauchen Hilfe. Ich veröffentliche diese Aufnahme in der Hoffnung, dass sie irgendjemanden in der Gegend erreicht, der helfen kann. Wenn es Polizisten in der Nähe gibt, wir benötigen dringend Unterstützung! Senior Constable Keegan ist dort am Boden und versucht, trotz der Hunde aufzustehen.«

Alex war zu weit weg, um Sam gut genug zu sehen.

»Ich gehe näher ran«, sagte sie ihren Zuschauern. Es waren nur dreiundsechzig. *Verdammt!* Trotzdem, irgendeiner von diesen Leuten konnte vielleicht helfen. »Teilt dieses Video«, bat sie. »Wenn ihr irgendjemanden in Neuseeland kennt, alarmiert ihn, markiert ihn – helft, die Nachricht zu verbreiten. Wir brauchen dringend Hilfe. Es gibt vor Ort nur eine Polizistin.« Sie fokussierte die Kamera auf Sams Beine, die sie in der Menge endlich fand. Ein Rottweiler stand gerade knurrend auf ihr. »Das ist sie.«

Der Hund hatte Blut an der Schnauze. *Scheiße! Komm schon, Sam! Los, steh auf!* Ihr Magen drehte sich um bei diesem Anblick.

Sid brüllte die Gangmitglieder an: »Lasst meine Schwester gehen, oder ich werde *richtig* sauer!«

Ein Biker stolperte über ein herumliegendes Metallteil und landete vor Alex' Füßen. Er starrte sie mit vernebeltem Blick an und verlor dann das Bewusstsein.

Alex rannte ein Stück die Mauer entlang, um einen Punkt mit besserer Übersicht für ihren »Film« zu finden. Da! Ein großer Baum überragte die Außenwand.

»Ich klettere da hoch, bin also kurz auf Stand-by«, sagte sie. Alex steckte das Handy in ihre Hosentasche, kletterte auf die Mauer und von dort aus auf einen Ast. Dann hielt sie die Kamera wieder auf das Geschehen.

Der Anblick raubte ihr den Atem. Die vier Rottweiler waren blutverschmiert. Einer stand auf Sams Brust und… Warte… *leckte* er sie gerade ab? Die drei anderen standen um sie herum und schnappten nach jedem, der Sam zu nahe kam.

Alex sah erste Kommentare zu ihrem Video.

Beschützen die Hunde die Polizistin? Oder lecken sie sie zu Tode?

Gute Frage.

Ein paar Biker schlugen mit schweren Ketten auf die Hunde ein, ihre Gesichter Masken aus Wut und Zorn. Ab und zu gelang es einem der Rottweiler, sich in einem Angreifer festzubeißen.

Ein dicker Mann mit zotteligem, fettigem Haar rief den Hunden Angriffskommandos zu, ohne Erfolg. Sid tauchte hinter ihm auf und brachte ihn mit einem gekonnten Schlag zu Boden.

Weitere Nachrichten tauchten zu dem Video auf.

Autsch! Sehr gut!

Voll erwischt!

Bäm! Legendär!

Sam schaffte es endlich, den Rottweiler auf ihr zur Seite zu schieben und sich auf die Knie zu stemmen. Ein Biker trat nach ihrem Kopf. Sie duckte sich gerade rechtzeitig, packte seinen Knöchel, verdrehte ihn heftig und brachte den Mann zu Fall. Eine Sekunde später traf sie ihn hart mit einem Folgeschlag in den Magen. Er stöhnte so laut auf, dass sogar Alex es auf ihrem Baum hören konnte.

Die Zuschauer reagierten mit unzähligen Emojis. Mehrere Daumen-Hochs flogen über das Display.

Das soll hier kein Entertainment sein, dachte Alex verärgert. »Wir brauchen hier dringend Hilfe«, knurrte sie. »Wir sind in der Unterzahl. Eine Polizistin ist am Boden; sie könnte verletzt sein. Das ist kein Witz.« Sie kroch den Ast ein Stück weiter entlang und hielt dabei ihr Handy hoch.

Sid und die Matamata-Crew hatten nun den größten Biker umzingelt, das enorme Muskelpaket, das Sid zuvor schon einmal umgehauen hatte. Der Mann starrte auf die Hunde, dann auf Sam. »Was zum Teufel hast du mit ihnen gemacht?«, rief er.

Alex las die neuste Nachricht unter ihrer Aufnahme.

1NEWS hier, wo genau sind Sie? Wild Boars sind nicht aufgelistet. Wir wollen ein Fernsehteam schicken.

Wenn ich das nur wüsste, dachte Alex und kletterte noch ein Stück den Ast entlang.

Sams Stiefel traf den Mann, mit dem sie beschäftigt war, ein Stück oberhalb seines Knies und sie schaffte es gerade rechtzeitig, seiner enormen Faust auszuweichen.

Alex staunte nicht schlecht, als dieser Riese von einem Mann sein Knie umklammerte, aufheulte und umfiel. *Sie beißt sich durch. Und eigentlich schlägt sie sich sogar großartig.*

Der Menschenberg griff nach Sams Fuß und riss sie zu Boden. Er sprang auf ihren Rücken und drückte sie in den Dreck.

Mist! Er musste mehr als drei durchschnittliche Männer wiegen. Sams vor Schmerz verzerrter Gesichtsausdruck war erschreckend.

Ein Rottweiler tauchte plötzlich wieder auf und verbiss sich in dem massigen Arm des Mannes. Der Biker brüllte vor Schmerzen und versuchte, den Hund abzuschütteln. Dieser biss aber nur noch fester zu und ließ kein bisschen von ihm ab.

Während der Biker abgelenkt war, nutzte Sid die Gelegenheit. Er griff von hinten nach dem Mann und versuchte, ihn von Sam herunterzuziehen.

Als das Gewicht nicht länger komplett auf ihren Körper drückte, drückte sich Sam unter dem Typen hervor. Ihr Gesicht war rot und sie schnappte hektisch nach Luft. Sie schien zu zittern.

»Sam, komm schnell da raus!«, flüsterte Alex.

Die Kommentare überschwemmten ihr Display jetzt. Mittlerweile sahen Tausende Leute zu.

Halten Sie durch, Officer Keegan!

He, ich glaube, die Hunde gewinnen!

Ich poste Google Maps-Koordinaten für 1NEWS.

Eine Karte erschien.

Dann eine Antwort des Fernsehsenders.

Danke. Sind unterwegs.

Dann eine weitere Nachricht.

Ich habe die Polizei von Hamilton angerufen. Das ist das nächstgrößere Revier! Könnte aber eine Weile dauern.

Alex glaubte nicht, dass irgendjemand rechtzeitig eintreffen würde. In der Zwischenzeit waren allerdings ein paar neue, aber vertraute Gesichter am Rande der kämpfenden Menge aufgetaucht.

»O Mist. Das sind drei Stuntmen aus meinem Film«, informierte Alex ihr Online-Publikum.

Hatten Chloe und Kiri ihnen von der verzweifelten Situation erzählt, oder hatten sie ihre Übertragung gesehen? So oder so, es würde nicht leicht werden, Quincy zu erklären, wie es dazu gekommen war. Es war schlimm genug, dass sie selbst einfach abgehauen war, aber wenigstens konnte Leslie beim Dreh für Alex einspringen. Für die Stuntmen gab es keinen Ersatz.

Die drei Männer – alles muskulöse Maori und trainierte Kämpfer – stapften mit unbändiger Freude in den Gesichtern ins Getümmel. Der erste Stuntman griff sich den nächstgelegenen Biker und die anderen beiden taten es ihm nach. Sie warfen sie hinter sich und bahnten sich mit ihren schwindelerregend schnellen Schlagkombinationen einen Weg durch die Reihen der Gegner. Schließlich erreichten sie den letzten noch aufrecht stehenden Mann. Einer der Stuntmen schnappte sich den Wild Boar an Kragen und Gürtel und warf ihn in hohem Bogen durch das Tor.

Ihr Vorgehen war so koordiniert, wie man es von Profis erwartete, die mit gut inszenierten Kämpfen ihren Lebensunterhalt verdienten. Alex konnte nur den Kopf darüber schütteln, wie lässig sie es aussehen ließen. Rasch leerte sich das Gelände.

Heilige Scheiße! Wann kommt der Film raus? Sieht fantastisch aus!!!
Warte, Alex, ist das von deinem neuen Film?
Oh! Ich dachte, das wäre echt. Ist das eine Werbeaktion?

»Nein, das ist keine verdammte Werbung!«, antwortete Alex wütend. »Das ist *echt.* Es stehen Leben auf dem Spiel.« *Eines im Besonderen.* Sie versuchte, Sam zu entdecken. Sie hatte sie aus den Augen verloren, als ihre Stuntmen plötzlich aufgetaucht waren.

In der Ferne heulte eine Sirene auf.

Drei Biker hatten sich auf Sid geworfen, der in einem Meer aus rot-schwarzen Jacken unterging. Plötzlich erschien Sam neben ihm und pflückte einen nach dem anderen an ihren langen Haaren von ihrem Bruder.

Die ganze Zeit liefen die Hunde um Sam herum und schnappten nach den Wild Boars, wenn sie günstig hervorstehende Gliedmaßen entdeckten.

Ein lautes Knacken ertönte, und bevor Alex reagieren konnte, brach ihr Ast ab. Plötzlich kam der Boden immer näher. In der nächsten Sekunde landete sie hart und konnte nicht mehr atmen. Der Schmerz war stechend. Für einen Moment war sie benommen. Dann war da der Geruch von Schmutz und Staub. Das Geräusch von Rufen und Bellen. Der Geschmack von Blut.

Alles tat weh.

Ein muskulöser Körper stolperte an ihr vorbei, blieb aber mit Leichtigkeit auf den Füßen. »Oh, hey, Boss«, begrüßte sie einer der Stuntmen überrascht. »Cooler Kampf, was?« Er joggte zurück ins Gefecht. Im Gehen rief er Alex noch über die Schulter hinweg zu: »Vielleicht solltest du aber aus der Todeszone raus, oder?«

Die Todeszone? Ich befinde mich in einer verdammten Todeszone.

Das Stopp-Schild flog vorbei und traf jemandem in ihrer Nähe ins Gesicht. Ein grinsender Mann erschien in Alex' Sichtfeld. Er lehnte sich lässig aufs Schild und sah auf sie herab. »Schön, Sie hier zu sehen. Arbeiten Sie immer noch bei diesem Film?«

Frank? Der You dump, We pump-*Typ? Nein. Ich bin in der Hölle.* Alex schloss die Augen.

»Alex?« Sams besorgte Stimme erklang in der Ferne. »Was zum Teufel machst du hier? Ich bin gleich bei dir. Beweg dich nicht!«

Als ob ich mich bewegen könnte. Alex öffnete die Augen und atmete vorsichtig ein.

Ein Rottweiler mit geiferndem Maul rannte wild hechelnd vorbei. Dann blieb er plötzlich stehen, drehte sich um, und musterte sie.

Ach du Scheiße!

Er schlich zu Alex herüber, Rute nach unten, Mund offen und die Zähne gefletscht. Sie bedeckte ihr Gesicht schnell mit den Armen. Der Rottweiler sprang mit seinem ganzen Gewicht auf ihre geschundene Brust. Alex bereitete sich mental auf das Schlimmste vor.

»Killer! Runter, Mädchen!« Sams autoritäre Stimme erklang aus unmittelbarer Nähe.

Alex konnte heißen Hundeatem auf ihrer Wange spüren. Plötzlich verschwand das riesige Tier und Alex senkte vorsichtig ihre zitternden Arme.

Sam hatte den Hund am Halsband gepackt und zog ihn weiter weg. Dann erschien ihr Gesicht über Alex. »Bist du wahnsinnig! Warum bist du hergekommen? Was zum Teufel glaubst du, machst du hier?«

»Sterben«, flüsterte Alex. »Langsam.«

»Nein, das tust du nicht.« Sams blutbedecktes Gesicht schwebte über ihrem. »Nicht, solange ich da ein Wörtchen mitzureden habe. Komm schon.« Sie hob Alex mit einem Ruck auf und stellte sie auf die Füße.

Sam hielt sie aufrecht, während Alex versuchte, ihr Gleichgewicht zu finden. Sam war ihr zuvor nicht *so* stark vorgekommen. Ganz zu schweigen von ihrem Mut …

»Du Spinner!«, sagte Alex, als sie sich plötzlich daran erinnerte, warum sie alle hier waren.

»Du hast mir nicht erzählt, dass Dino irgendein Biker-Boss ist. Hättest du es getan, hätte ich dich nie allein herkommen lassen!«

»Mich herkommen lassen?« Sams Gesicht wirkte verblüfft. Dann schlug ihre Stimmung schlagartig um, als sie die herannahenden Sirenen hörte. »Und wer zum Teufel hat die Truppen gerufen? Ich hatte alles im Griff.«

Alex verschränkte ihre Arme vor der Brust. »Du meinst, dein Bruder und seine Freunde hatten es im Griff.«

»Ich hätte ihre Hilfe nicht gebraucht. Ich hatte das seit Monaten geplant. Ich hatte die Loyalität der Hunde.« Sie seufzte. »Ich nehme an, du hast die Polizei gerufen?«

»Na ja, ja und nein. Ich wusste nicht, wo ich war, also habe ich mir Hilfe gesucht.« Bei der Erinnerung daran sah sich Alex nach ihrem Handy um. Wo zum Teufel war es? »Ich habe eine Live-Aufnahme gemacht, um Leute zu alarmieren, die sich hier besser auskennen.«

Sam starrte sie alarmiert an. »Du hast ein Video von einer Polizistin bei einer Gang-Schlägerei ins Internet gestellt?«

»Ähm, ja?« Was war ihr Problem? »Du brauchtest Unterstützung; ich habe für Unterstützung gesorgt.«

»Du …« Sam sah entsetzt aus. »Ich kann nicht einmal … Ich hatte alles im Griff. Das hier ist mein Job. Weißt du eigentlich, was du getan hast?« Während sie sprach, tröpfelte ein Rinnsal Blut ihren Nacken hinunter. Sam wischte es ab und betrachtete die rote Spur auf ihrer Hand.

»Du bist verletzt!« Alex griff nach ihrem Kopf, um sich die verletzte Stelle genauer anzusehen. »Und gern geschehen.«

»Es ist nichts.« Sam biss die Zähne zusammen. »Sid hatte kein Recht, dich in die Nähe dieses Desasters zu lassen. Ich werde ihn dafür umbringen.«

»Ich habe ihm keine Wahl gelassen. Und was ist so schlimm daran, Beweismaterial aufzuzeichnen?«

»Du verstehst es wirklich nicht, oder?« Sam starrte sie an.

Alex war vollkommen verwirrt. »Was denn verstehen? Ich habe nur die Wahrheit gezeigt.«

»Sei nicht so naiv. Mein Gott, Alex, ich habe dir vertraut.«

Alex' Herz stockte bei der Anschuldigung, sie hätte Sam irgendwie hintergangen. »Ich verstehe nicht. Was meinst …«

Plötzlich wimmelte es auf dem Gelände von Menschen in blauen Uniformen, die wild durcheinanderriefen. Die verbliebenen Kämpfe wurden unterbrochen. Wild Boars wurden rechts und links verhaftet, blutend und fluchend.

»Geht es Ihnen gut, Senior Constable?« Ein Polizist mit graugesträhntem Haar erschien an Sams Seite.

»Ja. Danke. Sergeant …?«

»Hawkins.« Er musterte die Wunde an Sams Hals. »Draußen steht ein Krankenwagen. Lassen Sie das untersuchen«, befahl er. »Ich kümmere mich um den Rest.« Plötzlich erstarrte er und wurde blass.

Alex folgte seinem Blick und sah, wie die herumstreunenden Rottweiler die neuen Eindringlinge »begrüßten«. Ihre Nackenhaare waren aufgestellt und ihre Zähne gebleckt.

»Ich werde mich um die Hunde kümmern«, sagte Sam zum Sergeant und rief dann lauter: »Bleiben Sie alle zurück. Gehen Sie nicht in ihre Nähe.« Sie pfiff. Die Hunde liefen augenblicklich zu ihr hinüber. »Kommt, Kinder, dann sperren wir euch mal weg.« Sie führte sie zu einem Schuppen.

»Hey, wem gehört das hier?«, rief ein Polizist hinter Alex. Sie drehte sich um und beobachtete, wie er ein schmutziges Handy vom Boden aufhob.

»Sie haben es gefunden?« Alex eilte zu dem Beamten und nahm es dankbar entgegen. »Das ist meins.« Sie musterte es mit Sorge und stellte dann fest, dass die Übertragung noch immer lief. Überrascht riss Alex die Augen auf.

Moment mal, 11.000 Zuschauer?

Plötzlich erschien Sams Boss, Peterson, mit erschüttertem Gesicht auf dem Gelände, und lenkte Alex ab. Er schritt durch das Chaos und sah sich dabei suchend um.

War er nicht auf einer Konferenz? Wie ist er so schnell hergekommen?

Peterson sprach kurz mit Hawkins, der daraufhin hinter den Schuppen zeigte.

Alex folgte Peterson unauffällig zu dem Schuppen. Sie fragte sich, wie viel Ärger Sam von ihrem Boss bekomme würde. Würde sie dafür bestraft werden, es im Alleingang mit den Bikern aufgenommen zu haben?

Sie fing Gesprächsfetzen auf. »Die dümmste Aktion … rücksichtslos … verrückt … Ich sollte Ihre Marke einkassieren.«

Alex schlich noch näher und hörte Sams Antwort. »Ich schätze, wenn man den Bikern zwanzig Riesen schuldet, ist es schwer, gegen sie vorzugehen, oder? Jemand sollte dieser Sache vielleicht nachgehen – zumal Sie *mich* ja immer wieder auf allen Ebenen blockiert haben.«

War Sams Boss etwa bestechlich?

»Sie haben keine Ahnung, wovon Sie sprechen«, kam Petersons Antwort.

»Ich lasse die Sache untersuchen.«

»Sie können mir nicht das Geringste anhängen. Sie haben keine Beweise. Ihr Wort steht gegen meins. Und ich bin länger im Dienst und habe eine makellose Bilanz.«

»Keine Beweise? Wie sind Sie denn bitte so schnell aus Tauranga zurückgekommen? Vielleicht waren Sie stattdessen in einer örtlichen Spielhölle? Haben Sie irgendeinen Beweis, dass Sie auf einer Konferenz waren?«

»Ich kassiere Ihre Marke in zwei Sekunden ein, wenn Sie hier weiter bohren. Und ich werde alles abstreiten. Dieses Gespräch hat nie stattgefunden.«

»Fordern Sie mich nicht heraus. Sie werden feststellen – wie Dino – dass ich nicht bestechlich bin.«

Peterson entdeckte Alex. »Was wollen Sie?«, blaffte er sie an. »Das hier ist eine Polizeiangelegenheit. Treten Sie zurück.«

Bevor Alex antworten konnte, strömten noch mehr Polizisten an ihnen vorbei und durchsuchten die Umgebung.

Sie wischte den Dreck von ihrem Handy und betrachtete ihr Display genauer. Die Kommentare ergaben wenig Sinn. Und dann verstand sie, was die Zuschauer sagten.

O scheiße! Der Arsch von dem Kerl ist Geschichte.

Ich streite alles ab und kassiere Ihre Marke ein – haha – Hey Bullentyp, die ganze Welt hat dich gerade gehört.

»Ma'am, kommen Sie bitte hier entlang«, sagte ein Polizist zu Alex und deutete auf das Tor. »Wir müssen Ihre Personalien aufnehmen und Sie dazu befragen, was passiert ist. Ich danke Ihnen für Ihre Unterstützung.«

Sie gehorchte seinen Anweisungen.

Draußen saßen Biker in Handschellen und im Schneidersitz die Straße entlang aufgereiht. Einige bluteten. Ihre Kleidung war teilweise zerrissen. Einige wurden von Sanitätern versorgt. Und überall waren Polizisten.

»Sie wollen Ihren Anwalt?«, fragte eine Polizistin einen der Biker, der versucht hatte, die Hunde auf Sam zu hetzen. »Hoffentlich haben sie einen Guten. Wir finden es nicht nämlich nicht so prickend, wenn einer von uns angegriffen wird. Sie und Ihre Männer sind in großen Schwierigkeiten.«

Ihre Männer? Dieser kleine Pisser war Dino?

»Wir sind hier auf unserem Grundbesitz und haben uns nur um unseren Kram gekümmert, bis diese Schläger plötzlich aufgetaucht sind und uns angegriffen haben!«, protestierte Dino. »Es ist nicht illegal, sich zu verteidigen.«

Die Polizistin lachte. »Das können Sie allen erzählen, die in der Live-Übertragung gesehen haben, wie Sie Hunde auf eine Polizistin losgelassen haben. Ihr Glück, dass sie sie nicht angefallen haben.«

»Das war ich nicht.« Dino beäugte sie schelmisch. »Wovon redest du da, Weib?«

Aus den Augenwinkeln sah Alex, dass ihr Handy aufleuchtete. Sie schaute aufs Display und sah hunderte Lach-Smileys und Kommentare darüber, dass Dino sein »blaues Wunder« erleben würde.

Ah, richtig, immer noch live.

»Vielen Dank an alle, die die Nachricht verbreitet und mitgeholfen haben«, sagte sie zu den Zuschauern. Sie warf einen Blick auf die Zahlen. »Das gilt für euch alle 14.000. Ihr habt heute eine gute Polizistin gerettet. Nochmals vielen Dank.«

Die Zuschauer schickten ihr Daumen-hoch-Emojis und Herzchen zur Antwort. Alex richtete die Kamera auf Dino und grinste.

Dino starrte sie und ihr Handy an und begriff. Sie erwartete, dass er wütend werden würde – aber stattdessen fiel er fast in sich zusammen.

Erkannte seine Niederlage. Sie stoppte das Video. Was für ein jämmerlicher Mann. Gott, selbst sie könnte jetzt zu ihm hinüber laufen und ihn –

»Nein Boss, das kannst du nicht machen«, unterbrach Sid ihren Gedankengang. Er war urplötzlich neben ihr aufgetaucht. »Nicht, wenn man sie schon verhaftet hat.«

»Woher wusstest du, was ich denke?«

»Du sahst aus, als hättest du Böses im Sinn.« Er lachte. »Alles in Ordnung?«

»Ja.«

»Ich bin mir ziemlich sicher, dass ich dir gesagt habe, dass du im Truck bleiben sollst.«

»Stimmt.«

»Und du hast dich natürlich nicht dran gehalten.« Sid deutete zu Sam, die jetzt von einem Sanitäter untersucht wurde. »Und was hast du Sam angetan? Sie wird mich einen Idioten nennen, aber trotzdem in Freibier ertränken. Aber dich scheint sie ernsthaft zu verfluchen.«

»Ich habe ihr erzählt, dass ich die Schlägerei live gestreamt habe. Vierzehntausend Menschen haben am Ende zugesehen.«

»Oh.« Sids Grinsen verschwand. »Ja, Scheiße. Das ist nicht gut.«

»Sie war der Hammer!«

»So wird sie es nicht sehen.«

»Aber wir haben ihr damit den Arsch gerettet! Wir haben etwas Gutes getan.«

»Polizisten und Kameras, weißt du? Keine gute Mischung. Sie hätte auch gar nicht allein herkommen dürfen. Sie werden gegen sie ermitteln und du hast ihnen genug Beweise geliefert, um sie dafür fertigzumachen.«

»Aber –«

»Ich weiß, du hast es nur gut gemeint. Es war eine gute Idee. Aber weil Sam Polizistin ist, macht es das für sie jetzt sehr kompliziert. Sie ist es gewohnt, ihren eigenen Arsch zu retten. Also ist es ihr unangenehm, dass sie Hilfe gebraucht hat. Und all diese Zeugen? Sam mag es nicht, wenn über sie gesprochen wird oder sie dumm dasteht.«

»Deshalb hasst sie mich jetzt?« Alex warf einen Blick auf Sam, die inzwischen mit mürrischem Gesichtsausdruck und die Hände in die Hüften gestemmt vor dem Sanitäter stand.

»Ja, vielleicht, fürs Erste. Sie kriegt sich wieder ein. Du musst ihr nur etwas Zeit geben, um nachzudenken und zu erkennen, dass sie dir etwas schuldet.« Er grinste.

»Wirklich?«, fragte Alex hoffnungsvoll. »Was mache ich, wenn sie sich nicht mehr einkriegt?«

»Das wäre scheiße. Wenn Sam wütend auf dich ist, ist es das Schlimmste. Vertrau mir.«

Großartig. »Na ja, ich sollte mich bei allen bedanken«, sagte Alex. »Deiner Straßencrew. Den Stuntleuten.«

»Weißt du, sie werden alle heute Abend im *Te Wharariki Hotel*-Pub sein. Da hast du sicher Gelegenheit, mit allen zu sprechen.« Sid warf einen Blick auf den Krankenwagen. »Und Sam … weißt du, lass ihr etwas Freiraum.«

Hört sich sicherer an.

Ein Fernsehwagen tauchte auf. Kurz darauf wurden die begeisterten Straßenbauer bereits von den Fernsehleuten interviewt.

»Mist, darum kümmere ich mich besser«, murmelte Sid. »Die Jungs sollten eigentlich auf der Arbeit sein. Ich muss das klarstellen, bevor jemand gefeuert wird.«

»Klar. Übrigens, Sid …« Alex legte ihre Hand auf seinen Arm. »Danke. Du warst unglaublich.«

Er lächelte, winkte und ging.

Alex beobachtete, wie Sergeant Hawkins zu Sam hinüber ging und ihr das Tränengas, den Schlagstock und den Taser gab, die an ihrem Dienstkoppel fehlten. Der Wind nahm zu und trug ihre Worte klar und deutlich zu Alex herüber.

»Ich glaube, das haben Sie verloren.«

Sam warf einen genauen Blick darauf und nickte. »Danke. Wie sind Sie so schnell hierhergekommen?«

»Heute ist der Matamata-Cup. Das Revier von Waikato hatte ein paar zusätzliche Einheiten für das Pferderennen angefordert, um die Veranstaltung abzusichern. Dann haben wir einen Anruf über eine verletzte Polizistin in der Nähe bekommen. Und Familienmitglieder und Freunde haben angerufen und von der Live-Übertragung erzählt.« Er zuckte mit den Schultern. »Die großen Bosse sind nicht begeistert. Ich gehe davon aus, dass Sie heute Abend überall in den Nachrichten sein werden. Das wird sicherlich Konsequenzen haben.«

Alex zuckte bei den Worten zusammen.

Sams Gesichtsausdruck verfinsterte sich. »Dachte ich mir schon. Danke für die Unterstützung. Ich hatte allerdings alles unter Kontrolle.« Sie befestigte ihre Dienstutensilien wieder an ihrem Koppel.

»Sicher«, sagte Hawkins neutral. »Ich freue mich auf Ihren Bericht.« Er ließ sie wieder allein.

Nach einem Moment sah Sam auf und ihr Blick traf den von Alex.

Alex' zaghaftes Lächeln zerschmetterte an einer Eiswand. Trotzdem konnte sie ihre Augen nicht abwenden. Sie starrte Sam an und versuchte, ihr durch ihre Mimik zu vermitteln, dass sie das alles nur für *sie* getan hatte. Dass jeder manchmal Hilfe brauchte. Aber das verschlossene Gesicht, das ihr entgegenstarrte, ließ nichts Gutes vermuten. Ihr Herz zog sich schmerzhaft zusammen.

So eine Scheiße.

Kapitel 15

Sensation

Im *Te Wharariki Hotel*-Pub unterhielten sich die Gäste begeistert über die mutige Rettungsaktion. Ihrer Meinung nach konnte das Ereignis sogar mit der Heldengeschichte von *Beowulf* konkurrieren. Alex' Kopf schmerzte. Aus den zwei Dutzend Bikern waren mittlerweile mindestens vierzig geworden. Am Ende des Abends würden es wahrscheinlich über hundert sein. Doch die Frau, deren Name in aller Munde war, war nirgends zu sehen.

Laut Sid ruhte sich Sam zu Hause aus. Er erzählte Alex auch, dass Sam herausgefunden hatte, dass die Wild Boars nichts mit der Sabotage am Set zu tun hatten.

Das war genau die Art von Information, die eine Polizistin der Regisseurin von *Shezan* selbst mitteilen sollte. Leider reagierte Sam weder auf Alex' Textnachrichten noch auf ihre Anrufe. Vielleicht schlief sie? Oder war immer noch wütend?

Also saß Alex inmitten einer ausgelassenen Menschenmenge, starrte in ihr Bier und dachte darüber nach, wie sauer Sam wohl war.

Skyes Gesicht war das einzige an diesem Abend, das genauso düster aussah wie ihres. Alex' Versuch, Skye darauf anzusprechen, war von Einheimischen vereitelt worden, die ihr unbedingt ein Bier ausgeben wollten. Wie sich herausstellte, wusste es die Straßencrew von Matamata sehr zu schätzen, dass Alex sie zu Social-Media-Stars gemacht hatte.

Sie hatte versucht, ihnen zu erklären, dass das nicht ihre Absicht gewesen war – aber das war ihnen herzlich egal. Die größte neuseeländische Nachrichtenseite hatte mit ihrer Schlagzeile »Einheimische stürmen Gang-Klubhaus, um ihre Polizistin vor tobenden Bikern zu retten« für allerlei Aufsehen gesorgt. Der Artikel war schon seit Stunden ein weltweiter Trend.

Zu Ginas Freude belagerten die nationalen Medien auch den Pub. Sie hatte es geschafft, in jedem Interview zu erwähnen, dass ihre Kneipe bald zu einem hippen Gastro-Pub umgestaltet werden würde. Die Journalisten stürzten sich für Interviews auf alle Einheimischen wie Geier auf einen Kadaver. Alex selbst war Expertin darin, ihnen aus dem Weg zu gehen.

Innerhalb von drei Stunden war Sid zum Liebling der Öffentlichkeit geworden. Sein breit grinsendes Gesicht flimmerte über jede Nachrichtenseite und überall konnte man hören, wie er erzählte, dass er nicht über Ruhm nachgedacht, sondern einfach ein paar Biker-Köpfe aneinander geknallt hatte, um seine Schwester zu retten. Er bedankte sich bei der Matamata-Straßencrew und erwies auch Sam gebührend Respekt dafür, dass sie sich mit den Hunden angefreundet und damit den Arsch aller gerettet hatte.

Alex sah sich das Interview auf einem Fernseher über der Bar an – es lief bereits zum sechsten Mal – und staunte, was für ein Naturtalent er war. Fast perfekt als Gesicht des Vorfalls mit seinen strahlend weißen Zähnen und warmen Augen. Kein Wunder, dass Chloe sich so an seinen Hals warf – auf ihre lässige »Willst du noch etwas Knoblauchbrot, Sid?«-Art. Nicht, dass er es mitbekommen würde. Aber trotzdem.

»So ist Sam. Sie hat immer einen Plan«, schloss Sid sein Interview. Und für einen Moment fror nach der Aussage sein Gesichtsausdruck ein.

Alex interpretierte das als stillen Zusatz von: »Bis auf heute. Ich habe keine Ahnung, wieso sie allein dort aufgekreuzt ist.« Und ihr ging es genauso. Das war Wahnsinn gewesen. Alex wurde von Schuld zerfressen, weil sie genau wusste, was da in Sam gefahren war. Sam hatte sich für sie in die Schusslinie begeben, um den Saboteur zu finden. Ein Saboteur, der immer noch nicht gefunden war. All das war also umsonst gewesen.

Ein neues Bier erschien wie aus dem Nichts neben ihr auf dem Tresen.

Alex seufzte. »Ich glaube nicht, dass das heute eine gute Idee ist.«

»Gut. Es ist auch nicht für dich. Das ist meins. Gott weiß, dass ich es mir heute verdient habe.« Quincy betrachtete sie abschätzend.

Na toll. Eigentlich hatte sie den heute meiden wollen.

Quincy setzte sich auf den Barhocker neben ihr. »Ich wünschte, du hättest vor ungefähr vier Stunden gesagt: *Ich glaube nicht, dass das heute eine gute Idee ist.* Und zwar in Bezug auf eine gewisse Massenschlägerei.« Sein Gesicht war finster.

»Weißt du, das –«

»Nein, ich will nichts hören. Es ist mir egal, warum du es getan hast. Wir haben einen halben Drehtag verloren. Du hast das Set verlassen, ohne jemandem Bescheid zu geben, und bist nicht zurückgekommen. Ich musste von unserer Hauptdarstellerin erfahren, was überhaupt los. Chloe war so aufgelöst, weil du und ein gewisser Sicherheitsmann die Helden spielen musstet, dass sie nicht in der Lage war, zu schauspielern. Was auch keine Rolle spielte, da wir zu dem Zeitpunkt ja eh keine Regisseurin hatten.«

»Das tut mir leid.« Alex rieb sich die Stirn. »Ich habe aus einem Bauchgefühl heraus gehandelt.«

»Dessen bin ich mir bewusst. Ich habe dein Video gesehen. Genau wie der verdammte halbe Planet, einschließlich der Studiobosse. Es wird dich nicht überraschen, dass sie jetzt wissen wollen warum ihre *Shezan*-Regisseurin in Bäumen hängt und Biker-Schlägereien filmt, statt sich um einen Film zu kümmern, der sie Millionen von Dollar kostet. Ich muss gestehen, das ist eine berechtigte Frage.«

Scheiße! Alex legte ihr reuevollstes Gesicht auf. »Es tut mir wirklich leid …«

»Lass gut sein. Diese Stadt hat schon eine Polizistin und das bist nicht du. Die Einheimischen sind in der Lage, ihre Streitigkeiten untereinander zu regeln. Ganz ohne deine Hilfe.« Er schüttelte den Kopf. »Ich habe keine Ahnung, was ich dem Studio sagen soll. *Sie hat alles stehen und liegen gelassen, um die Polizistin zu retten, die sie heiß findet*?«

»Was?« Alex verschluckte sich beinahe an dem Schluck Bier, den sie gerade getrunken hatte. »Ich finde sie nicht –«

»Spielt auch keine Rolle. Die Einheimischen sagen das jedenfalls. Na ja, es gibt eine ganze Reihe an Theorien, aber das ist die Gängigste. Die Aktion sieht einfach danach aus.«

War sie so durschaubar, dass selbst irgendwelche Leute in einer Bar ihre Gefühle lesen konnten?

»Es ist mir so oder so egal«, fuhr Quincy fort. »Ich will nur, dass so etwas *nie wieder* vorkommt.«

Als ob sie noch mal eine Schlägerei live übertragen würde.

»Konzentrier dich einfach ab sofort nur noch auf den Film, mehr will ich gar nicht«, sagte er trocken. »Wir wissen beide, welchen Ruf *Shezan* hat. Wir können uns einfach nicht noch mehr schlechte Presse erlauben. Dieser Film kostet mich mehr Nerven als meine Ex-Frau.« Und dann murmelte er noch: »Meine zweite Ex-Frau.«

»Es war schon etwas verhext.«

»Und das hat hier und heute ein Ende.« Quincy schlug hart auf die Theke und sah Alex eindringlich an. »Wenn du dich nicht hundertprozentig auf dieses Projekt konzentrieren kannst, muss ich es jetzt wissen, denn ich habe langsam wirklich die Schnauze voll von *Shezan*. Dann sage ich dem Studio lieber, dass sie es vergessen können. Einen weiteren Regiewechsel ertrage ich nicht mehr. In den Medien würden sie uns sowieso auseinandernehmen, wenn wir einen vierten Regisseur ankündigen. Da wäre es besser, alles einzustampfen.«

Alex starrte ihn ungläubig an. Sie war nur einen halben Tag weg gewesen. Plötzlich kam ihr ein beunruhigender Gedanke. »Warte mal, ist es das, was du wolltest? Geht es darum?« Alex senkte ihre Stimme. »Steckst du hinter der Sabotage, die vor allem mich schlecht dastehen lässt? Hast du ein Problem mit mir und wolltest mich loswerden oder hast du einfach die Schnauze voll von diesem Film und dachtest, du hilfst ein wenig nach?«

Er atmete zischend ein. »Natürlich nicht! Ich würde niemals meine eigene Produktion sabotieren. Für mich ist unnötige Geldverschwendung wie ein Bad in Salzsäure. Kannst du dich einfach auf den verdammten Film konzentrieren, damit wir weitermachen können?«

Alex musterte Quincy. Er schien ehrlich gekränkt zu sein. Sie nickte müde und sagte: »In Ordnung. Ist der Zeitplan überarbeitet? Hat Leslie übernommen, während ich weg war?«

»Ja. Morgen und übermorgen fangen wir im Morgengrauen an, um die verlorene Zeit wieder aufzuholen. Fünf Uhr geht's los. Alle sollen bereit sein, ihre hübschen Gesichter vor der Kamera zu zeigen, sobald die Sonne aufgeht. Leslie hat es schon auf die Produktionstafel geschrieben.«

Hier draußen war es eiskalt, dunkel und generell furchtbar um fünf Uhr morgens. Alex hatte jetzt schon Mitleid mit den Schauspielern, die für Kostüm und Maske noch früher aufstehen mussten. »Natürlich. Verstanden.«

»Gut.« Quincy schnappte sich sein Bier und stand auf. »Alice hat der Besetzung schon vom frühen Start morgen erzählt. Sie machen sich gerade auf den Weg zurück zum Set, falls du mitwillst.«

»Ja.«

»Hey?« Quincy neigte leicht den Kopf.

»Was?« Sie sah ihn missmutig an.

»Abgesehen von der Arbeit, bist du okay? Du siehst scheiße aus.«

»Danke«, sagte sie. »Ich bin nicht diejenige, die wegen der Filmsabotage beschlossen hat, im Alleingang eine Biker-Gang zu konfrontieren.«

»Das war also ihr Grund, hm?«

»Jap. Und was die Studiobosse angeht? Sag denen, ich wollte unsere Kasse schützen. Ich bin davon ausgegangen, dass die Biker unserem Film schaden wollen. Irrtümlich zwar, wie sich herausgestellt hat, aber ich wollte, dass sie für die *Shezan*-Sabotage in Rechenschaft gezogen werden.«

»Mein Gott, das klingt scheiße«, murmelte er. »Aber ich werde versuchen, es glaubhaft rüberzubringen. Und ich lasse den Teil mit der heißen Polizistin weg.«

Alex versuchte, unbehelligt zu wirken. »Ich weiß nicht, wovon du sprichst. Es ging nur ums Geschäft.«

»Das habe ich auch gesagt«, sagte Quincy mit reumütigem Unterton, »kurz bevor ich mich auf Ehefrau Nummer drei eingelassen habe.«

Kapitel 16

Fünfzehn Minuten Ruhm

Am Morgen nach der Schlägerei, die Sam lieber verdrängt hätte, klingelte ihr Telefon nahezu durchgehend. Sie ließ die Anrufe auf der Mailbox landen, während sie mit vorsichtigen Schritten in die Küche ging, um sich ein frühes Mittagessen – oder ein spätes Frühstück – zu machen. Die Nachrichten waren von Sid, Alex, Kev, Gina und einigen Einheimischen, die nachhören wollten, ob Sam noch am Leben war. Die hatten wahrscheinlich einfach keine Lust, sich an eine neue Polizistin zu gewöhnen.

Es gab auch Anrufe von der Arbeit. Die Presseabteilung der Polizeibehörde übermittelte ihr dutzende Interviewanfragen aus der ganzen Welt. Das Drogendezernat meldete sich, um darüber zu reden, was Sam von Dino in Erfahrung gebracht hatte. Und zu guter Letzt hatte auch die Sekretärin des Polizeichefs angerufen. Diesen letzten Rückruf stellte sie hinten an. Es konnte nichts Gutes bedeuten, wenn sie nach der Aktion gestern auf dem Radar des großen Bosses aufgetaucht war.

Ihr Handy piepte. Eine Textnachricht. Großartig. Es war Te Arohas herrischste Ärztin.

Jetzt reicht's. Sie werden das Primärsubjekt für meine Forschung zu unsicheren Bedingungen bei einzeln besetzten Polizeirevieren. Was haben Sie sich nur dabei gedacht? Egal, kommen Sie einfach bald hierher und lassen sich untersuchen. Ich meine es ernst! Wenn Sie nicht bald auftauchen, schicke ich meine Praktikantin, um Sie zu holen. Widerstand ist zwecklos.

Seufzend schluckte Sam noch eine Schmerztablette und ließ die gestrigen Ereignisse Revue passieren. Als Dino seinen Männern den Befehl zum Angriff gegeben hatte, war Chaos ausgebrochen. Sams großartiger Plan zur dramatischen Flucht über Autowracks war in dem Moment zunichtegemacht worden, als der größte Biker nach ihren Armen gegriffen und sie festgehalten hatte. Dino hatte ihr gegen die Knie getreten und sie zu Fall gebracht.

Plötzlich waren die vier Rottweiler aus dem Nichts auf sie zugestürmt. In ihrer Position hatte sie bloß verschwommene Muskelberge und gefletschte Zähne wahrgenommen. Die Höllenhunde wurden schließlich doch ihrem Ruf gerecht und verwandelten sich in wilde Bestien, stürzten sich allerdings nicht auf Sam, sondern auf jeden, der ihr zu nahekam.

Die Wild Boars waren sich zunächst nicht sicher gewesen, wie sie mit der Situation umgehen sollten. Abwechselnd hatten sie versucht, Sam zu schlagen und die Hunde abzuwehren. Jeder Treffer gegen Sam führte dazu, dass sich scharfe Zähne in das Fleisch der Angreifer gruben.

Sam hatte auch im Nachhinein keine Ahnung, wie lange sie die Gang hätte abwehren können, selbst mit ihren knurrenden Verbündeten. Als Sid und seine Crew hereingestürmt waren, hatten Dogsbreaths Stiefel gerade ihre Rippen bearbeitet, während sie verzweifelt ihren Kopf gegen die Tritte der anderen zu schützen versucht hatte.

Ihren Bruder als Retter vor sich stehen zu sehen, war sowohl Segen als auch Fluch zugleich. Sie war die Polizistin. Und sie musste gerettet werden. Von Zivilisten. Jeder in Ika Whenu hatte das jetzt mitbekommen. Genau wie Abertausende von Fremden, dank Alex Levitin.

Sie hatte auch Alex' verpasste Anrufe und ihre Textnachrichten gesehen, traute sich selbst aber gerade nicht über den Weg, wenn es um Alex ging. Sie war der Grund, weshalb Sam das Haus nicht verlassen konnte, ohne einem halben Dutzend Paparazzi gegenüberzustehen.

Sie war heute Morgen beim Zeitungholen aus allen Wolken gefallen. Kaum war sie aus der Tür getreten, rief jemand: »Sind Sie die Helden-Polizistin?«

Jemand anders rief: »Wie haben Sie die Hunde auf ihre Seite bekommen? Was haben Sie mit ihnen gemacht?«

»Stimmt es, dass Sie es allein mit achtzig Bikern aufgenommen haben?«

Wir sind also schon bei Achtzig angekommen.

»Warum ist *Shezans* Regisseurin Ihnen zu Hilfe geeilt? Sind die Gerüchte wahr, dass Sie und Alex Levitin –«

»Kein Kommentar«, hatte Sam eingeworfen. »Und es wird auch keinen Kommentar geben, also hat es keinen Sinn, meinen Garten zu zertrampeln.« Sie warf einen Blick auf ihr ohnehin halb totes Pflanzenbeet. »Wäre ja eine Schande.« Das brachte ihr ein paar Lacher ein. »Fragen Sie bei der Presseabteilung der Polizeibehörde nach.« Mit diesen Worten war sie wieder ins Haus gestiefelt und hatte die Tür hinter sich zugeknallt.

Als sie eine Stunde später nach nebenan ins Revier gegangen war, um etwas Papierkram zu erledigen, wurde sie noch immer belagert. Ihr »kein Kommentar« war dieses Mal wesentlich weniger höflich ausgefallen.

Verdammte Alex Levitin.

Sie schob ihren halb gegessenen Toast beiseite und bereitete sich mental auf den Rückruf vor, der ihr am meisten Bauchschmerzen bereitete. Das Büro des Polizeichefs.

Zehn quälende Minuten lang las er ihr die Leviten und erklärte ihr, wieso es für Neuseeland schlecht war, dass sie zu seiner berühmtesten Polizeikraft geworden war. Zivilisten einer solchen Gefahr auszusetzen, war rücksichtslos gewesen. Unprofessionell.

Einzig, dass sie die Meth-Quelle und den Standort der Übergaben ausfindig gemacht hatte, besänftigte ihn. So konnte das Drogendezernat die nächste Lieferung abfangen. Da sie aufgrund der Situation unter Beobachtung stand, durfte sie allerdings nicht an der Observierung teilnehmen.

Auch eine nette Art, ihr mitzuteilen, dass sie suspendiert war. Ein Ersatz für das Ika Whenu-Revier war schon aus Hamilton unterwegs.

Ja, ihr war sehr wohl bewusst, dass sie Mist gebaut hatte, und die ganze Welt live dabei gewesen war. Die ganze verdammte Welt.

Nach abschließendem Tadel beendete der Polizeichef das Telefonat.

Sam ließ sich wieder auf ihr Bett fallen. Na wunderbar. Hier war sie also: Ika Whenus suspendierte, entehrte, rücksichtslose Polizistin. Wahrscheinlich würde sie gefeuert werden. Hier draußen gab es aber keine Berufsalternativen für sie. Und sie hatte kein Leben außerhalb von Ika Whenu.

Was zur Hölle sollte sie jetzt tun?

Plötzliche Erschöpfung übermannte sie und Sam schloss die Augen. Sie würde sich all dem später stellen.

Kapitel 17

Unruhe am Set

Um fünf Uhr morgens war es in Neuseeland genauso kalt und elend wie erwartet. Alex war verkatert und der Nieselregen half ihrer Stimmung nicht sonderlich. Die Minuten krochen nur so dahin. Alex' Blick wanderte träge über die Farne, das Set und die durchnässten und zitternden Statisten. Sie fühlte sich elend und wünschte sich, sie könnte für eine halbe Stunde verschwinden, um nach Sam zu sehen. Je länger das Schweigen zwischen ihnen andauerte, desto mehr geriet sie aus dem Gleichgewicht. Quincys Warnung war ihr jedoch ins Gedächtnis eingebrannt und sie war entschlossen, zu beweisen, dass sie ihre Arbeit hier ernst nahm. Also blieb sie am Set.

Alex stellte den Kragen ihrer dicken Jacke nach oben, um die eisige Kälte abzuhalten, und rückte ihren Regie-Hut zurecht. Es war ein stilvoller Strohhut, den sie vor einem Jahrzehnt auf einem Künstlermarkt entdeckt hatte und der ihr Glück brachte. Und davon konnte sie im Moment definitiv einiges gebrauchen.

»Chloe? Melody?«, rief Alex, hielt dann jedoch inne und betrachtete den Himmel. Das Wetter war wirklich trostlos heute. Wie passend.

Chloe räusperte sich. »Alex, anwesend?«

Alex wandte sich wieder ihrer Crew zu. »Ja, entschuldige. Also, bei dem Satz ›Findest du mich seltsam?‹ möchte ich, dass ihr näher zusammensteht.« Sie deutete mit den Händen an, welchen Abstand sie sich ungefähr vorstellte. »Du solltest ganz nahe an Melody herantreten. Und leg etwas Herausforderndes in deinen Tonfall, okay?«

»Sind sie mittlerweile nicht gute Freunde?«, fragte Melody mit einem leichten Stirnrunzeln. »Warum fordert sie Jennifer so heraus?«

Weil es jetzt um sexuelle Anziehung geht? Gott, Alex war heute nicht in der Stimmung, sich vorsichtig auszudrücken, damit Melody weiter im Dunkeln tappte. Chloes amüsierter Gesichtsausdruck war auch nicht hilfreich.

»Sie ziehen sich nur zum Spaß gegenseitig ein bisschen auf«, sagte Alex. »Weißt du, was ich meine?«

Melodys Gesichtsausdruck war skeptisch. »Wer macht so etwas? Wenn ich das bei meinen Freunden versuchen würde, würden sie gleich posten, dass ich nicht mehr ganz dicht bin.«

»Es ist ein bisschen wie trollen im Internet. Nur in der Realität«, sagte Alex und kämpfte um eine neutrale Stimmlage.

»Oh.« Melody lächelte. »Verstehe.«

»Sehr gut«, sagte Alex erleichtert. »Chloe wird dir fast Nase an Nase gegenüberstehen und du bist vor den Kopf gestoßen, starrst sie an und fragst dich, was sie da macht, okay?

»Ja, klar.« Und schon klang Melody wieder gelangweilt.

»Schön. Auf eure Plätze, Leute«, rief Alex. Sie zog sich auf ihren Regisseurs-Stuhl zurück und gab noch ein paar letzte technische Anweisungen. Die Filmklappe wurde zusammengeklappt, was sie immer leicht zusammenzucken ließ, und dann rief Alex: »Action.«

»Du bist seltsam«, sagte Chloe in dem tiefen, rauchigen Tonfall, den sie für Shezan nutzte. »Ich kenne niemanden wie dich. Schwimmt ihr in Flüssen, wo du herkommst? Geht ihr auf die Jagd? Findest du *mich* seltsam?«. Sie trat dicht an Melody heran. Ihr Blick lag auf Melodys Lippen. »Was siehst du, wenn du mich ansiehst?«

»Ich sehe eine Frau, wie ich sie noch nie zuvor gesehen habe.« Melodys Stimme brach. »Ich kann nie wieder in mein altes Leben zurückkehren, jetzt, wo ich weiß, dass du hier draußen bist. Allein.«

Chloe lächelte sanft. Sie fuhr mit ihrer Hand über Melodys Arm und drückte leicht zu.

Das war improvisiert. Alex würde es den Anzugträgern als *schwesterliche Solidarität* verkaufen, wenn sie jemals fragen würden.

»Ich bin nicht allein«, sagte Chloe. »Meine Familie ist im Wald überall um mich herum. Wen hast du?«

»Ich … Ich habe dich.«

O ja. Melody klang verletzlich und zugleich hoffnungsvoll. Sie war beunruhigend gut darin, Aufrichtigkeit vorzutäuschen. *Noch einen Moment diesen intensiven Augenkontakt halten und …* »*Schnitt.* Ausgezeichnete Arbeit. Bereitet euch auf die Nahaufnahmen vor.«

»Ähm, Alex?« Melody trat einen Schritt von Chloe zurück, warf einen Seitenblick auf ihren Co-Star und sagte dann: »Ich habe eine Frage zu dieser Szene …«

»Ja?«

»Warum sollte Jennifer bei ihrer Freundin mitten im Wald bleiben wollen? Ohne irgendwelche modernen Annehmlichkeiten? Ich kann keine fünf Minuten ohne meinen Lockenstab leben. Warum sollte Shezan es wert sein, all das aufzugeben? Außerdem kennt sie die Frau erst seit ein paar Monaten.«

»Weil sie wirklich gute Freunde sind.« Alex' Kopf pochte schmerzhaft. Sie brauchte noch ein Aspirin. »*BFFs*. Okay?«

Melody wirkte nicht überzeugt. »Aber ich würde das nicht mal für meine beste Freundin auf mich nehmen. Und die kenne ich seit fünf Jahren.« Sie hielt einen Moment inne. »Andererseits ist die Schlampe letzten Monat mit meinem Freund zu einem Konzert gegangen.« Melody schüttelte ihre blonden Ringellöckchen. »Ach, ist auch egal. Deshalb nennt man es Schauspielerei.«

Alex schenkte ihr ein strahlendes Lächeln. »Genau. Und du machst das wirklich gut. Ich bin gleich wieder da.«

Sie stahl sich davon, um eine Schmerztablette einzuwerfen. Seufzend schnappte Alex sich danach ihr Handy und warf einen Blick auf ihre neuen Textnachrichten. Drei von Bess. Eine von Rowan. Keine von Sam. Vielleicht schlief die Heldin der Stunde ja noch. Es war schließlich lächerlich früh.

Alex brauchte den Großteil des Tages und einen Ortswechsel, um sich von dem schlechten Start in den Tag zu erholen.

In einer Drehpause merkte sie, dass Melody sie beobachtete.

»Also, was ist hier los?«, fragte Melody und kam zu Alex herüber. »Warum sind alle wegen der nächsten Szene so aufgeregt?«

»Weil wir den Vater deines Charakters, den Wilderer, töten werden«, sagte Alex. *Was du wüsstest, wenn du auch nur einen Blick auf die Drehbuch-Änderungen geworfen hättest.* »Jennifer muss sich entscheiden, wen sie rettet: Shezan oder ihren Vater.«

Melody lächelte. »Oh. Ich werde nicht einmal zögern.«

Die hat ernsthafte Vater-Komplexe.

»Apropos. Setz dich bitte kurz.« Alex deutete auf den Liegestuhl neben sich.

Melody ließ sich auf den Stuhl fallen und kramte sofort ihr Handy hervor. Anscheinend war es zu langweilig, sich nur mit Alex zu beschäftigen.

»Okay, hör zu: Das hier ist einer der Schlüsselmomente – wenn nicht *der* Schlüsselmoment – des Films. Jennifer würde lieber sterben, als Shezan zu verlieren. Aber diese Entscheidung darf nicht zu eindeutig aussehen. Du musst ihren inneren Konflikt darüber, wen sie retten soll, rüberbringen. Und dann, wenn es so aussieht, als wäre Shezan kurz davor, den Kampf mit dem Wilderer zu verlieren, möchte ich, dass du erst am Boden zerstört wirkst. Und danach will ich Entschlossenheit sehen.«

»Am Boden zerstört? Wegen einer Frau, die sie gerade erst kennengelernt hat?« Melody bedachte sie mit einem zweifelnden Blick.

Alex setzte ein gezwungenes Lächeln auf. »Es ist eine intensive Beziehung. Sie haben sich gegenseitig das Leben gerettet. Es war eine stürmische Reise voller Emotionen und Gefahren, die sie an diesen Punkt gebracht hat. Vielleicht gibt es jemand in deinem Leben, mit dem du dich besonders verbunden fühlst? Und du schon den bloßen Gedanken nicht ertragen kannst, ihn zu verlieren?«

Melodys Blick wurde leer.

»Dein … Freund vielleicht?«, versuchte es Alex.

Melodys Gesichtsausdruck verhärtete sich. »Auf den bin ich grad wirklich nicht gut zu sprechen.«

Alex atmete langsam aus. »Was ist mit deiner Familie?«

Sie zuckte mit den Schultern. »Die sind bloß nervig.«

»Enge Freundinnen?«

Nichts.

»Haustiere?«

Das löste endlich etwas bei Melody aus. Sie strahlte über das ganze Gesicht und zückte ihr Handy, um Alex ein Foto eines bezaubernden weißen Schoßhündchens mit einer übergroßen rosa Schleife auf dem Kopf unter die Nase zu halten.

Um Gottes Willen.

»Das ist mein Liebling, Valentino.«

»Okay«, sagte Alex. »Stell dir vor, du musst dich entscheiden, ob du dich oder Valentino rettest. Das ist die Art von Konflikt, die wir in dieser Szene darstellen wollen.«

Melodys Augen weiteten sich. »Was für eine grausame Entscheidung! Jetzt habe ich es verstanden.«

Alex stand auf und wandte sich an den Rest des Teams. »Los geht's, Leute. Ein Puma, der später durch die Special Effects-Abteilung hinzugefügt wird, springt auf Shezan und den Wilderer zu.« Sie winkte die Schauspieler der Szene zu sich. »Jennifer hat ein altes Gewehr und nur eine Kugel übrig. Wenn sie von links schießt, lenkt der Aufprall des Geschosses den wütenden Puma von ihrem Vater weg und treibt ihn praktisch Shezan in die Arme. Wenn sie von rechts schießt, passiert das Gegenteil. Spoiler Alarm: Der Bösewicht darf sich auf einen Armvoll Puma freuen.«

Die Crew redete aufgeregt durcheinander, während sie sich auf die Szene vorbereiteten. Das Drama, die Dynamik der Geschichte – wenn sie das gut hinbekamen, könnte es den Film retten. Und alles hing an Alex. Sie war die Szene unzählige Male mit ihrer Crew durchgegangen, um herauszufinden, wie man die Spannung optimal nutzen könnte. Jetzt wurde es ernst.

»Was für eine Art zu sterben«, scherzte Jeremy, der Wilderer, und setzte ein bösartiges Grinsen auf. »Aber ich habe wohl ein Gesicht, dass die Leute töten wollen, also verstehe ich es.«

»Nee, Kumpel, so schlimm bist du auch wieder nicht«, sagte Chloe.

»Doch«, widersprach Melody unverblümt. »Scheiße, du zu sein.«

Mein Gott.

Jeremy lachte nur.

Alex rief »Action«. Sie beugte sich unbewusst in ihrem Stuhl vor, während die Szene sich vor ihr entfaltete. An verschiedenen Stellen ließ sie die Schauspieler wissen, wo sich der Puma gerade befinden würde. »Er ist jetzt fast am Ziel. Jennifer, du musst dich entscheiden, aber kannst es nicht.«

Melodys Gesichtsausdruck zeigte Entsetzen und Angst. Ihr Finger verkrampfte sich am Abzug. In der letzten Sekunde lehnte sie sich nach rechts und drückte ab.

»*Peng*!«, rief Alex. »Der Puma kommt direkt auf dich zu, Wilderer. Es ist getroffen, rasend vor Schmerz, doch mit letzter Kraft zerfleischt er dich noch.«

Jeremy schrie auf und griff sich mit der Hand an die Halsschlagader.

Die Special Effects-Abteilung würde später die blutverschmierte Kehle hinzufügen.

Auch Melody schrie auf, schluchzte und wandte sich dann ab. »Es tut mir leid.«

»Und … du bist tot!«, rief Alex Jeremy zu.

Er bewegte sich nicht mehr, seine Gesichtszüge erschlafften langsam. *Brillant.*

Melody weinte. Echte, authentische Tränen. *Wer hätte gedacht, dass sie wirklich schauspielern konnte?*

Oder sie liebt ihren Hund einfach zu sehr.

Chloe kroch an ihre Seite. »Nicht weinen«, flüsterte sie.

»Ich weine nicht um ihn.« Melody schüttelte den Kopf. »Ich bin froh, dass er tot ist.«

»Bist du das?«

»Er war kein guter Mensch«, sagte Melody knapp. »Dieser Tatsache ins Auge zu sehen, tut mir weh. Und bis ich dich traf …« Ihre Stimme wurde weicher. »… habe ich es mir nicht eingestehen wollen.« Ihr Blick fiel auf Chloes Lippen.

Chloe lehnte sich noch näher an sie heran.

Eine halbe Sekunde lang fragte sich Alex, ob Chloe Melody küssen würde, trotz Alex' klarer Anweisung, es beim Subtext zu belassen.

Chloes Augen wanderten Melodys Schmollmund entlang. Sie schien fast wirklich versucht zu sein.

Alex hielt vor Spannung den Atem an.

Chloe küsse Melody stattdessen auf die Wange und strich dann mit ihrem Daumen darüber. »Ich bin froh, dass ich für dich da sein konnte. Bei mir bist du immer sicher.«

Die Umarmung, die folgte, war eher sinnlich als tröstlich. Es war eine Allegorie für Sex – das hatte Alex vorher mit Chloe so abgesprochen.

Melody reagierte einfach auf Chloes Handlungen, wie sie es oft tat.

Alex rief »Schnitt« und fühlte sich seltsam unruhig. *Warum?* Die Szene war wunderbar geworden. Natürlich war sie das: Alex hatte Stunden damit zugebracht, sie auszuarbeiten. Sie hatte alles bis ins kleinste Detail durchdacht, um aus den filmischen Mitteln, die ihr zur Verfügung standen, auch das letzte bisschen Zartheit, Schönheit und Pathos herauszuholen. Aber dennoch war sie unruhig.

Die letzten Worte der Szene kamen ihr wieder in den Kopf.

Bei mir bist du immer sicher.

Als sie das im Drehbuch gelesen hatte, klang es nach dem typischen Fantasy-Helden-Unsinn. Niemand war in Wahrheit so. Jeder war sich selbst der Nächste. Alex wusste das ganz genau. Selbst bei Menschen, die einem sehr viel bedeuteten – Familie, Freunde, Geliebte – gab es immer Grenzen. Sie würde niemals für jemanden oberste Priorität haben, und andere würden immer einen Teil von sich zurückhalten. Das lag in der Natur des Menschen, nahm sie an. So war das Leben. Aber …

Alex trommelte mit den Fingern auf der hölzernen Armlehne ihres Regiestuhls. Aber Sam hatte, ohne auch nur einen Moment zu zögern, ihr Leben riskiert. Für Alex. Das war erschreckend. Erstaunlich. Und verdammt beunruhigend. Das taten Menschen nicht einfach so. Nicht im realen Leben.

Das Geräusch von Applaus riss Alex aus ihren Gedanken.

Die Crew half Jeremy gerade wieder auf die Beine und er verbeugte sich theatralisch. Chloe versuchte, ihr Kostüm zurechtzurücken, dass durch das Chaos etwas in Mitleidenschaft gezogen worden war; Skye half ihr dabei und ihre Finger flogen nur so über das Material, ganz der Profi, der sie war.

Alex musterte Skye. Ihr Gesicht wirkte angespannt. Sie schien schon den ganzen Tag in einer sehr seltsamen Stimmung zu sein.

Nachdem Skye mit Chloes Kostüm fertig war, zog sie Kiri zur Seite. Alex beobachtete ihr Gespräch, das aus Flüstern und heftigem Kopfschütteln bestand. Überrascht runzelte Alex die Stirn. Worüber sollten eine Kostümdesignerin und ein Stunt-Double sich streiten? Skye hatte Kiris Kostüm schon vor Wochen fertiggestellt. Es passte. Ende der Geschichte.

Plötzlich dreht Skye sich von Kiri weg und kam geradewegs auf Alex zu. Das konnte nichts Gutes bedeuten.

»Skye, nein!«, rief Kiri ihr hinterher.

Die übrigen Crewmitglieder hielten inne und beobachten die Szene angespannt.

Alex atmete langsam ein und versuchte, sich für schlechte Nachrichten zu wappnen. »Was ist los?«

»Es tut mir leid«, sagte Skye. »Es tut mir wirklich sehr, sehr leid. Das alles ist meine Schuld.« Sie wirkte unruhig. »Und diese reizende Polizistin wurde wegen mir fast umgebracht.«

Alex war sprachlos.

»Officer Keegan hätte nie zu den Bikern gehen sollen«, fuhr sie fort, »und das war meine Schuld.«

Alex schien das Blut in den Adern zu gefrieren. »Skye? Wovon redest du?«

»Die Puppe im Damm. Es war ein Unfall. Ich habe experimentiert, um herauszufinden, wie verschiedene Stoffe auf die Elemente reagieren. Damit ich die Kostüme aus dem Stoff machen kann, der sich am besten eignet. Und na ja, dann wurde ich abgelenkt. Ich bin manchmal ein wenig schusselig.«

Alex starrte sie fassungslos an.

»Es gab irgendein kleineres Drama an dem Abend, zu dem ich gerufen wurde. Bei all dem hab ich die Puppe komplett vergessen, bis am nächsten Morgen der Alarm ausgelöst wurde. Und ehe ich mich versah, war Officer Keegan schon auf dem Weg zu diesen Bikern! Ich fühle mich einfach schrecklich deswegen. Es tut mir so leid, Liebes.«

»Warum hast du denn nichts gesagt?«

Skye hielt sich die Hand an die Wange. »Ich kam mir so dumm vor. Und ich nahm an, es würde keine Rolle spielen, weil die Ermittlungen keine weiteren Kreise ziehen würden. Keine Spuren, keine Anhaltspunkte. Ich dachte: *Ich werde einfach nichts sagen und zur Tagesordnung übergehen. Wem soll es schaden?* Den Rest kennst du.« Skye sah bestürzt aus. »Na ja, bis auf die Tatsache, dass es keinen Saboteur gibt.«

Die ausbleibenden Reaktionen der Schauspieler und der Crew waren noch beunruhigender als die Bombe, die Skye gerade hatte platzen lassen.

Alex bemerkte mehrere schuldbewusste Gesichter, die ihren Blick mieden, darunter die von Kevin und Kiri. »Wieso kein Saboteur?«, fragte sie mit kühler Stimme. »Die anderen Vorfälle sind mit der Puppen-Geschichte nicht erklärt. Der zerstörte Teich und die gestohlene Lampe?«

»Es gibt keinen Saboteur«, wiederholte Skye mit sicherer Stimme.

Kiri warf Skye einen verzweifelten, warnenden Blick zu.

»Wir haben es also nicht mit einem Saboteur zu tun«, sagte Alex langsam. »Und was hat unser Stunt-Double dazu zu sagen? Kiri, hattest du nicht die Löcher im Teich entdeckt?«

»Ähm ...« Kiri spielte unruhig am Saum ihres Kostüms. »Na ja, ich war joggen, wie ich gesagt habe. Ich hatte meine Spikes an, weil der Boden morgens so rutschig ist. Ein Vogel flog plötzlich auf mich zu, und ich bin so erschrocken, dass ich auf die Teichkonstruktion getreten bin. Meine Spikes haben das Gummi kaputt gemacht. Es tut mir leid, dass ich es dir nicht vorher gesagt habe. Es ist nur, das hier ist mein erster großer Job als Stunt-Double. Und ich wollte ihn nicht verlieren. Entschuldige, Alex.«

»Ich … verstehe.« Alex sah sie lange an und bemerkte, wie Kiri immer wieder verstohlen zu Skye schaute.

»Lass mich raten«, wandte sich Alex an das erstarrte Beleuchtungsteam. »Für die vermisste Lampe gibt es auch eine ganz unschuldige Erklärung?«

Kevin versuchte, sich unauffällig davonzustehlen.

»Kevin? Hast du mir etwas mitzuteilen?«, fragte Alex.

Ein Klemmbrett klapperte hinter ihr zu Boden. Alex drehte sich um.

Es war Alice. Ihre Augen waren weit aufgerissen und ihr Gesicht wirkte blass.

»Oder Alice? Vielleicht kannst du mich ja erleuchten?« Wut stieg in Alex auf. Nicht auch noch Alice.

Alice öffnete den Mund und schloss ihn dann gleich wieder wortlos.

»Alice trifft keine Schuld«, sagte Kevin und fuhr sich mit einer Hand über den Nacken. »Es gab eine Verwechslung. Ich hatte den Auftrag für die M90 falsch gelesen und die Lampe zum Zelt des Wilderers raufgebracht.«

»Raufgebracht? Wie?«

»Mit dem Gabelstapler.« Er zuckte mit den Schultern. »Wie ich es immer mache. Niemand hat mich gesehen. Aber als ich wieder unten ankam, um die zweite M90 hochzubringen, erfuhr ich, dass eine Notfallsitzung einberufen worden war. Du stecktest gerade mitten in deiner großen Rede über Saboteure und der Beschaffung einer neuen M90, also dachte ich, ich halte lieber meine Klappe. Ich war schon wegen der kaputten Glühbirne auf Bewährung. Ich war mir sicher, dass ich für die falsch platzierte M90 gefeuert werden würde.«

Alex' Wut stieg mit jedem Wort weiter an. »Du dachtest, du würdest wegen einer Verwechslung gefeuert werden? Am Set werden ständig Dinge verlegt! Willst du mir erzählen, dass du dich nicht mal getraut hast, einen einfachen Fehler zuzugeben? Denkst du, ich bin ein Unmensch?

»Ähm … nein, das war nicht … nicht alles.« Kevin kratzte sich am Ohr. »Weißt du, ich wusste, dass ich mich auf dünnem Eis befand, und du mich vielleicht feuern würdest. Aber ich wollte auch nicht als der Idiot dastehen, der nicht mal einen einfachen Auftrag ausführen kann, nachdem ich schon gleich in meiner ersten Woche eine Lampe kaputt gemacht habe.«

Er kaute auf seiner Lippe herum, sah Alex an und dann zu Boden. »Ich habe in meinem Leben schon viele Fehler gemacht – wirklich dummes Zeug – und ich habe jetzt einen gewissen Ruf. Ich wollte meiner Familie nicht noch mehr Schande bringen. Ich liebe diesen Job und ich wollte darin erfolgreich sein. Ich wollte nicht wieder der Depp von früher sein.«

Alex starrte ihn ungläubig an, dann drehte sie sich zu Alice. »Und warum sieht meine Assistentin so schuldig aus?«

Kevin warf Alice einen Blick zu. »Ich habe sie angerufen, als sie gerade unterwegs war, um eine neue Lampe zu finden, und habe ihr erzählt was passiert ist. Dann kam mir die Idee, dass ich die ursprüngliche Leuchte zurückbringen und dass Alice sagen könnte, dass es ein Ersatz sei, den sie gefunden hat. Sie könnte dann den Tag retten und niemand würde gefeuert oder gedemütigt werden. Also, ich jedenfalls nicht.«

»Wir haben das also nicht Peter Jackson zu verdanken? Kein Wunder, dass er auf meine E-Mail nicht geantwortet hat«, murmelte Alex. Sie schaute ihre Assistentin an. »Alice, warum hast du dich auf diesen Unsinn eingelassen?«

»Ich wollte nicht, dass Kevin seinen Job oder den Respekt der Crew verliert. Er hatte sich bislang so gut geschlagen.« Sie warf Kevin einen mitfühlenden Blick zu. »Es hat uns nichts gekostet, so zu tun, als wäre es eine neue Lampe. Und ich wollte ihm helfen. Er ist wirklich nett.«

Kevin lief bei ihren Worten leicht rot an.

»Also wusste eigentlich jeder, dass es keine Sabotage war«, sagte Alex mit finsterem Gesichtsausdruck.

»Ich wusste von nichts«, sagte Melody und sah dabei nicht einmal von ihrem Handy auf. »Und ich würde alle für diesen Scheiß feuern.«

Mordlustige Blicke trafen Melody, aber sie zuckte nur mit den Schultern und tippte dann weiter.

Alex schaute in die beschämten Gesichter um sie herum. Dass nicht ein Einziger von ihnen sich getraut hatte, ihr die Wahrheit zu sagen, schmerzte. Sie fühlte sich, als hätte sie versagt. »Ihr habt mich jeden Tag aufs Neue angelogen. Quincy und ich haben geglaubt, dass wir unter Beschuss stehen. Was habt ihr euch nur dabei gedacht? Ihr seid alle erwachsen. Es hätte jemand sterben können!«

Alle sahen schuldbewusst aus und murmelten kleinlaute Entschuldigungen.

Alex fragte sich, ob sie wirklich begriffen, dass ihre blöden Aktionen Sam beinahe das Leben gekostet hatten. Dass Skye darin verwickelt war, traf sie am härtesten. Sie hatte ihr vertraut und geglaubt, dass sie im Zweifel hinter ihr stehen würde. Dabei hatte sie von allem gewusst und Alex nichts gesagt.

»Ich will euch im Moment nicht mehr sehen«, fuhr sie fort. »Ich weiß einfach nicht, was ich sagen soll. Doch, eigentlich schon. Alice? Du arbeitest ab sofort für die Regieassistenz. Kevin? Du warst nicht nur unehrlich und unverantwortlich, du hast auch noch jemanden dazu gebracht, für dich zu lügen. Du bist gefeuert. Kiri, ich werde die Kosten für den zerstörten Teich von deinem Gehalt abziehen, weil du mich angelogen hast. Du kannst von Glück sagen, dass ich dir nicht auch noch die Kosten für unseren Zeitverlust abziehe. Und Skye?« Alex schüttelte den Kopf. Sie war einfach nur maßlos enttäuscht. »Ich weiß nicht mal ….«

»Alex –« Skye trat einen Schritt auf sie zu.

»Nein. Ich will nichts von dir hören.«

Nach einem Blick in Alex' Gesicht blieb Skye stumm.

Noch einmal sah Alex grimmig von einem zum anderen. »Es geht mir nicht nur um den Schaden, den ihr verursacht habt. Ihr habt alle mein Vertrauen missbraucht. Dafür habe ich keine Worte. Jetzt muss ich Quincy alles erklären und eine neue Assistentin finden.« Mit diesen Worten machte sich Alex auf den Weg zum Produktionstrailer. Sie war am Boden zerstört.

Wie hatte es nur so weit kommen können?

Kapitel 18

Reinen Tisch machen

Das Klopfen an Sams Tür war laut genug, um Tote zu erwecken. Wenn das ein verdammter Journalist auf der Suche nach einer neuen Schlagzeile war, würde sie ihn in die Wairere Falls werfen. Sie warf einen Blick auf die Uhr. Sechzehn Uhr dreißig? Da war jemand hartnäckig. Die Journalisten hatten um diese Tageszeit für gewöhnlich lange aufgegeben.

Sie öffnete ihre Tür mit Schwung, um die Person auf der anderen Seite anzuschnauzen. Vor Schreck knallte sie sie dann beinahe wieder zu.

Alex.

Nein. Zu früh.

Sam war noch nicht bereit dazu, Alex zu erklären, dass sie ihr mit der öffentlichen Zurschaustellung das Schlimmste angetan hatte, was sie ihr hätte antun können. Nicht nur beruflich, sondern auch persönlich. Dieses Geständnis würde nur Gefühle heraufbeschwören, die sie momentan noch nicht ertragen konnte.

Alex sah aus wie ein geprügelter Welpe.

Sam seufzte und trat einen Schritt zurück. »Komm rein.«

Nachdem Alex eingetreten war, schwiegen sie.

Alex lief in der Wohnung auf und ab und sah dabei unruhiger aus, als Sam sie je gesehen hatte. Sie schien den heruntergekommenen Zustand der Wohnung und den veralteten Stil nicht einmal zu bemerken, von dem Sam so überzeugt gewesen war, dass er Alex in die Flucht schlagen würde.

»Möchtest du etwas trinken?«, fragte Sam. »Ich habe …« Sie versuchte, sich daran zu erinnern, was in ihrem Kühlschrank war. Es war ein paar Wochen her, seit sie die Zeit gefunden hatte, richtig einzukaufen. »Bier, Kaffee und Wasser.«

»Bier.« Alex blieb stehen. »Nein, warte, kein Bier. Hinterher sage ich noch etwas, was ich nicht mehr zurücknehmen kann, und ich weiß, dass er zur Familie gehört, aber verdammt noch mal, Sam!«

Familie? Sam runzelte die Stirn. »Was hat Kev jetzt wieder angestellt?«

»Woher wusstest du, dass ich ihn meine?«

»Es geht immer um Kev. Er zieht Ärger an wie ein Magnet. Also, was hat er angestellt?«

Alex stemmte aufgebracht die Hände in die Hüften. »Er hat gelogen. Sie haben alle gelogen.«

»Wer ist alle?«

»Skye, Kev und Kiri.«

»Ich kann dir nicht folgen.« Sam bedeutete Alex, sich auf ihre abgenutzte, grüne Couch zu setzen.

»Die Sabotage«, sagte Alex, nachdem sie sich hingesetzt hatte. »Sie wussten alle, wer dahintersteckt, weil sie alle dahintergesteckt haben. Du hattest recht. Es war ein Insider-Job.«

Sam ließ sich neben sie auf die Couch fallen. »Entschuldigung, was?«

Alex erzählte ihr von den jüngsten Erkenntnissen, von Skyes Geständnis und auch davon, wie schwer dieser Verrat ihr zusetzte. »Und dann habe ich Kev gefeuert«, sagte sie schließlich. Sie sah Sam an. »Ich hatte keine andere Wahl.«

Sam fühlte ihre Enttäuschung nahezu bis in ihre Eingeweide. Sie hatte wirklich gehofft, dass dieser Job Kev verändert hatte.

»Aber für mich ist er nicht der Schlimmste von ihnen«, fuhr Alex fort. »Es ist Skye, deren Lügen mich am meisten verletzt haben. Ich mochte sie so sehr. Wir sind uns so nahegekommen, und jetzt kann ich sie nicht einmal mehr anschauen.«

»Es gibt also keinen Saboteur?«, fragte Sam ungläubig noch einmal nach.

»Nein. Nur Menschen, die egozentrisch und rücksichtslos sind.«

»Das tut mir sehr leid.«

»Mir auch.« Alex sackte etwas in sich zusammen. »Lass uns nicht mehr über sie reden. Es macht mich fertig.« Sie stand auf und lief wieder hin und her.

Schließlich blieb sie vor Sams farbenfroher Postkartensammlung stehen und musterte die einzelnen Exemplare neugierig. »Wer hat die dir geschickt?«

»Die Entflohenen.«

Alex drehte sich zu Sam um. »Was?«

»Nur ein Insider-Witz. Wenn Leute Ika Whenu verlassen, schicken sie mir eine Postkarte. Es begann mit ein paar Schulfreunden, die wussten, dass ich vom Reisen geträumt habe. Dann hat es sich irgendwie durchgesetzt und wurde zur Tradition. Ich habe nie danach gefragt, aber fast jeder, der die Stadt verlässt, schickt mir eine Postkarte.« Sam stellte sich neben Alex. Sie tippte auf eine Postkarte aus Singapur. »Peta arbeitet jetzt in einem Medienunternehmen dort.« Sam löste die Karte von der Pinnwand und drehte sie um.

Kia ora an meine Lieblingspolizistin! Schau dir mal die Aussicht aus meinem Bürofenster an. Ich wünschte, du könntest es live sehen. Grüße, Peta. Xx

Alex' Blick fiel auf die Karte aus Pfeiffer Beach. »Die hier ist ganz schön abgegriffen. Ist es deine Lieblingskarte?« Sie betrachtete das Bild genauer. »Ein wunderschöner Strand.«

Sam zuckte mit den Schultern. »Ja. Es ist eine Karte von meiner Ex. Wir waren zusammen, als ich in Auckland stationiert war. Wir haben uns getrennt, als ich wieder nach Hause zurückgezogen bin.« Sam musterte den schönen Strand. Der Anblick ließ ihr Herz wie immer etwas befreiter schlagen.

»Darf ich?«, fragte Alex. Ihre Finger streiften den Rand der Postkarte.

Sam nickte.

Alex löste die Karte und drehte sie um.

Siehst du, wo ich bin? Es ist eine Schande, dass du nicht hier bist, weil diese trostlose Stadt und deine Familie immer an erster Stelle stehen. Melde dich, wenn du deine Meinung jemals ändern solltest. N.

»Was für ein Miststück.«

Sam musste darüber lachen, wie verärgert Alex klang. »Na ja, sie war verletzt. Ich habe Ika Whenu ihr vorgezogen. Das ist Jahre her. Ich behalte ihre Postkarte nur, weil ich das Foto liebe, nicht den Absender. Und Nicole hatte recht: Ich bin an diesen Ort gebunden und daran ist nichts zu ändern.«

Kurz war es totenstill im Raum.

»Nichts zu ändern?«, fragte Alex schließlich. »Du kannst diesen Ort nie verlassen? Niemals?«

»Das ist in Ordnung. Ich lebe durch die Abenteuer anderer Menschen. Ich habe viel Fantasie, um mir vorzustellen, was da draußen ist. Vielleicht ist es so einfacher. Außerdem muss ich nirgendwo hingehen und nichts tun, um mich vollständig zu fühlen.«

»Ich verstehe«, sagte Alex leise. »Es tut weh, dabei zuzusehen, wie andere gehen und nie wiederkommen. Es ist einfacher, sich da rauszuhalten. Nicht zu viel in neue Menschen oder alte Träume zu investieren.«

So direkt formuliert. Sam blinzelte, unsicher, was sie darauf erwidern sollte. »Nein, es bedeutet nur, dass die großen Träume nichts für jeden sind. Exotische Orte. Ausgefallene Jobs. Langlebige Beziehungen. Was auch immer. Mir geht's hier gut.«

»Dir ist klar, dass es auch okay ist, nur ein *bisschen* in Träume zu investieren, oder?«, fragte Alex. »Nicht alles dreht sich um die großen Lebensziele. Man darf so lange oder so kurz glücklich sein, wie man will. Es kann auch schön sein, sich auf kurzweilige Freuden einzulassen. Wenn alle Parteien sich im Klaren darüber und einverstanden sind.« Ihr Blick war sanft, intensiv und … verweilend.

Oh.

»Meinst du …?« Sam hielt unsicher inne. Interpretierte sie die Schwingungen richtig? »Bittest du mich um eine Affäre oder so etwas?«

Alex' Gesichtsausdruck wurde reumütig. »Reicht ›oder so etwas‹ als Antwort? Denn Sam, ich spüre, dass da etwas zwischen uns ist. Etwas Magisches. Und ich glaube, dass du es auch fühlen kannst. Wenn ich bei dir bin, spüre ich eine Anziehung, die ich nie erwartet hätte. Geht es nur mir so? Oder fühlst du auch diese Verbindung zwischen uns? Ich würde dem gern nachgehen … wenn du es auch willst? Auch wenn wir wissen, wie es enden wird?«

Alex' hoffnungsvoller Blick brannte sich in Sams Seele. *Wie es enden wird.* Sam atmete tief durch und sah noch einmal zu der Postkarte aus Pfeiffer Beach. Sie hob ihre Hand und strich mit den Fingern über die glänzende Oberfläche. »Es ist ein bisschen sinnlos, findest du nicht?«

»Der Sinn ist, was wir daraus machen.«

Gutes Argument. Sam blickte auf und sah, dass Alex ihr jetzt viel näher war. Sehnsucht in ihren Augen. Es wäre so einfach …

Ach, zur Hölle damit. Sam küsste sie.

Alex' Lippen waren heiß und fordernd auf ihren. Ihre Hände griffen in Sams Haare und zogen sie näher an sich.

Sam spürte ein Flattern in ihrem Bauch. Dann das Brennen von Erregung. Wie lange war das letzte Mal her?

Als sie sich nach ein paar Minuten voneinander lösten, strahlten Alex' Augen. Ihre Lippen sahen geschwollen und verlockend aus.

»Ich fühle es auch«, gab Sam zu. »Aber es ist trotzdem aussichtslos.« Ihr Blick blieb auf Alex' Lippen fixiert. Sie wollte mehr von diesem Rausch. »Du wirst bald abreisen.«

»Wenn du mir sagst, dass ich aufhören soll, werde ich aufhören.« Alex griff nach Sams Hand und legte sie mittig auf ihre Brust, über ihr Herz. »Kannst du fühlen, wie mein Herz rast? Das tut es für dich. Du bist eine unglaubliche Frau. Ich will mehr von dir; so viel mehr. Oder … willst du mir sagen, dass ich aufhören soll?«

Der schnelle Rhythmus unter ihren Fingerspitzen war so erregend, wie es die Berührung von Alex' Lippen gewesen waren. Sam stellte sich vor, ihre Hand in Alex' Hemd zu schieben, auf ihren BH zu legen und für einen Moment ihre weiche Brust zu spüren. Sie zitterte bei dem Gedanken an andere Stellen, die genauso zart sein würden. Wie würden sich die Innenseiten von hat Alex' Schenkeln anfühlen? Wie würde ihre Haut dort schmecken?

»Sam?«

»Ich will dir nicht sagen, dass du aufhören sollst.«

»Dann tu es nicht.« Diesmal küsste Alex sie.

Sam fühlte sich unglaublich heiß an. Die Hitze verzehrte alles in ihr. *Viel zu früh.*

Sie musste die Bremse ziehen, solange sie es noch konnte. Sam zog sich mit Bedauern von Alex' Körper zurück. »Ich möchte nicht, dass du aufhörst, aber ich denke, das sollten wir.«

»Oh.« Alex wirkte sofort peinlich berührt. »Habe ich etwas falsch verstanden?«, fragte sie.

»Nein. Aber ich glaube, du bist etwas Besonderes, Alex. Und ich will dich vorher auf ein Date ausführen. Dich besser kennenlernen. Und nicht nur als die verrückte Filmfrau, die mich fast überfahren hätte. Du hast mehr verdient als nur einen One-Night-Stand in der Hitze des Gefechts. Wir beide haben mehr verdient als das.«

»Du bist altmodisch, was?« Alex lächelte. »In Ordnung. Das gefällt mir.«

»Was hältst du davon, einen Tag mit mir zu verbringen, der mit dem Sonnenaufgang beginnt?«

»Ich hatte in letzter Zeit einige unheimlich früh beginnende Tage für die Arbeit. Das scheint zum Glück erst mal vorbei zu sein.«

»Glaubst du, du könntest noch einen Weiteren verkraften? Wie wäre es, wenn du morgen früh im Morgengrauen hier vorbeikommst? Ich möchte dir zeigen, wer ich bin und was ich tue. Die volle Sam-Keegan-Erfahrung. Es gibt auch Kaffee. Und Snacks. Dazu Streicheleinheiten und feuchte Nasen.«

Alex lachte. »Warum habe ich das Gefühl, dass es nicht das ist, wonach es sich anhört?«

»Weil du recht hast.« Sam grinste.

»Na schön, ich bin neugierig. Solange ich um acht Uhr zurück am Set bin. In der Zwischenzeit …« Alex grinste schelmisch. »Macht es dir etwas aus, wenn ich mir deine Lippen bis dahin ausborge?«

»Hat der Spruch schon mal funktioniert?« Sam hob eine Augenbraue.

»Keine Ahnung. Es ist das erste Mal, dass ich ihn versucht habe. Sag du es mir.« Alex zwinkerte ihr zu.

»Komm her.« Sam beugte sich vor. »Dieses eine Mal werde ich eine Ausnahme machen und so einen tragischen Spruch belohnen. Aber nur, weil du süß bist und ein bisschen herrisch.« Sie legte ihre Arme um Alex und küsste sie so, wie sie es schon viel zu lange hatte tun wollen.

Ein sanftes Seufzen ertönte und Sam hatte absolut keine Ahnung, wer ihn von sich gegeben hatte.

Als sie sich diesmal voneinander lösten, wirkte Alex' Gesichtsausdruck traurig.

»Hey«, flüsterte Sam. »Was ist denn?«

»Ich frage mich, ob du und Quincy jetzt meine einzigen Freunde in Neuseeland seid. Und da Quincy ein ziemliches Arschloch sein kann, ist das ein bisschen traurig, nicht wahr?«

»Ich bin sicher, das ist nicht wahr. Nur der Teil mit Quincy«, neckte Sam. »Aber nicht der Teil, dass du außer uns keine Freunde hast. Ich dachte, du und Skye, ihr steht euch nahe? Du wirst doch sicher auch nach dem heutigen Tag noch –«

»Ich bin mir da nicht so sicher. Sie verhält sich so merkwürdig. Ich fange an, mich zu fragen, ob ich sie jemals wirklich gekannt habe, wenn sie so feige handelt.«

»Mir geht es ähnlich mit Kiri.« Sam runzelte die Stirn. Seit Sam Kiri vor einem Fiesling in der Schule gerettet hatte, war sie eine loyale Verbündete. Sie hatte Kiri immer für eine von den Guten gehalten. »Das ist mir alles zu hoch. Kiri ist solide. Anständig. Zuverlässig. Und sie hat meines Wissens nach noch nie gelogen. Nicht, wenn es um etwas Größeres ging. Das sieht ihr gar nicht ähnlich.«

»Jetzt schon.«

Es fühlte sich nicht richtig an. Eine erwachsene Frau, die sich nicht traute, einen blöden Unfall zuzugeben? Sie war aus Versehen durch einen Teich gelaufen und hatte ihn nicht mit ... Etwas kam Sam wieder in den Sinn, dass sie ausgeblendet hatte. »Erinnerst du dich an die Schuhe, die Kiri an diesem Tag angehabt hat?«

»Nein.«

»Sie waren sauber. Wenn sie durch den Teich gelaufen wäre, hätte sie Schlamm an den Sohlen gehabt.« Sam dachte einen Moment lang über Kiris Aussagen nach. »Was glaubst du, wie lang Spikes von Laufschuhen sind?«

»Keine Ahnung.«

»Ich glaube nicht, dass man damit so klobige Löcher in die Gummimatte treten kann.«

»Kiri hat gelogen?«, fragte Alex. »Ich meine, noch mehr?«

»Ja. Vielleicht, um jemand anderen zu decken?«

»Lügen sie vielleicht alle? Skye auch?«

»Wäre möglich.«

»Skye behauptet, sie hätte die Schaufensterpuppe am Damm vergessen«, sagte Alex langsam, »aber das klingt überhaupt nicht nach ihr. Sie ist exzentrisch, ja, aber nicht schusselig. Es macht keinen Sinn, dass sie irgendein großes Experiment mit teurem Stoff einfach so vergessen würde.«

Sam sah sie nachdenklich an. »Als ich die Puppe an Land zog, wog sie eine Tonne; weit mehr als diese billigen Schaufensterpuppen, die in Geschäften rumstehen.«

»Kostümbildner geben sich nur mit dem Besten zufrieden.«

»Ich habe bis jetzt nicht daran gedacht, weil sie zu der Zeit voller Wasser war. Aber selbst trocken hätte ein Federgewicht wie Skye diese Puppe nirgendwohin tragen können. Geschweige denn den ganzen Weg bis zum Damm. Sie wiegt sicher mehr als Skye selbst.«

»Wer war es dann?« Alex atmete frustriert aus. »Decken alle dieselbe Person? Kev auch?«

Sam dachte einen Moment darüber nach. »Kev würde das, glaube ich, nicht machen. Ich liebe ihn, aber das ist sein Makel: Er ist egoistisch. Er zeigt immer mit dem Finger auf jemand anderen, um seine Haut zu retten.«

»Was geht dann vor sich?«

Sam warf einen Blick auf ihre Uhr. »Wenn alle zum Essen im Pub sind, werden wir sie mit ihrer Geschichte konfrontieren. Wir befragen alle zusammen, damit sich niemand rausreden kann.«

»Das ist wie ein Miss Marple-Rätsel.« Alex lächelte schief. »Das ist einfach mein Glück: Ich komme nach Neuseeland, um den schlimmsten Film der Welt zu drehen, und werde in einen seltsamen Sabotagekomplott verwickelt. Wenigstens steht die süße Polizistin auf mich.« Sie zwinkerte Sam zu und stupste sie an. »Du bist auch noch blond. Das Studio wäre begeistert.«

Sam lachte. »Ich werte das jetzt mal als Kompliment.«

»So ist es gemeint«, sagte Alex und lächelte aufrichtig. »Also, Miss Marple. Heute Abend folgt die große Enthüllung. Alle werden im Salon Platz nehmen und wir zeigen abwechselnd mit dem Finger auf sie.«

»Ich stehe nicht wirklich auf Agatha Christie.«

»Wie kann eine Polizistin nicht auf einen guten Krimi abfahren?« Alex musterte sie entrüstet.

»Ich habe nicht wirklich viel Freizeit, besonders seit das Meth in der Stadt aufgetaucht ist. Mit Ausnahme von Tiger dreht sich alles nur um die Arbeit. Mein Arsch gehört dieser Stadt.«

Als Antwort auf Alex' verwirrten Blick fügte sie hinzu: »Solo-Polizeirevier. Die einzige Polizistin zu sein, heißt, auch an freien Tagen und an Feiertagen auf Bereitschaft zu sein.«

»Du meinst, wenn es Notfälle gibt?«

»Nein, nicht nur bei Notfällen. Das macht die Tage ganz schön lang. Der große Nachteil ist nämlich, dass ich manchmal einfach nicht entspannen kann. Ich rechne immer damit, dass gleich das Telefon klingelt. Daher kann ich mich meistens auch nicht richtig auf ein Buch oder einen Film konzentrieren.«

»Ernsthaft? Das ist ja furchtbar.«

»Man gewöhnt sich daran. So ist das Leben.«

»Hast du schon immer hier gearbeitet? Ich meine, bist du gleich nach der Polizeischule hier stationiert worden?«

»Nein. Ich war ein paar Jahre in Auckland stationiert, bevor ich nach Hause zurückgekommen bin.«

»Wie war es, in Auckland zu arbeiten?«

»Gut.« Sam lächelte. »Viel zu tun, viel Abwechslung, und ich hatte am Wochenende meine Ruhe.«

»Warum bist du dann zurück hierher gekommen?«

Die Eine-Millionen-Dollar-Frage. Sie war unsicher, wie viel sie von sich preisgeben sollte. »Für meine Familie. Sid hatte Gerüchte gehört, dass Kev für eine Biker-Gang Gelegenheitsjobs machte. So ködern sie neue Mitglieder. Sie bieten jungen Männern ein bisschen Geld für kleinere Arbeiten und geben ihnen das Gefühl, etwas Besonderes zu sein – Teil einer neuen Familie, die sie respektiert. Und wenn sie einmal drin sind, geht es steil bergab.«

»Scheiße.«

»Niemand konnte Kev davon überzeugen, dass seine neuen Freunde nichts taugten. Er war auf dem besten Weg, ein Berufsverbrecher zu werden, genau wie sie. Er wäre früher oder später im Gefängnis gelandet … es sei denn, jemand war rund um die Uhr da, um ihn im Auge zu behalten.«

»Lass mich raten, wer.«

»Genau. Gina flehte mich an, mich für das lokale Polizeirevier zu bewerben. Ika Whenus Polizist war gerade in den Ruhestand gegangen und wir wussten, dass die Biker kein Mitglied behalten würden, das mit einer Polizistin vor Ort verwandt war.«

»Es war also die perfekte Lösung«, murmelte Alex. »Zumindest in der Theorie.«

»Genau. Wie sollte ich die Frau abweisen, die mich in ihr Haus geholt und mich wie ihr eigenes Kind großgezogen hat, nachdem meine Mutter …«, sie schluckte, bevor sie weitersprach, »… eingewiesen worden war.« Sam starrte auf ihre Hände. »Sie hat manchmal Stimmen gehört, die ihr gesagt haben, dass sie verfolgt wurde und dass sie sich verstecken musste. Eines Nachts habe ich sie hinter Ginas Kneipe gefunden. Sie sah aus, als sei sie dorthin gekrochen. Ihre Knie und Hände waren schmutzig und blutverschmiert. Es war Winter, sie war nackt und hat gezittert, aber ich konnte sie nicht davon überzeugen, sich von der Stelle zu bewegen. Gina hat uns gefunden. Sie hat etwas für uns gekocht, meine Mutter angezogen und mir dann gesagt, dass ich getan habe, was ich konnte, dass das aber definitiv zu viel für ein Kind sei. Am nächsten Tag haben sie meine Mutter abgeholt. Und Gina ist meine Pflegemutter geworden.«

Sam machte sich auf die übliche Reaktion gefasst. Es gab einen Grund, warum sie es vermied, diese Geschichte zu erzählen. Sie hasste Mitleid. Manchmal wurden die Leute allerdings auch wütend. Als hätte ihre Mutter ihr das absichtlich angetan. Nein, sie hatte mit allen Mitteln versucht, gesund zu werden, aber die Medikamente hatten nicht angeschlagen und sonst hatte auch nichts geholfen. Es war nicht ihre Schuld.

»Man braucht wirklich Mut, wieder aufzustehen, wenn das Leben einen niedergeschlagen hat.«

Sam wagte es, Alex anzusehen. Der Knoten in ihrem Magen löste sich ein wenig. Alex verurteilte weder sie noch ihre Mutter, das konnte sie in ihrem Blick erkennen. »Vielleicht. Oder vielleicht bin ich einfach nur zu stur. Oder zu dumm, aufzugeben.«

»Nimm einfach das Kompliment an.« Um Alex' Augen bildeten sich Lachfalten.

»Nein.« Sam war nicht in der Lage, ihr eigenes Lächeln zu unterdrücken.

»Hast du noch Kontakt zu deiner Mutter?«

»Sie ist gestorben.«

»Was ist mit deinem Vater?«

»Ich erinnere mich nicht an ihn. Ich weiß nicht, ob er tot ist oder lebt, und ich habe nie versucht, es herauszufinden.«

»Tut mir leid.« Alex betrachtete sie. »Das ist also der Grund, warum du alles für deine Pflegefamilie tust.«

»Es ist das Mindeste, was ich tun kann. Sie haben mir nie einen Grund gegeben, meine Loyalität infrage zu stellen. Zumindest bis heute nicht.« Ihr Gesichtsausdruck verfinsterte sich. »Verdammt, Kev.«

Kapitel 19

Rede und Antwort?

Die *Shezan*-Crew war bereits beim Abendessen, als Alex mit Sam im Schlepptau das *Te Wharariki Hotel* betrat.

Alex näherte sich ihrer Crew. Als ihr Blick abschätzend von einem zum anderen ging, bemerkte sie ihre betrübten Mienen. Skye sah besonders niedergeschlagen aus.

»Leute.« Alex räusperte sich. Die Gespräche an den Tischen um sie herum verstummten. Alle Blicke lagen auf ihr. »Wir müssen einige Dinge klären.«

Quincy war auch anwesend und beobachtete sie. In seinem Blick schwang die Frage mit, ob sie seine Unterstützung brauchte, doch Alex schüttelte kaum merklich den Kopf.

»Ich habe feststellen müssen, dass ihr alle mir heute einen Haufen Lügen erzählt habt.« Alex verschränkte die ihre Arme vor der Brust. »Ich will die Wahrheit wissen. Und so wahr mir Gott helfe, ich bin versucht, jeden einzelnen zu feuern, der mir noch einmal ins Gesicht lügt. Vor allem möchte ich wissen, warum ihr mir und unserem Film das antut. Ich dachte, ihr glaubt genauso an *Shezan* wie ich. Warum verschwört ihr euch also gegen den Film? Gegen *uns*?« Sie hielt inne und sah gezielt Skye an. »Warum wollt ihr mir schaden?«

Skye starrte den Tisch vor sich an. Ihre Finger tippten unruhig gegen die Seite ihres Glases.

»Fangen wir doch bei dem zerstörten Teich an. Kiri? Was ist wirklich passiert? Deine Turnschuhe waren nicht dreckig und die Einstichlöcher im Gummi waren zu groß, als dass sie von deinen Spikes hätten verursacht werden können.«

»Es tut mir leid. So, so leid … Ich wollte dir nie schaden. Und Sam erst recht nicht.«

Sam trat näher an die Gruppe heran. »Was hat das mit mir zu tun?«

Kiri warf den anderen einen schnellen Blick zu und schüttelte dann den Kopf. »Das kann ich nicht sagen.«

»Kannst du nicht oder willst du nicht?«

»Beides.«

Alex wandte sich verärgert wieder an Skye. »Du bist nicht so vergesslich, wie du behauptet hast. Und du hättest diese Puppe im Leben nicht allein zum Damm tragen können.«

Skye ließ ihren Kopf hängen. »Du hast recht, das habe ich nicht.«

»Wie ist sie dann dorthin gekommen?«

»Es tut mir in der Seele weh, dass mein Handeln dich verletzt hat«, sagte Skye. »Bitte glaub mir das. Das war nie meine Absicht. Aber es ist nicht an mir, diese Geschichte zu erzählen.«

»Du deckst jemanden?«, fragte Alex. »Wen?« Sie sah sich im Raum um. »Du kennst diese Leute kaum!«

»Das ist so nicht ganz korrekt.« Skye faltete ihre Hände auf dem Tisch.

Das war doch alles verrückt. Alex starrte sie verwirrt an.

»Kev«, warf Sam ein und trat vor, »hast du die Lampe aus Versehen an den falschen Ort gebracht oder ist etwas anderes passiert? War noch jemand anders beteiligt?«

»Ähm, Sam …«, begann Kevin.

»Im Moment bin ich für dich Senior Constable Keegan. Ich frage dich als Polizistin. Wer lügt hier?« Sie blickte von Person zu Person.

Schweigen.

Alex' Schultern schmerzten vor Anspannung.

»Mein Gott«, sagte Melody von der Seite, »was für ein verrücktes Set. Kaum zu glauben, dass ich dachte, es würde hier am Arsch der Welt langweilig werden.«

»Melody«, fuhr Alex sie an, »wenn du an dieser Verschwörung nicht beteiligt bist, bitte ich dich ausdrücklich, den Mund zu halten. Und wenn du schon dabei bist, bitte widersteh dem Drang, die Heimat vieler deiner Kollegen zu beleidigen.«

Melody verdrehte die Augen und tat so, als würde sie ihren Mund mit einem Reißverschluss verschließen.

»Wirst du wirklich alle feuern? Auch die, die nicht beteiligt waren?«, fragte Chloe leise. »Denn wenn du das tust, wird *Shezan* tatsächlich zur größten Lachnummer überhaupt.«

Natürlich hatte der Star in ihrer ersten Hauptrolle hier am meisten zu verlieren. In diesem Moment sah Alex definitiv den Reiz von Quincys Wunsch, alles mit Benzin zu übergießen, anzuzünden und dem Set den Rücken zu lehren, während es in Flammen aufging. »Im Augenblick ist das mehr als nur ein wenig verlockend.«

»Ist das, was passiert ist, wirklich so schlimm?«, fragte Sid. »Ich meine, ein paar Verspätungen sind keine große Sache, oder? Wie viel Zeit hast du dadurch überhaupt verloren?«

Ein paar Crewmitglieder nickten nervös.

»Ihr werdet mir also nicht sagen, was hier los ist?« Sams Blick überflog die anwesende Menge. Dann sah sie ihren jüngsten Bruder an. »Respektierst du mich wirklich so wenig?«

»Damit hat es nichts zu tun«, sagte Kevin mit ernstem Blick. »Ich verspreche, dass es damit nichts zu tun hat. Aber du würdest du uns hassen, wenn wir dir jetzt sofort die Wahrheit sagen würden. Vielleicht später? Irgendwo, wo es weniger öffentlich ist und du etwas weniger … unheimlich bist?«

Alle nickten zustimmend. Sam bedachte sie mit einem angewiderten Blick.

Alex musterte weiterhin Skyes Gesicht. Sie war blass und starrte mit leerem Blick auf ihr halb gegessenes Fischgericht. »Du auch nicht, Skye?« Schmerz schwang in ihrer Stimme mit, als sie noch einmal fragte: »Du wirst es mir auch nicht sagen, Skye?«

»Es steht mir nicht zu.« Skye sah von ihrem Teller auf. »Nicht ohne die Zustimmung aller Beteiligten.« Ihr Gesichtsausdruck schien fest entschlossen. »Und Kevin hat völlig recht, Liebes. Definitiv nicht jetzt und nicht hier.«

Alex sah von einem zum anderen. »Solche Respektlosigkeit ist mir bislang noch nie auf einem Set begegnet. Ich bin von euch allen entsetzt.« Ihr Blick fiel zurück auf Skye. »Von euch allen.«

»Alexandra, Liebes, denk bitte daran, was ich an diesem Tag am Damm gesagt habe: Alles eine Frage des Motivs.«

»Und was soll das bedeuten?«, fragte Alex.

Skye lächelte sie nur reumütig an. »Das ist eine Frage für einen anderen Tag.«

Kapitel 20

Meine Art von Verrückt

Alex konnte an einer Hand abzählen, wie oft sie in ihrem Leben freiwillig vor Tagesanbruch aufgestanden war. Arbeit zählte nicht. Aber das hier war das Gegenteil von Arbeit. Es war die einmalige Chance, Sam in ihrem gewohnten Umfeld zu erleben, also ja, sie hatte sich überwunden, auch wenn alles in ihr sich gegen das frühe Aufwachen sträubte.

Sie hielt vor Sams Holzhaus neben dem Polizeirevier und stieg gähnend aus ihrem Auto. Als sie ihre Jeans und das Flanellhemd glatt strich, wurde ihr bewusst, dass sie an diesem Tag wie ein lesbisches Klischee aussah.

Ein Bellen riss sie aus ihren Gedanken und Alex sah auf. Der Anblick zauberte ein Lächeln auf ihr Gesicht.

Senior Constable Sam Keegan saß auf der obersten der beiden Stufen, die zu ihrer Haustür führten. In schwarzer Motorradlederkluft. Und sie spielte mit einem kleinen Hund. Das Tier stand auf ihrem Schoß und reckte sich beim Versuch, ihr Gesicht abzulecken, während Sam es hinter den Ohren kraulte. Sein Fell war um die Schnauze und am Kopf schon ganz grau. Er schien älter zu sein.

Sam war die Zuneigung zu diesem kleinen weiß-gefleckten Hund deutlich anzusehen. Die stoische, kraftvolle Sam Keegan wurde bei kleinen Hunden also ganz weich? Alex verkniff sich ein Lachen.

»Hey.« Alex schlenderte zu Sam hinüber. »Jetzt weiß ich, an welcher Stelle das Kuscheln und die feuchten Nasen eine Rolle spielen.«

»Jap.« Sam grinste breit. »Das ist Bruce. Normalerweise wäre er heute unser Beifahrer, aber während meiner Suspendierung hat meine Vertretung den Streifenwagen.« Sie sah darüber nicht begeistert aus.

»Wir könnten meinen Mietwagen nehmen.« Alex deutete mit einem Daumen hinter sich auf das Fahrzeug. »Wobei wahrscheinlich lieber du fahren solltest, angesichts meiner bisherigen Bilanz.«

»Ich hab eine bessere Idee. Etwas, das ein bisschen mehr Spaß macht.« Sam strich Bruce noch ein letztes Mal über den Kopf, stand auf und reichte

Alex einen Motorradhelm. »Willst du mitfahren?«, fragte sie. Ihr Lächeln wurde frech. »Ich verspreche, dass ich vorsichtig fahren werde. Keine Stunts oder so was.«

Alex lächelte. »Gern.« Sie warf einen Blick auf den Hund, der jetzt an ihren Knöcheln schnüffelte. »Tut mir leid, dass ich deine Mitfahrgelegenheit beschlagnahme, Bruce.«

Sam schnappte sich ihren eigenen Helm und warf sich dann einen kleinen Rucksack über die Schulter. Sie führte Alex an ihrem Haus vorbei zur Garage.

»Ich wusste gar nicht, dass du einen Hund hast«, sagte Alex.

»Es ist nicht meiner, sondern der Hund meiner Nachbarin. Eigentlich gehört Bruce zum Polizeirevier dazu. Der vorherige Constable hat ihn immer zur Arbeit mitgenommen. Als er in Pension ging, zog er mit seiner Frau nach nebenan. So hatte Bruce leichtes Spiel mit der nachfolgenden Polizistin – mir.« Sam lächelte. »Auch wenn sein früheres Herrchen mittlerweile verstorben ist, will er immer noch mit auf die morgendliche Runde.«

»Warte mal, wie alt ist er?«

»Zweiundzwanzig. Eine ziemliche Legende hier in der Gegend. Jack-Russell-Terrier werden normalerweise nur um die sechzehn Jahre alt.«

»Muss an der sauberen neuseeländischen Luft liegen«, neckte Alex. »Ganz zu schweigen davon, jeden Tag mit der süßen Ortspolizistin unterwegs sein zu können.«

»Süß, hm?« Sam öffnete die Garage und schob ihr Motorrad nach draußen. »Na ja, er wird von mir und Mrs. Fenley schon ziemlich verwöhnt, also ist das definitiv ein Faktor. Er ist einfach immer glücklich. Wer würde nicht ewig leben wollen, wenn er so glücklich ist?«

»Dagegen lässt sich nichts sagen.«

Sam verstaute ihren Rucksack in der Satteltasche, die hinten am Motorrad angebracht war, und stieg auf.

Beide setzten die Helme auf und ließen die Visiere offen.

»Hast du das schon mal gemacht?«, fragte Sam.

»Ein- oder zweimal. Ich habe ein Motorrad zu Hause.«

Sam musterte sie einen Moment, dann lächelte sie. »Ich kann mir dich überhaupt nicht auf einer Maschine davonbrausend vorstellen.« Sie rutschte ein Stück nach vorn.

»Es ist auch weniger ›davonbrausen‹, sondern eher ›sachte dahingleiten‹. Ich habe diese kleine süße Honda Unicorn 160CC. Nicht gerade ein Torpedo, wie dein Bike.«

»Eine Unicorn?« Sam sah sie ungläubig an. »Nie davon gehört. Und glaub mir, das ist genauso merkwürdig wie der Name deines Motorrads.«

»Ich habe es einem Ex-Bollywood-Produzenten abgekauft, der es mir aus Indien rübergeschickt hat. Sie fährt nicht besonders schnell. Aber ich mag die Farbe und sie erfüllt ihren Zweck – sie ermöglicht es mir, die wahnsinnigen Staus auf der Interstate 405 zu umgehen. Außerdem kann ich so den Leuten sagen, dass ich ein Einhorn besitze.« Alex lachte.

Sam stimmte mit ein. »Ich nehme an, manchmal kommen auch gute Dinge in winzigen Verpackungen.« Sie grinste und tätschelte den Sitz hinter sich. »Okay, spring auf.«

Alex tat, wie ihr geheißen, und schlang die Arme um Sams Taille.

Sam berührte Alex' gefaltete Hände auf ihrem Bauch und hielt sie einen Moment dort. Dann zog sie schwarze Lederhandschuhe über.

Sams einfache, aber vielsagende Geste rührte Alex sehr. »Wo fahren wir hin?«, fragte sie.

»Überall hin. Wir machen eine Runde, das dauert etwa vierzig Minuten. Danach gönnen wir uns ein Frühstück mit Aussicht. So einen Ort hast du sicher noch nie gesehen.«

Alex lächelte. Sie konnte es kaum erwarten.

~ ~ ~

Das Gelände der Wild Boars war ein einziges Chaos. Sam starrte das Eingangstor an, das vollständig abgerissen war und flach auf dem Boden lag. Das musste geschehen sein, nachdem sie gegangen war. Hatte die Polizei das getan oder hatte eine rivalisierende Bande hier geplündert?

Alex' Griff um Sams Taille wurde stärker.

»Geht es dir gut?«, fragte Sam besorgt.

»Ich hätte nur nicht gedacht, dass ich diesen Ort noch einmal sehen würde.« Alex löste langsam ihren Griff und blickte sich um. »Aber es geht mir gut.«

Sam stieg von ihrem Bike und sah Alex beunruhigt an. »Tut mir leid, dass wir überhaupt hier sind. Es wird nicht lange dauern. Ich will nur schnell nach den Hunden sehen. Ich bin mir nicht sicher, ob sie beschlagnahmt wurden, oder ob sie in dem Chaos entkommen sind. Ich mache mir Sorgen, dass sie vergessen wurden. Bleib ruhig hier, wenn du willst. Es wird keinen Ärger geben, alle Wild Boars sitzen in Untersuchungshaft.« Sie zog ihren Rucksack aus dem Motorrad-Koffer. Sie hatte für alle Fälle Fleisch eingepackt.

Alex stieg ebenfalls ab und sah Sam entschlossen an. »Ich komme mit.«

Das Klubhaus wirkte verwahrlost, schäbig und abstoßend. Sam ging daran vorbei zu einem großen, verrosteten Käfig. Fellreste und Hundekot klebten am Gitter, aber das Innere war leer. Sam rümpfte die Nase. Der Gestank war beißend. Wäre den Wild Boars ein Zacken aus der Krone gebrochen, den Zwinger hin und wieder sauber zu machen?

»Ich prüfe auch das Klubhaus. Mal sehen, ob jemand da ist.« Sam machte sich auf den Weg über den Hof, Alex dicht auf ihren Fersen.

Noch ehe sie die Tür erreicht hatten, wurde diese von innen aufgestoßen und ein alter Mann mit griesgrämigem Gesichtsausdruck trat heraus.

Sam musterte Dinos alten Herrn. Seine Haare waren grau geworden, seine Haut ledriger. Sogar seine traditionellen Maori-Gesichtstätowierungen schienen verwelkt. Seine Augen füllten sich mit Abscheu, als er sie erkannte.

»Du? Bist du zurückgekommen, um meinen Jungen noch mehr in die Scheiße zu reiten?«

Seltsam, wie loyal er seinem Sohn gegenüber war, wo er ihn doch so oft misshandelt hatte. »Wo sind sie?«, fragte Sam.

»Alle verhaftet. Verdammte Polizei. Die Boars haben nicht angefangen! Sie haben sich nur gegen Eindringlinge verteidigt!«

»Sie haben sich verteidigt, indem sie eine einzelne Polizistin angegriffen haben?«, konterte Sam. »Wir haben alles auf Video. Kein Wunder, dass der Richter allen die Kaution verwehrt hat.«

Er starrte sie an. »Deine beschissenen Polizistenkumpels haben alles auseinandergenommen. Und absolut nichts gefunden. Es tut mir verdammt leid, dich zu enttäuschen.« Seine Stimme bebte vor Hass.

Sam verschränkte die Arme vor der Brust. »Ich bin wegen der Hunde hier. Wo sind sie?«

»Im Tierheim. Man wird sie einschläfern.« Er spuckte auf den Boden. »Wäre zu schön gewesen, wenn sie wirklich gefährlich gewesen wären. Aber du lebst ja leider noch. Nutzlose Viecher.« Er hielt kurz inne. »Aber … da du schon mal da bist: Ich soll dir von Dogsbreaths Frau eine Nachricht überbringen.«

»Was für eine Nachricht?«

»Dino will dich sehen. Ich habe keine verdammte Ahnung, warum. Und jetzt verschwinde. Du hast genug Schaden angerichtet.« Er marschierte zurück ins Klubhaus und knallte die Tür hinter sich zu.

Sam ging zurück zu ihrem Motorrad. Was zum Teufel wollte Dino von ihr? Nicht, dass es eine Rolle spielen würde. Sie konnte nicht mit ihm reden. Sie war eine Zeugin in seinem Fall und sollte sich einfach raushalten. Es machte keinen Sinn, ihren Arsch in noch größere Schwierigkeiten zu bringen.

Wenn es aber nun nicht um seinen Prozess ging, sondern um etwas anderes ... Sie runzelte die Stirn. Er würde doch nicht mit ihr über die Drogenübergabe reden wollen, oder doch? Er wusste, dass sie herausgefunden hatte, wo die Meth-Übergabe stattfand. Was, wenn Dino die Hornets gewarnt hatte und wenn die nächste Übergabe am Dienstagabend eine Falle war? Verdammt, das könnte ein ganzes Polizeiteam in Gefahr bringen.

Wenn es tatsächlich darum gehen sollte, würde das Dino zu einem vertraulichen Informanten machen. Das würde Sam später sehr gut als Erklärung für einen Besuch anbringen können.

Heute würde sie Dino nicht treffen können. Sie hatte später noch ein längeres Meeting mit zwei Beamten der NZ Police Professional Conduct Group, die die Untersuchungen gegen ihren Chef leiteten. Und dann noch eines mit dem Drogendezernat zum Informationsaustausch über das Meth-Problem. Morgen früh allerdings ...

»Was ist los?«, fragte Alex, als sie hinter Sam aufs Motorrad stieg. Sie legte ihre Hände wieder auf Sams Bauch.

»Ich überlege nur gerade.«

»Wegen Dino? Wirst du ihn treffen?«

»Wieso?«, fragte Sam, neugierig. Sie drehte sich so gut es ging zu ihr um.

»Du wirst sicher zurechtkommen.« Alex wich ihrem Blick nicht aus. »So wie ich ihn erlebt habe, ist er ein erbärmlicher Typ. Du machst ihn mit links fertig.«

Sam entspannte sich wieder. »Ja, ich denke, ich kann es mit einem gestürzten Gang-Boss in Untersuchungshaft aufnehmen.« Sie lehnte sich vor, um ihr Motorrad zu starten. »Der lästige Teil unseres Morgens ist vorbei. Jetzt besuchen wir einen Mann und seine Kuh, liefern Brot aus und kommen dann zurück zu Mutter Natur und ihrer wunderbaren Aussicht.«

»Bitte was?«

»Du wirst schon sehen.« Sam grinste breit.

~ ~ ~

Alex sah sich staunend auf der Lichtung um, auf die Sam sie geführt hatte. Um sie herum waren riesige Farne und gewaltige Bäume, die von grünem Moos bedeckt waren, das Hunderte von Jahren alt zu sein schien. Die alten Baumstämme waren gespickt mit hellorangenen Pilzen. Ein wundervoller Geruch lag in der Luft – süß, torfig, reich. So musste die Erde am Anbeginn der Zeit gerochen haben.

»Wow«, flüsterte Alex. »Was *ist* das?«

»Das ist ein Croissant, frisch gebacken von Dutch. Gibt es die nicht in L.A.?« Sam hob eine Tüte an, die sie mitgebracht hatte.

»Das doch nicht.« Alex lachte. »Obwohl das sicher auch sehr gut ist. Ich meine *diesen Ort*. Man rechnet halb damit, dass jeden Augenblick ein Dinosaurier zwischen den Bäumen auftaucht.«

Sam lächelte vergnügt. »So ist Neuseeland. Es regnet sehr viel und alles wuchert wild. Und die Regierung schützt die Wälder. Es gibt überall verborgene Orte, an denen die Natur sich voll entfalten kann. Aber dieser spezielle Ort? Ich glaube, ich bin die Einzige, die ihn kennt.«

»Herrlich!« Alex legte sich auf die Picknick-Decke, auf der Sam gerade den Inhalt ihrer Tasche ausbreitete. Trauben, Käse, Croissants. »Wo ich lebe, gibt es so etwas nicht.«

»Wie entspannst du dich dann?«

»Meistens auf Partys mit Freunden.«

»Die Shakespeare-Crew.« Sam klang amüsiert. »Aber nichts in der Natur?«

»Eigentlich war ich früher regelmäßig unter freiem Himmel. Ich habe es geliebt, in die Sterne zu schauen. Einen nach dem anderen zu betrachten. Meine Art, mich mit dem Universum verbunden zu fühlen. Das habe ich seit einer ganzen Weile nicht mehr gemacht.«

»Warum nicht?«

»Damals habe ich das immer mit meiner besten Freundin Bess zusammen gemacht«, sagte Alex. »Sie hat dieses wunderschöne Haus oben auf einem Hügel mit Blick über L.A. Manchmal hatten wir Glück und konnten durch die Wolken und den Smog die Sterne sehen.«

»Das klingt wunderschön.«

»Das war es wirklich.« Alex probierte ein Stück von dem Käse, den Sam ihr anbot, und seufzte anerkennend. »Hm, so lecker.«

»Natürlich ist er das. Er ist aus der Matamata-Molkerei. Sie machen den besten Käse der Welt«, sagte Sam mit absoluter Überzeugung.

»Man merkt, dass du davon überzeugt bist. So eine gute Kiwi«, neckte Alex.

»Ich kann nicht anders. Es gibt so viel, auf das ich hier stolz sein kann.« Sam lächelte und hielt Alex eine kleine Box hin. »Feuchtes Tuch?«

Alex nahm sich ein Tuch und wischte sich die Hände ab. »Und die geborene Pfadfinderin. So organisiert.«

»Teil meiner Ausbildung. Neuseelands Polizisten sind auf alles vorbereitet.«

»Mit der Einstellung wärt ihr auch gute Regisseure.«

»Das bezweifle ich. Zu viele Diven und Dummköpfe. Es ist viel einfacher, wenn man die Leute, die einen nerven, einfach verhaften kann.« Sam grinste. Sie sammelte den Müll zusammen und wischte sich dann akribisch die Hände ab. »Also … wieso hast du aufgehört, in die Sterne zu schauen?«

»Na ja, zu der Zeit waren Bess und ich ein Paar und es war schön, dieses Hobby mit jemanden zu teilen. Aber als wir uns getrennt haben, habe ich auch damit aufgehört.«

»Vermisst du es?«

»Mir war es vorher nicht so bewusst, aber ja.« Alex pflückte sich ein paar Trauben vom Stiel. »Nach einem langen Drehtag neulich habe ich aufgeschaut und mein Gott, der Himmel ist hier wirklich besonders. Erstaunlich. So wenig Lichtverschmutzung. Und wie die Sterne funkeln.«

»Ich meinte, vermisst du es, mit Bess auszugehen«, sagte Sam leise.

»Sie ist jetzt nur noch eine gute Freundin.«

»Warum habt ihr euch getrennt?«

»Terminkonflikte. Distanz. Dreharbeiten an verschiedenen Drehorten. Ich war immer unterwegs.«

»Und der wahre Grund? Terminkonflikte lassen niemanden so traurig klingen, wie du dich gerade angehört hast.« Sanft fügte Sam hinzu: » Es ist okay. Wir alle haben diese eine Ex, die einen nicht ganz loslässt.«

»Der wahre Grund …«Alex hasste es, das auszusprechen. »Sie war in jemand anderen verliebt.«

»Sie hat dich betrogen?« Sam verzog ihr Gesicht. »Ich hasse so etwas.«

»Nein! Gott nein, das würde sie nie tun. Es war eine unerwiderte Liebe. Sie hat jahrelange eine heterosexuelle Frau geliebt und verzweifelt versucht, über sie hinwegzukommen.«

Sam zuckte zusammen. »Das klingt furchtbar.«

»Ja.« Alex schluckte. »Ich war total in sie verknallt, aber Bess hielt sich immer zurück. Ich bezweifle, dass sie sich dessen überhaupt bewusst war. Ich habe es allerdings gespürt. Irgendwann habe ich Schluss gemacht, weil es zu hart für mich war.« Sie atmete hörbar aus. »Stichwort Taschentücher, Schokolade und Notlügen. Sie hat nie erfahren, wie sehr sie mir das Herz gebrochen hat. Aber das ist fünfzehn Jahre her; wir sind jetzt gute Freunde. Und ich bin dadurch besser, stärker und weiser geworden.«

»Das war sicher nicht einfach.« Sam warf ihr einen wissenden Blick zu.

»Ist es das je? Aber ich habe drei Filme gemacht, um mich davon ablenken. Meiner Karriere hat der Herzschmerz gutgetan. Cool, ey?« Alex legte ihren schlimmsten Kiwi-Akzent auf.

Sam lachte, dann wurde ihr Blick unsicher. »Nur, damit du es weißt, wenn ich mit jemandem zusammen bin, dann denke ich nur an sie. Falls du dir Sorgen machst, dass ich ein Draufgänger bin oder so etwas. Das bin ich nicht. Ganz oder gar nicht.«

Alex schwieg. Unheimlich, wie schnell Sam ihre größte Angst erkannt und thematisiert hatte: nicht genug zu sein. Sie betrachtete die schöne Frau an ihrer Seite. Erkannte erneut Sams absolute Loyalität. *Du bist bei mir immer sicher.* »Das kann ich sehen«, sagte sie schließlich leise. »Ich weiß das sehr zu schätzen.«

»Ich weiß *dich* sehr zu schätzen.« Sams Gesichtsausdruck war warm. »Und ich muss gestehen, dass ich froh bin, dass du in meiner Ecke von Neuseeland gelandet bist.«

»Auch wenn ich dich fast überfahren hätte?«

»Von dem Teil mal abgesehen.«

»Was ist mit dem Teil, als ich dich beim Dart geschlagen habe? Oder dich im vollen Pub zur Sau gemacht habe? Oder dich zweimal im Morgengrauen hab antanzen lassen, um die angebliche Sabotage zu untersuchen? Einschließlich dem Mal, als du dich ausziehen musstest, um –«

Sam hob ihre Hände und gab sich geschlagen. »Okay, das klingt schon irgendwie verrückt. Vielleicht bist du verrückt.«

»Ich?«

»Ja. Aber ich glaube, du bist meine Art von verrückt.«

Ihre Blicke trafen sich.

Einen Moment lang konnte Alex nicht wegsehen. Diese Augen waren so herzlich, so interessiert. Ein sanftes Lächeln umspielte Sams leicht geöffnete Lippen. Ihr Haar – blond, schulterlang und präzise geschnitten – schmiegte sich perfekt um ihre Wangenknochen. *Wunderschön.* Alex spürte ihre Wangen glühen. »Ich genieße unser Date sehr.«

»Darüber bin ich froh, denn das hier bin *ich*«, flüsterte Sam. Sie strich eine verirrte Haarsträhne aus Alex' Gesicht. »Also, wer bist du?«

»Das ist eine komplizierte Frage. Wie ich die Welt sehe, das ist etwas, das ich nicht so einfach teilen kann. Es ist, als würde sich vor meinem geistigen Auge ein Film abspielen. Die ganze Zeit. Und ich arbeite ständig an den Szenen und den richtigen Winkeln.«

»Dann verstehe ich, warum du Regisseurin geworden bist. Aber warum bist du nach L.A. gezogen?«

»London ist nicht gerade das Epizentrum des Filmgeschäfts. Außerdem sind alle meine engsten Freunde aus der Schauspielschule nach Hollywood gegangen. Da fiel die Entscheidung für L.A. nicht schwer.«

»Und du wolltest schon immer Regisseurin werden?«

»Ja. Keine Frage. Und was ist mit dir? Wolltest du immer Verbrecher jagen?«

»Schien am besten zu mir zu passen. Ist es seltsam, dass ich immer Polizistin werden wollte?«

»Es klingt nach dir. Du hast einen großen Beschützerinstinkt.«

Sam lachte. »Oder vielleicht ist mir nichts Besseres eingefallen. Ich arbeite viel im Freien, kann das Richtige tun und werde von Menschen weitestgehend in Ruhe gelassen.« Als sie Alex' besorgten Gesichtsausdruck bemerkte, fügte sie schnell hinzu: »Ich verstehe das schon. Niemand möchte zu viel mit Polizisten rumhängen.«

»Gefällt dir das?«, fragte Alex. »Die Außenseiterin zu sein?«

»Es passt zu mir. Meistens.«

Alex musterte Sam. »Ich glaube, ich kenne deinen Typ. Du wirst gern zu Partys eingeladen, auch wenn du oft Nein sagst.«

»Trifft das nicht auf jeden zu?«

»Vielleicht.« Alex lächelte. »Was für Musik magst du?«

»Sids.« Sam grinste. »Mein Bruder spielt jeden Sonntagnachmittag im Pub Gitarre, traditionelle Maori-Musik und die Eagles. Er hat eine großartige Stimme.«

»Wirklich? Ich würde ihn gern mal hören.«

»Es überrascht mich, dass Chloe dir das noch nicht längst erzählt hat. Sie steht jeden Sonntag in der ersten Reihe und sieht aus, als wolle sie ihn von der Bühne ziehen und an Ort und Stelle vernaschen.«

»Hat er es *immer* noch nicht bemerkt?«

»Er denkt, sie sei nur sehr, sehr freundlich.«

»Mein Gott. Vielleicht sollte es ihm einfach jemand sagen. Aber wo bliebe da der Spaß?« Alex lachte. »Und was magst du noch, außer Sids Musik?«

»Ich schätze Weltmusik, Eindrücke von Kulturen jeder Art. Natürlich hat Neuseeland die schönsten Lieder.« Sams Augen funkelten. »Kennst du *Hine e Hine*?«

»Nein.«

»Das mitreißendste Wiegenlied aller Zeiten – eine Maori-Prinzessin hat es vor hundert Jahren geschrieben. Aber ich liebe traditionelle Lieder aus aller Welt. Manche meiner Lieblingslieder sind daher abgefahrener als der allgemeine Geschmack.«

»Von wie ›abgefahren‹ reden wir hier?«, fragte Alex neugierig.

»Ich spiele dir etwas vor.« Sam zog ihr Handy heraus, wählte die richtige Anwendung im Menü, und drückte dann auf *Play*.

Eine sanfte, fast klagende Frauenstimme ertönte, begleitet von weiteren Frauenstimmen, die so harmonisch klangen wie das Geräusch des Windes, der mit Blättern spielt. Es wirkte so wehmütig, dass Alex eine Gänsehaut bekam und ihre Augen schloss. »Spielst du es noch einmal?«, bat sie, nachdem die Melodie verklungen war.

Sam nickte und ließ das Lied noch einmal laufen.

»Gott, ist das schön«, sagte Alex schließlich. »Das würde ich gern am Anfang meines Films verwenden. Da haben wir ein paar großartige Landschaftsszenen. Was ist das?«

»Es ist eine moderne Interpretation eines traditionellen Musikstils aus Bulgarien. Das Lied heißt *Malka Moma – Kleines Mädchen.*«

»Bulgarien? Das ist … ungewöhnlich.«

»Ja, na ja. Manchmal bin ich ungewöhnlich. Sid ärgert mich ständig deswegen und nennt es ›Katzenjammer‹. Verrate mich aber nicht, okay? Ich habe vor Jahren schon das Gerücht verbreitet, dass ich nur Hard Rock mag.«

»Du und dein ›hartes‹ Image«, neckte Alex. »Du weißt, dass du dich bei mir nicht verstellen musst, richtig?«

Sam lächelte nicht wirklich, aber Alex konnte sehen, dass sie sich entspannte. Das war viel besser als jedes Lächeln. Sie atmete tief ein und genoss noch einmal den torfigen Geruch. Sie würde ihn vermissen. »Bist du oft hier draußen?«

»Heutzutage nicht mehr so oft. Seit das Meth in der Stadt zirkuliert, ist viel zu tun. Aber davor bin ich oft hier rausgefahren.« Sie sah Alex in die Augen. »Du bist der erste Mensch, den ich hierhergebracht habe. Aber ich dachte, vielleicht siehst du es genauso wie ich.«

»Wie siehst du es?«

Sam zögerte. »Das klingt vielleicht genauso verrückt wie meine Musik.«

»Sag es mir.«

»Die Essenz des Lebens.« Sams Fingerspitzen berührten das weiche Moos um sie herum. »Es ist, als würde die Erde hier wirklich lebendig sein. Atmen.«

»Es ist wunderschön hier. Dieser Ort hat eine Ästhetik, als gehörten langvergessene Kriegerinnen hierher. Ich hatte also die ganze Zeit recht: Du bist *doch* eine Amazone.«

Sam verdrehte spielerisch die Augen. »Kein Grund, mich zu beleidigen.«

»Ich meinte es als Kompliment. Meine Amazonen sind jetzt mächtige Kriegerinnen.«

»Ich weiß.« Sam griff nach einer Flasche Orangensaft. Kondensationswasser lief das Glas hinab, und sie wischte es mit einem Finger ab. »Das habe ich gehört. Dein Film ist nicht mehr das, was er mal werden sollte. Vielleicht muss ich mir das verdammte Ding jetzt doch noch anschauen.«

»Wie sich die Zeiten ändern«, neckte Alex. »Ich sorge dafür, dass du bei der Weltpremiere dabei sein wirst. Sie wird in Te Aroha stattfinden – das Kino, das am nächsten an Ika Whenu liegt.«

»Ich bin dabei.« Sam lächelte, aber ihre Heiterkeit verflog schnell. »Die Dreharbeiten werden dann lange vorbei sein … und du wieder zu Hause.«

»Ja.«

»Ich frage mich, was die Zeit bis dahin bringen wird.« Für eine Sekunde zeigte sich Enttäuschung auf Sams Gesicht.

»Ah.« Alex rückte näher an Sam heran. »Du sorgst dich also um Dinge, die noch nicht einmal geschehen sind.« Sie nahm Sams Hand und strich mit ihrem Daumen darüber. »Sam, du machst dir schon Gedanken über unsere Trennung, bevor wir überhaupt zusammengekommen sind.«

Sam atmete tief durch. »Das ist nicht unvernünftig.«

»Und was ist mit Bruce?«, fragte Alex. »Er scheint glücklich zu sein, nicht wahr? Nimm dir ein Beispiel an ihm. Glaubst du, er sorgt sich darum, was in acht Monaten sein wird?«

»Es ist keine schlechte Philosophie, im Hier und Jetzt zu leben, ich weiß das. Es fällt mir nur schwer. Ich bin nicht dafür bekannt, unnötig Risiken einzugehen.«

Alex starrte sie ungläubig an. »Sam, du hast es mit einer Biker-Gang aufgenommen. Und zwar allein.«

»Stimmt. Aber normalerweise plane ich solche Dinge bis ins kleinste Detail. Stelle Nachforschungen an. Sorge für alle Eventualitäten vor.« Sam lächelte schief. »Dann kamst du und all das flog zum Fenster raus.«

»Ach du liebe Zeit. Ich bin ein schlechter Einfluss. Ich habe deine draufgängerische Seite hervorgebracht.«

Sam lachte. »Eine leichtsinnige Seite hatte ich schon immer, aber normalerweise bin ich besser darin, das Risiko zu minimieren.«

»Du? Leichtsinnig? Das wäre mir neu«, sagte Alex erstaunt. Sam schien immer so beherrscht.

Sam erhob sich. »Okay, dann komm.«

»Wohin?« Auch Alex stand auf.

Sam zeigte auf das Laub. »Hier entlang, um die leichtsinnige Sam Keegan kennenzulernen.«

Alex folgte ihr in den Wald. Wasserrauschen ertönte immer lauter in Alex' Ohren.

Nach kurzer Zeit erreichten sie einen steilen Abstieg. Sam zog einen großen Farnwedel zur Seite und hielt ihn fest, damit Alex daran vorbeigehen konnte. Ein wirbelnder, wilder Fluss kam zum Vorschein.

»Wo sind wir?«

»Dry Creek.«

»Sieht nicht sehr trocken aus.«

»Kiwis haben einen Sinn für Humor, wenn es um solche Dinge geht. Vor ein paar Jahren – in einem Anfall von Wahnsinn – habe ich getan, was alle für unmöglich hielten, und bin mit meinem Bike über diesen Fluss gesprungen.«

Alex riss die Augen auf. Ihr Blick musterte die Böschung auf beiden Seiten, doch sie sah nichts als Felsen und dichtes Laub. »Wie? Wo bist du denn abgesprungen? Und wo gelandet?«

»Die Landung hat Spaß gemacht. Mein Räder sind ein paarmal von den Felsen abgeprallt und der Schwung hat mich halb da hoch befördert.« Sie deutete auf einen großen Baum. Das Laub und die Rinde sahen dicht genug aus, um einen Sturz abzubremsen … zumindest nachdem das Geäst ein paar Stücke aus einem herausgerissen hatte.

»Aber das würde bedeuten, dass du den Fluss hier überquert hast.« Alex schaute sich genauer um. Rechts von ihr befand sich ein Felsen, links nur dichtes Laubwerk. Die Böschung unter ihren Füßen lag viel höher als auf der anderen Seite des Flusses und neigte sich leicht aufwärts. Aber diese kleine Erhöhung konnte einfach nicht ausreichend zu sein. Schlimmer noch … »Es gibt hier doch gar keinen Platz für eine Rampe.«

»Genau. Deshalb hielten es alle für unmöglich. Als sogar Brecher-Bob mir gesagt hat, es sei unmöglich, habe ich beschlossen, ihm das Gegenteil zu beweisen.«

»Wie?«

»Ich habe stundenlang geübt. Den Sprung habe ich erst an einer sicheren Stelle an einem anderen Fluss geprobt. Außerdem hatte ich die Steigung hier, die nötige Geschwindigkeit, Rückenwind, das Wissen, in welche aerodynamische Position ich meinen Körper bringen muss, Bravour, und schieres Glück. An dem Tag kam alles zusammen.«

Alex blickte auf das wirbelnde Wasser und dann wieder auf die andere Seite des Ufers. »Du bist verrückt.«

»Ich habe es gut geplant. Es war ein kalkuliertes Risiko.«

»Trotzdem!« Ein Schauer durchfuhr Alex. »Verrückt!«

»Verrückt wäre es ohne jede Planung gewesen. Ich war nur wagemutig. Ich wollte mich der Herausforderungen stellen, von der alle sagten, sie sei nicht zu bewältigen. Manchmal ist ein kalkuliertes Risiko die Belohnung wert. Willst du mir erzählen, du hättest noch nie blaue Flecken riskiert?«

»Höchstens, als ich *Shezan* angenommen habe. Bist du öfter wahnsinnig? Hast du noch mehr solcher Erfolge vorzuweisen?«

Sam lächelte und wirkte plötzlich nervös. »Ich habe einmal eine schöne Frau geküsst, die ich mochte, obwohl sie außerhalb meiner Liga war.«

»Wer nicht?«, murmelte Alex. »Wann war das?«

»Oh, in etwa zwei Sekunden.« Sam beugte sich vor und küsste Alex zärtlich. Es war anders als ihre Küsse am Vortag. Diesmal zögerte Sam nicht. Ihre Lippen bewegten sich voller Leidenschaft gegen Alex'.

Und Alex schmolz dahin. »Sam? Ich bin nicht außerhalb deiner Liga.«

»Doch, das glaube ich schon. Und ist das hier auch verrückt?« So wie ihre Augen vor Verlangen brannten, war Alex bewusst, dass Sam mit ihrer Frage nicht nur den Kuss meinte.

Alex fasste ihren Hinterkopf und zog Sam in einen weiteren, schwindelerregenden Kuss. Sie hielt sich an ihren Armen fest und küsste sie immer und immer wieder. »Es hat sich herausgestellt, dass ich auf verrückt abfahre.«

»Ich auch.« Sam atmete tief durch. »Es ist noch früh. Kommst du mit mir nach Hause?«

»Nein«, sagte Alex bestimmt.

»Nein?«

»Ich kann nicht so lange warten.« Alex zog Sam von dem tosenden Fluss weg und führte sie tiefer in das Grün hinter ihnen. Sie schaute sich um. Der Geruch, der sie umgab, war süß und holzig. Dichte Farne und breite Holzstämme schirmten sie von der Welt ab. Alex' Blick landete auf einem soliden Baum mit glatter Rinde. »Hier.«

Sam sah an dem Baum hoch und grinste. »An einem *Tōtara*?«

»Warum ist das lustig?«

»Von allen Bäumen, die du hättest auswählen können, hast du dich für den kulturell wichtigsten entschieden. Die Maori nutzten ihn früher für –«

Alex drückte Sam hart gegen den Stamm und lehnte dann ihren eigenen Körper langsam gegen sie.

»Oh.« Sams Atem stockte. »Ist auch egal.«

»Ja.« Alex grinste und zog sie in einen innigen Kuss. »Nicht so wichtig.«

Sam vergrub ihre Hände in Alex' Haar und küsste sie erneut.

Ihre Küsse waren perfekt. Heiß, fordernd, sexy, erregend. So erregend. Alex' Füße verloren etwas ihren Halt.

Sam drehte ihre beiden Körper, bis sie Alex mit dem Rücken gegen den Stamm drücken konnte. Ihre Hand machte sich an Alex' Jeans zu schaffen. Ein Knopf nach dem anderen gab nach. Sie öffnete Alex' Hemd und schob ihr T-Shirt hoch. Ihr Blick blieb kurz auf dem hellblauen BH haften, den sie enthüllt hatte. Dann schob sie auch diesen hoch und entblößte Alex' Brüste und ihre bereits harten Nippel.

Sam schluckte bei dem Anblick. »O ja«, murmelte sie leise, dann bedeckte sie eine der festen Brustwarzen mit ihrem Mund.

»Gott«, entfuhr es Alex.

Während Sams Zunge mit Alex' Brüsten spielte, schob sie eine Hand in Alex' Jeans und Unterwäsche. Alex war bereits feucht. Sam bewegte ihre Finger langsam über ihre Haut und erkundete sie ausgiebig.

Es war wundervoll unanständig und Alex konnte nicht genug davon bekommen. Sie schob Sam ihre Hüfte entgegen.

»Das gefällt dir also«, murmelte Sam. Die Berührung ihrer Hand wurde fester. Bestimmter. Mit jedem Strich spürte sie Alex unter sich beben.

Alex stöhnte und schloss die Augen. »Ich bin auch nur ein Mensch.«

Sams Atem streifte Alex' Ohr. »Ich auch. Ich bin gerade so feucht. Ich glaube, ich könnte allein davon kommen, dass du dich so gut anfühlst.« Sie drückte ihre Fingerspitzen kurz in Alex hinein, krümmte die Finger, und zog sie dann in einer feuchten Spur bis zu ihrer Klitoris. Langsam kreiste ihre Hand darum. Ihr Druck wurde fester.

Alex' Erregung steigerte sich mit den rhythmischen, fast hypnotischen Bewegungen. »Oh …« Sie zog Sam in eine Umarmung und krallte die Finger in ihre Lederjacke. »Hör nicht auf.« Ihr Bauch zog sich vor Erregung zusammen.

Sams Finger waren so sicher. Alex' Knie und Oberschenkel begannen zu zittern. Hitze durchströmte ihren Körper. Sie gab sich ihrem Orgasmus hin.

Als sie ihre Augen wieder öffnete, fiel ihr Blick auf ihre Finger, die sich so fest in Sams Jacke gegraben hatten, dass ihre Knöchel weiß hervorstanden. Alex hob ihren Kopf, um Sam anzusehen. Vor Erschöpfung schaffte sie es kaum, die Augen offenzuhalten.

»Hat dir das gefallen?«, schnurrte Sam.

Alex schluckte. Ihr Mund war trocken. »Ich bin sicher, dass man mir die Antwort ansehen kann.«

»Ich hatte da so eine Ahnung.« Sam zog ihre feuchte Hand aus Alex' Hose und hielt sie zum Beweis hoch.

»Ganz schön übermütig.« Alex warf ihr einen amüsierten, herausfordernden Blick zu. »Und was würde ich finden, wenn ich meine Hand jetzt in deine Hose schiebe?« Sie spreizte ihre Finger über dem Schritt von Sams Lederhose und drückte dann mit dem Handballen gegen Sams Zentrum.

Sam schob sich ihrer Hand entgegen und atmete scharf ein. Ihr Blick wurde glasig.

Alex ließ ihre Finger langsam über Sams Reißverschluss auf und ab gleiten und genoss es, zu sehen, wie sehr die Geste Sam zusetzte. Dann zog sie den Reißverschluss hinunter. *O ja.* Alex konnte ihr Verlangen bereits riechen.

Sam stöhnte leise und atemlos. »Irgendwann *jetzt* wäre gut«, knurrte sie.

Alex lächelte. Sie zog das Leder ein Stück hinunter, bis über Sams perfekten Hintern. Sie bewunderte seine geschwungenen Konturen, die von engen schwarzen Boxershorts bedeckt waren.

»Ich erinnere mich an die hier.« Sie zupfte am Bund der Unterwäsche. »Vom Staudamm. Du hast meinem Hirn damit einen Kurzschluss verpasst. Ich wusste nicht, wo ich hinschauen sollte.«

»Ich bin froh, dass ich an diesem Tag jemanden mit meinem Opfer glücklich machen konnte.« Sams Brustkorb hob und senkte sich deutlich schneller als zuvor. »Könntest du jetzt …?« Sie deutete ungeduldig an sich hinab.

»So ungeduldig.« Alex ließ ihre Hand an der Vorderseite von Sams Boxershorts entlangfahren. Sie presste sie gegen Sams Unterleib. Durch das dunkle, glatte Material konnte sie Sams Hitze deutlich fühlen. Voller Verlangen rieb Alex einmal daran hinab.

Sams Oberschenkel verspannten sich bei ihrer Bewegung.

»Bist du nah dran?«, fragte Alex. »Nur, weil ich das hier mache?« Sie wiederholte die Bewegung. Rieb härter, fester, genau über die Stelle, an der sie Sams Klitoris vermutete.

Diesmal stockte Sam der Atem, ihr Rücken wölbte sich leicht, und ein leises Zischen entwich ihren Lippen.

»Kämpfst du dagegen an?«, fragte Alex amüsiert. Sie drückte ihre Finger gegen die gleiche Stelle.

Sam zitterte.

Alex zog Sams Boxershorts an ihren muskulösen Schenkeln hinunter. »Wunderschön.« Ihr Blick haftete auf der freigelegten Haut. »Du hast so viel Kraft in deinem ganzen Körper, so wunderschöne Muskeln. Aber deine Oberschenkel liebe ich besonders.« Ihre Hände legten sich auf die zarte Haut. »Stark und doch sanft ...« Ihre Fingerspitzen strichen höher, bis ihr Handrücken Sams Schamlippen und ihre Klitoris streifte.

»*Gott.*« Das Wort klang wie ein Wimmern.

Alex ließ einen Finger zwischen Sams Schamlippen gleiten. Sie nahm sich Zeit, sie zu erkunden. »Willst du das wirklich? Willst du mich?«

»Habe ich mich so kryptisch ausgedrückt?« Ein Beben durchfuhr Sams Körper. »Bitte!«

Hitze umschloss Alex' Finger, als sie tiefer in Sam eindrang. Alles war weich, feucht, geschmeidig. »Oh«, flüsterte Alex. »Du bist so erregt – und hältst dich doch so sehr zurück.« Sie lächelte. »Wie stur.«

»*Alex.*« Sams Atem stockte kurz, ehe sie heftig nach Luft schnappte. Ihr Mund traf auf Alex' Hals und ihre erhitzten Lippen glitten über Alex' Schlüsselbein. »Was machst du nur mit mir?«

»Sag es mir«, hakte Alex nach. »Was mache ich mit dir?«

»So heiß. Ich will dich anfassen. Ich will dich immer anfassen.« Sams Hüfte schob sich nach vorn, dann spannte sich ihr ganzer Körper an. »Oh ... ich bin ...«

»Halt dich nicht mehr zurück.« Alex schob ihre Finger tiefer in sie. Schneller. Ihr Daumen fand Sams Klitoris und drückte sie leicht. »Lass los. Jetzt.«

Sams Oberschenkel schlossen sich um Alex' Hand. Ihr Mund öffnete sich, sie legte den Kopf in den Nacken. »Oh. *Ja!*« Sams Hände wurden zu Fäusten. Ihr Stöhnen durchdrang die frische Morgenluft und verhallte dann, als sie nach Luft schnappte. »Ich bin da.«

Alex konnte ihren staunenden Blick nicht von Sam abwenden. Noch nie hatte sie so viel Freude auf ihrem Gesicht gesehen.

Sie zog ihre Hand langsam aus Sams Hitze. Nach einem letzten, anerkennenden Blick über Sams Körper half sie ihr, ihre Kleidung wieder zu richten.

Das nächste Mal will ich sie kosten. Ihr Unterleib zog sich bei dem Gedanken scharf und zustimmend zusammen.

Nachdem sie Sams Hose wieder geschlossen hatte, ließ Alex ihre Hand einen Moment auf Sams wunderbarem Oberschenkel verweilen.

Ich bin da.

Wie hatte sie das gemeint? Die Worte hatten Alex verraten, dass Sam ihren Höhepunkt erreicht hatte. Aber sie bezweifelte irgendwie, dass es nur das war. Sams Blick. Ihre halb geschlossenen Augen hatten verraten, dass sie weit weg von Ika Whenu gewesen war. Weit weg von ihrem Leben in einer alten Mietwohnung neben dem Polizeirevier, das ihr zu viel abverlangte. Weit weg von all dem.

»Du bist frei«, sagte Alex in plötzlicher Erkenntnis.

Sam antwortete nicht. Ihre Augenlider flatterten kurz und sie stieß einen leisen, zufriedenen Seufzer aus. Ihr ganzer Körper schien sich zu entspannen.

Kapitel 21

Verpfiffen und verraten

Die Spring Hill Justizvollzugsanstalt lag eine Stunde von Waikato entfernt. Die Einrichtung bestand aus einer Reihe sechseckiger Gebäude, von denen jedes einen grasbewachsenen Innenhof in der Mitte hatte. Die Idee dahinter war, dass jede Zelle Sicht auf etwas Grün bot. Sam bezweifelte, dass Dino das zu schätzen wusste.

Sie parkte ihr Motorrad, verstaute ihre Motorradjacke in der Satteltasche, und richtete ihre Uniform. Sam versuchte, sich auf das bevorstehende Gespräch zu konzentrieren, aber ihre Gedanken schweiften immer wieder zurück zu ihrem Date. Die Maori haben früher vielleicht ihre Kanus und Kunstschnitzereien aus *Tōtara*-Bäumen gefertigt, aber Sam würde ab sofort etwas völlig anderes mit ihnen assoziieren.

Es überkamen sie noch immer Schauer bei der Erinnerung daran, wie Alex' himmlisch talentierte Finger ihren Körper hatten singen lassen. Die letzte Nacht war alles gewesen, wovon Sam je geträumt hatte. An diesem Morgen war sie erschöpft, erregt und genervt davon, dass ihr Termin mit Dino sie so früh aus dem Bett zwang.

Sam sah sich um. Sie hatte vorhin angerufen, die heikle Situation erklärt und um die notwendige Vertraulichkeit gebeten. Dino war für ihr Gespräch in einen Raum mit der Bezeichnung »Leitung Gesundheitsteam« gebracht worden.

Die vor dem Raum postierte Wache musterte Sam. »Der hat ein ganz schönes Mundwerk«, warnte er.

»So kenne ich ihn.«

Als sie eintrat und die Tür hinter sich schließen wollte, hielt der Wachmann sie auf. »Senior Constable, sind Sie sicher, dass Sie mit ihm da drin allein sein wollen?«

»Das hier ist eine vertrauliche Polizeiangelegenheit.« Sie warf einen Blick auf Dino. Er wirkte ohne seine Biker-Kluft kleiner als sonst. Das ihm zugeteilte weiße T-Shirt straffte sich um seinen Bauch, und die graue Trainingshose hing lose an seinen dürren Beinen hinab.

»Ja, *vertraulich*«, warf Dino mit verhöhnendem Tonfall ein. »Also, hau ab jetzt. Wir müssen allein sein.«

Sam verdrehte die Augen. »Wenn ich Sie brauche, klopfe ich an die Tür«, sagte sie. Dann schlug sie der Wache mehr oder weniger die Tür vor der Nase zu, um eine unnötige Diskussion zu vermeiden. Sie wandte sich an Dino. »War das wirklich nötig?«

»Ich habe einen Ruf zu verlieren«, murmelte Dino. »Zumindest hatte ich mal einen.«

»Was glaubst du, warum ich dich nicht einfach im Besucherraum treffe? Biker reden nicht mit Bullen. Was mich zu meiner ersten Frage bringt: Warum bin ich hier?«

»Wie geht es meinem Klubhaus?«, fragte er sichtlich verstimmt. »Ist davon noch etwas übrig?«

»Das Tor ist hinüber, aber der Rest des Dreckslochs hat sich nicht verändert. Dein alter Herr hat es besetzt und scheint damit beschäftigt zu sein, gegen das Universum zu wettern.«

Dino verzog das Gesicht. »Wahrscheinlich verteufelt er mich nur.« Er blickte aus dem vergitterten Fenster. »Ich hätte fast nicht nach dir gefragt, aber das hier ist wichtig.«

»Geht es um …« Sam senkte ihre Stimme. »Den Drogendeal der Hornets? Er findet heute Abend statt, oder? Auf dem alten Rangierbahnhof?«

Dinos Grimasse legte seine Zähne frei. »Fick dich. Ich kann nicht fassen, dass du das herausgefunden hast.«

»Dino, ich muss wissen, ob du jemandem verraten hast, dass die Polizei davon weiß.«

»Bist du verrückt? Mein Ruf wäre einen Scheiß wert, wenn die Leute glauben, dass ich andere bei den Bullen verpfeife.«

»Du hast es mir ja auch nicht gesagt. Ich habe es erraten.«

Seine Augen leuchteten merkwürdig auf. »Ich muss zugeben, dass ich mit dem Ergebnis nicht ganz unzufrieden bin.«

Was zur Hölle? »Ist es dir egal, was mit den Hornets passiert?«

»Diese miesen, kleinen Wichser? Die Leute von ihrem tödlichen Mistzeug abhängig machen? Scheiß auf die.«

Sam musterte ihn und überdachte diese Information. Dann wurde ihr klar, dass Dino ihr unerwartet doch noch nützlich sein konnte. »Schade, dass ich nicht weiß, wann es losgeht«, sagte sie nonchalant. Sie schnippte sich einen Fussel von der Hose. »Vielleicht könnte sonst jemand den Hornets in deinem Namen eine reinwürgen – für das, was mit deinem Cousin passiert ist.«

»Dafür müsste ich sie verpfeifen«, sagte er, aber seine Augen verrieten sein Interesse. Sam konnte fast die kleinen Zahnräder in seinem Hirn surren sehe. Er schwieg einen Moment.

Sie wartete geduldig.

»Beschwer dich nicht bei mir, wenn du dir da draußen um elf die Titten abfrierst.«

Elf. Danke, Dino, du nützlicher Bastard. Sie würde diesen Tipp ans Drogendezernat weitergeben. Sam lehnte sich zurück. »Wenn das nicht der Grund war, weshalb du mit mir reden wolltest, was war es dann? Warum bin ich hier?«

»Also«, sagte er und sah ihr das erste Mal richtig in die Augen. »Du musst meine Hunde retten. Sie wurden beschlagnahmt. Und sie scheinen dich zu mögen.« Sein Gesichtsausdruck verfinsterte sich. »*Offensichtlich*, sonst würdest du nicht hier sitzen. Ich liebe diese dummen, treulosen Bastarde, auch wenn ich das Gerücht verbreitet habe, dass ich sie misshandle, um fieser zu klingen. Ich könnte es nicht ertragen, wenn ihnen etwas zustoßen würde.« Seine Wangen wurden rot.

»Im Grunde genommen bittest du mich also darum, Hunde zu retten, die wahrscheinlich eingeschläfert werden, weil sie einen Haufen Menschen attackiert haben.

»Sie haben *dich* nicht angegriffen, was ist also dein Problem?«

»Wie bitte?«, fragte sie verärgert. Sie konnte sich nur zu gut daran erinnern, dass Dino die Hunde dazu aufgefordert hatte, sie zu attackieren. »Du wolltest sie dazu bringen!«

»Nicht ernsthaft! Gut, okay. *Einmal.*« Irgendwie schaffte er es, gleichzeitig empört und kleinlaut zu wirken. »Erst, nachdem sie ein paar Stücke aus all meinen Jungs gerissen haben. Außerdem haben sie mir nicht gehorcht, also stell dich nicht so an. Wirst du sie nun retten? Ich meine, wenn es jemand kann, dann doch eine Polizistin.«

»Warum sollte ich dir helfen?«

»Wir könnten einen Deal aushandeln.«

Sam lachte. »Was hast du schon, was ich brauchen könnte?«

»Ein Mann wie ich hört eine Menge Dinge. Ich weiß, was auf diesem Filmset los war, nach dem du gefragt hast. Wenn du also meine Hunde befreist und ein neues Zuhause für sie findest, werde ich es dir verraten.«

»Ein neues Zuhause? Kann keiner deiner Freunde sie nehmen?«

»Verdammt noch mal, die sind alle hier drin, außer Dogsbreaths Frau. Und die wird mir nicht helfen, die hat kleine Gören zu Hause. Meinem Vater traue ich nicht. Und es wird Jahre dauern, bis ich hier raus bin.« Seine Miene war düster.

Sam dachte schnell über das Für und Wider nach. Sie hatte sich das Video ein paar Mal angeschaut und dabei bemerkt, dass Killer zwar wie ihre Brüder in die Luft geschnappt, geknurrt und gedroht hatte, aber sie hatte niemanden gebissen. Sie hätte eine gute Chance, gerettet zu werden. *Ich muss bescheuert sein, dass ich das überhaupt in Betracht ziehe.* »Ich kann dir nichts versprechen. Die Chancen stehen schlecht«, warnte Sam.

Dino richtete sich ruckartig auf. »Aber du wirst es versuchen?«

»Es ist wahrscheinlich verrückt«, seufzte sie, »aber ja. Ich verspreche, mein Bestes zu geben, um deine Hunde zu retten und ein gutes Zuhause für sie zu finden.«

Er seufzte erleichtert. »Okay.«

»Dann lass mal hören.«

Misstrauisch sah er sie an. »Woher weiß ich, dass du zu deinem Wort stehst?«

»Dino, um Himmels willen, du kennst die Antwort doch bereits. Ich war schon immer ehrlich. Deshalb steckst du doch in dieser Misere – ich wollte mich nicht erpressen lassen. Und es sollte offensichtlich sein, dass ich die Hunde auch liebe.« Sie deutete mit dem Finger auf ihn. »Und jetzt hör auf, meine verdammte Geduld zu strapazieren.«

»Ja, ja. Schon gut.« Er sah tatsächlich ein wenig beschämt aus. »Also … die Person, die hinter der Sabotage steckt und die dich an der Nase herumgeführt hat, ist Sid.«

»Schwachsinn!«

»Ich schwöre auf Killers Leben, dass es die Wahrheit ist.«

»Mein Bruder würde nie –«

»Er würde und er hat. Ich weiß nicht, warum. Aber er war es. Dein Bruder ist nicht so perfekt, wie du denkst.«

Sam wurde langsam wütend. »Nein. Kev, vielleicht –«

»Kev? Du machst Witze, oder? Der Junge könnte nicht mal einen verdammten Plan schmieden, wenn sein Leben davon abhinge. Es war eine gottverdammte Erleichterung, als du seinen jämmerlichen Arsch von den Boars abgezogen hast. Ich war so froh, ihn los zu sein, dass ich nicht einmal die Ausstiegsstrafe verlangt habe.«

Ausstiegsstrafe. So nannte man es, wenn sich jeder einmal am ausscheidenden Mitglied austoben durfte. Die Stiefelgasse. Und es stimmte. Kev war damals erst siebzehn und trotz seines Ausstiegs auf Sams Drängen hin hatte er nie so ausgesehen, als wäre er durch die Stiefelgasse gegangen.

Aber seine Erklärung irritierte sie. »Das hätte dich sonst auch nicht aufgehalten.«

Dino zuckte mit den Schultern und mied ihren Blick.

»Warum hast du ihn wirklich verschont?«, fragte Sam.

»Sagen wir einfach, ich dachte, das Leben hätte dir schon genug zugemutet. Ich weiß, dass ich daran auch nicht unschuldig war, weil ich das Zeug über deine Mutter überall breitgetreten habe. Ich hätte das wahrscheinlich nicht tun sollen. Besonders, weil mein Familienleben genauso beschissen war wie deins.«

Seit wann hatte Dino ein Gewissen?

»Ich wollte durch Kev nicht noch mehr Scheiße dazu packen, okay? Zumindest nicht mehr, als ich es schon getan hatte.« Jetzt sah er wirklich schuldbewusst aus.

»Wir haben einen Deal, richtig?«

Gott. Sie war wirklich verrückt geworden. »Ja. Ich werde tun, was ich kann, um deinen Hunden zu helfen.«

Er grinste breit. »Dann verpiss dich«, sagte er. Vermutlich aus Gewohnheit, denn den Worten fehlte jeglicher Biss.

Als Sam aufstand, um zu gehen, fügte Dino noch hinzu: »Und Sam? Du Hornochse, sieh zu, dass du aus Ika Whenu abhaust, okay? Verpiss dich endlich. Du bist zu clever, um dir noch mehr Lebenslust von diesem Drecksloch aussaugen zu lassen. Wieso bist du überhaupt noch hier, hä? Sei kein Idiot.« Mit leiser Stimme setzte er nach. »Sei nicht wie ich. Geh einfach.«

~ ~ ~

Sam fuhr auf dem Heimweg beim Tierheim vorbei. Nachdem ein Beamter ihr bis zum Erbrechen monoton den Paragrafen 33A des Hundekontrollgesetzes aus dem Jahr 1996 vorgetragen hatte, wurde sie an den Bezirksrat von Matamata-Piako verwiesen.

Auf dem Weg dorthin gingen ihr Dinos Worte nicht mehr aus dem Kopf. Hatte er die Wahrheit gesagt? Oder hatte er nur irgendein Druckmittel gebraucht, damit sie ihm half? Dagegen sprach, dass Dino zwar viele schlechte Eigenschaften hatte, aber sie noch nie angelogen hatte.

Sam zog ihre Handschuhe aus, lehnte sich an den Schalter des Bezirksrats Matamata-Piako und wartete, bis der diensthabende Tierschutzbeauftragte bereit war, sie zu empfangen.

»Hey«, sagte die Frau hinter dem Schalter, »sind Sie nicht die Polizisten aus diesem Internet-Video?

Sam biss die Zähne zusammen und rief sich in Erinnerung, dass sie von den Leuten hier einen Gefallen brauchte. »Schätze schon.« Sie versuchte es mit einem Lächeln.

»Dachte ich es mir doch. Mein Boss liebt Sie. Sieht sich das Video in Dauerschleife an.«

»Wie schön für ihn.«

»Der Tierschutzbeauftragte ist gerade reingekommen.« Die Frau deutete hinter Sam, wo sich eine Bürotür geöffnet hatte. »Er ist neu.«

Sam drehte sich um und stand Sid gegenüber. Er trug eine dicke schwarze Weste mit der Aufschrift »Animal Control« und starrte sie überrascht an.

»Sam! Woher wusstest du, dass ich hier bin?« Er strahlte sie an.

Großer Gott. Schon wieder ein neuer Job? Sie zerrte ihn ein paar Schritte von der neugierig wirkenden Frau am Schalter weg. »Du bist wie Unkraut, Sid. Lass mich raten, du wurdest bei *Shezan* gefeuert?«

»Oh, ja. Das kann man wohl sagen. Quincy war nicht allzu begeistert davon, dass ich meinen Posten verlassen habe, um deinen dürren Arsch zu retten.« Er zuckte mit den Schultern. »Er ist ein ziemlicher Scheißkerl, was? Da hattest du recht.«

Da konnte sie nicht widersprechen. »Na gut. Ich will …« *wissen, ob du der Bruder bist, den ich zu kennen glaubte. Sicher gehen, dass du nicht hinter der Verschwörung steckst …* »dich darum bitten, Dinos Hunde als nicht gefährlich zu erklären.«

Sid starrte sie mit weit aufgerissenen Augen an. »Schwesterchen, die Biester haben alles gebissen, was sich bewegt hat.«

»Nein, nur die Boars, die mich angegriffen haben. Sie beißen nur Menschen, die mich oder sie verletzen. Das macht sie für mich zu Helden. Ich will ein neues Zuhause für sie suchen, aber das kann ich erst, wenn sie nach Abschnitt 33 für nicht gefährlich erklärt wurden.«

»Das ist ziemlich viel verlangt.«

»Sie verdienen eine zweite Chance. Es ist nicht fair, dass sie eingeschläfert werden, weil ihr Besitzer ein Arsch ist.«

Sid seufzte. »Es tut mir leid, dir das sagen zu müssen, aber zwei mussten schon eingeschläfert werden. Sie waren zu stark verletzt.«

Sams Bauch verkrampfte sich, als hätte man ihr einen unerwarteten Schlag verpasst. »War einer von ihnen Killer?«

Sid zog seine Notizen hervor. »Killer und Demon sind okay.«

Gott sei Dank. »Gut. Sieh dir das Video noch mal an. Killer hat niemanden gebissen. Demon möglicherweise auch nicht. Das würde sie doch sicher retten? Und, hey, ich werde Hundetrainer finden, die mir schriftlich zusagen, mit ihnen zu arbeiten, bis sie gutmütige Hunde sind.«

»Die Chancen stehen trotzdem schlecht, Sam. Das muss dir klar sein.«

»Also leg dich dafür ins Zeug. Frag deinen Boss – soweit ich gehört habe, mag er das Video doch? Vielleicht kannst du es damit versuchen?«

Sid zögerte. »Ich glaube nicht, dass ich das kann. Ich arbeite erst seit ein paar Tagen hier.«

»Sid, komm schon! Du schuldest mir was.«

»Wofür denn?« Er blinzelte sie an.

»Man, vielleicht weil du mit dieser scheiß Filmset-Sabotage so viel meiner Zeit vergeudet hast?« Sie beobachtete seine Reaktion genau, auch wenn sie Angst vor dem hatte, was sie in seinem Gesichtsausdruck sehen könnte.

»Was? Nein. Wer hat das behauptet?« Sein linkes Auge zuckte.

Sie würde dieses Zeichen immer erkennen. »Wie oft willst du mich noch anlügen? Du hast mich durch die ganze Waikato-Region im Kreis laufen lassen. Und die Geschichte am Damm war einfach verdammt respektlos. Ich könnte dich anzeigen.« Sam fühlte sich so verraten. Und war stinksauer.

»Es sollte nie so außer Kontrolle geraten. Das war so nicht vorgesehen. Und die Puppe sollte viel näher am Ufer liegen bleiben, aber sie ist abgedriftet.« Jetzt klang seine Stimme flehend.

»Das war also alles ein Spiel? Habt ihr euch gut auf meine Kosten amüsiert?«

Sid mied ihren Blick. »Es ist kompliziert.«

»Ich werde es dir einfach machen: Hast du Skye, Kiri und Kev darum gebeten, mir einen Haufen Lügen zu erzählen und mich dazu zu bringen, meinen eigenen Schwanz zu jagen, ja oder nein?«

»Ich … ja. Ich habe sie dazu überredet.«

Diese Worte zerstörten all ihren Glauben und ihr Vertrauen in ihren Bruder. Sie schnaubte. »Ich hätte wegen dieser bescheuerten Sache sterben können.«

»Ich hätte nie gedacht, dass du losstürmen und die Wild Boars herausfordern würdest! Und ich hätte nie zugelassen, dass dir etwas zustößt!«

»Dass mir etwas zustößt? Ich wurde fast *getötet*, Sid.«

Entsetzen machte sich in seinem Gesicht breit. »Es tut mir leid. Du *weißt*, ich würde dich nie absichtlich in Gefahr bringen.«

»Dann sag mir, warum du es getan hast – und ich hoffe, du hast einen verdammt guten Grund parat.«

»Das kann ich nicht. Noch nicht«, sagte er und schüttelte niedergeschlagen den Kopf.

»Verdammt«, donnerte Sam. Ihre Wut schnürte ihr fast die Kehle zu. »Kapierst du es nicht? Wegen dir wurde ich suspendiert!«

»Es tut mir wirklich leid.« Sid klang zerknirscht. »Und ich weiß, es sieht jetzt gerade alles mies aus, aber dein Job ist nicht alles, Schwesterherz.«

Fassungslos sagte sie: »Du wechselst die Jobs vielleicht wie andere Leute ihre Unterwäsche, aber so bin ich nicht. Ich habe mir meine Position als Senior Constable hart erarbeitet, jahrelang. Weißt du, wie viel Zeit es mich gekostet hat, bis ich mein eigenes Revier leiten durfte? Und du hast mir das in fünf Sekunden zerstört. Jetzt lügst du mir auch noch ins Gesicht und besitzt die Unverschämtheit, mich ›Schwesterherz‹ zu nennen? Ich habe keine Ahnung, wer du überhaupt bist.« Sie drehte sich um und ging zur Tür. »Ich kenne dich wohl überhaupt nicht.«

»Sam!«, rief er ihr hinterher, doch sie reagierte nicht.

Der kann mich mal. Er hatte sich das alles selbst zuzuschreiben.

Kapitel 22

Der Anfang vom Ende

Sam saß auf ihrer ramponierten Couch und starrte ihre Postkarten-Pinnwand an. Bruce hatte beschlossen, sie mit seiner Anwesenheit zu beehren, was darauf schließen ließ, dass Mrs. Fenley heute früh ins Bett gegangen war und er sich langweilte. Gedankenverloren streichelte sie über sein Fell.

Jede Postkarte stammte von jemandem, den sie kannte. Manche von ihnen hatte sie halbwegs gut leiden können. Ein paar hatte sie sehr gemocht. Eine Absenderin hatte sie sogar einmal geliebt – und dann nicht mehr. Alle waren sie weggegangen, weit weg von Ika Whenu.

Nur sie war geblieben. Trotz ihrer großartigen Jugendträume hatte Sam nicht einen einzigen Schritt über die Grenzen Neuseelands gesetzt. Obwohl sie sich das so sehr gewünscht hatte, besonders in ihren Zwanzigern. Aber immer hatte sie ihr Pflichtgefühl der Familie gegenüber zurückgehalten. Was hatte sie jetzt davon?

Ihr Gehirn schmerzte bei dem Versuch, einen Sinn in Sids Handeln zu finden.

Familie bedeutete Gina alles. Und diese Überzeugung hatte Sam früh von ihr übernommen. Sie hatte Ginas Worte aufgesogen, sie verinnerlicht, und Sid mehr geliebt als jeden anderen. Sie liebte auch Kev, obwohl ihr Verhältnis manchmal schwierig war. Sie hätte fast alles für sie getan.

Und jetzt das.

Der Polizeichef hatte sie für den nächsten Morgen zu einem Meeting in Wellington einbestellt, um über ihre berufliche Zukunft zu entscheiden. Sie könnte ihren Job verlieren. Wenn das geschah, und wenn sie ihrer Familie offensichtlich so wenig bedeutete, was hielt sie dann noch in Ika Whenu?

Das war eine zu schwierige Frage für ihr erschöpftes Gehirn. Vielleicht war es auch nicht die richtige Frage. Sie hatte sowieso genug gegrübelt für einen Tag.

Sam warf einen Blick auf ihre Wanduhr und stand auf. Zeit zu handeln.

Sie zog ihre schwarzen Stiefel an, passend zu ihrem schwarzen T-Shirt und den schwarzen Hosen. Zuletzt setzte sie eine schwarze Mütze auf und schob all ihre Haare darunter.

Sie sah zu Bruce, der immer noch zusammengerollt auf der Couch lag, und fragte: »Möchtest du mitkommen und zusehen, wie ein paar Biker verhaftet werden?« Sie krault ihn hinter seinem Ohr. »Keine Sorge, die bösen Jungs werden zehn zu eins in der Unterzahl sein. Und wir weit weg von der tatsächlichen Gefahr. Der Rangierbahnhof ist nicht allzu weit von hier – glücklicherweise, da dein pelziger Hintern ja nicht gerade für Motorräder konzipiert ist.«

Bruce sprang sofort auf.

»Das ist die richtige Einstellung.« Sam senkte ihre Stimme zu einem verschwörerischen Flüstern. »Aber verrat niemandem, was wir vorhaben.«

Die Ansage war klar gewesen. Sam war suspendiert und ihr Ersatz, Senior Constable Murray Snell, würde dem Drogendezernat heute Abend an ihrer Stelle beratend zur Seite stehen, obwohl seine »Ortskenntnis« mehr als zu wünschen übrig ließ.

Angesichts ihres Meetings morgen musste Sam besonders vorsichtig sein, nicht erwischt zu werden. Aber sie konnte auch nicht einfach wegbleiben. Der ansteigende Drogenhandel in Ika Whenu hatte ihr Leben schon zu lange vollkommen eingenommen. Sie hatte sich tagein und tagaus den Kopf darüber zerbrochen, eine Lösung zu finden. Hatte Menschen getröstet, die sie ihr ganzes Leben lang kannte und die ein Familienmitglied an diese furchtbare Droge verloren hatten. Und sie hatte Einheimische für Verbrechen verhaften müssen, die sie ohne ihre Abhängigkeit nie begangen hätten. So war es zu ihrer Obsession geworden, den Meth-Handel in ihrer Stadt zu unterbinden.

Aber wenn das Drogendezernat erfolgreich damit war, die Übergabe abzufangen und gleichzeitig eine Razzia im Hauptquartier der Hornets abzuhalten, würde es keinen organisierten Drogenhandel mehr in der Waikato-Region geben. Ika Whenus Straßen würden nach zwei Jahren des Leids endlich wieder sauber sein.

»Komm schon, Bruce.« Sie nahm ihn auf den Arm. »Lass uns zusehen, wie der Albtraum endet.«

~ ~ ~

Sam lag auf einer kleinen Felsklippe, die ihr freien Blick auf den stillgelegten Rangierbahnhof bot. Riesige Wellblechcontainer waren auf dem gesamten Gelände verteilt. Verrostet und vergessen. Die Firma, der dieser Ort früher gehörte, war schon vor Jahren pleitegegangen und hatte alles sich selbst überlassen.

Bruce hechelte leise neben ihr. In der Ferne konnte sie den eindringlichen Schrei eines *Ruru* hören. Die Maori glaubten, dass der Ruf dieser einheimischen Eulenart ein unheilvolles Ereignis ankündigte. Zumindest für zwei Personen würde es garantiert ein unheilvoller Abend werden.

Zwei Mitglieder der Hornets schlichen sich gerade auf das Gelände. Einer hielt sich etwas abseits und kontrollierte, ob die Luft rein war, während der andere sich hinter einem kleinen Schuppen duckte und darauf achtete, sich im Schatten aufzuhalten. Irgendwo da unten musste auch ein Polizeitrupp darauf warten, das Gelände zu stürmen. Sam hatte sie noch nicht entdeckt, war auf ihrem Spaziergang hierher allerdings an ein paar auffällig unauffälligen Autos vorbeigekommen, wie sie allgemeinhin von der Polizei für geheime Operationen verwendet wurden.

Der *Ruru* rief erneut und der Hornet, der Ausschau hielt, drehte sich nervös um und blickte in die Dunkelheit. Vielleicht war er abergläubisch. Er kramte eine Taschenlampe hervor und richtete sie auf das niedrige, schräge Wellblechdach des Schuppens.

Der erste Hornet kletterte auf ein altes Fass und steckte ein längliches, schwarzes Paket in die breite Dachrinne des Schuppens. Sam zog ihr Handy aus der Hosentasche und begann, ihn zu filmen. Er wiederholte das Manöver noch mit zwei weiteren Päckchen. Das Video war sehr dunkel, doch der Schein der Taschenlampe beleuchtete beide Gesichter für einen Augenblick sehr klar.

Aus dem Augenwinkel nahm Sam Bewegungen wahr. Sie hielt das Handy weiterhin auf die Hornets gerichtet, wandte ihren Blick allerdings zur Seite. Neben dem Hauptgebäude des Bahnhofs sah sie einen Schwarm von Polizisten, die gerade einen gebückten Mann mit einer Papiertüte in der Hand umzingelten. Der Mann wandte sich zu den Einsatzkräften um und in dem Licht einer Straßenlaterne erkannte Sam ihn sofort. Was zum Teufel wollten sie von Larry, dem verrückten Einsiedler?

»Polizei! Lassen Sie das Paket fallen und treten Sie zurück!«, ertönte eine laute Stimme.

Um Himmels willen, nein! Das ist der Falsche!

Die beiden Hornets erstarrten kurz und drückten sich dann hastig gegen die Wände des Schuppens, weit außerhalb des Sichtfeldes der Polizei.

Sam fluchte, beendete die Videoaufnahme und schrieb Senior Constable Snell eine Textnachricht.

Hinter dem braunen Schuppen am Nordende. 2 Hornets. Pakete in der Dachrinne.

Eine der Personen, die den verrückten Einsiedler umzingelten, trat aus der Menge, sein Handy in der Hand. Langsam sah er sich um. Das musste Snell sein. Er zeigte auf den braunen Schuppen, sagte etwas zu dem Einsatzteam und tippte dann auf seinem Handy.

Sams Handy piepte wenige Sekunden später.

Sie sollten nicht hier sein.

Herrgott, Snell, nehmen Sie den Tipp einfach an. Sams Laune verfinsterte sich. Als sie antwortete, fragte sie sich, wie tief sie jetzt mit dem Hals in der Scheiße steckte.

Zufällig beim Joggen vorbeigekommen.

Sie sah auf. *Ach verdammt!* Die Biker bewegten sich im Schatten vom Schuppen weg. Sam schickte eine neue Textnachricht.

Sie hauen ab!

Das Einsatzteam gab seine Deckung auf. Polizisten kamen von allen Seiten aus der Dunkelheit und stürmten das Gelände. Als sie in die Nähe des braunen Schuppens kamen, alarmierten ihre Schritte die Hornets und sie flüchteten in entgegengesetzte Richtungen. Einer rannte sofort einem Polizisten in die Arme, der ihn in Sekundenschnelle zu Boden brachte und Handschellen anlegte. *Effizient.*

»Einer weniger«, sagte Sam anerkennend zu Bruce.

Der andere Biker sprintete zu den Klippen. Genau auf Sams Position zu.

Bruce setzte sich auf und spitzte die Ohren.

»Ja, ich weiß, Junge. Der hat ganz schön Pech. Der rennt so oder so ins Verderben.«

Sie sendete noch eine Textnachricht, bevor sie das Handy wegsteckte.

Klippen. Nordosten.

Dieser Typ war viel schneller als der erste und hatte zudem einen ziemlich guten Vorsprung.

Der Kopf des Bikers tauchte über dem Felsvorsprung auf. Sein Keuchen hatte ihn schon angekündigt, lange bevor Sam sein verschwitztes Gesicht vor sich sah.

»Hallo.« Sam sah belustigt in sein erschrockenes Gesicht und erhob sich. »So spät noch unterwegs?«

Er musterte ihr Outfit. »Wer zum Teufel bist du denn?« Er kletterte auf den Vorsprung und richtete sich auf. Er überragte Sam deutlich.

»Ich nehme an, du kennst mich unter dem Namen *Hukapapa.*«

Seine Miene verfinsterte sich. »Der Scheißbulle, verdammt.« Er blickte sich hektisch um, als würde er noch zwischen Flucht und Angriff schwanken. Ein Hieb seiner riesigen Faust hätte Sam wahrscheinlich außer Gefecht setzen können.

»Ich würde das lassen. Setz dich am besten sofort hin und halt still«, sagte Sam mit kühler, drohender Stimme.

»Oder was?«

»Oder du provozierst meinen Hund.« Sie deutete auf Bruce, der gerade mit wedelndem Schwanz die Stiefel des Neuankömmlings inspizierte.

»Dieses Ding? Der reicht mir ja nicht mal bis über die Knöchel.«

»Stimmt, er ist klein«, gab Sam zu, »aber bis zu deinem Schritt kommt mein Freund Eierbeißer locker. Und diese Höhe reicht ihm vollkommen.«

»Eierbeißer?« Er beäugte Bruce. »Du bluffst doch nur!«

»Du wirst ja sehen. Willst du es riskieren?«, fragte Sam neugierig. »Oder willst du deine Körperteile lieber weiter da haben, wo sie jetzt sind?«

Fünf Minuten später verhaftete das Drogendezernat einen missmutigen Biker, der starr auf der Klippe stand und einen kleinen, alten Jack-Russel-Terrier misstrauisch beäugte.

Snell stellte sich zu Sam. »Ah, beim Joggen vorbeigekommen. Nach dreiundzwanzig Uhr?« Er warf einen Blick auf ihre schwarze Mütze, passend zu ihrer restlichen Kleidung und den schweren Stiefeln. »Sehr sportlich. So schön monochrom.«

»Schwarz macht schlank«, konterte Sam. »Die Übergabe hat stattgefunden, als sie alle damit beschäftigt waren, den falschen Verdächtigen zu belästigen. Ich habe Ihnen per E-Mail eine Videoaufnahme davon geschickt. Die beiden sollen sich auf keinen Fall rausreden können. Ich hoffe, Sie drehen mir keinen Strick aus meiner Mithilfe.«

Snell öffnete das Video auf seinem Handy und betrachtete es mit weit aufgerissenen Augen. »Danke. Ich werde Ihnen keine Probleme machen. Schließlich waren Sie nur joggen.« Dann lächelte er. »Haben Sie gehört, dass bei der Razzia im Hauptquartier der Hornets das ganze verdammte Meth-Labor sichergestellt werden konnte? Sie sind erledigt. Und zwar alle. Das Drogendezernat in Tauranga ist völlig aus dem Häuschen. Die sind so glücklich, weil dieses Labor auch ihre Stadt mit Drogen überschwemmt hat.«

»Gut.« Sam entspannte sich. Es war also wirklich vorbei. Sie würde nicht länger auf Mauern klettern oder Drogenkuriere verfolgen müssen. »Es hätte keine größeren Arschlöcher treffen können.«

»Kein Widerspruch von mir. Die Einheit hat eben noch einen Einheimischen bei dem Versuch erwischt, die Drogen aus der Regenrinne einzusammeln.« Er deutete vage nach unten zum Rangierbahnhof. »Kein großes Superhirn. Ein aggressiver kleiner Scheißer namens …« Snell griff in seine Tasche und zog ein Notizbuch heraus. »Fletcher Norton. Seine engsten Kumpel werden gerade zum Verhör eingesammelt.«

Sam riss geschockt die Augen auf. »*Dieses* Arschloch hat den Mist in der Stadt verbreitet? Gerade wenn ich denke, dass ich jemanden nicht mehr hassen könnte, beweist er mir, dass ich mich geirrt habe.«

»Tja, jetzt steckt er in der Scheiße. Sie werden ihn für eine lange Zeit nicht mehr sehen müssen.« Jemand rief Snells Namen. »Ich muss los. Aber das hier fühlt sich toll an, nicht wahr? Darum bin ich Polizist geworden!«

Sam sah ihm nach, während er wegjoggte. Neid stieg in ihr auf. Ja. Es war ein gutes Gefühl. Aber es war sowohl süß als auch bitter. Sie hatten es geschafft, der Schlange den Kopf abzuschlagen. Und jetzt war es für sie vermutlich vorbei. Vielleicht war das die letzte Verhaftung, an der sie je teilgenommen hatte. Vielleicht würde sie nie wieder das Gefühl haben, der Gerechtigkeit zu dienen. Sie vergrub ihre Hände in ihren Hosentaschen.

»Komm schon, Bruce«, sagte sie sanft. »Das hast du großartig gemacht, Junge. Wirklich einschüchternd. Ich habe es dir total abgekauft.« Sie lachte. »Und jetzt bringe ich dich nach Hause.«

Sie machte sich auf den Rückweg. Ihre Gedanken waren voll offener Fragen, verworrenen Rätseln und dem Nachhall von Stress und blanken Nerven. Alles, was sie in den letzten Stunden verdrängt hatte. Bei dem Gedanken an Sids Verrat schmerzte es noch immer in ihrer Brust. Wieder und wieder fragte sie sich: *Warum?*

Kapitel 23

Für dich da sein

Alex erwachte, weil jemand an ihrer Wohnwagentür klopfte. Noch benommen stand sie auf. Ein Blick auf die roten Zahlen der Mikrowellenuhr verrieten ihr, dass es 1:02 Uhr nachts war. Sie öffnete die Tür einen Spalt weit.

Sam stand draußen, das Gesicht angespannt, die Haare zerzaust. »Entschuldige, dass ich dich wecke.«

»Du musst dich nicht entschuldigen.« Alex öffnete die Tür ganz, um Sam hereinzulassen, und zitterte, als die kalte Nachtluft zu ihr vordrang.

Sams Blick glitt über Alex' Schlafkleidung – eine blau gestreifte Pyjamahose und ein verblasstes *Clannad*-T-Shirt. Alex wünschte sich plötzlich, sie hätte etwas Ansehnlicheres angezogen als ein T-Shirt ihrer irischen Lieblingsband.

»Ich hätte nicht kommen sollen«, sagte Sam leise. »Es ist spät. Ich hatte eine furchtbare Nacht. Wollte raus, um einen klaren Kopf zu bekommen, und plötzlich stand ich vor deiner Tür. Ich weiß nicht, was ich mir dabei gedacht habe.«

»Ich habe das Gefühl, dein Unterbewusstsein wusste ganz genau, wo du hinwillst.« Alex lächelte. »Jetzt schaff deinen Hintern hier rein, bevor wir beide erfrieren.«

Sam zögerte einen Moment und betrat dann den Wohnwagen. Sie schloss die Tür hinter sich.

»Möchtest du einen Drink?«

»Nein.«

»Willst du reden?«, fragte Alex weiter. Sams merkwürdige Stimmung machte sie neugierig. Sie hatte sie noch nie so aufgewühlt erlebt.

Sam sah sich um. Ihr Blick wanderte unruhig von der Küchenzeile über die Couch, an der angelehnten Tür zum Badezimmer vorbei und landete schließlich auf dem ungemachten Bett.

Alex zog die Augenbrauen hoch. »So so.« Sie lächelte.

Sams Wangen wurden rot.

»Bist du deshalb hergekommen?«

»Ich ...« Sam wirkte unsicher.

Mit leiser, zarter Stimme sagte Alex: »Weißt du, ich habe den ganzen Tag an dich denken müssen. Und meine Gedanken waren nicht gerade jugendfrei.« Alex neigte den Kopf und ein Lächeln umspielte ihre Lippen. »Wenn du dasselbe empfunden hast und deshalb gekommen bist, habe ich keine Einwände. Also ... was sagst du?«

Sam schwieg einen Moment lang und blickte dann zu Boden. Die Röte schien nicht mehr aus ihren Wangen weichen zu wollen. »Du bedeutest mir mehr als das. Du bist nicht nur jemand mit dem ich... du weißt schon... wann immer es mir passt.«

»Ich weiß. Aber bist du deswegen gekommen? Wegen ... du weißt schon?«

»Nicht ... bewusst.«

»Aber unbewusst?«

Sam hob ihren Kopf. Verlangen stand ihr deutlich ins Gesicht geschrieben. »Ja.«

Alex konnte kaum glauben, wie sehr sie Sams Geständnis anmachte. Ihr Körper war wie elektrisiert. Unter Sams Blick spürte sie auch überdeutlich, dass ihre Nippel hart wurden. »Dann solltest du mich besser küssen.«

~ ~ ~

In Alex Levitins Armen aufzuwachen war wunderschön. Sam atmete entspannt den Duft ihrer Haut ein. Das war ganz Alex. Subtil. Berauschend. Süß.

Sie erinnerte sich kaum noch daran, wie sie hier gelandet war. Ihr gestriges Gespräch mit Sid hatte ein Gefühls-Chaos ausgelöst. Und je länger sie sich damit beschäftigte, desto mehr Fragen, Probleme und Konflikte wirbelten in ihr durcheinander. Es ließ sie sogar die Versprechen infrage stellen, die sie dazu gebracht hatten, so lange in Ika Whenu zu bleiben. Es war alles so verwirrend.

Einzig Alex war nicht verwirrend. Ihre Wärme, ihre Akzeptanz und ihr Trost waren in der Dunkelheit ihrer Gedanken ein rettender Anker gewesen. Was Sam fühlte, ging über bloße Anziehung hinaus. Natürlich bestand eine besondere Chemie zwischen ihnen. Aber das war nicht alles. Es fühlte sich an, als wäre sie angekommen – ohne dass sie gewusst hatte, worauf sie zuging.

Sam musterte Alex, die sich eng an sie geschmiegt hatte und seelenruhig schlief. Wie der Spatz, mit dem sie sie bei ihrem ersten Treffen verglichen hatte. Die Erinnerung an die zarte Alex inmitten der Schlägerei mit den Wild Boars ging ihr durch den Kopf. Sie war so unglaublich erleichtert gewesen, dass Alex unverletzt geblieben war.

Wieso ging Alex Levitin ihr so unter die Haut? Warum fühlte es sich mit Alex so anders als mit jeder anderen Frau, mit der sie ausgegangen war? Warum sehnte sie sich so sehr nach ihr?

Sam ließ ihren Finger über Alex' Arm gleiten. Clever, witzig, zielstrebig, engagiert und abenteuerlustig. Und sie hatte die ganze Welt gesehen. Wie erstaunlich diese Erfahrung sein musste.

Sam spielte mit einer roten Haarsträhne an Alex' Schläfe und versuchte sich vorzustellen, wie es wäre, Teil ihres Lebens zu sein. Teil dieser ihr fremden Welt. Alles, was Sam tat, war geradlinig. Verbrechen aufspüren, Verbrechen bekämpfen. Das war's.

Alex ist so schön. Sam lächelte. Selbst so zerzaust vom Schlaf konnte sie sie nur bewundern.

Langsam erwachte Alex. Einen Moment lang stand ihr Verwirrung ins Gesicht geschrieben, dann kam sie zu sich und lächelte. »Guten Morgen. Ich liebe diesen Blick, mit dem du mich beobachtest.«

»Ich habe nicht …«, murmelte Sam verlegen.

»Doch, hast du. Du siehst mich so voller Staunen an und mit einem Hauch von Neid.«

»Neid?« Sam hob überrascht die Augenbrauen. »Das stimmt nicht.«

»Das ist schon in Ordnung, ich weiß, dass du es nicht böse meinst. Es wirkt eher wie Neid, dem Wehmut anhängt. Du musst den Eindruck haben, als würde ich nach Lust und Laune um die Welt reisen. Und das zieht dich an.«

»Ich…« Sam war sprachlos. Konnte Alex Gedanken lesen? War sie so ein offenes Buch?

»Entschuldige« Alex zögerte. »Ist das ein wunder Punkt?«

Sam seufzte. »Ich wusste nur nicht, dass es so offensichtlich ist.«

»Nur, wenn du jemanden nahe genug an dich rangelassen hast, um die Hinweise zu sehen. Du hast Postkarten aus entfernten Orten an deiner

Wand, hörst Musik aus anderen Kulturen, verbringst jede freie Minute damit, auf Tiger die Stadt zu verlassen. Es sieht für mich so aus, als sehnst du dich danach, von hier zu entkommen.«

»Vielleicht«, gestand Sam. »Ist das so schlimm?«

»Definitiv nicht. Es ist nur natürlich. Warum fragst du? Hast du ein schlechtes Gewissen deswegen?«

Sam konnte diese Fragen jetzt genauso wenig beantworten wie die gestern Abend, als ihre Füße sie direkt vor Alex' Tür getragen hatten. Es war zu verwirrend.

»Ein seltener Anblick.« Alex wirkte amüsiert. »Senior Constable Keegan ist sprachlos.«

Sam betrachtete sie nachdenklich. »Du hast meine Stellung als Polizistin nie zu ernst genommen, oder?«

»Wie meinst du das?«

»Du sagst meinen Rang immer so, als wäre er etwas Bewundernswertes oder sogar Amüsantes. Aber nichts Negatives.«

»Warum sollte er etwas Negatives sein?«

»Sei mal für einen Tag eine Polizistin. Jeder sieht nur die Uniform. Wenn ich die Kneipe betrete, wechseln die Leute oft das Thema, aus Angst, irgendwas, was sie sagen, könnte sie in Schwierigkeiten bringen. Das liegt in der menschlichen Natur. Aber bei dir nicht.«

»Also, es ist nicht so, dass ich es nicht ernst nehme. Aber dein Beruf macht auch nicht deine komplette Persönlichkeit aus, oder? Ich mag dich *ganz*. Mit und ohne Uniform.« Alex grinste kurz zweideutig.

»Du siehst *mich*.«

»Ja. Und mir gefällt, was ich sehe.« Alex ließ ihre Fingerspitzen über Sams Arm gleiten. »Außerdem weiß ich, wie es ist, nur in seiner beruflichen Funktion gesehen zu werden.«

»Ach ja? Werden Regisseure auf eine Art und Weise seltsam behandelt, von der ich nichts weiß?«

»Es ist eher die Filmindustrie insgesamt, die seltsam ist. Viele Menschen wollen so verzweifelt groß rauskommen, dass sie jeden, den ein Hauch von Einfluss umgibt, auf Teufel komm raus in den Hintern kriechen. Es ist beunruhigend, weil man jedem unterstellen kann, eventuell ein falsches Spiel zu treiben. Schauspielerinnen werfen sich mir an den Hals – als ob ich nicht merken würde, worauf sie wirklich aus sind und dass sie zumeist heterosexuell sind. Es ist wirklich anstrengend. Also verstehe ich dein Problem. Die Leute sehen *mich* auch oft nicht.« Alex lächelte. »Obwohl dich auch nie beeindruckt hat, dass ich eine Hollywood-Regisseurin bin. Im Gegenteil, du hast mich dafür eher gehasst.«

»Hass ist ein starkes Wort«, konterte Sam in neckendem Tonfall. »Ich habe gegenüber Ika Whenu eben einen ausgeprägten Beschützerinstinkt. Wenn ich etwas gehasst habe, dann vielleicht deine Fahrkünste.«

Alex lachte. »Sexy *und* einen Sinn für Humor. Schweig still mein Herz.«

»Das war kein Witz«, kommentierte Sam trocken.

»Jetzt raus mit der Sprache: Was hat Ika Whenus sexy Polizistin um ein Uhr nachts aus dem Bett und auf meine Türschwelle getrieben?«

»Ich konnte nicht schlafen.«

»So viel war offensichtlich.«

»Ich habe gerade viel im Kopf.«

Alex schwieg einen Moment lang. »Meinst du uns?«

»Nein. Na ja, ja, auch. Aber das ist es nicht, was mich wachgehalten hat.« Sam seufzte. »Mein ganzes Leben lang habe ich immer alles für meine Familie getan. Ich liebe sie und bin sehr dankbar dafür, dass ich sie habe, deshalb hat es mir nie etwas ausgemacht. Sie gaben mir immer das Gefühl, wirklich Teil ihrer Familie zu sein.«

»Das bist du auch«, sagte Alex. »Gina betet dich an. Sid auch.«

Sams ganzer Körper spannte sich an. »Er betet mich so sehr an, dass er gestern zugegeben hat, hinter der Sabotage zu stecken.«

»Was?« Alex riss ihre Augen auf. »Nein!«

»Ich musste es von Dino erfahren. Das war vielleicht schön.«

»Hat Sid gesagt, warum?«, wollte Alex wissen. »Wurde er von jemandem bezahlt?«

»Er wollte nicht mehr dazu sagen. Was auch immer der Grund war, es tut weh. Vor Jahren bat mich Gina darum, dass ich wieder nach Hause komme und ihr mit Kev helfe. An diesem Tag habe ich ihr versprochen, immer für sie da zu sein, weil man das für die Familie eben so macht. Aber jetzt weiß ich nicht, ob dieser Respekt wirklich gegenseitig besteht.«

»Ach, Sam. Natürlich respektieren sie dich.«

»Tun sie das? Vielleicht ist es auch ein Zeichen.«

»Ein Zeichen wofür?«

»Nichts. Vergiss es.« Sam schüttelte den Kopf. »Jedenfalls ist mir gestern klar geworden, dass ich keine Ahnung habe, was ich mit meinem Leben anstellen will. Seit Jahren bin ich davon ausgegangen, dass ich irgendwann hier sterbe – mit den Polizeistiefeln noch an den Füßen, wie mein Vorgänger.«

»Und jetzt hast du zum ersten Mal die Wahl«, sagte Alex. »Das muss überwältigend sein.«

»Und heute Nachmittag habe ich einen Termin beim Polizeichef. Was ist, wenn ich mein Revier verliere oder entlassen werde? Was dann?«

Alex musterte sie. »Schließ deine Augen. Was ist das Erste, das dir in den Sinn kommt, wenn ich frage: Sam Keegan, wo würdest du jetzt gerade am liebsten sein?«

»An einem Strand.«

»Oh, schön. Wo?«

»Es gibt einen Strand, den ich schon immer mal sehen wollte. Pfeiffer Beach in Kalifornien. Ich habe mal eine Dokumentation darüber gesehen und war sofort fasziniert. Der Sand hat eine violette Farbe, weil er zerkleinerte Granatstücke enthält. Am Strand liegt ein Felsen mit Schlüssellochbogen, durch den die Wellen brechen. Das Wasser ist kristallklar und blau und hat die perfekte Temperatur, nicht eiskalt wie hier. Ich habe immer davon geträumt in der Nähe des Strandes zu zelten und auf das Meer zu blicken.« Sie zögerte. »Meine erste Freundin wusste, dass Pfeiffer Beach mein Traumort ist –«

»Warte, die Postkarte von dieser Nicole? Das war Pfeiffer Beach?«

»Ja. Deshalb hat sie die Karte geschickt. Sie wollte sich wohl über mich lustig machen und sagen: *Schau, ich bin an deinem kostbaren Strand, den du nie sehen wirst.*«

»Sie ist *wirklich* ein Miststück.« Alex' Blick war finster.

»Sie war verletzt. Wir hatten immer geplant, zusammen dorthin zu fahren, aber ich konnte meine Verpflichtungen hier nicht einfach abschütteln. Vielleicht hat sie recht. Vielleicht werde ich niemals meinen Strand sehen.«

»Warum glaubst du das? Selbst wenn du in Ika Whenu bleibst, könntest du immer noch Urlaub machen, wo immer du willst.«

»Das klingt wahrscheinlich albern, wenn man bedenkt, dass ich gewöhnlich meine eigene Gesellschaft bevorzuge, aber ich wollte nie allein zu meinem Strand fahren. Ich will nicht allein reisen. Mein Traum ist es, diese Abenteuer mit jemandem zu teilen. Die Welt ist dazu bestimmt, geteilt zu werden.«

»Ich verstehe«, sagte Alex. »Und jetzt stehst du an einem Scheideweg und fragst dich, welche Richtung du einschlagen sollst.«

Sam nickte nachdenklich.

»Du darfst dir auch mal erlauben, keine Antwort parat zu haben«, fuhr Alex fort. »Du weißt gerade nicht einmal, ob du morgen noch einen Job hast. Warum vertagst du diese Entscheidung also nicht bis nach deinem Meeting mit dem Polizeichef?«

Sam schwieg. Schließlich sagte sie: »Das ist ein gutes Argument.«

»Und nachdem du bei ihm warst, kommst du zu mir, ja?«

»Ich bin dann vielleicht nicht in der Stimmung, zu reden.«

»Dann werden wir nicht reden. Kommst du trotzdem?«

»Okay.« Sam atmete tief durch. »Ich will darüber jetzt nicht mehr nachdenken. Kannst du mich ablenken? Sag mir: Wie viele Orte hast du schon gesehen? Wo warst du überall?«

»Hm ... Mal sehen. Ich bin durch ganz Europa gereist. Ich war auch in Singapur, Japan, Vietnam, den USA natürlich, und würdest du mir glauben, wenn ich sage, dass ich in der Sahara war?«

»In der Sahara? Ernsthaft?«

»Ich habe vor nicht allzu langer Zeit einen Film über den Klimawandel gedreht, *A Quiver in Time*. Ich brauchte Filmmaterial von einer bestimmten Art von Köcherbaum, der dort angesiedelt ist.« Alex zögerte. Normalerweise lachten immer alle bei der Erwähnung der Köcherbäume. Dabei hatte es einen sehr ernsten Hintergrund. Wenn die wasserspeichernden Sukkulenten absterben würden, würde das ganze Ökosystem durcheinandergeraten.

Sam lachte nicht. Sie nickte nur. »Wo warst du noch?«

»Die Lord-Howe-Insel. Von allen Orten, an denen ich war, ähnelt dieser Fleck Erde Neuseeland wahrscheinlich am meisten. Definitiv das gleiche Klima. Ganz zu schweigen vom Reichtum an grüner Fauna, der engen Gemeinschaft der Einheimischen und den herrlichen Wasserfällen.«

»Aber nichts ist so schön wie unsere Wairere Falls«, sagte Sam überzeugt.

»Ist das so?« Alex piekte sie mit dem Finger in die Rippen. »Woher willst du das wissen?«, neckte sie.

»Ich bin eine Kiwi. Manche Dinge wissen wir einfach«, erklärte Sam.

»Ach, wirklich?«

»Ja.«

»Es wäre sehr seltsam für dich, wenn du nicht länger die Polizistin von Ika Whenu sein würdest, oder?«

»Ich schätze schon«, antwortete Sam. »Aber zumindest ist die Sache erledigt, die ich unbedingt in Ordnung bringen wollte. Das Meth in der Stadt.«

»Ist es das?«

»Das ist der Grund, warum ich letzte Nacht überhaupt so lange wach war – es gab eine Razzia. Ich wollte wissen, ob alles gut geht. Die Hornets wurden bis zum letzten Mann verhaftet. Die Meth-Versorgung in Ika Whenu und in der gesamten Region Waikato ist damit lahmgelegt.«

»Das bringt dir doch bei deinem Chef viele Pluspunkte ein, oder nicht? Du hast das doch erst möglich gemacht, oder?«

»Zum Teil.«

»Wir könnten einen Protest organisieren, wenn du gefeuert wirst. All die Leute, die dich in der Live-Übertragung gesehen haben, waren von deinem Mut begeistert. Wir könnten eine PR-Kampagne zur Rettung deines Jobs starten. Die Einheimischen helfen sicher auch mit. Ich weiß, dass du viel für diese Stadt und die Menschen, die so viel von dir erwarten, tust. Aber das wissen sie auch. Sie würden dir den Rücken stärken.«

»Vielleicht. Aber wenn noch mehr Aufmerksamkeit darauf gelenkt wird, werden die hohen Tiere nur noch angepisster sein.« Sam schloss die Augen. »Ich werde einfach abwarten, wie die Würfel fallen, und dann weitersehen. Mehr kann ich jetzt sowieso nicht tun.«

Kapitel 24

Tag der Entscheidungen

Sam stand vor dem Büro des neuseeländischen Polizeichefs und prüfte, ob ihre Uniform auch ordnungsgemäß saß.

»Bitte nehmen Sie Platz, Senior Constable.« Die Assistentin des Polizeichefs deutete auf die Stühle vor der Bürotür. »Er verspätet sich um fünfzehn Minuten.«

»Danke, aber ich habe schon zu lange gesessen.«

Sam fragte sich, wie lange dieses Meeting dauern würde. Würde der Polizeichef sie unverzüglich entlassen? Aber dafür würde er sie sicher nicht persönlich treffen, sondern hätte es jemand anderen machen lassen. Vielleicht wollte er sie erst zur Schnecke machen? War so etwas hier schon mal vorgekommen? Dass Polizisten live bei einer Gang-Schlägerei gestreamt wurden, die sie selbst angezettelt hatten?

Sam starrte aus den riesigen Fenstern und wünschte sich Ablenkung. Was machte Alex jetzt wohl gerade?

In den frühen Morgenstunden war sie für Sam wie ein Silberstreif am Horizont gewesen. Und auf dem einstündigen Flug von Hamilton nach Wellington hatten die Erinnerungen an Alex' Mund und ihre geschickten Hände Sams Gedanken erfüllt. Nun war sie im Geiste damit beschäftigt, sich auszumalen, auf welche verschiedenen Arten ihr Chef sie vor die Tür setzen konnte.

»Commissioner Fraser wird Sie jetzt empfangen.«

Sam nickte. Mit leicht zitternden Beinen betrat sie das Büro des Polizeichefs.

Sie musterte das minimalistische Büro mit Blick über die Hauptstadt und fragte sich erneut, wieso ein Niemand aus einem Provinznest überhaupt zum Leiter der gesamten Polizei bestellt wurde.

Commissioner Fraser begrüßte sie und deutete dann auf einen Teller mit Schinkensandwiches. »Hungrig?«

Sam schüttelte verwirrt den Kopf. »Nein. Danke.« Ihr Mund war staubtrocken.

»Wahrscheinlich eine weise Entscheidung.« Er lächelte. »Die sind aus unserer Cafeteria.«

Sie nickte höflich.

»Also, Senior Constable Keegan.« Er blätterte eine Akte durch, die auf seinem Schreibtisch ausgebreitet lag. »Sie haben uns in eine etwas missliche Lage gebracht. Ich weiß, dass ich das am Telefon bereits gesagt habe, aber ich muss es wiederholen: Der Versuch, ein Gelände voller Biker und Kampfhunde im Alleingang zu stürmen –«

»Sir, ich –«

»Nein.« Er hob eine Hand, um sie zum Schweigen zu bringen. »Ich habe Ihren Bericht gelesen, daher weiß ich, was Sie sagen wollen. Aber nein. Alle Motorradgangs verstehen offizielle Polizeibesuche als Razzien, unabhängig davon, ob *wir* das so sehen oder nicht. Und diese Hunde wurden darauf trainiert, Menschen anzugreifen – egal, ob sie Sie letztendlich zerfleischt haben oder nicht.«

Sam biss sich auf die Lippe.

Er fuhr fort. »Sie haben zudem eine Zivilistin mitgenommen, um das Ganze zu dokumentieren. Ich kann Ihnen nicht deutlich genug sagen, wie unangenehm das die Situation für uns macht.« Er warf ihr einen strengen Blick zu. »Wir hatten zu diesem Vorfall Medienanfragen aus der ganzen Welt.«

»Sie hat sich selbst mitgenommen«, sagte Sam. »Ich habe am Anfang nicht einmal gewusst, dass Alex vor Ort war.«

»Alex. Das wäre dann … Alexandra Levitin. Eine Filmregisseurin«, merkte er mit Blick auf seine Unterlagen an. Sein Tonfall war scharf, als er fragte: »Also kennen Sie sie?«

Sams Wangen wurden heiß. *Im biblischen Sinne? Klar.* »Ich habe sie ein paar Mal getroffen, ja. Sie dreht einen Film in der Nähe unserer Stadt.«

»Wie *nett* von ihr, das Video mit der ganzen Welt zu teilen. Eine halbe Million Zuschauer bisher.« Er trommelte mit den Fingern auf seinen Schreibtisch.

Eine halbe Million Zuschauer? Heilige … »Ja, Sir.«

»Dann tauchte Ihr Bruder auf und ließ seine Fäuste fliegen. Ein gewisser …« Er blätterte durch die Akte. »Sidney Mahuta.«

»Ja, Sir.«

»Obwohl die Öffentlichkeit das Spektakel offenbar amüsant fand, hat Ihr Vorgehen die neuseeländische Polizei aussehen lassen wie Amateure. Der Oppositionsführer fragte im Parlament, ob die finanziellen Mittel für die regionalen Polizeireviere so knapp sind, dass unsere Polizisten sich schon mit den Wachhunden der Kriminellen anfreunden und ihre Brüder zu Razzien mitbringen müssen. Der Innenminister war begeistert.«

Mit Sicherheit, dachte Sam und fragte sich, wie der Minister darauf wohl geantwortet hatte.

»In Ihrem Bericht steht, dass Sie Grund zur Annahme hatten, dass die Wild Boars im Drogenhandel aktiv waren und außerdem Sabotage an diesem Filmset betrieben haben.«

»Ja, Sir.«

»Beide Anschuldigungen haben sich als unzutreffend herausgestellt, richtig?«

Sam schluckte. »Das ist richtig, ja. Aber mein Handeln brachte uns Informationen ein, die für die Methamphetamin-Razzia bei den Hornets in der Region Waikato gestern Abend unerlässlich waren. Ich habe herausgefunden, wer die Drogen in Umlauf brachte und wann die nächste Übergabe stattfinden würde. Das Drogendezernat führte daraufhin mehrere erfolgreiche Razzien durch.«

»Ich bin mir dessen bewusst.« Fraser schüttelte den Kopf. »Ich würde sagen, gute Arbeit, aber insgesamt betrachtet stimmt das so nicht, oder? Alles, was Sie getan haben, war riskant, kurzsichtig und hat gegen diverse Vorschriften verstoßen.«

Theoretisch korrekt.

»Sie haben das Leben mehrerer Zivilisten in Gefahr gebracht«, sagte er weiter. »Und Sie hätten selbst schwer verletzt werden können, wenn nicht sogar getötet.«

Auch theoretisch korrekt.

»Es war leichtsinnig und ich habe keine andere Wahl, als Sie für Ihr Handeln offiziell abzumahnen. Wir können die Angelegenheit auf keinen Fall so stehenlassen und damit zum Ausdruck bringen, dass Ihr Verhalten in irgendeiner Weise akzeptabel war. Andernfalls denkt jeder Polizist in Neuseeland, er könne ungestraft Rambo spielen. Es würde die Sache viel einfacher machen, wenn wir diskret damit umgehen könnten. Dank des Videos ist das allerdings keine Option.« Fraser presste seine Lippen aufeinander. »Also ...«

Sam wischte sich möglichst unauffällig die Hände an ihrer Hose ab. *Jetzt ist es soweit.*

»Es ist Ihnen nicht länger erlaubt, ein Polizeirevier zu leiten. Wenn Sie sauber bleiben, können Sie den Posten in ein paar Jahren vielleicht wieder übernehmen.«

Sie wurde nicht gefeuert? »Ja, Sir.«

»Senior Constables mit Ihrer Erfahrung und der Fähigkeit, sich gegen eine gewalttätige Motorradgang durchzusetzen, wachsen nicht auf Bäumen. Ich werde Sie daher nicht einfach feuern, erst recht nicht zu einer Zeit, in der wir mit absteigenden Rekrutierungszahlen zu kämpfen haben. Ihr Handeln in dieser Sache war nicht ideal, aber Sie sind keine schlechte Polizistin. Abgesehen von diesem Ausrutscher ist Ihre Akte vorbildlich.«

Okay?

»Wie würde das auch nach außen aussehen, wenn wir Sie degradieren? Sie sind für die Öffentlichkeit eine Heldin der kleinen Leute. Wir haben inzwischen einige neue Bewerber, die von Ihrem Mut inspiriert wurden. Die Menschen wollen wie Sie sein.« Fraser bedachte Sam mit einem schrägen Blick. »Die Leute leiden unter der Wahnvorstellung, dass es zur Polizeiarbeit gehört, Biker zur verprügeln. Aber die Tatsache ist: Sie sind wertvoll für uns.«

»Wie soll meine Position dann aussehen, wenn ich mein Revier nicht mehr leiten kann?« Würde man sie einfach irgendwo anders stationieren und unter die Leitung eines anderen Senior Constables stellen?

Er drehte sich um und deutete auf das Plakat, das hinter ihm hing. Ein junger, breit grinsender Polizeianwärter war darauf zu sehen. Darauf stand: *Polizeiverband Neuseeland – Wir rekrutieren!*

»Sie möchten etwas bewirken, richtig? Ich denke, Sie könnten als Aushängeschild für die neuseeländische Polizei Wunder bewirken. Wir planen eine groß angelegte, internationale Werbekampagne. Wollen ein paar Aussies, Kanadier, und Briten dazu bringen, es bei uns zu probieren. Sie müssten umziehen, denn der Job ist hier in Wellington. Was sagen Sie?«

Sam warf einen Blick auf Fraser, dann auf das Plakat. Und sah wieder zu Fraser, fassungslos. »Sie wollen, dass ich mein Revier aufgebe, in die

Stadt ziehe und bloß noch für Sie Werbung mache? Und was würde ich konkret tun? Interviews geben, für Fotos posieren und den ganzen Tag lang die Polizeibehörde lobpreisen?«

»Im Wesentlichen, ja.«

»Wie würde das auf die anderen Polizisten wirken, wenn ich fürs ›Rambospielen‹ zum Aushängeschild für Polizeiarbeit werde?«

»Wir würden Ihren Status intern wahrheitsgemäß kommunizieren – dass Sie trotz Ihres Bekanntheitsgrades nicht mehr im aktiven Dienst der Polizei tätig sind.«

Dann ist meine Karriere also vorbei.

»Wenn Sie ablehnen, können wir etwas anderes für Sie finden, aber sie würden wieder ganz unten in der Rangordnung anfangen. Bei meinem Angebot wären zumindest die Bezahlung und das Büro besser.«

»Als *Posterfigur.*«

»Als das Gesicht der neuseeländischen Polizei.« Sein Tonfall wurde strenger. »Das ist nichts, worüber man die Nase rümpfen sollte. Außerdem weiß ich, wie es ist, diese kleinen, regionalen Reviere zu leiten. Es ist verdammt stressig. Besonders bei den Solo-Revieren.« Er warf ihr einen mitleidigen, missmutigen Blick zu. »Und als ob ich das nicht schon wüsste, schickt mir diese hartnäckige Ärztin aus Te Aroha immer wieder ihre verdammt langen Beschwerden und Statistiken.«

Gute Arbeit, Dr. Linn. »Aha.«

»Wir nutzen unsere begrenzten Ressourcen, so gut wir können. Aber unterm Strich haben wir nicht genug Polizisten, um es anders zu regeln. Ich wünschte, wir hätten wenigstens mehr zivile Hilfspolizisten, um die Lücken zu füllen – aber auch die nötigen Zahlen an Authorised Officers haben wir nicht. Womit wir wieder bei meinem Job-Angebot wären. Sie können der neuseeländischen Polizei auf diese Art mehr helfen als mit Ihrer Polizeiarbeit vor Ort. Bedenken Sie, dass wir die Situation in diesen Solo-Revieren schon deutlich verbessern könnten, wenn wir nur mehr Polizeikräfte zur Verfügung hätten. Und Sie sind genau die Frau, die das ermöglichen könnte.«

»Aber ich wäre kaum mehr als ein Gesicht auf einem Plakat.«

»Sie würden eng mit unserer Presseabteilung zusammenarbeiten. Deshalb habe ich Sie heute hergebeten, damit Sie sie gleich treffen und sich ein Bild von deren Arbeit machen können. Warum diese ablehnende

Haltung? Haben Sie bessere Angebote in Aussicht?« Frasers Lächeln war falsch, sein Blick wirkte überheblich.

Das ärgerte Sam maßlos. Wie herablassend. Er dachte scheinbar, er hätte sie in der Hand. »Ich werde erst andere Optionen abwägen«, sagte sie knapp und wandte sich zum Gehen.

Er wirkte aufrichtig überrascht. »Senior Constable? Wenn Sie diesen Raum jetzt verlassen, ist das Angebot vom Tisch.«

»Ich bin nicht die richtige Person für das, was sie vorhaben. Außerdem habe ich Verpflichtungen in Ika Whenu.«

»Treten Sie zurück?« Sein schockiertes Gesicht entschädigte sie fast für seine anmaßende Haltung wenige Augenblicke vorher. Es war witzig, dass mächtige, karriereorientierte Menschen automatisch annahmen, andere würden ebenfalls darauf fixiert sein, immer und immer weiter aufzusteigen.

»Sie lassen mir keine andere Wahl, Sir, da Ika Whenu nur eine Polizeistelle zu besetzen hat und ich kein Revier leiten darf.« Zum Teufel, auch wenn sie nicht an Ika Whenu gebunden wäre, klangen ihre Aussichten wenig verlockend. Sie konnte darauf verzichten, irgendwo wieder ganz unten anzufangen, während jeder andere Polizist von ihrer Degradierung wusste. Sam hielt jedoch kurz inne, weil sie eine plötzliche Eingebung hatte. »Aber meinten Sie das vorhin ernst? Als Sie sagten, sie wollten den kleinen Revieren helfen?«

»Natürlich.«

»Dann habe ich einen Vorschlag für Sie. Eine Lösung, bei der beide Seiten nach außen hin gut dastehen. Und Sie bekommen Ihren Vorzeige-Helden.«

Kapitel 25

Geständnisse

Alex schlenderte nach getaner Arbeit zurück zu ihrem Wohnwagen und fand dort eine geknickt wirkende Sam vor, die in ihrer Polizeiuniform auf der Treppe saß.

»Sam?«

Sie sah zwar auf, schien mit den Gedanken jedoch meilenweit weg zu sein.

»Wie ist das Treffen mit dem Polizeichef gelaufen?«

Sam antwortete nicht.

»Oh, Schatz, alles wird gut. Lass uns drinnen reden«, murmelte Alex. Sie tippte ihren Türcode ein und ließ Sam dann den Vortritt. Sie folgte ihr und schloss die Tür hinter sich.

»Sam?«, fragte sie noch einmal vorsichtig.

Sam drehte sich um, und ehe Alex sich versah, lagen Sams Lippen auf ihren. Sie küsste sie leidenschaftlich und drängend.

»Ach?«, murmelte Alex in die Küsse hinein. »Na so was, *Senior Constable.*«

Sam ging dazu über, ihren Hals zu liebkosen, und biss Alex leicht ins Ohrläppchen.

Alex fuhr mit den Lippen an Sams Hals entlang und lächelte. »Willst du darüber reden?«

Sam zuckte mit den Schultern. »Ich habe heute meinen Job verloren.«

»Was?« Alex löste sich aus der Umarmung.

»Nein, es ist nicht so, wie es klingt.« Sam sah Alex einen Moment lang an und schaute dann zur Seite. »Ich habe gekündigt.«

»Gekündigt?«

»Sie haben mir mein Revier weggenommen. Ich bin nicht mehr Ika Whenus ... irgendwas.« Sie fuhr sich hilflos mit der Hand durchs Haar.

»Das heißt aber doch nicht, dass du gefeuert bist. Wohin schicken sie dich?«

»Sie haben mir einen Schreibtischjob angeboten und ich soll mein Gesicht für eine Werbekampagne der Polizei hergeben.« Sams Miene verfinsterte sich. »Ich als Polizei-Barbie.«

»Du wärst sehr erfolgreich darin, Nachwuchspolizisten zu gewinnen«, warf Alex ein. »Ich würde mich sofort bewerben.«

»Du bist parteiisch.« Sam rollte amüsiert die Augen.

»Das ist wahr. Außerdem bezweifle ich, dass die neuseeländische Polizei meinen winzigen Spatzenhintern auch nur in die Nähe einer Uniform lassen würde. Eine leichte Brise und ich wäre weg vom Fenster.«

Sam lächelte schwach.

»Du darfst ruhig über meine wahnsinnig guten Witze lachen, weißt du?«

»Das werde ich, sobald du einen machst.«

»Ha ha.« Alex beugte sich vor und küsste sie. »Also, was möchtest du? Ein bisschen reden? Soll ich dich für wilden, hemmungslosen Sex zu Boden reißen? Willst du eine beruhigende Massage? Oder zum Abendessen ausgehen?«

Sam grinste leicht. »Ich stelle mir gerade vor, wie du versuchst, mich *irgendwohin* zu reißen. Ich habe wesentlich mehr Muskeln als du. Ganz zu schweigen von dem Größenunterschied.«

»Darauf solltest du besser nicht rumreiten, wenn du weißt, was gut für dich ist.« Alex grinste. »Willst du herausfinden, ob ich dich zu Boden bringen könnte?«

»Ich habe gesehen, wie du versucht hast, Tiger hochzuheben. Das hat ja prima funktioniert.« Diesmal lachte Sam tatsächlich.

»Ein Motorrad tut nicht, was man von ihm verlangt«, konterte Alex frech. »Ich wette, *du* würdest das.«

»Kann ich nicht leugnen.« Sam sah kurz zum Bett.

»Dachte ich mir doch, dass du *das* willst.« Alex lächelte und nahm Sam an die Hand. An der Bettkante angekommen drehte sich um und musterte sie. »So sehr ich auch darauf stehe, wenn du in Uniform bist, im Moment ist sie im Weg.« Trotzdem konnte Alex nicht anders, als erst einmal die scharfen Bügelfalten der Uniform mit den Fingerspitzen nachzufahren, bevor sie die kleinen Knöpfe des himmelblauen Hemds einen nach dem anderen öffnete und es aus der marineblauen Hose zog. Sie betrachtete Sams Sport-BH und ihre nackte Haut. Ihr Lächeln wurde breiter.

Sam öffnete mit zitternden Händen ihren breiten Dienstkoppel.

»Geht es dir gut?«, fragte Alex, während sie das Hemd langsam von Sams Schultern schob.

»Mir ist gerade klar geworden, dass ich diese Uniform heute zum letzten Mal trage. Das Ende einer Ära.«

»Und der Beginn einer Neuen?«, schlug Alex vor. »Wir müssen uns jetzt nicht lieben. Wir können auch einfach reden, wenn du nicht in der Stimmung –«

»Du bist alles, woran ich auf der Rückfahrt denken konnte«, fiel ihr Sam ins Wort. »Alles, was ich wollte.« Ihr Blick war eindringlich. »Ich brauche …« Sie hielt inne.

»Das hier?«

»Dich.« Sam streifte ihre Stiefel ab und stieß sie achtlos zur Seite. Dann zog sie hastig ihre Uniformhose aus und warf sie hinterher. Einen Moment lang stand sie in ihrer Unterwäsche vor Alex. Dann befreite sie sich mit einem gekonnten Handgriff von ihrem BH, ließ ihre Shorts zu Boden fallen und schob sie ebenfalls beiseite.

Muskeln und Kurven, Schönheit und Kraft. Ein Körper wie gemalt. Alex konnte sie bloß anstarren, überwältigt von ihrem Verlangen. »Ich werde mich nie an diesem Anblick sattsehen. Du bist wunderschön.«

»Nein, ich bestehe doch bloß aus Muskeln und Sehnen. Ich sehe aus, als hätte jemand eine Vogelscheuche aus Brecheisen gebastelt.« Sam machte einen Schritt auf Alex zu und befreite sie gekonnt von ihrer Kleidung. »Du bist die Schöne von uns beiden. Wie ist es möglich, so makellos zu sein?« Sie ließ ihre Finger über Alex' nackten Körper gleiten.

Alex sah an sich hinab. Ihre Haut war heller als Papier. Ihr Bauch war weich und flach, keine Spur von Muskeln. Ihre Brüste waren klein – fast winzig. Nicht mehr als eine Handvoll. Ihre Nippel waren blassrosa. Unter Sams aufmerksamen Blicken überzog eine Gänsehaut ihren Körper. »Ich bin nicht –«

»Für mich bist du es. Ich liebe, wie zart du bist. Du bist alles, was ich nicht bin. Warm, weich … und fein wie Porzellan.«

»Aber ich bin nicht zerbrechlich.« Alex sah sie warnend an. »Wag es ja nicht, zu sanft mit mir umzugehen.«

»Würde mir im Traum nicht einfallen.« Sam lachte. Sie ließ sich auf das Bett fallen und lehnte sich zurück. Ihre Beine öffneten sich dabei leicht. Eine eindeutige Einladung. »War nicht sowieso die Rede von wildem, hemmungslosen Sex?«

»Stimmt.« Alex bewunderte Sams beeindruckenden Körper in seiner neuen Position. Dann kniete sie sich vor ihr auf das Bett. Mit neckischem Unterton flüsterte sie: »Das ist definitiv der Plan.«

Einen Moment lang sprach keine von ihnen. Sams Atem stockte.

Alex hielt ihren Blick. Ihre Erregung wuchs. Sie rutschte ein Stück näher, schob sich zwischen Sams Beine und drückte sie weiter auseinander. Langsam ließ sie ihre Knöchel und Fingernägel über Sams blasse Oberschenkel gleiten. Leicht. Kaum spürbar. Wieder und wieder. Sie konnte beobachten, wie Sam immer feuchter wurde. Alex beugte sich vor, bis ihr heißer Atem Sams kurze, blonde, jetzt nasse Schamhaare streifte. Sam wölbte sich ihr entgegen, verlangte nach mehr Kontakt.

Ein leises Stöhnen kam aus ihrer Kehle.

Alex war vollkommen gefangen von dem erotischen Anblick. Sie atmete tief ein und nahm Sams verlockenden Duft in sich auf. Ihre Brustwarzen wurden hart.

»Fass mich an.« Sams Worte waren halb Bitte, halb Befehl.

Alex sah auf und begegnete Sams Blick. Sie sah das hungrige Verlangen in ihren Augen. Alex hatte das Gefühl, innerlich zu brennen. Auch wenn sie nicht zum ersten Mal überdeutlich sah, dass Sam sie begehrte, konnte sie es immer noch nicht ganz glauben.

Langsam senkte sie ihre Lippen auf Sams warme Haut. Sie ließ sich Zeit. Alex wusste ganz genau, wie sie mit ihrer Zunge und ihren Fingern die Flammen der Lust entfachen und Sam bis zum Äußersten reizen konnte. Und dann, als Sam schon fast verrückt wurde vor Begierde, gab sie ihr, was sie brauchte.

Sam sah so verletzlich aus, als sie kam. Sie wirkte in mancherlei Hinsicht so zart, in anderer aber noch so verschlossen. Jünger, freier. Verloren, gespannt. Nackt und begierig. Ganz Sam. All das sah Alex in ihr.

Alex betrachtete sie voller Staunen. Vor ihrem geistigen Auge sah sie die letzten Minuten immer wieder ablaufen wie einen brillant inszenierten Arthouse-Film. Sams Muskeln in Nacken, Rücken, Bauch und Oberschenkeln angespannt. Jede kleine Bewegung, jedes Zittern sichtbar, bevor die Erlösung sie übermannte. So wunderschön. Es war so ehrlich. In diesem Augenblick hätte Alex sich nicht vorstellen können, jemanden mehr zu wollen als Sam. Sehnsucht breitete sich fast schon schmerzhaft in ihr aus.

Sie fühlte an ihren Oberschenkeln, wie feucht sie selbst war. Sie schluckte. Diesen verletzlichen, glückseligen Ausdruck wollte sie noch einmal auf Sams Gesicht sehen. Alex beugte sich wieder vor.

Gott, wie sie Frauenkörper liebte. Und dieser Körper – der Körper dieser kraftvollen, starken, zuverlässigen Frau, der unter Alex' Zunge bebte – war der schönste, den sie jemals geliebt hatte.

Sam spannte sich wieder an.

Alex spürte, wie Sams Beine an ihren Wangen bebten. Sie schob ihre Finger tief in Sam und fühlte, wie sie um sie herum zu pulsieren begann. »Ich bin da.«

Da. Da war es wieder. Alex' Mund und Finger waren nass und sie schmeckte Sams Orgasmus. Pikant, salzig und süß zugleich.

Sam hatte die Augen geschlossen, als sie gekommen war, und öffnete sie nun langsam wieder. »O Gott. Das war …«, murmelte sie atemlos.

»Hey«, sagte Alex sanft und zog ihre nassen Finger behutsam aus Sam. »Willkommen zurück.«

Sam lächelte, ihr Blick noch immer verträumt. Alex vermutete allerdings, dass sie bereits wieder dabei war, ihre Schutzmauern hochzuziehen. Aber diesmal blieb etwas in ihrem Ausdruck zurück. Sie wirkte unbeschwerter. »Das habe ich gebraucht.«

Alex lächelte. »Anscheinend macht es dich an, deinem Chef zu sagen, wohin er sich seinen Scheißjob schieben kann.«

»So habe ich das gar nicht gesagt«, protestierte Sam und winkte ab. »Ich war total professionell. Ich habe ihn sogar ›Sir‹ genannt, als ich ihm seinen Polizei-Barbie-Posten vor die Füße geworfen habe.« Sie lachte plötzlich und zog Alex in ihre Arme. »Übrigens bist du ziemlich talentiert.«

»Wie charmant«, murmelte Alex, während sich ein Gefühl von Wärme in ihr ausbreitete. »Willst du mir dann jetzt sagen, wie es dir wirklich geht? Dein Revier aufgeben zu müssen ist sicher ganz schön niederschmetternd.«

»Bist du sicher, dass du jetzt darüber reden willst, wenn ich mich ebenso gut bei dir revanchieren könnte?« Sam fuhr mit dem Finger fast beiläufig über Alex' Brustwarze und tippte einmal spielerisch dagegen.

»Ich bin eine geduldige Frau. Das kannst du mir ruhig schuldig bleiben.« Alex schmiegte sich an Sams Seite und legte ihr Bein über Sams Hüfte. »Also?«

Sam atmete tief durch. »Ich weiß, ich sollte am Boden zerstört sein. Meine Karriere ist den Bach runtergegangen und Polizistin zu sein ist alles, was ich kenne. Aber ...« Sie hielt inne. »Es fühlt sich auch so an, als wäre mir eine Last von den Schultern gefallen.«

Alex nickte. Da war sie, die Unbeschwertheit, die sie vorhin bemerkt hatte. Sie hatte schon lange den Verdacht gehegt, dass Sam mit ihren Lebensumständen unglücklicher war, als sie sich eingestand. »Das ist gut.«

»Ich weiß nur nicht, was ich jetzt tun soll.« Sam wirkte bei diesen Worten etwas verloren.

»Wie ich dich kenne, hast du einige Möglichkeiten in der Hinterhand. Was steht jetzt auf deiner To-do-Liste? Willst du alte Träume verwirklichen? Reisen?«

Sam seufzte wehmütig. »Vielleicht. Ich weiß nur, dass sich die Welt jetzt gerade anders anfühlt als zuvor.«

Alex atmete langsam ein und fragte sich, wie Sam ihre nächsten Worte aufnehmen würde. »Also, ich habe über etwas nachgedacht. Du wolltest doch schon immer mal den Strand von deiner Postkarte besuchen? Und ... du kennst ja nun jemanden, der in Kalifornien lebt und der mehr als glücklich wäre, dich dorthin zu begleiten, wenn du das möchtest.« Alex kuschelte sich näher an Sam. »Ich will, dass du weißt, dass das Angebot besteht. Egal, wie die Rahmenbedingungen sein sollten. Es wäre mir eine Ehre.«

Sam starrte sie an. »Aber Pfeiffer Beach ist Stunden von L.A. entfernt.«

»Das ist mir egal. Ich helfe nicht jeden Tag jemandem dabei, sich einen Traum zu erfüllen. Und ich würde dir auch gern etwas von meiner Welt zeigen, wenn du möchtest. In meinem Beruf bin ich sowieso viel unterwegs, der Ausflug würde mir also auch Spaß machen. Ich habe bald ein paar Monate Pause und du könntest wieder nach Hause fliegen, wann immer du willst. Oder ... länger bleiben, wenn es gut läuft.«

Ungläubig sah Sam sie an. »Das meinst du nicht so.«

»Ich sage nie Dinge, die ich nicht so meine. Sam, ich denke, das könnte für dich eine tolle Chance sein. Ein Neustart; ein Szenenwechsel. Und für mich? Nun, ich kann offensichtlich nicht genug von dir bekommen. Es wäre schön, wenn wir uns nicht so bald schon verabschieden müssten.«

Sam biss sich auf die Unterlippe. »Es ist eine fantastische Vorstellung, aber ich bezweifle, dass ich mir so ein ausgefallenes Abenteuer leisten kann. Trotzdem danke für das Angebot.«

»Weißt du, so oberflächlich und nervig Hollywood auch ist, es hat auch seine guten Seiten«, sagte Alex amüsiert. »Ich werde für *Shezan* zum Beispiel ziemlich gut bezahlt. Ich bekomme weit mehr, als ich brauche. Wenn nur die Kosten dich abhalten, könnten wir sicher eine Lösung finden.«

Es dauerte einen Moment, bis Sam die Bedeutung von Alex' Worten verstanden hatte, aber dann hellte sich ihr Gesichtsausdruck auf. Doch so schnell sie sich von der Begeisterung über das Angebot hatte mitreißen lassen, so schnell war der Anflug auch schon wieder verschwunden. Zurück blieb nur Enttäuschung. »Ich kann nicht. Meine Familie braucht mich.« Für eine Sekunde hatte sie es allerdings wirklich in Betracht gezogen.

»Der ganze Kram mit Kev und seinen Schwierigkeiten mit dem Gesetz ist doch lange vorbei. Wofür brauchen sie dich noch so dringend?«

»Gina ist nicht mehr die Jüngste. Ich helfe ihr sehr viel«, erwiderte Sam distanziert.

»Können Sid und Kev nicht aushelfen, wenn es um die Hausarbeit geht?«

»Es geht nicht nur darum.« Sams Haltung war ablehnend, als würde sie Alex' Überredungsversuche fürchten. »Als ich zurück nach Hause gekommen bin, habe ich Gina versprochen, dass ich bleiben werde. Ein Mensch ist nur so gut wie sein Wort.« Sie kaute auf ihrer Unterlippe.

Trotz ihrer Beharrlichkeit schien Sam selbst nicht vollkommen überzeugt.

Alex hatte Verständnis dafür. Sie hatte eine Bombe platzen lassen. Für Alex ging es darum, ihre schöne Geliebte zu ein paar Sehenswürdigkeiten zu begleiten, die Sam schon immer sehen wollte. Und wenn das zu etwas mehr führte, etwas Tieferem, dann würde Alex sich natürlich darüber freuen.

Aber aus Sams Sicht hatte Alex gerade vorgeschlagen, ihre Familie zu verlassen, ihre geordnete Existenz aufzugeben und mehrere Monate lang einer Laune nachzugehen. Alex schenkte ihr ein beruhigendes Lächeln. »Ich verstehe, dass das gerade etwas viel ist. Denk einfach darüber nach. Du musst dich nicht sofort entscheiden.«

»Es ist ein wundervolles Angebot.« Sam zog Alex fester in ihre Arme. »Ich weiß, das zu schätzen.« Sie begann, sie leidenschaftlich zu küssen, und drehte sich so, dass sie schließlich auf ihr lag.

»Gott, Sam …«

Es klopfte an der Wohnwagentür. »Alex?«, rief eine Frauenstimme.

Verdammt! Alex seufzte, schob Sam zur Seite und griff nach ihrem Morgenmantel. »Eine Regisseurin hat nie Feierabend.«

Sam bedeckte sich mit einem Laken, obwohl das Bett von der Tür aus nicht zu sehen war.

Diese Bewegung lenkte Alex ab. Unter dem dünnen, weißen Tuch wirkte Sams Körper wie eine Marmorskulptur. Sie würde nie genug von diesem Anblick bekommen. *Sie ist so schön.* Schließlich ging sie zur Tür und öffnete sie.

Skye stand auf der obersten Stufe und hielt diverse Stoffe in der Hand. *Ach ja.* Alex hatte sie gebeten, die Muster vorbeizubringen, sobald sie mit der Arbeit fertig war.

»Alex«, begann Skye. »Ich …« Skyes Blick fiel auf Alex' zerzauste Haare … dann auf den Boden, wo noch Sams schwere Stiefel lagen. Und daneben ihre Uniformhose. »Oh! Tut mir leid, dass ich die … Polizeiarbeit störe«, sagte sie mit einem Hauch von Belustigung. »Hier sind die Stoffmuster, um die du mich gebeten hattest. Ich tendiere zum Viridiangrün.«

»Okay, ausgezeichnet.« Alex nickte kurz. »Ich werde mich später damit befassen. War das alles?«

»Nicht ganz.« Skye reichte Alex die Stoffe. »Haben du und Sam in zwanzig Minuten kurz Zeit?«

»Warum?«

»Es gibt eine Besprechung.«

»Mit wem?«

»Ich erkläre alles nachher. Ich klopfe an, wenn es so weit ist, okay?« Skye wartete nicht auf Alex' Antwort, bevor sie verschwand.

»Was sollte das denn?«, fragte Sam.

»Keine Ahnung.« Alex schloss die Tür und legte die Stoffe auf den Küchentisch, bevor sie zurück zum Bett ging. »Aber jetzt müssen wir wohl an dieser mysteriösen Besprechung teilnehmen.«

»Seltsam.« Sam richtete sich auf, als wollte sie das Bett verlassen.

»Nicht so schnell«, sagte Alex bestimmt. »Wir haben noch zwanzig Minuten, und ich glaube, du schuldest mir noch was. Ich habe gehört, dass Neuseelands Polizistinnen den Ruf haben, besonders effizient zu sein.«

Sam nickte ernst. »Das stimmt. Es läge mir fern, dem zu widersprechen. Komm her.«

Alex grinste.

~ ~ ~

Als Skye klopfte, war Sam bereits vollständig angezogen, doch sie fühlte noch die Nachbeben des Geschehenen. Die brennende Lust in Alex' Augen vor nicht einmal zehn Minuten ließ sie nicht los. Alex hatte nicht lange gebraucht, bevor sie zitternd unter Sams Hand gekommen war. Und als Sam ihre Uniform wieder angezogen hatte, war Alex' Blick jeder ihrer Bewegungen gefolgt. Sam musste bei der Erinnerung daran schmunzeln. Es war offensichtlich, dass zumindest ein Teil von Alex es vermissen würde, Sam als Polizistin bei der Arbeit und in Uniform zu sehen.

Sam öffnete die Tür. Vor ihr stand ein ungewöhnliches Trio: Sid, Skye und Kev. *Die Intriganten.*

»Also, was gibt's?«, fragte sie giftig.

Plötzlich tauchte auch Brecher-Bob von der Seite auf und murmelte: »Ich habe die Nachricht erst jetzt bekommen.« Er grinste.

Et tu, Bob?

»Okay, wir fangen besser gleich an.« Sid verlagerte sein Gewicht von einem Fuß auf den anderen. »Es ist Zeit, dass ihr beide erfahrt, was wirklich passiert ist.«

»Ach ja?« Sam ging die Treppe des Wohnwagens hinunter, gefolgt von Alex. »Ich bin ganz Ohr.«

»Wir haben euch beide an der Nase herumgeführt, aber wir haben es für einen guten Zweck getan.«

Alex schüttelte ungläubig den Kopf. »Ich wüsste gern, wie ihr das ins Positive wenden wollt.«

»Ich auch«, murmelte Sam.

»Der erste Abend, als ihr euch in der Kneipe darüber gestritten habt, wie scheiße *Shezan* ist ... nichts für ungut ...« Sid warf Alex einen unsicheren Blick zu, doch sie winkte ab. »Da sind zwischen euch ziemlich die Funken geflogen. Da war ganz schön viel *Feuer*, Schwesterherz. Ich habe es gesehen. Und die *Shezan*-Leute um mich herum haben es bei Alex auch bemerkt.«

Alex starrte Sid an. »Was?«

»Ihr seid *total* aufeinander abgefahren«, erklärte Sid. »Also, zugegeben, wir hatten da schon ein paar Bier intus, aber je mehr wir darüber sprachen, desto klarer wurde uns, dass diese Funken weit über das gewöhnliche Maß hinausgehen. Und dass es eine gute Idee wäre, wenn ihr euch mehr sehen würdet. Viel mehr.«

»Was für Funken?«, fragte Sam.

»Na ja.« Sid räusperte sich. »Romantische.«

Sam blieb beinahe die Luft weg. *Nein.*

»O Gott«, murmelte Alex. »Ihr habt uns *verkuppeln* wollen? Darum ging es?«

»So ziemlich. Ihr seid umeinander gekreist wie Haie. Wir dachten uns, wenn wir euch dazu bringen könnten, Zeit miteinander zu verbringen, würdet ihr auch sehen, was wir gesehen haben. Also habe ich den Teichboden durchlöchert, die Puppe ins Wasser gelegt und Kev gebeten, wichtiges Equipment verschwinden zu lassen. Als wir uns das ausgedacht haben, schien das alles noch logisch.«

»Das ist total verrückt.« Sam warf ihm einen bösen Blick zu.

»Eindeutig verrückt«, stimmte Alex zu.

»Nein, verrückt ist, wie gut ihr zueinander passt. Ein Feuerwerk, was?« Sid grinste sie an.

Die anderen nickten zustimmend.

Sam wandte sich an Bob, der sich verlegen am Kinn kratzte. »Du auch, Bob? Von dir hatte ich mehr erwartet.«

Er zuckte mit den Schultern. »Was soll ich sagen? Jeder verdient es, glücklich zu sein. Besonders du. Um Mutter Teresa zu zitieren ...«

»O Gott«, murmelte Sam.

»... die schlimmste Armut ist die Einsamkeit.«

»Ich will auf der Stelle tot umfallen«, stöhnte Sam.

»Meint ihr nicht, dass euer Plan ein paar eklatante Schwachstellen hatte?«, warf Alex ein.

»Ja, schon«, antwortete Sid. »Wir haben es vermasselt, weil wir unsere Pläne in einer langen Nacht mit viel Alkohol geschmiedet haben. Da haben wir die Fehler in der Logik nicht bemerkt.«

»Okay«, sagte Sam, »und als ihr alle wieder nüchtern wart?«

Er sah reumütig aus. »Wir hätten alles am nächsten Tag noch mal überdenken und besprechen sollen. Dann wäre uns aufgefallen, was für ein Haufen Scheiße das war. Aber das ist uns irgendwie nicht in den Sinn gekommen. Es ist, wie wenn jemand einen auf das Offensichtliche hinweist, und man denkt: *Hm, wieso bin ich da nicht selbst draufgekommen?* Aber wir waren so auf das Ziel fixiert, dass uns die Details entgangen sind, die uns am Ende verraten haben.«

»Mein Gott«, murmelte Sam ungläubig. »Ihr solltet niemals Berufskriminelle werden.«

»Dem kann ich nicht widersprechen«, sagte Sid kleinlaut. »Nachdem die Sache mit den Wild Boars so aus dem Ruder gelaufen ist, mussten wir ein paar wirklich gute Plan-B-Geschichten erfinden, die plausibler als die Wahrheit klangen. Das einzige Problem war, dass sie euch dazu gebracht haben, uns zu hassen. Kiri ist am Boden zerstört.« Er sah Sam an. »Sie hat schon in der Schule zu dir aufgesehen und nun hältst du sie für eine egoistische Göre. Dabei wollte sie nur, dass du glücklich wirst.«

»Das wollten wir alle«, warf Skye ein. »Alex, Liebes, so glücklich habe ich dich seit Bess nicht mehr gesehen. Meine Güte, du leuchtest wie ein Weihnachtsbaum, wenn Sam in deiner Nähe ist. Es war wie eine Offenbarung.«

»Ich verstehe.« Alex' Wangen wurden rot. »Wie schmeichelhaft, dass du dachtest, mein Liebesleben sei so verkümmert, dass eine Einmischung nötig wäre.«

»Es ging nicht nur dir so, meine Liebe. Frag mal meine Tochter – ich kann das Verkuppeln einfach nicht lassen. Hass mich nicht dafür, dass ich eine Romantikerin bin.«

»Jedenfalls«, fuhr Sid fort, »waren wir nicht einmal mit der Hälfte der Pläne durch, die wir uns ausgedacht hatten. Aber dann hatte Sam sich in den Kopf gesetzt, dass Dino dahintersteckt, und zog los, um ihn zur Rede zu stellen.«

»Dann packt eure Puppen das nächste Mal nicht in die Klubfarben der Wild Boars!«, sagte Sam verärgert.

»Ja, Schwesterherz, du hast ja recht. Kleiner taktischer Fehler.« Sid nickte einsichtig. »Und es sollte natürlich nicht so ausarten. Worauf ich hinauswill, ist: Du bist immer für alle anderen da, Sam. Für uns. Und du hattest niemanden für dich. Dann kam Alex – cool, klug, gut aussehend, mag Frauen und hat einen Job.« Sid hielt den Daumen nach oben und grinste.

Alex lachte.

»Es war ein *bisschen* raffinierter als das«, sagte Skye.

»Habt ihr je daran gedacht, nachzufragen?«, schaltete sich Sam ein.

»Wie meinst du das?«, fragte Sid.

»Woher wollt ihr wissen, dass ich die Dinge nicht so lieber hatte, wie sie waren? Vielleicht war ich ja ganz zufrieden damit, allein zu sein.«

»Sam«, sagte Sid leise. »Komm schon, das ist doch Blödsinn. Du wolltest nie den Rest deines Lebens allein in Ika Whenu versauern. Das sieht dir überhaupt nicht ähnlich. Zumindest war das mal so.«

Sam hielt abwehrend die Hände hoch. »Selbst, wenn eure Absichten gut waren, warum habt ihr mich angelogen, als ich euch direkt darauf angesprochen habe?«

»In der Kneipe, als alle dabei waren?« Sid starrte sie an. »Du wärst vor Scham gestorben. Die Hälfte der Einwohner von Ika Whenu war an dem Abend da.«

Sam schauderte nur bei dem Gedanken daran. »Und was, als ich dich allein gefragt habe?«

»Du warst noch nicht bereit für die Wahrheit. Du hattest dich noch nicht genug auf Alex eingelassen.«

Alex räusperte sich. »O Mann.«

»Es bestand das Risiko, dass du nur aus Trotz deine Chancen mit ihr wegwerfen würdest«, sagte Sid. »Ich habe den anderen die Welpen-Geschichte erzählt, also haben sie es verstanden.«

»Die Welpen-Geschichte?«, fragte Alex neugierig.

»Das ist doch lächerlich!« Sam seufzte. »Ich war verdammt noch mal ein Kind.«

Sid wandte sich an Alex. »Sie war vierzehn und ich war sieben. Kev war noch nicht geboren. Der Hund des alten McGregor hatte einen Wurf von sechs süßen Welpen. Niedliche kleine Dinger. Mama G hatte Sam versprochen, dass sie einen für uns aussuchen darf. Als wir dort ankamen, war schnell offensichtlich, welcher Welpe für Sam bestimmt war.«

Sam stöhnte leise.

»Er war weiß-braun, hüpfte aufgeweckt herum und hatte diese leuchtend hellen Augen. Es war, als würde man Sam Keegan in Welpenform begegnen«, erzählte Sid. »Erstaunlich. Keiner von uns konnte es glauben. Die McGregors fragten Sam schon, wie sie den Welpen nennen wollte. Mama und Papa machten Vorschläge für alberne Namen. Ich versuchte, ihr den Welpen in die Arme zu drücken – was ein siebenjähriges Kind eben tut, um seine große Schwester zu überzeugen. Und je mehr wir versuchten, sie zu beeinflussen, desto dickköpfiger wurde Sam.«

»Das wurde ich nicht!«

Sid sah sie scharf an. »Doch, wurdest du. Du hast mit dem Fuß auf den Boden gestampft und behauptet, dass du diesen Welpen überhaupt nicht magst. Stattdessen hast du dich für den Kleinsten entschieden, obwohl Mr. McGregor dich gewarnt hat, dass er krank sei und wahrscheinlich nicht lange leben würde. Aber du hast darauf bestanden, und so haben wir den kranken Hund mit nach Hause genommen. Und die McGregors haben noch am selben Tag alle anderen weggegeben. Wie lange hat unser Welpe überlebt, Sam?«

Zehn Tage. »Keine Ahnung.«

»Du hast sechs Monate lang geschmollt, nachdem er gestorben war. Und wir haben danach nie wieder einen Hund bekommen. Du meintest, du wolltest gar keinen mehr.«

»Ich sehe keinen Sinn darin, das alles wieder aufzuwärmen.«

»Warum hast du dich nicht für den perfekten Welpen entschieden?« Sid musterte sie einen Moment lang. »Weil du es hasst, in eine bestimmte Richtung gedrängt zu werden und das Gefühl zu haben, du hättest keine andere Wahl. Selbst wenn du dich um dein eigenes Glück bringst, willst du sicher sein, dass es *deine* Entscheidung ist.«

»Moment mal, bin ich der Welpe in der Geschichte?«, fragte Alex.

Sam schüttelte den Kopf. »Ein Welpe hat doch nichts damit zu tun, mit wem ich als erwachsene Frau ausgehe, Sid.«

»Da bin ich mir nicht so sicher. Wenn du gewusst hättest, dass wir dich mit Alex verkuppeln wollen, hättest du sie weggeschoben und uns allen den Vogel gezeigt.«

»Ich …« Er hatte recht. Absolut recht. Aber trotzdem! Wie übergriffig war das bitte?

»Also«, sagte Sid, »haben deine Freunde getan, was sie tun mussten, damit du dich nicht zu irgendetwas gedrängt fühlst, auch wenn wir dabei wie Arschlöcher aussahen. Man kann nicht darauf vertrauen, dass du das für dich Richtige tust, wenn du glaubst, jemand anderes hätte die Finger im Spiel.«

»So schlimm bin ich auch wieder nicht«, protestierte Sam wenig überzeugend.

Sid schüttelte den Kopf. »Ach nein? Wie fühlst du dich, wenn du Bruce auf deine Tour mitnimmst? Jeden Morgen wirst du daran erinnert, dass Mrs. Fenley den perfekten Hund hat, für den du dich nicht entschieden hast, weil du so stur bist.«

Wie ich mich fühle? Idiotisch. Aber auch froh, dass Mrs. Fenley ihn genauso liebt. »Ich bin nicht stur.«

»Warum bist du dann so wütend, dass deine Freunde dir eine Chance mit jemand Wunderbarem ermöglichen wollten?«

»Das ist es nicht. Ihr hättet euch nur raushalten und uns in Ruhe lassen sollen.«

»Dann hättet ihr euch nur so lange gegenseitig böse Blicke zugeworfen, bis *Shezan* abgedreht und Alex wieder nach Hause geflogen wäre. Also verurteile uns ruhig dafür, dass wir euch dazu gezwungen haben, euch eurer Chemie zu stellen.«

»Und wieso verratet ihr uns das alles jetzt?«

Sid strahlte über das ganze Gesicht. »Wir haben gehört, dass es in eurer Beziehung zu positiven *Entwicklungen* gekommen ist.«

»Um Gottes willen. So etwas machen vernünftige Menschen doch nicht«, protestierte Sam. »Ihr seid alle durchgeknallt.«

»Sam hat recht«, stimmte Alex zu, klang dabei jedoch amüsiert. »Vollkommen verrückt.«

»Aber auf eine gute Art«, warf Sid fröhlich ein. »Weißt du, Skye meinte, unser Einfall wäre erste Klasse, und dass sie eine Expertin im Verkuppeln ist.«

Skye sah fast verlegen aus. »Mir war klar, dass es nicht der genialste Plan der Menschheitsgeschichte war, aber zu meiner Verteidigung muss ich sagen, dass ich zu dem Zeitpunkt bereits meinen vierten Mojito getrunken hatte.«

Sid lachte. »Und du warst noch die Nüchternste von uns.«

»Was nicht viel zu bedeuten hatte.« Skyes Gesicht wurde ernst, als ihr Blick auf Alex und Sam fiel. »Ich wünschte wirklich, wir hätten uns am nächsten Tag alle hingesetzt und noch mal darüber nachgedacht, welche negativen Konsequenzen der Plan haben könnte. Stattdessen habe ich mich komplett mit den neuen Designs für die Kostüme beschäftigt, und ich weiß, dass auch Kiri und Bob unheimlich viel zu tun hatten. Also haben wir die Idee nicht mehr infrage gestellt und nur gedacht: *Oh, wie schön wäre es, wenn das klappt.* Nicht gerade eine Glanzleistung. Aber wir haben es wirklich nur gut gemeint.«

»Hat keiner von euch einen Gedanken daran verschwendet, wie viel die verlorene Zeit und Arbeit den Film oder die Polizei kosten würde?«

»Exakt.« Sam baute sich mit verschränkten Armen vor Sid auf.

»Es sollte zu keinen Verzögerungen kommen. Das war von Anfang an die Prämisse«, sagte Skye. »Jeder Vorfall sollte nicht mehr als den kleinstmöglichen Schaden verursachen ... und dann ist alles ein bisschen eskaliert.«

Kev lachte. »So kann man es auch sagen.«

Sams Miene wurde kälter als Sibirien im Winter. »Es tut mir leid, aber ich kann das Lustige an der Geschichte im Moment nicht sehen.« Sie ging zurück in Alex' Wohnwagen und knallte die Tür hinter sich zu.

»Gebt ihr etwas Zeit«, sagte Alex. Ihre Worte drangen gedämpft in das Innere des Wohnwagens. »Ich weiß, dass ihr es gut gemeint habt. Aber sie hat gerade viel zu verarbeiten. Euer Geständnis kommt da jetzt noch hinzu.«

Sam seufzte. Das machte noch nicht einmal die Hälfte ihrer Sorgen aus.

~ ~ ~

Zehn Minuten später saß Sam im Wohnwagen auf der Couch und starrte ins Leere. Ihre Haltung war unnatürlich steif.

»Na, das hat doch Spaß gemacht«, kommentierte Alex. »Ich wurde noch nie von meiner eigenen Crew verkuppelt.«

»Ich bin eine Lachnummer.«

»Du bist eher ein ungemachtes Bett. Ein unfertiges Gemälde«, sagte Alex mit Ironie in der Stimme. »Das Seltsame an Menschen ist, dass sie es lieben, Dinge zu reparieren. Du weißt doch, wie die Leute sind. *Ich wünschte, meine Freundin wäre nicht so allein. Oh, sieh an, zwei alleinstehende Lesben, die könnten doch ...*« Sie verhakte ihre Finger. »Es geht nicht einmal um uns. Es geht darum, dass sie denken, sie würden helfen. Und sie mischen sich ein, weil sie es können. Aber wenigstens machen sie es aus Liebe.«

»Sie machen es, um zu nerven«, murmelte Sam.

Alex lachte. »Das auch.«

»Du scheinst eigenartig glücklich darüber zu sein.«

»Eher erleichtert. Die ganze Zeit dachte ich, jemand hasst mich so sehr, dass er mich und meinen Film ruinieren will, und am Ende –«

»Sind es nur meine idiotischen Brüder und ihre Komplizen.«

»Genau. Wie selbstzufrieden wären sie erst, wenn sie wüssten, dass ich nicht sauer bin. Aber unter uns gesagt, musst du doch zugeben, es ist ein *bisschen* lustig.« Alex stupste Sam mit dem Ellbogen an. »Als Brecher-Bob ernsthaft Mutter Teresa zitierte, musste ich mich wirklich zusammenreißen, nicht laut zu lachen.«

»Bob ist ein Mann ungeahnter Tiefe.«

»Sieht so aus.« Alex lachte. »Und warum bist du so angefressen? Deine und meine Freunde wollen nur, dass wir glücklich sind. Das ist doch nicht verwerflich, oder?«

Sam schloss die Augen. »Ich habe dir von meiner Kindheit erzählt. In Ika Whenu kennt jeder meine Lebensgeschichte und meine Geheimnisse. Ich erkenne das in ihrem Blick, wann immer ich sie ansehe. Der heutige Tag ist nur eine lästige Erinnerung daran, wie klein eine Kleinstadt wirklich ist. Alle mischen sich ein und tratschen. Das macht es so verlockend, einfach …«

Alex sah sie verwirrt an. »Einfach was?«

»Abzuhauen.« Sam seufzte und sackte etwas in sich zusammen.

»Ist das dein Ernst?«

Das Schweigen dauerte an. Sam schien zu überlegen, wie sie antworten sollte. »Nein. Entschuldige. Es ist eine wirklich schöne Vorstellung, aber … Verdammt, ich wünschte, es wäre so einfach.«

»Das könnte es sein. Du hast keinen Job, der dich hält, keine Pläne, aber du hast mich. Jemanden, der nur zu gern ein paar Monate mit dir auf Reisen gehen würde. Und danach … wer weiß?«

Sams Gesichtsausdruck wurde immer verschlossener. Sie baute ihre üblichen Schutzwälle wieder auf. »Manchmal erlaube ich mir für einen Moment, zu träumen. Manchmal versuche ich sogar, mich selbst auszutricksen.«

»Wie?«

»Als ich herausfand, dass Sid hinter all dem steckte, hatte ich das Gefühl … Ich dachte, wenn *er* seine Familie einfach so verraten konnte, dann wäre ich vielleicht auch nicht an mein Versprechen gegenüber der Familie gebunden. Ich wollte es als ein Zeichen sehen, dass ich weggehen kann. Aber es war nur eine Ausrede, und es läuft immer wieder auf eins hinaus: Ich bin die Frau, die ich heute bin, weil Gina für mich da war. Und ich habe ihr ein Versprechen gegeben. Aber es ist auch nicht nur das. Die Menschen hier brauchen mich. Ich möchte niemanden im Stich lassen.«

Sie zögerte. »Vielleicht ist es einfach nicht meine Bestimmung, die Welt zu sehen, und es wird Zeit, dass ich das endlich akzeptiere.«

»Sam?«, fragte Alex sanft. »Bleibst du heute Nacht? Wir könnten noch mal in Ruhe darüber reden.«

»Was gibt es da noch zu reden?«

»Du musst dich nicht sofort entscheiden.«

»Wir wussten beide von Anfang an, dass das hier zwischen uns eine kurzfristige Sache sein würde. Machen wir uns nicht etwas vor?«

»Vielleicht, vielleicht auch nicht. Gib uns wenigstens eine Chance«, bat Alex. »Vielleicht sollten wir das machen, was mir in schwierigen Situationen immer hilft: eine Pro-und-Kontra-Liste. Darin bin ich gut.«

»Natürlich bist du das«, sagte Sam mit leichtem Lächeln. »Du bist in allen möglichen Dingen gut.« Ihre Miene verfinsterte sich. »Es fühlt sich an, als würde ich mich seit unserem ersten Kuss von dir verabschieden. So will ich mich nicht die ganze Zeit, die du noch hier bist, fühlen. Es tut zu weh. Und es würde nur noch schlimmer werden.«

»Das muss jetzt noch kein Abschied sein«, protestierte Alex. »Komm schon, das muss es nicht.«

»Aber irgendwann wird es ein Abschied sein, und was bringt es, das hinauszuzögern? Du gehörst in eine strahlende, ferne Welt, in die ich nicht passe.« Sam lehnte sich zu ihr, legte ihre Hände um Alex' Gesicht und küsste sie liebevoller, als Alex jemals in ihrem Leben geküsst worden war. »Und ich werde hier gebraucht.«

»Komm heute Abend zum Essen«, sagte Alex leise. »Bitte.«

»Ich glaube nicht, dass das eine gute Idee ist. Ich brauche etwas Zeit, um mir über ein paar Dinge klar zu werden. Ich wäre keine gute Gesellschaft.«

Sam sah Alex lange an. Ihr Gesichtsausdruck wurde sanft. »Über eines bin ich wirklich froh: herausgefunden zu haben, dass niemand versucht hat, dir zu schaden. Egal, was auch passiert ist, das ist eine große Erleichterung für mich.« Sam strich mit ihrem Finger zart über Alex' Wange. »Du bist so wunderschön.« Sie atmete tief durch. »Leb wohl, Alex.«

Kapitel 26

Abstand

Shezan – Herrin des Waldes war endlich auf der Zielgeraden angekommen. Alex erfüllte diese Gewissheit mit grimmiger Genugtuung. Sam hatte vor zwei Tagen entschieden, die Sache zwischen ihnen zu beenden. Seitdem stürzte Alex sich in die Arbeit und versuchte, sich davon zu überzeugen, dass es so für alle am besten war. Immerhin konnte Alex sich jetzt auf *Shezan* konzentrieren, ohne Gedanken an eine mögliche Zukunft zu zweit zu verschwenden.

Zumindest war sie dieses Gefühl bereits gewohnt. Ihr Fluch, nie genug zu sein. Warum gab sie sich überhaupt noch der Hoffnung hin, dass jemand sich irgendwann mal voll und ganz auf sie einlassen würde?

Sie konnte Sam keinen Vorwurf machen. Alex war von Anfang an klar gewesen, dass ihr Vorschlag gegen alles sprach, was Sams Leben ausmachte, und viel Überwindung von ihr verlangte.

Anscheinend zu viel.

Es war fast sieben, ihre Sicht verschwamm bereits und langsam machten sich Kopfschmerzen breit. Das änderte allerdings nichts an der Tatsache, dass das Filmmaterial des Tages geprüft werden musste.

»Hier«, sagte Quincy und deutete auf den Bildschirm. »Halt mal an. Wie die Sonne über dem Berg aufgeht. Die Aufnahme ist spektakulär.« Er sah Alex erstaunt an. »Gold wert.«

Das war es. Alex wurde erst jetzt wirklich bewusst, wie überwältigend die Szenerie des Films auf der Leinwand wirken würde.

»Die Kinematografie bestimmt den Film«, fuhr Quincy fort. »Ich kann nicht glauben, was ich jetzt sage, aber wir hätten damit sogar die Chance auf einen Oscar.«

Alex brach in Gelächter aus.

»Ich meine es ernst!«

»Ich weiß. Deshalb ist es so lustig.« Sie schüttelte den Kopf. »Ich verstehe jetzt jedenfalls, warum der erste Regisseur darauf bestanden hat, praktisch direkt unter den Wasserfällen zu filmen. Er hatte ein gutes Auge, auch wenn die Nachbearbeitung die armen Tontechniker in den Wahnsinn treiben wird.«

Sie sahen sich auf dem Bildschirm eine Szene an, in der Chloe und Melody einander umkreisten und die Spannung zwischen ihnen immer weiter anstieg.

»Hm«, sagte Quincy, »langsam fange ich an zu glauben, dass du wirklich weißt, was du tust.«

»Ich bin mir fast sicher, dass das ein Kompliment sein sollte.«

Quincy lachte.

Kurze Zeit später war Alex auf dem Weg zurück zu ihrem Wohnwagen. Sie war heute Abend nicht in der Stimmung für den Pub.

Unter der warmen Dusche ließ sie ihren beunruhigend intensiven Gedanken an eine bestimmte Polizistin freien Lauf. Für eine kurze Affäre fehlte sie ihr entschieden zu sehr. Hinterher schlüpfte Alex in ihren weißen »Shezan Rulez«-Bademantel und ein paar dicke Wollsocken. Mit einer Tasse nicht allzu schrecklichem Kaffee in der Hand griff sie nach ihrem Handy und wählte Bess' Nummer. In L.A. war es nach Mitternacht, also legte Alex sich gedanklich eine gute Entschuldigung für den späten Anruf zurecht.

»Sieh an, sieh an, sie lebt noch«, begrüßte Bess sie amüsiert. Ihre beste Freundin klang hellwach.

»Hey. Tut mir leid, dass ich um diese Uhrzeit anrufe.«

»Kein Problem. Wir sind noch wach. Summer lernt gerade ein Skript und ich lese eine Biografie über Medienmogul Elena Bartell. Spoiler-Alarm: Sie ist eine Lesbe. Hast du gehört, dass sie einen Film über sie drehen werden? Ich sollte zum Casting. Nur ein abgeflachter Vokal fehlt mir noch zum perfekten New Yorker Akzent.«

Alex lachte und trank noch einen Schluck Kaffee.

»Hörst du nie deine Mailbox ab?«, fragte Bess. »Nachdem dein Video von der Schlägerei zur Internetsensation geworden ist, habe ich dir etliche Nachrichten hinterlassen. Mein Gott, ich dachte, Neuseeland wäre schön ruhig und entspannt. Du hast mir einen ganz schönen Schrecken eingejagt!«

»Ach, das«, sagte Alex leichthin. »Es sah schlimmer aus, als es war.«

»Das will ich hoffen. Und wer ist nun die süße Polizistin?«

»Die was?«

»Na, die Frau, auf die du für fünfzehn Minuten deine Kamera gerichtet hattest? Nur die *mutigste Person, die du kennst.*«

»Äh …«

»Die, für die du das Video überhaupt aufgenommen hast. Die dir zur Hilfe geeilt ist. Und vergiss nicht die Nahaufnahme davon, wie sie dich mit angstverzerrtem Gesicht angesehen hat, als du auf dem Boden lagst.«

»Ah. Ja.« *Scheiße!* »Wir haben uns hier kennengelernt.«

»Das sah so aus, als würdet ihr euch *ausgesprochen gut* kennen.« Bess klang amüsiert. »Summer spricht sich stark für eine Hochzeit in Neuseeland aus. Sie wollte schon immer mal hin.«

»Hochzeit?«

»Ich persönlich halte Hochzeiten an weit entfernten Urlaubszielen für elitäres Gewäsch. Obwohl sie nicht ganz unrecht hat. Neuseeland ist schon schön.«

»Bess, hör mit den blöden Witzen auf. Ich weiß nicht einmal, wie ich für Sam empfinde.« Die Wahrheit war, Alex hatte eine sehr genaue Vorstellung davon, wie sie für Sam empfand. Ihr letztes Gespräch miteinander lief seit Tagen in Endlosschleife in ihrem Kopf ab. Sam auch nur für ein paar Tage nicht gesehen zu haben, brachte Alex bereits aus dem Konzept; es fühlte sich furchtbar an, sie nicht einfach anrufen zu können.

»Deine Stimme war in der Aufnahme so panisch. Das spricht dafür, dass du *etwas* für sie empfindest. Und ich freue mich wirklich für dich. *Wirklich.*« Bess' Stimme klang liebevoll. »Sie passt viel besser zu dir als Bettina. Die Sorge in den Augen dieser Frau war offensichtlich – und vielsagend.«

»Oh.«

»Warum klingst du so niedergeschlagen? Ist es schon vorbei?«

»Ich … Ja. Was auch immer wir hatten, es ist irgendwie den Bach runtergegangen, als ich sie gebeten habe, mit mir nach L.A. zu kommen.«

»Ah.«

Alex zuckte leicht zusammen, als ihr klar wurde, wie das geklungen hatte. So ein typisch lesbisches Klischee. Auch wenn es nur um Sightseeing und nicht ums Zusammenziehen ging. Na gut, *hauptsächlich* Sightseeing, mit der Hoffnung auf mehr. Viel mehr.

Bess schwieg einen Augenblick. Schließlich sagte sie: »Sam muss dir also sehr viel bedeuten, wenn du sie bittest, dich nach Hause zu begleiten? Du bist eine der empathischsten und scharfsinnigsten Personen, die ich kenne. Daher kannst du also sicher auch einschätzen, wie tief ihre Gefühle für dich sein könnten.«

Alex dachte darüber nach. Die sanfte Art, auf die Sam sie berührte. Wie sie Alex ansah. Dass sie sich nach und nach ihr gegenüber geöffnet hatte. Dass sie ihr die Art von Geheimnissen erzählt hatte, die man nicht leichtfertig teilte. Und Sam hatte sich für Alex mit einer gewalttätigen Biker-Gang angelegt. Warum würde sie so etwas schon tun, wenn nicht aus …

»Die Gefühle sind nicht das Problem«, sagte Alex. »Aber ich habe zu früh zu viel verlangt. Sam hat Verpflichtungen hier. Und die hat sie mir vorgezogen.«

Bess seufzte. »Soll ich dir jetzt sagen, dass alles gut wird und du dir keine Sorgen machen sollst? Das kann ich tun, wenn du das brauchst. Aber welche Verpflichtungen hat sie? Ihre Arbeit?«

»Nein.« Alex runzelte die Stirn. »Hauptsächlich geht es wohl um ein altes Versprechen, das sie ihrer Familie gegeben hat.«

»Und was ist dein Plan, um sie für dich zu gewinnen?«

»Mein … was? Ich versuche nicht, sie für mich zu gewinnen.«

»Warum nicht?«

»Ähm.« Alex wusste im ersten Augenblick nicht, wie sie darauf antworten sollte. »Ich respektiere ihre Entscheidung?«, fragte sie dann unsicher.

»Ist es das, was du willst? Ihr respektvoll vom Flughafen aus zuwinken und sie nie wiedersehen?«

Sie nie wiedersehen? O Gott! Alex' Bauch zog sich schmerzhaft zusammen. »Nein. Ich brauche sie.«

»Das dachte ich mir. Also kämpf um sie. Wenn du so niedergeschlagen davon bist, von ihr getrennt zu sein, muss sie es wert sein.«

»Das Richtige für ihre Gemeinde und ihre Familie zu tun, ist ihr heilig. Was für eine Chance habe ich dagegen?«

»Bist du sicher, dass *das* ihr Problem ist?«

»Denkst du, sie lügt?«, fragte Alex überrascht.

»Ich denke, es schadet nie, das Handeln anderer zu hinterfragen. Es ist nur menschlich, erst mal vor etwas zurückzuschrecken, was einem Angst macht.«

Alex massierte sich die Schläfen. »Oder Sam ist einfach ehrenhaft und steht zu ihren Versprechen. So ist sie eben.« Sie sackte bei diesen Worten ein Stück in sich zusammen. »Das sieht nicht gut für mich aus, oder?«

»Wirf noch nicht die Flinte ins Korn.«

»Schon okay. Ich bin es gewohnt, zweite Wahl zu sein.« *Ach, verdammt.* Alex biss sich auf die Lippe. Ungeschickte Wortwahl.

Stille in der Leitung. Dann atmete Bess kaum hörbar aus. »Alex? Ich … Tut mir leid wegen … damals. Wirklich. Ich war mir vieler Dinge über mich noch nicht bewusst, ganz zu schweigen davon, dass ich meine … Situation … damals verdrängt habe. Aber wir sind bessere Freundinnen als Geliebte, nicht wahr?«

»Auf jeden Fall. So meinte ich es auch nicht. Es ist nur … warum passiert mir das immer wieder?« Frustration erfüllte sie.

»Ich weiß, es ist ein schreckliches Klischee, aber wenn eure Verbindung vorherbestimmt ist, dann werdet ihr auch zueinanderfinden. Du darfst die Hoffnung noch nicht aufgeben. Nutze deine Stärken. Stell Recherchen an. Sprich mit der Person, die sie am besten kennt. Komm schon, du bist großartig darin, herauszufinden, was die Menschen wirklich bewegt. Darum bist du so eine außergewöhnliche Regisseurin.«

»Warum bist du dir so sicher, dass es das wert ist?«

Bess lachte. »Liebes, ich habe das Video gesehen. Ihr zwei … Mein Gott, da war eine Energie zwischen euch, die geknistert hat. Ich kenne Sam zwar nicht, aber eins weiß ich: Wie sie zu dir gelaufen ist und die Angst in ihren Augen … niemand kann so gut schauspielern. Es fällt mir schwer, zu glauben, dass du da jemals die zweite Wahl sein könntest.«

Hoffnung keimte in Alex auf.

Bess sprach kurz mit jemandem im Hintergrund. »Summer ist gerade ins Bett gekommen«, erklärte sie dann.

»Okay. Dann will ich dich nicht länger stören.«

»Darf ich dir noch einen letzten Rat geben?«

Alex ging zu ihrer Minibar und nahm sich eine kleine Flasche Wasser. »Gott steh uns allen bei«, sagte sie trocken. »War es nicht deine *großartige* Strategie damals, Summer monatelang zu ignorieren, um sie zu umwerben?«

»Das ist aus dem Zusammenhang gerissen«, antwortete Bess mit amüsierter Entrüstung. »Außerdem habe ich sie nicht umworben, ich wollte nur … Ach, vergiss es und hör mir einfach zu.«

»Na schön.« Alex nahm einen Schluck Wasser.

»Verkauf dich nicht unter Wert. Du bist geistreich, einfühlsam, clever, und süß. Und im Gegensatz zu mir hast du viel Charme.«

Alex kannte diesen Tonfall. »Oh oh, was ist passiert?«

»Die Klatschblätter behaupten neuerdings, ich würde die Mutterkuchen frischgeborener Babys als Gesundheitstick essen. Weil ich eine böse Hexe bin, die ewig leben will, weißt du?«

»Zumindest hast du noch große Ziele.« Alex brach in Gelächter aus. »Sie wissen allerdings, dass du deine Pläne nie halbherzig angehst.«

»Das ist wahr.« Bess klang erfreut über diese Sichtweise.

»Ich dagegen arbeite in den Augen des Internets bloß an einem Film, der den Feminismus um fünfzig Jahre zurückwirft.« Alex seufzte.

»Fünfzig? Das ist doch wenigstens eine beeindruckende Spannweite. Aber gut, ich gehe dann mal schlafen. Viel Glück bei dem Kampf um die Gunst deiner Liebsten.« Ein leises Murmeln erklang im Hintergrund, dann fügte Bess hinzu: »Summer sagt, dass du dich von Bikern fernhalten sollst. Und sie hat wohl ein altes chinesisches Sprichwort gehört, laut dem man die Frau heiraten soll, die zwei Angreifer gleichzeitig besiegt, um zu dir zu kommen.«

»Das werde ich mir merken. Wenn es nicht zu spät ist. Vielleicht ist Sam schon nicht mehr interessiert.«

»Wie könnte sie nicht mehr interessiert sein?«, fragte Bess sanft. »Du bist du. Du bist etwas Besonderes. Gute Nacht, Alex.«

»Gute Nacht.« Alex legte auf. Ein warmes Gefühl breitete sich in ihr aus.

Kapitel 27

Freiheit wider Willen

Es ist besser so, versuchte Sam sich zum wiederholten Male zu überzeugen. Sie parkte Tiger vor Masons Melkstall und stieg ab.

Sie hätte sich nur selbst etwas vorgemacht – na ja, ihnen beiden –, wenn sie die Sache mit Alex in die Länge gezogen hätte. Sam hatte so viele Menschen hier, die sich auf sie verließen. Die sie brauchten. Sie klappte den rostigen Riegel an der schweren Stalltür um und schob sie mit einem beherzten Ruck auf.

Mason winkte ihr dankbar zu. Die Kühe im Stall muhten laut.

Wortlos ging Sam zurück zu ihrem Motorrad.

Alex hatte sie in dieser Hinsicht einfach nicht verstehen können. Wie sollte sie auch? Sam konnte nicht erklären, wie vielfältig und schwerwiegend ihre Verpflichtungen in Ika Whenu waren. Sie konnte dem nicht den Rücken kehren. Ende der Geschichte.

Warum fühle ich mich dann so furchtbar?

Ihr Handy piepte. Es war eine Nachricht von Alex.

Habe ich dir je gesagt, wie gut ich darin bin, Listen zu erstellen? Ich könnte dir bei deiner helfen.

Verblüfft starrte Sam das Display an. Dann schob sie das Handy zurück in die Tasche, stieg auf Tiger und raste zurück in die Stadt.

Gina begrüßte sie wie üblich an der Kneipentür und deutete zur Küche. Sams Handy piepte noch einmal, aber sie war damit beschäftig, ein Tablett mit zwei Dutzend belegten Brötchen zu manövrieren.

»Gehst du nicht ran, Liebes?«, fragte Gina, nachdem Sam das Tablett abgestellt hatte. »Dein Handy piept im Takt mit Dutchs Mikrowelle.«

»Es ist nichts.« Sie wandte sich zum Gehen, doch Gina hielt sie auf.

»Geht es dir gut?« Gina betrachtete sie aufmerksam. »Du stehst ein bisschen neben dir. Du wirkst sogar noch grüblerischer als sonst – wenn das überhaupt möglich ist.«

»Alles gut.«

»Ich bin mir sicher, dass du mir etwas sagen willst. Vielleicht etwas über die Arbeit?«

»Oh.« *Ach ja.* »Ich habe meinen Job verloren. Mehr gibt es dazu nicht zu sagen.«

»Du hast gekündigt, wie ich gehört habe.«

»Gut informiert wie immer.« Sam rollte übertrieben mit den Augen.

»Ich habe es in der Zeitung gelesen. Da stand auch, dass ein gewisser neuer Senior Constable ein Beweisvideo von den Hornets bei der Drogenübergabe eingereicht hat.«

Sam verschränkte ihre Arme vor der Brust. »Großartig. Snell wird es weit bringen.«

»In dem Artikel stand, dass er die Aufnahme von einem anonymen Zeugen bekommen hat. *Irgendjemand* ist wohl zufälligerweise im richtigen Moment vorbeigejoggt.« Ihre Augen funkelten wissend.

»Glück gehabt.«

»Du vermisst es jetzt schon, nicht wahr?«

Sam zuckte mit den Schultern. »Ich vermisse es jedenfalls nicht, rund um die Uhr in Bereitschaft zu sein.«

»Und was machst du mit deiner ganzen Freizeit? Verbringst du sie mit deiner Regisseurin?«

Natürlich wusste Gina auch von ihr und Alex.

»Wenn es so ist, freue ich mich für dich«, fuhr Gina fort. »Sie scheint reizend zu sein, besonders im Vergleich zu diesen eingebildeten Hollywood-Regisseuren, die vor ihr hier waren.«

Sam unterdrückte ein Seufzen und versuchte, einen neutralen Gesichtsausdruck aufzusetzen. »Wir … machen gerade eine Pause.«

»Ach, Liebes, was ist denn passiert?«

»Gar nichts. So läuft das Leben. Alles beim Alten. Ich werde hier gebraucht. Ich muss jetzt leider los.«

»Warte mal.« Gina zog sie zur Seite, weg von der offenen Küchentür und Dutchs neugierigen Ohren. »*Ich werde hier gebraucht*? Wie meinst du das? Will sie, dass du mit ihr fortgehst?«

Sam antwortete nicht.

Gina verstand ihr Schweigen allerdings nur zu gut. »Du musst ihr viel bedeuten, wenn sie dich darum gebeten hat.«

Sams Laune verfinsterte sich. »Es ging nur um eine Reise. Ein paar Monate gemeinsam in Kalifornien. Tausende von Kilometern entfernt. Von dir. Und Kev.«

»Wo du gebraucht wirst«, wiederholte Gina.

»Genau.«

»Was hast du hier denn gerade zu tun? Die meisten Menschen kündigen nicht, bevor sie etwas Neues haben. Aber alles, was ich sehe, ist eine Menge freier Zeit in deinem Tagesablauf.«

Sam strich mit einem Finger über das polierte Holz der Bar. »Ich habe über meine Möglichkeiten nachgedacht.«

»Und was sind deine Möglichkeiten?«

Sam zuckte mit den Schultern. »Ich dachte, du könntest hier vielleicht etwas Hilfe gebrauchen. Du wirst auch nicht jünger. Und wie du weißt, habe ich dir über die Jahre auch schon im Pub ausgeholfen. Ich könnte Vollzeit bei dir arbeiten. Vor allem, wenn du deinen Plan für den Gastro-Pub umsetzt.«

»Du hast dir alles schon genau überlegt, was?« In Ginas Miene fehlte jede Spur der Freude, mit der Sam fest gerechnet hatte.

»Wenn ich hier arbeite, würde niemand mehr Ärger machen«, fügte Sam hinzu. »Ich könnte immer sofort eingreifen.«

»Genauso wie Senior Constable Snell, dessen Job das eigentlich ist.«

Sam starrte sie nur an.

Gina schnalzte mit der Zunge. »Es ist nicht so, dass ich das Angebot nicht zu schätzen wüsste, Liebling. Ich frage mich nur, weshalb du Alex' Vorschlag nicht in Betracht ziehst? Und wieso du mit ihr Schluss gemacht hast.«

»Woher willst du wissen, dass *ich* Schluss gemacht habe?«

Gina lachte. »*Miss Verantwortung* fragt sich wirklich, woher ich das weiß?«

»Na schön.« Sam atmete tief durch. »Es war besser, jetzt einen Schlussstrich zu ziehen. Später wird das nur noch schwerer werden.« Sam warf ihr einen kühlen Blick zu.

»Aber warum müsstet ihr überhaupt Schluss machen? Und sag mir jetzt bitte nicht, du hättest plötzlich deine Leidenschaft fürs Gastronomie-

Gewerbe entdeckt. Dir wäre nach zwei Minuten langweilig. Und du brauchst auch gar nicht zu behaupten, du würdest Alex nicht mögen. Du magst sie viel mehr, als du je dieses Mädchen aus Auckland mochtest. Dein missmutiger Gesichtsausdruck ist dieses Mal zehnmal schlimmer. Außerdem habe ich euch beide zusammen gesehen. Eine Mutter spürt solche Dinge einfach.«

»Ich habe Verpflichtungen hier«, protestierte Sam.

»Dann mal raus mit der Sprache.«

»Viele kleine Dinge, die sich jeden Tag summieren. Ich hole deine Bestellungen ab und kümmere mich um Masons Stall-Tor. Vor allem muss ich ein Auge auf Kev haben. Die Menschen hier brauchen mich.«

»Als ich nicht mehr Autofahren konnte, bot mir der Bäcker schon an, das Brot vorbeizubringen. Ich habe abgelehnt, weil ich es mochte, dich jeden Tag zu sehen. Aber ich kann immer noch zusagen. Und ich bin mir sicher, dass du nicht für immer hierbleiben musst, um jeden Tag den Riegel einer Kuhstalltür zu öffnen.«

»Aber Mason –«

»Hat Freunde, Familie und Nachbarn. Er ist nicht auf dich angewiesen.«

»Was ist mit Kev?«

»Er ist jetzt ein erwachsener Mann.«

»Der mich braucht.«

»Bist du dir da sicher? Er ist in letzter Zeit viel vernünftiger geworden.«

»Er wird noch genauso verrückt wie Sid«, murmelte Sam.

»Davon gehe ich aus.« Ginas Zuneigung war deutlich in ihren Augen zu sehen. Sie zog ihr Portemonnaie heraus, öffnete es und hielt Sam ein verblichenes Foto entgegen.

Sam. Etwa zwölf Jahre alt.

»Ich habe mich so in dieses kleine Mädchen verliebt.« Gina hielt das Foto so sorgsam wie einen wertvollen Diamanten. »Es brach mir das Herz, dich leiden zu sehen. Und ich habe zu mir gesagt: *Gina Mahuta, du wirst dieses Kind nicht im Stich lassen. Du wirst dafür sorgen, dass sie sich sicher und geliebt fühlt und du wirst sie beschützen, egal was passiert.*«

»Und ich bin dir sehr dankbar. Du hast dein Versprechen gehalten.«

»Nicht immer. Ich bin nicht perfekt. Ich habe zugelassen, dass du dich für deinen Bruder verantwortlich fühlst. Manchmal frage ich mich, ob das das Schlimmste war, was ich dir hätte antun können.«

»Es hat mir nichts ausgemacht. Gangs sind gefährlich und Kev sollte nicht in solche Kreise verwickelt werden.«

»Stimmt. Aber das ist Jahre her. Kev ist schon lange in Sicherheit. Also frage ich mich, wieso du noch hier bist?«

»Willst du mich loswerden?« Sams Worte waren als Witz gedacht, klangen aber keineswegs danach. Sie standen plötzlich zwischen ihnen im Raum.

»Niemals«, sagte Gina schließlich mit Nachdruck. »Du wirst immer zu mir gehören, auch wenn du in L.A. oder der Mongolei lebst. Du wirst hier auch immer ein Zuhause haben. Aber du musst dafür nicht hierbleiben. Du wirst mich nicht verlieren, wenn du fortgehst.«

»Warum bist du dir so sicher, dass ich fortgehen sollte? Ich habe mich hier doch ganz gut gemacht, oder nicht? Na ja, abgesehen von der ganzen Wild Boars-Geschichte.«

»Das hast du. Und die Menschen hier respektieren dich sehr.«

Sams Antwort war zynisch. »Sicher. Sie respektieren mich so sehr, dass sie diesen Sabotagekomplott gegen mich geplant haben.«

»Siehst du ihr Handeln wirklich so? Dass sie dir ein paar dumme Streiche gespielt haben? Nein. Das ist doch nur ihre Art, dir zu zeigen, dass sie sich um dich sorgen.«

»Es klang eher so, als hätten sie sich zusammen betrunken und die Aktion für komisch gehalten. Du weißt doch, wie sehr sich die Leute hier manchmal langweilen. Immer wird getratscht. Jeder steht unter ständiger Beobachtung. Nach der Geschichte mit meiner Mum und meinem Coming-out war ich jahrelang ein heißes Thema in der Stadt. Das hier ist einfach nur derselbe Mist an einem anderen Tag.«

»Ich weiß, dass dich das damals sehr mitgenommen hat«, sagte Gina leise. »Und ich weiß auch noch, dass die meisten Menschen, die dich verletzt haben, selbst nicht älter waren als du. Jetzt seid ihr alle erwachsen und sie schämen sich dafür, wie sie dich behandelt haben. Ich weiß, dass es so ist.«

Sam stutzte. Hatte Dino nicht fast dasselbe gesagt?

»Und dieser Blödsinn am Filmset«, fuhr Gina fort. »Also ich verstehe die Täter nur als Menschen, die dir ihre Zuneigung zeigen. Die wollen, dass du glücklich bist. Und du glaubst, sie machen sich über dich lustig? Sie lachen nicht über dich, mein Schatz.« Gina legte eine Hand auf Sams Wange und sah ihr in die Augen. »Sie lachen schon lange nicht mehr über dich. Das hat vor Jahren aufgehört. Sicher, es wird immer Klatsch und Tratsch geben, aber niemand will dir damit wehtun. Ich kann dir versprechen, dass du diese meterhohen Mauern um dein Herz nicht mehr brauchst.«

Sicher. Sie hat leicht reden.

»Aber das musst du für dich selbst herausfinden«, sagte Gina. »Ich kann dir bis dahin nur sagen, dass es völlig okay ist, wenn du fortgehen willst. Wir kommen schon klar.«

Bin ich so leicht ersetzbar?

»Hey«, sagte Gina besorgt. »Was ist los? Was geht gerade in deinem grüblerischen Hirn vor?«

»Nichts«, antwortete Sam schroff.

»Sam, nur weil es dir freisteht, fortzugehen, heißt das nicht, dass wir dich nicht vermissen werden. Es wird mir sehr fehlen, dich jeden Tag zu sehen. Aber ich werde auch glücklich sein, dass du deinem Herzen folgst. Und wenn dein Herz dir sagen würde, du sollst einen Pub leiten, wäre ich überglücklich, dich an meiner Seite zu haben. Aber das bist nicht *du*. Dein Traum war es immer, die Welt zu sehen. Und bevor du das leugnest, lass mich dich daran erinnern, dass ich deine Postkartensammlung gesehen habe. Es ist in Ordnung, seine Träume zu verfolgen. Das ist es wirklich, Schatz. Ich verspreche es dir.«

In Sam kämpfte die Hoffnung mit ihren Zweifeln. Sie hatte ihre Träume immer für unerreichbar gehalten. Jetzt herrschte Chaos in ihren Gedanken.

»Übrigens haben mir die Filmleute gerade die erste Hälfte des Geldes für mein Catering gezahlt«, sagte Gina. »Es stellt sich heraus, dass sie in amerikanischen Dollar zahlen – das nenne ich mal eine schöne Überraschung! Wahrscheinlich hätte ich meinen Vertrag genauer lesen sollen. Aber das bedeutet, dass ich weit mehr bekomme, als ich erwartet hatte. Also habe ich genug für meinen neuen Ofen und noch einiges Extra. Ich kann dir sogar dein Darlehen ausbezahlen.«

»Das Geld war ein Geschenk.« Sam musterte sie unsicher.

»Und das war sehr lieb von dir, ich weiß das zu schätzen. Aber du brauchst auch ein bisschen Geld für deine Reisekasse. All diese schicken Touristenorte sind teuer. Und vielleicht willst du Alex auch mal zu einem romantischen Essen einladen?«

»Ich habe mich noch nicht dazu entschieden, fortzugehen.«

Gina sah sie scharf an. »Werd jetzt nicht dickköpfig. Wenn das jetzt wieder läuft wie mit dem Welpen, und du –«

»Ich schwöre, wenn noch einmal jemand Bruce erwähnt –«

»Dann beweis uns das Gegenteil.«

»Ich muss darüber nachdenken. Es ist kompliziert.«

»Oder es ist ganz einfach.«

Sam atmete tief durch. »Bei mir ist nie etwas einfach. Das weißt du doch.«

»Ist mir sehr wohl bewusst. Du liebst es, alles zu zerdenken.« Gina seufzte. »Zieh es einfach mal in Betracht. Okay?«

Mit einem kurzen Nicken machte sich Sam aus dem Staub, bevor Gina noch mehr unangenehme Fragen einfallen konnten. Draußen zog sie ihr Handy aus der Tasche und prüfte ihre neuen Textnachrichten.

*Sams Liste: Vor- und Nachteile eines Abenteuers mit Alex Levitin**

**Weil nichts endgültig entschieden ist, bis es eine Liste gibt.*

Nichts? Sam lachte. *Ja, sicher.*

Pro: Du darfst mein Unicorn durch ganz L.A. reiten. Wer braucht schon ein leistungsstarkes Biest wie Tiger, wenn er auf meiner süßen Sahnemaschine durch die Gegend flitzen kann. Du darfst ihr sogar einen Namen geben.*

**womöglich ein Euphemismus.*

Sam schrieb zurück.

Kontra: Ich habe keinen US-Führerschein für L.A.s Straßen. Netter Versuch.

Alex' Antwort kam sofort.

Pfft. Dann fahren wir im Gelände. Ich habe gehört, dass du dich damit ein wenig auskennst. Gerüchten zufolge kannst du sogar ein paar Stunts, wie z. B. dich unter die Autos von süßen Regisseurinnen werfen, um anzugeben.

Mich unter Autos zu werfen?

Ziemlich sicher, dass es NICHT so gewesen ist.

Sam setzte ihren Helm auf, als ihr Handy wieder piepte.

Semantik. Pro: In L.A. könnte ich dich auf ein Set mitnehmen, um ein paar Motorrad-Stunts zu sehen, bei denen dir die Luft wegbleiben wird. Spannung, Spaß UND Superbikes!

Sam zog den Helmriemen fest und stieg auf Tiger. Dann tippte sie ihre Antwort.

Kontra: Es wäre einfacher, zu Hause zu bleiben und Brecher-Bob zuzuschauen. Ich würde eine Menge Geld sparen, Bier mit ihm trinken und weiter atmen können.

Also gut. Pro: Wir könnten Fotos von dir am Pfeiffer Beach machen und sie deiner gemeinen Ex schicken, die meinte, du würdest es nie an diesen Strand schaffen. Außerdem: Mein Freund Rowan ist Stand-up-Comedian. Ich könnte ihn dazu bringen, eine kleine Routine mit einer cleveren, giftigen Botschaft über diese Nicole in seine Show einzubauen. Bonus: Es wäre so subtil, dass sie eine Woche brauchen würde, um zu merken, dass sie beleidigt wurde.

Sam lächelte. Nicole war das allerdings nicht wert. Auch wenn Rowan lustig klang. Sie versuchte, sich ein Bild von ihm zu machen, und sah einen jungen Hugh Lawrie vor sich. Merkwürdig.

Pro: Sam, auch du darfst mal eine Pause machen und ein Stück von der Welt sehen.

Diesmal lag kein Humor in der Nachricht. Sam konnte sich Alex' flehenden Blick dazu vorstellen. Sie versuchte, ihre Panik zu unterdrücken. Und das Gefühl, in eine Ecke gedrängt zu werden. Zuerst Gina und jetzt Alex.

Kontra: Ich kann Menschen, die sich auf mich verlassen, nicht einfach im Stich lassen. Das geht einfach nicht.

Alex' Antwort kam fast sofort.

Eine Pause bedeutet nicht, dass du jemanden im Stich lässt. Letztes Pro: Ich bin dort, an deiner Seite. Du bedeutest mir wirklich etwas, Sam. Ich will »uns« nicht verlieren.

Sam starrte die Nachricht an. Ihre Beziehung zu Alex … oder was auch immer es war … sollte nie mehr sein als eine kurzweilige Liebschaft. Sie fühlte sich eingeengt. Warum wollten alle, dass sie das Angebot von Alex annahm? Warum schoben sie alle zu der Entscheidung, wegzugehen?

Der Brief, den sie an diesem Morgen erhalten hatte, gab ihr sowieso schon das Gefühl, überflüssig zu sein. Die offizielle Bestätigung ihrer Kündigung. Mitsamt der Anweisung, ihre Ausrüstung und Uniform abzugeben. Und die größte Forderung: Sie sollte innerhalb von sechs Wochen ausziehen und ihre Mietwohnung für Senior Constable Murray Snell frei machen, dem nun offiziell das Polizeirevier von Ika Whenu zugeteilt worden war.

Das war alles zu viel.

Sam ließ Tigers Motor aufheulen und überlegte, ob sie nach Hause fahren sollte. Nein. Sie brauchte einen klaren Kopf. Luft. Sie lenkte ihr Motorrad aus Ika Whenu heraus und gab Gas.

Der dunkelgrüne Wald entlang der Kopuku-Straße schien sie förmlich aufzufordern, den Asphalt zu verlassen und auf den Gelände-Trail zu fahren.

Bald.

Chaotische, bruchstückhafte Gedanken schossen ihr durch den Kopf. Gina brauchte sie nicht. Kev brauchte sie nicht. Sid hatte sie nie gebraucht. Die neuseeländische Polizei brauchte sie ganz sicher nicht. Sogar der für sie bestimmte Hund war ohne sie genauso glücklich. Sie hatte Bruce gestern zwischen den Füßen ihres Ersatzmanns zusammengerollt im Revier erwischt.

Niemand in ihrer Gemeinde brauchte sie wirklich. Komisch, dass sie davon so lange überzeugt gewesen war. Wie egozentrisch. Und wie erniedrigend, festzustellen, dass sie so essenziell für alle war wie Zitzen an einem Stier.

Das waren gute Nachrichten, oder nicht? Sie war frei und konnte gehen. Das schien ja jeder zu wollen. Es war, was Alex wollte. Alle drängten sie in diese Richtung. Sam knabberte an ihrer Unterlippe.

Warum ging sie dann nicht einfach? Sie war sich ziemlich sicher, dass ihre Gefühle für Alex echt waren und anhalten würden. Allein in Alex' Nähe zu sein berauschte sie. Sie konnte nicht genug von ihr bekommen.

Was war also ihr verdammtes Problem? War sie nur aus Prinzip stur?

Ich habe Angst.

Sam blinzelte. Oh, verdammt. Hatte sie zu lange gewartet? Hatte sie ihre Spontanität und Abenteuerlust verloren?

Sie versuchte, hinter die Schichten aus Zweifel und Angst in ihrer Gefühlswelt zu blicken.

Wovor habe ich Angst?

Für einen Moment kam ihr Alex' absurde Liebe für Pro-und-Kontra-Listen in den Sinn. Der Wind nahm zu und fegte ihr eisig um die Wangen.

Was fürchte ich? Was ist, wenn Gina etwas passiert, wenn ich weg bin? Oder Sid, oder Kev? Sam würde sich das nie verzeihen.

Und was wäre, wenn … Neue Zweifel kamen in ihr auf. Was wäre, wenn sie nach all den Jahren des Fernwehs doch keinen Spaß am Reisen hätte? Das wäre ein übler Scherz des Schicksals.

Das ist es nicht.

Was war es dann?

Was, wenn Alex irgendwann von mir gelangweilt ist? Was dann?

Dieser Gedanke war so schmerzhaft, dass Sam der Atem stockte. Sie wusste sofort, dass sie den Nagel auf den Kopf getroffen hatte. Sam war ein Fan von *kalkulierbaren* Risiken. Unbekannte Faktoren waren ihr ein Gräuel. Schließlich sie hatte lieber ihren Job gekündigt, als Gott weiß wo von vorn anzufangen. Weit weg von allem, was sie kannte.

Sich auf jemanden einzulassen und darauf zu hoffen, dass die Person sie auch längerfristig in ihrem Leben haben wollte, war definitiv ein unkalkulierbares Risiko. Sam hatte keine Kontrolle über die Gefühle anderer. Wenn sie die falsche Person wählte, würde der Schmerz sie irgendwann ersticken. Sie wäre weg, weit weg von zu Hause, mit einer Frau, der sie nichts mehr bedeutete.

Das war ihr wunder Punkt. Sam fragte sich schon ihr Leben lang, wieso sie es nicht wert war, dass man zu ihr hielt. Ihr Versager von Vater hatte das von Anfang an nicht getan. Und auch ihre Mutter hatte es nicht geschafft, einen Weg zu ihr zurückzufinden.

Es war nicht ihre Schuld. Das war es wirklich nicht.

Unsicherheit schien sie von innen heraus zu zerfressen. Wie sollte Sam damit umgehen, wenn die Sache mit Alex schief ging? Wie würde es sich anfühlen, wenn eine Frau, die ihr mittlerweile so viel bedeutete, ihr in die Augen sah und sagte: »Es hat Spaß gemacht, aber das war alles«?

Ist Alex das Risiko nicht wert? Sie klammerte sich an diese Frage, hörte auf ihr Herz. Natürlich war sie das.

Es bleibt ein unkalkulierbares Risiko, antwortete der ängstliche Teil ihres Gehirns. *Ich kann nicht kontrollieren, was geschieht. Ich kann es nicht vorhersagen. Ich wäre am Boden zerstört, wenn Alex mich erst wollen und dann wegwerfen würde.*

Das fühlte sich nach der ungeschönten Wahrheit an. Da lag also ihr eigentliches Problem. Vielleicht sollte sie sich doch jetzt von Alex abwenden, solange sie es noch konnte. Ihr zerbrechliches Herz schützen. Hier bleiben.

Nein! Sie wollte nicht dabei zusehen, wie Alex aus ihrem Leben verschwand.

Aber ich könnte Alex jetzt gehen lassen und später endgültig entscheiden … vielleicht könnte ich ihr hinterher fliegen, wenn ich glaube, dass ich die falsche Entscheidung getroffen habe?

Sie fuhr um eine enge Kurve und lehnte sich weit in die Bewegung hinein. Sie genoss die Geschwindigkeit. Plötzlich erschien etwas Weißes in ihrem Sichtfeld.

Ein riesiger Schaftransporter kam direkt auf sie zu und nahm fast die gesamte Breite der Straße ein. Der Fahrer hupte, lang und laut.

Aber die Straße war zu schmal. Und Sam war zu schnell.

Mit trockenem Mund und Entsetzen im Blick bremste Sam. Sie riss ihr Lenkrad nach links um. Aus der Schusslinie heraus. Sie betete, dass es ausreichen würde.

~ ~ ~

Alex ging noch vor der Arbeit zum Pub rüber. Sie war fest entschlossen, den Beweggründen einer gewissen Ex-Polizistin auf die Schliche zu kommen. Im Vorratsraum fand sie Gina, die gerade Kisten aufreihte.

»Bist du wegen Sam hier? Du hast sie gerade verpasst«, sagte Gina.

»Nein. Ich hatte gehofft, dass wir beide uns mal zusammen hinsetzen und unterhalten könnten?«

»Tut mir leid, Liebes, ich habe gerade eine neue Lieferung bekommen. Ich muss alles verstauen. Aber ich kann sortieren und zuhören. Was hast du auf dem Herzen?« Sie öffnete einen der Kartons.

»Sam.«

»Was für eine Überraschung.« Sie lachte. »Herzensangelegenheiten, hm? Reichst du mir mal die Kiste Jim Beam?«

»Du weißt Bescheid?« Alex versuchte, den Karton in Ginas Richtung zu schieben, verrenkte sich aber fast den Rücken dabei.

Gina lachte. »Die Arbeit in einer Kneipe ist auf jeden Fall nichts für dich.«

»Das glaube ich auch.«

»Und natürlich weiß ich Bescheid. Das war ja nicht zu übersehen. Und davor haben eure Freunde hier drin ihre Pläne geschmiedet, um euch zusammen zu bringen. Das war am Abend eures großen Streits.« Sie schaute zu Alex. »Sei froh, dass sie noch nicht dazu gekommen waren, ein Schwein auf dem Set laufen zu lassen. Brecher-Bob hatte ganz schön einen intus und war in der Nacht schon drauf und dran, eins fangen zu gehen.«

»Mein Gott.«

»Also, wie kann ich helfen, Liebes? Alles in Ordnung?«

»Ich habe mich gefragt, ob Sam schon mal daran gedacht hat, Ika Whenu zu verlassen?«

Gina hielt inne. »Sie hatte Ika Whenu schon für ein paar Jahre verlassen. Nach ihrer Ausbildung hat die Behörde sie eigentlich nach Auckland geschickt. Aber sie ist zurückgekommen, weil Kev Probleme hatte.«

»Und seitdem?«

»Ich muss wohl nicht erst fragen, warum du das wissen willst.«

»Ich habe Sam gebeten, mich nach L.A. zu begleiten. Ein wenig reisen. Sie sagte, sie kann nicht hier weg.« Alex runzelte die Stirn. »Sie hat nicht gesagt, dass sie nicht mitwill, nur dass sie hier Verpflichtungen hat. Ich dachte, es liegt vielleicht an dem Versprechen, dass sie dir damals gegeben hat. Du weißt, sie bricht ihr Wort nicht.«

»Willst du damit andeuten, dass ich sie nicht gehen lasse? Das Versprechen, auf Kev aufzupassen, ist Jahre her. Das liegt alles in der Vergangenheit.«

»Das habe ich mir gedacht. Und du denkst das offensichtlich auch. Aber ich habe mich gefragt, ob sie das weiß?«

»Worauf willst du hinaus?« Ginas Blick wurde scharf. »Ich würde sie nie zwingen, hierzubleiben.«

»Das ist es ja gerade. Du musst Sam nicht zwingen. Sie macht das aus Liebe und Pflichtgefühl. Weil sie eine Verpflichtung eingegangen ist und ehrenhaft ist. Und manche Menschen stellen die Bedürfnisse von denen, die sie lieben oder respektieren, vor alles andere. Du kennst sie besser als jeder andere. Sag du es mir: Hört sich das nach Sam an? Würde sie ihr eigenes Glück hintanstellen, wenn sie das Gefühl hat, das Richtige zu tun?«

Gina wirkte angespannt. »Sie hat sich schon immer verantwortlich gefühlt. Auch als sie noch jung war. Sie hat sich immer um andere gekümmert. Um mich. Um jeden. Um die ganze Stadt.«

»Und wann ist *sie* an der Reihe? Hat ihr schon mal jemand gesagt, dass es okay ist, wenn sie sich auch um sich selbst kümmert?«

»Du denkst, du hast alles durchschaut, oder?« Gina musterte Alex. »Manchmal sind Menschen viel komplizierter, als man denkt. Es geht hier nicht um mich.«

»Ich meine nicht, dass du –«

»Doch, das tust du. Aber es geht hier nicht um irgendein altes Versprechen, dass sie mir gegeben hat, als ich nicht weiterwusste. Manchmal sehen Menschen nicht, was das Beste für sie ist, weil sie sich an bestimmte Ängste klammern.«

»Woran glaubst du, klammert Sam sich?«

Gina seufzte und lehnte sich gegen eines der Regale. »Als Mädchen hatte Sam vor allem vor einer Sache Angst: dass wir sie irgendwann nicht mehr wollen würden. Es spielte keine Rolle, wie oft ich ihr sagte, dass sie uns nicht mehr loswird. Sie war immer furchtbar panisch, dass wir sie irgendwann abweisen würden. Deshalb hat sie sich nützlich gemacht. Ich denke, sie hat den Glauben entwickelt, dass sie unentbehrlich sein und gebraucht werden muss, um gewollt zu werden.«

Alex atmete tief durch. *Wie traurig.*

»Sie war schon immer so«, sagte Gina. »Und als du sie plötzlich gebeten hast, dich an einen Ort zu begleiten, den sie nicht kennt und an dem sie nicht essenziell wichtig ist, hat sie das aus der Bahn geworfen. Das bereitet ihr gerade sicher enorme Kopfschmerzen.«

»Könntest du mal mit ihr reden? Ihr klarmachen, dass mein Angebot eine gute Sache ist?«

»Das habe ich schon getan. Und es ist sinnlos.«

»Wie bitte?«

»Es reicht ihr nicht, wenn ich ihr die Erlaubnis gebe – auch wenn du mit der festen Überzeugung hierhin gekommen bist, dass es so wäre. Sie muss sich selbst erlauben, frei zu sein. Und ich fürchte, dabei kann ich nicht helfen.«

Enttäuschung machte sich in Alex breit.

»Aber falls du dich dadurch besser fühlst, sie hat sich noch nicht endgültig entschieden. Sie ist sicher gerade dabei, alles zu zerdenken.« Gina betrachtete Alex eingehend. »Aber was ist mit dir?«

»Bitte?«

»Wie kommst du dazu, eine Frau zu dir nach Hause einzuladen, die du kaum kennst? Das scheint alles furchtbar schnell zu gehen.«

»Ich weiß, wie das aussieht. Aber es muss nicht für immer sein. Sam würde für ein paar Monate mitkommen, sich ein wenig von der Welt ansehen, und könnte wieder nach Hause kommen. Was ist das Schlimmste, was passieren kann? Sich endlich den Traum vom Reisen zu erfüllen?«

»Ach, Liebes.« Gina schnalzte tadelnd mit der Zunge. »Ich kann in deinem Gesicht sehen, dass du lügst. Du willst viel mehr von ihr als nur ein paar Monate.«

»Ich ...« Alex sah nicht einmal den Sinn darin, das zu leugnen. *Ja, will ich.*

Gina schwieg einen Augenblick. »Weißt du, ich habe mich in meinen Albert innerhalb von zwei Tagen verliebt. Der Dummkopf war mitten im Winter barfuß durch die Stadt getrampt. Ich musste ihn einfach kennenlernen. Ich habe jedes einzelne unserer gemeinsamen dreiundzwanzig Jahre geliebt, bevor er gestorben ist. Manchmal passiert es einfach ganz plötzlich.«

»Das ist süß.«

»Auch wenn es schnell geht, kann ich euch also kaum verurteilen, wenn es sich für euch richtig anfühlt. Du musst mir nur versprechen, dass du auf mein Mädchen aufpassen wirst. Sie ist nicht annähernd so stark, wie sie sich gibt.«

»Das werde ich«, schwor Alex.

»Weißt du, wenn meine Tochter sich für etwas entscheidet, dann tut sie es mit Haut und Haar. Vergiss das nicht, falls sie dich am Ende begleitet. Das zwischen euch wird keine beiläufige Sache für sie sein. Es wird ihr etwas bedeuten. Sehr viel vermutlich.« Sie musterte Alex nachdenklich. »Und ich glaube, dass es bei dir vielleicht dasselbe ist.«

Alex sah sie überrascht an.

»Ich kann es in deinen Augen sehen.«

Verlegen wandte Alex den Blick ab. »Ich würde mich wirklich freuen, wenn sie es sich anders überlegt. Ich versuche, mir selbst zu sagen, dass es vielleicht klappt, vielleicht aber auch nicht. Aber ich kann es nicht einfach *nicht* versuchen. Sam ist zu … besonders … um es nicht zu versuchen. Ich musste sie fragen.«

»Ja, Liebes, das verstehe ich. Und sie wird sich bald entscheiden. Hab Geduld.« Gina zog einen Karton zu sich und öffnete ihn. »Und jetzt sieh zu, dass du wegkommst. Ich bin sicher, du hast heute noch Besseres zu tun, als über meine Waren zu stolpern.« Sie schob Alex sanft in Richtung Tür.

~ ~ ~

Sam sah den riesigen Transporter auf sich zukommen. Das qualvolle Quietschen von abbremsenden Reifen drang wie von Ferne in ihre Ohren.

Es würde nicht mehr reichen. Der dichte Baumbewuchs zu beiden Seiten der Straße ließ ihr aber keinen anderen Ausweg.

Sollte das alles gewesen sein?

Sie roch den Schafsmist und nahm panische Tiergeräusche aus dem Inneren wahr.

In diesem Augenblick verdichtete sich ihr Leben zu ihrem Herzschlag, der laut in ihren Ohren donnerte. Als würde sie sich außerhalb ihres Körpers befinden, beobachtete sie den Lastwagen, die schmale Straße, ihre eigenen Reaktionen.

Ihr Zeitgefühl hatte sich ins Nichts aufgelöst. Sie erinnerte sich an den Ausdruck in Ginas Augen in der Nacht, als sie Sam mit ihrer Mutter hinter der Kneipe gefunden hatte. Sie sah einen kleinen Welpen, der an ihre Brust gelehnt starb. Sah, wie sie tagelang weinte. Sie erinnerte sich an den Moment, in dem ihr klar wurde, dass sie lesbisch ist. Ihr erster Kuss mit Nicole. Gina, die sie bat, wieder nach Hause zu kommen. Ihre Ernennung zu Ika Whenus Senior Constable. Nicole, die mit ihr Schluss machte. Wie sie Kev am Kragen seines Hemds aus Dinos Klubhaus zog.

Dann nichts mehr. Bis Alex in ihr Leben trat. Alex' amüsierte Blicke. Ihre strahlenden Augen. Ihre weichen Lippen.

Plötzlich lenkte der LKW-Fahrer scharf zur Seite. Weg von der Straße.

Es war genug. Gerade so. Sam verfehlte den Transporter um Haaresbreite, als er an ihr vorbeidonnerte.

An einer Stelle, wo die Bäume nicht bis zum Straßenrand reichten, holperte der Schaftransporter über Sträucher, Steine, Setzlinge und Farne.

Ein schreckliches Quietschen ertönte, als das dichte Gestrüpp auf den Unterboden des LKWs traf. Doch der Fahrer schaffte es, hinter Sam wieder zurück auf die Straße zu manövrieren. Er brauste davon. Sein Hupen hallte in Sams Ohren wider.

Sie schluckte schwer, bis ins Mark erschüttert. Sie musste dringend anhalten, um durchzuatmen. Nach ein paar hundert Metern sah sie eine Abzweigung, die sie auf einen kleinen Waldweg führte.

Sie saß einen Moment einfach nur zitternd auf ihrer Maschine und blickte zurück zur Straße.

»Tod durch Viehtransporter, die Nachrichten um sechs.« Was für eine tolle Schlagzeile. Sam zog ihre Handschuhe aus und wischte sich ihre schweißnassen Hände an der Hose ab. Wenn sie so gestorben wäre, wäre sie wahrscheinlich monatelang das Gespött im Pub gewesen. Na ja, zumindest bis Gina allen eine Standpauke gehalten hätte.

Mein Gott. Ihr Herz schlug ihr immer noch bis zum Hals. Die vergangenen drei Monate waren aufregender gewesen als die letzten zehn Jahre ihres Lebens zusammen. Und sie war drauf und dran gewesen, sich davon abzuwenden. Wofür? Weil sie nicht jeden Aspekt davon kontrollieren konnte?

Scheiß drauf! Ich wäre fast gestorben.

Sie sah sich um und erstickte fast an dem hysterischen Lachen, das aus ihr hervorbrach. Natürlich hatte sie ausgerechnet hier angehalten. Am Ende der Forestry Road. Nur ein paar Meter von der Stelle entfernt, an der Alex Levitin sie vom Motorrad befördert hatte.

Die Erinnerungen an den Tag, an dem sie sich kennengelernt hatten, brachen über sie herein. Der Schreck, der ihr durch Mark und Bein gegangen war, als Alex' Auto plötzlich aus dem Nichts aufgetaucht war. Der Schmerz des Sturzes. Große, strahlende Augen, die besorgt auf sie herunterblickten. Das Entsetzen in Alex' Gesicht, als sie daran scheiterte, sich dem Ungleichgewicht des Jahrhunderts zu widersetzen und Tiger von Sam zu heben. Wenn das Stechen in ihrer Hüfte Sam in dem Moment nicht zu sehr abgelenkt hätte, wäre sie vermutlich sehr amüsiert gewesen.

Sie hatte es schon damals nicht geschafft, wirklich wütend auf Alex zu sein … zumindest nicht, bis sie herausfand, weshalb sie überhaupt in Neuseeland war.

Das war damals. Und jetzt hatte diese unmögliche, schöne, amüsante Frau ihr die Welt zeigen wollen. Und was hatte sie getan? Ihrer Angst nachgegeben. Und dann wäre sie mit ihrem lächerlichen Ableben um ein Haar der Witz des Monats im Pub geworden.

Gut gemacht, Sam.

Sie zog ihre Handschuhe wieder an und startete die Maschine. *Scheiß drauf.*

Kapitel 28

Viel Lärm um etwas

»Schnitt!« Alex nickte zufrieden. Chloe und Melody hatten sich inzwischen so gut eingespielt, dass Alex bei ihren gemeinsamen Szenen nur noch sehr selten eingreifen musste. »Das war ausgezeichnet, ihr beiden.« Sie warf einen Blick auf ihre Uhr. »Okay, noch eine Szene und dann geht's in die Mittagspause.«

Alice trat an sie heran. Alex' kürzlich wieder eingestellte Produktionsassistentin deutete auf das Eingangstor. »Alex? Ich glaube, jemand will dich sehen.«

Alex schaute zum Tor und entdeckte die geschmeidige Silhouette von Sam Keegan, die, in ihre Motorradkluft gekleidet, auf sie zumarschiert kam. Alex Herz machte einen kleinen Freudensprung. Wie schaffte es Sam, immer so gut auszusehen? Bei die Erinnerung an den Ausgang ihres letzten Treffens breitete sich allerdings auch Nervosität in ihr aus.

Sam öffnete den Mund, sobald sie in Alex' Hörweite war. Dann schloss sie ihn wieder. Ihre Wangen röteten sich. »Ja«, war alles, was sie sagte.

»Ja?«, fragte Alex verwirrt.

»Ja.«

Oh! »Ja!«

Sam nickte. »Ich habe Angst, das will ich nicht leugnen. Aber es ist ein eindeutiges ›Ja‹.«

Alex zog Sam in ihre Arme und küsste sie, als gäbe es kein Morgen.

Im Hintergrund erklangen Pfiffe und lauter Jubel.

Alex konzentrierte sich ausschließlich auf Sams weiche Lippen, die sich unter ihren überrascht öffneten und dann mit ihren bewegten. Sie löste sich nur von ihr, weil sie kurz Luft holen musste. Die Gelegenheit nutze sie auch, um ihre Crew mit einem trockenen »Ja ja, ab in die Mittagspause, Leute« wegzuschicken.

Das brachte ihr ein paar vereinzelte Buhrufe ein.

Sam warf ihnen einen tadelnden Blick nach. »Sie sind sehr geradeheraus.«

»Sie sind nur enthusiastisch, glaube ich. Verschwinden wir besser, hier gibt es generell zu viele neugierige Augen und Ohren.« Alex führte Sam zu ihrem Wohnwagen. Als sie die Tür hinter ihnen geschlossen hatte, nahm sie Sams Hand in ihre und fragte die einzige Frage, die von Bedeutung war: »Du willst mit mir auf Reisen gehen?«

Sam atmete tief durch. »Ja.« Sie wirkte entschlossen.

»Warum?«, fragte Alex.

Sams Lippen formten ein sanftes Lächeln. »Ich kann die nervtötenden Gefühle, die ich für dich habe, einfach nicht abschalten.«

»Nervtötend, hm?« Alex lächelte und ihr Herz schien ein wenig schneller zu schlagen. »Über was für Gefühle reden wir denn?«

»Oh, die Großen. Die Lass-uns-Hotelbetten-in-aller-Welt-austesten-Art von Gefühlen. Ich will in Hotelmorgenmänteln mit dir auf dem Balkon sitzen und den Sonnenaufgang beobachten, während wir über Dinge reden, die uns wichtig sind. Wie ein romantisches Filmklischee. Außerdem will ich mit dir die interessantesten lokalen Gerichte ausprobieren.«

»Und deine Verpflichtungen?«, fragte Alex zögernd. »Was ist mit denen?«

»Ich werde mich immer für die Menschen in dieser Stadt verantwortlich fühlen, und ganz besonders natürlich für meine Familie. Aber eine gewisse herrische Kneipenbesitzerin hat mich kürzlich darauf hingewiesen, dass ich meinen Platz in ihrer Familie nicht verliere, wenn ich meinen Träumen nachgehe.«

Alex grinste breit. »Das ist wundervoll.«

»Ja, das ist es.«

»Und du fühlst dich gut damit?«

»Von ein paar Ängsten mal abgesehen, weiß ich jetzt endlich, was ich will.«

»Wovor hast du Angst?«

»Was ist, wenn ich doch nicht gern reise? Oder was, wenn ich es liebe, aber du irgendwann von mir gelangweilt bist? Was mache ich dann?«

»Das ist ein Risiko in jeder Beziehung.« Alex drückte Sams Hand. »Aber ich kann dir sagen, dass ich mir das nur sehr schwer vorstellen kann.«

»Gut.« Sam atmete beruhigt aus.

»Und du bist dir wirklich, wirklich sicher? Du hast dich entschieden?«

»Ja«, sagte Sam und sah Alex fest in die Augen. »Ich kenne mich. Mit Ungewissheit kann ich nicht allzu gut umgehen.« Sie lächelte selbstironisch. »Aber du bist es wert. Wieso bleiben wir also nicht bei deinem ursprünglichen Vorschlag? Geben wir der Sache eine Chance, egal wie kurz oder lang es dauern wird. Natürlich vorausgesetzt, dass du das auch noch willst.« Sams Unsicherheit war klar in ihrem Gesicht abzulesen. »Willst du das noch?«

»Sam«, sagte Alex mit einem breiten Lächeln, »falls ich das vorher noch nicht offensichtlich genug ausgedrückt habe: Du bist für mich bestimmt.«

»Oh.« Sams zögerliches Lächeln wurde langsam breiter, bis sie über das ganze Gesicht strahlte. »Okay. Das ist gut. Das passt dann ganz gut.«

Alex lachte. »Ja, das tut es.«

Sam beugte zu ihr und küsste sie so zärtlich, dass Alex überrascht feststellen musste, wie ihre Knie weich wurden.

»Ich kann es kaum erwarten, dir meine Welt zu zeigen«, murmelte Alex. »Aber es ist mehr als das. Ich möchte dir meine Freunde vorstellen. Dich in meinem Zuhause haben. In meinem Leben.«

»Das ist nur fair, du hast von meinem Leben ja schon alles gesehen. Ich bin überrascht, dass du nicht vor Langeweile gestorben bist.«

»Warte es ab. Ich muss dich warnen, in meiner Welt gibt es viele nerdige Partynächte und Shakespeare.«

»Das habe ich mir schon gedacht. Willst du heute Abend zu mir kommen? Ich könnte Pizza bestellen. Und ich wollte mir noch *Viel Lärm um Nichts* auf *Netflix* ansehen und herausfinden, ob er so gut ist, wie alle sagen. Willst du den Film mit mir zusammen anschauen? Als Bonus werde ich irgendwann an diesem Abend auch nackt sein.«

»Was für ein Angebot.« Alex schmunzelte. »Ich würde nie Nein zu Emma Thompson sagen.«

~ ~ ~

In dieser Nacht lag Alex in Sams Armen. Der Abspann von *Viel Lärm um Nichts* lief über den kleinen Fernseher, den sie aus dem Wohnzimmer ins Schlafzimmer getragen hatte.

Der Film hatte sehr viel Charme. Sam seufzte zufrieden. Heute Abend fühlte sich alles richtig an. Ihr war um einiges leichter zumute. Und jetzt, mit Alex in ihren Armen, bereute sie ihre Entscheidung kein bisschen, auch wenn ihre Zweifel noch nicht verschwunden waren. Vielleicht würden sie immer da sein. Sich zu sorgen, lag schließlich in ihrer Natur.

»Was für eine tolle Schlussszene«, murmelte Alex glücklich. »Das Ende wurde in nur einem Take gefilmt. Hast du das gesehen? Das kann nur Kenneth Branagh mit solcher Perfektion schaffen.«

»Hast du den ganzen Film nur aus der Perspektive einer Regisseurin angeschaut?«, fragte Sam.

»Es ist unmöglich für mich, das außen vor zu lassen. Das heißt aber nicht, dass ich einen Film nicht auch genießen und einfach toll finden kann. Hat er dir denn gefallen?«

»Das hat er. Lustig und clever. Und ich mochte die Brüder ... einer dunkelhäutig, der andere weiß, und niemand hat das infrage gestellt.«

Alex betrachtete sie neugierig. »Wirst du oft über deine Familie ausgefragt?«

»Als Kind sehr oft. Die Leute sind neugierig. Als ich Polizistin wurde, hat die Uniform die Leute dann abgeschreckt. Danach wollten sie nur noch über Polizeiangelegenheiten mit mir reden.«

Alex nickte nachdenklich. »Wie fühlt es sich jetzt an? Deine Uniform nicht mehr zu tragen?«

»Seltsam. Ich kenne nur dieses Leben.«

»Das stimmt aber nicht ganz.«

»Was meinst du?«

»Brecher-Bob kam heute Nachmittag zu mir«, sagte Alex. »Anscheinend geht das verrückte Gerücht um, dass du mich nach L.A. begleitest.«

Sam rollte mit den Augen. Es war unglaublich, wie schnell sich Klatsch und Tratsch hier draußen verbreitete. »Was wollte Bob denn?«

»Er ist der Ansicht, du wärst eine hervorragende Stuntfahrerin. Er hat angeboten, dich ein paar seiner Kontakte in Hollywood zu empfehlen.«

Sam runzelte die Stirn. »Das kann ich nicht.«

»Wer ist über Dry Creek gesprungen? Stell dir vor, du könntest jeden Tag Motorrad fahren und solchen Wahnsinnskram machen. Oh, und sie nehmen Stunts am Set sehr ernst, also wäre deine Sicherheit dabei oberste Priorität. Jedenfalls konnte ich nicht glauben, dass ich die Idee nicht schon längst selbst hatte. Bob hat mich auch darauf hingewiesen, dass weibliche Stuntfahrerinnen für Filmarbeiten gefragt sind, weil mehr und mehr Actionfilme mit weiblichen Rollen besetzt werden.«

Sam starrte sie überrascht an.

»Ich habe ihm gesagt, dass das erst mal nicht nötig wäre«, fuhr Alex fort.

»Was? Wieso? Du hast gerade gesagt, dass ich das Zeug dazu hätte.«

»Und das ist wahr. Aber obwohl Bobs Kontakte gut sind, ich habe noch jemand Besseren in petto. Skyes Partner ist Brock Hayes.«

»Wer ist das?«

»Eine Legende. Und wenn Brock dich mag, kann er dir in diesem Job alle Möglichkeiten bieten. Genau wie Skye kennt Brock jeden im Business. Ich stelle ihn dir vor. Bobs Kontakte können wir in Reserve behalten.«

»Ich habe noch nicht Ja gesagt. Woher willst du wissen, dass ich nicht lieber Bibliothekarin oder so was werden möchte?«

Alex lachte. »Nur so eine Eingebung. Sid hat mit der Welpen-Geschichte wohl nicht übertrieben. Du hast wirklich eine sture Seite.«

Sam wollte protestieren, aber Alex kam ihr zuvor. »Sam, du kannst alles tun, was du willst, vom Stepptanz bis zur Straßenreinigung, und ich würde dich dabei unterstützen. Das hier ist nur eine Anregung, okay? Aber vielleicht bist du ja wirklich zur Stuntfahrerin bestimmt, wie Brecher-Bob glaubt.«

»Es ist ein beunruhigender Gedanke, dass er sich um meine Zukunft Gedanken macht.«

»Bob meint es nur gut. Er hält sehr viel von dir, und es ist offensichtlich, dass du ihm etwas bedeutest.«

Sam ließ die Worte auf sich wirken. Sie erinnerten sie daran, was Gina zu ihr gesagt hatte: *Sie lachen schon lange nicht mehr über dich.* Sie wollten alle nur ihr Bestes. »Vielleicht«, gestand sie sich als Antwort zu.

Alex lachte. »So viele Siege heute Abend: Erst schaust du mit mir Shakespeare, jetzt ein Zugeständnis, dass du anderen Leuten wichtig bist.« Sie schmiegte sich enger an Sam. »Aber so sehr die Einheimischen dich auch zu schätzen wissen, jetzt gerade ist es *meine* Aufgabe, dir zu zeigen, wie viel du mir bedeutest.«

»Ist das so?«, fragte Sam betont gelassen. »Dann schlage ich vor, Ms. Levitin, dass du der Worte Taten folgen lässt.«

Der Kuss, den sie als Antwort bekam, ließ jede Faser von Sams Körper beben.

Kapitel 29

Ein klärendes Gespräch

Am nächsten Abend saßen Skye und Alex im Pub zusammen, um sich zu versöhnen, das Brot zu brechen und die schräge Stimmung zwischen ihnen zu entwirren. Manchmal war Freundschaft nun mal so.

»Hast du wirklich geglaubt, dass ich dir jemals hätte wehtun wollen?«, fragte Skye, während sie energisch strickte. » Du inspirierst mich. Das ist eines der Dinge, die mir am wichtigsten sind. Liebe, Lachen und Inspiration. Und hoffentlich irgendwann Enkelkinder, wenn ich Summer irgendwie dazu ›inspirieren‹ kann. Aber meine Tochter ist viel zu clever. Ich fürchte, sie würde meinen Plan schnell durchschauen. Vielleicht sollte ich es stattdessen bei meiner älteren Tochter probieren.«

»Du und deine Pläne, Skye. Ich weiß übrigens, dass du deine Hand auch bei Summer und Bess im Spiel hattest.«

»Ich bin eine Serienkupplerin, das ist wahr. Aber die Sache ist die, manchmal muss man sture Menschen eben ein bisschen zu ihrem Glück zwingen.«

»Das Glück, das *du* für sie ausgesucht hast.«

»Aber natürlich!« Sie lächelte. »Gibt es ein Besseres?«

Alex lachte. »Du bist unmöglich.«

»Das sagen irgendwie alle.«

»Na ja, es hat funktioniert. Ich vergebe dir.«

»Danke, Alexandra. Ich habe ein schlechtes Gewissen, dass wir euch beide so wütend gemacht haben. Wir haben uns das alles in der Planung anders vorgestellt, das kannst du mir glauben. Ich kann dir aber eine Entschädigung anbieten.«

»Ach ja?«

»Bess hat mir erzählt, dass du den Schmetterlingsfilm meines lieben Freundes Jean-Claude Badour mochtest.«

»Hat sie das?«

»Besonders die anmutigen Aquarelleffekte sollen es dir angetan haben.«

»Ja, stimmt.« Alex nickte. »Genial.«

»Er hat angeboten, dass seine Cousine Amelie – die diese Effekte geschaffen hat – dir auch welche für den Vorspann von *Shezan* machen kann, wenn du willst. Ich hatte ihm vor ein paar Monaten die erste Seite des Drehbuchs und ein paar Fotos der Szenerie geschickt. Und ich habe kürzlich von Amelie ein paar Probeentwürfe bekommen, damit du einen Eindruck davon bekommst, wie es aussehen könnte. Ich habe sie hier.« Sie legte ihre Stricknadeln auf den Tisch und griff nach ihrem Handy.

Alex richtete sich verblüfft auf. Das waren phänomenale Neuigkeiten. Verdammt anmaßend natürlich, und es könnte etwas Widerstand vom Studio geben, aber das war ihr egal. Sie würde bei dieser Sache nicht nachgeben. Amelie Badours Kunst war das Beste an Jean-Claudes exzentrischem Kurzfilm, der mehrfach internationale Preise gewonnen hatte.

»Jean-Claude hat sich sehr über meine Anfrage gefreut. Der Gedanke, er könnte ein wenig französischen Feenstaub über Hollywoods ›schlechtesten‹ Film verstreuen, hat ihm gefallen. So ist er manchmal. Und es ist absolut in Ordnung, wenn du sein Angebot ablehnst, aber er dachte, es könnte zu unserer naturbelassenen Szenerie passen. Hier, schau es dir mal an.« Skye öffnete die Entwürfe auf ihrem Handy und reichte es Alex herüber.

Die wunderschönen Aquarelle raubten Alex dem Atem. Die Effekte waren faszinierend, verblüffend, elegant. Sie konnte sich nicht von den Bildern abwenden. Vor ihrem inneren Auge stellte sie sich die Muster bereits auf der großen Leinwand vor. »Die sind fantastisch!«

»Ja. Das sind sie.«

Das würde den Anfang von *Shezan* umwerfend machen. Alex würde ihrer Special-Effects-Abteilung in Auckland sofort Bescheid geben. »Ich muss sie Quincy zeigen. Die Entwürfe sind etwas … unorthodox. Zumindest für einen Fantasy-Streifen.«

»Du kannst ihm sagen, dass Amelie es fast umsonst macht. Sie wird die Werke in ihrer Galerie ausstellen, egal, ob wir sie im Film verwenden oder nicht.« Skyes Blick haftete einige Augenblicke lang an etwas über Alex' Schulter. »Da freut sich jemand, dich zu sehen.«

Alex drehte sich um und ihr Herz fing an zu rasen. Sie hatte Sam nicht mehr im Pub gesehen, seit sie die Saboteure entlarvt hatten.

Sam hatte den Rücken durchgedrückt und den Kopf erhoben, als ob sie in die Schlacht ziehen würde. Und sie kam direkt auf sie zu. Ein paar der einheimischen Stammgäste lachten, als sie an ihnen vorbeiging, und rissen Witze darüber, dass Sid seine distanzierte Schwester verkuppelt hatte. Alex zuckte zusammen, als sie Sams kalten, unbeeindruckten Gesichtsausdruck bemerkte.

»Zeit für meinen Abgang.« Skye tätschelte Alex' Hand. »Oh, und bevor ich gehe … Ein Ratschlag von einer, die schon seit Jahren ihren eigenen, stolzen, starken, stillen Partner an ihrer Seite hat? Solche stoischen Typen brauchen mehr Liebe, als sie vorgeben. Diese ganze Hart-wie-Stahl-Masche ist nur die Schale, hinter der sich ein weicher Kern verbirgt.«

»Ich weiß.« Alex grinste. »Trotzdem danke.«

»Viel Glück.« Skye packte ihre Stricksachen zusammen, stand auf und verließ den Tisch.

»Hallo, Fremde.« Alex lächelte Sam an, als sie bei ihr ankam. »Schön, dich hier zu treffen.«

Sam setzte sich und sah sich misstrauisch um. »Wir sind also immer noch Thema Nummer eins hier drin«, beschwerte sie sich. »Ich dachte, wenn ich mein Gesicht eine Weile nicht zeige, würden die Leute sich bei meiner Rückkehr mit neuem Klatsch beschäftigen.«

»Du hasst es wirklich, im Zentrum der Aufmerksamkeit zu stehen, oder?«, fragte Alex amüsiert.

Sams Miene verfinsterte sich. »Nur, wenn ich in irgendwelche Streiche verwickelt werde. Und wie ich diesen Haufen Unruhestifter kenne, haben sie ihr Pulver noch nicht verschossen.«

»Na ja, im Moment sind sie damit beschäftigt, Wetten abzuschließen, ob du Sid als Drahtzieher des Sabotageplans um die Ecke bringen wirst. Und wenn ja, auf welche Art du die Leiche entsorgen würdest.«

»Ich habe mich noch nicht entschieden. Er hat mir mit diesem Komplott so viele Kopfschmerzen beschert.«

»Nicht nur Kopfschmerzen.« Alex fuhr mit dem Zeigefinger verführerisch die Knopfleiste von Sams Hemd entlang.

»Nein«, räumte Sam ein, ihr Tonfall jetzt amüsiert, während sie den wandernden Finger musterte. »Deshalb lebt er ja noch.«

Gina eilte herbei und stellte ein Bier vor Sam auf den Tisch. »Geht aufs Haus. Sid freut sich, dass du wieder da bist. Er wird für all deine Getränke heute Abend aufkommen.«

»Wie großzügig von ihm«, sagte Sam trocken.

Gina lächelte. »Er sagte auch, dass du dich daran erinnern sollst, dass er deinen verlorenen Plüschhasen vor Mr. Harpers halb verwilderter Katze gerettet hat.« Sie zwinkerte Sam zu und eilte davon.

»Du hattest einen Plüschhasen?«

»Das kann ich leider weder bestätigen noch verneinen.« Sam trank einen Schluck Bier.

»Übrigens hatte ich eine wundervolle Zeit gestern Abend. Und das Frühstück war … vorzüglich.«

»Es war mir ein Vergnügen. Wirklich.« Sams Wangen liefen rot an. »Ich glaube, wir sollten uns mehr Shakespeare ansehen. Mir hat das Ende sehr gut gefallen.«

»Die Panoramaaufnahmen?«

»Die auch.«

Alex lachte.

Sams Blick wanderte wieder durch den Raum und die alte Spannung kehrte zurück.

Alex folgte ihrem Blick und bemerkte, dass die Einheimischen schnell wegschauten und sich dann im Flüsterton unterhielten.

Mit einem Seufzen sagte Sam: »Es fällt mir immer noch schwer, damit abzuschließen. Ich versuche, mich darauf zu konzentrieren, warum sie es getan haben.«

»Skye hatte nicht unrecht damit, dass alles vom Motiv abhängt.«

Gina tauchte wieder auf und stellte einen Teller Knoblauchbrot vor Sams Nase. »Das ist von Kev. Ich soll dich daran erinnern, dass er deine Socken neunmal gewaschen hat, um die rosa Färbung wieder rauszukriegen.«

»Es waren seine roten Sportshorts, die meine Socken verfärbt haben! Es war seine Schuld!«

»Dessen bin ich mir sehr wohl bewusst. Aber im Gegensatz zu Sid hat er nicht so viel bei dir gut.«

»Stimmt.« Sam grinste.

Gina lachte und wandte sich dann an andere Gäste.

»Übrigens hat Kev mir letztens erzählt, wie sehr er es liebt, für deinen Film zu arbeiten«, sagte Sam.

»Obwohl ich ihn gefeuert habe?« Alex zog die Augenbrauen hoch.

»Na ja, du hast ihn ja wiedereingestellt, nachdem wir die Wahrheit herausgefunden haben.«

»Stimmt. Er hat außerdem als Einziger im Team einen Gabelstaplerschein.« Alex lächelte.

»Jedenfalls hat er beschlossen, dass seine Berufung jetzt in der Beleuchtungstechnik liegt. Es gibt wohl irgendeinen Folgejob bei einer Filmcrew in Wellington. Er wollte mich sogar dazu überreden, dich um ein Empfehlungsschreiben zu bitten.« Sie schüttelte den Kopf. »Ich weiß, ich weiß. Wie dreist kann man sein?«

Alex verschluckte sich leicht an ihrem Bier. »Er hat in seiner ersten Woche eine Glühbirne zerstört und eine teure Lampe verlegt, sodass die Produktion stundenlang verzögert wurde. Aber *das* ist seine Berufung?«

»Scheinbar.« Sam grinste. »Glaub mir, das zählt zu seinen erfolgreichsten Erfahrungen in der Arbeitswelt.«

»Na gut, davon abgesehen hat er sich als Beleuchter ganz gut gemacht. Und er hat auch seinen Teil dazu beigetragen, dass wir zusammengekommen sind. Vielleicht sollte ich ihm die Referenz einfach schreiben.«

»Das kann ja lustig werden mit seiner Karriere.«

Alex' Blick fiel auf das Knoblauchbrot vor ihnen. »Das riecht göttlich.«

»Dutch ist ein begnadeter Koch. Du solltest das Menü für den Gastro-Pub sehen, an dem er arbeitet.« Sam riss ein Stück des dampfenden Brots ab und reichte es Alex. »Hier. Probier mal.«

Alex nahm einen Bissen und hatte das Gefühl, ihre Geschmacksknospen würden einen Freudentanz aufführen. »Ich bin im Himmel.«

»Noch nicht, aber bald.« Sam trank ihr Bier aus und stellte das leere Glas ab. »Würdest du mich auf einen Spaziergang begleiten? Zu mir nach Hause?«

»Aber Officer, was haben Sie denn vor?«

»Leibesvisitation, Ma'am. Ich bin mir ziemlich sicher, dass ich bei Ihnen gründlich sein muss. Wer weiß, wo Sie die Schmuggelware verstecken.«

Alex lachte. »Ich weiß deine Gründlichkeit zu schätzen. Wenn wir zusammen gehen, werden wir allerdings all diese Tratschtanten in ihren Theorien über uns bestätigen. Na ja, zumindest die zehn Anwesenden, die es noch nicht sicher wissen.«

»Der Zug ist lange abgefahren. Der Fluch einer Kleinstadt. Ich bin froh, dass ich fortgehe.«

Bevor Alex antworten konnte, erschien Gina mit einem weiteren Bier am Tisch. »Von Sid. Ich soll dich daran erinnern, dass er bei den Wild Boars aufgetaucht ist, um dich vor ein paar Bikern zu retten.«

Sam lachte und rollte mit den Augen. Ihr amüsierter Blick fiel auf ihren Bruder, der sie hoffnungsvoll beobachtete.

Sam schnappte sich das Bier und wandte sich an Alex. »Gibst du mir fünf Minuten?«

»Natürlich.«

Sam ging zu Sids Tisch, der so nah bei Alex' stand, dass sie die beiden belauschen konnte.

»Okay.« Sam schob ihm das Bier rüber. »Du hast gewonnen.«

»Vergibst du mir?« Er sah Sam so flehentlich an, dass Alex lachen musste.

»Ja, ja. Und jetzt trink dein Bier. Das geht auf mich.«

Er lachte. »Ich bin mir ziemlich sicher, dass ich es bezahlt habe, aber –«

»Ich weiß. Rutsch rüber.« Sie setzte sich zu ihm auf die Sitzbank. »Ich möchte mit dir über etwas sprechen. Und ich glaube, dass du mir danken wirst.«

Fünf Minuten später kam Sam zu Alex zurück. »Können wir gehen?« Sie streckte Alex die Hand entgegen. Die Geste war einfach, kühn und eindeutig.

Sam Keegan zeigte freiwillig ihre Zuneigung vor all diesen Leuten? Alex versuchte, ihre Überraschung zu verbergen, und nahm ihre Hand. »Jederzeit. Aber willst du noch durchziehen, was du dir vorgenommen hast, bevor wie gehen? Wenn du Ika Whenu für immer verlässt, ist es vielleicht an der Zeit?«

Sam zögerte. »Ich denke, ich sollte es tun. Ich bereite mich gerade seelisch darauf vor. Den Stier bei den Hörnern zu packen ist eine gute Idee, aber von *wollen* kann keine Rede sein.«

»Du wirst es großartig meistern.« Alex drückte Sams Hand.

Sie atmete tief durch und nickte. »Dann ist es an der Zeit, ein paar Dinge zu klären.«

~ ~ ~

Sam schlug das Herz bis zum Hals, als sie durch den Pub blickte. Welcher Teufel hatte sie geritten, das hier tun zu wollen? Wie kam sie darauf, dass jetzt ein guter Zeitpunkt war, sich all ihren alten Dämonen zu stellen?

Du hast dich einer gesamten Biker-Gang entgegengestellt, also kannst du das hier auch schaffen!

Sie kletterte auf einen Tisch – einen der stabileren, die von Zeit zu Zeit auch als Karaoke Bühne dienten – und hob die Hände. »Hallo! Würdet ihr mir mal eine Minute zuhören?«

Ihr autoritärer Tonfall sorgte sofort für Stille im Pub. Vielleicht war es auch weniger ihr Ton und eher der seltene Anblick, dass sie freiwillig alle Aufmerksamkeit auf sich zog.

Sid schob sich stirnrunzelnd an ein paar Leuten vorbei, um näher an Sams Tisch heranzukommen.

Gina hörte auf, die Bar zu putzen, Erstaunen im Gesicht.

Plötzlich konnte Sam nur noch ihren eigenen Herzschlag hören. Sie leckte sich über die Lippen. *Los geht's.* »Ich habe etwas zu verkünden und dachte, dass ihr die Neuigkeiten vielleicht zum ersten Mal in der Stadtgeschichte direkt von der Quelle hören solltet.«

Das brachte ihr eine Runde Gelächter ein.

»Du hast was mit der Regisseurin am Laufen!«, rief ein Witzbold aus der hinteren Reihe. »Das wissen wir bereits! Wir haben Augen!«

»Nein, das meinte ich nicht. Aber …« Sams Blick landete auf Alex und ihre Lippen verzogen sich zu einem sanften Lächeln. »Ich leugne es auch nicht.«

Ein paar Pfiffe ertönten.

»Ich wusste es!«, kommentierte Quincy trocken.

Nach einem tiefen Atemzug fuhr Sam fort: »Erstens, ich werde nicht länger eure Polizistin sein. Ich bin raus.«

Dieses Mal lachte niemand. Sie hatte zumindest ein paar vereinzelte Jubelrufe erwartet. Stattdessen herrschte Schweigen. Gefolgt von Klagerufen.

»Warum?«

»Nein!«

»Aber du hast die Drogendeals gestoppt!«

»Ist es wegen des Videos?«

»Wir könnten protestieren! Sie können dich nicht feuern!«

»Hey!« Sam hob die Hände, um die Meute wieder zum Schweigen zu bringen. »Ja, das Video war der Anlass. Sie haben mir mein Revier in Ika Whenu weggenommen und mir gefiel nicht, was sie mir stattdessen angeboten haben. Also habe ich gekündigt. Kein Protest der Welt wird daran etwas ändern. Senior Constable Murray Snell ist jetzt euer Mann.«

»Snell ist ein Arsch!«, rief jemand.

»Snell ist *kein* Arsch.« Sam seufzte. »Und er sitzt gleich da drüben.« Sie zeigte auf ihren Nachfolger, der aussah, als wollte er mit der Wand verschmelzen. »Insider-Tipp: Nicht den neuen Polizisten der Stadt beschimpfen. Verstanden?«

Gelächter ertönte.

»Aber wir wollen dich zurück!«, erklang wieder eine Stimme aus den Reihen der Einheimischen.

»Nun, ihr bekommt mich nicht zurück, denn … und hier ist die zweite Neuigkeit: Ich werde weggehen. Nach Übersee. Es ist Zeit, die Welt zu sehen und eine etwas andere berufliche Laufbahn auszuprobieren.«

»LAPD!«, sagte jemand aufgeregt.

»Marine!«

Das löste wieder Gelächter aus.

»Motorrad-Stunts!«, rief eine durchdringende Stimme, die Sam sofort als Brecher-Bobs erkannte. »In Hollywood!«

Eine Reihe ehrfürchtiger »Ohs« ertönte.

»Ja, zugegeben … vielleicht versuche ich mich auch als Stuntfahrerin. Danke an eine gewisse Person, die namenlos bleiben soll, für diese gute Idee.«

Brecher-Bob winkte ihr mit seiner verwaschenen Schirmmütze zum Gruß und lächelte breit.

»Unter der Voraussetzung, dass ich mir dabei nichts Wichtiges breche, werde ich euch regelmäßig besuchen, um hier nach dem Rechten zu schauen.« Sam sah zu ihrer Familie hinüber.

Gina sah so stolz aus; sie hatte eine Hand über ihr Herz gelegt und in ihren Augen standen Tränen. Sid grinste bis über beide Ohren und streckte ihr seine erhobenen Daumen entgegen. Kev nickte nur, als würde er denken: *Natürlich wird meine Schwester jetzt Hollywood-Stuntfahrerin. Was sonst?*

Die restlichen Pub-Besucher jubelten lauthals.

»Wie ich sehe, seid ihr einverstanden«, kommentierte Sam, als sie endlich wieder zu Wort kam. »Wie schön, dass es euch amüsiert, wenn ich mich in Lebensgefahr begebe.«

»Wenn man in Lebensgefahr schwebt, macht man bei Stunts etwas falsch«, rief Brecher-Bob.

Sam schnaubte amüsiert. »Du musst es ja wissen. Wie kann es sein, dass du noch laufen kannst?«

Die Anwesenden brachen noch einmal in schallendes Gelächter aus.

Dieses Mal musste Sam mitlachen. Ein Gefühl von Gemeinschaft überkam sie. Zum ersten Mal spürte sie, dass die Menschen *mit ihr* und nicht *über sie* lachten. »Ich werde euch natürlich überhaupt nicht vermissen«, scherzte sie. »Besonders nicht eure Angewohnheit, euren Polizisten mit all den vermissten Pferden, Ziegen und Enten rund um die Uhr auf Trab zu halten.«

»Hey, das war ein Notfall!«, kam ein Zwischenruf aus dem hinteren Teil des Raums. »Quack Sparrow ist eine Arbeitsente.«

»Sicher«, erwiderte Sam trocken.

Die Ausgelassenheit der Menschen von Ika Whenu schien auf einem absoluten Höhepunkt angekommen zu sein.

Sam hob noch einmal die Hände, um für Ruhe zu sorgen. »Aber ihr braucht nicht zu glauben, dass ich euch ohne Verstärkung zurücklassen würde. Polizeiarbeit ist ein harter Job, selbst in einer kleinen Stadt wie dieser. Deshalb bin ich stolz, euch mitteilen zu können, dass mein Bruder Sid wieder einen neuen Job hat …«

Sie hielt inne, bis die vereinzelten Zurufe verstummt waren.

»Als Ika Whenus erster Hilfspolizist. Er wird sich als Authorised Officer um alle kleineren Delikte kümmern und euch einbuchten, solltet ihr so blöd sein, irgendwelchen Unsinn zu veranstalten. Sid wird auch die Polizeiausbildung durchlaufen – unter meiner Aufsicht, um sicherzustellen, dass er nicht wieder alle falschen Antworten ankreuzt.«

Sid lachte diesmal am lautesten von allen. Er hatte kein Problem damit, zuzugeben, dass sein Mangel an akademischem Fokus ihm seine Polizeikarriere versaut hatte, obwohl er die praktischen Tests mit Bravour gemeistert hatte.

»Es liegt im Interesse der neuseeländischen Polizei, ihn dabei zu unterstützen, dieses Mal zu bestehen, denn … seid ihr bereit für die letzte große Neuigkeit?« Sam zog die Augenbrauen hoch und betrachtete die gespannten Mienen der Umstehenden. »Nächstes Jahr wird Sid Mahuta das neue Gesicht der neuseeländischen Polizei sein.«

Das Getöse war ohrenbetäubend.

Sid hob triumphierend die Arme wie Rocky Balboa.

»Verrückt, ich weiß«, sagte Sam. »Die Typen drüben in Wellington denken, er wäre der richtige Mann dafür, Nachwuchspolizisten zu gewinnen, weil er jetzt eine Internetberühmtheit ist. Ich verstehe zwar nicht, warum sie Sids hässliche Visage jeden Tag auf den Anwerbungsplakaten im Hauptquartier ansehen wollen, aber es liegt mir fern, dem Polizeichef zu sagen, wie er seine Arbeit zu machen hat.«

Sid strich sich übertrieben eitel durch die Haare. »Der große Boss wünschte doch, er wäre so schön wie ich!«

Sam rollte mit den Augen. »Und wenn ihr euch vor Sid oder Senior Constable Snell nicht benehmt, muss ich euch warnen: Sid wird einen Hund bekommen, der kürzlich von einer Biker-Gang konfisziert wurde.« Sie lächelte zufrieden.

Sid und Gina hatten sich dazu entschieden, jeweils einen der beiden Rottweiler von Dino zu adoptieren, nachdem die Tiere ihr vorgeschriebenes Verhaltenstraining absolviert hatten. Angesichts ihrer Expansionspläne und dem ansteigenden Tourismus begrüßte Gina es, einen Wachhund im Pub zu haben. Und Sam beruhigte der Gedanke ebenfalls, Demon an Ginas Seite zu wissen.

Nachdem die Anspannung der Rede sie verließ, fühlte Sam sich vor allem nostalgisch. »Es war mir eine Ehre, eure Polizistin zu sein. Ich kenne die meisten von euch schon mein ganzes Leben. Und wir hatten nicht unbedingt immer das beste Verhältnis zueinander.«

Zur Abwechslung herrschte Schweigen im Raum.

»Es tut mir leid, wenn ich es euch schwer gemacht habe, mich kennenzulernen. Man hat mich kürzlich darauf hingewiesen …«, ihr Blick glitt kurz zu Gina hinüber, »… dass ihr vielleicht nicht alle bloß darauf wartet, dass ich scheitere, um euch über mich lustig zu machen. Und dass viele meiner Mitmenschen sich nur das Beste für mich wünschen.«

Die Anwesenden antworteten mit zustimmendem Murmeln und ein paar Pfiffen.

Die positiven Reaktionen rührten Sam sehr. »Ich habe das vorher irgendwie nicht verstanden. Es … es bedeutet mir viel, eure Unterstützung zu haben. Und jetzt … fehlen mir die Worte.« Sie hielt inne. Ihre Kehle war wie zugeschnürt vor Emotionen. Ihr Blick fiel auf Alex.

Die strahlte bis über beide Ohren, ihre Augen voller Zuneigung. Es war überwältigend.

»Danke«, sagte Sam mit rauer Stimme. »Das ist alles, was ich zu sagen habe. Auf Wiedersehen, bleibt gesund, seid gut zueinander und klaut keinen Scheiß.«

Applaus füllte den Raum.

Sam sprang vom Tisch und war in Sekundenschnelle umringt von Leuten, die ihr anerkennend auf den Rücken schlugen und ihre Hand schüttelten. Ein klaustrophobisches Gefühl machte sich in ihrer Brust breit.

Alex und Gina eilten allerdings sogleich an ihre Seite und drängten die Leute zurück.

»Ein wenig Abstand, Leute. Lasst die arme Frau atmen.« Gina ignorierte ihren eigenen Befehl und zog Sam in eine Umarmung. »Ich bin so stolz auf dich, Mädchen«, flüsterte sie ihr ins Ohr. Schließlich trat sie einen Schritt zurück und wischte sich eine Träne aus dem Augenwinkel. »Und jetzt schaut zu, dass ihr beide wegkommt, bevor ihr die ganze Nacht hier aufgehalten werdet.«

Sam nickte und wandte sich zu Alex um. Sie senkte ihre Stimme und fragte vorsichtig: »Habe ich mich nicht zu sehr blamiert?«

»Du warst großartig. Sie haben dir aus der Hand gefressen. Und sie werden dich schmerzlich vermissen.«

»Vielleicht ein wenig.«

»Mehr als das, Sam, glaub mir. Du bist ein Kassenschlager. Mit den besten Kritiken.« Alex stupste sie mit dem Ellbogen an und nickte in Richtung der Tür. »Ich glaube, du hast einer Dame einen Spaziergang versprochen. Aber diese Menschenmasse will dir auch sagen, wie schade sie es finden, dass du Ika Whenu verlassen wirst. Möchtest du noch ein bisschen bleiben und mit ihnen reden?«

Sam blickte durch den Raum. *Bleiben und sich von betrunkenen, sentimentalen Einheimischen ein Ohr abkauen lassen? Oder …* Sie legte sie einen Arm um Alex' Schultern und sagte: »Nein. Lass uns gehen.«

Sie bahnten sich ihren Weg durch die Menge zum Ausgang.

Die Abschiedsgrüße, die man ihr zurief, waren ernst gemeint – das spürte Sam nun. Und diese Gewissheit wärmte ihr Herz. Sie hatte ja keine Ahnung gehabt. Vielleicht würde sie Ika Whenu doch ein wenig vermissen.

Kapitel 30

Und Schnitt

Alex sah sich *Shezans* allerletzte Szene noch einmal sehr genau an. Dann atmete sie langsam aus. »Schnitt. Und damit ist *Shezan – Herrin des Waldes* im Kasten. Fantastische Arbeit, Leute. Wirklich großartig.« Sie drehte sich um und klatschte mit erhobenen Händen Beifall für ihre Crew und Besetzung.

Jubel brach um sie herum aus.

Alex lächelte müde. Es war zwar erst knapp achtzehn Uhr, aber ihr Tag hatte schon mit dem Morgengrauen begonnen. Alex war körperlich und geistig völlig erschöpft. Bereits vor Sonnenaufgang war sie davon geweckt worden, dass eine gewisse Ex-Polizistin an ihrem Ohrläppchen knabberte. In der letzten Zeit hatte ihr Tag häufig so begonnen und Alex liebte diese vordämmerlichen Zuwendungen. Allerdings bedeutete die fehlende Nachtruhe auch, dass sie ihren verdammten Film praktisch halb tot über die Ziellinie gezerrt hatte.

»Heute Abend ist die Drehschlussparty«, erinnerte sie alle. »Wir zeigen einige Szenen von *Shezan* und haben auch ein paar Überraschungen geplant. Oh, und natürlich gibt es kostenlose Drinks.«

Die Jubelrufe wurden deutlich lauter.

Alex winkte Alice zu sich. »Ich möchte, dass du noch ein paar zusätzliche Gäste zur Party einlädst.«

Alice zog ihren Notizblock heraus. »Natürlich.«

»Lad doch bitte Joe ein. Das ist schließlich sein Grundstück. Und auch Sid, Kevin und Gina Mahuta. Und Sam, die werde ich selbst einladen, aber sorg du bitte dafür, dass man sie am Tor reinlässt, okay?«

Alice nickte lächelnd und verschwand.

Alex gab Leslie noch ein paar Anweisungen, da diese sich um das Management der Nachbearbeitung und dem Abschluss der Produktion kümmern würde. Wenig später kehrte Alex zu ihrem Wohnwagen zurück.

Sie ließ sich auf die kleine Couch fallen und schrieb Sam eine Nachricht.

Du hast heute Abend ein heißes Date, 20 Uhr. Nur du, ich und die gesamte Crew von Shezan. *Wir werden auch einen kleinen Teil des Films zeigen. Kommst du? Ich verspreche, es macht Spaß und du bekommst später Küsse von der Regisseurin :) Übrigens ist deine Familie auch eingeladen. Ohne sie wäre* Shezan *nicht dasselbe gewesen.*

Ihr Handy piepte nur eine Minute später.

Ist das dein Ernst? Sid hat deinen Film sabotiert, Kev hat eine wertvolle Leuchte verloren, und was genau hat Gina für Shezan *getan? Aber natürlich werde ich kommen. Herzlichen Glückwunsch zum fertigen Film!*

Alex antwortete.

Deine Brüder haben großartige Arbeit geleistet, wenn sie nicht gerade dabei waren, den Film zu sabotierten. Und Gina hat uns bekocht. PS: Zieh dir etwas Warmes an, wir feiern im Freien.

Willst du nur nett sein? Lädst du Shezans *schwarze Schafe und Gina für mich ein? Danke für den Kleidungstipp. Ich packe meine Flanellunterwäsche ein.*

Es gibt gar keine Flanellunterwäsche. Und ich bin nicht nett. Nur damit du es weißt, ich bin so garstig wie diese Hunde, die du zu rehabilitieren versuchst!

Da Killer ein totaler Softie ist, stimme ich dir zu. Wir sehen uns in ein paar Stunden. xxx

Alex starrte die drei *x* auf ihrem Display an und ein Gefühl von Wärme breitete sich in ihr aus.

Sie fragte sich, was Sam von dem *Shezan*-Ausschnitt halten würde, der heute Abend gezeigt wurde. Ihr Schnitt-Team in Auckland hatte während der gesamten Dreharbeiten bereits mit Hochdruck gearbeitet. Die meisten

Spezialeffekte fehlten zwar noch, aber Alex hatte ihnen aufgetragen, zumindest die Eröffnungsszene fertigzustellen. Dieser Abschnitt war mit Amelies Aquarellkunst gestaltet und mit dem betörenden, bulgarischen Lied untermalt, das sie durch Sam kannte.

Sie konnte es kaum erwarten, alles auf der großen Leinwand zu sehen. Oder zumindest der behelfsmäßigen Leinwand, die ihre Handwerkercrew gerade für die Party aufstellte. Bald würde für Alex und ihre berufliche Zukunft die Stunde der Wahrheit schlagen. Dann würde sie sehen, ob die waghalsige Entscheidung, *Shezan* zu retten, sich ausgezahlt hatte.

Nur kein Druck.

~ ~ ~

Bis zwanzig Uhr war der Kantinen-Bereich in ein Freiluftkino verwandelt worden. Plastikstühle standen in Reihen angeordnet auf der flachen Wiese. Die Leinwand war ein riesiges weißes Tuch. Alle Flutlichter waren für die Vorführung ausgeschaltet worden.

Die Nacht war mondlos und die Stille wurde vom Gelächter und Geschwätz der Besetzung und Crew durchbrochen, die in den Stuhlreihen saßen und gespannt auf den Beginn des Films warteten. Für viele war dies der erste Film, an dem sie mitgewirkt hatten – und das zeigte sich auch in der nervösen Spannung, die in der Luft lag.

Alex saß in der hintersten Reihe neben Sam.

Als der Film begann, jubelte die aufgeregte Meute.

Was, wenn er schrecklich ist? Alex wischte sich die schwitzigen Hände an ihrer Jeans ab. *Was, wenn Quincy und ich uns nur eingeredet haben, dass die Änderungen gut sind? Die Kritiker könnten das Endergebnis noch schlimmer finden als vorher. Ich werde mich jahrelang in L.A. nicht mehr blicken lassen können.*

Sam nahm ihre Hand und flüsterte: »Entspann dich.«

Die bulgarische Musik begann mit dem tiefen Grollen einer traditionellen Melodie, die von Dudelsäcken gespielt wurde. Begleitet wurde die Musik von einem melancholisch klingenden Frauenchor. In diesem Zusammenspiel klang das Lied uralt, wie der sehnsuchtsvolle Ruf nach einer Heimat, die vor Jahrtausenden verloren gegangen war.

Amelies Aquarellversion des farnreichen Waldes rund um die Wairere Falls erschien und ging langsam in die reale Szenerie über. Das Publikum schnappte bei diesem Anblick ehrfürchtig nach Luft.

Eine dunkle, aber sanfte Stimme erzählte die Vorgeschichte zum Film. Die Sprecherin war eine Maori-Älteste, die den finalen Text erst letzte Woche im Studio in Auckland aufgenommen hatte.

Beim Klang der würdevollen Stimme bekam Alex eine Gänsehaut.

In einem alten, fernen Land wurde einst ein Mädchen geboren. Ihr kleiner Körper war stark und wuchs zehn Sommer lang. Sie war furchtlos, hatte eine sanfte Seele und einen neugierigen Geist. Ihr Lächeln erstrahlte so hell, dass selbst die Sterne neidisch wurden.

Shezan wurde von ihren Schwestern, den Amazonen, über alles geliebt. Und an dem Tag, an dem sie verloren ging, weinte die ganze Welt.

Das eindringliche Klagelied der bulgarischen Sängerinnen wurde lauter und wehmütiger. Und auch Amelies Kunst spiegelte diese Empfindungen, indem die Farben der Bilder langsam verblassten.

»Wow«, murmelte Sam. »Das ist wunderschön.«

Alex glaubte nicht, dass sie auch nur einen Ton herausbekommen würde, also nickte sie nur.

Der Zusammenschnitt war in diesem ersten Entwurf bereits wundervoll.

Es folgten ein paar Actionszenen, bevor ein großer Sprung zur Schlüsselszene für Jennifer und Shezan gemacht wurde. Die intimen Nahaufnahmen und die vielsagenden, sehnsuchtsvollen Blicke zwischen den beiden waren schlicht Perfektion. Dann griff der Puma an und Jennifer musste sich zwischen ihrem Vater und Shezan entscheiden. Wen sollte sie retten?

Das hier war der entscheidende Moment des ganzen Films, und Alex konnte es kaum erwarten, ihn jetzt endlich auf der großen Leinwand zu sehen.

Eine Nahaufnahme von Jennifers zitterndem Gewehr erschien auf der Leinwand. Dann wechselte die Perspektive. Ihr Gesichtsausdruck war entschlossen. Sie zielte. Die Spannung stieg, die Hintergrundmusik bestand nur noch aus einer einzigen gespannten Geigensaite. Zitternd, abwartend.

Sams Griff um Alex' Hand wurde fester. Das Publikum hielt kollektiv den Atem an. Effekt-Hinweise erschienen auf der Leinwand.

Einfügen: Schussgeräusch FX

Einfügen: Puma Nahaufnahme FX

Jennifer warf ihre Waffe von sich und rannte los. Panik stand ihr ins Gesicht geschrieben.

Einfügen: Wilderer zerfleischt FX
Einfügen: toter Puma

Dann wurde der zerfleischte Wilderer auf der Leinwand gezeigt.

Das Publikum jubelte.

Alex musste lachen. Typisch. *Jeder liebt einen guten Bösewicht.*

Jennifer war nun an Shezans Seite und tröstete sie mit sanften Worten. »Weine nicht. Nicht um ihn. Er ist es nicht wert.«

O ja. Es war sogar besser, als Alex zu hoffen gewagt hatte.

Niemand im Publikum gab auch nur das kleinste Geräusch von sich. Alle starrten wie gebannt auf die Leinwand.

Shezan legte ihren Arm um Jennifer und gemeinsam entfernten sie sich langsam von der Lichtung, auf der der Wilderer sein Ende gefunden hatte.

»Es ist so kalt.« Jennifer blickte sich im Wald um. »Ich komme aus warmen Ländern. Hier ist der Boden morgens gefroren. Die Bäume zittern im Wind. Die Blätter bleiben noch lange nach Sonnenaufgang nass.«

»Ist es … zu kalt?«

»Das ist es ja gerade. Das sollte es sein«, sagte Jennifer leise. »Aber alles, was ich fühle, ist Wärme. Shezan, *du* wärmst mich.«

»Dann bleib. Sei hier warm – mit mir.«

Jennifers Lächeln ließ die ganze Leinwand erstrahlen. »Ja. Nur du und ich.«

Das Publikum flippte aus. Beifall, Jubel, Heiterkeit.

Die Protagonistinnen hatten nur Augen füreinander, während die Kamera sich langsam entfernte. Sie schwenkte an den Bäumen nach oben, verließ die Baumkronen und ruhte zuletzt auf dem grün bewachsenen Berg Te Aroha.

Atemberaubend, dachte Alex. Quincy hatte recht. Die Kinematografie hatte wirklich einen Oscar verdient.

Als Nächstes folgten einige Szenen, in denen Brecher-Bobs Fahrkünste zum Einsatz kamen. Die Kamera wurde rasend schnell durch die Bäume gefahren und machte einen Sprung über einen winzigen Bach. Ein paar Crewmitglieder riefen Bob vorlaute Kommentare zu.

Aber Alex' Gedanken waren immer noch bei der entscheidenden Schlussszene. Eigentlich sollte dieser Film überhaupt nicht funktionieren. Teile des Dialogs waren immer noch ein bisschen ... fragwürdig. Sie bevorzugte subtilere Formulierungen. Aber aus irgendeinem Grund funktionierte es, wenn das Paar vor dieser herrlichen Kulisse stand. Als müssten Charaktere in einer so eindrucksvollen Umgebung eben so geradeheraus inszeniert werden.

Im Abspann war ein Tanz der Amazonen zu sehen. Und die Amazonendarstellerinnen waren es auch, die jetzt am lautesten jubelten. Der Film endete mit einer weiteren Abfolge von Aquarellzeichnungen, die sich im Einklang mit der Musik fließend bewegten.

Dann wurden einige Outtakes vom Dreh abgespielt.

»Scheiße!«, sagte Chloe in einer der kurzen Videoaufnahmen auf der Leinwand.

»Text?«, erwiderte Melody gelangweilt.

»*Scheiße*«, wiederholte Chloe. »Das *ist* dein Text.«

»Warte, ich darf *Scheiße noch mal* fluchen?«, fragte Melody verblüfft.

Chloes Blick wandte sich zur Kamera. »Scheiße, ja.«

Im Hintergrund ertönte der genervte Ausruf von Alex: »Schnitt!«

Alex rollte mit den Augen. Das war einer der härtesten Tage gewesen. Alle waren müde und überdreht gewesen und nichts hatte funktioniert. Filme zu machen wirkte bei solchen Aufnahmen im Nachhinein immer viel lustiger.

Die einheimischen Stuntmen flogen auf ihren Motorrädern über die Leinwand. Dem Beifall nach zu urteilen, wussten die Zuschauer den kurzen Tribut an ihre beachtliche Arbeit sehr zu schätzen.

»Ich glaube, das gefällt ihnen.« Alex lachte. »Besonders den Stuntmen selbst.«

»Sie sind hier sehr beliebt«, sagte Sam. »Dank dir jetzt noch mehr. Seit deiner Live-Übertragung hat die Stunt-Gruppe sogar ihre eigene Fanseite im Internet.«

»Ah.«

Die Outtakes liefen weiter. Das Video zeigte, wie ein Gummipfeil von einem Baum abprallte. Dann Melody, wie sie noch drei weitere Male nach ihrem Text fragte. Chloe fiel aus einem hohen Baum und verschwand im dichten Gestrüpp darunter. Kurz darauf hörte man ein gedämpftes »Alles okay!«. Sid stolperte über ein Beleuchtungskabel, was dazu führte, dass er mitten in eine Szene platzte – oder vielmehr fiel. Einen Moment später tauchte Alex neben ihm im Bild auf, die Hände in die Hüften gestemmt. Sie blickte auf ihn herab und fragte trocken: »Dein Ernst, Sid?«

Sam lachte herzlich.

Die Vorführung endete mit einer Aufnahme von Alex, die ihrem Kameramann den Daumen nach oben zeigte und ein breites, aufrichtiges Lächeln auf dem Gesicht hatte. Der Projektor wurde ausgeschaltet, die Lichter gingen an und die Zuschauer klatschten tosenden Beifall.

Alex ging nach vorn und hielt eine kurze Rede, in der sie allen für ihre Arbeit dankte und die Leistungen von Novizen und Veteranen gleichermaßen lobte. Dann hielt sie kurz inne.

»Ich möchte, dass ihr euch in ein paar Jahren an *diesen* Moment erinnert: Es gab eine Zeit, zu der ihr an dem angeblich schlechtesten Film aller Zeiten mitgearbeitet habt. Aber *ihr* habt ihn zu etwas Schönem gemacht. Seid stolz auf das, was ihr erreicht habt – so stolz wie ich auf euch alle bin. Danke für alles. Bitte trinkt und esst und genießt den Abend. Es geht alles auf Quincys Rechnung!«

Quincys gespielt missmutiger Kommentar, dass sie alle keine Manieren hatten, brachte ihm ein paar Lacher ein.

Sam warf Alex einen bewundernden Blick zu, als sie zu ihrem Platz zurückkam. »Schöne Rede.«

»Sag mir lieber, wie du meinen Film findest, jetzt, nachdem du ihn gesehen hast.«

»Ich fand die Musik toll.«

»Natürlich fandest du sie toll«, lachte Alex. »Nur die Musik?«

»Und die Stunt-Arbeit. Die Szene, in der Shezan durch den Wald läuft, war das nur Chloe oder auch Kiri?«

»Ein bisschen von beiden.«

»Cool.«

»Du mochtest also die Musik und die Stunts.« Alex stieß Sam den Ellbogen in die Rippen. »Das ist alles?«

»Den toten Puma mochte ich auch sehr.«

»Was zum Teufel? Das war nur eine Notiz, auf der ›toter Puma‹ stand!«

Sam lachte. »Tut mir leid, ich höre ja schon auf. Okay, basierend auf dem, was ich gesehen habe, kann ich sagen, dass er wunderschön gedreht ist und wirklich aufregend aussieht. Und ich mochte die unterschwellige Romanze zwischen Shezan und Jennifer – auch, wenn ich das vehement leugnen werde, falls jemand fragt.«

»Gut.« Alex lächelte erleichtert. »Hurra!«

»Ich kann nicht glauben, dass du dieses Wort ernsthaft benutzt«, kommentierte Sam liebevoll. »Und dass in diesem Jahrzehnt.«

Alex lachte.

~ ~ ~

Die Drehschlussparty war in vollem Gange. Das Buffet war riesig. Laternen, die in den Bäumen und an den nahegelegenen Wohnwagen angebracht waren, sorgten für warmes Licht. Zusammen mit der atemberaubenden Szenerie und dem leuchtenden Sternenhimmel über ihnen war es mit Abstand die schönste Filmparty, an der Alex jemals teilgenommen hatte.

Skye schenkte Chloe vier Paar selbst gestrickte Socken mit dem Wort »Hollywood« auf der Seite. »Für deine Familie«, sagte sie. »Ich kann es kaum erwarten, sie nächste Woche zu treffen. Ich habe auch passende Hosenträger.« Sie strahlte stolz und hielt sie hoch.

»Cool.« Chloe nahm sie entgegen. »Sind das Glöckchen an den Hosenträgern?«

Alex lachte und drehte sich zu Gina.

Das Essen, das sie hier probieren konnte, schien sie für die eigene Küche zu inspirieren, und umgeben von Klatsch und Tratsch schien Gina völlig in ihrem Element zu sein.

»Hat dir gefallen, was du von *Shezan* gesehen hast? «, fragte Alex. »Es wird natürlich noch viel besser, wenn alle Effekte eingefügt wurden und, na ja, alle anderen Szenen auch da sind.«

»Oh, Fantasy-Filme sind nicht so mein Fall, also bin ich wahrscheinlich das falsche Publikum. Obwohl ich zugeben muss, dass ich die romantische Seite des Films geliebt habe. Es ist so schön, dass diese reizenden lesbischen Damen zueinander gefunden haben.« Ihr standen Tränen in den Augen. »Ich wollte wirklich, dass sie zusammenbleiben.«

»*Lesbische Damen*?«

Alex und Gina drehten sich um. Hinter ihnen stand Melody und sah sie mit einer fragend erhobenen Augenbraue an.

»O ja«, sagte Gina begeistert. »Du und Chloe habt das super gemacht. Ich habe wirklich geglaubt, dass ihr ineinander verliebt seid.«

Scheiße! Alex hatte gehofft, nicht dabei zu sein, wenn jemand Melody auf den homosexuellen Subtext des Films hinwies.

»Oh.« Melody zuckte mit den Schultern. »Danke.«

Alex blinzelte verblüfft. »Warte, du *wusstest* es?«

»Natürlich«. Melody rollte mit den Augen. »Wieso hast du mir eigentlich nie gesagt, dass wir eine Lesbenromanze drehen?«

»Ich war mir nicht sicher, wie du das verkraften würdest.«

»Warum?« Sie warf ihre Haare nach hinten. »Wirke ich so engstirnig auf dich?«

Warte mal, was? »Ich wollte die Chemie zwischen dir und Chloe nicht riskieren, indem ich deine Aufmerksamkeit darauf lenke. Außerdem …«, Alex versuchte, die richtigen Worte zu finden, »… hat mich deine Vorliebe für Bibelzitate und große Kruzifixe etwas verunsichert.«

Melody lachte leise. »Mein Kruzifix ist nur Modeschmuck, den meine beste Freundin macht. Ich trage es, um ihre Marke zu unterstützen. Und meine Bibelzitate sind ironisch gemeint und außerdem verdammt witzig. Aber ich würde nie die Unterdrückung von Minderheiten unterstützen. Ich habe nur was gegen hässliche Menschen.« Sie schauderte. »Das ist etwas anderes. Ihre dummen Gesichter nerven mich.«

»Das ist lächerlich«, sagte Gina. »Was können hässliche Menschen dafür, wie sie aussehen?«

»Nicht mein Problem.«

»*Hamuti*«, murmelte Gina leise und presste ihre Lippen aufeinander.

Alex hatte keine Ahnung, was das bedeutete, und wollte vor Melody auch nicht nachfragen. Sie räusperte sich. »Na ja, jedenfalls hast du großartige Arbeit geleistet. Du wirst viele Folgeangebote erhalten, so viel ist sicher.«

»Mein Gott, ich hoffe nicht.« Melody verzog das Gesicht.

»Was? Willst du nicht erfolgreich sein?«

»Ihh, nein. Pass auf, ich will ehrlich zu dir sein: Ich habe für *Shezan* nur eingewilligt, weil ich dachte, dass es ein Riesenflop wird.«

Alex starrte sie an. »Wie bitte?«

»Mein Vater ist derjenige, der will, dass ich ein großer Filmstar werde. Das ist *sein* Traum. Ich möchte Politikwissenschaften studieren. Also haben wir eine Abmachung getroffen: Er bezahlt mir das Studium, wenn ich einwillige, in einem Film seines Studios mitzuspielen. Er dachte, ich würde Blut lecken und danach nicht mehr studieren wollen. Also habe ich jedes anständige Drehbuch abgelehnt, das er mir geschickt hat. Und dann kam *Shezan*. Es war perfekt. Ich meine, wie scheiße war der erste Entwurf bitte?«

»Es war nicht ... ideal«, räumte Alex ein.

»Also habe ich den Job angenommen und dachte, ich mache einfach das absolute Minimum. Würde mir ja nichts bringen, positiv aufzufallen – oder schlimmer noch, als Schauspielwunder entdeckt zu werden.« Sie sah nahezu angeekelt aus. »Es lief alles nach Plan, aber dann fing Chloe an, mich anzubaggern. Erst dachte ich, sie sei einfach eine totale Lesbe oder so.« Melody blickte sich um, fand Chloe in der Menge und deutete auf ihre Filmkollegin. »Junge, da lag ich richtig falsch. Sie hat nur Augen für *eine* Person.« Melody lachte.

Gerade als sie rüber sahen, küsste Chloe Sid, als ob sie seinen Atem zum Überleben brauchte.

»Oh!«, rief Sid erstaunt und laut genug, dass es jeder hören konnte. »Du magst mich? Du magst mich *wirklich*?«

»Mein Gott, ist der Mann schwer von Begriff«, murmelte Melody. »Jeder Trottel hat doch mitbekommen, dass sie auf ihn steht.«

»Entschuldige bitte, das ist mein Sohn, über den du dir da gerade das Maul zerreißt«, sagte Gina kalt.

Melody lachte. »Aber wusstest du, dass Chloe was von ihm will?«

Gina schwieg.

»Und du?« Melody sah Alex auffordernd an.

Alex räusperte sich.

»Seht ihr. Alle wussten es. Jedenfalls hab ich schnell verstanden, dass Chloe mich nur für professionelle Zwecke verführen wollte und nicht für persönliche. Da habe ich mir schon gedacht, dass du einen *Ben Hur* abziehst, Alex. Erst war ich sauer. Wie unhöflich ist das denn? Aber dann bin ich ins Grübeln gekommen. Wie viele Vorbilder haben queere Kinder überhaupt?« Sie wirkte ungewohnt nachdenklich. »Wenn man in L.A. aufwächst, ist die Hälfte deines Freundeskreises schwul oder bi oder pan oder was auch immer, aber vermutlich sieht das auf dem Land anders aus. Also habe ich meine Meinung geändert und wollte es *wirklich* versuchen mit der Schauspielerei. Ich *bin* immerhin eine Verbündete der LGBT-Community.« Sie warf ihre Haare schwungvoll über die Schultern.

»Du steckst voller Überraschungen«, sagte Alex. »Und wie geht es für dich weiter?«

Melody lächelte zufrieden. »Als Nächstes gibt mein Vater mir mein Studiengeld. Ich liebe es, zu gewinnen.« Sie bedachte Alex mit einem stechenden Blick. »Aber ich schwöre bei Gott, wenn aus diesem Streifen so ein Überraschungshit wird wie damals bei *Brokeback Mountain*, bin ich echt sauer.«

»Äh …«

»Ich will, dass der Film gut ankommt, aber nicht *zu* gut, verstehst du? Nach der Vorführung eben bin ich da etwas beunruhigt. Musstest du die Eröffnungsszene unbedingt *so episch* gestalten? «

Alex starrte sie wortlos an, völlig überfordert vom Ablauf des Gesprächs.

»Na schön«, sagte Melody schließlich leichthin. Es war, als hätte man einen Schalter bei ihr umgelegt. »Ich habe viel gelernt. Es war cool, mit dir zu arbeiten.«

»Mit dir auch. Es war … nett.«

»Ich bin ziemlich sicher, dass es das nicht war.« Melody grinste. »Aber nichts für ungut.« Sie zückte ihr Handy. »Ich werde dann jetzt abhauen und mich um meine Follower kümmern, okay?« Ohne eine Antwort abzuwarten, wandte sie sich ab. »Übrigens. Das mit den hässlichen Menschen war nur ein Scherz. Gott, ihr seid leicht zu verarschen.« Sie lachte und verschwand.

Gina sah ihr verwirrt nach. »Das Mädchen hat sie nicht mehr alle, fürchte ich. Kam dir irgendein Teil dieser Unterhaltung normal vor?«

»Nein«, sagte Alex, noch völlig benommen. »Völlig verrückt, dass Melody alles durchschaut hat. Sie muss uns die ganze Zeit innerlich ausgelacht haben. Wir dachten, wir führen sie an der Nase rum, dabei hat sie uns verarscht.«

»Spielt das eine Rolle? Dein Film scheint ziemlich gut geworden zu sein, und das liegt zu einem großen Teil an ihr. Und wenn selbst eine krumme, alte, Bier zapfende *wāhine* wie ich einen Film so weit außerhalb ihrer Komfortzone gut findet, dann hat diese junge Frau einen guten Job gemacht. Punkt. *Shezan* könnte wirklich etwas werden. Es könnte sogar der nächste große Hit sein.«

»Vom schlechtesten Film aller Zeiten zum nächsten großen Hit?« Alex schüttelte den Kopf. »Verrückt. Aber beschreien wir es nicht. Der Rest der Welt kann das Ergebnis immer noch furchtbar finden «

»Das bezweifle ich, aber gut, ich sage nichts mehr.« Gina musterte Alex. »Weißt du, ihr Filmleute habt auf jeden Fall Leben in meine Kneipe gebracht. Ich werde euch vermissen.«

»Aber du wirst wahrscheinlich auch viel seltener Kopfschmerzen haben.«

»Stimmt.« Gina lachte.

»Wir werden dich auch vermissen. Und Sam wirst du wie verrückt fehlen.«

»Vermutlich«, sagte Gina leise. »Sie wird mir auch unheimlich fehlen. Aber es ist die Aufgabe einer Mutter, ihren Babys das Fliegen beizubringen – nicht, sie an sich zu binden und mit ihrer Liebe zu ersticken.«

»Sam wird oft zurückkommen, egal, wie sich die Sache mit ihr und mir auch entwickelt. Mach dir darüber keine Sorgen.«

»Ein paar Besuche hier und da werden einfach nicht dasselbe sein. Aber so ist es im Leben, nicht wahr? Es ist nicht dazu bestimmt, immer gleich zu bleiben. Wenn es das ist, machst du etwas falsch.«

»Ganz schön tiefgründig.«

»Ich habe meine Momente.« Gina lächelte.

Sam kam zu ihnen herüber, legte einen Arm um Alex' Taille und küsste ihre Wange zur Begrüßung. »Hi.«

»Zeit, dass ich noch ein paar der Häppchen probiere«, sagte Gina. »Vielleicht frage ich den Koch nach den Rezepten.« Sie warf Sam einen Blick zu. »Und Mädchen, ich vertraue darauf, dass du dich noch verabschieden kommst, bevor du verschwindest.«

»Natürlich«, versprach Sam. »Als ob ich einfach nach L.A. abhauen würde.«

»Gut.«

»Und wo hast du dich rumgetrieben?«, fragte Alex, nachdem Gina gegangen war.

»Ich war Preisrichterin beim Limbo-Wettbewerb der Amazonen. Ich bin mir immer noch nicht sicher, wie ich da reingeraten bin.«

Alex grinste. »Wer hat gewonnen?«

»Es war ein klares Unentschieden zwischen drei Teilnehmerinnen.« Sam trank einen Schluck von ihrem Bier.

»Wie viele der Amazonen haben denn mitgemacht?«

»Drei.«

»Dann bist du eine schreckliche Preisrichterin.« Alex lachte.

»Nein, unser Besenstiel ist nur in zwei Hälften gebrochen, als die Stühle umgekippt sind.«

»O nein.«

»Sid ist über die Stühle gestolpert, weil Chloe ihn endlich um ein Date gebeten hat.«

»Na endlich.«

»Er hat Ja gesagt. Und die romantische Szene hat die Amazonen anscheinend irgendwie inspiriert, denn danach wollten sie die Preisrichterin küssen. Das gehört angeblich zu einem Limbo-Wettbewerb. An dieser Stelle habe ich beschlossen, ein Unentschieden zu verkünden und mich aus dem Staub zu machen.«

»So viel Selbstbeherrschung. Die Amazonen sind doch sehr küssbar.« Sam wirkte so unbehaglich, dass Alex ein Lächeln unterdrücken musste.

»Ich habe dir schon einmal gesagt: Wenn ich mit jemandem zusammen bin, habe ich nur Augen für diese Person. Ich bin an niemandem sonst interessiert.« Sams Blick war aufrichtig.

Alex schluckte. Sie musste sich noch daran gewöhnen, die unangefochtene Nummer eins für jemanden zu sein. »Ich danke dir.«

Sam lächelte. »Übrigens hat Sid seine Gitarre mitgebracht. Wart's nur ab, seine Stimme ist unglaublich. Sollen wir uns dazugesellen?«

»Nach dir.«

Sid hatte sich mit seinem Instrument ein wenig abseits des Trubels niedergelassen und sang ein traditionelles Maori-Lied.

Chloe saß vor ihm und summte mit.

Sam und Alex nahmen in ihrer Nähe auf dem Gras Platz. Alex setzte sich vor Sam und diese legte ihre Arme von hinten um ihre Taille.

Beim Klang der Melodie bekam Alex eine Gänsehaut. »Das ist wunderschön.«

»Das ist *Hine e Hine*, das Lied, von dem ich dir erzählt habe«, flüsterte Sam ihr leise ins Ohr. »Maori-Frauen haben es oft am Kai gesungen, wenn ihre Männer mit den Schiffen in den Krieg zogen.«

»Krieg? Aber sagtest du nicht, es sei ein altes Schlaflied, das eine Maori-Prinzessin geschrieben hat?«

»Das ist es auch. Es handelt vom Ende der Traurigkeit und davon, von den Liebsten gehalten zu werden.«

Von den Liebsten gehalten werden. Wie passend. Alex lehnte sich zurück und genoss das Gefühl, in Sams Armen zu sein.

Sids tiefe Stimme umhüllte sie wohlig wie die Dunkelheit der Nacht. Über ihnen leuchteten die Sterne. Gläser klirrten irgendwo in der Nähe. Und das Lachen ihrer Besetzung und Crew, die sie über viele Monate begleitet hatte, erfüllte Alex mit Wärme.

Drehschlusspartys konnten so oder so ausfallen. Manchmal lief der Dreh so schrecklich, dass alle dem Ende entgegenfieberten und das Set nicht schnell genug verlassen konnten. Bei anderen Produktionen eskalierten die Partys dagegen mit betrunkenen Eskapaden und dem dazugehörigen Elend, wenn der Kater und der gesunde Menschenverstand am nächsten Morgen einsetzten. Aber hin und wieder, wenn man sehr viel Glück hatte, dann schuf ein Filmset auch so etwas wie das hier: eine ehrliche Verbindung zwischen allen Beteiligten.

Alex empfand so viel Zuneigung für diese Menschen hier, mit denen sie in den letzten Monaten so viel durchgemacht hatte. Es fühlte sich an, als wären sie alle Teil einer großen Familie. Das Gefühl würde natürlich verblassen, wenn sie alle wieder in ihr normales Leben zurückkehrten. In einen Alltag voller endloser Verkehrsstaus, Streitigkeiten mit Managern und der Suche nach neuen Filmen. Aber hier und heute, in diesem Moment, stand die Welt kurz still.

Alex erschien das alles surreal. Sie war nach Neuseeland gekommen, um ihre Steuerschulden bezahlen zu können. Und dabei hatte sie die Liebe ihres Lebens gefunden. Mit Tränen in den Augen nahm sie Sams Hand in ihre und drückte sie fest.

Fast eine Stunde lang lauschten sie Sids schöner Stimme, die die Nachtluft erfüllte.

»Du hattest recht mit dem, was du in deiner Rede gesagt hast«, flüsterte Sam ihr ins Ohr. »Ich werde mich immer an diesen Moment erinnern.«

Alex lehnte sich gegen sie und schloss die Augen. »Ich auch. Für immer.«

Kapitel 31

Violettes Glück

Pfeiffer Beach war in der Realität genauso umwerfend wie auf der Postkarte. Der Sand war violett und in dem tiefblauen Wasser stand ein imposanter Felsen mit Schlüssellochbogen.

Sam saß auf ihrem blau-gelb-gestreiften Strandtuch, schaute aufs Meer hinaus und fragte sich, ob das alles nur ein Traum war. Aber von Träumen bekam man keinen Sonnenbrand. Sie griff nach der Sonnencreme und verteilte sie noch einmal sorgfältig auf ihren Armen und Schultern.

Sam warf einen Blick auf die Frau, die neben ihr unter einem Sonnenschirm lag, und lächelte sie an. »Irgendetwas Gutes dabei?«, fragte sie.

»Noch nicht.« Alex sah sie über das Drehbuch hinweg an, das sie gerade las, an. »Aber ich überlege, ob ich trotzdem etwas daraus machen könnte. Nach *Shezan* wurde mir eine ganze Menge angeboten.«

»Das überrascht mich nicht. Es allen Kritikern zu zeigen und in den Top Zwanzig zu landen ist phänomenal. Wie diese Rezension, die begann mit: *Es kommt nicht oft vor, dass ich mich bei einem Film täusche, aber zu meiner Verteidigung muss ich sagen, dass Indie-Regisseurin Alex Levitin noch nicht für* Shezan *unterschrieben hatte, als ich den Film als die ekelhafteste Schöpfung der Filmgeschichte betitelte.* Die ist bisher mein absoluter Favorit. Unglaublich, wie der Schreiber es geschafft hat, dich zu loben, seine Hetzerei zurückzunehmen und trotzdem sein Gesicht zu wahren.«

»Tja, willkommen im Showbusiness.« Alex zuckte mit den Schultern. »Ich schaue ja auch die ganze Zeit Caroline Bassett – einer der Studioleiterinnen – dabei zu, wie sie alle Lorbeeren für *Shezan* einheimst. Von Zeit zu Zeit denkt sie sogar daran, mich zu erwähnen.« Alex lachte.

Sam sah zurück aufs Meer. Kalifornien war ein seltsamer Ort. Das Leben hier war überschwänglich und hektisch und in vielerlei Hinsicht oberflächlich, aber irgendwie fühlte sich jeder Tag, den sie hier verbrachte, besser an als der letzte. Selbst nach acht Monaten war sie noch wie beschwingt und entdeckte ständig etwas Neues.

Sie hatte mit einem professionellen Motorrad-Stuntfahrer und einer Kampfkunst-Meisterin trainiert, um ihre Fähigkeiten zu erweitern. Außerdem hatte Sam sich mit einem Stunt-Koordinator getroffen und Skyes Lebensgefährten Brock Hayes kennengelernt.

Die blassblauen Augen des Mannes hatten direkt in ihre Seele gestarrt, während er sie streng unter die Lupe genommen und ausgefragt hatte. Dann hatte er sie zwei zermürbende Tage lang Tests durchlaufen lassen.

Letztlich war er von ihren Fahrkünsten glücklicherweise begeistert gewesen, was ihr ein gutes Gefühl gab. Vielleicht konnte sie das *wirklich* machen.

Brock hatte Sam einen kleinen, aber für ihr Arbeitsvisum wichtigen Job in einem seiner kommenden Blockbuster-Filme vermittelt. Irgendwie hatte er das Studio davon überzeugt, sie anzustellen, indem er ihre *außerordentlichen Fähigkeiten* anpries und behauptete, Sam sei *ein integraler und unersetzbarer Bestandteil der erforderlichen Stuntarbeiten* – bei diesem und zukünftigen Projekten. Die Figur, für die Sam nun das Stuntdouble war, würde Teil einer Trilogie sein. Das sicherte ihr also erst mal ihren Unterhalt.

Sie wusste nicht genau, wieso Brock sich für eine Fremde soweit aus dem Fenster gelehnt hatte. Ihr Verdacht war aber, dass Skye daran nicht ganz unschuldig war. Sam war den beiden unendlich dankbar.

Das Leben in Hollywood war eine gewaltige Umstellung gewesen. Die Menschen arbeiteten schnell, redeten schneller, und alle schienen ständig auf der Suche nach etwas zu sein oder vor etwas wegzulaufen. Und sie gaben vor, authentisch zu sein, während sie offensichtlich Angst davor hatten, vor anderen sie selbst zu sein.

Sam verstand inzwischen sehr gut, wieso Alex außerhalb ihrer beruflichen Pflichten am liebsten Zeit mit ihren Freunden aus Cambridge verbrachte. Sie alle hatten sich kennengelernt, bevor sie Karriere gemacht hatten, und behandelten einander noch genauso wie damals.

Der berühmten Elizabeth »Bess« Thornton zum ersten Mal zu begegnen, war die größte Herausforderung gewesen. Die Ex ihrer Freundin zu treffen war merkwürdig und einschüchternd. Nicht nur, dass sie Alex' erste große Liebe war, sie war auch noch atemberaubend schön.

Allerdings waren jegliche Unsicherheiten und Zweifel von Sam in dem Moment wie weggeblasen, als Summer Hayes den Raum betrat. Bess lächelte nicht viel, aber als sie Summer sah, strahlte sie über das ganze Gesicht, ihre Augen funkelten, und ihr Tonfall veränderte sich komplett. Es war, als ob es für sie auf der Welt keinen anderen Menschen gab als Summer.

Wenn man vom Teufel spricht.

Sam sah Summer und Bess, die an der Küste entlangspazierten. Sie hielten sich an den Händen und ihre Körper schienen fast verschmolzen.

»Ah, da sind sie«, murmelte Alex. »Ich bin froh, dass sie mit uns hier sind. Nicht nur wegen der schicken Hotelzimmer.« Sie lachte.

Bevor sie für ihr nächstes Projekt nach England flogen, wollten Bess und Summer sich in großem Stil von Kalifornien verabschieden, indem sie sich und ihre Freunde zusammen in einem der Fünfsternehotels von Big Sur einquartiert hatten. Bess hatte unbedingt den Strand sehen wollen, der Sam von Neuseeland aus so in ihren Bann gezogen hatte. Und Summer schien wildentschlossen, in den letzten Tagen vor ihrer Abreise ins graue London noch so viel Sonnenschein wie möglich abzubekommen.

Auch wenn Sam genauso glücklich gewesen wäre, in einem Zelt zu schlafen, wollte sie den schieren Luxus von seidenen Laken auch nicht verschmähen. Außerdem hatte sie schon den festen Plan gefasst, die Laken und das Bett später zusammen mit Alex einzuweihen.

Heute Abend war eine kleine Party in der Panorama-Suite mit Meerblick geplant, in der Summer und Bess residierten. Auch der Rest von Alex' Freundesgruppe war eingeladen. Dies würde Sams erster der berühmt-berüchtigten Shakespeare-Quiz-Abende werden.

Inzwischen hatte Sam alle Freunde von Alex getroffen und auch diverse Geschichten darüber gehört, wie diese Partys abliefen: ein Haufen britischer Ex-Theaterstudenten, die sich gegenseitig aufzogen, herausforderten und zur Belustigung aller schauspielerisch auftraten.

Man hatte Sam – wiederholt – versichert, sie solle sich keine Sorgen machen, wenn sie nichts über den Barden wusste.

Alex würde in ihrem Element sein: eine Möglichkeit, ihr Nerdwissen unter Beweis zu stellen und dabei von Menschen umgeben zu sein, die sie liebte. Und Sam freute sich darauf, das zu erleben. Trotzdem konnte sie nicht leugnen, dass sich auch eine nervöse Anspannung in ihrem Inneren ausbreitete.

Summer war glücklicherweise zu Sams Komplizin geworden und hatte ihr in letzter Zeit heimlich Nachhilfe gegeben. Sie und Sam hatten sich für den Abend eine ganze Reihe skurriler Fragen ausgedacht. Sam musste bei der Vorstellung lächeln, wie geschockt Alex sein würde, wenn Sam ihr neues Expertenwissen einbrachte.

Ihr Blick fiel wieder auf Bess und Summer, ihre langsamen Schritte synchron, ihre Blicke und Worte nur aufeinander fokussiert. Die beiden schienen einfach zusammenzugehören.

Sam fragte sich, ob sie und Alex auf Außenstehende auch diesen Eindruck machten. In letzter Zeit hatte sie immer mehr das Gefühl, Alex wirklich zu verstehen.

»Die beiden sind wirklich etwas Besonderes zusammen, nicht wahr?«, sagte Alex, die ihrem Blick gefolgt war.

»Ja«, erwiderte Sam. »Aber das sind wir auch.«

Das brachte ihr ein sanftes, warmes Lächeln ein. »Das sind wir.« Für einen Moment wurde es still, und Alex wandte ihre Aufmerksamkeit wieder ihrem Drehbuch zu. Sie lachte. »Ha! Dieser Autor hat eine Romanze zwischen einer Polizistin und einer Regisseurin eingebaut. Sie sind nur Nebenfiguren, aber immerhin. Dieser gewiefte Bastard.«

Noch so eine Sache, an die sich Sam erst noch gewöhnen musste. In L.A. kannte jeder den Beziehungsstatus von jedem. Und alles wurde ganz nebensächlich erwähnt, etwa als »Darf ich vorstellen, das sind Alex Levitin, die begnadete Indie-Regisseurin, und ihre Partnerin, Sam.«

Als das zum ersten Mal passiert war, war Sam gelinde gesagt überrumpelt gewesen. Sie hatte sich noch nicht daran gewöhnt, Teil eines Paares zu sein, das in bestimmten Kreisen »berühmt« war. Doch für Hollywood war es essenziell, Networking zu betreiben und den Leuten zu zeigen, dass man über sie informiert war. Die Abwesenheit von Privatsphäre hatte die Millionenstadt mit Ika Whenu gemein.

»Dieses Schlitzohr hat sogar einen kleinen Motorrad-Stunt reingeschrieben, der den Einsatz eines weiblichen Stunt-Doubles erfordert. Meinst du, er will sich einschleimen?«, fragte Alex, ohne vom Text aufzusehen. »Aber so was von.«

Sam lächelte und schweig. Sie wusste mittlerweile, dass Alex' kleine Kommentare und Fragen an das Universum gerichtet waren und keine Antworten erforderten, wenn sie in die Arbeit vertieft war. Sie betrachtete ihre Partnerin liebevoll. Alex war von Kopf bis Fuß mit luftiger Kleidung aus weißer Baumwolle, einem breiten Hut und Sonnencreme bedeckt. Zusammen mit ihrer schwarzen Sonnenbrille sah sie aus wie ein Filmstar, der inkognito unterwegs war.

Sam sah mit ihrer hellen Haut, den verwaschenen blauen Shorts und ihrem weißen T-Shirt dagegen aus wie ein Tourist. Sie gesellte sich zu Alex unter den Sonnenschirm. Nichts hatte sie auf Kaliforniens unerbittliche Sonne vorbereitet. Dankbar um den Schatten des Schirms lehnte sie sich zurück und lauschte entspannt, wie sich die Wellen des Ozeans am Schlüsselbogen des Felsens brachen.

»Wie geht's Sid?«, fragte Alex nach einer Weile. »Gibt es Neuigkeiten von Zuhause?«

»Er hat mir ein paar Fotos geschickt.« Sam kramte ihr Handy hervor und rief ihre Galerie auf. Das erste Foto zeigte Sid breit grinsend in seiner neuen Uniform. Die Kleidung für Hilfspolizisten bestand aus einem dunkelgrauen Polohemd, einer schwarzen Polizeiweste, schwarzen Hosen und einem Hut.

»Er sieht so stolz aus. Genau das Richtige für ihn. Wie ein Schweinchen im Schlamm.« Hastig fügte Alex hinzu: » Oh, ich meine das nur positiv. Das sollte kein versteckter Bullenwitz sein.«

Sam lachte. »Aha.«

Alex ging zum nächsten Foto über. Darauf stand Sid an seinen Truck gelehnt, scheinbar gerade damit fertig, Killer und Bruce für seine Runde einzuladen.

»Sieh dir die Hunde an«, sagte Sam grinsend. »Die Zungen auf halb acht. Besser könnte es ihnen nicht gehen.«

»Hast du Sid gerade einen Hund genannt?« Alex grinste. »Und ja, sie sind schon ein lustiges Trio.« Sie öffnete das nächste Bild.

Das Foto zeigte eine strahlende Chloe neben einem ebenso heiter wirkenden Sid. Das Paar trug aufeinander abgestimmte Wollmützen, die offensichtlich Skye gestrickt hatte. Die Nähte aus Glitzerfäden waren besonders … schick.

»Sie scheinen glücklich zu sein«, sagte Alex und musterte ihre Gesichter.

»Das sind sie auch – auch wenn Chloe jetzt wieder in L.A. ist und vor Sehnsucht vergeht.«

»Ist sie in letzter Zeit nicht drei Mal zurück nach Neuseeland geflogen?«

»Ja, ich glaube schon.«

»Klingt, als wäre es ernst zwischen ihnen. Sieh an, sieh an.« Alex wirkte nachdenklich. »Summer könnte doch noch an ihre Auslandshochzeit kommen.«

»Ihre was?«

»Ach, nur ein Scherz aus einem Gespräch, das ich vor Ewigkeiten mit Bess und Summer hatte. Summer hat mich damit aufgezogen, dass sie für unsere Hochzeit nach Neuseeland fliegen möchte.«

Sam zog eine Augenbraue hoch.

»Vergiss es. Meine Freunde haben sie nicht mehr alle.« Alex ging zum nächsten Bild über. »Was ist das?«

Sam beugte sich vor und inspizierte ihren Handybildschirm. Es war ihre Postkarten-Pinnwand, die jetzt in der Polizeiwache unter Sids sorgfältiger Aufsicht weitergeführt wurde. »Das sind die Postkarten der Entflohenen. Sid hat ein Foto der neu angekommenen Karte geschickt. Die in der Mitte.«

Alex vergrößerte das Bild. »Das ist … Pfeiffer Beach.«

»Genau.« Wärme durchflutete Sams Brust. »Er hat Nicoles Postkarte weggeschmissen und stattdessen meine aufgehängt.«

Alex betrachtete sie. »Muss sich gut anfühlen, endlich hier zu sein.«

Sam konnte überhaupt nicht in Worte fassen, *wie gut* sich das anfühlte. Das Wort *gut* traf es nicht mal im Ansatz.

Alex reichte Sam das Handy zurück und drückte ihr einen Kuss auf die Wange.

Sam lächelte und fuhr mit der Hand durch die lilafarbenen Sandkörner. Obwohl dies nicht ihr erster Ausflug an ihren Traumstrand war, fühlte sich jeder Besuch wie ein persönlicher Sieg an. Sie hatte ihre Ängste überwunden.

Sie fühlte sich frei.

Alex kramte in ihrer Tasche. »Hier.« Sie reichte Sam eine glänzende Postkarte. »Für eine neue Sammlung.«

Sam starrte auf das Bild der kalifornischen Küste.

»Ich dachte, es wäre schön, überall eine Postkarte zu kaufen, wo wir zusammen hingehen. Dann hast du eine Erinnerung an die Orte, die du besucht hast, statt an die, die du nie gesehen hast.«

»Das ist …« Sam lächelte. *Aufmerksam. Romantisch.*

»Du musst das natürlich nicht machen«, sagte Alex schnell. »Aber ich dachte, es wäre eine gute Möglichkeit, gemeinsame Erinnerungen zu bewahren.«

»Das ist eine tolle Idee.«

»Dreh sie mal um.«

Sam drehte die Karte um und entdeckte eine Notiz in Alex' Handschrift.

Lass uns heute Abend nach der Party gemeinsam in die Sterne schauen und uns lieben bis zum Morgengrauen. Wenn wir aufwachen, setzen wir uns in Bademänteln zum Frühstück auf unseren Hotelbalkon. Wir können über all die Dinge reden, die uns wichtig sind, und auch alle, die total unwichtig sind. Ganz wie in jeder klischeehaften Romanze. Ich liebe dich. Dir gehört mein Herz. – Alex.

Eine Welle der Freude traf Sam mitten ins Herz. Sie und Alex hatten sich auf alle erdenklichen Arten gezeigt und gesagt, was sie füreinander empfanden – aber ohne diese Worte auszusprechen. Die Bestätigung bedeutete ihr alles. Sie legte die Karte vorsichtig auf ihr Handtuch und sah Alex in die Augen. »Das ist wunderschön.«

Alex' Wangen färbten sich leicht rosa. Sie sah Sam schüchtern und forschend an.

Sam lehnte sich näher an sie heran. »Weißt du, im Nachhinein glaube ich, dass ich mich an dem Tag in dich verliebt habe, als die Lampe verschwunden war und du deine ganze Crew herumkommandiert hast, Ersatz zu beschaffen.«

»Du magst also herrische Frauen?« Alex' Tonfall war neckisch, aber ihre Erleichterung und ihre Freude waren klar in ihren Augen zu sehen.

»Ich mag verantwortungsvolle, entschlossene Frauen mit einem wachen Geist«, gestand Sam lächelnd. »Besonders *eine* Frau. Du bist so … Gott, du bist schön, und klug, und ich kann mir ein Leben ohne dich nicht länger vorstellen. Jeden Tag, wenn ich aufwache, freue ich mich auf *mehr*. Mehr neue Dinge zu erleben, mehr interessantes Essen zu kosten und mehr neue Orte zu besuchen. Mehr von der Welt zu sehen. Mehr Zeit mit dir zu verbringen. Alles davon. Alles.« Sams Wangen waren heiß und sie fragte sich, ob sie zu weit gegangen war. Sie hatte noch nie so viel von ihrer Gefühlswelt enthüllt. Alte Ängste und Zweifel stiegen in ihr auf.

Alex lächelte. »Mit der Antwort bin ich einverstanden. Sehr sogar.« Plötzlich lachte sie los. »Gott, diese Gefühle machen mein Gehirn zu Matsch. Ich klinge wie der letzte Idiot.«

»Das ist ein kleiner Preis«, sagte Sam schmunzelnd.

»Du leugnest meine Idiotie nicht einmal?« Alex' Augen funkelten. »Wow.«

Sam küsste sie. »Nein. Aber mir geht es genauso. Ich kann kaum klar denken, wenn du in meiner Nähe bist.«

~ ~ ~

Alex lehnte am Türrahmen und beobachtete Bess, wie sie noch extra Knabbereien anrichtete. Vor ihr stand bereits eine Platte mit köstlich duftenden Leckereien, die sie im italienischen Restaurant des Hotels bestellt hatte. Bess hatte allerdings selbst auch noch Hand angelegt, um die Snacks für den Abend zu perfektionieren.

»Das riecht himmlisch.« Alex gesellte sich zu ihrer Freundin, stibitzte einen Käsewürfel von der Silberplatte und schob ihn sich schnell in den Mund.

Bess warf ihr einen warnenden Blick zu. »Hör auf, mein Arrangement zu zerstören.«

»Sei mal etwas locker« Alex kaute zufrieden vor sich hin. »Köstlich.«

»Diebesgut schmeckt wohl besonders gut.« Bess schaute zur Tür hinter Alex. »Wo ist deine niedliche Polizistin?«

»Auf dem Balkon. Sam will den Fünf-Sterne-Ausblick genießen, bevor die Party beginnt.«

Bess nickte. »Du wirkst so ausgelassen. Sag mir nicht, dass du es endlich geschafft hast.« Sie griff nach den Karottenstücken und begann, sie kunstvoll um den Käse zu platzieren.

»Versuchst du, damit einen Preis zu gewinnen?« Alex beäugte die kreative Anordnung des Essens. »Und was habe ich endlich geschafft?«

»Deiner Frau deine unsterbliche Liebe zu gestehen.«

»Weißt du, du solltest mal schön ruhig sein. Du hast Summer erst vor ein paar Monaten gesagt, dass du sie liebst, obwohl es für alle verdammt offensichtlich war. Inklusive Summer!«

»Es geht hier gerade nicht um mich. Und außerdem bin ich nur ...« Bess zögerte und schien nach dem richtigen Wort zu suchen.

»Vorsichtig? Schwer von Begriff? Nichtsahnend?«

Bess seufzte gespielt genervt. »Ich wollte ›perfektionistisch‹ sagen. Es sollte eben alles absolut stimmen. Ich hatte monatelang ein fantastisches Abendessen geplant. Ich wollte ein besonderes Gericht nachkochen, das wir mal zusammen genossen hatten. Und nach all der Vorbereitung ist es mir dann doch vorher einfach herausgerutscht. Ich habe eine schreckliche Impulskontrolle.« Bess lächelte schief. »Also … habe ich recht? Hast du es getan? Hast du es Sam gesagt?«

»Ja.« Alex strahlte über das ganze Gesicht.

Bess lächelte sie an und konzentrierte sich dann darauf, eine einzelne Kirschtomate in der Mitte der Platte zu platzieren. Sie trat zurück und betrachtete ihr Kunstwerk. »Zu viel?«

Alex lachte. »Stell keine Fragen, deren Antwort du nicht hören willst.«

»Ich verstehe.« Bess warf ihr einen neugierigen Blick zu. »Was ist dann passiert? Nachdem du es ihr gesagt hast?«

»Was glaubst du, was passiert ist?«, fragte Alex.

»Ich würde sagen, dass du ihr definitiv wichtig bist. Aber ich habe aus unseren Gesprächen auch mitgenommen, dass Sam nicht gerne offen über ihre Gefühle spricht. Sie scheint also sehr … reserviert zu sein?« Bess lächelte. »Das kommt mir bekannt vor. Meine Güte, Alex Levitin, ich fange an zu glauben, dass du auf einen bestimmten Typ Frau stehst.«

Alex rollte mit den Augen. »Fang bloß nicht damit an.«

Bess lachte. »Jedenfalls, da du hier praktisch reingeschwebt bist, vermute ich, dass du ein ›Ich liebe dich‹ zur Antwort bekommen hast.«

»Ja.« Freude durchströmte Alex bei dem Gedanken, die Richtige für jemanden zu sein. Die Richtige für Sam zu sein. »Das fühlt sich … unglaublich an.« Sie schnappte sich die Kirschtomate und schob sie sich in den Mund. »Heute Abend feiere ich.«

»Ich freue mich wirklich. Und Sam ist reizend.« Bess platzierte eine neue Kirschtomate auf der Spitze ihrer Käsepyramide und warf Alex einen bösen Blick zu, als sich ihre Finger erneut darauf zubewegten. »Natürlich habe ich keine Ahnung, wie sie in L.A. überleben soll – die Frau strahlt förmlich Anstand, Güte und Loyalität aus. Das sind keine Eigenschaften, die den Leuten in L.A. vertraut sind.«

»Ich glaube, Sam und L.A. beäugen sich noch immer misstrauisch«, sagte Alex.

Bess lachte und schüttelte dann den Kopf. »Verdammt, das werde ich vermissen. Uns. Partynächte. Freunde. Bei Sams Filmdebüt dabei zu sein. Alles davon.«

»Du bist doch für diesen Campion-Film nur sechs Monate weg, oder?«

»Richtig. Aber nichtsdestotrotz. In letzter Zeit bin ich viele meiner Ansichten noch mal am überdenken.« Sie senkte ihre Stimme zu einem verschwörerischen Flüstern. »Zum Beispiel fange ich an, zu glauben, dass ich L.A. tatsächlich irgendwie mag.«

Alex richtete sich auf und setzte eine schockierte Miene auf. »Wer sind Sie, und was haben Sie mit Elizabeth Thornton gemacht?«

»Ich weiß, ich weiß.« Bess lächelte. »Ich bin mir sicher, diese Täuschung wird vorübergehen.«

»Ja. Das wird es. Jetzt sollte ich Sam ihr versprochenes Getränk bringen und versuchen, ihren antisozialen Hintern von der atemberaubenden Aussicht weg und zurück an den Busen der Menschheit zu locken.«

»Danke für dieses geistige Bild«, sagte Bess lächelnd. »Kommst du danach zurück? Ich brauche deine Hilfe bei der Vollendung der perfekten Snackplatte. Du bist so hervorragend darin, Fleisch zu filetieren.«

»Jawohl, Chefkoch.« Alex schnappte sich ein Bier und einen kleinen Teller mit Knabbereien und ging zum Balkon.

~ ~ ~

Sam saß auf dem Balkon der Panorama-Suite in einem Liegestuhl und betrachtete den Ozean. Das Azurblau des Wassers wurde gleichmäßig von den windgepeitschten Schaumkronen der Wellen durchbrochen. Und das Farbenspiel der untergehenden Sonne am Horizont war faszinierend. Die grasbewachsenen Klippen unter ihr schienen regelrecht zu leuchten.

Die Geräusche der Partyvorbereitungen drangen durch die breiten Glastüren nach draußen. Sie konnte Bess' tiefe Tonlage und die höhere Stimme von Alex hören, verstand die Worte allerdings nicht. Die beiden Freundinnen brauchten Zeit für sich und da wollte Sam nicht stören.

Eine Minute später kam Alex zu ihr. Sie reichte Sam ein Bier und einen Teller mit Snacks. »Hey. Geht es dir gut hier draußen?«

»Alles prima.« Sam trank einen Schluck Bier. *Nicht schlecht.* »Ich versuche nur, mich an den Sonnenuntergang um halb neun im Juli zu gewöhnen. Die Jahreszeiten stehen hier Kopf und bringen mein Gehirn durcheinander. Aber es ist wunderschön.«

Alex lächelte. »Alles klar. Ich brauche nicht lange. Ich helfe Bess nur in der Küche. Wir haben vor langer Zeit abgemacht, dass ich mich lieber um alles kümmern sollte, wozu man scharfe Messer braucht.« Sie wandte sich schon zum Gehen, hielt dann jedoch noch einmal kurz inne. »Und mach dir wegen heute Abend bitte keinen Stress. Mit dem Quiz meine ich.«

Sam lachte, winkte ab und widmete sich wieder der schönen Aussicht. Sie tauchte einen der knusprigen, fettarmen, schauspielerfreundlichen Cracker in den Rote-Bete-Dip und probierte das Ganze. Gar nicht mal übel. Natürlich nicht so gut wie die Snacks von Gina. Ihre unerschütterliche Loyalität brachte sie ein wenig zum Schmunzeln.

Die beiden letzten Gäste trafen unter viel Gelächter und vielen Wangenküsschen ein. Um den dramatischen Auftritt perfekt zu machen, stürmten Brian und Rowan kurz darauf durch die Glastüren auf den Balkon, während sie wild debattierten, welche Farbe Pfeiffer Beach genau hatte.

»Maulbeere«, behauptete Brian.

»Das ist Pflaume«, korrigierte Rowan und ließ sich auf den Liegestuhl neben Sam fallen. »Eindeutig.« Er drehte sich zu ihr um. »Hallo Samantha, meine Liebe. Ignorier meinen farbenblinden Partner bitte. Die Rolle des verrückten Wissenschaftlers ist ihm anscheinend zu Kopf gestiegen.«

Sam lächelte amüsiert.

Brian nahm auf dem Liegestuhl zu Sams anderer Seite Platz. »Sam, Liebes, du siehst mal wieder wunderbar aus.« Er blickte über sie hinweg zu Rowan. »Na schön, es ist Maulbeere mit einem Schuss Sangria. Apropos Getränke …« Er hob die Stimme und wandte den Kopf in Richtung Küche. *»Ich gäbe meinen ganzen Ruhm für einen Krug Bier und Sicherheit.«*

Sam war überrascht, wie laut seine dröhnende Stimme in ihren Ohren widerhallte. *Wie macht er das?* Er würde sogar Gina in den Schatten stellen.

»*Heinrich V*«, bemerkte Rowan trocken. »Und was für ein Ruhm soll das sein, den du da aufgibst?«

»Herzlos.« Gespielt betroffen legte sich Brian die Hand auf das Herz. Er drehte sich zu Sam. »Siehst du, was ich ertragen muss?«

Sam wollte gerade antworten, aber da war Rowan schon damit beschäftigt, Andy Warhol zu zitieren. Sie lehnte sich zurück und begnügte sich damit, dem gutmütigen Gezanke der beiden zu lauschen und den Abendhimmel zu genießen.

Die Sonne war ein wenig weitergewandert und hatte den Himmel in dunkles Rot getaucht, als Summer auf dem Balkon auftauchte. Sie strahlte wie immer.

Summer reichte Brian und Rowan je ein dunkles Bier. »Ich habe euch beide schon von Weitem streiten gehört«, sagte Summer. »Pfeiffer Beach ist einfach klassisch lila, Leute. Müsst ihr immer alles so kompliziert machen?«

Rowan und Brian sahen sich an, als würde sie die Frage vollkommen überrumpeln.

»Wir sind Briten«, sagte Brian schließlich. »Natürlich müssen wir das.«

Summer lachte und schüttelte den Kopf.

Rowan wandte sich wieder an Sam. »Genug von unserem Unsinn. Du siehst heute besonders fidel aus. Was ist passiert? Hat Alex endlich die Frage aller Fragen gestellt?« Er wackelte verwegen mit seinen buschigen Augenbrauen.

Sam war unsicher, was sie darauf antworten sollte. *Das geht dich nichts an,* schien ihr zu unfreundlich, schließlich war Rowan ein guter Freund von Alex. Aber sie selbst hatte ihn erst kürzlich kennengelernt. Sie musste ihm allerdings zugutehalten, dass er erstaunlich scharfsinnig war.

»Rowan, benimm dich, du schelmischer Schuft«, mischte sich Brian ein. Er wandte sich ebenfalls an Sam. »Es tut mir leid, er vergisst ständig, dass du nicht aus L.A. stammst. Hier werden Liebschaften offener besprochen als Lebensläufe. Und das will schon viel heißen unter ruhmsuchenden Schauspielern. Aber ich erspare dir das Verhör. Lass mich dir einfach sagen, dass wir beide es wunderbar finden, dass ihr so unzertrennlich seid. Nahezu liebestrunken. Wir freuen uns so sehr für euch.«

Liebestrunken? Den beiden Männern blieb nur deshalb ein typisches Kiwi-Augenrollen erspart, weil Alex in diesem Moment dazu kam und sich neben Sam auf den Liegestuhl kuschelte.

»Genug, ihr beide«, sagte Alex. »Hört auf, Sam zu belästigen. Erzähl lieber von deiner neuen Comedy-Show, Rowan. Wie heißt sie denn?«

Rowan richtete sich bei der Erwähnung seines Lieblingsthemas erfreut auf. »*Die Überlebenden von* Shezan – *Innenansichten vom Dreh des schlimmsten Films aller Zeiten.*«

Alex' Mund klappte auf. »Scheiße. Ernsthaft?«

Er lachte. »Mein Gott, bist du leicht zu verarschen.« Er tauchte einen Karottenstab in den Dip. »Die Show heißt *Das Leben nach Mamas Keller – die arbeitslosen Jahre*. Was ist mit dir? Mit euch? Irgendwelche neuen Projekte am Horizont?«

»Ich überlege, ob ich einen Film machen soll, den ein aufstrebender Indie-Drehbuchautor für mich geschrieben hat«, sagte Alex. »Und das meine ich wörtlich, *für mich* geschrieben.«

»Ah, Hollywoods Arschkriecher, Gott hab sie selig. Und Sam, Liebes, was gibt es Neues von Neuseelands bestem Importgut?«

Bess trat auf den Balkon. Sie sah gewohnt elegant aus in ihrer schwarzen Jeans und einer blass lavendelfarbenen Bluse, die ihren schlanken Hals umschmeichelte. Ihre klassische Schönheit ließ Sam wie immer einen Moment lang erstarren. Wie konnte es solche Menschen im wahren Leben tatsächlich geben?

Dann wandte Sam sich wieder Rowan zu. »Ich mache einen kleinen Motorrad-Stunt in einem von Brocks Filmen. Na ja, es werden nach diesem Film wohl ein paar mehr. Die Figur wird in einer Trilogie mitspielen.«

»Uuuh.« Er blickte sie ehrfürchtig an. »Die Gerüchte sind also wahr: Unsere Alex hat sich eine Draufgängerin geangelt.«

»Eigentlich ein Batgirl.« Alex grinste. »So habe ich sie gedanklich bezeichnet, als wir uns zum ersten Mal begegnet sind.«

Sam blinzelte erstaunt. »Was?«

Alex zuckte mit den Schultern. »Du bist plötzlich auf deiner schwarzen Bestie aus einem Gebüsch geschossen. Schnell, gefährlich und sexy. Wie Batgirl.«

Brian lehnte sich vor und deutete zwischen Sam und Alex hin und her. »Gott, ihr zwei seid so bezaubernd zusammen. Sie sollten aus euch auch Sammelpuppen machen. Wusstet ihr schon, dass es Summer und Bess jetzt als Puppen gibt? Ein paar Fans ihrer alten Serie machen auf *Etsy* damit gerade ein Vermögen.«

»Sag mir bitte, dass du keine gekauft hast«, murmelte Bess. »Die Leute nutzen die *Hunter*-Fans nur aus.«

»Natürlich habe ich welche gekauft«, sagte Brian mit einem selbstzufriedenen Nicken. »Ich habe ein nigelnagelneues Paar zu Hause, das sich mit Herzchen-Augen anhimmelt.«

»Wir haben uns nie mit Herzchen-Augen angehimmelt.« Bess klang erschöpft.

»Sag das den Puppen.«

Bess räusperte sich. »Okay, ihr Verrückten, kommt rein. Lasst uns essen, trinken und herausfinden, was unser Kollektiv von Bardenliebhabern über Shakespeare zu wissen glaubt.«

»Wie nennt man eigentlich ein Kollektiv von Bardenliebhabern?«, fragte Rowan neugierig.

»Eine Gruppe von Barden nennt man jedenfalls Gallant«, sagte Brian.

»Ist das so?«, fragte Summer. »Woher weißt du das?«

Er zuckte mit den Schultern. »Ich bin mal in einem Internetforum gelandet, in dem Gruppennomina diskutiert wurden. Sie debattierten ernsthaft darüber, ob man eine Gruppe von Radfahrern nicht eigentlich ›Popowabbler‹ nennen sollte. Natürlich habe ich mit ›Ja‹ abgestimmt.«

Sam schüttelte den Kopf. Mit Alex' geistig agilen Freunden abzuhängen, war oft so, als würde man wiederholt mit einem Stromkabel gepiekt werden. Herausfordernd, unerwartet und verwirrend. Sie waren allesamt absurd. Und lustig.

»Es tut mir leid, dass wir alle verrückt sind«, flüsterte Alex ihr ins Ohr. »Ich würde ja sagen, es wird besser, aber sobald man der Konstellation auch noch Alkohol hinzufügt, ist alle Normalität vollkommen verloren. Und dann wird es noch mal abgedrehter, wenn Shakespeare dazukommt. Du kannst von Glück reden, dass Amrit und Zara heute nicht dabei sein konnten, sonst würdest du das ganze Ausmaß des Wahnsinns zu spüren bekommen.« Alex' Augen funkelten vor Freude.

»*So* verrückt wirken deine Freunde nun auch wieder nicht«, sagte Sam.

»Der heutige Quiz-Gewinner darf einen Fußball vom Balkon schießen«, kündigte Brian plötzlich an. »Keine Sorge, ich habe meinen mitgebracht.«

»Oh.« Sam hielt inne. »Anscheinend habe ich zu früh den Mund aufgemacht.«

Bess schwang das Filetmesser und drohte, den Fußball zu zerlegen, wenn jemand so einen Unsinn auch nur versuchen sollte.

»Oh oh«, sagte Alex. »Sie laufen gerade zur Höchstform auf. Mach dich auf etwas gefasst.«

~ ~ ~

Später an diesem Abend sah Sam wieder in den Nachthimmel. Es war lange, nachdem alle noch viel betrunkener, lauter und lustiger geworden waren.

Lange nachdem Sams neues Shakespeare-Wissen die Gruppe verblüfft hatte – wenn auch nur sehr kurz. Und auch lange nachdem Summer das Quiz haushoch gewonnen hatte.

Sam und Alex lagen eng umschlungen auf einer der Liegen auf dem Balkon ihres eigenen Hotelzimmers. Sie lauschten dem beruhigenden Meeresrauschen. Die Wellen, die sich unter ihnen an den Klippen brachen, lagen in Dunkelheit.

Aus dem Zimmer von Brian und Rowan, das ein paar Balkone neben ihrem lag, konnten sie noch leise Musik hören.

In der Richtung von Summers und Bess' Suite herrschte Stille. Ihre Gastgeberinnen hatten sie vor einer halben Stunde mehr oder weniger rausgeschmissen. Als die beiden ein paar eindeutige Blicke getauscht hatten, hatten alle den Hinweis verstanden und sich für den Abend verabschiedet.

Sam konnte es kaum erwarten, mit ihrer eigenen Liebsten bald die Laken zu testen, aber jetzt hatte erst Alex' Wunsch nach einer Nacht mit dem Universum Vorrang. Gemeinsam betrachteten sie die Sterne, eine Konstellation nach der anderen.

Alex seufzte zufrieden. »Das habe ich wirklich vermisst. Danke, dass du so hingebungsvoll bist. Ich meine nicht nur mit dem Sterneschauen. Danke, dass du bei all dem hier mitmachst.«

»Es ist mir eine Freude«, sagte Sam.

»Hast du es je bereut?«, fragte Alex nach einigen Augenblicken. »Mit mir in die Staaten gekommen zu sein? Jetzt, nachdem du mein Leben, meine Welt und meine verrückten Freunde kennengelernt hast?«

»Nein.« Sam zog Alex näher an sich. »Ich bin genau da, wo ich sein will.«

Einen Moment lagen sie schweigend nebeneinander und genossen einfach die Wärme und die Nähe der anderen.

Sam küsste Alex' Hals und konnte das leise Pochen ihres Pulses auf ihren Lippen spüren. »Aber deine Freunde sind auf jeden Fall verrückt«, fügte sie hinzu.

»Ich weiß.« Alex lachte, bevor sie leise sagte: »Pst, sie könnten uns hören.«

»Ich sage doch gar nichts«, flüsterte Sam. »Ich liege nur hier und denke darüber nach, wie schön du heute Abend aussiehst.«

»Liegt an der Beleuchtung.«

»Klar. Das muss es sein.« Sam lachte.

Alex schlug ihr spielerisch auf den Arm.

»Hey! Wofür war das denn?«

»Dafür, dass du mich beim Quiz reingelegt hast. Ich dachte, du wüsstest nichts über Shakespeare!« Alex' Stimme verriet ein unterdrücktes Grinsen.

»Hat dir das gefallen?«, fragte Sam.

»Du weißt, dass es mir gefallen hat. Die Vorstellung, dass du dir nur für mich und meine Freunde solche Mühe gemacht hast …«

»Warum sollte ich das nicht tun?« Sam küsste ihre Schläfe. »Du bist ein paar Stunden der Recherche wert. Und es hat Spaß gemacht, mit Summer abzuhängen. Außerdem wollte ich dein schockiertes Gesicht sehen. Das war unbezahlbar. Ich habe schon Marihuana-Plantagen mitten im Nirgendwo aufgedeckt und die Dealer haben weniger überrascht ausgesehen als du bei meiner Antwort, dass Shakespeares Vater Polizist war.«

»Du hast mich eiskalt erwischt.« Alex lachte leise, bevor sie sich wieder an Sam lehnte und zufrieden seufzte. »Der Tag war so wunderbar. Ich würde am liebsten die ganze Nacht hier liegen bleiben, mit dir zur Morgendämmerung aufwachen und zusehen, wie die Sonne aufgeht. Welche Farben der Himmel da wohl hat? Rustikales Rosa vielleicht? Verbrannte Ockertöne?«

»Das würde unsere Pläne für die Nacht zunichtemachen. Ich meine, mich zu erinnern, dass auf deiner Postkarte stand, dass wir uns bis zum Morgengrauen lieben würden.«

»O ja, du hast recht.« Alex nickte. »Es liegt mir fern, meine Versprechen zu brechen. Am besten sollte ich dich schnellstmöglich verführen.«

»Ja.« Sam lächelte. »Aber nicht sofort. Ich möchte erst noch diese wunderschöne Atmosphäre in mich aufsaugen … Ich will mich immer daran erinnern.«

Alex fuhr mit der Hand langsam über Sams Rippenbogen und streichelte ihre Seite. Sie küsste Sams Kinn, glitt mit den Lippen entlang ihrer Wange bis hin zu ihrem Ohr.

Sams Atem stockte.

»Ich liebe deinen Körper«, sagte Alex und verteilte weitere Küsse von Sams Kiefer zu ihrer Schulter und ihren Arm entlang. »Er ist geschmeidig und so kraftvoll. Nicht nur schön, sondern auch stark. Darum fühle ich mich so sicher, wenn ich bei dir bin.«

Sam streichelte über Alex' Wange. »Und weil du weißt, dass du es bei mir immer sein wirst.«

»Ja.« Alex atmete langsam ein und aus. »Das habe ich schon in Neuseeland gespürt. Als ich das verstanden habe, wurde mir klar, wie viel du mir bedeutest. Plötzlich habe ich erkannt, wieso sich deine Anziehungskraft so anders anfühlt als alles, was ich zuvor empfunden habe. Weil ich dir *wirklich* wichtig war. Jemand, den du nicht nur willst, sondern brauchst.« Sie legte ihre Hand in Sams Nacken und zog sie in einen Kuss.

Alex' Lippen waren warm. Sie bewegte sich gegen Sam, als wollte sie mehr. Als wollte sie alles von ihr.

Das allein entfachte Sams Verlangen. Begierde durchtränkt von Liebe. Es war eine wundervolle, berauschende Kombination. Ein paar Minuten lang gab sich Sam dem Zauber des Moments hin.

»Du warst mir immer wichtig«, flüsterte sie, als sie sich voneinander lösten. Ihre Stimme klang so sanft, dass ihre Worte von der Nacht verschluckt zu werden schienen. Und sie legte all ihre Zuneigung in ihre Worte. »Selbst als du mich noch in den Wahnsinn getrieben hast. Damit lag mein idiotischer Bruder schon ganz richtig.«

»Ja, Sid war auf der richtigen Fährte«, stimmte Alex mit einem kleinen Lachen zu. »Und ich bin unglaublich froh darüber.« Ihre wandernden Hände hielten inne. »Ich liebe dich.«

Sam hatte das Gefühl, ihr Herz würde ihr in der Brust anschwellen. Diese Worte, sie waren so schlicht und sagten doch alles, was wirklich wichtig war. »Das geht mir auch so …« Ihre Stimme brach.

Lange Zeit hielten sie sich einfach nur in den Armen und beobachteten den Nachthimmel.

Sam lauschte Alex' sanften Atemzügen und verinnerlichte den Rhythmus ihres gleichmäßigen Herzschlags, den Sam unter ihrer Haut spüren konnte.

In der Ferne rief ein Vogel nach seinem Gefährten. Der hohe Ton schnitt irgendwo unter ihnen kurz durch die beruhigenden Klänge der Wellen.

Sam schloss ihre Arme enger um Alex und wünschte sich, sie könnte ihr noch näher sein.

»Das ist perfekt.« Alex seufzte zufrieden. »Gott, weißt du, das hier… *wir* … das ist verrückt, wenn man bedenkt, wie wir uns zum ersten Mal getroffen haben. Ich hätte dich fast umgebracht.«

»Es ist lustig, dass du das jedem erzählst, aber so ernst war es doch gar nicht – außerdem ist das ein schreckliches Ende für eine Geschichte.« Sie hob den Kopf und warf Alex einen tadelnden Blick zu. »Du als Filmemacherin musst doch wissen, wie wichtig ein schöner Schluss ist?«

Alex blinzelte irritiert. »Aber es war doch so!«

»Nein, war es nicht. Du hast mich vielleicht nur *fast* überfahren, aber schlussendlich hast du mich *tatsächlich* zweimal zu Boden gebracht.« Sie lehnte sich näher an Alex' Ohr und flüsterte: »Und ich hatte nicht den Hauch einer Chance.«

Alex' Augen strahlten vor Freude. Sie küsste Sam lange und leidenschaftlich. Ein Versprechen lag in diesem Kuss. »Ja, stimmt«, flüsterte sie zurück. »Jetzt, wo du es sagst.« Sie lächelte. »Also *das* nenne ich mal ein Happy End.«

~~~
~~~

Ebenfalls im Ylva Verlag erschienen

www.ylva-verlag.de

Aus der Rolle gefallen

Lee Winter

ISBN: 978-3-96324-259-5
Umfang: 335 Seiten (114.000 Wörter)

Die Schauspielerin Elizabeth Thornton hat es satt, in TV-Dramen mitzuspielen. Und jetzt wird ihr auch noch eine Beziehung mit ihrem Co-Star Summer nachgesagt. Als ungeoutete Schauspielerin kann sie das nicht gebrauchen. Plötzlich rückt ihre Traumrolle in greifbare Nähe. Das einzige Problem? Der Regisseur möchte ihre »Freundin« Summer kennenlernen.

Ein lesbischer Liebesroman an dessen Ende sich keiner mehr ans Drehbuch hält.

Was zwischen uns steht

KD Williamson

ISBN: 978-3-96324-405-6
Umfang: 296 Seiten (88.000 Wörter)

Kelli MacCabe ist Polizistin, knallhart im Job und sich selbst gegenüber. Als sie angeschossen wird, muss sich die zurückhaltende Chirurgin Nora Whitmore um sie kümmern. Erst gehen sich die beiden unterschiedlichen Frauen auf die Nerven, doch bald wird aus ihrer zarten Freundschaft Anziehung. Werden sie einen Weg für eine gemeinsame Zukunft finden?

Ein spannender lesbischer Liebesroman, in dem Welten aufeinandertreffen.

Über Lee Winter

Lee Winter ist eine preisgekrönte australische Zeitungsjournalistin, die auch für ihre Romane schon mehrere Auszeichnungen erhalten hat. Nachdem sie im Lauf ihres Berufslebens in fast allen australischen Bundesstaaten gewohnt hat, ist sie mittlerweile mit ihrer Partnerin in Westaustralien sesshaft geworden.

Seit 2016 ist sie Vollzeitschriftellerin und Teilzeitlektorin. In ihrer Freizeit findet man sie entweder bei der Gartenarbeit, mit einer neuen technischen Spielerei in der Hand oder stirnrunzelnd vor dem Fernseher.

Danksagung

Das Insider-Wissen und die technische Expertise der großartigen Filmemacherin Silvia Lindner waren für die Realisierung dieses Buches unschätzbar. Monatelang hat Silvia mir alle Einzelheiten über Ausleuchtung, Set- und Regieassistenten, Arbeitsvisa, Hollywood, und die Arbeitsweise der großen Filmstudios beigebracht. Danke. Du bist meine Heldin.

Chris Zett, Ylva-Autorin und Ärztin, hat mir brillante Erklärungen über die Art und Weise geliefert, wie meine sture und für Verletzungen anfällige Polizistin medikamentös behandelt werden würde. Ich weiß den medizinischen Rat sehr zu schätzen – auch wenn Sam Keegan eine furchtbare Patientin war!

Die Presseabteilung der neuseeländischen Polizei war einfach wunderbar. Eigentlich ist es nur ihre Aufgabe, mit den Medien zu kommunizieren – aber sie haben, ohne zu zögern, dieser australischen Autorin geholfen, die sie ständig mit Fragen zu ihrer Arbeitsweise, zu Uniformen, Waffen und zu den Reaktionszeiten für Verstärkung in den ländlichen Gebieten gelöchert hat. Ihre Antworten kamen schnell und waren amüsant. Danke!

Außerdem einen lieben Gruß an die australische Polizistin Darrelle Dawes für die Tipps zur polizeilichen Vorgehensweise bei Umzingelung auf feindlichem Gebiet. Was für eine Insider-Information!

Lektoren helfen immer, einem Buch Flügel zu verleihen. Vielen Dank noch einmal an Alissa McGowan, die diesen Roman mit ihrer üblichen Strenge in Form gebracht, aber ihren Sinn für Humor dabei nicht verloren hat. Es war wie immer eine wahre Freude.

Die Beta-Leserinnen Diana, Donna und Alex waren von unschätzbarem Wert. Entschuldige, Diana, dass du dieses Buch so oft lesen musstest! Du bist eine Heilige. Danke auch an meine langjährige Beta-Leserin Char, die vergeblich versucht hat, auch dieses Mal zu helfen, aber von den Tücken der Technik abgehalten wurde. Verdammt!

Astrid, der Chefin und Göttin von Ylva, gilt mein ewiger Dank für ihren unerschütterlichen Glauben an mich.

Mein letztes »Danke« geht an meine Leser und Leserinnen. Ohne euch wäre ich nichts. Eure Liebe für die Welt von *Aus der Rolle gefallen* ist der Grund, warum es dieses Buch jetzt gibt. Ich hoffe, dieser Spin-off macht euch genauso viel Spaß.

Bibliografische Information der Deutschen Bibliothek
Die Deutsche Bibliothek verzeichnet diese Publikation in der Deutschen Nationalbibliografie; detaillierte bibliografische Daten sind im Internet über www.dnb.de abrufbar.

1. Auflage
Taschenbuchausgabe Dezember 2020 bei Ylva Verlag, e.Kfr.

ISBN: 978-3-96324-437-7

Dieser Titel ist auch als E-Book erschienen.

Übersetzung: Melanie Czarnik
Lektorat: Jenny Spanier
Korrektorat: Katharina Grabowski
Coverdesign: Streetlight Graphics

Kontakt:
Ylva Verlag, e.Kfr.
Inhaberin: Astrid Ohletz
Am Kirschgarten 2
65830 Kriftel
Tel: 06192/9615540
Fax: 06192/8076010
www.ylva-verlag.de
info@ylva-verlag.de
Amtsgericht Frankfurt am Main HRA 46713

Druck und Bindearbeiten
booksfactory
PRINT GROUP Sp. z o.o.
ul. Ks. Witolda 7-9
71-063 Szczecin
Poland
tel./fax 91 812-43-49
NIP/USt-IdNr.: PL8522520116